KB252719

열린 생각 열린 책읽기

열린 생각 열린 책읽기 역사

지은이 | 주채혁 외 66명
펴낸이 | 손상목
펴낸곳 | 도서출판 인디북
편 집 | 김연순 신선균 조혜민
디자인 | 디자인 텔
기 획 | 안승철
마케팅 | 최영태 박현수 정현철
웹 기획전략 | 박연조
관 리 | 김봉환 길은자

초판 1쇄 인쇄 | 2004. 8. 25
초판 1쇄 발행 | 2004. 8. 31

등록일자 | 2000.6.22
등록번호 | 제10 - 1993호
주 소 | 서울시 마포구 현석동 105-56 3층
전 화 | 02-3273-6895,6 팩 스 | 02-3273-6897
홈페이지 | www.indebook.com

ISBN 89-5856-026-6 04800
    89-5856-022-3 (세트)

잘못 만들어진 책은 구입처나 본사에서 교환해 드립니다.

열린 생각 열린 책읽기

역사

주채혁 외 66명 지음

사고력과 상상력을 키우는 가장 오래된 미디어 '책'과 '책읽기'

인디북

독서의 중요성은 아무리 강조해도 부족함이 없다. 독서를 통해서 다양한 경험을 쌓고 폭넓은 지식을 얻을 뿐만 아니라 이러한 것을 계기로 해서 삶 그 자체를 풍요롭게 할 수 있기 때문이다. 독서는 여행과 비슷하다. 잘 알려져 있는 바와 같이 여행을 통해서도 우리는 낯선 고장에서 낯선 풍물을 만나고 낯선 사람들과 어울리는 동안 경험과 인식의 지평을 넓히고 삶과 존재에 새로운 의미를 부여하게 되는 것이다. 그러나 놀라웁게도 독서는 비록 간접적인 경험을 통해서 일구어내는 성과임에도 불구하고 그 폭과 깊이에 있어서, 그리고 그 수준과 지속성에 있어서 여행을 훨씬 넘어선다는 점이 다르다. 여행은 주로 지각적 경험에 의존하지만 독서는 기본적으로 우리의 상상력에 호소하기 때문이다. 그렇다면 독서는 우리에게 무엇이며 또 무엇이어야 하는가?

우선 독서는 일종의 만남을 의미한다. 이미 언급한 바와 같이 독서를 통해서 우리는 여행에서처럼 낯선 고장의 낯선 풍습과 낯선 사람들을 만난다. 그리하여 그들의 이질적인 사고방식과 생활태도를 접하게 되고 그것을 이해하고 또 거기에 적응하려고 애쓴다.

우리는 에밀리 브론테의 『폭풍의 언덕』에서 '히스클리프'의 사랑과 출세와 몰락을 만나고, 셰익스피어의 '햄릿'이 지닌 고뇌에서 인간의 역설적인 상황을 배운다. 우리는 그들이 당면한 특수한 상황과 시대적인 배경, 문화적인 이질성을 함께 겪음으로써 오히려 그것을 극복하려는 노력을 기울이고 이러한 노력을 통해서 문화적 보편성과 인간성의 본질을 만나게 되는 것이다.

그러나 독서는 이러한 만남을 만남 그 자체로 머물러 있게 하지 않는다. 그러한 만남을 통해서 독서는 우리를 창조의 세계로 인도한다. 석가나 예수, 공자나 소크라테스와 같은 성현들이 남긴 지혜를 통해서 많은 것을 깨닫기도 하지만 동시에 그러한 것을 우리의 현실에 맞게 해석하고 적용함으로써 우리는 새로운 시대와 문화를 창조한다. 만약 독서의 방법이 아니라면 어떻게 우리가 그렇게 먼 옛날의 깊은 가르침을 만날 수 있으며, 그것을 근거로 해서 새롭게 의미 있는 삶을 설계할 수 있을 것인가. 이것은 여행이 호기심을 자극하여 또 하나의 여행을 계획하게 하듯이 독서가 인간의 내면적 세계를 끝없이 방황하게 하는 가장 큰 매력이기도 하다. 이와 같이 독서는 내면의 황무지를 끊임없이 개척하여 마침내 새로운 옥토를 창조하는 것이다.

그러나 이러한 창조가 동시에 인류문화의 진보를 의미하지 않으면 안 된다. 만약 우리가 창조한 것이 단순히 과거의 유산이나 다른 문화의 내용과 차별화되는 것에 그치고 좀 더 진전되는 것이 아니라면 구태여 독서의 중요성을 강조할 필요가 어디 있는가? 그러므로 가령 우리는 단군신화로부터 우리의 정체성을 확인할 뿐 아니라 분단의 시대에 어떠한 방식으로 새롭게 민족적 활로를 개척해야 하는지 가늠해야 하고 또한 우리의 민족과 조상에 자랑할 만한 조국을 실제로 보여 주어야 하는 것이다.

그렇게 하기 위해서는 독서의 의미를 좀 더 차분하게 음미하고 그것을 화초처럼 정성껏 가꿀 마음을 먹어야 한다. 독서는 어느 특정한 개인의 지적 작업이며, 그렇기 때문에 각자 자기에게 필요하고 유익한 서적을 선택해야 하고 그것에 접근하는 적합한 방법이 요구되는 것이다. 그렇게 할 때 독서는 비로소 하나의 만남일 뿐 아니라 창조이고 진보의 의미를 지니게 될 것이다.

이번 『열린 생각 열린 책읽기』의 출간은 이러한 독서의 의미를 확인하고 그것을 더욱 심도 있게 하는 계기가 될 것이다. 서평을 쓴다는 것은 프란시스 베이컨이 말했듯이 '씹는 자세로' 독서해야 가능한 것이며 그러한 비판 정신을 다시 읽는다는 것은 만남과 창조와 진보의 의미를 한층 심화하는 작업이 될 것이기 때문이다. 아무쪼록 이 출판물이 널리 읽히기를 바랄 뿐이다.

서평위원회 위원장
엄정식

역사는 과거와 현재의 끊임없는 대화이다.

—E. H. Carr

몽골인이 쓴 몽골문화 소개서

주채혁 강원대 사학과 교수

『**몽고문화사**』

D. 마이달 · N. 츄르템 지음 / 김귀산 옮김 / 1991 / 동문선

몽골과의 수교가 이루어진 지도 올 3월 26일을 보내면서 일년을 넘어선 셈이다. 그간 일본의 몽골학계가 놀랄 정도로, 몽골에 관한 우리의 관심이 높아졌던 것은 사실이나 이에 앞장서서 일한 이들 중에 거의 대부분이 몽골학 전문가가 아니었나는 짐에서, 처음부터 우리의 몽골학을 오도할 위험성을 안고 있었다는 사실이 지적되기도 하였다.

학문에는 왕도가 없고 학문이 뒷받침되지 않는 몽골관계 명저가 나온다는 것은 기대할 수 없기 때문이다. 수교 이래 몽골을 소개하는 언론매체들의 노력도 다양하게 이루어졌고 저서도 없었던 것은 아니

나 몽골전문가들의 참여가 있었던 예는 거의 없었지 않나 생각된다. 이에 평자는 차라리 학문이 뒷받침된 체계적인 개설서가 번역되어 나왔으면 크게 도움이 되리라는 생각을 해 왔다. 때마침 몽골인 연구자의 저서가 이렇게 번역되어 나와서 다소 흥분된 마음으로 책이 보급되기도 전에 출판사에 전화를 걸어 급히 책을 구해 보게 되었다.

모린홀(馬頭琴) 머리를 표지사진으로 실은 손에 잡기 좋을 정도의 책이었지만, 몽골국 정부가 '주한 몽골 대사관'이라는 한글간판을 달고 대표를 파견해 근무시키고 있는 이때에 몽골(위구르) 글자로 '몽골'이라고 굵고도 선명하게 쓴 제자 옆에 '몽고 문화사'라는 한글제자가 초라하게 붙어 조금 의아해했다.

책을 대충 훑어보면서, 천연색 유물사진이 많이 실리고 흑백 유물사진과 그림 설명도 들어 있어서 호감이 갔다. 내용도 선사시대 유물로 시작하여 최근까지는 여러 문물들에 관한 것을 구체적으로 담고 있었다. 그러나 좀 더 자세히 보면서 유물 분포도나 각 시대의 몽골역사 지도가 한 장도 없는 것을 보고 몽골문화에 처음으로 접근하려는 이들에게는 좀 덜 친절한 책이라는 느낌이 들었다.

부족을 통일한 수장을 위해 기념비적 분묘를 조영하는 전통은 흉노시대 이후에도 계승되어 기원후 1천 년대에 몽골을 지배한 투르크족에게도 존속했다.

『주서(周書)』의 연대기에는 이렇게 쓰여 있다. "죽은 사람의 말·의복·일용품을 죽은 사람과 함께 태운다. 그후 적당한 시기에 장사 지내기 위해 그 재를 모은다. 장례 후 돌을 놓고 그 위에 기념으로 기둥을 세운다. 돌의 개수는 생전에 고인이 죽인 사람 수에 따라 결정된다. 그렇게 한 다음에 제물로 바쳐진 양과 말의 머리를 전부 기둥에 매달았다."

『수서(隋書)』에서는 더 짧게 "죽은 사람을 위해 말과 수소를 잡아 죽은 사람의 시체를 말 위에 얹어 함께 태우며, 살해된 적의 수를 나타내는 돌을 묘 앞에 일렬로 세워 둔다"고 적혀 있다.

이는 본 서 85쪽에 나오는 내용이다.

이 책이 일찍이 나와서 지난해 <몽골학술기행(紀行)>을 떠나는 교수들이 읽고 갔더라면, 몽골의 비얀솜에 있는 톤유국 기념상(8세기경)을 중심으로 늘어선 수많은 돌기둥을 보고 이를 늦은 석기시대 내지는 청동기시대에 기원된 것으로 알려진 선돌로 추정하고는 선돌과 석상의 동시출현설을 내세워 학계에 물의를 일으키지는 않았을 것이라는 생각을 해 본다. 물론 이 부문 전공자들에게는 개론에 속하는 내용이지만 국내에는 이것조차도 우리글로 소개된 적이 없었던 것이다.

또 본 서 99쪽에는 수헤바타르 아이막(道)다리 강가에서 1927년에 V. A. 카자크비치가 발굴한 홍출(사람돌)에 관한 내용이 니오는데 여기서 홍(HUN)은 사람이란 뜻이고 출은 돌이란 뜻이다. 지난해 <몽골문화 탐방(探訪) 3>에서 '돌장승' 관계를 조사한 교수는 이를 '훔체로' 라고 제목을 달았고 본 서에서는 '훈츄르' 라고 하였는데, 모두 몽골말을 그대로 우리글로 옮겨 쓴 것이 아니라 일본말을 다시 거듭 번역한 데서 비롯된 그른 음사(音寫)라 하겠다. 이 홍출과 제주도 돌하르방이 그 복식이며 변발, 전발(前髮), 모자 모양, 손과 발의 자세와 손에 든 용기와 칼 그리고 전체적인 인상이 거의 똑같다고 고증한 내몽골 출신 학자 하칸추르 교수의 주장이 어느 몽골관계 학회를 통해 지난해 세밑에 《조선일보》에 게재됐던 일이 아직도 기억에 새롭다.

제1부 제1장에서는 고생물학적인 조사·발굴 결과를 정리하는가 하면 하투인에 관하여 소개하고 구석기에서 중석기에로 넘어오는 과도기에 출현한 고비형 몸돌(石核)이 갖는 역사적 의미에 관해 서술하고 있다. 그 분포가 몽골·만주·시베리아·알래스카에 이르고 있어 몽골인과 에스키모 및 아메리카 인디언의 역사적 관계를 조명하려 한 점이 흥미롭다. 이와 함께 암각화의 자료들을 소개하고 있는 점도 눈길을 끄는데 이 절은 대체로 역사적인 시각에서 체계적으로 문화의 역사를 서술하고 있다 하겠다. 그러나 그밖의 각 절들은 역사적인 시각을 조금 곁들인 것도 있고 단순한 소개도 있는데, 물론 그 소개는 관광안내 책자로 보기에는 상당히 구체적인 분석이 뒷받침하여 깊이를 느끼게 한다.

D. 마이다르(Maidar로 본 서의 '마이달' 표기는 잘못이다)는 전공이 몽골건축사이고, N. 츌템(Tsultem으로 본 서의 '츄르템' 표기는 옳지 못하다)은 몽골의 인민화가이므로 누구도 선사시대부터 현대까지의 문화사를 혼자서 체계적으로 쓸 수는 없었으리라 본다. 그래서 그런지 전체를 꿰뚫는 체계적인 몽골문화사 책이라고 보기는 어렵다. 또 본서에서는 원서가 언제, 어디서, 어떤 제목으로 나왔는지를 밝히지 않

았을 뿐더러, 역자가 직접 보고 중역(重譯)했다는 일본어판마저도 그 역자가 누군지, 언제, 어디서 나왔는지조차 쓰지 않고 있다. D. 마이다르와 N. 츌템의 공저인지, 아니면 전자의 저서에 후자의 자료를 첨부하여 역자가 편역한 것은 아닌지를 알 도리가 없다.

유물용어도 일본어를 직역해 내지 말고 우리 학계에서 우리말로 다듬어 낸 몸돌, 격지(剝片), 긁개(스크래퍼), 밀개(橙子) 등으로 썼으면 훨씬 더 좋은 번역으로 읽혀질 수 있었으리라 본다. 문장에서도 특히 '~에 있어서(における)' 식의 직역이 너무 많이 나와 머리를 혼란시키지 않나 본다. 이때는 대체로 '……에서'로 옮기면 무난한 경우가 많다.

음가(音價)가 몹시 결핍된 일본글자로 음사된 몽골말을 비롯한 외래어를 한글로 그대로 중역하려는 데서 오는 고뇌가 역자가 번역을 포기할 정도로 심각했었다는 고백은 본 서를 읽으면서 충분히 공감하고도 남음이 있을 정도였다. 우선 'L'과 'R'의 표기가 뒤바뀐 경우가 가장 많다.

바로잡아 보면 다음과 같다.

〔양길〕야마→〔양기르〕

〔투〕라→〔툴〕

복트〔우〕라→〔울〕

〔올〕도스→〔오르〕

위〔글〕→〔구르〕

〔큐르쵸〕르→〔퀼초〕

람〔츄르〕→〔촐〕

〔알가〕리→〔아르갈〕

〔엘〕데니조→〔에르〕

〔겔〕→〔게르〕

〔앗티〕라→〔아틸〕

라〔드〕로프→〔들〕

〔하르힌〕골→〔할힝〕

〔펠〕레→〔페를〕

〔트〕곤〔투몰〕→〔토〕곤〔테무르〕

〔암가란〕→〔아무 갈랑〕 ('아무' 는 평화란 뜻)

〔운둘〕게겐→〔온도르〕 (높은, 키가 큰 이라는 뜻)

〔세이〕론→〔실〕론

〔하사그텔레그〕→〔하삭테레게〕 (짐차)

〔발토리드〕→〔바아톨드〕

〔아루탕〕→〔알탄〕 (금)

〔바르〕단→〔발〕단 (강대한)

게〔레르〕→게〔렐〕 (빛)

〔멜〕겐→〔메르〕 겐 (활 잘 쏘는 이)

쟈〔루가루〕→쟈〔르갈〕 (행복)

〔엘〕데니인 · 에〔르히〕→〔에르〕데니인 · 에〔리케〕

바〔시〕리에프→바〔실〕리에프

〔켈리이트〕→〔케레이드〕

〔우불한〕가이 → 〔오보르항〕('오보르' 는 앞쪽이란 뜻)

〔쟈〕와 〔하르나르〕〔넬〕 → 〔자〕와 〔할랄〕 〔네루〕

〔빌리깅 · 호구질린 · 바툴라그치〕 → 〔빌리긴(지혜) · 호구질린(퍼지다) · 바툴라그치(단단하게 하는 자)〕

〔톨곤 · 체레그〕 → 〔토르곤(서 있는) · 체릭(군인) → 입초(立哨)〕

〔마〕라가이 → 〔말〕라가이 (모자)

〔츄른〕 → 〔촐른〕 (돌)

〔가르〕상 → 〔갈〕상 (행복)

마이〔달〕 → 마이〔다르〕 (행복의 신)

〔보롤루 트리〕 → 〔볼로르, 톨리〕

〔하르〕하 → 〔할〕하

〔칼〕피니 → 〔카르〕

〔부그도 나이라무다후 몽고르 아루도 우루스〕 → 〔북드 나이람다후 몽골 아르딘 올스〕(몽골인민공화국)

● 'N' 을 한글 'ㅇ' 받침으로 쓸 경우는 다음과 같다.

〔훈〕 → 〔훙〕(XYH : 사람)

〔텐구〕리 또는 〔텐게〕리 → 〔텡그〕

〔온〕긴〔고르〕 → 〔옹〕긴〔골〕

사〔간〕세첸 → 〔강〕

〔문헤〕 → 〔몽케〕 (영원의)

우리〔안가〕이 → 〔양카〕

〔쟌〕가르→〔 쟝〕

〔온〕곤→〔 옹〕

셀〔렌〕게→셀〔렝〕게

바이〔신〕→〔 싱〕 (건물)

담〔딘 스〕렌 또는 담〔진스〕 렌→〔 딩수〕

〔둔갈〕→〔 둥겔〕 (흰 조개)

〔에슨케〕→〔 이숭게이〕

◉ 'ㄱ' 받침을 '그' 또는 '구' 로 한 경우는 이렇다.

〔톤유쿠구〕→〔 토뉴국〕 또는 〔톤유국〕

〔다그〕바도로지→〔 닥〕

킵〔챠크〕→〔 착〕

체〔체구〕→〔 첵〕 (꽃)

나〔차그〕도로지→〔 착〕

〔단비 · 후투크트〕→〔 담바 · 후툭투〕

〔다그〕바→〔 닥〕 (영광)

◉ 'ㅂ' 받침을 '브' 로 한 경우는 다음과 같다.

〔호브〕드→〔 홉〕

〔루부〕상 하이 〔다브〕→〔 룹〕상하이 〔답〕

〔타부 가츠〕→〔 탑가츠〕

〔호 브〕스〔굴〕→〔 홉〕스 〔골〕

〔타부타이 사인 노〕→〔탑테 사이 노〕

〔제브〕→〔젭〕(뾰족한 물건)

◉ H를 ‘ㅍ’ 또는 ‘ㅂ’으로 한 경우는 아래와 같다.

〔이프 텐게린 암〕→〔이흐 텡게리 암〕(위대한 하늘의 골짜기)

〔룬〕문자→〔루닉〕문자 (‘룬’은 German의 비문에 ‘루닉’은 오르콘 강 부근의 투르크(突厥)비문에 각각 해당된다.)

〔브라디미르초프〕 또는 〔부라지밀초프〕→〔블라디미르초프〕

〔다〕단→〔달〕(타타르)

〔아울〕(耶律)→〔야율〕

〔우게 데〕이→〔오고테〕

〔쏭〕카파→〔총〕

야쿠〔챠〕→야쿠〔티아〕

〔마훔드·가슈가리〕→〔무함매드 알 카슈가리〕

〔상〕바→〔삼〕(좋은)

나다〔브〕→〔후〕(놀다)

〔즈〕라후→〔조〕(그리다)

〔슨〕잠→〔순〕(우유의 길)

〔울지〕→〔올제이〕(福)

〔이프 호쇼투〕→〔이흐 호쇼트〕

〔트바〕→〔투바〕

노〔잉〕우라→〔인〕

〔구달〕→〔고탈〕

〔프라그〕→〔훌라구〕

람스〔텟토〕→람스〔테드〕

하라〔발가슨〕 또는 카라〔발가슨〕→〔발가순〕 (도시라는 뜻인데, 여기서 그 앞의 '하라' 와 '카라' 는 둘 중의 하나로 통일돼야 한다.)

헨〔데이〕→〔티〕

〔즌〕 헬렘→〔쥰〕 (동)

투〔세트한〕→투〔시예트칸〕

〔단〕우(單于)→〔선〕우

카자〔후〕스탄→〔크〕

라시드 〔엣〕딩→라시드〔앗〕딘

바〔타〕→〔트〕 (강하다)

〔즈루〕하이→〔조르〕 (금)

〔즈타구〕→〔조락〕 (그림)

〔브〕리야트→〔부〕

〔젭슨〕담바→〔제츈〕

〔얌〕→〔쟘〕(站 : 길)

우〔젬〕친→〔줌〕

또 큐르테긴, 키요르테긴, 큐리테긴 등을 퀼테긴(KülTegin)으로 바로잡아 통일돼야 하며, 노욘, 노얀, 노인도 그중 하나로 통일되어야 한다. 목축민의 '나라' 인 알타이는 일본말 しくに(國)를 고장이

아닌 나라로 잘못 옮긴 것으로, '고장'으로 고쳐 옮겨져야 하며, '아이막'을 일본식으로 '현'이라 직역한 것도 '도'로 바뀌어야 한다. 부단〔슴〕사는 부단〔숨〕사로 고쳐져야 하며 '숨'이 절〔寺〕이란 뜻이니 '사'자가 중복되어 붙을 필요가 없다. 간〔쥴〕→간〔주르〕는 그 뜻이 '불경'이고 단〔쥴〕→단〔주르〕는 그 뜻이 '주석집'이라든가 자바이칼은 소련 쪽에서 저편에 보이는 곧 '외(外)' 바이칼이라는 역자의 주석이 있었으면 하는 부분이 몇 군데 있고, 특히 우리 독자들의 흥미를 끌기 위해 우리 문화와의 관련에 관한 역자의 주석이 많이 붙여졌으면 한다.

거란 대(문)자를 대거란문자로 하고 거란 소(문)자를 소거란문자로 한다든가 '알탄톱치'를 '황금사'가 아닌 '황금이야기'로 하며 '약의 동의어적 지식의〔사전〕'에서 〔사전〕 대신 〔거울〕('톨리'라는 말에 두 가지 뜻이 다 있다)이라 하고 청동경(靑銅鏡), '애책(哀冊)'으로 보이는 것을 '짧은 책'이라고 하여 몽골학계의 일반 관행과 동떨어진 용어를 쓴 것을 볼 때, 한글 번역이 올바르다면 일본어판 번역자가 몽골연구자가 아닐 가능성이 높다.

이상과 같이 어려운 외래어의 음역은 우신 이 분야 번역서, 예컨대 개설서로는 송기중 역(룩콴테 저, 『유목민족제국사』 민음사, 1984)을 참조한다든가, 전문서로서는 평자의 『몽골사회제도사』(베. 야. 블라디미르초프 지음, 대한교과서 주식회사, 1990)를 우선 참고하면 크게 도움이 되리라 본다. 역자의 파악과는 달리 국내에는 일제하부터 이 분야를 꾸준히 연구해 온 이들이 있고 또 그 제자들이 국내외에서 연구해 오고 있으니까 구체적으로 전공자에게 그 분야에 관한 문의를 할 필요가 있을 것이다.

지금 우리나라에는 세계적으로 알려진 만주어학자도 있고 최근 인디아나대학에서 몽골어 연구로 학위를 취득한 유원수 박사 같은 소장학자도 있으며 몽골의 고전을 연구하는 전문학회도 있다. 몽골 본부보다 한국에 몽골말이 더 많이 그 원형을 보존한 채 남아 있다고 보는 하칸추루 교수나 베. 수미야바타르 교수는 오히려 일본이나 소련의 몽골학계보다 한국몽골학계에 기대를 걸고 있다고 하기도 한다. 번역은 제2의 창작이라 하였으니 때맞춰 출간된 본 서를, 할 수 있는 한 모든 여건을 활용하여 끊임없이 가다듬어 다시 써 가며 응분의 기여를 할 수 있도록 해야 할 것이다.

한국 고대문화는 발해연안에서 기원

임효재 서울대 고고미술사학과 교수 · 박물관장

『**韓國古代文化의 起源**』
이형구 지음 / 1991 / 까치

그간 우리나라 고대의 기원과 그 전개과정을 밝히는 연구서가 적지 않게 출간되었다. 대부분이 깊이 있는 전문 연구서들이기 때문에 그것을 전공하지 않은 분들에게는 쉽게 접근하기에 어려움이 있었다. 그러나 이번에 이형구 교수의 『한국 고대문화의 기원』은 일단 그런 이해의 어려움을 극복한 평이한 문체라는 데서 독자에게 보다 쉽게 접근할 수 있는 기회가 마련되었다. 그것은 《경향신문》에 연재했던 글을 한 권의 책으로 묶었기 때문에, 그 집필의도가 일반 대중을 목표로 했기 때문이기도 하다. 최근 들어 정부의 북방정책과 더불어 중국이나 북한에 대한 연구성과의 접근이 용이해지면서 한국 고대문화의 기원 문제는 보다 폭넓은 시야에서 다루어지게 되었는데, 마침 대만에서 10년 이상 유학생활을 한 이형구 교수는 최근의 중국 발해연안 지역의 연구성과를 세밀하게 분석할 수 있는 학문적 배경을 가진 한국 내 유일한 학자로서 새로운 자료를 기반으로 한 주목되는 저서를 출간한 셈이다.

더구나 우리 민족이 거의 3000여 년 동안이나 활동해 왔던 만주 지역이 중국의 영토로 됨에 따라 우리 민족의 고대문화를 밝혀 줄 유적과 유물에 국내의 학자들이 접근하기가 어려웠던 점이 그간 우리 고대문화를 연구하는 데 커다란 장벽의 하나였다. 이와 더불어 1945년 해방 이후 국토가 분단되어 북한 지역에서 이루어진 수많은 고고학적 성과도 우리 학자들의 실증적 연구대상에서 제외되었던 점도 부인할 수 없다. 이러한 몇 가지 어려움과 한계를 극복하면서 우리나라 고대문화가 발해연안에서 기원되었다는 새로운 견해를 밝힌 이 책은 어떤 면에서는 이채로운 주장이기 때문에 시선을 집중시킨다.

이 책에서 저자는 우리나라 고대문화의 기원에 대한 기존의 여러 가지 학설(시베리아 기원설, 오로도스 기원설 등)과 다르게 대릉하를 중심으로 한 발해연안에서 우리 민족의 고대문화가 자생했다는 새로운 견해를 제시하였다. 여기에서 발해연안은 발해를 중심으로 남부의 중국 산둥반도, 서부의 하북성 일대, 북부의 요서지방, 북동부의 요동반도와 동부의 길림성, 중남부 및 한반도 서북부를 포함하는 지역이다. 이 지역은 동토지대인 시베리아와 달리 크고 작은 강들과 넓은 들판, 그리고 양지바른 언덕이 많아 일찍부터 농경이 이루어진 곳으로 동방의 고대문명이 발생할 조건을 모두 갖추고 있다. 또한 발해연안에서는 우리 고대국가인 고조선사회를 발전시켰으며 고구려와 발해의 문화를 찬란하게 꽃피웠던 곳이다. 따라서 우리 민족의 주요한 활동무대로서 여기서 우리 민족의 고대문화가 기원했다는 저자의 견해는 우리 학계에 다양한 논의와 새로운 연구를 자극할 것으로 보인다.

이 책은 모두 10개의 장(章)으로 나뉘어 있다. 이들 10장의 내용은 크게 두 부분으로 나눌 수 있는데, 전반부는 만주 지역과 북한 지역에서 발굴된 최근의 고고학 자료를 바탕으로 발해연안의 구석기(舊石器)·신석기(新石器)·청동기문화(靑銅器文化)를 총체적으로 조감하고 있다. 후반부는 초기 철기시대 이후의 고고학 자료를 중심으로 부여, 고구려, 발해의 문화를 개관하고 있다. 풍부한 원색사진, 200여 매의 흑백사진 및 도판 그리고 평이한 서술로 민족문화의 커다란 흐름을 파악할 수 있도록 하였다.

저자는 우선 발해연안의 구석기시대 유적에 주목하고 있다. 평양시 상원군 검은모루 구석기유적(60만~40만 년 전)에서 발굴된 동물화석과 석기가 요동반도의 금오산유적(50만~20만 년 전)에서 발굴된 것들과 일맥상통한다는 점에서 그리고 요동반도의 요후산유적에서 발굴된 석기가 경기도 전곡리 유적에서 출토된 석기와 제작수법이 같은 계통이라는 점에서, 구석기시대부터 한반도는 발해연안과 동일한 문화권에 속해 있었음을 저자는 시사하고 있다.

다음으로 저자는 발해연안의 신석기문화(발해문명)가 동북아시아에서는 가장 이른 시기의 것으로 보고, 요동반도의 대동하 유역 그리고 한반도에서 보이는 '지자(之字)' 무늬의 토기와 '인자(人字)' 무늬의 빗살무늬토기가 대략 기원전 6000년 내지 5000년경에 시작되었는데, 이 시기는 기원전 5000년 내지 기원전 4000년경에 출현하는 동유럽이나 시베리아의 빗살무늬토기보다 무려 1000년 이상이나 앞선다는 것을 강조하고 있다. 이들 빗살무늬토기의 발견으로 동북아시아 신석기문화가 발해연안에서 기원하였음을 강조하고 있다. 또한 저자는 대릉하 유역에서 발견된 적석총(積石塚)과 석관묘(石棺墓)의 연대가 기원전 3500년경으로 시베리아의 가장 이른 석묘의 연대, 기원전 2500~1200년경보다 무려 1000년 이상이나 빠르기 때문에 지금까지 북방의 시베리아에서 기원했다고 믿어 왔던 석묘(적석총, 석관묘, 석곽묘, 지석묘 등)문화도 발해연안에서 기원했다고 보고 있다.

빗살무늬토기와 석묘뿐만 아니라, 발해연안에서는 일찍부터 용(龍)을 믿는 신앙과 지모신(地母神)신앙, 갑골문화(甲骨文化)와 점복신앙(占卜信仰) 그리고 석경(石磬) 등이 나타나서 동북아시아 주변 지역의 정신문화에 많은 영향을 끼쳤다는 것을 강조하고 있다. 예를 들면, 동방 최고의 옥으로 만든 기원전 4000~3000년경의 용의 형상은 황하 중류의 중원지방을 크게 벗어난 지점인 발해연안 북부의 대릉하 요하 유역에서 처음 출현하고 있다는 것이다. 중국문화 또는 황하문명의 상징으로만 알아 왔던 용에 대한 신앙을 우리 민족이 탄생시켰을지도 모른다는 사실은 저자의 학설만큼이나 새롭다. 그리고 동방문명의 대표적 요소의 하나인 갑골문화가 발해연안에서 발생하여 황하 이북의 은허(殷墟)에서 문자가 있는 갑골문자로 발전하고, 만주지방과 한반도에서는 청동기시대와 철기시대에 유행했고, 이어서 일본으로 전파되어 야요이시대(彌生時代)의 갑골문화를 형성시키도록 하였음도 밝혔다.

고대 동방문명의 보고인 갑골을 어려운 여건하에서도 꾸준히 연구해 온 저자의 노력이 이러한 주장으로 이어졌을 것이며, 우리 민족문화의 폭이 한층 넓어지는 계기가 되었다. 최근 우리나라 경남 김해와 전남 해남 등지에서 철기시대의 갑골들이 발견되어 신석기시대의 갑골문화가 오랫동안 이어져 왔음이 증명되고 있다. 이러한 여러 가지 고고학적 자료를 증거로 하여 저자는 발해연안에서 구석기시대뿐만 아니라 신석기시대에도 다른 어느 지역보다 일찍이 새로운 문명이 태동하여 '발해문명'을 이룩했다고 하였다.

청동기문화에 있어서도 발해연안은 다른 지역들보다 앞서 발달하고 있었음이 밝혀지고 있다. 저자는 대성산유적에서 기원전 2000년경의 순동장식(純銅裝飾), 내몽고 적봉시 하가점 하층에서 기원전 1900년경의 청동기 제련(製鍊)덩어리, 이어서 나타난 대릉하 유역에서의 은말주초(기원전 14~11세기)의 청동기(솥, 술그릇, 술잔, 물그릇 등)를 예로 들면서, 발해연안에서는 적어도 기원전 15세기경에 이미 청동기문화가 형성되었음을 밝히고 있다. 이렇게 단계적으로 발달한 청동기문화가 고조선문화와 밀접한 관련을 맺고 있는 발해연안식(비파형) 청동단검과 청동거울 및 좁은 놋단검문화를 창조했다는 것이다.
이러한 견해는 일찍이 북한학자들의 주장을 그대로 소개하고 있다.

이 책의 후반부에서 초기 철기시대(기원전 4~3세기) 부여의 황금
문화와 고구려의 산성, 돌무지무덤, 광개토대왕비, 안학궁, 고분벽
화, 마구 및 금관 그리고 발해의 문물 등을 소개하고 있다. 『삼국지』
동이전의 문헌기록과 일치하는 부여의 황금문화는 삼국으로 이어져
찬란한 금관으로 나타나고 있음은 잘 아는 사실이다. 광개토대왕비
에 대해서는 저자가 1986년에 출간한 『광개토대왕릉비 신연구』의 핵
심내용을 다루어 독자들에게 다시 한번 일본인 학자들의 역사 왜곡
을 일깨워 주고 있다.

저자는 후반부에서 고구려벽화에 많은 지면을 할애하고 있다. 그
리고 고구려의 벽화고분을 통하여 고구려문화가 당시 동북아 국제문
화의 중추적인 역할을 담당했음을 알 수 있다는 저자의 해석은 누구
나 쉽게 수긍할 수 있을 것이다. '동방회화의 금자탑' 이라고 찬사를
아끼지 않은 고구려벽화를 불교회화, 씨름과 태권도, 마상무예, 사신
도 등의 작은 항목으로 나누어 설명하고 있다. 역사시대의 이들 문화
에 대해서는 이미 우리나라 학계에도 잘 알려진 바 있으나, 기원후
4~7세기에 만들어진 고구려벽화가 당시 동북아 최고 수준에 이르
렀으며, 중국의 중원지방으로 흘러가 7~8세기 성당(盛唐)의 고분벽
화에 영향을 끼쳤다는 저자의 견해는 자못 새롭다. 선사시대의 발해
문명이 역사시대의 민족문화로 나타났다는 사실을, 저자의 풍부한
자료 제시와 평이한 서술, 그리고 자세한 그림 설명으로 쉽게 이해할

수 있었음이 이 책이 가진 특색이다.

우리 한국학자의 실질적인 접근이 어려웠던 발해연안의 중국 측과 북한 측의 성과를 그 나름대로 정리하여 우리 학계에 소개한 것은 무엇보다도 중요한 공헌의 하나라고 생각된다. 그와 함께 그런 성과를 고대사 전공자가 아니더라도 쉽게 이해할 수 있도록 평이한 문체로 기술한 것도 우리 역사의 대중화라는 입장에서 바람직한 것으로 보인다.

그러나 한국 고대문화에 대한 발해연안 기원 주장은, 현 단계에서 쉽사리 결론 내릴 수 있는 문제는 아닌 것으로 보인다. 필자가 보다 폭넓은 시야에서 보다 깊이 있는 연구업적의 축적을 기반으로 한 학문적 추구가 계속될 때 한국 고대문화의 원류 문제는 보다 객관성 있는 결론으로 유도되지 않을까 생각된다. 중국의 '지자' 무늬와 한국의 빗살무늬토기와는 제작수법이나 문양기법에서 상이하고, 중국의 '인자' 무늬도 한국의 빗살무늬토기와는 구분되는 것인데, 이 책에서는 그것의 혼동으로 인한 학술적 연관성의 빗나감이 보이는가 하면, 청동기시대의 미송리형토기에서 고구려토기로의 직접 계승·발전 같은 무리한 비약도 눈에 띈다.

이밖에 체계적인 학술적 논거에 의하지 않은 비약이나 억측 부분이 적지 않게 정당화되어 기술된 것은 고대사를 전공하지 않은 일반 독자에게는 시원한 결론을 안겨 줄지 모르나, 그런 결론이나 주장은 앞으로 국내외 학계의 많은 연구와 토의 후에 이루어질 것들이 대부분이다.

어쨌든, 한국 고대문화의 기원이나 전개를 논함에 있어 이처럼 이채로운 입장에 서서 접근하는 연구도 있다고 할 때, 그런 면에서 이 책에 독특한 가치가 부여되지 않을까 생각된다.

한민족의 시베리아 기원설과 가야와 일본관계

이형구 한국정신문화연구원 교수

『韓國上古史研究』

김정학 지음 / 1990 / 범우사

우리나라의 고대사와 고고학 연구에 많은 노력을 기울이셨고 지금도 학계에 큰 영향을 주고 계시는 김정학(金廷鶴) 교수는 지난 40여 년 동안 여러 학술지에 발표하셨던 논문들을 모아 '저작선집' 4권으로 출간할 예정이라고 한다.

최근 범우사가 제1권을 출간하였다. 저자는 역사학에 바탕을 둔 경험과학과 실증과학으로 철저하게 사료를 비판하려고 애썼으며, 인류학과 고고학 등 인접과학에 힘입어 좀처럼 밝혀지지 않는 우리나라 고대사의 비밀을 캐내려고 노력하였다. 저자의 이러한 역사인식은 이 책의 여러 논문에 잘 반영되어 있다.

이들 논문들 중에서 제 I 부 '한국신화의 연구', 제 IV 부 '가야의 역사와 문화' 그리고 제 VII 부 '임나일본부(任那日本府)에 대하여'등은 사료 비판의 모범을 보는 듯하고, 특히 제 VI 부 '위지 한전 편두 기사고(魏志 韓傳 扁頭記事攷)'는 예안리(禮安里)고분에서 출토된 편두골(扁頭骨)을 형질인류학적(形質人類學的) 측면에서 분석하고 이를 문헌기록으로 확인하여 학계에 신선한 충격을 주었을 것으로 생각한다.

한편, 제 II 부 '한국민족 및 문화의 기원' 그리고 제 III 부 '고조선의 기원과 국가형성'에서의 글들은 집필 당시 국내에 소개된 자료가 부족했을 뿐만 아니라, 우리나라 학자들이 접하기도 어려운 발해연안(渤海沿岸)에서의 고고학 발굴자료에 대한 새로운 해석이 없어 최근의 연구성과와 견해를 달리 하고 있는 부분도 있다. 그러나 당시의 우리나라 고고학 연구 수준에서는 나름대로 새로운 길을 개척했음은 부인하기 어렵다.

한편, 제 V 부의 '광개토왕비문(廣開土王碑文)에 나타난 한일관계'에서 저자는 광개토대왕릉비문의 문제가 된 소위 '신묘·경자년 기사(辛卯·庚子年記事)'를 일본 육군장교 '주내경신(酒匂景信)'이 의도적으로 왜곡·개각(歪曲·改刻)한 쌍구가묵본(雙句加墨本)을 그대로 무비판적으로 받아들이고 있는 점은 이 책의 문제점으로 남을 것이다.

제 I 부에서 저자는 엄정한 사료 비판을 통하여 우리나라 신화의 변천과 신화 속에 깃든 고대인의 생각과 역사적 사실을 발견하려고 노력하였다. 저자는 부여·고구려의 시조신화에서 동명(東明)—추모(鄒牟)·주몽(朱蒙)—을 천제지자(天帝之子) 또는 일자(日子)라고 부르고 있는 점과 고구려왕족의 성이 '해(解)'씨인 점을 들어 부여·고구려를 건국한 시조집단이 태양신을 숭배했다고 보았다. 그리고 신라와 가야의 시조신화, 고조선의 건국신화가 대체로 태양신화를 줄거리로 하고 난생(卵生)신화나 토테미즘이 혼합되었음을 밝혔다. 아울러 저자는 태양숭배와 곰 토템이 우리 민족과 같은 계통의 북방아시아 여러 민족, 즉 시베리아와 동북아시아에 널리 분포해 있음을 강조했다.

이러한 저자의 시각이 제Ⅱ, Ⅲ부에서 한국민족 문화의 기원 및 고조선의 기원을 밝히는 데 있어 기본적인 전제를 이루고 있음을 간과할 수 없다. 또한, 저자는 태양신화와 혼합된 난생신화(卵生神話)가 남방아시아의 난생신화에 영향을 받았으며, 은(殷)나라 시조인 설(契)의 난생신화와 같다고 하여 연구의 여지를 남기고 있다. 그리고 우리 민족과 문화의 기원을 북방아시아에 설정해 놓고 또다시 난생신화와 지석묘(支石墓)의 기원이 남방아시아로부터 전래되었다고 한 것은 저자의 '북방기원설'에 크게 모순되는 부분이다.

저자는 제Ⅱ부에서 우리나라 민족의 기원과 신석기문화·농경문화·청동기문화의 기원 및 발전을 다루고 있다. 김 교수의 설명에 의하면, 우리 민족을 시베리아 몽고인종으로 보고 다시 '옛 시베리아족(Palaeo-Siberians)'과 '새 시베리아족(Neo-Siberians)'의 2종족으로 나누고 있다.

여기서 동쪽으로 이동한 옛 시베리아족의 한 갈래가 한반도 서남부 및 남부에 이르렀다고 한다. 한편, 시베리아의 서북 및 서남쪽에 있었던 새 시베리아족, 즉 우랄알타이족은 동남 유럽으로부터 목축문화와 청동기문화의 영향을 받아 급속히 세력을 팽창시켜 옛 시베리아족을 더욱 동쪽과 북쪽으로 이동시켰다고 한다. 이러한 김 교수의 우리 민족에 대한 강한 입장은 최근의 새로운 견해를 주의하여 우리나라 민족의 기원에 대한 인식을 재고할 필요가 있다고 하겠다.

우리나라 신석기문화의 기원에 대해서도 저자는 북유럽의 이른바 즐치문 토기문화(櫛齒文 土器文化 ; Kammkeramische-Kultur)의 영향을 받은 시베리아 신석기문화의 전통을 더 많이 갖고 있다고 보았다. 즉, 한반도 서북부와 남부의 신석기시대 토기가 첨저반난형(尖底半卵形)이면서 즐치문(櫛齒文) · 단사선문(短斜線文) · 어골문(魚骨文) · 격자문(格子文) · 융기문(隆起文) · 연속고선문(連續孤線文) 등 시베리아 토기의 무늬를 똑같이 나타내고 있다는 것이다.

그러면서 한반도 신석기시대 토기는 시베리아 신석기시대 토기에서 기원하였다고 하는 입장을 강력하게 전개하고 있다. 그러나 근년에 지속적으로 발견되고 있는 만주지방이나 한반도의 빗살무늬토기의 연대가 시베리아보다 앞선다는 사실은 배제되고 있다.

아울러 저자는 한반도에서의 신석기시대 문화발전을 전개하고 있다. 해안과 하천유역에서 어망추(漁網錘)와 뼈로 만든 도구를 사용하던 당시의 주민들은 어로와 수렵생활을 주로 하다가 농경문화 단계에 들어갔는데, 이들은 머리꽂이 같은 장신구, 호신부(護身符 ;

Amulet)로써의 골각품, 소·사슴의 견갑골(肩甲骨)에 불 자국을 낸 복골(卜骨) 등을 사용하여 일정한 수준의 정신문화를 발전시키고 있음을 확인했다.

또한, 저자는 돌낫과 반월형석도(半月形石刀)가 화북 지방에서 만주를 거쳐 한반도에 전해졌으며, 벼는 산둥반도와 양자강 하류에서 해로로 북상하여 랴오둥반도를 거쳐 한반도 서북해안에 전래되었다고 한다. 이러한 경로는 저자가 주장하는 우리나라의 청동기문화의 전파경로와 달라서 주목된다.

저자는 요녕(遼寧) 청동기 중에서 비파형동검(琵琶形銅劍)과 다뉴기하문동경(多鈕幾何文銅鏡)은 요녕 지방에서 기원하였으나, 부채날동부(銅斧), 동포(銅泡), 곡배내만인동도(曲背內彎刃銅刀), 동착(銅鑿), 동물의장, 동패(銅牌) 등은 오르도스 청동기의 전통을 이어받았다고 한다. 조선족은 바로 요녕 지방의 하천과 해안시대에서 농업을 주로 하면서 차츰 읍락(邑落)국가를 형성하여 독특한 청동기문화를 발달시켜 한반도에 전했다는 것이다.

저자는 요녕 청동기문화가 은주(殷周) 청동기문화와 다르면서 오르도스 청동기문화의 영향을 받고 있다고 주장했다. 동일한 지역의 농경문화와 청동기문화가 서로 계통이 다르다고 주장한다. 그러나 이러한 저자의 견해는 요녕 청동기의 성분과 제작에 대한 주변문화와의 비교연구로 입증되어야만 할 것이다.

제Ⅲ부 '고조선의 기원과 국가형성'에서는 제Ⅱ부에서 사용했던 고고학 자료를 재차 분석하여 논리를 전개하고 있다. 여기서 저자는 석관묘(石棺墓)와 적석총(積石塚)을 안드로노보-까라수크 문화의 특징적인 묘제로 파악하고, 강상묘(崗上墓), 누상묘(樓上墓) 등이 이들과 동일한 계통이며, 이러한 청동기시대의 묘제가 한반도에는 철기시대를 거쳐 삼국시대까지 전해졌다고 보았다. 그러나 여기에서도 김 교수는 근래에 발해연안에서 신석기시대의 적석총과 석관묘가 발굴된 사실을 간과해 버린 감이 없지 않다.

제 Ⅳ부 '가야의 역사와 문화'는 이 논문집의 1/4 분량을 차지하고 있으며, 사료 비판에 심혈을 기울인 저자의 노력이 돋보이는 부분이다. 가야의 문화를 전기(1~3세기)와 후기(4~6세기)로 나누어, 전기를 변한연맹국가(弁韓聯盟國家) 시대로, 후기를 가야연맹국가 시대로 파악하고 있다. 『삼국사기』의 가야와 관련된 기사를 분석하여 저자는 가야의 맹주국인 대가야(大加耶)가 전기에는 김해를 중심으로 했다가 후기에는 고령을 중심으로 성장했음을 밝혔다.

또한, 저자는 『삼국지(三國志)』「위지(魏志)」 동이전(東夷傳)에 기록된 13국 중에서 5국의 위치를 비정했으며, 변한이 가야이고, 진한이 신라임도 밝혔다. 여기서 1960년과 1964년에 저자가 책임을 맡아 발굴한 경상남도 창원 웅천 패총에서 나온 것과 1980년 동아대에 의하여 김해 부원동 유적에서 발굴한 복골을 동일시하고 있다.

그러나 최근 국내에서도 발견 예가 증가함으로써 평행선각(平行線刻)이 점복(占卜)신앙―복골(卜骨)―의 유물이 아니라 일개 칼자루(刀子柄)였음이 밝혀졌다. 저자는 견갑골에 복점을 하는 습속이 수렵과 목축을 주로 하던 북방아시아족에서 기원했다고 하나 시베리아 지

역의 복골 습속은 근세의 일이다. 복골에 대한 국내의 몇몇 학술논문
은 이와 같은 사실을 규명해 주고 있음을 김 교수는 간과한 것 같다.

『삼국유사』의 오가야조(五加耶條), 『일본서기(日本書記)』 신공기
(神功紀) 49년(369)조의 가야 7국 및 흠명기(欽明紀) 23년(562)조의
가야 10국, 『삼국사기』 신라본기에 기록된 가야국 등에 대한 세밀한
문헌고증을 통하여 가야의 영역을 밝혔다. 그리고 저자는 가야사회
가 수도(水稻) 재배가 유리한 지리적 조건, 풍부한 철의 생산, 강과
바다를 통한 무역 등의 여건을 갖추었음에도 연맹국가에서 통합된
고대국가로 발전하지 못한 이유도 설명하고 있다.

제Ⅳ부 '위지 한전 편두기사고(魏志 韓傳 扁頭記事攷)'는 23쪽에
불과한 짧은 글에 속하나, 이 글이 가지는 의의는 다른 글들에 못지
않게 높다. 1976년부터 부산대학교 박물관에서 발굴하기 시작한 예
안리 고분군에서는 88기의 무덤에서 50여 구의 인골이 출토되었다.
이들 중 30여 구가 거의 완전한 형태여서 우리나라 고대 주민의 형
질인류학 특징을 연구하는 데 귀중한 자료가 되었다.

저자는 일본 성마리안나 의학대학의 소편구언(小片丘彦) 교수와
부산대학교 의과대학의 김진정(金鎭晶) 교수의 힘을 빌려 이들 인골
을 복원 계측한 자료에 기초하여 『삼국지』 「위지」 동이전 한조(韓條)
의 편두기사를 실증하고 있다. 즉, 85고분에서 출토된 여성의 두개골
의 최대 길이(163mm)가 예안리 고분 여성 평균치(173.7mm)보다 짧
고, 최대 폭(150mm)이 더 넓은(+12mm) 것은 전두(앞머리)를 압박하
여 변형한 까닭으로 파악한다. 이들 실측자료로 두 가지 사실을 알게

되었다. 하나는 예안리 고분군 출토의 두개골 계측치가 중두형(中頭形)을 나타내고 있어서, 알타이족과는 다른 종족의 형질적 특징을 보이고 있음을 시사한다는 점이다. 다른 하나는「위지」한조에 기록된 '편두'의 습속은 문신과 마찬가지로 변한 지방의 습속이며, 그 기원을 남방아시아의 편두 습속에서도 찾아볼 수 있게 되었다는 점이다.

제Ⅶ부 '임나일본부에 대하여'라는 글에서 저자는『일본서기』의 사료를 엄밀하게 검토 비판하여, 일본이 고대에 남한 지역을 지배했다는 소위 '남한경영설(南韓經營說)'의 허구성을 밝혔다. 이 글은 제Ⅳ부 '가야의 역사와 문화'와 관련이 많다. 저자는 광개토대왕릉비에 의거해서 4세기 후반부터 5세기경의 가야·백제·신라·고구려·왜 등의 국제관계를 분석했다. 당시 고구려는 신라와 백제·임나가라(任那加羅)·안라가야(安羅加耶)가 왜와 손을 잡고 있었음을 비문의 경자(庚子)·갑진(甲辰)·정미(丁未)년조에서 알 수 있다. 당시 왜는 고구려에 참패를 당하는데, 고구려가 노획한 수많은 철제 갑옷들은 출토된 고고학적 유물들로 보아 왜에서 만들지 못하고 가야에서 만들었을 것으로 보이기 때문이라고 보았다.

김 교수의 많은 자료수집을 토대로 철저한 사료 비판과 사실 규명에의 열성은 후학들이 본받아야 할 점으로, 특히 변함없는 강력한 주의주장은 다른 연구자의 추종을 금하게 한다. 그래서 김 교수의 강점 중에 혹 약점이 되기도 하는지 모른다. 새로운 사실에 대한 적극적인 접근이 아쉽게 느껴지는 마음이 후학의 솔직한 독후감이다. 앞으로 <한국고고학연구(韓國考古學硏究)>, <한국청동기시대의 연구(韓國

青銅器時代의 硏究)>, <고대한일관계사연구(古代韓日關係史硏究)>
등의 논문집들이 하루빨리 출간되어 독자들의 고대사 연구에 대한
갈증을 풀어 주기를 기대한다.

오늘에서 보는 선인들의
일상생활, 그 값어치

최래옥 한양대 국어교육과 교수

『朝鮮歲時記』

홍석모 외 지음 / 이석호 옮김 / 1991 / 동문선

1

이 『조선세시기(朝鮮歲時記)』는 동문선 문예신서 49번으로 이석호(李錫浩) 선생이 옮긴 576면으로 두툼한 책이다.

홍석모(洪錫謨)의 『동국세시기(東國歲時記)』와 김매순(金邁淳)의 『열양세시기(열陽歲時記)』와 유득공(柳得恭)의 『경도잡지(京都雜志)』 그리고 민주면(閔周冕)의 『동경잡기(東京雜記)』 등 네 가지를 한데 묶어서 번역문, 주석, 원문에다 색인을 잘 달아서 우리 민속학의 고전을 현대인에게 잘 수용이 되도록 한 책이다.

나는 이 『조선세시기』를 읽어 보면서 이 책하고 맺은 인연을 돌이켜 보았다.

1967년 한국문화인류학회에서 문화인류학 자료총서로서 『동국세시기』와 이능화(李能和)가 지은 『조선무속고(朝鮮巫俗考)』를 영인하여 판매, 보급을 한 적이 있었다. 대본은 1911년 광문회(光文會)에서 『동국세시기』와 『열양세시기』 및 『경도잡지』를 합본하여 활자화한 것이었다. 이 책은 지금 성균관대학교 교수로 있는 임형택(林熒澤) 군이 당시 서울대학원생 동학으로 갖고 있던 것을 지금 탑(塔)출판사 사장인 김병희(金炳熙) 씨의 힘을 빌려서 300권인가 영인을 한 것이다. 김 사장은 미군에서만 쓰던 복사기인 제록스의 제원(諸元)을 알고 설계도를 갖고서 수차 실험을 거듭한 끝에 드디어 한국 최초로 복사기를 발명한 사람이었다. 그는 이 기계를 서울대 도서관에 두고서 주로 규장각 도서의 복사와 영인에 치중할 때인데 내가 문화인류학회 회원으로 이 기계에 착안하여서 『동국세시기』와 『조선무속고』 영인을 학회에 제안하여 성사가 된 것이다. 그때 실비가 100원, 학회에 낼 돈이 100원, 제작 판매수금을 맡은 내가 100원을 갖기로 해서 정가가 300원이었다. 나는 실제로 학회출판간사라는 이름으로 각 대학 교수와 도서관에 팔았으니까, 사실 한국에서 영인 책을 판매한 면에서는 선구자에 속한다. 당시 학회 회장은 임석재(任晳宰) 교수요, 나의 스승이셔서 이 일이 잘 되었는데 수금면에서 차질이 있어서 여러분에게 폐를 끼쳤다.

25년 전 신혼 초와 대학원시절의 생활에 보탬이 된 이 『동국세시기』를 이제 서평을 하다니 어이 감개가 무량하지 않을쏘냐.

그런데 사실은 1961년에 이두현(李杜鉉) 교수가 국문학사 시간에 언급을 한 바가 있고, 실제로 1964년 문리대 고고인류학과에 강사로 나간 이 교수가 프린트물로 『동국세시기』를 '한국 민속학' 교재로 쓸 때 선생님을 따라 사대에서 거기까지 강의 수강을 하던 나는 이 『동국세시기』를 공부하고 일부는 번역을 하여 리포트로 내기도 했다. 그때 할 수만 있다면 다 번역을 하고 싶었으나, 예나 이제나 나에게는 역부족이었다.

이두현, 장주군, 이광규 선생이 쓴 『한국 민속학개설』의 세시풍속 편에는 이 『동국세시기』 부분이 많이 언급이 되어서 이 교재를 쓰면서도 이 세시기와 인연은 닿았다.

이번에 번역을 한 이석호 선생은 1969년 8월 와우정사(臥牛精舍)에서 번역을 끝내고 바로 을유문화사에서 을유문고(乙酉文庫) 25번 『東國歲時記(外)』를 간행하여서 우리에게 큰 도움을 주었다.

『동국세시기』, 『열양세시기』, 『경도잡지』 3권인데 주와 원문이 있어서 문고판이지만 학술적 가치가 있었다. 욕심 같아서는 더 자세한 주석이 곁들인 본격적인 주석서가 있으면 좋겠다고 생각했는데, 드디어 1991년에 들어서 이 책이 나온 것이니, 이 책 독자의 한 사람으로 이삼십 년을 익히 대해 온 나로서는 이 아니 기쁜 일인가. 24년 만에 『조선세시기』라는 책 이름으로 새로이 좋은 책을 낸 번역자 이 선생의 감회도 크리라고 본다.

유구한 우리 역사, 동국의 세시풍속에 비하면 개인의 백년 일생이 무엇이 길며 같은 책을 이십여 년 만에 다시 상재(上梓)한 것이 어이 더디다 하리요마는, 정작 한 책을 한 사람이 수십 년간 집념을 갖고 대한다는 것은 값진 일이라 아니할 수 없다.

이 대목은 약간 감상에 젖은 감이 있는데 나는 이 교수를 사적으로 잘 모른다. 그러나 그동안 이 교수가 저술한 한국과 중국의 고전 번역은 나의 생활과 연구에 큰 보익(補益)되어서 고마워한다. 특히나 이번 『조선세시기』를 접하면서 좋은 일을 하였다는 생각이다.

3

『조선세시기』는 근세조선시대에 있었던 세시풍속을 기록한 것이라 이름을 붙인 것 같다. 세시기는 세시기로되 『동국세시기』, 『열양세시기』, 그리고 세시풍속을 다룬 『경도잡지』와 『동경잡기』를 다 아우르려면 어느 책 한 권만 내세우기가 어려울 것이므로 '조선세시기'라고 이름한 것 같다. 무난한 책명이라는 생각이다.

세시기를 기록한다는 것은 쉬운 일이 아니다. 너무나 일상생활인 경우 기록을 하는 신기함이 적다. 아이들이 일기를 쓸 때 색다른 변화, 재미난 것이 없어서 매일 밥 먹고 학교에 갔다 와서 잤다는 식으로 일기장을 다 메우는 것만큼이나 당연한 것이다. 자기 고장의 지금

세시풍속은 여간한 관심과 관찰력 없이는 기록으로 남기기가 어렵다. 타국인이나 타지사람이 신기하게 보든가, 시대차이를 두고서 각별한 점을 찾는다면 저절로 기록할 의욕이 날 것이나 당대 자기 주변의 세시풍속은 어린이 일기 쓰기만큼 힘이 든다.

이런 면에서 조선세시기에 든 네 권의 책은 일상(日常)에서 비범(非凡)을 찾는 공력이 들어간 책이다. 다만 아쉬운 것은 삼국세시기, 신라세시기, 고려세시기, 조선 초기, 중기 세시기가 없고 조선 후기 세시기 네 권만 우리가 접한다는 것이다. 우리나라의 유구한 역사는 결국 유구한 일상생활과 세시풍속의 연속이고 반복이었을 것이거늘, 우리는 이 범상(凡常)에서 비상(非常)을 찾아 기록하는 서적이 적으니 아쉽다고 아니할 수 없다. 그런데 한편 생각하면 조선 후기에서나마 기록을 접할 수 있다는 것은 천만다행이라고도 하겠다.

이런 관점에서 일이백 년 전의 선인의 선각자 같은 노고를 치하하면서 이 시대를 사는 우리는 우리시대의 살아가는 이야기와 세시풍속을 충실하게 기록하여서 후인에게 좋은 선배 노릇을 할 필요가 있을 것이다.

둔필(鈍筆)이 천재보다 낫고 기록이 역사를 남기고 만든다는 점을 상기하라.

그래서 이 네 권이 우리에게 선을 보임은 다행이며 자극이 된다고 하겠다.

4

『동국세시기』는 1849년 조선 정조·순조 때 학자인 홍석모가 쓴 것이다. 그는 천재였으나 시운을 타지 못해서 실의에 차 있었는데 『동국세시기』를 지어 하나의 소일거리로 삼았다고 하겠다. 정월부터 12월까지 일년간 행사·풍속을 23항목에 분류하여 설명한 것이고 어느 날인지 분명하지 않은 것은 월내(月內)라 하였다. 맨 끝에 윤달이 있다. 그는 중국 종름(宗凜)의 『형초세시기(荊楚歲時記)』를 모방하여 우리 민속을 정리하고 우리나라를 동국(東國)이라 이름한 것인 만큼 우리 민속의 연원을 되도록 중국에서 찾고자 하였다. 견강부회(牽强附會)의 흠이 있으나 동양문화권에서 세시풍속을 보는 안목은 훌륭하다고 하겠다. 오늘날 우리가 오늘의 우리 세시풍속을 다루더라도 중국과 비교하는 것은 당연한 것이니까 말이다. 『형초세시기』는 국내에서 번역이 아직 안 되었고 일본에서는 번역을 하였다. 『형초세시기』뿐 아니라 중국의 『북경세시기(北京歲時記)』, 『소수민족세시기』, 『중국 한민족의 절기』 등이 이제 한·중 교류의 활발로 접하기 쉬운 때이므로 우리의 세시기와 비교연구를 하기 쉽게 되었다. 이런 면에서 우리는 원저자의 태도를 경시하기보다는 중시해야 할 것이다.

『동국세시기』는 이보다 먼저 된 유득공의 『경도잡지』 제2권 세시편을 바탕으로 부연, 첨가, 정리도 하였다. 1530년에 나온 『동국여지승람』도 인용하여 성실하게 기록을 하였다.

『열양세시기』의 열양은 열수(洌水)의 양지쪽이라는 뜻이다. 열수는 한수(漢水, 漢江)이니 열양은 곧 한양(漢陽)이다. 그러므로 이 책은 서울 한양의 세시풍속 기록인데, 조선 정조 때 학자인 김매순(1776~1840)이 쓴 것이다. 그는 예조참판과 강화부유수를 지낸 문장가요, 덕행이 뛰어난 사람이다. 1819년 유두날 완성한 것으로『동국세시기』보다 30년 앞섰다.

『경도잡지』는 서울의 문물제도와 풍속과 행사를 기술한 것이다. 조선 정조 때 실사구시(實事求是)를 주장한 북학계열로 박제가(朴齊家), 이덕무(李德懋), 이서구(李書九)와 함께 후기 한학의 사대가로 불리는 유득공(柳得恭)의 작품이다. 제1권은 건복(옷), 술과 음식, 차와 담배, 과일, 집, 말, 그릇, 문방구, 꽃, 비둘기, 놀이, 기생, 노름, 시장터, 시문, 그림, 혼인, 과거급제, 고관호송(呵導) 등 우리나라 제반 문물제도 19항목을 분류하고 약술한 것이다. 제2권은 원일(元日, 설날), 입춘, 상원(上元), 제석(除夕) 등 일년 열두 달의 세시풍속을 들었다.『동국세시기』의 모본이 되는 기술이다.

『동경잡기』는 그동안 일반인이 접하기가 쉽지 아니하던 경주 지방의 내력을 적은 책이다. 원래 작가와 연대가 미상으로 내려오던 동경지(東京志)를 1669년 경주부사 민주면이 진사(進士) 이채(李埰) 등과 증수 간행하여 동경잡기라고 낸 3권 3책이었다. 1711년 경주부윤 남지훈(南至熏)이 증보 간행하고 1845년 경주부윤 성원묵(成原默)이 증보 간행을 한 것이다.

1910년 조선고서간행회에서 성원묵이 증수한 것을 내고 다시

1923년 최남선(崔南善)의 광문회(光文會)에서 활자본으로 낸 것이다. 이 책은 2000년 전 신라의 면목이 여실하고 경주 부근의 명승지, 각 궁전, 누각이 뚜렷하다. 말하자면 경주에 대한 백과사전이라 하겠다.

경주 지방 장관으로 내려간 부사들이 이런 훌륭한 향토역사와 고장문화서적을 그 출판이 어려운 때에 하였다는 것은 실로 놀라운 일이라 아니할 수 없다. 오늘날 공직자도 참고하기를 바란다.

어느 고을 행정관에게 이런 문화사업을 하자고 고을 유지가 제안을 하자 그는 "그 돈으로 몇 백 미터 도로포장을 해서 내 실적을 올리겠소"라고 일언지하에 거절을 하였다는 이야기를 들은 바 있다. 어느 것이 재임 중 치적이 될까? 속단하기 어려우나 이 경주의 문화를 간행한 예가 더 치적이 아닐까 싶다.

5

나는 이 『조선세시기』를 대하면서 새삼스럽게 본문을 통해 선인의 노고와 학덕(學德)을 깨달았다. 그리고 역자의 주석에서 풍부한 지식을 얻을 수 있었다. 예컨대 115면의 시월 오일(午日)의 말의 날은 말의 건강을 빈다고 했는데, 지금 한양대 대학원 자리에 이전에 마조지단(馬祖之壇)이 있었으므로 이 말날과 관련이 있을 것으로 보고 자극도 받았다. 『열양세시기』 12월 납일(臘日)에는 우리나라의 청심

환(淸心丸)을 보고 중국에 간 사신에게 왕공귀인(王公貴人)이 모여들어서 약을 얻으려고 구걸을 하여 들볶였다고 하는데, 지금은 중국에 가서 약을 안 사오면 이상한 사람이 될 지경이니 이 어인 일인가?

『경도잡지』 제1권에 나온 문화항목(文化項目)은 오늘날 민속학 강의에도 손색이 없는 자료이다. 성기(聲伎)조의 야극(野劇)에서 당녀(唐女)와 소매(小梅)를 중국의 창녀와 옛날 미녀로 잘 풀이하였는데 이 소매를 소무(小巫, 작은 무당)로 오늘날 쓰고 있는 예는 고전을 잘 해독하지 못한 탓이다.

'동경잡기'는 이 『조선세시기』의 반 이상의 양을 차지하는 공들인 번역 부분이다. 맨 끝에 있는 동경잡기간오(東京雜記刊誤)는 크게 참고가 된다. 사실 새로이 얻은 바가 크다.

6

이 책의 체제와 번역과 주석은 만족스럽다. 간혹 미상(未詳)으로 나온 대목은 차후에 보완이 필요할 줄 안다. 혹시 오류가 있을까 찾아보는 심정이 없지 않았는데 별로 찾아내지 못하였다. 다만 연날리기에서 47면은 磁末(돌가루)라 하고 210면은 자석가루라 하고 이것을 연줄에 입혀서 상대편 연을 끊어 먹는다고 했는데, 이는 개미 먹인다는 것으로 사금파리를 곱게 빻아 체나 천에 받쳐서 고운 가루를 내 아교나 된풀을 실에 들이는 것이므로 자말(磁末)은 돌가루나 자

석가루가 아니라 사금파리가루라고 번역하는 것이 옳을 것이나 이는
구우일모(九牛一毛)도 못 되는 흠이다.

우리는 장차 통일도 대비하고 동양문화권에서 우리 위상도 새삼
밝혀야 하고 잊혀졌거나 경시되어 가는 우리 세시풍습을 복원도 하
고 확인도 하고 새로이 해석도 해야 할 의무가 있는 사람들이다. 이
런 시점에서 성실한 번역과 주석을 곁들인 선인의 문화자료를 오늘
날 대한다는 것은 큰 의의로 알고 일독을 권하는 바이다.

이도형 조선일보 논설위원

불모지에 돋아난 새싹

『日本近代史를 보는 눈』

김용덕 지음 / 1990 / 지식산업사

일본의 근대사를 제대로 안다는 것은 우리 스스로의 근대사를 올바르게 파악하는 지름길이라고 생각한다. 왜냐하면 한국의 근대사는 싫건 좋건 일본의 근대사와 매우 밀접하게 연관되어 있을 뿐만 아니라 때로는 유착마저 되어 있기 때문이다.

그런데 우리나라에서는 일본과 한국의 근대사가 전혀 관계없다는 듯, 때로는 상호 배반적인 것처럼 인식되기 일쑤이다. 그야 물론 일본이라는 나라가 그 근대화과정에서 한국을 무력으로 굴복시키고 국토를 병합, 국민을 동화시키려는 제국주의적, 식민주의적 정책을 썼기 때문에 우리의 반일감정에서 역사마저 선과 악으로만 갈라 생각하는 버릇이 있기 때문일 것이다.

그러나 역사를 선·악의 기준으로만 인식해서는 안 될 것이다. 선·악과는 따로, 그 실체를 알아야 하기 때문이다. 개인간에도 사람이 미우면 그 사람의 장점은 하나도 보이지 않고 결점만 들추게 된다. 국가간의 관계나 이웃나라의 역사에 대한 시각도 마찬가지라고 본다.

우리나라 사람들은 일본을 미워한다. 그 최대의 원인은 일본의 한국침략이다. 가까이는 1875년 운양호(雲揚號)사건에서 1905년 을사조약, 1910년의 강제합방에 이르기까지의 과정에 대한 원과 한이 모두 일본에게로 집중되어 있다. 또 멀리는 4백 년 전 일본군의 아무 이유 없는 침략과 살상으로 빚어진 7년여에 걸친 민족의 수난을 우리는 곧잘 상기하면서 일본을 미워한다.

그러나 극히 소수의 전문가를 제외하고는 아무도 운양호사건에서 합방에 이르기까지의 일본 국내의 동향에 관하여, 또는 임진왜란 전야의 일본의 동태에 관하여 알지 못하며 알려고 하지 않는다.

반면, 우리의 민족 자존심은 대단하다. 예컨대 임진왜란 하면 한국인 누구나가 성웅 이순신이나 의병대장 곽재우, 의기(義妓) 논개를 연상한다. 또한 한일합방에 관해서도 이완용, 송병준, 이용구 등 매국노와 함께 의사 안중근, 33인, 유관순 등을 떠올리며 가슴을 뜨겁게 하고 눈물짓는 것이 한국인이다.

그러면서도 차가운 눈과 냉정한 머리로 일본인을 응시하며 생각하는 한국인은 드물다. 정작 제대로 된 민족 자존심을 뿌리내리려면 우리는 냉철한 이성과 차가운 시각을 갖고 일본과 일본인을 연구해야 할 것이다.

그런 의미에서 불모(不毛)지대였다고 해도 과언이 아닐 일본 근대사에 관한 연구로 첫손가락을 꼽자면 단연 김용덕(金容德) 교수의 『日本近代史(일본근대사)를 보는 눈』이라고 할 수 있다. 저자는 책머리에서 "일본 근대사에 관한 개설서를 쓰기로 지식산업사(출간사)와 약속한 것은 오래전의 일이나 나의 게으름으로 아직도 이를 지키지 못하고 있다"면서 "우선 이것으로 당분간 책임을 면할 수 있으면 싶다"고 겸손해했다.

하지만 일본의 근대사를 이 책만큼 요령 있고 간결하고 쉽게 해설해 준 길잡이는 달리 찾아보기 힘들 것이다. 무엇보다도 이 책은 일본이라는 실체를 가장 잘 보이게 묘사하고 있다. 읽어 본 인상대로 이 책을 소개해 보고자 한다.

첫째 제1장 '일본사의 배경과 흐름' 속의 '일본사의 배경과 특질'을 1. 풍토적 배경 2. 인종과 사회문화적 특질 3. 정치적 특질로 나누어 설명함으로써 독자는 일본의 역사와 현실을 일목요연하게 파악할 수 있게 했다. 특히 '정치적 특질'에 관하여 다음과 같은 대목들은 일본을 이해하는 데 큰 도움을 주고 있다.

……제한된 식량을 가지고 많은 사람이 먹고살기 위해서는 강력한 신분질서가 생겨날 수밖에 없었다. ……이러한 철저한 신분질서사회는 계층사회를 만들어 내고. 계층사회가 유지되려면 계급의 세습화가 되지 않

을 수 없었다. 자기가 속해 있는 계층 속에서의 자기의 위치는 고정될 수밖에 없었고, 법과 도덕의 기준도 만민에게 평등하게 적용되는 것이 아니라, 계층에 따라 차별이 생겼다. ……일본사회는 지위 상승이 불가능하기 때문에 제한된 신분 속에서 자기의 목표를 추구할 수밖에 없다는 사실이 일본의 근대화와 관련하여 중요한 개념으로 등장하고 있다.

오늘날 많은 일본론자들, 또는 한일 비교론자들이 왜 일본에서는 잘 되고, 한국에서는 잘 안 되는가의 원인들을 구명(究明)하려 하고 있다. 그 가운데 하나로 한국인이 지나치게 지위(Status)를 추구하는 데 비해 일본인은 각 개인이 설정한 일정한 일의 목표 추구에 전력을 기울이고 있다는 점을 들 수 있다. 회장님, 박사님, 장군님…… 한국인은 높은 지위나 직함을 추구한다. 작가, 기사(技師), 오뎅야(屋), 스시야, 요오후꾸야(洋服屋), 가다나야(刀屋)……식으로 일본인은 전문직에서의 정상을 추구한다. 그래서 사회적, 정치적으로 불안정한 우리와, 안정된 일본이 비교될 수 있는 것이다. 이 책의 서두의 '정치적 특질'은 그 점을 역사적으로 잘 설명해 주고 있다.

둘째로, 일제하에서 고등교육을 받은 60대 중반 이상을 예외로 한다면 한국인은 일본의 천황제가 어떤 것인지 실감하기 어려운데 이 책은 일본 천황제의 기원과 성격을 객관적으로 잘 설명해 주고 있다. 특히 천황제의 성격을 1. 일본인들의 심정적 구심체 2. 만세일계(萬世一系)와 일본중심주의 3. 종교적 속성 4. 최고권위자＝책임의 최종한계 등으로 설명한 것은 재미있다. 다만 일본인에게 있어 천황이란 그런 기능적 측면과 함께 토속신앙적인 '천황신(天皇神)' 적 존재임을 더 설명했더라면 하는 아쉬움이 남는다.

일본인에게 있어 '천황신' 은 일본민족 전체를 포함하는 공동체의 상징인 동시에 일본민족 고유의 신도(神道)신앙의 정점이다. 일본의 가미사마(神樣)는 산천수목 그 자체이다. 우물·논밭·바위·폭포수…… 자연 그대로가 가미사마이다. 따라서 가정·촌락·계곡과 씨족들까지 가미사마이다. 따라서 가정·촌락·계곡과 씨족들까지 가미사마가 만들고 보호하는 대상들이며, 천황은 그같은 가미사마를 모셔 둔 교회나 성당에 해당하는 신사(神社)를 총괄하는 일종의 통어신(統御神)적 존재이다.

세 번째로 저자는 '일본근대사의 흐름' 에서 근대전사로서의 도꾸가와(德川)시대의 특이한 봉건분할체제면에서 중앙집권적인 체제를 설명하고, 또 하나의 특징인 쇄국정책이 서구의 개방 압력에 직면하여 강요된 불평등조약에도 불구하고 부국강병(富國強兵)책으로 대응하다가 해외침략으로 치닫는 과정을 알기 쉽게 설명했다.

여기서 군국주의 체제와 태평양전쟁 패전과 연합군 점령시기에 이르는 과정도 묘사되고 있는데, 지금까지 국내에서 다루어진 이 부분의 다른 논술들에 비해 매우 객관적이다. 우리는 일본의 군국주의나 그 결과로써 발생한 태평양전쟁에 대해 흔히 비분강개조로 서술하기 쉽다.

이 책은 군국주의 태동과 함께 1912년부터 1925년까지의 다이쇼(大正) 천황시대에 싹튼 반체제세력이 취약한 나머지 군부에 의해 암살된 것으로 언급하고 있다. 그러나 일본에서 일컫는 '다이쇼 데모크라시'의 사상적 흐름은 전후의 일본 민주세력 등장에 매우 큰 요인을 이루어 주고 있다. 이에 대한 설명이 부족하다는 느낌을 준다.

제2장에서 '명치유신과 당시의 지식인'에 관해 이 책은 일본 근대화과정을 구체적으로 논급하고 있다. 제2장은 1.일본에서의 명치유신론 2.명치유신-국제적 논의 3.명치유신기 지식인의 역할 4.명치 초기의 보수와 진보-명육사(明六社) 등 4절로 나누어졌는데, 1·2는 일본 국내외의 명치유신론을 소개하여 일본 연구학도들에게 하나의 좋은 길잡이가 되고 있다.

3·4에서는 명치유신이라는 일본 특유의 근대화 추진과정에서 등장하는 양대세력간의 갈등을 묘사하고 있다. 즉 외세에 대항하기 위한 자주독립 부국강병의 강력한 추진파인 현실주의적 관료와 보다 이상주의적인 자유민권파들 간의 불가피한 갈등과 충돌이 그것이다. 후자의 경우 1873년 즉 명치 6년에 이른바 정한논쟁(征韓論爭)이라는 정변(政變)의 파생물로 자유민권파들이 만든 메이로꾸샤(明六社)와 메이로꾸잡지 등에 얽힌 이야기는 우리나라에 소개된 일본 근대사에는 잘 나오지 않는 내용이다.

여기서 우리는 일본정치의 현실주의적 관료파와 이상주의적 당료파의 분수령을 찾을 수 있을 것 같다. 어느 나라 정치에나 이상주의자와 현실주의자 간의 갈등, 충돌은 있게 마련이지만 일본도 예외는 아니다. 현실주의자들은 대체로 보수적이며, 이상주의자들은 반대로 진보적일 수 있다.

그런데 진보적인 이상주의자들이 혁명과 전쟁을 일으키고 보수적인 현실주의자들이 전쟁의 불을 끄는 수가 많다. 미국의 민주당과 공화당이 그랬다. 명치유신기의 일본의 현실주의적 보수파 오오쿠보 도시미치(大久保利通)와 사이고 다카모리(西鄕隆盛)나 이다가키 도이스케(板垣退助) 등의 관계가 그렇다.

이 책은 여기에 대한 설명이 미흡한 것 같다. 명치 6년의 정변이란 바로 그 당시 일본의 대한(對韓)정책을 둘러싼 보수와 혁신, 현실과 이상, 관료와 비관료 간의 이견, 갈등, 충돌, 쟁투를 의미한다. 그것은 또 우리나라와도 깊은 관련이 있으며 여기에 등장하는 이토 히로부미(伊藤博文), 후쿠자와 유키치(福澤諭吉) 등은 후에 대한제국을 멸망시키는 주역들이다.

우리는 지금까지 초·중·고등학교를 비롯한 학교교육에서 그런 인물들을 철천지원수로만 인식시켜 왔다. 그것은 엄연한 사실이다. 그러나 그들이 일본 국내에서 어떤 역할과 공헌을 했는지는 전혀 별개의 사실이며 우리도 그러한 사실을 알 필요가 있다.

이 책은 그러한 사실의 운만 떼는 데 그친 감이 없지 않다. 저자가 '책머리에'서 말했듯, "한 나라의 역사적 경험은 엄밀하게는 그 나라만의 독특한 것으로서, 거기에 우리와의 관계만을 매개시켜 호오(好惡)의 평가를 할 수는 없다"는 것은 역사를 쓰는 학자나 사실을 전달하는 저널리스트가 가져야 할 양심이며 사명이다.

그런 의미에서 김용덕 교수는 책 제목 그대로 우리에게 올바른 '일본근대사를 보는 눈'을 열게 해 주었다. 비분강개적 일본론으로 일본의 참모습은 보이지 않는다. 현실도 그렇지만 지나간 역사는 더욱 그렇다.

이상으로 필자는 저자가 역점을 둔 것으로 보이는 1·2장에 관한 독후감 겸 서평을 쓴 셈이다. 지면의 제약으로 3장 '일본근대화의 제상(諸相)', 4장 '일본근대사 연구의 동향', 5장 '일본근대사를 보는 눈'에 대한 논평은 부득이 생략할 수밖에 없으나, 제3장은 1~2장을 좀 더 부연, 설명한 부분이며 4장은 다분히 사료적(史料的), 문헌적인 내용이다. 제5장에서 저자는 캐나다의 일본전문가 E. H. 노만의 일본사관(日本史觀)을 소개하고 있다. 라이샤워나 그의 제자 마리우스 젠슨과 같은 일본전문가를 제쳐 놓고 저자가 특히 노만을 책 말미에 소개한 것은 그 맺음말에 있듯 노만이 '역사를 어떤 하나의 종교나 신념이나 원리로 대하려는 것에 반대하는' 입장이었기에 감명을 받았는지도 모른다.

어쨌든 우리와의 관계가 깊은 일본근대사에 관심 있는 일반인과 학생 또는 연구가들을 위해 『日本近代史를 보는 눈』은 불모지에서 새싹을 보는 듯 반갑고 귀중한 그리고 건설적인 작품이 아닐 수 없다.

라이샤워가 풀어 쓴 엔닌의 일기

문명대 동국대 미술사학과 교수

『**중국 중세사회로의 여행**』
에드윈 라이샤워 지음 / 조성을 옮김 / 1991 / 한울

1

　『圓仁(원인)의 당(唐)나라 여행(Ennin's Travels in T'ang China)』이
라는 라이샤워(E. O. Reischauer · 전 하버드대 교수)의 책을 '중국 중
세사회로의 여행-라이샤워가 풀어 쓴 엔닌의 일기' 라는 제목으로
번역한 책이다. 역자가 중국 중세사회로의 여행이라고 번역 제목을
붙인 것은 이 책의 성격을 명쾌하게 지적한 적절한 표현이라 할 수
있을 것이다. 일본 승려 엔닌(圓仁, 793~864)이 당나라를 여행한 여
행기, 『入唐求法巡禮行記(입당구법순례행기)』를 라이샤워 교수가 해

박하게 해설하였기 때문에 중국사를 이해하고 있는 독자들은 중국의 중세인 당나라의 사회를 직접 여행하는 듯한 느낌을 받기 때문이다. 따라서 번역 제목은 이런 점에서 성공적이라 할 수 있지만 중국사를 별로 이해하고 있지 못하는 일반 독자들에게는 다소 낯선 이름이라 할 수 있겠다.

여기서는 이 책의 내용을 저자의 차례에 따라 간략히 살펴보면서 이를 분석하고자 하며, 그 다음 이 책과 책 번역의 의미를 알아보고자 하지만 워낙 짧은 글이기 때문에 책 소개에 그친 감이 없지 않을 것이다.

2

이 책은 9장으로 구성되어 있다. 1. 엔닌의 일기 2. 엔닌의 생애 3. 견당사(遣唐使) 4. 엔닌이 본 중국관리 5. 당나라 생활 6. 대중불교 7. 불교탄압 8. 중국의 신라인 9. 귀국 등으로 나누어 엔닌의 일기식 여행기를 역사적 관점에서 상세하게 분석하고 있다.

제1장 '엔닌의 일기'에서는 엔닌의 여행기를 마프코폴로(Marco Polo)의 『동방견문록(東方見聞錄)』, 현장(玄奘)의 『서역기(西域記)』와 비교하여 경탄할 만큼 상세하게 그려 낸 듯이 정확하게 묘사한 생생한 여행기라고 극찬하고 있다. 이 점은 글쓴이도 이론의 여지가 없다.

또한 지금은 연구논문과 주석서들이 많이 나왔지만 집필 당시까지의 부진한 연구상황을 밝혔고, 아울러 원전사본이 전해진 현황도 언급하여 여행기의 전모를 알려 주고 있다.

제2장 '엔닌의 생애'에서는 그가 793년에 일본 변경 지역의 미천한 가문에서 태어나 연력사(延曆寺)의 승려가 된 후 수도와 교화에 전념하다가 838년 견당사(遣唐使)의 일원(請益僧)으로 중국에 건너갔으며, 끈질긴 집념으로 파란만장한 9년간의 유학을 마쳤고, 847년 귀국하여 일본 최고위의 승려로 군림하다가 864년 72세의 나이로 돌아간 엔닌의 생애를 일목요연하게 정리하였다. 또한 극찬으로 일관한 전기작가들이 소홀했던 그의 불굴의 의지와 순수하고 정열적인 인품을 새롭게 조명하고 있는 것이 눈에 띈다.

제3장에서는 견당사를 다루었는데 견당사의 구성, 견당사의 파견 방법, 항해에 따른 상세한 일정, 중국 도착과 장안까지의 일정 그리고 황제접견과 외교적 교섭, 귀국준비와 조공무역의 실태, 귀국과 일본에서의 환영식 등을 엔닌의 여행일기를 통해서 명쾌하게 복원하였는데 이 과정에서 신라인의 역할도 상당히 부각시키는 객관적인 시각을 보여 주고 있다.

그러나 838년 최후의 견당사 파견 이후 견당사는 완전히 중단되어 19세기까지 외교사절의 왕래가 단절되었는데, 그 이유를 일본학자들과 마찬가지로 일본의 내부적인 변화에 지나치게 초점을 맞춤으로써 그의 장점인 객관성을 잃어버린 것은 아쉬운 점이다.

제4장 '엔닌이 본 중국관리' 편에서는 당나라 관료제도의 실상을 생생하게 파악하여 당대 역사의 복원에 기여하고 있으며, 840년 쇠

퇴기에도 불구하고 중국 관료들의 흐트러지지 않는 자세와 관료제도의 엄정한 존재를 경탄의 눈으로 부각하고 있다. 그러나 일본승려라는 한계성의 눈으로 본 관점이기 때문에 때로는 오히려 그 실상이 가려져 있다는 점을 간과해 버린 것은 앞으로 극복되어야 할 것이다.

제5장 '당나라 생활' 편에서는 지금까지 거의 취급하지 않았던 당나라의 생활관습을 상세히 언급하고 있다. 민중의 사적인 관습과 지리 현황, 승려들의 생활비 등이 소상하고 일목요연하게 정리되고 있어서 살아 생동하는 역사를 생생하게 체험할 수 있다. 이 점은 라이샤워의 공적이 아닐 수 없다.

제6장에서는 대중불교를 다루었는데 사원구조와 제도, 강의와 신앙의식 등이 체험적으로 묘사되어 있어서 불교사 연구에 기본적인 사료라는 점을 잘 지적하고 있다. 이 가운데 재당(在唐) 신라사원의 실태도 어느 정도 정리하고 있는데 미비한 점은 김문경 교수의 업적과 비교하면 보다 잘 이해될 수 있을 것이다.

제7장 '불교탄압' 편에서는 중국 역사상 결정적인 불교탄압의 원인과 실황을 엔닌의 체험과 견문을 통해서 새롭게 조명함으로써 그 실상이 상당히 잘 복원되었다고 하겠다.

제8장 '중국의 신라인'에서는 중국에서의 신라인들의 활약상을 무역과 외교 그리고 거류민과 종교활동 등을 통해 객관적으로 평가함으로써 우리로서는 만족할 만한 성과를 얻었다고 믿어도 좋을 만하다.

제9장 '귀국'은 엔닌이 귀국하는 데 따른 갖가지 역경을 묘사했는

데 여기서도 신라인들의 결정적인 역할이 잘 부각되고 있다.

3

이상에서 살펴본 것처럼 이 책이 우리나라에서 일본이나 중국 못지않게 중요시되어야 할 것은 당연한 일이라 하겠다.

첫째로 엔닌의 여행기에 생동감 있게 언급한 신라인들의 활약상을 공정하고 흥미 있게 평가하고 있어서, 우리나라가 차지하고 있던 국제적 위치를 잘 알 수 있다. 신라인들이 당나라에서 활약하고 있던 생생한 모습, 국제무역과 해상활동에서의 지도적 위치들이 잘 부각되고 있기 때문이다.

둘째, 신라 적산원의 법화원에서 행해지던 종교활동을 통해서 신라 불교사를 복원해 볼 수 있는데, 이 점은 라이샤워 교수가 명쾌하게 밝히지 못하고 간접적으로 언급하고 있지만 김문경 교수 등 우리 학자들의 노력으로 어느 정도 복원되고 있는 점을 감안하면서 읽어야 할 것이다.

셋째, 이 책은 중국 당나라의 역사를 이해하는 데 좋은 길잡이가 되고 있다. 중국의 관료제도사, 민중사, 불교사, 교통지리사 연구에 크게 기여하고 있기 때문이다. 이를 통해서 당시 신라나 발해 등 우리나라의 역사를 간접적으로 복원해 볼 수 있는 점에 의의가 있을 것이다.

끝으로, 이 책은 이런 여러 가지 장점을 가지고 있지만 한두 가지 문제점이 없는 것은 아니다.

가령 미국학자가 공정하게 평가했지만 여전히 우리나라의 역할 등이 완전히 해명된 것은 아니며 147, 168쪽 등에 보이다시피 중국이나 우리나라의 생활을 모르는 데서 오는 오해 등이 곳곳에 보이고 있는 점이다.

그 다음 번역상 직역이나 오역 등도 눈에 띄는데 89, 93, 160쪽 등 여러 예가 있지만 이런 것은 앞으로 극복할 수 있는 문제라 하겠다.

이 책은 단독으로 읽기보다는 엔닌의 여행일기인 『入唐求法巡禮行記』와 함께 보는 것이 좋을 것이다. 이 책은 이미 라이샤워 교수의 번역서를 신복룡 역 『入唐求法巡禮行記』(정신세계사)라는 제목으로 번역되었으므로 이제 한조(一組)가 완역된 셈이어서 우리나라 연구자 내지 일반 독자들의 일독을 권장해 마지않는 바이다.

퇴계학 이해의 지름길

김유혁 단국대 철학과 교수

『퇴계정전』

정순목 지음 / 1992 / 지식산업사

책을 보고 느낀 첫인상

『퇴계정전(退溪正傳)』이라는 책 이름이 눈에 띄는 순간 먼저 호감
을 느꼈다.

왜냐하면 퇴계에 관해서는 일반적으로 알고 있는 것처럼 느껴지
면서도 실제에 있어서는 모르고 있는 이가 더 많기 때문이다.

그간 퇴계에 관하여는 여러 사람들이 관심을 지니고 연구하느라
노력해 왔었던 것만은 사실이다.

그러나 퇴계학이 지니는 학문적인 세계를 고루 파헤쳐 보려 노력

했었던 이는 별로 많지 않았다.

거기에는 상당한 이유가 있었다. 첫째, 퇴계학의 원전(原典)이 한문으로 되어 있고, 둘째, 퇴계학이 일반적으로 학교 교과과정에서 거의 다루어지지 않았으며, 셋째, 한학 또는 중문학(中文學)을 전공한 사람들은 일반적으로 자기 전공속성(專攻屬性)의 영역에서만 연구하였다.

그와 같은 결과는 퇴계학에 대한 사회과학적 접근 가능성을 희박하게 만든 원인(遠因)이기도 하다.

물론 그에 앞서 밝혀 두어야 할 근인(近因)은 사회과학도들이 다른 나라의 언어(영, 독, 불 등)들은 익혔으면서도 우리의 옛것을 익힐 만한 정도의 고전연구는 등한시해 왔다는 데 있다.

따라서 사회과학도들은 사회과학적 견지에서 퇴계학 연구에 접근할 수 있는 능력을 거의 상실하게 되었다.

그러므로 퇴계학은 솔직히 말해서 사·문·철(史·文·哲)의 일부 영역에서만 머물 수밖에 없었던 것이 아니었는가 생각되어진다.

그러나 정순목 교수의 편저로 출간된 『퇴계정전』은 퇴계의 생애를 적나라하게 꿰뚫어 볼 수 있게끔 그의 입조사실(立朝事實)과 연보(年譜)를 상세히 해설해 줌으로써, 많은 사람들로 하여금 퇴계의 인간상을 연구하는 데 기초적이며 지름길다운 길잡이 구실을 해 주는 데 손색이 없을 것으로 본다.

학문은 어떤 의미에서 보면 학문하는 사람이 지니는 사상의 체계적 표현이라 해도 좋을 것이다.

왜냐하면 원천적으로 따지고 들어가게 되면, 학문은 인간에 의하여 형성되었고 인간에 의하여 승계되며 발전되어 가기 때문이다.

퇴계학의 맥락은 비록 고전유학(古典儒學)으로부터 시작되어 송나라 때의 이름 있는 성리학자(性理學者)들의 영향을 받은 것이 사실이다.

이를테면 송나라의 육현(六賢)이라 불리는 주염계(周濂溪), 소강절(邵康節), 장횡거(張橫渠), 정명도(程明道), 정이천(程伊川), 주회암(朱晦庵) 등의 학통을 다시 이어서 빛낸 것이 퇴계학이라 이야기할 수 있다.

송나라 때의 학자들이 제 나름의 놀라운 학문적인 업적을 쌓았던 것은 재언의 여지가 없다.

그러나 그들은 그들의 연구발전 업적을 체계 있게 통합 정리하는 일을 하지 못했다. 다시 말하면 연구발전의 결과가 흩어져 있는 상태였음이 분명하였다.

퇴계는 바로 그같은 허점과 허실(虛實)함을 발견하고 모든 선행연구(先行研究)를 체계 있게 가다듬었다.

그것이 퇴계가 만들어 임금님에게 올렸던 『성학십도(聖學十圖)』인 것이다.

이와 같은 일련의 사실을 바탕으로 하여 중국에서는 퇴계를 가리켜 해동공자(海東孔子)라고 일컫게 되었고, 일본의 학자들은 중국에서 끊긴 도학(道學)이 200여 년 만에 퇴계에 의하여 다시 융흥(隆興)하게 되었다고 하였다.

일본의 퇴계학 연구로 가장 이름이 잘 알려져 있는 아베요시오(阿部吉雄)는 그의 저서인 『이퇴계(李退溪-その行動と思)』에서 밝히기를, 퇴계는 한반도에 있어서 도의철학(道義哲學)의 창시자이며, 동학동점사(東學東漸史)에 있어서 선구자라고 하였다.

그러나 우리들은 퇴계의 참모습조차 제대로 알지 못하는 가운데서 수백 년 지내 오는 어리석음을 범했다 해도 과언이 아니다.

일부에서는 잘 알려져 있지만 현재에 있어서도 퇴계학에 관한 연구는 도리어 일본이 앞서 있지 않은가 느껴지기도 한다.

이를테면 쓰구바대학(築波大學)의 다카하시 스스무(高橋 進) 교수의 연구는 매우 깊은 경지에 이르고 있다. 즉 퇴계의 경(敬)에 관한 연구가 그것이다.

이밖에도 독일의 철학학회라든가 미국인 교수들에 의한 원전번역 등의 활동 등은 우리에게 깊은 각성을 촉구하는 경고가 아닐 수 없나.

더욱이 중국인 교수들은 그들의 유학적(儒學的)인 깊은 학문적 배경을 바탕으로 하여 퇴계학의 세계를 연구하고 있기 때문에 도리어 그들의 연구관찰 시야는 넓고 깊다고 보아도 그릇된 표현이 아니다.

이와 같은 근래의 연구동향을 감안하였을 때 정순목 교수의 『퇴계 정전』은 아주 시의성(時宜性) 있는 '홈런타'라고 여겨진다. 왜냐하는 이유는 다음과 같다.

첫째는 이 책을 읽어 보면 누구나 이해할 수 있게끔 풀어 썼기 때문이다.

둘째는 원전을 경원(敬遠)해 오던 사람들에게 새롭게 접근할 수 있을 만큼 친근감을 느끼게 하여 주기 때문이다.

셋째는 퇴계를 이해함에 있어서 보다 체계가 있고 시대적 상황에 비추어서 이해할 수 있게끔 엮어 놓았기 때문이다.

넷째는 퇴계의 생애와 사상을 이해함에 있어서 필요한 자료를 단일본(單一本)만이 아니고 보증적(補增的) 성격을 지니는 복수(複數)의 것을 게재, 소개함으로써 독자들에게 큰 도움을 주고 있기 때문이다.

다섯째는 퇴계의 입조사실을 다루어 감에 있어서 독자들로 하여금 그의 처세술이 어떻다는 것을 이해지득(理解知得)케 함으로써 오늘의 관료관(官僚觀)을 보다 올바르게 정립시켜 나가는 데 도움을 주고 있기 때문이다.

읽고 또 읽어 볼 만한 책

퇴계의 후손들까지도 말하기를, 우리의 옛선조로부터 현재를 살아가고 있는 한국인 중에서 퇴계만큼 이른바 사주팔자(四柱八字)가 험한 분이 없을 것이라고 한다.

퇴계의 위대함은 바로 여기에 있다. 태어나서 7개월 만에 아버지를 잃고 어머니만이 계신 편모슬하에서 자라나야만 했다.

많은 명인들의 경우는 태몽(胎夢) 이야기로부터 비범함을 시사(示唆)해 주는 전설적인 설화가 많이 뒤따른다.

그러나 퇴계에게는 그런 설화가 거의 없는, 문자 그대로 보통사람으로 태어났던 것이다.

21세기에 허씨 부인과 결혼하였지만 27세 때에 부인과 사별하였고, 30세에 다시 권씨 부인과 재혼하였으나 46세 때에 또다시 부인과 사별하는 불행을 겪었다.

그런가 하면 48세 때에는 아들이 먼저 세상을 뜨는 마음 아픔을 견뎌야 하기도 했다.

퇴계가 자신의 호(號)를 퇴계라고 스스로 부르기 시작한 것은 권씨 부인과 사별한 4개월 후부터였다.

그리고 퇴계 스스로가 자청하여 단양군수로서의 외직(外職)을 배수받은 것은 48세 때지만 군수로 부임하자 다음 달에 아들 채(寀)가 사망하였다.

단양군수로 부임한 지 10개월도 되기 전에 퇴계는 다시 자청하여 풍기군수로 내려갔다. 그 이유는 형 되는 분이 충청감사로 부임하였기 때문에 형제가 같은 고을에서 근무하는 것은 공정히 처사하기 어렵다는 사회인식을 면할 길이 없다는 데서였다.

이같은 몇 가지 점으로 미루어 보았을 때 생활상은 가히 짐작하고도 남음이 있을 것으로 안다.

즉 그는 대자연의 섭리(攝理)가 무엇인가를 누구보다도 숙지(熟

知)하고 있었기에 어떠한 환란(患難)과 불행 앞에서도 주저하지 아니하고 온갖 비통(悲痛)과 싸워 이길 줄 아는 극기력(克己力)을 길렀기에 대성할 수 있었다.

그리고 퇴계는 선공후사(先公後私)하고 천하위공(天下爲公)의 대도(大道)를 걷기에 주저하지 않았기에, 그가 서울에 오게 되면 모든 장안의 사람들은 대인입경(大人入京)이라 하며 존경과 함께 자숙의 생활기풍을 엿보였었다.

이 책 속에는 이같은 퇴계의 행적이 자세히 소개되어 있다. 이 책을 가까이 하면 지식을 얻기에 앞서서 살아가는 원리를 터득하게 될 것이며 어떠한 불만과 시기 및 질투를 느끼게 되는 감정관리를 어떻게 할 것인가에 대하여 뚜렷한 방향을 제시해 줄 것으로 믿는다.

지식을 행동과 일치시키지 아니하고 생활의 수단으로만 삼으려는 데서 괴변(詭辯)이 싹트는 것이며, 감정의 충동을 이길 줄 모르는 데서 소인배들의 언행을 범하게 되는 것이다.

이같은 요인 등의 자극으로부터 자신을 컨트롤하지 못하게 되기 때문에 개인의 불행과 사회적 불행이 병발되어지는 것이다.

『퇴계정전』은 읽을수록 마음속으로 풍겨 드는 내음이 어떠한 의미를 부여하면서, 자신을 객관적으로 살펴볼 줄 아는 가능성을 더해 줄 것으로 확신한다.

뭇사람들이 쉽게 읽을 수 있도록 퇴계의 입조사실과 연보를 풀어서 엮어내 준 편저자에 만강의 고마움을 보내는 바이다.

포함외교를 통한 한미교류사

이현희 성신여대 사학과 교수

『근대한미관계사』

김원모 지음 / 1992 / 철학과 현실사

1

　본 서는 단국대 사학과 교수 김원모의 역작 중의 하나로서 초기의 한미관계사를 체계적으로 새로운 자료에 입각, 명쾌히 풀어 나간 근래에 보기 드문 노작이라 아니할 수 없다.

　본 서는 서론과 본론을 제외하고 모두 7개 장으로 시대석 서술 분류와 함께 미국의 포함외교가 한국에 접촉하는 과정을 새롭게 조명하고 있다. 그 말은 곧 저자 김 교수가 한미관계사를 본격적으로 연구 발표하기 위하여 미국에 건너가 오랫동안 머물며 현지에서 관련

문헌자료 보관소를 분주히 드나들었고, 관련 인사의 후손 그리고 관련 학자의 논저 등을 사진·지도와 함께 광범위하게 수집해 와서 이 책을 집필하게 된 것이다. 따라서 12면에 달하는 권두에 제시한 희귀사진 자료를 보면 저자 김 교수가 얼마나 이에 심취했고 오로지 이 길에 정진했느냐 하는 노고의 주변정황을 이해할 수 있는 것이다.

부록으로는 <조선전사> 근대편(권13)의 분석비판과 <틸톤의 강화도 함전 수기>를 싣고 있다. 참고문헌과 영문개요 그리고 상세한 내용이 포함된 색인도 정성스럽게 넣어 이해를 돕고 있다. 이렇게 짜임새 있게 학술논문을 배열해서 국판반양장 713쪽의 초거작을 낸 저자 김원모 교수의 학문적 노고에 먼저 심심한 치하와 찬탄의 말씀을 전하고자 한다.

2

본 서는 머리말에서 밝혔듯이 원래 저자 김 교수가 13년 전에 출간한 바 있는 이와 비슷한 내용의 책『근대한미교섭사』를 전면 수정 보완해서 새롭게 간행해 낸 것이다. 저자의 머리말 속에서 그 주변사정을 명기하고 있다. 저자 김 교수는 그 이후의 문제에 매달려 주야를 불문하고 한미교섭사에 관련된 원자료를 발굴해 내는 데 남다르고 발 빠른 행보와 성과를 보여 주어 학계에 큰 관심거리가 된 일이 있었다. 그때마다 그는 이를 연구해서 즉각 공개함과 동시에 논문으로 그 역사적 의미를 추적 고찰한 바 있다. 그동안 저자 김 교수 옆에서 보고 들어온 자료의 내용만 보아도 <한불관계 자료>(1846~1866), 한미교섭의 등장인물인 <양헌수문서>, <어재연문서> 외에 <슈펠트서간집>, <페비거문서>, <미해군의 연례보고서>(1866~1871), <틸톤의 강화도 함전 수기> 등을 손꼽을 수 있다. 이들 한·미·불 3국의 미공개 자료를 입수하여 연구 분석한 결과 새로이 7편의 본격 학술논문을 집필, 주요 학술지에 발표하였다. 1981년으로부터 1991년까지 10여 년간 이를 꾸준히 발표한 것이다 그것은 <로저스함대의 내전과 이대연의 항전>(1871), <동방학지 29>(1981)을 비롯한 주목할 큰 성과물로서, 이를 이번 책『근대한미관계사』한미전장편-미국의 대한 포함외교를 중심으로(1853~1871)에 대폭 보완 삽입해서 커다란 연구업적을 기록할 수 있게 되었다. 단지 <병인일기의 연구> 1편만 빼놓고 6편의 학술논문을 정리해서 이 책의 학문적 의미를 돋보이게 하였다. 저자 김 교수의 일련의 연구성과를 낸 학문적 맥락에서 볼 때 제목 끝에 한미전쟁이라 표기하여 일부 관련 학자의 거부감을 나타내게 된 것은 다름 아닌 저자가 후속편을 저술, <한미교섭편>을 출간하기 위한 전초적인 조치의 일환인 섯이나. 그러므로 불편하게 느낄 이유가 없다. 한미전쟁은 곧 1871년의 신미양요를 이렇게 부른 것이다.

이 방대한 분량의『근대한미관계사』에서 특히 눈에 띄는 쟁점만을 적시해 본다면

첫째, 새로운 자료인 <틸톤의 강화도 함전 수기>를 전문 번역해서

이 방면 연구자에게 자료를 제공하였다는 점이다. 뿐만 아니라 한국 근대사 연구자에게도 이같은 자료의 보완 삽입은 학계에도 큰 도움과 의욕이 되리라고 보아 환영해 마지않는다. 종전의 학설을 수정 보완해야 하기 때문이다. 틸톤은 1871년 강하도 침입 때 미국 해병대 중대장으로서 선봉지휘관이었는 바 이 자료는 그의 처에게 보낸 서간문이다. 개인적인 편지 내용의 범위를 넘어 현장감을 생생히 전달해 주었다는 면에서 자료로서의 가치가 있다.

둘째, 관련 지도와 스케치가 상당수 발굴되었다. 이는 본문에 활용되어 있으므로 시각적인 효과도 크다고 아니할 수 없겠다. 한불·한미 전쟁사진이 바로 그것이다.

셋째, 미국의 조선원정과 강화도침략 때 종군 사진반이 찍은 관련 사진을 내용에 더욱 보강했다는 점은 미국의 조선침략 의사가 미국 전역에 확산되었었다는 의미로 해석해 볼 수도 있다. 병인양요인 한불전쟁에 관한 사진은 찾아볼 수 없기 때문에 조선원정에 적극성을 띠고 있었다는 사실을 파악해 볼 수 있다.

한불·한미전쟁이라고 한 역사용어상의 문제는 한번 신중히 검토해 볼 여지가 있다고 본다. 저자 김 교수는 이 문제에 상당한 집착과 애정이 함께 포함되어 있어 '양요'를 '전쟁'이라고 확대해석한 것이 아니겠는가 싶다. 양요라는 용어는 당이 궁중 중심적인 쇄국적 냄새가 난다고 일축하려는 또 다른 시각도 있음을 함께 알아야 할 것이다.

3

본 서는 서양사를 전공한 김 교수가 어학 해독능력이 뛰어나 미국에 있는 원자료를 상당수 찾아서 한미관계사를 어느 한쪽에만 치우치게 서술하려는 자세를 배제하였다. 따라서 사실을 매우 공정히 보려는 진지한 연구태도를 보여 주고 있다는 점은 높이 평가해야 하겠다. 그런가 하면 저자 김 교수는 한문실력 또한 뛰어나 우리 측 원자료와 함께 중국 측 자료에다가 구라파 지역의 관련 자료까지도 널리 수집, 수렴해서 한미관계사를 다루려 고심했다는 점이 본 서의 학문적 수준을 높여 주는 데 보익이 되고 있는 것이다.

그는 한미교섭의 시초를, 다른 학자의 주장과는 달리 1853년부터 보기 시작하였다. 이때 미국함선이 처음 부산에 들어옴으로써 한미관계가 비공식적으로나마 개시되었기 때문인 것이다. 물론 그로부터 20여 년 전인 1830년대 초 미국이 한국에 관심을 가지고 무역을 개시하고자 했으나 이를 한미관계사의 시초로 볼 수는 없겠다. 미국이 일본에 페리 제독을 파견하여 미일교섭을 개시한 때가 바로 우리나라와 미국이 교섭하기 시작한 때와 동시대가 되어 더욱 수복을 슬게 하고 있다. 그로부터 1871년 신미양요인 한미전쟁 때까지 약 20년간의 한미관계사가 본 서에 수록된 시대적 내용인 것이다.

그는 미국의 대아시아 포함외교를 다루면서 미국의 중국, 일본, 그리고 동남아와의 '공격외교'를 심층적으로 고찰하였다. 이어 초기 한미교섭의 전개에서는 구미 각국의 대(對) 한국교섭의 단서를 찾고 있으며 1853년의 미국 포경선의 도래(표착) 사실을 그 개시기로 규정하고 있다. 그리고 투 브러더즈호, 서프라이즈호의 외교교섭 경위를 한미 양측의 자료를 토대로 깊이 있게 연구하였다.

미국의 최초 조선개항 시도를 취급하되 제너럴셔먼호 사건 이래 슈펠트 제독과 페비거 제독의 탐문항행, 로즈함대의 침략, 오페르트의 대원군 생부 묘 도굴 미수 사건, 슈어드의 조선개항 추진 등을 개항 문제와 함께 당시 정세도 분석 비판하면서 박진감 있게 각종 자료의 원용과 평가를 동시에 내렸다.

미국의 조선원정 결행계획, 손돌목 포격사건, 신미양요인 한미전쟁의 본격적인 경과를 상세히 다루어 초기 '한미관계사'에 걸맞은 내용을 서술하며 명쾌히 파헤치고 있어 한국근대사에서 미처 다루지 못한 한국사 전공자에게도 교훈이 되는 대목이 여기저기 눈에 띈다.

특히 본 서의 백미편이기도 한 '한미전쟁'에서는 미국의 강화도 상륙작전과 초지진 함락 사실을 필두로 하여 처절한 덕진진 광성보 전투 상황으로 이어져 전투의 모습을 마치 지금 구경이나 하고 있는 듯이 생생하게 서술함으로써 현장감을 더해 주고 있다. 따라서 강화도의 전투지도를 머릿속에 넣고 있는 사람이라면 이와 같은 긴박과 전투감각에다가 지금도 대포와 총알이 우리 머리 위를 핑핑거리며 넘나드는 듯한 착각에 빠진다. 그것은 그가 이 전쟁에 참여했던 미국인의 특유한 '기록의식'에서의 자료 원용을 실감나게 인용했거나 때로는 중계하는 듯한 서술상의 기술 때문인 것도 같다.

저자 김 교수는 신미양요 한미전쟁을 실황중계로 끝내려 하지 않고 그 결과와 평가로부터 원인분석에 이르기까지 야멸치게 초기의 한미관계사를 자료에 입각, 매듭짓고 있다.

이는 그 나름으로서의 '승부근성'이 작동한 것으로 볼 수 있겠다.

그외 도판도 <귀츨라프의 조선 서해안 항해도>(1832) 외 10여 건이나 본문에 삽입해서 시각적 이해에 도움을 주고 있다.

본 서에 관하여 근본적으로 거부하거나 학설상 이견을 보이고 있는 부분도 없지 않다. 저자는 이를 겸허하고도 학문적인 자세로 귀를 기울여 수용하되 취사·선택의 지혜와 용기가 뒤따라야 하겠다. 저자의 학문적 비약을 염려하는 뜻에서이다.

이훈종 前 건국대 교수

서울사람이 서울 살면서 겪은 서울 이야기

『京城野話』
조용만 지음 / 1992 / 창

책을 들고 첫 번째 느낀 것이 적절한 제목에 꼭 알맞은 필자를 찾아냈다는 점이다. 조용만(趙容萬) 교수는 여러 대째 서울 중심부에서 살아온 진짜 서울 분이다. 1908년생이니까 금년으로 85세, 고령이건만 평생을 문필로 지내 온 신사답게 그의 문장은 물 흐르듯 쉬우면서 막힘이 없다.

사람이 남의 앞에서 되풀이해 얘기할 만한 체험담을 몇 가지만 가지고 있어도 행복하다는데, 조 교수는 지나온 생활이 그냥 모두 화제에 올릴 만한 얘깃거리다. 그것을 이번에, 마치 마당에 떨어져 말린 감꽃을 주워서 실에 꿰듯 한 줄로 엮어서 펴낸 것이 이 책이다.

한일합방이 1909년의 일이니까 한성(漢城)에 산 것은 철들기 전 잠깐 동안이지만, 서울 복판의 유서 있는 가문이었던 때문에, 자라면서 듣고 보는 모든 것이 유서(由緖)와 전통을 가진 것들이었고, 민족정신의 흐름을 지도할 만한 명사들과 교류가 잦았던 때문에, 우리 민족이 갈 방향이 무엇인가를 피부로 느끼면서 컸으며, 순조롭게 성장하여 명문중학과 대학에서 학업을 닦는 동안에도 민족적인 수난과 항쟁을 몸소 몇 번 겪었다.

초창기 경성대학에서 영문학을 전공하고, 교문을 나서면서부터 언론계에 몸담아 시국이 변동하는 소용돌이 속을 누비며 청춘시절을 보냈다. 그리고는 8·15 해방을 맞아, 전례 없는 격동기를 역시 대학 강단과 신문 논단에 버티고 앉아, 시국이 돼 가는 꼴을 고요히 관망하며 논설의 붓대를 휘두른 것이다.

그러나 6·25 사변 중에도 활동은 쉴 줄 몰랐으며, 수복한 후에도 대학교수와 언론인으로 바쁜 나날을 보내면서 자연 국내외의 지도급 인사들과 폭넓게 교유하였고, 이미 고령인 오늘날에도 정력적인 문필활동을 펼치고 있어, 선생의 1세기 가까운 지난날은 그대로 한국의 산 역사요, 따라서 값진 증언자이다. 그러기에 주제에 가장 알맞은 저자를 찾아 맞췄다고 나는 글 첫머리에서 쓴 것이다.

우리는 지리(地理)를 교과서에서 배워 곧 많은 지식을 갖고 있으면서도, 그 고장을 여행한 분의 기행문이 있는 줄을 알면 기어이 찾아서 읽는다. 그것은 저자의 생생한 체험이기에 그만큼 실감나게 느낄 수 있기 때문이다.

사람들은 그 고장을 직접 답사하여 체험할 수 없기 때문에, 현장을 수록한 영화장면을 눈여겨보아 간접적으로나마 그것을 경험하며, 여행자의 얘기를 듣고 그가 손수 찍어 온 사진을 열심히 들여다본다.

한편 자기가 사는 고장을 소개한 책자를 대했을 때도 흥미롭게 그것을 읽는다. 옛 친구를 만나 대화하듯, 잊혀져 가는 지난 기억을 되찾는 것에 무한한 정감을 느끼기 때문이다. 이리하여 독서자는 위의 두 가지 중에서 또는 그 모두에서 즐거움을 얻으려 하는 것이다.

나는 조 교수보다 꼭 10년이 연하지만 서울서 자라 소학교부터 서울서 다녔고 지금까지 계속 서울생활을 해 오고 있다. 그러기에 위의 두 가지 심정이 겸하여 책을 입수하던 날 밤새워 그 모두를 읽었다.

책 제목을 구태여 『경성야화』라 했지만 36년간의 일제시대 얘기고, 광복 후의 서울 얘기도 상당량을 차지하고 있다. 소제목을 훑어 보니 1. 구한말의 서울 2. 일제 초기 3. 3·1운동 이후 4. 사회주의 운동의 대두 5. 경성제국대학 6. 기자생활과 7. 해방전야로 경성야화가 끝나고, 1. 해방 직후 정경 2. 생각나는 인물들 3. 고려대학시절로 서울야화가 짜여지고 있다.

허구로 이루어진 소설이 아니기에 소설보다 실감나고, 못 듣던 내용을 알겠기에 흥미를 끈다. 필자의 경우는 마치 친지 댁에 묵은 앨범으로 나의 옛 사진을 찾아내는 것 같은 감흥의 연속이다. 모두가 나의 흥미를 끌었지만, 시간만 있으면 도표로 정리해 보고 싶은 충동이 있다. 사건 제목만을 발생 연월일순으로 늘어놓아 보고 싶어지는 것이다. 문화사 내지 문학사에 관심을 가진 인사라면 꼭 한번 그렇게 하여 보기를 권한다.

옛말에 책을 읽는 데 세 가지로 집중해야 할 일이 있으니, 마음을 가다듬고 눈길을 모으며, 입이 이것을 따라야 한다(漢書有三到, 心到·眼到·口到·一朱熹)고 했는데, 근자의 중국석학인 호적(胡適)을 거기에 간추려 쓰고 도표로 정리하고 하여 손을 놀려서 하는 수도(手到)의 한 항목을 더하였는데, 분명한 파악을 위해 필수의 과정이다.

조 교수는 글 가운데 신문사 생활을 쓰면서 그때의 심정을 이렇게 썼다. "이런 여러 가지 점에서 자포자기하는 마음이 생겨 이렇게 무기력한 생활을 하는지도 몰랐다. 어느 면에서 본다면 이런 현상은 있음 직한 일이다. 그러나 스물 대여섯 살밖에 안 되는 우리들의 안목으로 본다면, 그것은 너무나 암담하고 무기력한 생활이었다."(213쪽)

그리고는 다음 장에서 당시 사람들의 심경을 그렸는데 대충 이러하다. "1930년대 우리나라 지식인들의 생활을 돌이켜 보면 50대 이상의 사람들은 봉건주의 사상에 젖어 배일사상을 가졌지만 체념하는 사람들이었고 40대는 좀 더 현실적이어서 무력으로 독립을 쟁취하기는 어렵고…… 실력을 기르기 위해서는 인재를 많이 실러 내자고 하였으며, 그들과 반대로 30대 청년들은 공산혁명을 일으켜 현 체제를 뒤엎어 버리고 독립을 획득해야 한다고 주장했다."(215쪽) 시간은 흘러 제2차 세계대전이 끝날 무렵의 긴박하고 끔찍한 사정도 소개했으니 "총독부에서는 소련이 전쟁을 시작하면, 바로 조선 인텔리를 모두 검거해 총살할 계획으로 그래서 명부를 다 작성해 놓고 기다리고 있었다는 것이었다.”(278쪽) 모두가 흥미롭고 실감나는 중에 우리와 같은 입장에 있던 인도의 시성 타고르의 한국동지를 격려한 시를 대하게 된 것은 다시없는 반가움이다.

<패자의 노래>(진학문 번역 357쪽) 또 한 면은 《동아일보》 창간 10주년을 기념해 보내온 것으로, 둘 다 원문을 생략했는데, 이 책의 독자층을 생각해 원시(영문)를 아울러 실었더라면 하는 아쉬움이 있다.

끝 부분에 가깝게 ‘생각나는 사람들’(284~390쪽)의 한 항목이 있는데, 다큐멘터리를 읽는 것보다 재미있다. 그밖에 폭넓은 교유인사 가운데 많은 인물들이 소개돼 있는데, 그들과 가깝게 접촉한 분의 생생한 기록이기에, 그들의 인간미를 느끼게 해서 흥미롭다.

글 가운데 사이사이 비치지만 선생은 소탈한 성격에 약주도 즐기시어 많은 분들과 흉허물 없이 사귀어서, 서울 뒷골목의 무궁무진한 화제를 갖고 계시며, 서울 풍물에도 이분만큼 밝은 분은 다시없을 것이다. 부디 건강하셔서 이번에는 야화(野話) 아닌 야화(夜話)로써 한 권 책을 내 주시기를 빈다. 연세도 이미 높으시지만 건강에 그만큼 활력제가 되어 드릴 것이다.

서역문화권에 비친 신라상

최근영 국사편찬위 사료조사실장

『新羅 · 西域 交流史』
무함마드 깐수 지음 / 1992 / 단국대 출판부

1

　본 서는 단국대학교 사학과 초빙교수인 레바논 출신 무함마드 깐수의 역작 중의 하나로서 신라와 서역과의 관계사를 체계적으로 학문적인 정립을 시도한 근대 보기 드문 노작이라 하겠다. 저자는 레바논 바이루트에서 초등학교 · 중학교 · 대학교와 대학원(바이루트 아랍대학교 사학과)을 졸업, 말레이대학교 이슬람아카데미 교수로 재직 중에 1984년 입국하였다. 그의 입국동기는 책의 서문에서 밝혔듯이 "이슬람에는 학문을 멀리 중국에까지 가서라도 구득할 지어라" 는 성훈에 훈육된 것이라고 한다.

입국할 당시 그는 단순히 학위논문 작성에 필요한 자료를 보충하고 한국어라도 배워 보겠다는 단순한 생각이었다고 한다. 그러나 그는 시간이 지나면서 한국 특유의 계절에 따른 자연의 신기로움, 오랜 역사와 찬란한 문화, 의욕적이고 진취적인 국민기상 등에 마음이 끌렸으며, 특히 학문에 뜻을 같이 하는 분들이 한국에서 학문의 꽃을 피워 보라는 격려와 물질적 배려에 처음의 뜻을 바꾸어 단국대 대학원(박사과정)에 입학하였다고 한다. 그후 학문과 한글을 배우면서 신라와 서역 간의 관계사 연구에 전념, 입국 8년 만에 총 633쪽의 방대한 본 서를 엮어 내고 박사학위도 취득하였다.

이같은 결과는 그의 겸허한 학문적 자세와 끈질긴 노력의 산물로 보여진다. 곧 그의 한문실력과 한국어의 발음과 구사력이 한국인과 구별하기 어려울 정도라는 사실은 얼마나 열과 성을 다해 노력했는가를 알려 준다.

어쨌든 본 서를 통하여 동서 문화교류의 흐름 속에서 서역문화권에 신라가 접할 위상을 새롭게 복원해 준 노고에 먼저 경탄과 치하를 드리지 않을 수 없다.

2

본 서는 서론을 제외하고 모두 6장으로 짜임새 있게 분류하여 신라와 서역 간의 교류사를 고찰하고 있다. 여기서는 책의 분량이 방대하고 할애된 지면 관계상 눈에 띄는 특징과 쟁점이 된다고 보는 이설만을 적시해 보고자 한다.

제1장은 서역권에 포괄되는 서역제국의 수도·위치·호구·인구·경제생활 등을 요령 있게 정리하였고, 동시에 서역이란 명칭이 비롯된 내력과 서역에 대한 중국 한족들의 서역경략에 대한 내용을 소개한 것이 중점사항이다.

한편 저자는 고대 동서 문화교류의 요충지로서의 구실을 한 서역을 종래 중앙아시아라는 지역적 명칭으로 좁게 간주하고 있는 점을 고려, 서역권에 포괄되는 제국(諸國)의 인종적·지정학적·문화적·역사적 동질성과 변화를 면밀하게 검토하였으며 서역제국의 범주와 변화상 및 역사적 용어로서의 서역에 대한 지역적 개념을 광의적으로 정리해 놓았다. 이 점은 서역에 대한 새로운 이해와 서역학 정립을 위한 당위성을 고려한 것으로 생각된다.

이와 아울러 장건(張騫)·반초(班超)의 서역 교통로의 개척으로 동서 문화교류와 서역인들이 역사무대에 등장하게 되는 과정을 언급하고 식물, 말, 마구, 유리, 역법, 의약, 제당법, 악기 등 서역분불의 동점과 과학문명의 우수성을 언급한 것이 특징이다.

제2장의 내용은 대식(大食)이란 명칭의 역사적 유래 및 대식의 세가(世家)와 세습제도, 대식국의 분열과 통합, 이슬람교의 교세와 종교의식 등 서역에 대한 이해의 편의를 제공해 준 내용이 중점이다. 요컨대 제1, 2장의 골자는 서역사 이해의 편의를 돕기 위하여 중세

서역문화의 위상을 포괄적으로 정리하는 데 역점을 두고 있다.

3

　제3장에서 주목을 끄는 것은 중세 아랍·무슬림들의 역사, 과학, 지리 등에 관한 지식 등 아랍문화의 위상을 구명하는 한편 중세 아랍문헌에서 신라의 명칭, 지형, 위치와 자연환경 및 생활상 등이 소개된 내용을 광범위하게 수집, 그 문헌상의 오류를 지적하여 바로잡는 등 신라의 위상을 학문적으로 확인, 새롭게 복원한 노력이 큰 특징이다.

　그러나 본 장에서 쟁점의 소지가 있는 문제점을 지적하면, 아랍어의 지리서『諸島路(제도로) 및 諸王國志(제왕국지)』(저자 : 이븐 쿠르다지바)의 내용에 보이는 깐수(Qansu)의 위치를 신라의 땅 康州(강주 : 현 경상남도 진주)로 비정한 점이다.

　먼저 깐수의 위치 지정에 대한 종래의 학설을 보면, 중국의 교주·강주·내주·항주·양주·영평(膠州·江州·來州·沆州·楊洲·永平) 등 그 견해가 다양하나 양주설이 일반적 견해이다.

　저자가 깐수를 강주로 비정하는 근거는 1. 깐수의 역음이 강주의 발음과 상사하다는 점, 2. 신라 때 강주의 대내외적 역할 및 그 인지도(認知度), 3. 깐수의 맞은편에 많은 산과 왕(왕국)들이 있다는 점 4.『제도로 및 제왕국지』의 내용에 신라는 '중국의 맨 끝 깐수의 맞은편'에 위치해 있다는 기록 등을 들고 있다.

　논자가 제시한 근거에 대하여 필자의 견해를 요약하면 1항의 경우
는 역음을 통해 본 논자의 단순한 추리에 불과한 견해일 뿐이다. 2항
의 경우는 신라 말 지방 세력가로 등장한 장보고 · 왕봉규 등의 행적
에서 알 수 있듯이 그들의 해상활동과, 중국과 통교한 사실을 고려하
면 강주의 지명이 중국을 통하여 서역 지방에 알려질 개연성은 충분
한 것이다.

　3, 4의 경우는 논평에 앞서 아래의 사항을 음미, 고려해 보아야 할
것이다. 예컨대, 중세 저명한 아랍, 무슬림의 역사, 지리학자나 여행
가들이 남긴 저술 중에는 가공적인 면이나 무지에서 오는 오술(誤
述)도 있다는 사실을 간과해서는 안 된다는 점이다. 이 점은 논자도
시인하고 있는 것으로 알고 있다. 저술 중 오술이 있게 된 이유는 논
자가 말한 대로 현지를 답사, 확인과 고증을 통해 기록한 것이 아니
고 목격한 타인으로부터 전문에 의해 얻은 지식을 서술했기 때문일
것이다.

　예컨대 9~10세기 아랍문헌을 보면 신라를 '군도(群島)', '국(國)'
으로 표시된 것이 있는가 하면 '신라국'으로 지칭, 중국과 평등관계
의 독립왕국으로 본 견해도 있다(『황금초원과 보석광』, 알 마스오리).
그러나 그들은 한반도를 중국의 지역적 범위(중국 속의 한 개의 지방정
권) 속에 포함시켜 인식하는 것이 보편적 견해이다. 이러한 사항은
논자도 시인, 언급하고 있다.

　이제 4항의 전거가 되는 『제도로 및 제왕국지』의 저자의 경우를
보자. 이 책의 내용 중에 "주민들이 개의 쇠사슬이나 원숭이의 목테

를 금으로 만들 정도로 Wag Wag(일본)에는 황금이 풍부하다"고 하였다. 앞의 내용 역시 신라를 일본으로 착각, 오류를 범한 기술이다. 그리고 깐수를 강주로 비정한다는 근거인 4항의 내용을 보면, "중국의 맨 끝 깐수"라고 기술한 깐수는 문맥으로 보아 분명 중국의 땅으로 이해된다. 그러나 이븐 쿠르다지바는 같은 책『제도로 및 제왕국지』에서 신라를 '신라국' · '신라'로 호칭한 것을 보면, 신라를 독립 왕국으로 간주한 인상을 준다.

이같은 문제점이 있는 문헌적 자료를 근거로 채택, 깐수를 신라의 강주로 비정하는 것은 재고의 여지가 있다고 생각된다.

그리고 3항에서 "깐수의 맞은편에 많은 산과 왕(왕국)들이 있다"는 것은 종래 깐수로 비정되는 양주 등 중국의 땅에서 70%가 산악인 한국의 신라 쪽을 보고 지적한 것이 아닌가 싶고, 왕국들은 논자의 주장대로 삼한시대, 삼국, 통일신라시대의 여러 왕국이 있어 왔기에 그들을 지칭한 것으로 볼 수 있다.

요컨대 논자의 주장대로 깐수가 신라의 강주라면 강주의 맞은편은 지역적 위치나 방위(方位)로 보아 신라가 아닌 오히려 일본이 타당한 편이다. 이 점은 논자가 신라의 위상을 복원해 보려는 의도가 오히려 자가당착에 빠진 것이 아닌가 싶다. 어쨌든 깐수를 강주로 비정한 논자의 견해는 좀 더 재고가 요망된다고 보겠다.

4

제4장의 내용을 보면, 신라인들의 국제적 무역활동의 실상을 각종 유물과 문헌을 수집, 기존 연구의 오류를 지적, 보완한 노력이 돋보인다. 다만 아쉬움이 있다면, 신라는 서역산물인 슬슬(瑟瑟), 옥(玉) 등의 보석류, 탑등(毯毲), 비취모(翡翠毛), 계(罽) 등 귀족들의 사치품이 많이 수입되었고, 경주 지역에는 서역인의 특징과 솜씨가 엿보이는 석조물(경주 괘릉과 흥덕왕릉의 무인석), 은제금구 등이 전한다.

이와 같이 서역과의 교역과 서역문물의 전래가 있었음에도 서역문화가 신라사회에 끼친 영향과 의의 등에 대한 구체적 언급이 미흡한 점이 곧 아쉬운 점이라 생각된다.

본 장에서 주목을 끄는 것은 신라 불교의 남래설(南來設)을 주장, 북래설의 시원론이나 유일론을 편견으로 보고 부인한 점이다.

남래설 주장의 전거는 『금강산유점사사적기』, <유점사월지금상문>, 낙산의 관음신앙, 가야국의 건국설화에서 보는 수로왕비 허황옥(許黃玉)의 출신과 행적 등을 들어 신라 불교는 남해로(南海路)를 통하여 한반도의 동남해 연안 지방에 직수입되었다는 것이다. 즉 신라의 불교는 고구려에 전래된 기존 공전(公傳)의 북래설보다 200~300년 앞선다는 것이다. 논자는 앞의 전거에 신화적인 요소가 있어 그대로 수용할 수는 없다고 시인하면서, 불교 전래에 있어 종래의 경우 공전에 앞선 초전유포 사실을 간과했다는 점과 북래의 유일설에만 집착해서는 안 된다는 주장이다.

논자는 기원 전후 한반도를 중심으로 한 동서 해상교통의 상황을 조명해 볼 때 불교가 남해로를 통해 한반도의 동남해 연안 지방에 직수입될 수 있다는 주장이다. 이에 강원대 신종원은 남래설에 대하여 뒷받침할 만한 자료의 제시는 부족하나 하나의 가능성은 있다고 전제하면서, 외교관계나 문물교류를 염두에 두지 않으면 충분한 설득력을 가질 수 없다고 지적한 바 있다.

이를 좀 더 언급하면, 신라 불교는 북래설과 연관되는 사실을 엿볼 수 있다. 예컨대, 신라 불교의 유적 유물의 분포사항을 보면, 신라와 고구려의 교통로로 간주되는 죽령로와 조령로를 거쳐 경주에 이르는 주변 지역(충주, 봉화, 영주, 안동, 문경, 선산 등)에 산재된 불교유적과 유물이 집중적으로 산견되며, 고구려 불상양식과 상통하는 불상도 발견됨을 고려하면, 신라의 불교는 북래설을 뒷받침하는 가능성을 띠고 있다.

그러나 이들 유물 유적의 대다수가 삼국통일 어간의 작품이 대다수이며, 이들 작품도 소수에 불과하다. 이를 고려하면 종래의 북래설 역시 문제점을 안고 있다. 요컨대 논자의 남래설은 일단 경청해 볼 소지가 충분하다고 보겠다.

이러한 양설의 시비는 고대 삼국불교의 전래는 육로나 해로를 통하여 각기 다른 시기에 전래될 수 있다는 사실을 긍정적으로 보고 관계 전문가들은 양설의 해결을 제공해 줄 수 있는 불교 관계 유적ㆍ유물과 문헌을 광범하게 찾아내어 새로운 실마리부터 찾아 재검토될 문제라 하겠다.

끝으로 제5, 6장에서 눈에 띄는 내용을 들면, 아랍문헌을 통하여 아랍, 무슬림들의 신라 내왕의 가능성을 제시한 점이다. 곧 처용은 동해로부터 울산항에 상륙한 무슬림이었을 가능성을 언급하였다. 그리고 혜초의 서역행적에서 종래의 견해와는 달리 그는 페르시아와 대식국까지 여행을 했다는 주장이 그것이다.

한편 고구려 유민인 고선지에 대하여 그가 등장한 배경, 출신, 성장배경 등을 밝히고 서역원정의 동인과 특히 탈라스전(戰)의 문화적 업적을 새롭게 체계적으로 총정리한 점이 부각된다.

제6장에서는 실크로드의 종래 개념을 확대, 육로와 해로로 구분하여 그 여정을 시대별로 세밀하게 고찰한 것은 동서 문화교류사 이해에 큰 업적이라 보겠다.

결론적으로 종래 신라와 서역 간의 교류사 연구는 단편적인 연구에 불과했다. 그러나 본 서는 양 지역의 교류사에 관한 논저, 지도, 원전 등을 광범하게 수집하여 체계적으로 정리, 분석함으로써 장래 이 분야 연구의 지침서가 될 역작이라 생각된다. 그리고 참고문헌과 자세한 색인을 정성스럽게 넣은 것이 저자의 학문적 자세와 책의 무게를 더욱 돋보이게 하고 있다.

한국 근현대사의 체계화된 지식 제시

김창수 동국대 역사교육과 교수

『쟁점 한국근현대사 I』

박성수 외 지음 / 1992 / 한국근대사연구소

1

우리나라 근현대사에 관한 쟁점을 폭넓게 발굴하여 이를 합리적, 과학적으로 이해시킨다는 목적 아래 펴낸 역사교양지 『쟁점 한국근현대사』가 최근 출간되었다. 한국근현대사는 그 연구가 아직 일천하여 요즈음에 와서야 겨우 연구의 실마리를 열어 놓은 데 지나지 않는다고 할 수 있다. 그러므로 이 분야의 연구는 어느 부분 어느 과제를 막론하고 연구가 미진하고 또한 미개척지로 남겨져 있는 경우가 많다. 더욱이 우리의 근현대사 연구에 있어서는 외세의 침략을 너무 강조한 나머지 우리 민족의 자주적 저항의 측면이 매몰되어 있는 경우가 비일비재하다. 그러므로 이 책의 '창간사'에서 김성준 교수가 지적하고 있듯이 "수난과 오욕으로 점철된 역사적 현실을 극복해 나간 민족과 민중의 힘은 어디서 나왔는가를 있는 그대로 밝힘으로써 근현대사의 새롭고 올바른 역사상을 세우는 것이 무엇보다 중요한 책무"임은 새삼 말할 나위도 없을 것이다. 이런 뜻에서 이번 이 책의 간행은 매우 시의를 얻은 것으로 학계는 물론이거니와, 일반 독서인을 위해서도 매우 고무적이고 반가운 일임에 틀림없다.

2

이 책은 특집으로 1. 임오군란을 해부한다, 인물연구로 2. 대원군 이하응 3. 국내외 연구단체의 동향 4. 금년도 한국 근현대사의 쟁점, 서평으로 5. 한국근대 정치사상 연구(박찬승), 미발표자료 위당 정인보 <유능지문> 해제 등으로 구성되어 있다.

먼저 임오군란 110주년 기념특집으로 엮은 '임오군란을 해부한다'를 살펴보기로 한다. 이 임오군란 특집은 8편의 글과 2편의 자료로 되어 있으며 임오군란에 대한 연구사적 검토와 더불어 그 성격을 다루고 있다. 1. 임오군란은 군란인가 정변인가(김호일)는 임오군란의 성격 규정에 있어서 중요한 의미를 지니는 용어개념으로서 군란과 정변의 문제를, 이때까지 간행된 한국사 개설서를 중심으로 검토해 봄으로써 폭력과 무력투쟁, 정변의 요소가 복합적으로 포괄되어 있다고 하여(12쪽) 군란, 정변의 어느 쪽에도 기울어지지 않음으로써 주제의 해답에는 미치지 못하고 있다. 2. 척사와 개화의 갈등은 무엇인가(구선희)는 임오군란의 배경이 되는 중요한 주제라고 할 수 있겠으나, 이 글은 새로운 연구를 바탕으로 한 주장이라기보다는 이때까지의 연구를 해설한 내용으로 되어 있다. 3. 임오군란은 왜 일어났는가(이민원)는 임오군란의 원인과 동기를 다루고 있으나 이 글 또한 종래의 학설을 요약 정리한 것에 지나지 않는다고 하겠다.

4. 임오군란에 있어서 청국의 개입은 정당한 것이었는가(권석봉)는 임오군란을 계기로 청군의 개입문제를 다룬 글로서 임오군란 직전 청 측의 대조선 인식과 정책의 문제, 그리고 군란 직후 단행된 청 측의 무력개입에 있어서 핵심이 되는 대원군 피수 문제에 초점을 맞추어 다루고 있다. 그리하여 이 글의 필자는 임오군란에 있어서 청의 개입을 불행한 사실임에 틀림없으나 그 정당성은 부인되기 어려울 것으로 판단된다고 결론짓고 있다. 이 책의 특집에 실린 임오군란 관계의 여러 글 가운데서도 이 글은 필자의 독창적인 연구를 바탕으로 한 노작으로서 가장 빼어난 글로 평가하고 싶다. 5. 임오군란은 일본의 한국 침략에 어떠한 작용을 하였는가(조항래)는 임오군란 직전과 직후의 일본의 대한 침략정책을 다룬 글로서 특히 임오군란 후 맺어진 제물포조약의 침략상을 분석하고 있다. 6.『저상일월』에 비친 임오군란(박성수)은 민간기록에 나타난 임오군란의 경과를 소개한 것인데 임오군란 연구의 새로운 자료로서 주목된다고 하겠다.

7. 임오군란 때 미국의 대한 정책은 어떠한 것이었나(김원모)는 임오군란을 계기로 청국의 대한 내정간섭이 미국으로 하여금 대청혐오감을 갖게 되었고, 결국 미국이 일본의 대한침략정책에 동조하게 되는 경위를 다양한 자료를 원용하여 밝힌 것으로 매우 주목되는 글로 평가된다. 8. 임오군란은 어떻게 마무리 지어졌는가(김상기)는 임오군란의 경과 및 결과를 개관한 글이다. 마지막으로 자료소개로 <임오군란일지>(권오영)는 임오군란의 경과를 여러 자료를 통해 일지로 정리한 것이며, 임오군란 연구논저 목록의 정리는 임오군란 관련 저서와 논문을 제시하고 있는데, 중요한 임오군란 관계 저서와 논문이 누락되어 있어서 아쉬움을 남기고 있다. 특히 자료로서 앞의 박성수 교수가 소개한 자료인『저상일월』이상의 자료적 가치를 지니고 있는 김병시의『임육록(壬六錄)』등도 소개되었더라면 좋았을 것이다. 대체적으로 보아 '임오군란을 해부한다' 는 자극적인 타이틀에 걸맞지 않은 내용으로 구성되고 있고, 개관의 범주를 벗어나지 못하고 있는 것은 편자로서도 한번쯤 반성해 봄 직하다. 이러한 내용으로는 국민 계몽적 차원에서는 도움이 될지 모르지만 학계를 위해서는 별로 도움이 못 될 것이다. 이 분야 연구에 대한 폭넓은 전문 필자의 발굴을 통해 명실상부한 특집이 되었더라면 하는 아쉬움이 남는다.

3

역사적 인물로 대원군 이하응에 대한 역사적 평가를 "그는 개혁정치가였다"(홍순창)와 "그는 보수정치가였다"(성대경)는 서로 상반되는 설정 위에서 다루고 있다. 홍순창 교수는 먼저 그가 개혁정치가였는가에 대하여는 개혁, 보수의 두 시각을 소개한 뒤 "대원군상은 혼미 속에서 갈 길을 잃은 한말의 우리 민족을 영도했던 지도자상으로 높이 평가되어야 한다"(168쪽)고 하여 당시의 시대상황을 감안한 긍정적인 평가를 내리고 있다.

그러나 대원군 집정의 복고성은 결국 근대지향성이 없기 때문에 전제왕권의 부활 내지 재확립이라는 의미에서 대원군은 보수정치가였을 수밖에 없었다. 이러한 시각에서 출발한 성대경 교수는 일본학자의 대원군에 대한 과대평가, 대원군이 담당한 역사적 책무, 대원군 정권의 계급적 기반, 사학계의 대원군 평가 등을 살펴본 뒤, "대원군과 그의 정권은 근본적으로 양반관료 지주계급의 계급적 이해와 요구에 기초하여 역사발전의 합법칙성을 거역하면서 그들의 물질적 기초 즉 사회경제적 기반인 봉건제도를 지키려 하였고, 국제관계에서 새롭게 조성된 민족적 위기를 전진적으로 인식하지도 못했으며 또한 이에 대처하기 위한 민족역량도 키워 내지 못한 반역사적 보수정권이었다"(187쪽)고 결론짓고 있다. 이러한 지적은 비교적 참신한 견해로 대원군 연구의 방향을 전진적으로 해석하게 하는 길잡이의 구실을 한 것이라고 할 수 있다.

다음으로 국내의 역사 관계 연구단체와 국제학술회의의 동향을 '한국역사 민속학회의 움직임'(이종철)과 '환태평양 한국학 국제학술회의 참가기'(변인석)를 통해 다루고 있다. 전자는 1990년 창립된 학계의 소개와 더불어 그동안의 연구 발표를 소개한 것이고, 후자는 1992년 7월 말 하와이대학에서 개최된 국제학술회의에 참가한 변인석 교수의 대회참가기이다. 위의 두 글은 역사학 또는 그 주변 과학의 연구동향을 소개해 주었다는 점에서만 의의가 있는 것이 아니라, 특히 우리나라 학자들이 자부심을 가지고 국제학술회에 참가하여 연구를 발표함으로써 국위를 선양하였다는 점에서도 매우 고무적이라고 할 수 있다.

4

이현희 교수의 '금년도 한국 근현대사의 쟁점'(1992. 4~9)은 1992년 전반기의 한국 근현대사 관계의 쟁점으로 떠올랐던 제 문제를 간결하게 정리하여 이 분야의 학문적 정보를 제공해 주고 있다는 점에서 이 책에서 가장 주목되고 또한 그 의의가 크다. 먼저 한국여자정신대의 강제 종군위안부 문제는 때늦은 감은 있지만 1992년의 국민적 관심사로 고조된 바 있는 이 문제를 이현희 교수는 정신대의 시초를 역사적으로 규명하고 나아가 배상 문제에까지 논급하고 있다. 그러나 그 전후의 시대 이를테면 1910, 1930, 1940년대의 한국사 왜곡 문제까지 다루었더라면 하는 아쉬움이 남는다. 또한 독립운동가 백범 김구 선생의 암살배경은 역시 현안의 문제로 관심사였는데 이를 친일파의 합동작전으로 이해하고 있으며,《독립신문》의 친일지적 성격에 대하여 신중히 다루고 있다. 곧, 이현희 교수는 "짐계 려중동 교수의 애국심을 액면 그대로 인정하면서 행여나 당시의 누가 '매국'이고 '애국'이었나 하는 점은 보다 명백히 실례가 되지 않게 조심스러우면서도 조용한 웅변이 요청된다"(219쪽)고 한 것은《독립신문》의 친일지적 성격을 살피는 데 있어서 우리에게 많은 시사를 던져 주고 있다. 더욱이 최근 우리 학계에 만연되고 있는 실증성 없는 폭로주의를 생각할 때 더욱 그러하다.

끝으로 『쟁점 한국근현대사』의 출간을 진심으로 경하하면서 이 책의 소개와 더불어 평자에 의한 한두 가지 고언을 지적해 둔 것은 평자의 천학과 오류도 있을 것으로 여기며 이 점 너그러운 해량을 구하는 바이다.

정한론자들의
야망과 고뇌의 현장기록

신복룡 건국대 정치외교학과 교수

『서울에 남겨둔 꿈』
한상일 역 · 해설 / 1993 / 건국대 출판부

한국인들이 역사적 사건에 대한 기록을 남기지 않는다는 것은 어제오늘의 얘기가 아니다. 우리나라의 건국이 서기전 2333년이라는 사실이 우리의 역사에 쓰여진 것이 아니라 남의 기록을 보고서야 알 정도라면 참으로 부끄러운 일이 아닐 수 없다. 그것은 글을 쓰지 않는 우리의 게으름 때문일 수도 있고, 사초(史草)가 가문의 화(禍)를 불러일으키는 데 대한 두려움 때문이기도 하며, 다른 한편으로는 역사를 한자로 기록해야 하는 어려움이 있었던 때문이기도 하지만, 그 어느 쪽이든 간에 이는 단적으로 표현해서 포퍼(K. Popper)가 이른바 '역사주의의 빈곤(The Poverty of Historicism)'이라고 말하지 않을 수 없다.

고대사의 자료가 부족한 것은 세월의 흐름에 따라 사료가 인멸된 탓이라고 변명할 수도 있지만 근·현대사의 사료가 부족한 것에 대해서는 더욱 변명의 여지가 없다. 백제를 연구하는 학자의 수가 당사자인 한국보다 일본에 더 많다는 사실, 그래서 백제사를 제대로 연구하기 위해서는 호남으로 가는 것이 아니라 교토대학이나 도쿄대학으로 유학해야 하는 현실이 서글픈 것은 더 말할 나위도 없으려니와, 특히 현대사의 중요한 부분이 되고 있는 한일관계사의 대부분을 일본의 자료에 의존할 수밖에 없다는 사실은 식민지 시대사의 정확한 이해를 불가능하게 할 뿐만 아니라 우선 그 연구를 어렵게 하고 민족적 자존심을 심히 상하게 하는 일이다.

이와는 대조적으로 일본인들은 기록을 남기고 보존한다는 점에 있어서는 남다른 데가 있다. 그러한 예로서 일본사람들은 백제에서 받은 칠지도(七支刀)의 녹(綠)까지도 보관하고 있는 것은 더 말할 나위도 없고, 얼마 전에는 비행기가 후지산에 추락했을 때에도 죽기 직전까지 아내에게 보내는 글을 남겼다는 대목에 이르면 그들의 기록하는 습성에 대해 차탄(嗟歎)을 금할 수가 없다. 여기에 소개하는 이 책은 당사자인 한국인들도 소홀했던 부분들을 이국인인 일본인들이 기록했다는 점에서 위와 같은 한·일 간의 기록하는 습성을 가장 잘 보여 주는 예가 아닐 수 없다.

이 책은 1890년대에 한국에 왔던 세 명의 일본인이 남긴 한국 근대사의 중요한 현장기록들을 한데 묶은 것이다. 이노우에 가쿠고로

(1860~1938)는 일본 개명의 선구적 지식인이자 게이오의숙(慶應義
塾)의 창설자인 후쿠자와 유키치의 지시에 따라 한국에 파견되어
《한성순보》를 창간한 실무(기술) 책임자였고 갑신정변의 목격자였
다. 그는 게이오의숙을 졸업한 이듬해인 1883년에 23세라는 어린 나
이로 일본의 조선 상륙을 위한 전초작업으로서의 언론장악을 위해
한국에 와서 4년 동안 활약한 후 1887년에 돌아갔다. 그후 그는 일본
중의원에 14회나 당선되어 일본의 조선 침탈에 중요한 정보들을 제
공했다. 그는 단순한 인쇄기술자가 아니라 일본의 조선 상륙을 위해
파견된 첨병이었다.

스기무라 후카시(1848~1906)는 1880년에 한국에 부임한 이래로
갑오농민전쟁과 청일전쟁, 그리고 갑오경장과 민비시해 사건이 전개
되던 시기에 15년 동안이나 한국에서 활약하면서 당시의 일본 외무
대신인 무츠 무네미츠의 구상(조선 침탈)을 구현하기 위한 외교 공작
의 밀령을 수령한 서울 주차 일본 공사관의 참사관으로서, 어떤 경우
에는 공사(公使)보다도 더 깊이 정책결정에 개입했던, 그래서 개화
기 한·일관계사의 가장 중요한 사안들을 처리한 핵심인물이었다.
청일전쟁 당시에 본국 외무성은 오토리 게이스케 공사의 보고보다도
그의 보고서를 더 신뢰하였으며, 민비시해 사건 당시에는 시해의 장
본인이었음에도 불구하고 본국에 돌아가 영웅처럼 대접을 받았다.
그후 그는 일본 외무성 통상국장으로 영전되어 남미 이민을 주도했
고 브라질 공사로 재직 중에 그곳에서 죽었다.

사쿠라이 군노스케(1869~1932)는 《마이니치신문》의 서울 특파원

의 자격으로 갑오농민혁명과 청일전쟁 중에 정보수집을 위해 내한한 인물로서 일종의 정탐꾼이었다. 그후 그는 일본의 탄광업계에 투신하여 성공한 다음 일본 중의원에 여섯 차례나 당선되었고 상공 차관으로 입각하여 상공업정책을 지휘한 정계와 재계의 요인이었다.

우선 이노우에 가쿠고로의 '서울에 남겨둔 꿈(漢城之殘夢, 東京 : 春陽書樓, 1891)'은 그 제목이 보여 주듯이 서울에서 이루지 못한 꿈(餘恨)과 불만 같은 것을 회고조로 기록한 것으로서, 이 책을 쓸 당시인 1891년의 위정자들에게 대한정책의 기조를 경각시키고자 하는 의도를 담고 있다. 그는 글 중에서 조선 침략을 강변하고 있지는 않지만, 서문에서 독자들에게 "그 자의 이면에 담겨 있는 뜻(?)을 깊이 새겨 볼 것"을 당부하고 있고, 그의 그러한 깊은 뜻을 미처 모르는 김옥균과 박영효는 그 꿈(殘夢)이란 지난날의 여한이 아니라 봄날의 꿈과 같이 아련한 것으로만 알고 서문까지 써 주었다.

그렇다면 그가 서울에 남겨 둔 꿈은 과연 무엇이었을까? 그것은 한국의 합병이었다. 그의 말에 의하면, 한국의 빈곤하고, 태만하고, 교통이 불편하고, 자원을 개발하지 않았고, 인구가 감소되고 있고, 풍속이 파괴되고 있고, 조세 수탈이 심하며, 관리의 횡포가 심하기 때문에 독립국가로 존재하기는 어려우며, 결국 '일본이 통치할 수밖에 없다'는 정한(征韓)의 논리를 펴고 있는 것이다. 이것은 다루이 도키치 이후 이토 히로부미에 이르기까지의 변함없는 주장이었다.

두 번째의 글인 스기무라 후카시의 '조선에서의 고심했던 기록 : 1894~1895(在韓苦心錄, 東京 : 勇喜社, 1932)'은 그 제목이 시한을 보여 주듯이 갑오농민혁명과 청일전쟁, 그리고 갑오경장에 관한 현지 외교관의 구체적인 회고록으로서 이 시대 연구의 빼어 놓을 수 없는 일차 사료이다. 한국인들이 보편적으로 가지고 있는 반일감정의 시각에서 본다면 도저히 용납될 수 없는 일이지만, 그리고 그의 심중의 밑바닥에는 일본의 대한진출에 일신을 바치겠다는 일념이 잠시도 떠나지 않은 것은 사실이지만, 그는 한국에 머물면서 한국인에 대하여 최소한의 연민을 가졌던 인물이었다.

그런 점에서 스기무라 후카시는 당시로써는 드문 지한파(知韓派) 인사였으며, 그의 기록은 매우 정확하고 정교해서 사료로서의 가치가 매우 높다. 그가 서문의 말미에서 "나의 글이 후대의 역사를 쓰는 데 참고가 되기를 바란다"고 말한 것은 그의 진심이었을 것이며, 그러기에 그는 이 글을 쓰면서 더욱 고심했을 것으로 보인다. 말미에 실린 <을미사변에 관한 히로시마재판소 예심결정서>도 그런 의미에서 값진 사료이다.

세 번째의 글인 '조선시사(朝鮮時事, 東京 : 春陽堂, 1894)'는 종군기자의 전형적인 르포 기사이다. 따라서 여기에는 사료로서의 가치라기보다는 오히려 차라리 당시의 사회상과 일본 군국주의의 촉수 역할을 했던 언론인의 대한 인식과 그들이 한국(인)을 어떻게 비하했는가를 이해하는 데 도움을 주는 기록이 많으며, 특히 제3국인이 한국을 이해하기 위해 이 책을 읽을 경우, 악의적 의도를 간파하지 못하는 한 오해의 위험을 많이 안고 있다. 그와 함께 동행했던 《고쿠민신문》의 구보다 베이센의 삽화는 지금은 없어진 건물이나 풍속의 당시 모습을 이해하는 데 도움을 준다.

위의 세 편의 글이 가지는 가치는 격동의 1890년대, 일본의 대한 정책의 실체를 이해하는 데 중요한 증언을 제공하고 있다는 점이다. 물론 이들이 일본의 국익을 우선으로 하는 우익의 대표적 인물이었다는 점에서 본다면 이러한 종류의 기록에는 일본인 특유의 악의적인 비하와 왜곡이 있을 수 있다. 그러나 역사학자는 그러한 자료의 잘못을 알아볼 수 있는 혜안을 가져야 할 뿐만 아니라, 역사학에서는 단 한 줄의 사료가 소중하다는 점에서 본다면 이 책은 격동의 한말 역사의 중요한 자료를 담고 있는 기록들이다.

우리 역사를 어떻게 볼 것인가

김현영 국사편찬위원회 교육연구사

『**한국의 역사가와 역사학**』(상, 하)
조동걸 · 한영우 · 박찬승 엮음 / 1994 / 창작과 비평사

1

역사란 무엇인가? 우리 역사가 우리에게 어떠한 의미를 가지는가? 이러한 근본적인 질문들을 우리는 항상 잊고 지내기 마련이고 이런 질문을 대할 때면 우리는 흔히 당혹해하기 쉽다. 결국 역사는 시대의 변화에 따라 항상 새롭게 해석하는 자에 의하여 다시 쓰여진다는 것은 "모든 진정한 역사는 현대사이며, 현대사는 현재의 역사가의 마음속에 감동되어진 역사이다"라는 상대주의 역사가 크로체의 명제를 떠올릴 필요도 없이 자명한 것이다. 이 책을 편찬하면서

편집자들은 다시 한 번 역사라는 것은 역사가에 의하여 선택되어지는 것이라는 것을 실감하였을 것이다.

우리 역사를 우리의 역사가들이 어떻게 인식하였는가 하는 것이 바로 우리나라 사학사 즉 역사인식의 역사라고 하겠는데, 이러한 우리 역사에 대한 사학사적인 정리를 시도한 것은 그리 오래되지 않는다. 즉 1960년대에 식민사학의 극복과 민족사학론이 제기되면서부터 우리나라 사학사에 대한 연구가 시작되었고, 그것이 하나의 체계로 엮어진 것은 이우성·강만길이 편집하고 이 책을 출판한 창작과비평사에서 1976년에 나온『한국의 역사인식』(상, 하)이 처음이라고 하겠다. 이 책은 그동안 우리나라 역사인식의 지평을 넓혀 주는 데 크게 기여를 했다. 이후 몇 권의 사학사 관련 서적이 나와 우리나라 사학사를 이해하는 데 도움을 주었다. 그러나 우리나라 사학사를 본격적이고 체계적으로 정리한 책은 아직 없었다. 또한『한국의 역사인식』에 수록된 논문이 쓰여진 60년대와 70년대는 사학사 연구의 경력이 일천할 뿐 아니라 사상사를 자유롭게 서술할 수 없었던 시대적인 제약도 있었다. 이제 20여 년이 흐른 지금의 시점에서 우리나라의 사학사를 본격적으로 재정리할 필요성이 있다는 것은 학계의 누구나가 공감하는 것이다. 따라서 이러한 시점에서 이 책이 나왔다는 것은 매우 시의 적절한 것이라고 하겠다.

2

이 책을 평하는 데 있어서 먼저 전제해 두어야 할 것은 편집자들의 역사인식과 각 필자들의 역사인식이 다를 수도 있고, 우리나라 전체 사학사를 개관한 이 책을 구체적으로 평하는 데에는 지면상의 제한이 있다는 점이다. 따라서 본 서평은 기획, 편집상의 문제점을 지적하는 선에서 그칠 수밖에 없을 것 같다.

이 책은 세 사람이 기획, 편집하고 41개의 소항목에 40명의 필자가 집필에 참여하였다. 엮은이들은 일찍이 사학사를 전공하거나 근대, 현대 사상사를 전공하였다. 따라서 이 책은 이 책을 기획·편집하는 데 있어서 가장 적임자를 얻었다고 하겠다. 또한 각 항목의 집필자에 있어서도 한두 항목의 불가피한 집필자를 제외하고는 각각 그 방면에 대해 가장 잘 아는 필자를 선택하였다고 하겠다. 이 책은 여러 사람이 집필하였기 때문에 각 집필자들의 견해가 다를 수 있겠고, 이러한 다른 견해들을 하나의 일관된 체계 속에 정리하는 것이 어려운 과제였다고 하겠다. 그럼에도 불구하고 이 책은 고대에서 근대에까지 적어도 외형적인 면에서는 일관된 체계를 가질 수 있었다.

먼저 이 책의 내용을 간단히 살펴보면 다음과 같다.

먼저 총설에서 '우리나라 역사학의 흐름'을 개관하였다. 이어서 고대와 중세 부분에서는 '고대의 역사인식', '고려시대의 역사의식과 역사 서술'을 개관한 글과 김부식, 일연의 역사인식을 정리한 글을 수록하였다.

근세 부분에서는 '조선시대의 역사편찬과 역사인식'을 개관한 글과 『고려사』·『고려사절요』, 『동국사략』·『삼국사절요』, 『동국세년가』·『동국통감』, 『동국여지승람』·『동국사략』 등 주요 역사서를 유형별로 나누어 개관하고, 이어서 조선 후기에는 한백겸, 허목, 홍여하, 홍만종, 임상덕, 이익, 신경준, 이종휘, 안정복, 이중환, 유득공, 『연려실기술』, 정약용, 한치윤, 중인사학, 홍경모, 이원익 등 역사가와 역사서 및 새로운 계층의 대두에 따른 중인사학을 다루었다.

근대 이후는 시기를 좀 더 세분하여 근대 초기, 항일운동기, 민족국가 건설운동기, 남북분단기로 나누어 검토하였다. 먼저 근대 초기 부분에서는 '근대 초기의 역사인식'을 개관하고, 안종화, 김택영, 현채, 정교, 장지연, 유근 등으로 나누어 검토하였다. 다음 항일운동기 부분에서는 '항일운동기의 역사인식'을 개관하고, 신채호, 박은식, 김교헌, 이상룡, 황의돈, 안확 등을 검토하였다. 민족국가 건설운동기에서는 '민족국가 건설운동기의 역사인식'을 개관하고, 정인보, 문일평, 안재홍, 백남운, 이청언, 전석담, 손진태, 이병도, 김상기, 홍이섭, 이상백과 이 시기에 한반도를 지배하고 있었던 '일제의 식민사학'에 대하여 정리하였다.

남북분단기에는 '분단시대 남한의 한국사학'과 '북한 역사학계의 동향과 역사인식의 특성'으로 나누어 해방 이후의 역사인식의 동향과 변화를 한꺼번에 정리하였다.

이상과 같이 이 책은 우리나라의 역사를 고대, 중세, 근세, 근대로 나누고, 다시 근대 이후의 역사는 근대 초기와 항일운동기, 민족국가 건설운동기, 남북분단기로 세분하여 정리하였다. 사실상 시기는 네 개로 나누었지만, 각 시기가 동등한 분량을 차지한 것은 아니었다. 특히 전근대 부분에 있어서는 고대와 중세의 비중이 근세에 비하여 매우 소략하다. 그것은 남아 있는 사료의 불균형에 기인한 것이기도 하지만, 편집자의 연구 취향과 관련된 것이 아닌가 생각된다. 즉 중세=고려시대의 역사가로 김부식과 일연만을 거론하고 생략한 것은, 물론 지면상의 제한 때문이었겠지만 아쉬운 느낌이다. 즉 『편년통록』을 쓴 김관의라든가 고려 후기의 이규보, 이제현 등을 다루지 않은 것은 근세=조선시대에서 『동국세년가』, 『동국여지승람』, 『동국사략』, 허목, 홍여하, 홍만종, 임상덕, 이중환, 유득공, 한치윤 나아가 홍경모, 이원익까지 다룬 데 비하면 불균형한 느낌을 준다. 사학사도 사상사일진대 우리나라 사상사 발전에 있어서 어찌 이규보, 이제현을 임상덕, 홍경모, 이원익의 밑에 놓을 수 있겠는가.

또한 시대 구분도 단순히 고대, 중세, 근세, 근대로 할 것이 아니라 사학사 또는 사상사 자체의 변화에 따른 내적인 시대 구분을 시도해 봄 직한 일이다. 이미 이 책에 내용적으로는 검토되어 있지만, 신화적·종교적 역사 서술기, 유교적·교훈적 역사 서술기, 근대적 역사 서술기 등으로 시기 구분을 하여 표제로 내세운다면 좀 더 참신한 인상을 주었을 것이다.

3

이 책이 기획, 편집에 있어서 돋보이는 점을 들어 본다면 첫째, 우리나라의 주요 역사가들을 거의 빠짐없이 소개하고, 나아가 새로 발굴된 역사서나 역사가들까지 과감하게 망라되어 소개되어 있다는 점이다. 즉 그동안 학계에 잘 알려지지 않았던 홍경모, 이원익, 안종화, 유근, 계봉우, 김교헌 등과 같은 역사가들도 과감히 발굴하여 그들에 대한 사학사적인 평가를 새로이 시도한 것도 돋보인다. 따라서 본격적인 논문의 형태를 취한 것은 아니고, 각 역사서 및 역사가에 대한 평이한 서술을 하여 일반인들도 읽기 쉽게 하였다는 점이 장점이라고 하겠다.

둘째, 비록 많지는 않지만 그동안 사상적인 제약으로 거의 다루지 못했고 다룰 수 없었던 마르크스주의 계열의 역사가와 역사인식도 균형되고 공정하게 다루어 주었다는 점이라고 하겠다. 다만 백남운, 이청원, 전석담 이외에도 이북만이라든가 김광진, 도유호 등 마르크스주의 사가들을 좀 더 발굴할 수 있었지 않았나 하는 아쉬움이 있다.

셋째, 한국사학사 관계 문헌을 권말에 첨부하여 직접 한국 사학사상의 주요한 역사가들의 사관을 읽도록 한 점이다. 편집상의 문제로 극히 일부분만이 채록되었지만, 일부분이라도 직접 독자가 우리나라 주요 사학자들의 생각을 읽는 것은 제3자를 통하여 간접적으로 그들의 주장을 듣는 것보다 효과적이다.

문제점을 지적한다면 첫째, 그동안 연구성과가 적은 데에도 기인

하겠지만, 조선시대 역사편찬과 역사인식에서 가장 중요한 부분의 하나인 실록편찬의 전통과 사관(史觀), 사관제도(史官制度)를 다루지 않은 점을 들 수 있겠다. 즉 국가에서 제도적으로 편찬하는 역사, 즉 공적(公的)인 역사인식에 대해서 전혀 다루지 않은 점은 아쉬운 점으로 남는다. 따라서 이 책이 주로 사선사서(私選史書) 위주로 조선시대의 사학사를 인식하고 있는 점은 장점이자 단점으로 될 수도 있을 것이다.

둘째, 해방 이후의 역사가들 즉 이병도, 김상기, 이상백, 홍이섭 등을 다루는 데 있어서, 그 제자(弟子)와 제자격(弟子格)인 사람들이 집필한 것은 그들에 대한 평가에서 객관성이 결여될 우려가 있다는 점에서 적절치 못한 필진의 선정이라고 하겠다. 비록 이 책이 사학사적인 정리이고 따라서 필자들도 서술대상에 대한 학적, 객관적인 평가를 하려고 노력은 했지만, 제3자의 입장에서는 객관성이 결여되었다는 평이 나올 수도 있겠다. 아마 편자들의 의도는 그들에 대해서 인간적으로 잘 아는 필자들이 써야 한다는 입장이었겠지만, 우리는 추모식에서 어떤 인물을 회고하는 것과 사학사의 서술과는 평가가 다르다는 것을 잘 알고 있다.

셋째, 근대사학자의 분류와 개념화에 생경하고 자체 내에 논리모순이 있는 점과 각 장의 총론과 각론의 평가가 다른 점 등이 문제점으로 지적될 수 있겠다. 즉 이 책에서는 근대사학사의 조류를 기존의 이해와 비슷하게 전개하면서도 '사회경제사학'을 '경제사학' 또는 '마르크스주의 경제사학(유물론 사학)'이라고 하고, 그동안 막연히

1930년대 이후의 위당, 민세, 호암 등의 역사학을 '민족사학'이라고 이해해 왔던 것을 '유심론사학'이라고 명명하였다. 이러한 개념화는 그동안 막연히 이해해 왔던 민족사학에 대해서 세밀한 검토 끝에 얻은 결론이라고 생각된다. 그러나 이러한 개념이 그러한 사상조류를 대표하는 용어로 정착하기 위해서는 좀 더 많은 검증과 시간을 요할 것이다. 또한 1930년대의 역사학을 유심론사학, 문화사학, 경제사학, 실증사학으로 구분하고 이를 모두 민족사학의 범주에 넣고 이해하였다.(하권 164쪽) 1930년대의 사회경제사학이 민족주의적 성향을 띤 것은 사실이지만, 그것을 민족사학이라고 보기에는 어려운 점이 있다. 나아가 우리의 이해를 혼란하게 한 것은 유심론 사학과 문화사학, 역사주의 경제사학은 민족주의 사학이고 마르크스주의 경제사학만을 보편주의 사학으로 분류한 것이다. 민족주의 사학과 보편주의 사학이 대비 개념으로서 적당한가도 의문이고, 일제시대의 실증사학이 어디로 계승되었는가 하는 데 대해서도 언급이 없다.

이상에서 최근에 간행된 『한국의 역사가와 역사학』을 간단히 개관하고 비판하였다. 기본적으로 한국사학사를 고대에서부터 현대까지 꼼꼼히 검토하고 정리한 개설서를 이렇게 좁은 지면에 개관하고 비판한다는 것 자체에 한계가 있다. 제대로 비판되지 않은 점 양해 있기 바란다.

약탈당한 문화유산의 반환을 위한 한 역사학자의 집념

이연복 서울교대 교수

『왕조의 유산』
이태진 지음 / 1994 / 지식산업사

병인양요 때 프랑스 해군이 강화도에서 약탈해 간 외규장각(外奎章閣) 의궤도서(儀軌圖書)들의 반환을 한국 정부가 프랑스 정부에 요청한 것이 1991년 말이었는데, 1993년 9월 미테랑 프랑스 대통령이 한국을 공식 방문하면서 이를 약속했으나, 파리 국립도서관 측의 반발로 곧 난항에 부딪혀 아직 결말을 보지 못하고 있는 것은 주지의 사실이다. 이 문제는 조선시대의 정치·사회사 분야에 많은 업적을 낸 바 있고, 정조(正祖)에 대하여 관심을 갖고 있던 이태진 교수가 규장각도서 관리실장의 책임을 맡게 된 것을 계기로 몇몇 인사의 도움을 받아 외규장각 도서의 행방을 치밀하고 집요하게 조사하여 반환 요청의 근거를 마련해 서울대를 통하여 정부에 건의하면서 비롯되었다. 이 교수는 일국의 대통령이 공식적으로 약속한 것이므로 어떠한 형식으로든지 곧 돌아오리라고 굳게 믿고 그동안의 경위를 정리하여 공개함으로써 반환 요청의 진정한 뜻을 밝히고, 프랑스 측의 반발이 부당함을 지적하고 있다.

굵직하고 영향력 있는 연구를 통하여 해당 분야의 연구에 크게 공헌해 온 그의 학자적 면모는 많이 알려졌지만, 이 책을 통해서는 그의 민족문화유산의 보존·유지에 대한 관심과 문제의식, 그리고 신중하고 끈질긴 학자적 집념을 새롭게 접할 수 있다. 이 교수에 의해 외규장각 도서의 반환 문제가 제기되자 그동안 유관(有關) 학자들조차도 무관심했던 해외문화재 반환에 대한 일반의 관심이 높아지게 되었다. 이에 대해 이 교수는 과거의 민족문화에 관련된 사건들처럼 일과성으로 끝날 것을 우려하고, 완전히 반환될 때까지 지속적으로 관심을 가질 것을 촉구하고 있다. 그러나 문화재 반환에는 외교, 국제법, 국민감정상으로 미묘한 문제가 따르고 있어 무분별한 반환 요구는 오히려 문제해결을 어렵게 할 수 있음을 지적하여 주의를 환기시키고 있다.

책의 내용은 1. 왕조의 유산을 찾는 의미 2. 외규장각 도서를 찾아서 3. 규장각 소사(小史) 4. 강화도 외규장각터 답사기 5. 정조 유교적 계몽군주 등 비교적 가벼운 내용이나, 이 교수의 전공인 조선 후기의 정치·사회와 정조의 업적이 비교적 많이 다루어져 관계 분야의 연구에 많은 참고가 되고 있어 결코 단순한 기행문류의 글이라고

만 볼 수는 없다.

1장에서는 예상되는 외교적 문제를 염려하여 은밀히 추진한 외규장각 도서의 반환 요청이 보도되기까지의 경위와 그후 확실한 반환을 위한 새로운 대책, 외규장각 의궤도서의 중요성, 반환 요청의 의의, 그간의 추진과정에 대하여 다루고 있다. 즉, 의궤도서는 왕위계층 등 중요한 왕실의 의식에 관한 규칙·격식과 진행과정의 일괄기록으로 중요한 문화재인데 국내의 것은 대부분 부본(副本)이고 파리에 있는 것이 어람용(御覽用)의 원본이라는 것이다.

정조에 의한 새로운 근대왕정 모색이 남긴 중요한 유산인 왕실의 의궤도서가 밖에 나가 있어도 그동안 무관심했었음을 지적하면서, 이제는 근현대사에 대한 국민들의 인식을 새로이 할 때이며, 이 글이 그 계기가 되길 바라고 있다고 하여 본 서의 집필동기를 함축하고 있다.

2장 '외규장각 도서를 찾아서'에서는 반환 요청이 보도된 경위, 규장각 도서실이 서울대 도서관에서 독립된 과정, 규장각을 일반에 널리 알리기 위한 '규장각 소사'의 탄생 경위를 밝히고, 우리 정부의 반환 요청에 대하여 프랑스 측의 1차 부정적인 통보를 접하고 저들의 논리를 반박하기 위한 별도의 대책과 그 실천내용을 소개하고 있는데, 유럽의 왕실관계 자료의 보관과 취급상황을 조사하고, 박병선 박사의 불어판 저술을 국내에서 출판하여 프랑스의 요로에 보내는 등 학자다운 치밀함과 민족문화유산에 대한 관심이 잘 나타나 있다.

공식 석상에서 대통령의 반환 약속에도 불구하고 현실적 어려움에 봉착하여 주무부서 책임자 회의가 교착상태에 빠지게 된 상황과 관련하여 문화재 반환에 따른 국제법·외교상의 문제가 아주 민감한 문제임을 다시 강조하고, 이러한 난관을 극복하기 위해 산을 넘는 인내와 지혜로 대처할 것을 제안하고 있다. 또 국제법학자 백창현 교수의 도움을 통하여, 반환해야 하는 근거를 '약탈'에 둘 경우 프랑스 내의 다른 외국 문화재와도 관련이 되어 문제가 복잡해지기 때문에 그보다 의궤도서는 왕실의 계승 문제를 담은 특수자료로 어떤 경우든 소유권은 왕실에 있다는 자료의 '특수성'에 두어야 한다는 것을 강조하고 있다.

반환의 논리적 근거를 정리하여 첫째, 외규장각 도서는 조선왕조의 국가문서로 제작된 것으로 한국 민족의 국가전통에 관련되고 다분히 민족적 자부심과 결부된 자료로 일반 문화재의 반환 논란에서 거론되는 '인류공유'의 구실 같은 것은 붙일 수 없는 특성을 가지고 있다는 것으로, 프랑스는 외입문화재의 고수에만 집착할 것이 아니라 보유문화재의 성격에 따라 처분을 달리 해야 할 것을 촉구하고 있다. 둘째는 근본적으로 약탈행위에 의했다는 명백한 증거를 제시하고, 프랑스인들은 먼저 그들이 약탈과정에서 저지른 만행의 진상을 제대로 알기를 촉구하여 그들의 문화국민으로서의 양심을 자극하기도 한다. 셋째, 1867년부터 소장해 왔다는 소유권을 주장할 수 없고, 한국인 박병선 박사에게 발견되어 정리되기까지는 방치되어 있었던 사실을 지적하여 관리권 주장을 비판하고 있다. 넷째, 프랑스 측이 교역상의 거래행위로 간주한 것에 대하여 T.G.V와의 관계는 거래가 아니라 테제베 선정발표를 계기로 미테랑 대통령이 양국간의 우호증진을 위해 이미 외무성에 들어와 있는 반환 요청을 검토한 끝에 과거의 오점을 씻는 것이 좋다는 판단에 의해 반환의 검토를 지시한 것이라고 일축하고 있다.

의궤도서 반환에 대하여 적극적 사고와 자세를 가질 것을 촉구하면서도, 해외문화재에 대하여 모두 약탈된 것으로 간주하여 무조건 반환되어야 한다는 주장을 해서는 안 되고 정당한 방법으로 조직적으로 반환운동을 전개해야 하며, 특별기금을 조성하여 국제경매에 나온 우리 문화재를 구입하는 노력이 선행되어야 문화재 반환의 명분이 선다는 신중한 입장을 보이고 있다.

3장 '규장각 소사'는 규장각이 지금의 속칭 비원에 세워지기까지의 과정을 정조식(式)의 정치상황과 결부시켜 소개하고 있다. 정조는 왕정체제 확립의 요체를 영조가 경연제의 활용에서 찾은 것과 달리 중국에서 발달한 전각제도에 지대한 관심을 가지고 규장각을 세웠음을 밝혔다. 규장각의 운영을 중심으로 한 정조의 왕정체제는 결과적으로 정치적 안정을 얻었고 사상적으로도 한 시대의 획을 긋는 성과를 남긴 것으로, 백성에 대한 군주의 직접 지배체제를 강하게 추구하는 정조의 군수론은 무단적 전제성을 띤 것이 아니라 백성에 대한 사호를 국왕의 채무로 삼는 새로운 견지를 보인 것이라 하였다.

규장각의 기능은 국왕의 어진(御眞)·어제(御製) 등을 봉안하는 순수한 전각제도(殿閣制度)로 출발했으나, 5년부터 정치적 선도기구로 모습을 일신하는 과정과 효종(孝宗) 대(代)에 북벌을 추진하면서 강화에 별고를 설치하여 역대 왕들의 어제·어진 등을 보관해 온 것을 정조가 규장각을 확대 정비하면서 외규장각으로 삼는 일련의 과정을 기술하고 있다. 정조의 사후에 규장각은 권한과 기능이 축소되어 정치적 선도기구로서의 기능을 상실하고 단순히 어제도서 관리기구로 존속되어 대원군시대, 개화기, 대한제국기, 통감부시대를 거쳐 일제시대에 경성제대가 설립되자 소장도서들이 그곳으로 이관되기까지의 규장각의 변천사를 정리하고 있다.

규장각 도서를 포함한 여타 자료의 이용과 관리면에서 시급히 서둘러야 할 일은 자료의 정리·간행으로 연구활동을 돕고 자료 자체의 보존을 위해서 반드시 이루어져야 할 사업임을 강조하고 있다.

4장 '외규장각터 답사기'에서는 강화도의 외규장각터 등 조선시대 건물의 유적은 70년대 전적지 성역화작업 때 오로지 고려 무인정권의 항몽 사실만 강조하는 데 집착하여 조선시대의 유적을 소홀히 다루어 외규장각터가 현재 '고려궁지(高麗宮址)'의 담장 밖으로 밀려나 있음을 밝혀 당국의 무성의와 학자들의 무관심을 지적하고 있다.

그리고 강화도가 광해군 이래 국방상 제일의 '보장지처(保章之處)'로 중요시되는 과정과 함께 광해군 때의 봉선전 건립에서 정조대의 외규장각 설립에 이르는 역사는 조선왕조 왕실과 중앙정부가 큰 힘을 쏟은 것으로 결코 강화도 지방사 차원에만 속하는 것이 아니기 때문에 충분한 조사작업을 통해 본래의 규모를 밝혀 역사의 산 교육장으로 삼아야 한다는 의견을 제시하고 있다.

5장 '정조' 편은 『韓國史 市民講座(한국사 시민강좌)』 13집에 실렸던 글로 규장각과 관련하여 정조의 업적에 대하여 인식을 새롭게 하기 위해 포함시킨 것으로 보인다. 정조의 학술정치 구현을 위한 노력은 세종과 유사하나 정조 대는 역사적으로 근대를 지향하는 시점이기 때문에 정조는 이러한 시대적 과제를 수행하기 위해 규장각을 세워 특별한 노력을 기울이게 되었다는 것이다.

정조는 군주와 백성의 관계를 달과 물에 비유한 <萬川明月主人翁自序(만천명월주인옹자서)>를 지어 왕과 백성이 하나임을 말하여 유럽의 계몽절대군주들의 정치사상과 유사한 유교적 계몽절대군주론을 정립했으며, 이의 실천으로 의도적인 육행(陸行)을 통하여 민정을 살피고 노비제 혁파를 구상했으나 실천에 옮기지는 못했다.

결국 정조는 유럽의 계몽군주들과 본질적으로 차이가 없는 과제를 안고 즉위하여 많은 노력을 했으나, 유럽의 계몽절대주의가 공화제로 나가는 다리 역할을 한 것에 비해 정조의 그것은 그의 죽음과 함께 침몰했는데, 그것은 그 자체의 한계 때문이 아니라 적대세력의 작위적인 파괴에 의한 것이었다는 것이다. 그러나 정조 이후의 국왕들이 정조의 정신을 계승하려는 노력을 한 것이나, 동학농민들이 정조 대의 대전통편체제로 돌아갈 것을 부르짖은 것으로 보아 그의 이상은 당대로 끝나 버렸다고 볼 수는 없음을 말하고 있다.

이상과 같이 이 책은 가벼운 기행문에서부터 민족문화유산의 수호를 위한 자세, 조선 후기의 정치상황, 근대지향적 동향, 근현대사의 이해 등을 다루고 있는 좀 특이한 책이라고 볼 수 있다. 전문연구자들이 흔히 쓰는 체제와 내용이 아니라 혹 생소하게 보일지 모르나 집필 목적을 이해한다면 이 교수가 이 글을 쓰게 된 입장을 충분히 이해할 수 있을 것이다. 이 책을 통하여 연구자들은 흔히 자기의 전공 이외에는 무관심한 것을 당연히 여기는 풍토를 지양하고 주어진 과제에 대해 혼신의 힘을 다하는 연구자세를 가다듬는 계기가 되고, 일반인들은 민족문화의 가치와 그 보존의 중요성을 새롭게 인식하고 음지에서 이런 일을 하고 있는 전문인들에게 물심양면으로 지원하는 계기가 되었으면 좋겠다. 다만 한 가지 필자가 밝힌 것처럼 급하게 출판한 때문으로 보이지만 내용상 중복되는 부분이 많은 것이 흠으로 남는다.

한국 과거제의 내용·특성에 관한 종합적 이해와 정리

정만조 국민대 국사학과 교수

『**한국의 과거제도**』
이성무 지음 / 1994 / 집문당

요즈음 한국인은 입시경쟁과 과외열풍에 휩싸여 있다. 뿐만 아니라 각종 자격시험·취직시험에 여념이 없다. 가히 시험지옥을 방불케 하는 형국이다. 이러한 향학열과 시험지옥을 어떻게 효율적으로 타개해 나아가느냐가 우리의 장래를 좌우하게 되어 있다. 두말할 것도 없이 좋은 점은 취하고 나쁜 점은 고쳐 가야 할 것이다. 그러기 위해서는 지난날 과거시험의 실제와 성패를 알아야만 오늘의 문제를 해결하는 데 도움이 될 것이다. 이것은 전통문화의 계승과 새로운 한국문화의 창조를 어떻게 슬기롭게 달성하느냐는 문제에 귀결된다.

위의 인용문은 이 책의 서문에 있는 저자의 말이다. 과거제가 갖는 현재적 의미에 대한 저자의 정의(定義)이고, 하고 많은 사실(史實) 가운데 과거제를 다루게 된 저자의 변(辨)이다. 이 책에서 저자는 우리나라 과거제에 관해 주로 제도적 측면을 중심으로 그 내용을 검토·분석하고, 거기서 보이는 특성을 추출하여 그것의 실체를 밝히고자 하였다. 그리하여 과거가 처음 시행을 보게 된 고려 초로부터, 그것이 폐지된 1894년까지 약 천여 년간 지속된 과거제를, 저자를 포함하여 여러 연구자에 의해 수행된 지금까지의 연구성과를 집대성해서 종합적으로 정리하고 있다. 저자 스스로는 연구서가 아닌 소개서라고 겸양하고 있으나 과거제에 대한 저자의 깊은 연구에 바탕하지 않았다면 이렇게 효과적인 설명과 수준 높은 해설은 있을 수 없었을 것이다.

조좌호(曹佐鎬)·김용덕(金龍德)에 의해 제도의 내용 파악을 중심으로 이루어지던 초기의 과거제 연구는 1970년대 초 이후 이병휴(李秉烋)·송준호(宋俊浩)·김영모(金泳謀)·허흥식(許興植) 등의 연구를 거치면서 방목(榜目) 분석과 급제자의 진출과정에 대한 추적을 통하여 운영의 실제를 해명하려는 데까지 심화되었다. 일찍부터 조선 초기 양반제를 주제로 학위논문을 준비 중이던 저자 역시, 양반 관료제와 직결되는 과거제에 주목하여 논문을 발표하였었다.

1976년 간행된 춘추문고본『한국의 과거제도』는 바로 저자가 이때까지의 연구성과를 정리하면서 우리나라 과거제에 관한 최초의 단행본으로 엮은 것이었다. 저자는 다시 1980년 전국역사학대회의 공동주제인 '과거'의 발표자로서 〈한국의 과거제와 그 특성〉을 발표, 음서·학교제와 과거와의 관계 및 응시자격에 대한 이해를 깊게 하였다.

이후 저자는 대학에서의 석·박사 논문지도를 통하여 종전까지의 제도사 위주의 연구를 통해 얻은 과거제에 관한 이해를 검정코자 하였다. 그리하여 그의 지도를 받은 제자들에 의해 주로 방목에 대한 분석과 통계적 해석을 통한 과거제의 실제적 운영과 실태에 대한 파악이 이루어졌다. 지금 소개하는 이 책은 춘추문고본을 모체로 하여 그 이후 저자와 그 제자들인 최진옥(崔珍玉)·박연호(朴連浩)·심승구(沈勝求)·정해은(鄭海恩)·이남희(李南姬) 등과 김량수(金良洙)·김현목(金玄穆)·박용운(朴龍雲) 등 연구자들이 거둔 학계의 연구성과를 충실히 흡수하여 총체적으로 집대성한 것이다.

이 책은 크게 4장으로 구성되어 있다. 1. 독서삼품과 2. 고려시대의 과거제 3. 조선시대의 과거제 4. 한국과거제의 특성이 그것이다. 그중 제1장 '독서삼품과'에서는 그것이 통일신라에서 처음 시도된 능력 위주의 관리 선발제도로서 과거제의 원형으로서의 의미는 갖지만 골품제의 질곡으로 인해 발전은 없었다고 하였다. 제2장 '고려시대 과거제'에서는 광종(光宗)의 과거제 창설과 이후의 과거제 추이를 광종 ~ 의종, 명종 ~ 원종, 충렬왕 ~ 공민왕의 3단계로 나누어 살피고, 이어 제술업·명경업·잡업 및 국자감시·승보시 등 여러 종류의 과거명목에 대한 내용 설명과 응시자격의 구체적 실상, 시험 절차와 과목·시관(試官) 등 과거 운영제도를 설명하였다.

이 부분의 서술에서 주목되는 바는 첫째, 광종의 과거제 창설과 관련하여, 무력적 기반을 가진 호족세력을 관료제에 편입시키려 한 왕의 정치적 의도에서 그 배경을 찾고 여기서부터 한국 전통사회의 문치주의가 비롯된다고 의미를 부여한 것과, 둘째, 과거에 응시할 수 있는 대상이 씨족지(氏族志)에 수록된 계층과 상층향리 중심에서 중앙집권체제가 갖추어짐에 따라 일반향리나 양인에까지 확대되는 추세를 보이는데, 그중에서도 향리가 과거응시의 주류를 이룬다고 하여 고려사회의 계층이동(Social Mobility)에 과거제가 상당한 기여를 하고 있지만, 한편으로는 문벌귀족의 형성으로 과거제의 공정한 실시가 어려워져 결국 과거의 능력주의는 '가문적 혈통' 중시의 음서제와 병행할 수밖에 없는 한계를 보이고, 끝내 좌주문생제와 같은 과거제에서 파생된 기이한 사회병폐를 가져오게 했다고 한 점이다. 이런 점들은 고려시대가 국왕 중심의 중앙집권적 관료제를 아직 완전히 갖추지 못했던 사실을 말해 주는 것으로 이해된다.

제3장 '조선시대 과거제' 역시 고려시대와 마찬가지로 우선 과거제의 정비와 운영을 살펴 그 역사적 변천을 서술하고 이어 문과, 생원·진사과, 무과, 잡과 등 인적사항을 분석·통계화하고 그것이 갖는 의미에 대한 해석을 가하였다. 그리고 문과·무과·잡과의 응시자격 및 시험절차·시험과목·시관 그리고 급제자의 관료로의 진출 실상을 설명하였다.

제3장은 저자가 전공하는 시대로서 그 자신과 제자들에 의해 과거제에 관한 연구가 축적된 부분이므로 조선시대 과거제에 대한 저자의 독창적 견해가 잘 드러나고 또 제도에 관한 해박한 설명이 주어지

고 있다. 여기에 따르면 조선시대의 과거는 문무양반관료제 형성과 유지의 제도적 기초로서 왕권의 확립에 기여하는 측면을 가지면서, 그러나 한편으로는 양반이 정권을 좌우하는 양반 관료국가의 특성에 맞도록 운영되었다고 하였다. 그리하여 결격사유가 없는 양인 이상이면 과거에 응시할 수 있게 대상이 개방되기는 했으나, 실상은 과거를 통한 관리 진출이 사실상 양반에만 국한되도록, 그리고 그것도 양반 상호간의 이해관계를 공정한 경쟁을 통해 합리적으로 조정하는 선에서 운영했다고 하였다. 조선 전기의 이러한 과거제 운영은 그러나 조선 후기에 접어들어 문벌과 색목(色目)의 작용이 심화되면서 파탄을 보인다고 하였다.

그리고 관료제 운영과 관련하여 조선시대의 과거제가 고려시대의 그것과 다른 또 하나의 요소는 단순히 처음 버슬하는 방법으로서의 의미만 갖는 데 그치지 않고, 이미 관료가 된 사람이 고위관직으로 승진하는 계기를 제공한다는 것이며, 이는 가장 똑똑하고 우수한 문관으로 하여금 정권을 담당하게 하는, 세계에서 유례가 드문 문치주의의 유지를 가능하게 하는 제도적 장치였다고 하였다. 그리고 제3장에서 조선시대 과거제도에 대한, 예컨대 시험 절차·시험장 분위기, 시험 및 고사장 관리·채점과 합격자의 선정방법과 같은 구체적 내용들에 대한 상세한 설명은 오늘날의 고시나 시험제도와 비교하려는 일반의 궁금증을 시원하게 풀어 주고 있다.

마지막 제4장에서 저자는 이 책에서 설명한 한국과거제에 대한 결론으로서 그 특성을 일곱 가지로 들고 있다. 그중에서 특히 저자가 힘주어 주장하는 바는 한국의 과거제가 갖는 능력주의와 문치주의의 특성인데, 이것은 한국이 치열한 생존경쟁 가운데서 오늘날까지 생존할 수 있었고 앞으로도 번영할 수 있는 정신적 자산이라고 하였다. 오늘날의 과외열풍과 시험지옥 등의 사회현상도 이로부터 말미암았으므로, 그 부작용에 대한 시정은 필요할지언정 그런 능력주의의 정신적 자산을 오히려 장려·계승하는 것이 바람직하다고 하였다.

이 책은 한국의 과거제에 관해 많은 사실을 알려 주고 또 그 이해를 깊게 해 주고 있지만, 아는 것이 늘어나는 만큼 또 의문 나는 점도 더러는 드러나고 있다. 무엇보다도 조선시대 과거제의 설명이 15세기 중심으로 이루어지고 있어, 16·17세기의 사림정치나 18세기의 탕평, 19세기의 세도정치에 있어서 그것이 어떻게 변천하였고, 그것의 문제점과 폐단에 대한 대안이 어떠했는가 하는 점과, 특히 18세기 실학자들의 과거제 개혁론 등에 대한 언급이 없는 것이 아쉽다. 이러한 시기별 단계적 이해가 수반되지 않는 상태에서의 조선시대 과거제의 특성에 관한 논의는 그만큼 한계를 갖지 않을 수 없다.

그러나 이것은 저자의 책임이 아니다. 아직 우리나라 역사학계의 연구 역량이 이 부분에까지 미치지 못하고 있기 때문이다. 그런 의미에서 이 책은 지금까지의 우리나라 과거제 연구성과의 집대성이면서 동시에 앞으로의 과거제 연구 활성화를 촉구하는 촉매제의 구실을 한다고 할 수 있다. 전통시대의 관료제나 과거제에 대한 지적욕구를 가진 지식인은 물론, 오늘날의 당면과제에 대한 해결책 모색에 고뇌하는 지성인들에게 한번 읽기를 권하고 싶다.

현대사의 성격 및 용어 정립을 재고케 하는 중요서

양태진 부산대 대학원 강사

『4 · 3은 말한다』(1, 2)
제민일보 4 · 3 취재반 지음 / 1994 / 전예원

현대사 용어 정립과 『4 · 3은 말한다』의 발간 의의

우리나라 현대사에 있어서 빈번하게 발생하였던 역사적 사건에 대한 용어의 정립 문제는 그 어떤 부면에서 보다 매우 시급한 과제라 하겠다. 현대사를 기술함에 있어 빈번하게 인용되어야 할 이들 용어들은 어떻게 보면 그 용어 자체가 사건의 성격을 드러내는 것이고 압축된 당시의 사건 자체라 할 수 있다. 따라서 이 정립된 용어의 사용이야말로 곧 바로 현대사의 성격 내지 사실 자체를 드러내는 것이라 해도 과언이 아니다.

제주 4·3사건은 그 가운데서도 우리나라 현대사를 연구 내지 논술해 나가는 데 있어서 가장 주목되는 사건으로 결코 피해 갈 수 없는 고통스러운 건널목이라 하겠다. 그래서인지는 모르나 이제까지 발간된 우리나라 주요 통사나, 현대사를 다룬 제반 저서들 가운데도 4·3문제는 매우 소략하거나, 편향적인 기술에 그치기 일쑤이고 심하게는 숫제 생략되는 경우가 있음도 관련서를 통해 쉽게 알 수 있다.

제주 4·3사건에 관한 상반된 견해들

그러다가 최근 민주화 열풍을 타고 제주 4·3사건에 대한 글들이 적지 않게 발표됨으로써 양분된 시각이 노출되고 있음을 감지케 하고 있다. 즉 극단적인 극우적 논리와 또 다른 일면에서는 좌파적 시각에서 이 사건을 미화 내지 영웅시하여 민중항쟁으로 보고자 하는 측 등으로 지나치게 이분화(二分化)하는 성향으로 몰입되어 온 측면이 없지 않다. 따라서 그간에 우리 국민들은 제주 4·3사건에 관한 실상 파악 내지 이해에 어려움이 뒤따를 수밖에 없었다.

요컨대 양분된 노조의 개요를 약술해 보면 제주 4·3사건은 미군정과 우익 테러집단의 패륜적인 만행과 이에 대항하는 도민(島民)들의 자위적인 무력투쟁이므로 사건발발의 우선적인 원인과 책임은 양민과 게릴라를 구분하지 않고 무차별 토벌작전을 감행한 미국 측에 있다라고 하는 시각, 이밖에 미군정 압제에 반대하여 조국의 통일과 독립을 외치며 제주도 인민들이 일제히 봉기한 데 따른 도민 전체 인구 4분지 1에 해당하는 7만 5천여 주민이 학살되고 전 촌락의 8할이 불에 타는 참화가 발생했다는 시각, 위의 주장과 상반된 기술 내용으로는 1945년 12월 9일 조선공산당 제주도 인민위원회가 발족되고 이 위원회는 서울중앙위원회의 명령에 따라 가뜩이나 피폐한 경제를 살릴 생각은 않고 각종 파업, 시위, 맹휴 등 여러 형태의 파괴공작을 자행하여 혼란을 극대화시켰고, 1945년 11월 23일 조선공산당, 인민당, 신민당 등이 합쳐 남로당이 됨에 제주도 인민위원회는 그 명칭을 남로당 제주위원회로 바꾸고, 1947년 3·1절 데모와 1948년 2월 7일 구국투쟁 및 4·3폭동을 총지휘했다는 것이다.

그리하여 남로당은 한라산에서 훈련받은 500여 명의 무장야산대를 주축으로 남로당 산하 각 단체 및 여맹원까지 포함된 무력 투쟁병력(일명 인민해방군)이 3천여 명에 달하였다. 이들은 1948년 4월 3일 새벽 2시를 기하여 일제히 제주도 내 전 경찰지서를 습격 점령하여 경찰 및 우익인사들을 무참히 살해하였다. 희생자 154명에 다수의 총기와 탄약을 약탈당했다고 한다. 이처럼 동일사건에 대해 상반된 주장이 대두되고 있어 제주 4·3사건에 대한 올바른 이해를 흐리게 하고 있다.

책의 구성체계와 특성

이렇듯 4·3사건에 대해 혼미한 인쇄물들이 우리 주변에 도사리고 있는 시점에서 『4·3은 말한다』라는 저서가 간행됨으로써 많은 시사점을 던져 주고 있다. 이 책에서 저자들은 서문에서부터 극도로 용어 사용에 절제를 가하고 있음을 느끼게 한다. 즉 책명을 4·3이라는 일자(日字)로 압축시키고 있음이 무엇보다 주목되는 점이다. 이는 결코 선입감을 불어넣지 않기 위한 일단의 노력으로 보인다. 그러면서도 이 책은 부제가 시사하는 바와 같이 제주 4·3사건을 '제주민중운동사'로 보고자 한 데서 기존의 여러 발간물과는 일정한 거리감을 주고 있다.

이 책의 저자들은 현직 언론인으로서 1990년부터 《제민일보》에 장기간에 걸쳐 방대한 자료의 발굴과 오랜 연재를 통하여 나름대로 기사의 검증을 거침으로써 기술내용의 신뢰도를 높여 주고 있다. 따라서 이 분야의 기존 연구물과는 비교가 되지 않을 정도로 방대한 자료를 국내는 물론 미국, 일본 등지에서 발굴 수집하여 주제별로 전산작업에 의해 분류함으로써 자료 이용에 과학화를 구사했음을 강조하고 있는가 하면 증언자만도 무려 3천여 명에 달한다고 함으로써 보다 생생하고 실증적인 인용 자료들을 풍부하게 보여주려 하고 있다. 이런 까닭에 본 저서는 1993년 제25회 한국기자상이라는 영예를 안게 되었는지도 모른다.

이 작품의 구성내용을 살펴보면 200자 원고지 1만 매 분량을 1, 2

권으로 나누어 발행하였는데 제1권은 600여 쪽, 제2권은 485쪽으로 1천여 쪽에 달하는 부피의 책자에 1945년 8·15에서부터 1948년 5월 31일까지의 4·3일지를 미군정기의 G2보고서를 대종으로 하여 작성 수록하고 있는데 본 일지는 이 분야를 연구하는 이들에게 좋은 길잡이가 될 것으로 믿어진다.

또한 80여 쪽에 달하는 김익렬 장군의 유고는 이 분야에 관한 국내자료의 엉성한 실정에 비추어 매우 의의 있는 자료로 보여진다. 4·3사건 발발 초기에 제주 주둔 국군 제9연대장으로 복무한 바 있던 당자의 기록이니만치 상당한 비중을 두어도 무방하지 않나 생각된다. 욕심을 부린다면 생원고 그대로 영인하여 수록하였더라면 하는 아쉬움이 남는다. 그리고 이 분야의 미국인 연구가 존 메릴과의 토론 대담 수록내용도 돋보이며, 장별로 주(注)를 달고 말미에 찾아보기를 실은 점도 이 책의 무게를 더하고 있다.

수록 내용에 따른 제반 견해

제1권은 우선 1, 2편으로 나누고 제1편은 '해방의 환희와 좌절'이라는 제명하에 8·15 해방에서부터 1947년 3·1절 발포사건이 일어나기 직전까지의 이른바 인민위원회가 도내 행정과 치안을 주도해온 기간으로 보고 제1편을 총 7개 장으로 구성하고 있다. 즉 제1장의 주된 내용은 일제의 최후 발악상황하에서의 제주도 주둔 일본군의 당시 정황과 미군기의 공습, 외지로부터의 귀환자 증가로 인한 문제와 제주도민의 전통적인 생활과정에서의 공동체적 관계형성과 혈연 공동체적이며 집촌적 촌락구조로 농민들의 계층분화가 이루어지지 않고 있었다는 점 등 해방 전후기의 사정을 기술함으로써 4·3사건의 발발배경에 대한 이해를 돕고자 하였다. 이같은 독특한 환경이 '4·3'의 발발과정에도 영향을 미쳤다고 분석하고 있다. 요컨대 제1장에서는 4·3발발에 따른 배경상황을 비중 있게 다루고 있다.

제2장에서는 8·15 이후 국내 정치동향과 제주도의 정치적 성향을 논술하고 제주도 인민위원회가 여타 육지에서의 좌파 정당의 조직체와 일정한 거리감을 두고 있었음을 말하고 있고, 제주도 인민위원회는 모든 면에서 유일한 당이었고 유일한 정부로서 제주도 주둔 미군부대와 밀접한 관계를 유지했으며, 미주둔군은 이 섬을 관할하는 데 인민위원회를 이용하였다. 그런데 동 위원회와 군정당국과의 사이에 틈이 벌어지기 시작한 시기는 제주도가 도로 승격되면서부터라고 하고 있다. 특히 여운형 주도하의 건준과의 관계를 상세하게 기술하는 배경 설명의 친절성은 일반 독자들로 하여금 자칫 본말을 전도시키지 않을까 하는 기우를 갖게 할 정도로 지면을 할애하고 있다. 그런가 하면 미군정 3년간에 있어서 제주도 관련 미군주둔부대장 내지 지휘관에 대한 인적사항과 제주도를 포함한 전남도 일원의 미군정 실시시기 등에 대해 G2보고서나, 주한미군사를 통해 바로잡은 것은 돋보이는 분야라 하겠다.

제3장의 '미군정 실시'에서는 1945년도의 제주 상황을 요약, 정

리하였는데 미군의 도내 상륙과 군정 실시, 일제시 경찰이 군정경찰로 변신한 상황 등이 주된 내용이다. 제4장에서는 신탁에 따른 찬반양론, 좌·우 청년단체의 조직과 활동, 미군정의 미곡정책의 실패, 좌파의 흑색선전의 빌미가 된 콜레라의 발생과 흉작상황 등을 담고 있다. 제5장에서는 도제(道制)의 실시와 국군 제9연대의 창설, 경찰기구 확대 문제를, 제6장에서는 전평(全評)의 10월 봉기에 제주도 인민위원회가 참여하지 않았다는 것과 육지에서 좌파들의 과도정부 입법의원 선거 반대와는 달리 본도 인민위원회 간부들이 입법의원으로 선출되기도 하였다는 사실과 함께 도내 좌파세력이 전폭적으로 입법의원 선거에 참여한 점을 기술한 것은 앞으로 『4·3은 말한다』의 내용 기술에 의미심장한 여운을 던져 주고 있다. 결국 미군정과의 밀월 관계는 1947년 3·1절 발포사건을 계기로 돌이킬 수 없는 대립국면으로 접어들게 되고, 육지의 10월 사건으로 좌익세력에 대한 한(恨) 풀이는 제주에 타지 응원경찰이 대거 가담케 됨으로써 숙명적인 사건은 전개되었다고 보고 있는 것이다. 제7장에서는 1947년도에 들어서서 점차 가열되는 이념적 갈등관계를 도내 민전의 결성과 악화되는 도내 경제사정 등 복합적인 상황과 그해의 이념 판도를 당시의 신문기사와 관련 자료를 토대로 기술해 놓고 있다.

제2편은 1947년 3월 1일에서부터 1948년 '4·3사건'이 일어나기 직전까지에 발생하였던 사항들을 총 9개 장으로 나누어 기술하고 있는데 이 기간을 저자들은 미군정의 공세기(攻勢期)로 보고 있다. 1장에서는 4·3의 도화선이 된 3·1절 발포사건과 2장에서는 이에 따

른 여파로 일어난 관민의 파업 사태에 따른 미군정의 강경 대응 및 세계사상 유례를 찾아보기 어려운 관민 총파업 사태가 벌어졌고 이에 따라 66명의 경찰관이 파면되었다. 미군정 측은 이와 관련된 조사결과에 대해 일체 함구로 일관하였는가 하면 당시 경무부장의 강경 노선에 대해 상술하고 있다.

제3장에서는 구속자 석방을 요구하는 군중에 대한 발포실상과 대대적인 검거선풍으로 한달 만에 500명을 체포하여 무더기로 군정재판에 회부하였는데 통역관의 부족으로 재판이 지연되고 제반 문제가 제기됨에 따라 재판권을 한인법정으로 이관하게 되었는데, 피고인 대부분이 지난 3·1절 기념행사시에 참가는 결사, 시위, 파업의 자유가 보장되는 민주국가에 있어서 위법된 일은 아니라고 주장하였다. 미군정 당국은 이 행사가 북조선 세력과 연계하여 미군정을 전복하려는 전술적 차원으로 보았는가 하면, 행사 주체자들은 3·1절 준비모임은 사전에 당국으로부터 허가를 받았던 사실이 밝혀졌음을 말하고 있고 이 자리에는 경찰 간부들이 배석했다는 사실 등으로 미루어 동 준비모임이 합법임을 여기서 밝히고 있다.

제4장에서는 초대 도지사의 항의 사임 내용과 사태에 따른 '도민에게 고함' 이라는 내용을 통해 희생자에 대한 애도의 표시를 함으로써 경찰이나 미군정 당국이 폭도라는 표현과 거리를 두고 있음을 보여 주고 있다. 그리고 박경훈 지사 후임으로 극우파인 외지 출신 유해진이 경호원 격으로 서청단원 일곱 명을 동반하고 왔는데 유해진 지사가 "제주도는 빨갱이 섬이라는 선입견을 갖고 있었다" 라고 기술

함으로써 전임자와의 대조적임을 드러내고 있다. 또한 군정 수뇌부를 우파 강성 인물로 물갈이를 하였는가 하면 육지 출신이 치안을 장악하게 하였다.

제5장에서는 미 CIC의 상주, 서북청년단의 활동 등, 제6장에서는 미군정의 이념적 혼선의 부채질 속에, 우파세력의 강화와 좌파세력에 대한 탄압이 가중되면서 테러와 고문 등이 자행되는 가운데 미군정 당국과 제주도민과의 반목이 심화되어 나갔다. 도민들의 반발은 종달 주민의 재판회부라던가 학원 소요에 따른 미군정의 대응에 대한 불만은 곡물공출 관리에 대한 집단폭행 그리고 북촌주민들의 지서 앞 시위 등에 대해 기술하고 있다.

제7장에는 전 제주지사였던 박경훈이 민전의장으로 추대된 사실과 그를 연행함과 동시에 우익단체의 강화와 함께 경찰력의 대대적인 증가 사실에 관해 언급하고 있는데 특히 이 장 말미에 1947년의 제주상황 요약 내용은 이 책의 기술방향을 살피는 데 많은 참고가 된다. 관공서와 학교 등지에서는 좌파성향의 인사들에 대한 추방운동이 전개되었고 우익조직의 확장과 자금확보 과정에서는 백색테러도 잇따랐다고 하면서 제주도를 '조선의 작은 모스크바'로 규정한 서청의 테러행위가 제주도민들의 감정을 자극시켰다는 것이다. 이어서 신임 미군정장관 딘 소장이 제주도를 초도순시했으나 쌀쌀한 대접을 받았다는 함축성 있는 내용을 담고 있다.

아쉬움과 기대하는 마음

이상과 같이 이 책은 제주 4·3사건을 미군정하에 우리 민족이 안고 있던 집약적 모순이 빚어낸 역사적 사건으로 결론짓고 앞으로 이 통한의 역사를 단순히 제주도 사건만으로 해석할 수 없다는 것이다. 그리고 기존 발표문들에 대해서도 언급하기를 제주 4·3사건을 구조적이고도 전체적인 맥락에서 보려 하지 않고 개인적인 경험이나 이데올로기적 시각에 치우쳐 해석하려는 성향에 대해서도 경고하기를 잊지 않고 있다. 또한 오류된 내용의 반복적 인용이나, 극우세력이 조작해 낸 사건의 시말 추적도 함께 했음을 병기하고 있다.

이러한 시각하에 출간된 본 서는 이 분야의 기존의 여러 간행서에 비해 단연 압권임을 알 수 있을 뿐만 아니라 4·3사건을 다룬 현대 사료로서도 평가될 만하다. 언론사의 기획물로 일관성 있게 보도적 기능을 살리면서 가리고 덮여졌던 사실들의 발굴들은 저널리스트적 시각을 뛰어넘은 학술적 연구성과물에 버금갈 정도이다.

위와 같은 본 서의 우수성 이외에 몇 가지 지적하고 싶은 점은 신문의 기획연재물이라는 제약성을 수반하고 있기는 하나 기술체계가 시계열적인가 하면, 배경과 상황에 대한 기술이 산만, 혼재되어 있어 방대한 분량의 내용이 일반 독자들의 이해의 흐름에 제약을 주고 있는가 하면, 제주 4·3사건의 핵심이라 할 수 있는 사건 발발의 원인 제공 내지, 원·근·직접적인 요인 규명에 따른 기존 발간서의 주장들에 대한 반론적 논증이 좀 더 명쾌했으면 하는 감을 갖게 한다.

　자료구성에 있어서도 예컨대 남로당 또는 당시의 인민위원회 명의로 살포된 전단 등에 대한 분석이라던가 논점이 다른 측의 자료들도 거명 대비하는 객관성을 곁들였으면 하는 아쉬움을 또한 떨쳐 버릴 수 없다. 아울러 미군의 G2보고서를 바탕으로 한 자료성 분석 또는 사실성 보강 측면의 자료 활용성은 일면 수긍되는 면도 없지 않으나 지나치게 의존적이지 않나 하는 감 또한 없지 않다.

　끝으로 결론 삼아 본 서가 앞으로 3·4권의 계속 간행시 언급되리라 보나, 증언자들에 대한 채록도 상반된 입장에 있는 인물들의 면담 또한 필요하지 않겠나 여겨지며 4·3사건은 대한민국정부의 법통성 문제와 당시의 분단의 실상과도 무관치 않음을 상기해야 할 것이다.

일본 속에 가득 찬 한국문화의 혼

임효재 서울대 고고미술사학과 교수

『**일본 속의 한국문화유적을 찾아서**』
김달수 지음 / 배석주 옮김 / 1995 / 대원사

지금부터 꼭 10년 전, 바로 서울 시내에 있는 몽촌토성을 대규모로 한창 발굴하고 있을 때, 그 현장을 보러 오신 김달수 선생을 맞이하게 된 것이 나로서는 첫 번째 상면이었다. 일본 규슈대학의 니쉬다니(西谷正) 교수 등 일본의 여러 고고학자들과 함께 유물들이 출토되고 있는 유적 발굴현장을 자세히 들러 본 후, 발굴 본부건물로 돌아온 김 선생님은 홀로 깊은 생각에 잠겨 있었던 것이 생각난다.

바로 한성 백제에서 시작된 우리 문화가 일본땅에서는 어떻게 숨쉬고 있는가? 그렇다면 그보다 이른 시기에도 많은 영향을 주었을 텐데 그런 양상은 어떻게 나타나고 있는가? 등등의 여러 사건들이 아마도 파노라마처럼 김 선생님의 뇌리를 스쳐 가는 모양이다.『일본 속의 한국문화유적을 찾아서』라는 제목의 이 책은 처음부터 끝 페이지까지 그가 60년 이상 일본땅에 살면서 이런 증거품들을 하나하나 몸소 찾아다니면서 입증한 결정체라고 할 수 있다.

한국 청동기시대의 환호나 쌀문화의 전파에서부터 아스카촌(明日香村)에 남겨진 삼국시대의 고대유적들을 일일이 답사한 결과를 토대로 서술한 본 서는 최근 일본 고고학계의 신발굴자료까지 섭렵하여 생생한 고대문화의 여러 모습을 복원하고 있다. 특히 백제 도래인(渡來人)이 어떤 경로를 통해서 아스카 일대에 정착해서 문화의 꽃을 피웠는가에 대하여 상당 부분을 할애한 본 서는 서장인 아스카·히노쿠마 제하의 첫머리에서 "일본 고대왕조 또는 고대국가 발상지로 알려진 야마또(大和:奈良縣)의 다케치군(高市郡) 아스카촌을 시작으로 일본에 남아 있는 한국 문화유적을 살펴 가면 그 출발지는 히노쿠마(檜隈)가 될 것이다. 속일본기(續日本紀) 호오키(寶鬼) 3년조(三年條)의 '무릇 타케치군의 히노쿠마노이미키가 17개 현에는 사람들이 많이 살았다. 이 가운데 다른 성씨를 가진 사람은 열 명 가운데 한두 명이다' 라는 기록에서 알 수 있듯이, 아스카와 다케치군은 전체 인구의 80~90%가 백제·아야(安倻)계 도래인인 야마토노아야(東漢)씨족의 중심 근거지였다" 라는 말로 장식하고 있는 것만 보아도 이 책이 어떤 방향으로 전개될 것인가를 암시하여 주고 있다.

필자만 하더라도 이제껏 수십 회 정도 방문한 바 있는 아스카에는 어디를 가나 한국계 유물이 산재되어 있어 이것을 보러 오는 한국인의 발길이 끊이지 않는다. 그중에서도 지금은 일부 파손되긴 했으나, 관광코스의 하나로까지 되어 있는 이시부타이(石舞台)고분에 대하여서도 "아소카에는 백제계의 소가씨족이 남긴 유적이 적지 않다. 당시의 천황가가 곧 소가가이었으므로 그것은 당연한 일이다. 소가씨가 남긴 유적 가운데 소가노우마코(蘇我馬子)의 분묘로 추정되는 이시부타이……"라고 기술함으로써 그 고분의 주체가 백제계임을 뚜렷하게 말하고 있다.

6세기의 나라현 오카미네(岡峯)고분을 발굴한 나라현 카시하라 고고학연구소의 연구성과를 인용하면서 "이 긴 칼과 오카미네고분의 구조 등을 합쳐서 규명해 가면 고대 한반도-기타큐슈-새토나이카이-기슈우(紀州)-야마모토로 전래했다고 보이는 당초 문양의 전래모습이 분명해질 것으로 보인다"라고 하여 그 전파를 입증하기 위한 다각적인 측면에서의 모든 자료를 총망라하고 있는 것을 느낄 수 있다.

이처럼 일본 고대국가의 성립지인 아스카를 중심으로 한 막대한 한국계 유적유물을 일일이 답사하면서, 그것과 관련된 방증 자료의 수집 및 최근 고고학계의 수확까지 망라한 것은 필자의 장기간에 걸친 끊임없는 노력의 성과로서 한국땅에 앉아서는 도저히 이룩해 낼 수 없는 것이다.

큰 도랑을 두른 환호취락이 나타나기 시작한 것은 일본 야요이시대 전기부터인데 그 대표적인 것으로 필자도 여러 번 방문한 적이 있는 규슈 후쿠오카시의 이다츠께(板付)유적이 머리에 떠오른다. 그런데 이것이 문제가 되는 것은 야마타이코쿠(邪馬台國)의 중심부였을 것으로 생각되는 요시노가리(吉野柿里)유적 환호취락이 최근 들어 새로이 발굴되었기 때문이다. 불행히도 한국에서는 이런 환호취락이 발견되지 않아, 일본의 그것의 기원에 대하여는 불확실한 상황이 계속되고 있었다.

이러한 차제에 김달수 선생은 부산대학교 박물관이 골프장 확장에 따른 긴급조사로 실시한 경남 울산 근처 검단리 발굴성과에 주목, 이 환호취락의 새로운 발굴이야말로 "중국에서 한국을 경유해서 일본에 전해졌다고 하는 견해를 뒷받침하는 발견이 아니겠는가?"라고 단언하고 있다. 환호취락은 약 90채의 수혈 움집터를 포함, 민무늬토기, 돌칼, 붉은간토기 등이 출토되고 있어 기원전 4세기 이전 청동기시대에 해당된다. 이것은 시기적으로 야요이시대 전기에 나타나는 일본보다 앞서는 것이 틀림없다.

벼농사와 환호취락 등의 문화적 특징을 가진 대륙인들이 북부규슈로 도래하여 야요이시대가 시작되었음을 이상과 같은 여러 실례를 들어 검증하였다. 이뿐 아니라 규슈에만 국한하여 분포되어 있는 고인돌문화에 대하여는 기원전 천 년 무렵부터 원래 가야 지방이었던 경남과 전남 해안 지방의 고대 묘제의 전파로 성립되었음을 사례를 들어 서술하고 있어, 일본으로 건너간 한국문화의 구석구석을 상세히 밝혀 주고 있다. 이처럼, 이 책은 필자가 일본 속의 한국문화를 찾으려고 손을 대기 시작한 것이 50세부터이니까 그동안 20년 이상의 끈질긴 행보의 소산으로 나온 것이다. 이 책을 들고 있으면, 첫 페이

지부터 끝날 때까지 독자 자신도 모르는 사이에 한·일 고대사에 얽힌 신비 속으로 빨려 들어가는 기분이다. 역사의 오묘함을 문학을 전공한 원저자의 무한한 감동력으로 학문의 연구성과를 강력하게 던져 주고 있다.

학문의 성과가 사회에 환원되지 못하고, 연구실 내부에서만 끝날 때, 그것은 여간 무의미한 일이 아니다. 물론 학문적 성과가 모두 완벽한 상황에 이르러서 그때까지 기다려야 하는 경우가 학문세계에서는 적지 않다. 그러나 학문적 토대 위에서 그 이상의 것을 더한 고대사 복원작업은 그야말로 필자의 깊고 넓은 시야에서 비롯된 것이 아닐 수 없다. 이러한 고대사의 구성은 학문의 발전을 위하여서나 역사교육을 위해서나 너무나 큰 공헌이 아닐 수 없다.

다만 고대사 전문학자의 연구업적을 위주로 하였고, 또한 고대문헌사료(古代文獻史料)에 입각한 해석을 시도하긴 하였으나, 상당 부분이 매스컴 기사에 의존해서 서술한 것이 눈에 띈다. 또한, 한·일 상호교류라는 관점이 아니라 일방적인 전파에 입각한 서술이기에 경우에 따라서는 반론이 제기될 소지가 있는 부분도 있다고 보인다. 본서가 일본어 번역이기 때문에 미스테이크도 눈에 뜨인다. 규슈 지역에서 오래된 쌀이 나온 그 유명한 나바다케(菜畑)를 나하타로 발음 표기한 것이 그 예일 것이다.

그럼에도 불구하고 이 책 한 권을 가지고 일본 곳곳을 돌아보면, 이제까지 그저 스쳐 갔던, 또는 무심코 지나쳤던 일본 속에 남겨진 무수한 한국의 혼을 수없이 발견할 수 있을 것이다. 또한 말없이 있

는 그런 유적들이지만, 그것이 가지고 있는 역사적 의미의 깊은 지식

을 하나하나 깨우쳐 주는 좋은 길잡이가 될 것임에 틀림없다.

조광 고려대 한국사학과 교수

'한일합방'의 불법성에 대한 명쾌한 해명

『일본의 대한제국 강점』
이태진 편저 / 1995 / 까치

1

역사가 발전하는 한 모든 시기는 격변기일 수밖에 없다. 그러나 역사를 살펴보면 특히 많은 변화와 문제점을 제기하는 시대가 있게 마련이다. 우리의 역사에 있어서 20세기의 첫 10년은 바로 그러한 시기에 해당되던 때였다. 당시 우리나라 사회는 대내적 측면에서는 근대로의 전환을 위해 많은 노력이 전개되고 있었고, 대외적으로는 일본 제국주의의 침략을 저지해야 했던 과제를 안고 있었다.

우리의 역사에 있어서 '을사조약'이 강요된 1905년부터 1910년의 이른바 '병합조약'에 이르기까지의 기간은 역사의 급격한 변동을 체험해야 했다. 이때 우리는 국권을 상실하여 식민지 백성으로 전락되었고, 그 이후 35년간에 걸쳐 뼈저린 체험을 하게 되었다. 그러나 조선을 식민지화했던 일본의 경우에는 오늘에 이르기까지 상당수의 사람들이 자신들의 식민통치가 한국의 근대화에 크게 기여했을 뿐만 아니라 합방도 합법적으로 이루어졌다고 주장하고 있다. 그러므로 자신들의 식민지 통치도 합법적이었고, 이 때문에 한국에 대해서는 배상의 의무가 존재하지 않는다고 강변한다.

해방 이후 우리 학계에서는 식민지 근대화론에 대한 비판을 부분적으로나마 시도해 왔다. 그러나 일본인들이 주장해 왔던 합방 합법론에 대해서는 학문적인 천착이 미약했다. 한국인의 국민적 정서는 합방의 불법성을 인지해 왔고, 이를 고발 규탄하는 데에는 이의가 없었다. 그러나 그 불법성을 논리적으로, 학문적으로 실증해 보려는 노력은 매우 미흡했다. 이 때문에 오늘에 이르기까지 상당수의 일본인들은 식민지 지배의 합법성과 정당성에 관한 궤변을 포기하지 못하고 있다.

이와 같은 상황에서 일본의 식민지 지배에 있어서 그 기짐이 되는 조약들이 합법은 고사하고 강제와 기만과 불법으로 점철된 것임을 밝히고자 한 노력이 전개되어야 했다. 이 일은 서울대학교 이태진 교수에 의해서 체계적으로 수행될 수 있었다. 그는 서울대 규장각에서 도서관리의 책임을 맡아 그곳에 소장되어 있던 조약문을 비롯한 각종 자료를 검토하는 과정에서 이른바 '을사보호조약'을 비롯해서 일

제가 조선에 강요한 각종 조약 및 협약과 법령들이 기본적인 구비조
건을 갖추지 못한 불법적이고 강압적인 것이었음을 밝혔다. 그 이후
그는 '합방'의 불법성에 관한 연구를 진전시켜 나갔고, 이 연구결과
를 포함하여 기타 연구자들의 글을 모아서 『일본의 대한제국 강점
─'보호조약'에서 '병합조약'까지』를 펴내게 되었다.

2

　이 책은 제1부와 제2부로 나누어 각부에 4편씩의 논문을 수록하고
있다. 제1부에서는 '을사조약'에서 '병합조약'까지 일본이 대한제국
정부에 강요한 여러 조약들의 체결과정과 그 문제점을 집중적으로
검토하고 있다. 이와 같은 논고를 통해서 편자는 '합방'의 불법성을
집중적으로 규명했고, 이를 통해서 조선에 대한 식민지 지배의 불법
성을 밝히고자 했다. 우선 그는 '을사보호조약'의 경우에는 조약의
머리에 정식 명칭이 생략된 내력을 추적해 나갔다. 그리하여 그는 이
조약이 변칙적 진행방식에 의해서 조작 강요되었음을 밝혀냈다. 그
리고 이 조약은 조약대표를 강요하여 체결한 것이며, 국제조약에서
반드시 요청되는 대표위임장과 비준서도 없었고 고종 황제의 승인을
얻지 못했으므로 원천적으로 무효임을 밝혀냈다.
　이에 이어서 그는 일제가 대한제국의 국권을 침탈해 가던 1907년
이후 일련의 사건을 주목했다. 일제는 '헤이그밀사 사건'을 계기로

하여 고종 황제를 강제로 퇴위시킨 다음에 '정미조약'을 강요한 바 있었다. 그리고 이에 근거하여 대한제국정부를 통감부의 감독 체제 아래 편입시키기 위해서 각종 법령 등을 제정 반포했다. 그는 이 과정에 작성된 각종 문서들을 면밀히 검토하여, 조약이나 법령이 효력을 발생하기 위해서는 필수적인 황제의 서명이 위조되었음을 밝혀내기에 이르렀다.

이 위조작업에는 이토 히로부미(伊藤博文)의 통역관이면서 통감부 문서과장을 역임한 마에마 교오사쿠(前間恭作)가 참여하고 있었음을 밝혀냈다. 또한 그는 대한제국을 일본의 식민지로 전락시킨 '일한병합조약'의 경우에는 그 효력의 발생에 필수적인 순종 황제의 공포 칙유가 날조되었음을 밝혔다. 그러므로 일본인의 한국병합 자체는 불법일 수밖에 없다는 점을 명백히 해 주고 있다.

한편 이 책의 제2부에서는 일제의 36년간이 군사적 강제 점령으로 규정되어야 함을 밝히고자 했다. 여기에서는 먼저 '을사조약'의 무효화를 위한 고종 황제의 노력을 집중적으로 조명해 주고 있다. 그리고 이에 이어서 '을사보호조약'의 체결이 '조약 대표에 대한 강제'로 말미암아 국제법상으로 무효임을 논증하고 있다. 또한 일본정부는 자신의 가해행위에 대한 책임을 져야 함을 밝혀 주는 논문이 수록되어 있다. 그리고 이 책의 마지막 부분에는 해방 후 1965년 한일협정이 체결되는 과정에서도 식민지 지배의 불법성에 대한 정리작업이 간과되었음을 고찰하고 있다. 이와 같은 글들을 통해서 이 책은 '일한병합' 자체는 효력이 발생될 수 없는 것이며, 조선에 대한 일제의 식민지 지배는 제국주의의 침략이며, 군사적 강점일 수밖에 없다는 결론을 논리적으로 도출해 주고 있다.

3

　최근에 이르러서 우리는 일본의 제국주의적 침략의 망령을 실제로 경험하고 있다. 1996년 2월 이후 우리나라 사회에서는 독도의 영유권에 관한 문제가 다시금 제기되었기 때문이다. 한국의 고유영토일 수밖에 없는 독도 문제가 발생할 때면, 우리는 언제나 이에 대해 격렬한 항의를 해 왔다. 그러나 일본 측이 되풀이하고 있는 그 무리한 주장에 대해서 우리는 논리적으로 충분히 대응해 오지는 않았다. 독도란 의심 없이 우리의 것이므로 그 억지 주장을 일삼는 일본 측에 대해서 굳이 논리적으로 대응할 필요가 없다고 생각했기 때문인 듯하다. 여기에서 독도 문제는 아직까지도 명쾌히 해결되지 못했고, 일본은 망언을 되풀이하고 있다. 이 망언에 종지부를 찍게 하기 위해서는 일본뿐만 아니라 국제사회를 설득할 수 있는 논리적 근거의 제시가 요청된다. 이를 위해서 우리는 논리를 기반으로 한 학문적 연구를 수행해야 하는 것이다.

　오늘날 현안의 사건으로 제기되고 있는 독도 문제는 일본 제국주의의 조선 침략과정에서 배태된 문제였다. 일본이 독도 문제를 계속 제기하고 있는 것은 조선에 대한 자신의 제국주의 침략을 반성하지 않고 합리화시킨 결과이기도 하다. 이 일을 통해서 볼 수 있는 바와 같이 일본의 제국주의 침략에 대한 연구는 현실과는 무관한 해묵은 문제만을 뜻하는 것은 결코 아니다. 그 제국주의 침략을 밝히고 이를 분명히 한다는 것은 현실적으로 독도 문제를 포함한 한일관계를 새롭게 정립하는 관건이 될 것이다. 그리고 그것은 역사를 바로잡고 민족정기를 세우려는 작업인 것이다. 민족사에 대한 바른 인식과 민족정기의 수립 없이는 민족의 보람찬 미래를 장담할 수 없는 것이다.

이태진 교수가 펴낸 이 책은 바로 이러한 측면에서도 그 중요성을 확인할 수 있다. 그는 이 책을 통해서 오늘날의 한일관계에 대한 자신 있는 접근방법과 근본적인 해결안을 제시하고 있다고도 생각된다. 그 책에서 독도 문제는 전혀 논의되고 있지 않지만, 이 짧은 서평에서 이를 확인하고자 하는 데에는 까닭이 있다. 즉, 그것은 한일 양국간에 존재하는 오늘의 문제를 올바로 알기 위해서도 일제가 조선에 강요했고 조선을 기만했던 그 침략조약들의 문제점을 올바로 인식해야 함을 확인하기 위해서인 것이다. 그들이 조선에 강요했던 조약은 원천적으로 무효였기 때문이다.

4

종전부터 우리의 학계에서는 '병합'의 무효를 주장해 왔다. 그러나 이 병합무효론을 '병합조약'에서 찾지 않고, 이 조약을 가능하게 한 ‘을사보호조약’의 결격을 문제 삼는 데에 그쳤다. 이는 병합조약 자체에서 어떠한 불법성을 찾아내기가 어려웠기 때문이다. 그러나 이 책에서는 ‘일한병합조약’의 공포 칙유가 날조되었음을 밝히기에 이르렀고, 이 조약 자체도 결정적 결함을 가지고 있음을 확인해 주었다. 제1부에 수록된 이러한 연구결과들은 ‘일한합병’ 합법론자들이 가지고 있는 이론적 근거를 완전히 무효화시키는 것이다. 이러한 연구결과를 통해서 이 책은 일본의 한국병합은 합법적으로 성립될 수 없음을 규명해 주는 성과를 밝혀 주고 있다. 또한 불법적이고 무효한 조약에 의해서 ‘병합’이 자행된 것이므로 일본의 조선에 대한 지배가 군사적 강점임을 선명히 제시해 주었다. 이러한 점은 이 책이 성취한 중요한 성과 가운데 하나라고 생각된다.

이 책의 편자는 여기에 제시된 연구성과가 학술적 관심의 대상으로만 끝나지 않기를 바라고 있다. 사실, 이 책에 수록된 연구결과는 학술적 연구임에는 틀림이 없지만 그 파급효과는 학문의 범위를 뛰어넘어 대일관계의 전개에도 영향을 미칠 수밖에 없는 것이다. 일본의 조선침략이 불법적인 것이고 무효한 ‘조약’에 의해 강박된 것임을 밝혀낸 이상 조선에 대한 일본의 불법적 지배에 대한 배상을 요구할 수 있는 근거는 더욱 분명해진다. 그렇다면, 이 연구결과는 오늘날 한국과 일본 사이의 관계를 다시금 규정해야 함을 주장하는 데에 귀결된다고 하겠다.

또한 이 연구결과는 일본이 강박한 조약의 무효성에 대해 역사학적으로, 그리고 국제법적 입장에서 더욱 천착할 수 있는 가능성을 제시해 주는 것이라고 생각된다. 이 책에서 드러나고 있는 연구의 자세는 일본의 식민지 지배정책에 대해서도 더욱 깊이 천착해 주기를 요청하고 있다. 이를 통해서 우리는 '합방 합법론'과 '식민지 근대화론'의 허구를 철저히 파헤치고, 오늘의 국제사회에 있어서도 인근의 국가와 새로운 국제관계를 전개시켜 나갈 수 있을 것으로 생각된다.

김문식 서울대 규장각 학예사

사상의 내재적 발전과 그 주역들

『연암일파 북학사상 연구』

유봉학 지음 / 1995 / 일지사

1

조선 후기의 북학사상을 조선 성리학 발전의 연장선상에서 파악하고 이를 당시의 정치·경제·사회 분야에서 다양하게 일어났던 변화와 연관시켜 설명한다면 어떻게 될까? 지금까지 조선시대 사상사 연구자들은 지극히 당연하고 자연스러워 보이는 이 질문에 대답을 하기가 무척이나 어려웠다. 그것은 1930년대부터 계속된 기왕의 '실학' 연구가 조선 성리학을 계승하는 측면보다는 이를 비판·극복하는 측면을 지나치게 부각하였기 때문에, '실학'의 범주에 속한 것으로 이해되는 북학사상은 그 이전까지 나타났던 대명의리론이나 북벌대의론과는 정면 대립되는 논리로만 이해되어 왔기 때문이다. 서울대학교에서 박사학위를 받고 한신대학교 국사학과에 재직 중인 유봉학 교수의 『연암일파 북학사상 연구』는 북학사상을 조선 성리학의 수용 · 비판 · 극복이라는 일련의 과정에서 나타난 사상으로 파악한 본격 연구서이다. 이 책은 필자가 1982년 석사학위 논문(<북학사상의 형성과 그 성격 - 담헌 홍대용과 연암 박지원을 중심으로>)을 발표한 이래 10여 년간 북학사상에 관해 꾸준히 발표해 온 논문들을 종합하여 1992년에 제출한 박사학위 논문을 재정리한 것이기도 하다.

2

먼저 이 책의 서론에는 북학 · 북학론 · 북학파 등 용어 문제가 거론되었다. 여기서는 북학론이 제기되어 사상적인 전환의 계기가 마련되는 단계와 북학론을 당연시하면서 그것을 현실에 적용하고 실천하는 방안을 모색하는 단계로 나누고, 북학의 대상도 시기에 따라 청조의 문물과 제도에서 고증학으로 변해 가는 것으로 본다. 이러한 시기 구분은 본문에도 적용되어 북학사상의 1단계를 다룬 2장 '북학사상의 형성'에서는 18세기 후반의 홍대용 · 박지원을 주 대상으로 하였고, 북학사상의 2단계를 다룬 3장 '북학사상의 추이'에서는 19세기 전반의 이서구 · 서유구를 주 대상으로 하였다. 특히 북학파에는 노론의 북학파만 있었던 것이 아니라 18세기 후반의 중앙학계에서 북학은 일반적인 현상이었고, 당시에 북학파라 불리는 인물들의 학문적 특징이 바로 북학(고증학)에 있었던 것도 아니라는 지적은 기존 연구의 한계를 잘 지적한 부분이다.

1장은 북학사상이 등장하는 배경이 되는 부분으로 조선 후기의 학계가 서울과 지방으로 분화되고 전통적인 산림의 지위가 약화되는 가운데 서울과 그 주변에 거주하는 '경화사족(京華士族)'이 학계의 우위를 차지하는 상황과 이들이 대외인식에서 청이 중국을 완전히 장악한 현실을 직시하고 명·청·조선의 입장을 객관화하는 과정을 서술하였다. 여기서는 산림의 후예와 제자로서 영조·정조 대 이후 학자적 관료로 등장한 '경화사족'들이 당색의 한계를 넘어 상호교류하면서 사상적·학문적 공감대를 형성하고 학계·정계를 주도해 가는 사실을 밝혔는데, 서울의 중인층까지도 '경화사족'의 범주에 포함되는 것으로 보았다. 또한 조선 후기 성리학의 학통을 정파·학파별로 추적하고 '경화사족'의 계열을 상세한 계보도와 함께 정리하였는데, 이들 '경화사족'이 바로 북학사상의 주역이 됨은 물론이다. 다만 대명의리론과 대청인식을 다룬 '명·청 교체에 따른 대외인식의 추이'에서 시대 상황의 변화, 특히 국제정세의 변화에 따른 인식의 변화를 시대 구분을 한 후에 차례로 정리하였더라면 하는 아쉬움이 있다.

2장은 1장의 배경을 바탕으로 북학사상이 형성되던 시기의 홍대용·박지원의 학문과 사상을 검토하였다. 여기서부터는 '연암일파'

란 용어를 사용하였는데, 이는 '경화사족' 중에서 북학론을 제기하여 사상 전환의 계기를 마련한 박지원을 중심으로 한 일군의 학자들을 지칭한다. 필자는 연암일파의 학문이 노론 낙론계의 인물성동론을 출발점으로 삼고 그 위에 전통적인 상수학의 업적과 경제지학(경세학)적 관심을 수용하면서 인간 주변의 사물에 대한 관심을 가졌으며, 명물지학(名物之學)에 대한 관심도 처음에는 고증학보다 발달된 청의 문물에 관한 것으로 보았다. 여기서 18세기 후반 연암일파의 경제지학적 관심에서의 명물도수(名物度數)는 고증학의 명물도수와 별개의 것으로 보았는데, 이는 북학파의 학문적 관심이 바로 고증학에 있던 것이 아니라는 사실을 논증한 것이다. 또한 연암일파는 기존의 화이론(華夷論)을 비판적으로 수용 발전시키면서 조선이 이(夷)라는 사실을 주체적으로 재인식하고 청 문물은 중화 문물이라는 재평가를 통해 북학론을 제기하였고, 이를 통해 다음 단계인 고증학 수용의 발판도 마련되는 것으로 파악하였다. 따라서 연암일파의 북학사상은 주자학을 중심으로 하는 조선 전통사상의 발전적 자기극복과정으로 설명된다.

3장은 순조 대 이후 세도정국의 동향을 몇 단계의 변화과정으로 설명하고 이런 상황 속에서 박지원의 후배이자 제자인 이서구·서유구의 사상과 정책을 정리하였다. 19세기 전반의 연암일파 학자들은 처사적 풍모를 가졌던 박지원과 그 동류들에 비해 정계나 학계에서 훨씬 커진 위상을 가지게 되었지만 변화된 여건에 대응하는 가운데 갈등·분화의 과정을 거친다. 이서구와 서유구는 홍대용·박지원 이래의 현실 문제에 대한 관심과 해결의지를 충실히 계승하면서 청조의 문물과 학술도 자연스럽게 수용하였다. 다만 이들에게서는 기존 주자학의 영향이 약화되면서 북학에 입각한 학풍이 더욱 부각되며, 다음 단계의 후배로 이어지는 가교 역을 담당한다. 이들은 고통적으로 외척세도의 파행적 정치상황에 저항하며 그러한 한계 속에서나마 현실문제 개선에 관심을 가지고 국가재정의 확충을 위한 방안들을 제시하게 된다.

3

필자는 본 서를 통해 서울의 도시적 발전과 유통경제의 활기를 느끼면서 도시적 생활체질을 가지게 된 '경화사족'의 일원으로서 연암 일파가 가지는 사(士) 의식의 문제를 일관되게 주목하고 그 명암을 조명하였다.

이들은 "도시생활 가운데 소비적 존재로 몰락하고 농촌의 현실과 생산활동에서도 이탈되어 갔던 사 일반의 현실을 직시하여, 농·공·상업 등 서울과 농촌의 모든 생산활동을 지도하고 그 발전을 촉진시킴으로써 실질적으로 사회를 주도하는 사의 역할을 모색하고, 사의 학문으로써 농·공·상업을 포괄하여 연구하는 '실학'을 추구하였다." 하지만 이들이 실제적으로 표방한 사 의식에는 우월적 신분관이 내재하여 민에 대한 불신과 차별은 엄연히 존재하였고, 현실

개혁방안에서는 성장하는 민의 역량을 능동적으로 흡수하지 못하고 제한된 영역에서의 역할만을 인정하는 한계로 이어졌다. 이는 장차 사의 범위를 민에까지 확대시키고 그들이 가진 신분적 특권을 청산함으로써 해결될 수 있는 문제였다. 그러나 '경화사족' 의 사 의식은 이러한 한계에도 불구하고 이들이 북학론을 제기하고 청의 문물을 수용하여 조선의 미비점을 보완하려는 노력의 원동력이 되었고, 그 결과 이들을 조선 후기의 학계·정계의 주역으로 설정하는 근거가 된다는 점에서 중요성을 가진다.

또한 필자는 연구대상 인물들을 따뜻하면서도 아쉬운 눈으로 바라보고 있는 것으로 파악된다. 이는 특히 이서구에 대한 서술에서 분명하게 나타나는데, 필자는 이서구가 세도정국의 고위급 실무관료로 활동하면서도 인척에 의지하는 국왕의 전제나 척신이 주도하는 세도정치를 모두 용납하지 못하고, 어떠한 세도가와의 연결도 거부하고 사림 주도의 정치질서를 회복하려는 독자적 정치노선을 견지하다가 결국은 쓰라린 좌절을 겪게 되는 것으로 보았다. 사상사 연구가 연구대상의 논리적 발전상과 한계를 동시에 평가하는 작업이라는 점에서 볼 때 대상에 대한 연구자의 냉철한 시각은 기본적인 것이지만, 개인 연구에 있어 대상자의 생애를 이처럼 밀착해서 바라보는 것도 그 평가의 심도를 위해서는 필수적인 것이라 하겠다.

본 서의 한계에 대해서는 필자가 서론과 결론에서 거듭 밝히고 있다. 그것은 북학사상의 전개가 19세기 전반의 단계에서 그치는 것이 아니라 이후의 개화사상으로 이어지는 것이므로 이에 대한 보완이 이뤄져야 하며, 이서구·서유구와 동년배인 학자 중에서도 다루어야 할 인물들이 아직 많이 남아 있기 때문이다. 또한 연구의 범위를 '연암일파'에서 더 확대해야 할 필요성도 느끼게 되는데, 최근에 필자가 개성 지역 지식인에 대한 논문을 발표한 것은 그러한 시도의 실마리가 되는 것으로 보인다. 따라서 '본 서는 앞으로의 연구를 위한 디딤돌'이라는 서론에서의 언급은 타당하며 그 결과가 빠른 시일 내에 우리 앞에 나타나기를 기대한다.

정재정 서울시립대 국사학과 교수

백년 전 이태리 외교관이 본 한국과 한국인

『꼬레아 꼬레아니』

까를로 로제티 지음 / 서울학연구소 옮김 / 1996 / 숲과 나무

1

서세동점(西勢東漸)의 근대 세계사에서 한국은 서구인들에게 좀처럼 눈에 띄지 않는 변방의 소국에 지나지 않았다. 오죽하면 그리피스는 한국을 '은자(隱者)의 나라'라고 이름 지었을까? 따라서 19세기 말에서 20세기 초에 걸쳐 서구인들이 저술한 한국 여행기는 열 손가락을 헤아릴 정도로 그 수가 적다. 그리고 그 내용도 한국과 한국인에 대해 강한 호기심을 피력하고 있기는 하지만 별로 호의적이지는 못하다. 서양인들의 눈에 비친 한국은 완고하고 약한 후진국이

었고, 한국인들은 게으르고 무기력하며 서양문명에 대해 이해심이 부족한 열등민족이었던 것이다.

까를로 로제티(Carlo Rossetti)가 저술한 『꼬레아 꼬레아니』라는 책도 얼핏 보기에 기조에 있어서는 여타의 여행기와 유사하다. 그러나 이 책을 꼼꼼히 읽다 보면, 이 책이 '도해연구집-여행시리즈'라는 제호가 붙어 있는 여행 안내서이기는 하지만, 지금까지 번역 출간된 서양인들의 한국 인상기(印象記)와는 조금 다른 것임을 발견할 수 있다. 이 책의 부제 '대한제국에 대한 인상과 연구'에서도 알 수 있듯이, 『꼬레아 꼬레아니』는 단순한 여행기가 아니라 문호개방 이후의 한국 근대사(당시로써는 현대사)를 상세하고 치밀하게 묘사한 역사서이다. 그것도 글로써만 서술한 단조로운 역사서가 아니라 250여 점의 생생한 사진을 곁들인 흥미진진한 풍물지이다. 문자 그대로 '사진으로 보는 한국 근대사'인 셈이다.

2

까를로 로제티는 1902년 11월 초부터 1903년 7월까지 한국에 주재하였던 이태리의 외교관이었다. 그는 호주와 중국 등지를 18개월여 동안 여행한 후 지부(芝罘)로부터 귀국하다가 프란체세티 디 말그리(Francesetti di Malgri) 백작의 사망으로 공석이 된 서울 주재 이태리 대사직을 승계하기 위해 입국하였던 것이다. 20대 후반의 젊은 시절이었다. 그러나 로제티의 이밖의 행적에 대해서는 알려진 것이 없다. 그가 남긴 저서도 1904년 출간한 『꼬레아 꼬레아니』 말고는 없는 듯하다.

이 책에 수록된 200여 점의 진귀한 사진을 촬영한 까를로 로제티의 친구 가리아쪼(P. A. Gariazzo)에 대한 인적사항도 베일에 싸여 있다. 다만, 두 사람은 서로 죽이 맞아 서울의 구석구석을 부지런히 돌아다니며 열심히 취재하고 사진을 찍었던 것임에는 틀림없다. 1890년대의 서울에는 전업적 사진사가 활동하고 있어서 손쉽게 여러 가지 사진을 입수할 수도 있었다. 그러나 로제티와 가리아쪼는 직접 현장을 찾아다니며 생생한 장면을 카메라에 담았다. 『꼬레아 꼬레아니』의 가치와 생명력은 이와 같은 사실성과 구체성에 있다고 할 수 있다.

3

『꼬레아 꼬레아니』는 450여 쪽에 달하는 방대한 책이나. 원본은 제1부와 제2부 두 권으로 발행되었으나 번역본은 이를 한 권으로 합쳤다. 이 책에서 다루고 있는 내용은 한국의 자연과 지리, 정치, 국제관계, 일본의 침략, 제도, 풍물, 형벌, 국방, 교육, 수공업, 근대적 모습 그리고 한국인의 일상사, 기묘한 행동, 종교, 축제, 놀이, 서울의 거리 풍경, 유적, 궁궐 등등 거의 모든 분야를 망라하고 있다. 로제티와 가리아쪼가 주로 돌아다닌 지역이 서울이므로, 이 책은 서울이라는 창을 통해 서양인들이 바라본 종합적인 한국지(韓國誌)라고 할 수 있다. 그러나 로제티가 각 주제를 설명함에 있어서는 눈에 보이는 현상만을 개관하는 것이 아니라, 그것의 역사적 연원을 문헌과 풍설에 기초하여 상세하게 소개하고 있다. 이런 점에서 이 책은 당대의 한국인의 삶과 생각을 풍부하게 전해 주는 귀중한 사료집이자 훌륭한 역사서인 셈이다. 전세계에 흩어져 있는 서울 관련 사료를 정열적으로 수집·정리하고 있는 서울시립대학교 부설 서울학연구소가 어렵사리 이 책을 발굴하여 번역한 것은 결코 우연한 일이 아니다.

『꼬레아 꼬레아니』의 장점은 여러 가지 측면에서 이야기할 수 있지만, 그중에서 두드러진 것 몇 가지를 제시하면 다음과 같다. 첫째, 다양한 사실의 치밀한 분석이다. 로제티는 한국민족의 육체적 조건이 일본민족과 중국민족에 비해 우수하다는 것을 설명하기 위해, 서울-송도 사이의 철도건설공사에 고용되었던 113명의 한국인의 평균 신장이 162cm였다는 통계수치를 제시했다. 당대의 중국인의 평균 신장은 161cm, 일본인의 그것은 157cm였다. 그뿐만 아니라 로제티는 한국인의 평균 머리 직경이 앞뒤 177mm, 좌우 148mm, 코의 평균 너비가 36mm, 평균 길이가 49mm라는 사실까지 제시한다. 따라서 『꼬레아 꼬레아니』는 사실적 근거가 분명한 한국학 서적이라고 할 수 있다.

둘째, 한국의 역사와 한국인의 역사인식을 잘 파악하고 있다. 로제티는 한국의 역사를 단군-기자-삼한-삼국-고려-조선의 순서로 이해했다. 그리고 한국의 역사에 대해서도, "한때 한국민족은 중국문화의 영향하에 예술과 문화를 맹렬한 기세로 꽃피우고 한국의 예술가들이 중국에서까지 커다란 명성을 누리며, 중국의 문인들이 즐겨 한국을 소중화(小中華)라 부르던 때가 있었다. 반미개 상태의 일본주민들이 한국을 마치 약속의 땅, 모든 예술의 요람, 온갖 번영의 보고(寶庫)라고 평가하던 때도 있었다"라고 파악했다. 이것은 한국사에 대한 보통 이상의 문헌연구나 수준 높은 한국인 역사학자와의 깊은 대화가 없이는 갖기 어려운 역사인식이다.

셋째, 한국인들 사이에 떠돌던 속설을 과감하게 역사 해석에 적용했다는 점이다. 로제티는 고조선의 8조 법금 중에 있는 사사로운 싸움을 금한다는 조항을 소개하면서, 왕이 백성들에게 도자기로 만든 크고 깨지기 쉬운 모자를 쓰게 함으로써 호전적 성향을 진정시켰다고 한다. 로제티가 입국했을 당시 한국남자들이 즐겨 쓰고 있던 차양이 넓은 각종 모자는 이것으로부터 연유했다는 것이다. 로제티는 에밀레종의 전설을 소개할 뿐만 아니라, 서울의 야간 통행금지 종소리인 인정(人定)이 사람들에게 잠자러 갈 시간을 정해 준다는 데서 연유했다고 한다. 또 한국인들이 항상 흰옷을 입는 이유를 이렇게 설명한다. 극동의 모든 나라는 원래 상(喪)을 당했을 때 흰옷을 입고, 왕이 사망했을 때는 온 나라가 3년상을 치러야 한다. 옛날 한국에서 세명의 왕이 10년 사이에 연달아 사망하였기 때문에, 옷을 바꿔 입기에 지친 한국인들은 그때부터 흰옷을 입게 되었다. 속설의 진위(眞僞)는 차치하고라도 이것을 역사의 해석에 도입했다는 것은 로제티의 재치가 탁월했음을 말해 준다.

넷째, 각계각층의 한국인의 생활모습과 그 특성을 선명하게 부각시켰다. 로제티는 왕과 관료뿐만 아니라 영사관의 직원과 통역관, 기생과 나무꾼 등 일반 대중들의 생활과 사고방식의 특징을 예리한 필치로 소개한다. 로제티는 양홍묵이 양반 출신인 자신의 권위에 비해 이태리 영사관이라는 지위를 탐탁치 않게 여기는 모습을 실감나게 묘사하고, 그가 항상 이태리 통일의 영웅 가리발디를 칭송하고 있음을 소개하여, 20세기 초의 한국 지식인들이 어떤 세계를 꿈꾸고 있었던가를 짐작하게 만든다. 또 이태리를 한국인들에게 호의적으로 소개하기 위해 양홍묵의 도움을 받아 자신이 타고 온 이태리 선박 뿔리아호의 위용을 신문에 소개했는데, 당시 이태리의 호칭인 대이국(大伊國)이 벨기에의 호칭인 대비국(大比國)으로 오기(誤記)됨으로써 모든 정성이 수포로 돌아갔다는 서술은, 로제티의 외교관으로서 활동을 짐작하게 함과 동시에 한국 신문계의 일면을 엿보게 만드는 에피소드라고 할 수 있다.

다섯째, 『꼬레아 꼬레아니』의 최대의 특징이자 장점은 풍부하고 다양한 사진을 게재하고 있다는 점이다. 이 책의 매 쪽마다 실려 있는 250여 점의 사진은 이미 다른 책에 실려 있던 것도 있지만 반 이상은 가리아쪼가 서울의 구석구석을 누비면서 직접 촬영한 것이다. 사실 때와 장소와 대상을 잘 선택한 사진은 천 마디의 말과 글보다도 더욱 분명하게 진실을 전해 준다. 이 책에 실린 대부분의 사진들은 이 정도의 가치를 충분히 가지고 있다. 그러므로 우리들은 이 책을 통하여 당대의 한국과 한국인을 너무나 실감나게 느낄 수 있다. 이러한 사진들 속에 들어 있는 풍경, 인물, 유적, 생활 등을 역사연구와 역사 서술에 어떻게 활용할 것인가는 앞으로의 과제라고 할 수 있다.

『꼬레아 꼬레아니』의 장점은 그밖에도 더 있지만, 이 정도의 소개만으로도 이 책이 다른 여행기들보다 뛰어나다는 것을 추측할 수 있을 것이다. 로제티가 이렇게 성공적인 한국 인상기를 쓸 수 있었던 것은 그가 어떤 목적과 편견에 사로잡히지 않고, 열린 마음과 자세로 한국과 한국인을 대했기 때문이다. 그는 겸손하게 말한다.

별다른 의도 없이 쓰인 이 글은 매우 흥미롭고 충분히 연구할 만한 가치가 있는 주제에 대한 나의 인상을 그저 기록한 것일 뿐이므로 충실한 자료 이상의 것은 아니다. 또 이 글은 시사성을 가진 것도 아니다.

로제티도 한국에 처음 도착했을 때는 다른 서양인들과 마찬가지로 서울 거리의 불결함과 한국인의 무기력함에 대해 좋지 않은 인상을 가지고 있었다. 그러나 그는 충격과 갈등을 인내하면서 한국과 한국인을 똑비로 바라보려고 노력했다. 그리하여 그는 곧 불결한 거리와 처음 만나는 사람들에게서도 새로운 한국과 한국인을 발견할 수 있게 되었다. 그는 말한다.

모든 것이 그렇듯 조금씩 조금씩 적응하다 보니 마침내 새로 온 사람들이 불쾌해하는 얼굴을 보고 웃을 수도 있게 되었다. 오히려 처음의 실망과는 달리 그 길들이 우리들에게 제공해 주는 가지각색의 생생하고 홍미로운 광경들 덕분에 즐거움이 점점 커지게 되었다.

로제티의 열린 자세는 한국의 역사와 현실에서도 좋은 점을 많이 찾아내었다. 서울이 일본이나 중국의 도시에서는 볼 수 없을 정도의 직선형의 대로를 가지고 있다거나, 온돌이 난방으로서는 더할 나위 없이 훌륭한 시설이라든가, 고종이 대단히 인자하고 침착하며 사려 깊은 인물이라는 등 다른 서양인들이 간과했던 것을 지적하였다. 그러다 보니 『꼬레아 꼬레아니』에는 근대적 개혁을 위해 몸부림치는 대한제국기의 한국과 한국인의 모습이 생동감 있게 담기게 되었다. 이 점은 진화론적 세계관에 함몰되어 한국과 한국인을 폄하하고 멸시하였던 다른 서양인들의 한국관과는 확연히 구별된다.

4

『꼬레아 꼬레아니』의 원본은 이태리어로 쓰여졌다. 따라서 이태리어를 능숙하게 구사할 수 있는 한국사 전공자가 없는 우리 학계의 현실에서 이 책을 번역하느라고 서울학연구소가 얼마나 고충을 겪었는가는 미루어 짐작할 수 있다. 물론 번역은 이태리어를 전공하는 교수가 맡았지만, 그들이 한국사에 대해 정통하지 못하기 때문에 전문용어나 고유명사 등은 한국사 전공자의 교열을 거쳐야 한다. 그러나 교

열자가 이태리어를 모르는 상황에서는 그것이 완벽하게 이루어질
수 없다. 이 점은 소위 특수어로 쓰여진 한국학 관련 서적을 번역할
때 항상 제기될 수 있는 문제이다. 그럼에도 불구하고 『꼬레아 꼬레
아니』의 번역판에는 색인은 물론 사진의 목록까지 친절하게 게재되
어 있어서 이용자들에게 큰 도움을 주고 있다. 저자의 오해를 바로
잡아 줄 수 있는 역주(譯註)가 있었더라면 금상첨화(錦上添花)였을
것이다.

러시아의 역사와
문화에 대한 길잡이

김학준 단국대 이사장

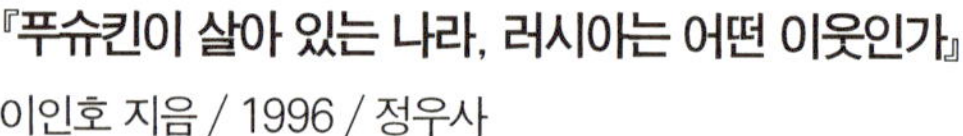

『**푸슈킨이 살아 있는 나라, 러시아는 어떤 이웃인가**』
이인호 지음 / 1996 / 정우사

지금은 핀란드 대사인 이인호 박사는 대한민국 제1공화정 수립 이후 오늘날에 이르기까지 국내 최고의 러시아 전문가라고 불릴 수 있다. 그렇게 평가할 수 있는 근거로 서평자는 적어도 다음 다섯 가지를 지적할 수 있다.

첫째, 이 대사는 학사과정에서부터 박사과정에 이르기까지 일관되게 러시아학을 전공했다. 그래서 러시아어를 자유자재로 구사할 수 있으며, 러시아의 역사와 문화에 대해 전문적이면서 깊이 있는 이해를 보여 준다.

둘째, 이 대사는 러시아를 주제로 박사학위 논문을 썼다. 제정 러시아시대의 비밀결사인 자유 석공(石工)조합을 분석하는 가운데 제정 러시아의 정치제도와 문화를 폭넓게 다뤘다.

셋째, 이 대사가 학사과정으로부터 박사과정에 이르기까지 수학한 대학들은 모두 러시아학 분야의 세계적 정상급 대학들이었다. 박사학위를 놓고 말한다면, 특히 러시아 연구에 강한 미국 하버드대학교에서 받았다. 지도교수는 리처드 파이프스(Richard Pipes) 박사로, 이분은 오늘날까지도 국제적 명성이 높은 러시아 역사 전공 학자이다.

넷째, 이 대사는 우리나라가 소련과 외교관계를 맺기 이전부터 소련을 방문해 현지에서 러시아 사람들과 러시아문화를 익혔다. 미국을 비롯한 서방세계에서도 소련학자들이나 외교관들과 교류하기도 했다.

다섯째, 이 대사는 소비에트 러시아를 포함한 러시아에 관해 전문적인 논문을 국제적으로 인정받는 학술지에 적지 않게 발표했다. 국내에서도 몇 권의 단행본을 출간했고, 전문적인 논문을 꽤 많이 발표했다.

이처럼 튼튼한 바탕이 있었기에, 이 대사는 미국에서도 명문대학들에서 교수생활을 할 수 있었고 국내에서도 고려대 교수와 서울대 교수를 역임할 수 있었다. 그리고 한국슬라브학회 초대회장으로 국내의 일천한 러시아학을 개척하는 데 앞장을 설 수 있었다.

이러한 배경의 저자가 쓴 책이기에 우리는 안심하고 읽을 수 있게 됐다. 확실히 이 책은 러시아의 역사와 문화를 꿰뚫어 보는 전문가만

이 제시할 수 있는 관찰과 분석으로 가득 차 있다. 톨스토이의『전쟁과 평화』를 분석한 논문은 저자의 러시아학 실력을 잘 보여 준다.

이 책의 내용을 본격적으로 소개하기에 앞서 우선 지적돼야 할 점은 이 책이 하나의 체계적인 단행본이 아니라 짧은 시론(時論)들의 모음이라는 사실이다. 책의 분량도 적은 편에 속한다. 그래서 이 책 하나를 통해 러시아의 많은 측면들을 살피기란 쉬운 일이 아니다.

또 시론들이 쓰여진 시기가 1970년대 초부터 소련이 해체된 이후의 오늘날까지에 걸쳐 있다. 그래서 때때로 초점이 흐려진 듯한 느낌을 주기도 한다.

그렇다고 해도 이 책은 러시아의 진면목을 이해하는 데 많은 도움을 준다. 우선 이 책은 러시아 국민들이 내면적으로 끈기와 저력을 지니고 있음을 역설한다. 그래서 러시아가 오늘날 어려운 상황에 빠져 있다고 해도 반드시 그 어려움을 이겨 내고 밝은 미래를 열어 갈 것이라고 전망한다.

이 책은 또 러시아 국민들의 '남을 도와주기 좋아하는 성격'을 설득력 있게 소개한다. 자기 스스로는 굶는 경우라도 다른 사람을 도와야 직성이 풀리는 착한 성격을 지녔음을 강조한다.

이 책은 이어 러시아 국민들의 강한 자존심을 지적한다. 비록 가난하고 열등한 지위에 있다고 해도, 풍부한 문화유산 속에서 성장한 민족으로서의 긍지를 버리지 않고 살아간다는 점을 역설한다.

이 책은 동시에 러시아 정교의 본질에 대해서도 정확한 분석을 제시한다. 러시아 정교는 러시아 국민 대다수의 절대적 신앙으로, 러시아 역사에 참으로 많은 영향을 주어 왔다. 그렇게 볼 때, 기독교 종파들 가운데서는 가장 불교적 성격에 가까운 러시아 정교가 어떤 역할을 해 왔는가에 대한 설명은 매우 유익하다.

이 책은 그러한 분석에 바탕을 두고 한국의 러시아 정책을 부분적으로 비판한다. 정부의 차원에서나 기업의 차원에서나 또는 국민의 차원에서 러시아를 너무 쉽게 생각해서 안 되며, 더구나 마치 삼류국가 대하듯 해서도 안 된다고 경고한다.

이 책은 또 러시아의 제국주의적 본질을 역사적으로 잘 설명한다. 러시아는 특히 소비에트 러시아 시절에 제3세계 약소민족들의 해방투쟁을 옹호하는 정책을 취했고, 그 정책 덕분에 그들로부터 반제국주의의 선봉이라는 높은 평가를 받기는 했으나 기본적으로 제국주의 또는 영토팽창 정책을 써 왔음을 상기시킨다. 따라서 이 점을 깊이 인식한 채 러시아에 대한 정책을 세워야 할 것임을 역설한다.

이러한 맥락에서, 이 책은 러시아에 대한 연구를 우리가 보다 더 본격적으로 진흥시켜야 한다고 역설한다. 지난날 우리 겨레의 운명에 많은 영향을 주었으며 앞으로도 그러할 이 나라에 대한 우리의 연구 수준은 아직도 낮다는 점을 솔직히 시인하고, 더 많은 러시아 전문가들을 키워 내야 한다고 강조한다. 그러한 맥락에서, 이 책은 러시아 연구분야에 대한 정부의 과감한 투자를 제의한다.

이 책은 우리 스스로에 대해 가르침을 주면서도 러시아 사람들에 대해서도 가르침을 준다. 한 가지 보기를 들면, 이 책은 러시아가 결코 지난날의 공산독재 체제로 돌아가서는 안 된다고 경고한다. 비록 무질서가 계속되고 있다고 해도, 무질서의 문제를 푸는 해답을 공산독재로의 복귀에서 찾아서는 안 된다고 가르치고 있다.

이 책도 지적하고 있듯이, 오늘날 러시아 국민들 가운데는 초강대국 소련의 붕괴에 따른 심리적 갈등을 겪는 사람들이 꽤 많다. 러시아가 국제정치에서 초강대국 대접을 받지 못하고 삼류국가 취급을 받고 있다고 불평하는 사람들은 러시아에 스탈린 같은 강력하면서도 무자비한 독재자가 출현해야 한다고 말한다.

그러나 그것은 러시아를 더욱 불행하게 만들 것이라고 이 책은 경고한다. 비록 어려움이 많다고 해도 러시아는 역사의 순리를 존중해 민주개혁을 실현하는 쪽으로 나아가야 한다고 역설한다.

이 책은 또 우리로 하여금 북한을 다시 한 번 생각하도록 만든다. 이 책이 북한 그 자체를 다룬 시론을 포함하고 있지는 않지만, 이 책에 나타나는 소련의 사회주의와 공산당 독재체제를 바라보다 보면 어느새 북한의 얼굴이 거기에 겹쳐지는 것을 느끼게 된다.

이 책은 전반적으로 한두 편의 매우 전문적 논문들을 빼놓으면 매우 쉽게 읽힐 수 있다. 그 점이 또한 비전공 일반 독자들로 하여금 러시아를 부분적으로나마 이해하게 하는 데 도움을 줄 것이다.

고쳐 쓴 한국건축의 통사

김동욱 경기대 건축공학과 교수

『**한국의 건축**』

윤장섭 지음 / 1996 / 서울대학교 출판부

경주 토함산 기슭의 불국사와 석굴암, 합천 해인사의 대장경과 대장경판고, 서울의 종묘, 이 세 곳의 건축물이 1996년에 유네스코가 지정하는 세계문화유산에 등재된 사실은 기억에 새롭다. 한국의 건축문화가 갖는 예술적 우수성과 문화적 보편성이 널리 인정되고 있음을 새삼 깨닫게 된다.

이 책은 바로 이런 우리나라 건축에 대하여 원시시대부터 조선시대까지 일관된 사관에 입각해서 체계적으로 서술한 통사이다. 한반도 전역은 물론 우리의 강역을 압록강 이북, 중국 동북지방까지 확장하여 선조들이 남긴 건축유적을 일정한 서술틀 안에서 엄밀한 학술적 분석 자세로 서술하였다.

전체 21개 장으로 구성된 본문 중 앞의 3개 장은 일종의 서론에 해당하는 것으로 여기에 저자가 갖고 있는 건축문화에 대한 관점이 언급되고 한국건축의 문화적 및 의장 계획적 특징이 요약되어 있다. 저자가 들은 한국건축의 의장 계획 특징은 여섯 가지로 압축되는데 첫째, 친근감을 주는 척도, 둘째, 자연과의 조화, 셋째, 조형디자인에서 기둥의 중간을 불룩하게 하는 배흘림이 있는 점, 모서리 기둥을 약간 높게 하고 안으로 약간 기울이는 안쏠림과 솟음이 있는 점, 완만한 처마의 곡선미를 들었고, 넷째, 공간구성에서 비대칭을 중요시하는 점, 다섯째, 장식에서 중용의 미를 갖는 점, 여섯째는 앞의 여러 특징을 종합한 것으로 한국의 건축미가 단아한 아름다움과 순박한 큰 맛을 겸하여 갖고 있는 점이라고 하였다.

이러한 관점을 바탕에 두고 나머지 19개 장에서 원시시대부터 조선시대까지를 일관된 서술 체계 아래 구체적이고도 풍부한 자료를 바탕으로 중요한 건축물들을 하나하나 분석해 나갔다. 각 시대에 대해서는 먼저 시대개관을 간단히 설명하고 이어서 도성계획, 궁궐건축, 불사건축, 주거건축, 목조건축의 형식, 조경계획의 순으로 중요 유적을 사례로 들어 가면서 개별 건축물의 특징을 설명하였다. 또한 중요한 유적에 대해서는 정교하게 제작된 도면을 곁들였고 아울러 사진자료도 빼놓지 않고 첨부하였다.

본문의 대체적인 내용을 보면, 우선 제4장 원시건축에서는 선사시대 주거의 지석묘를 주로 다루었고, 제5장 연맹왕국 건축과 낙랑 건축에서는 초기 철기문화의 주거지와 낙랑의 분묘가 대상이 되었다. 제6장에서 8장까지는 소위 삼국시대에 해당되는데 특히 여기서는 최근 북한에서 조사된 안학궁이나 신라의 황룡사, 백제의 미륵사 등 우리 고대건축의 정수들이 새롭게 해석되고 있다. 제9장에서 12장까지 4개 장이 통일신라 건축에 할애되었다. 그만큼 찬란한 건축예술의 업적을 쌓은 통일신라에 대한 저자의 관심을 엿볼 수 있다. 제13장은 이제까지 국내 건축 관련 저술에서 거의 언급하지 못했던 발해건축이 한 개 장으로 서술되었다. 여기에는 국내 및 북한의 역사학 분야나 고고학 분야의 연구성과도 원용되어 있다. 제14장에서 18장까지 5개 장이 고려 건축에 관한 것인데 부석사 무량수전을 비롯한 고려시대 아름다운 목조건축의 구조 특성이 상세히 서술되어 있을 뿐 아니라 불일사지 등 북한에서 발굴한 고려의 사지에 대해서도 정확한 내용을 제시하고 있다. 제19장에서 마지막 27장까지는 조선시대 건축으로, 무려 9개 장에 걸쳐 조선시대 건축의 거의 전 분야를 상세히 서술하였다. 한양의 도성계획에서부터 경복궁, 창덕궁 등 궁궐건축이나 불교·유교건축 및 주거건축과 기타 분묘가 각각 독립된 장으로 구체적인 유구를 중심으로 언급되었으며, 마지막에는 정원계획으로 창덕궁 후원이나 멀리 해남 보길도 정원까지 중요한 유적이 고루 망라되었다.

이 책은 그동안 나온 여러 권의 한국건축사 관련 통사류 가운데 단연 으뜸이 되는 저술이라고 평가할 수 있다. 그것은 우선 저자의 일관된 역사관이 바탕에 있고 적어도 원시시대부터 조선시대까지의 주요한 유적이 거의 다 망라되어 있을 뿐 아니라, 모든 건축물의 서술에는 각 건축물에 대한 가장 권위 있는 연구자나 기관의 조사 및 연구업적이 서술의 바탕을 이루고 있기 때문이다. 따라서 이 책은 저자의 주관적인 건물 평가나 편파적인 선호에 좌우되지 않고 객관적인 학술연구를 기반으로 전체 내용이 구성되어 있으며 바로 이 점이 이 책의 가치를 높이고 있다. 또한 책의 분량에서도 총 641쪽에 달하는 방대한 양이며 총 474점에 달하는 많은 양의 도면과 사진이 들어 있다.

책 말미에는 영문개요가 35쪽 분량으로 첨부되어 있는데, 이것은 한국건축의 요체를 영문으로 간명하게 서술한 뛰어난 내용을 담고 있다. 아마도 이 영문개요 하나만으로도 세계에 한국건축의 정수를 소개하는 데 큰 길잡이가 될 것으로 믿는다.

이 책은 서울대학교 출판부가 기획하고 있는 한국학 총서의 하나로 나왔다. 서울대학교 출판부에서는 주로 동 대학 명예교수로 계신 학자의 평생에 걸친 연구업적을 책으로 묶어 그들의 학문이 계승 발전되는 계기를 마련하고자 총서를 기획하였다고 한다.

저자는 35년간 서울대학교 건축학과의 교수로 지냈고 현재는 동 대학 명예교수이며 학술원 회원이다. 이미 1973년에 한국건축에 대한 체계적인 통사로 『한국건축사』를 저술한 바 있는데, 이것은 한국전쟁 후 건축계가 온통 서양건축에 경도되어 있을 때 우리 손으로 한국건축 전체를 체계 있게 서술한 돋보이는 업적이었다. 이후 『한국건축사』는 우리 건축에 관심을 갖는 사람들이라면 반드시 읽고 넘어

가야 하는 건축학계의 필독서가 되어 왔다.

이번에 나온 책은 저자가 1973년에 저술한 『한국건축사』의 보완판이라고 할 수 있다. 『한국건축사』가 나온 지 22년이 지난 시점에서 그 사이의 많은 새로운 연구성과나 학술조사 업적이 반영되고 저자의 새로운 한국건축에 대한 관점이 가미되어 있다. 이번에 나온 책에는 극히 최근에 와서 이루어진 학술자료들이 거의 빠지지 않고 수록되어 있다. 이것은 무엇보다도 저자가 22년 전 통사를 저술한 이후에도 한 분야에 대해 끊임없이 연구와 천착을 게을리 하지 않고 꾸준히 이 분야에서 정진을 계속하였음을 단적으로 말해 준다. 이 점은 작은 연구성과에 만족하여 계속된 연구를 게을리 하는 후학들에게 큰 가르침을 준다.

책의 장정이나 사진과 도면의 처리에서도 거의 나무랄 데 없는 수준이라고 하겠다. 건축은 아무래도 글로만 전달하기에는 한계가 있다. 도면과 사진이 필수적이라 할 수 있는데 여기 수록된 사진들은 건물의 특징을 잘 드러내고자 애써서 구도를 잡은 좋은 사진이 많아 글을 읽지 않고 사진과 도면만 훑어보아도 한국건축의 대체적인 흐름이 눈에 들어올 만하다.

끝으로 본문 내용에서 느끼는 아쉬움을 말하지 않을 수 없다. 이 책은 한국건축의 통사적 서술이므로 시대 구분의 개념이 분명할 필요가 있다. 책의 서론에 해당하는 제2장에서 시대 구분이 명시되어 있다. 전체를 원시시대 · 고대 · 중세 · 근세로 나누고 고대를 B.C. 4세기경의 고조선부터 삼국시대로 설정하였고, 중세는 통일신라와 고려시대, 근세를 조선시대로 설정하였다. 또 이렇게 시대를 구분한 이유에 대해서는 일단 정치적인 상황변화를 근거로 삼았다고 적었다. 그러나 제2장에서 정의한 시대 구분은 본문에 해당하는 제4장 이후의 서술에서 더 이상의 구체적인 서술이 발견되지 않는다. 즉 고려시대 건축을 중세로 정의하였을 때 과연 한국건축에서 중세건축이란 어떤 것인지 정의되지 않고 있는 것이다. 나아가 고대로 구분 지은 삼국시대와 중세로 정의된 통일신라 건축 사이에는 과연 어떤 시대적 차이나 의미가 있는지에 대해서는 아무런 언급이 나와 있지 않다. 그 점은 근세로 구분한 조선시대에 대해서도 마찬가지이다.

역사 서술에서 고대 · 중세 · 근대와 같은 구분이 타당한지 아닌지의 문제는 각기 연구자의 입장에 따라 다를 수 있다고 생각한다. 특히 건축사와 같은 일종의 특수사의 경우 반드시 역사학에서 정의하는 3분법을 따를 필요가 있는지도 의문이라고 하겠다. 다만 문제는 일단 책에서 시대 구분을 고대 · 중세 · 근세로 정의한 이상 그에 대한 구체적인 서술은 반드시 필요하다고 생각된다. 그렇지 않게 되면 그 시대 구분은 단지 원시시대부터 조선시대까지의 긴 시간을 편의상 적당히 이름 붙인 데 지나지 않기 때문이다. 이 문제는 아마도 앞으로의 또 다른 연구과제가 되어야 할 것으로 생각된다.

아무튼 이 책이 세계에 자랑할 한국건축의 본질을 역사적으로 이해하는 데 큰 밑거름이 된다는 데는 이론이 없다 하겠다.

근대한국 민족운동사 연구의 결정체

김호일 중앙대 사학과 교수

『근대한국 민족운동의 사조』

윤병석 지음 / 1996 / 집문당

1

평생을 한국 근대 민족운동사 연구에 바친 인하대학교 명예교수 윤병석 박사가 금년 9월 781쪽이나 되는 분량의 무게 있는『근대한국 민족운동의 사조』라는 연구업적을 상량했다.

이미 윤 교수는 국사편찬위원회 재직시인 1965년『3·1운동사』를 저술했고 계속하여 1995년까지『의병과 독립군』,『한국근대사료론』, 『이상설전』,『한국사와 역사의식』,『국외한인사회와 민족운동』,『독 립군사』,『구한말 의병장열전』,『한국독립운동의 해외사적 탐방기』,

『직해 백범일지』 등을 간행했으며, 공저로는『한국독립운동사』와
『러시아지역의 한인사회와 민족운동사』를 가지고 있는 민족운동사
연구의 개척자이며 원로 중의 한 분이다.

『근대한국 민족운동의 사조』는 이미 간행한 저자의 저서 속에 포
함되지 않은 논문, 사론, 각종 학술회의의 발표문 등 35편을 3편 8장
으로 체제를 갖추어 구성하고 있다. 즉 제1편 '일제의 침략과 항전'
을 2장으로 나누어 제1장 '일제의 한국침략'에서는 개항에서 을사5
조약늑결까지의 6편을, 제2장 '한민족의 반일투쟁'에서는 동학농민
군의 항쟁에서 의병의 항일전까지 7편을 수록하고 있다.

제2편 '국내외 독립운동'은 5장으로 구분하여 제1장 '독립운동기
지건설과 독립전쟁론'에서는 1910년대 독립운동관계 3편, 제2장
'3·1운동과 그 영향'에서는 3·1운동 관계 3편을, 제3장 '간도와
연해주에서의 독립운동'은 한인의 간도 개척과 민족운동 등 4편, 제
4장 '미주 및 중국 관내에서의 독립운동'에서는 미국과 상해 의거에
대한 2편을, 제5장 '독립운동의 사조와 연구성과'에서는 사조 및 연
구성과에 관한 2편을 수록하고 있다.

제3편 '독립운동의 평전과 저술'은 2장으로 나누어 제1장 '민족운
동자의 활동'에서는 이상설, 박은식, 안창호, 윤봉길의 활약상을 구
명한 4편을, 제2장 '독립운동의 서술'에서는 자료상에 나타난 의병
장 김정규와『야사』, 이동휘와『리동휘성재선생』, 계봉우의 생애와
저술목록 등 4편을 그 내용으로 담고 있다.

이상과 같이 이 저서는 체제와 구성에서도 그러하고 더욱이 내용

에 있어서도 근대한국 민족운동 전 기간에 걸쳐 다루지 않는 문제가 없을 정도로 그 폭과 깊이가 돋보이고 있다. 더욱이 저자 자신이 대학강단에서 정년을 맞아 40여 년간의 연구생활을 되돌아보는 가운데서 나온 소산이며 이후의 학계 연구 풍토에 조금이나마 기여코자 하는 순수한 학자적 양심의 소리가 들리는 듯 저자의 역사에 대한 애정이 담겨져 있는 듯하다.

2

저자는 머리말에서 이 저서를 통하여 다루고자 하는 주안점을 첫째, 한국 민족운동사의 사상적 조류의 이해를 심화시켜 보자는 것, 둘째, 일제의 대한제국 침략과 식민지 지배의 본질적 정책을 논증하는 것, 셋째, 민족운동사의 대표적 지도자의 독립사상과 민족운동을 조명하는 것, 넷째, 국내외 민족운동의 자료 발굴과 그 사료적 가치를 밝히는 데 주력하였다고 기술하고 있다. 그러므로 이 저서에 수록된 35편의 논문을 모두 비평하기에는 서평자의 능력 밖의 일이기에 위의 네 가지 중점적인 관점에서 부각되는 논문을 서평자 임의대로 선택하여 살펴보고자 한다.

항일민족운동에 있어서 일제의 침략에 상응하는 사상적 대응으로서 한국적 민족주의가 성장해 갔다. 그 과정을 논증한 것이 1975년 광복 30주년 기념학술회의에서 주제 발표한 <한국독립운동의 사조>

였다. 여기에서 저자는 한국 민족주의의 발전과정을 3단계로 나누어 설명하고 있다. 제1단계는 개항에서 을사5조약늑결(1876~1905)까지로 위정척사운동, 동학농민운동, 의병항쟁, 구국계몽운동이 일제의 단계적 침략에 대항하여 전개되었다고 보았다. 제2단계는 을사조약 후 3·1운동 전(1805~1919)까지로 의병의 항일전과 애국계몽운동이 일어나 이로써 민족주의의 방향과 이념이 정립되었다고 하였다. 즉 의병항일전은 국가 존망의 위기에 당면하여 한국민의 주체의식이 표출된 최후의 구국항일전이었고, 독립전쟁론의 바탕이라고 보았다. 한편, 애국계몽운동은 그 내용이 다양하여 정치, 언론, 출판, 집회, 결사, 교육, 경제, 국어와 국사연구 등으로 민족의식을 고취시키고 민족의 역량을 배양하며 전통문화를 계승, 보존하는 내용 등이 포함되었다. 더욱이 이 기간 가장 두드러진 운동은 민족주의 교육활동이었다. 민족주의 교육은 애국계몽운동의 이념적 뿌리이며 그 출발이고 기반이며 본질이었다. 그러므로 구국교육을 통하여 인재를 양성하고 민족 역량을 향상시키는 것이 민족주의를 구현시키는 것이라고 보았다. 즉 교육의 목표는 민족의식을 강조하고 문무쌍전의 교육(군사교육)을 실시함으로써 독립전쟁론에 입각하여 민족의 군대를 만들려고 하였으며, 그 근거지를 국외 독립운동기지 건설로 나타냈던 것이다. 제3단계는 3·1운동에서 해방 전(1919~1945)까지로 3·1운동을 '이전의 민족운동이 이곳으로 합류되고 이후의 민족운동이 여기서 선도되는 일대사조였다'고 하였다. 그리하여 이후 민족운동의 사상적 주류는 독립전쟁론, 문화주의론, 외교주의론, 민중투쟁론으로 발전하였다고 보았다. 이상과 같이 일본 제국주의의 침략과 저배에 대항한 한국 민족주의 운동은 시기와 역사적 조건에 따라 다양하게 전개되었다고 논증하였다.

일본 제국주의의 한국 지배의 본질을 파악하기 위한 논문의 하나는 1966년 《향토서울》 27집에 발표한 <주한일본군의 대한제국 강점과 지배>이다. 일제는 한국을 완전히 그들의 식민지로 삼기 위해 1904년 러일전쟁을 도발함과 아울러 한국 임시파견대라는 한국파견군을 한국 내 파견하여 상주시키면서 그 명칭도 한국주차군으로 개칭하였다. 이들은 서울에 한국주차군 사령부를 설치하고 전국 주요 도시에 군대를 주둔시켜 군사적 경영에 착수하였으니 그것은 한국군사권의 탈취, 한국경찰권의 탈취를 통하여 한국군과 경찰을 제거하기 위한 조처였던 것이다. 이는 일본 제국주의가 한국 침략의 기본성격인 '무력적인 실력지배에 의한 지배'를 실천에 옮기기 위한 정책의 소산이었음을 밝히고 있다.

1984년 저자는 단행본으로 『이상설전-해아특사 이상설의 독립운동론』(일조각)을 간행하고 같은 해에 인하대 인문과학연구소편 '인문과학논문집' 10에 <이상설의 생애와 민족운동>을 발표하였는데 그 논문이 본 저서에 수록되어 있다. 저자는 여기에서 1907년 헤이그밀사의 1인으로만 인구에 회자되던 보재 이상설의 생애와 민족운동을 부각시켜 민족운동사상 그의 위치를 바로 세우려고 하였다. 충북 진천에서 태어나 연해주 니콜리스크(쌍성자)에서 병사하기까지의 이상설(1870~1917)의 48년의 생애는 실로 파란만장의 역정이었다. 보재는 1905년까지 사환의 길을 밟아 의정부참찬에 기용되었으나 이해 을사5조약늑결에 반대하여 관직을 사임하고 항일구국운동에 나서 이후 사망할 때까지 민족과 독립을 위하여 끝까지 항일민족운동에 앞장선 지도자의 한 분이었다. 이같은 그의 민족운동 활동을 북간도의 서전서숙설립(1906), 헤이그만국평화회의에서 활약(1907), 독립운동기지건설(1909), 대전학교설립(1913), 대한광복군정부수립(1914), 그외에 성명회, 13도의군, 권업회 등을 조직하여 만주와 연해주에서의 독립운동에 있어서 중심인물로 등장하고 있었음을 고찰하였다.

1993년 저자는 '인하사학' 1집에 <계봉우의 생애와 저술목록>을 발표하였는 바 그 내용이 본 저서에 수록되어 있다. 그 내용은 임정의 기관지 《독립신문》에 연재된 <의병전>의 저자 뒤바보가 계봉우(1879~1959)였고 그의 생애와 의병전을 비롯한 <아령실기>, <조선문법> 등 30종류의 국어학, 국문학, 역사학, 사회경제 분야에 걸친 저술목록을 밝힌 논문이다. 저자는 함경도 영흥에서 출생하여 카자흐스탄 크질오르다에서 81세의 일기로 사망한 계봉우(호:사방자, 뒤바보, 북우)의 생애를 네 시기로 구분하여 국내 계몽활동기(1870~1910), 북간도에서의 민족주의 교육헌신기(1911~1919), 연해주에서의 공산주의 운동과 국학연구시기(1919~1937), 크질오르다에서 모국어와 국사연구시기(1937~1959)로 나누어 설명하고 있으며 이에 따라 그의 저술도 네 개 생활권의 영향 속에 이루어졌음을 밝히고 있다.

이상에서 살펴본 바와 같이 이 저서는 몇 가지의 특징을 가지고 있으며 아울러 몇 가지의 바람도 동시에 가지고 있다.

첫째, 이 저서의 차례만 놓고 보면 한국근대 민족운동의 모든 시기와 내용을 포함하고 있다는 것이다. 개항에서부터 해방 때까지 마치 한국근대사를 읽는 듯한 느낌은 이 저서의 장점이지만 동시에 민족운동사 연구로서의 깊이가 문제된다고 생각한다.

둘째, 이 저서에 담겨져 있는 35편의 논문 내용이 한 편마다 술이부작의 역사정신에 입각하여 기술되고 있다는 점이다. 철저한 사료 검증을 통하여 입론을 전개하였으며 새로운 역사적 진실을 밝혀내고 있다.

셋째, 이 저서는 한국근대 민족운동사 연구의 결정체라고 볼 수 있다. 일본 제국주의의 한국 침략과 지배라는 도전을 한국 민족주의에 바탕을 두고 다양한 전략, 전술에 의하여 전개된 역사적 상황을 모두 망라하고 있어 독자로 하여금 한국 독립운동사를 편안하게 이해하도록 서술하고 있다는 것이다.

서양인이 쓴 일본근대사 그 탁월성 그리고 한계

김장권 숭실대 정치외교학과 교수

『**일본 근현대사**』

W. G. 비즐리 지음 / 장인성 옮김 / 1996 / 을유문화사

아물지 않은 상처를 헤적거리는 것은, 비록 그 상처를 치유하기 위해서일지라도 아프고 괴로운 일이다. 일본 근현대사는 한국인들에게 여전히 아물지 않은 상처이다. 그러므로 한국인에 의해 '객관적으로' 쓰인 일본 근현대사가 단 한 권도 없다는 사실은 놀라운 일이 아닐지 모른다. 그러나 물론 그것은 바람직한 일은 아니다. 사실 한국의 일본학계가 가장 시급하게 해야 할 숙제의 하나는 일본 근현대사에 대한 냉철한 분석과 정리가 아닐 수 없다. 일본을 제대로 알기 위해서도, 그리고 바로 한국의 어제와 오늘을 바로 알기 위해서도 그러한 작업은 필수불가결하다. 그럼에도 불구하고 일본 근현대사는

해방 후 오늘까지 한국의 일본학계에 커다란 공백으로 남아 있고 앞으로도 상당 기간 동안 공백으로 남아 있을 가능성이 크다.

막말(幕末) 이래 쇼와(昭和)기까지 100여 년간의 일본 역사를 냉철하고 객관적으로 제시한 비즐리(Beasley)의 『일본 근현대사(The Rise of Modern Japan)』가 갖는 의미와 무게는 이러한 일본학계의 상황에서 찾아질 수 있다. Beasley는 영국의 대표적인 일본 연구자로서 특히 일본 근대외교사의 세계적인 권위자이다. 명치유신 이래 일본의 대외관계는 당시의 세계적인 강대국이었던 영국과의 관계를 축으로 하고 있었기 때문에, 영일관계에 정통한 영국인 교수 Beasley는 분명히 근대 일본외교사를 가장 잘 꿰뚫어 볼 수 있는 위치에 있는 사람 가운데 하나일 것이다. 박사학위 논문인 <대영제국과 일본의 개국(Great Britain and the Opening of Japan)> 외에 일본의 근대외교에 대한 많은 저작들을 발표해 온 Beasley 교수는 이 책에서 서양에 의한 일본의 개국 이래 쇼와 천황의 사망에 이르기까지의 일본 근현대사를 냉철하고 객관적으로 그려 내는 데 성공하고 있다.

Beasley 교수의 대가(大家)다운 면모는 일본 근현대사에 대한 폭넓고 정확한 지식에서 발견되어진다. 일본 근현대는 제국주의 열강과의 관계가 핵심적이었던 만큼 그 부분에 비중을 두면서도 일본 국내의 제반 정치·경제·문화적 상황을 빈틈없이 점검하고 있다. 이를테면, 명치헌법 체제가 성립되는 과정에서 지방자치의 제도화 문제나, 러일전쟁 이래 사회통합을 형성하는 과정에서 청년단 등 지방 차원에서 국민들의 조직화에 이르기까지 모든 문제들을 거의 빠짐없이 균형 있게 다루고 있다.

여러 문제들을 망라적으로 다루었다고 해서 백과사전식의 나열이 아니라, 일관된 여가적 관점을 유지한 채 여러 사건들을 한 줄로 꿰어 냈다는 점에서 특히 높게 평가되어질 수 있다. Beasley가 일본 근현대사를 꿰뚫는 기본적인 인식틀은 근대와 전통의 대립구도 그리고 서양과 일본의 대립구도 속에서 어떻게 일본이 그 모순을 소화하고 화해시켜 나갔느냐 하는 질문에 기초하고 있는 듯이 보인다. 그리하여 일본 근현대사의 전개과정은 이 대립하는 두 계기의 상호관계 속에서 파악되어진다. Beasley는 일본 근현대사에 있어서 그 모순의 해소 방식은 한쪽이 소멸되거나 두 계기가 하나로 통합되거나 하지 않고, 양자가 팽팽한 긴장관계를 이루는 가운데 상황에 따라 어느 쪽이 전면에 나오거나 때로는 배후로 물러서거나 할 뿐이라고 보는 것 같다.

예컨대, 근대화주의와 국수주의의 대립은 막말 이래 가장 큰 정치적·사상적 대립으로 존재해 왔는데, 명치 초기에 전자가 후자를 압도했다면 1930년대에는 후자가 전자를 압도하여 군국주의와 아시아주의가 대두되며, 다시 패전 후에는 전자가 전면에 대두되는 양상을 드러낸다. 또한 러일전쟁에 이르기까지 동아시아에서 일본의 위상은 서양 열강에 의해 강력하게 규정되어졌기 때문에 일본은 서양 열강과의 외교에 총력을 기울였지만, 1930년대에 일본은 "서양 국가들이 자기들의 이익을 위해 19세기에 구상했던 동아시아 국제질서를 해체하고, 일본 주도의 동아시아 국제질서를 창출"하고자 노력하였다고 본다.(224쪽) 패전 후에는 미국이 강요하는 질서를 받아들였지만, 안보투쟁이나 베트남전쟁 반대에서 보듯이 그 대립은 여전히 잠재하고 있었다고 파악한다.

그리하여 독자들은 예컨대 청일전쟁이나 러일전쟁 부분을 읽으면서 그 배후에 무겁게 드리워져 있는 영국이나 미국의 그림자를 발견하게 될 것이다. 또한 1920년대 말 일본의 군국주의화의 배후에서 "무도회장, 사치, 부패, 대기업, 노동조합, 파업 그리고 농촌 불안 등 모두가 결국에는 서양풍(西洋風)에 지나치게 도취한 결과"에 대한 일본 국수주의의 반격을 발견하게 될 것이다.(211쪽) 그러므로 Beasley 교수는 근대 동아시아의 국제관계 속에서 일본이 행한 일련의 행동들을 서구 열강과의 관계라는 거시적 맥락 속에서 평가하고, 근대와 전통의 대립이라는 역동적인 구조 속에서 읽어 내는 데 성공하였다고 보여진다. 일본의 근현대가 서양의 충격에 대한 응전이었고, 근대화 혹은 서양 따라잡기의 문제가 1차적인 과제였다는 점을 상기할 때, Beasley 교수의 이러한 문제파악 방식은 기본적으로 강력한 설득력을 지닌다.

그러나 이 책이 지닌 그러한 강점은 동시에 중요한 약점이 되고 있다. 서양과 일본의 관계가 강조되어진 데 반하여 동아시아 국가들 간의 상호관계는 소홀히 다루어질 수밖에 없었다. 동아시아의 역사는 기본적으로 동아시아 국가들간의 관계가 핵심을 이루어야 하고 일본에 대한 동아시아 국가들의 주체적인 대응 등이 매우 중요할 터인데, 이 책에서 동아시아 국가들은 열강과 일본 간에 행해지는 거래의 한갓 수동적인 객체로 전락해 버린 감이 없지 않다. 말하자면 동아시아 국가들의 반제국주의 투쟁이나 민족주의적 대응양식 등이 일본 제국주의에 미친 영향에 대해서는 그다지 깊은 관심이 주어져 있지 않다. 그래서 예컨대 갑오농민전쟁이나 3·1운동, 혹은 중국의 내셔널리즘이 일본 근대사에 미친 영향 등은 거의 무시되어 있다.

이와 관련하여 특히 일본 근현대사에서 뺄 수 없다는 한국과의 관계가 상대적으로 매우 소홀히 다루어져 있다. 정한론(征韓論)을 필두로 강화도조약, 임오군란, 갑신정변 등 일련의 조선 문제는 명치유신 이래 일본의 근대국가 형성과 대외관계의 전개과정에서 핵심적인 중요성을 지니는 것이었다. 예컨대 갑오농민전쟁의 발발은 일본 국내의 정치적 위기를 극복하는 데 결정적인 역할을 한 동시에 청일전쟁으로 이어지면서 일본의 아시아 대륙 침략의 획기적인 계기로 작용한 사건인데, Beasley 교수는 그러한 동아시아 역사의 유기적 관계에 무관심하다.(189쪽) 또한 관동대지진에서 한국인 학살은 일본 사회의 통합과 관련하여 중요한 사건이었지만 Beasley 교수는 이 문제에 대해 완전한 무관심을 나타냈다. 일본 제국주의의 전개과정에서 핵심적인 식민지 조선 문제는 거의 완전히 Beasley 교수의 관심 밖에 있으며, 전후에 와서도 예컨대 일본의 전후 경제부흥과 고도성장을 논함에 있어서 한국전쟁 특수(特需)의 영향은 거의 고려되지 않고 있다.(284, 308쪽) 한편 근대와 전통의 대립구조라는, 기본적으로 문화사적인 분석틀에 충실한 나머지, 역사의 전개과정에서 대두되는 계층간의 갈등이나 지배계급 내부의 권력투쟁 등 정치사적인 모순에 충분한 주의를 기울이지 않고 있다. 예컨대 자유민권 운동은 초기의 사족(士族)민권에서 호농(豪農)민권 등 운동의 주체와 계급기반이 단계적으로 변화해 나가는데, 그러한 변혁의 역동성을 제대로 포착하지 못하였고, 러일전쟁 후 조약체결에 대한 일본 민중의 반대 투쟁이나 쌀 소동 등에 대해서도 정당한 비중이 부여되어 있다고는 볼 수 없다.

그러나 이러한 한계에도 불구하고 이 책의 특징과 장점들은 그 한계들을 충분히 뛰어넘고 있다. 그리하여 이 책은 일본 근현대를 객관적으로 이해하는 데에 매우 중요한 길잡이 역할을 할 것으로 기대된다. 이 책은 특히 한국의 일본학계에 두 가지 점에서 중요한 기여를 할 것으로 보인다. 첫째, 아직 객관적인 통사(通史)를 갖고 있지 못한 한국의 일본 근현대사 연구에 그 결락 부분을 크게 메워 줄 것이라는 점, 둘째, 이 책의 한계들과 관련하여, 한국인에 의한 일본 근현대사 기술(記述)의 절박한 필요성을 새로이 일깨워 줄 것이라는 점이 그것이다.

마지막으로 지적할 것은 이 책의 꼼꼼하고 정확한 번역이다. 뛰어난 일본 근현대사 전문가인 역자 장인성 교수는 번역서가 원서보다 더 읽기 힘들다는 통념을 깨뜨리는 데 성공한 것처럼 보인다.

백제(百濟) 문화사상(文化史像) 정립을 위한 새로운 모색

양기석 충북대 역사교육과 교수

『百濟史硏究』

이기동 지음 / 1996 / 일조각

1

　　지금까지 백제사 연구는 문헌사료를 토대로 하여 국가형성, 왕위 계승, 대외관계, 정치 지배세력간의 역관계 문제 등 주로 정치적 측면에서 적지 않은 연구성과를 내고 있지만, 관계 사료의 절대 부족과 새로운 연구방법론의 부재 등으로 인해 백제사의 전체상을 정립하는 데에는 다소 미흡했던 것으로 생각된다. 다행스럽게도 70년대 초부터 서울·공주·부여 지역 등 백제 고도 문화권역을 중심으로 발굴 조사 작업이 활발히 진행되면서 백제사 연구의 질과 폭을 넓히게 되었다. 즉 마한의 성립과 소멸, 백제의 건국과 발전단계, 지방세력의 존재양태 및 국가권력과의 관계 등에 관해 활발한 논의의 계기를 마련하면서 나름대로의 연구성과를 온축해 온 것이 사실이다. 최근에는 박사학위 논문을 통해 백제사의 전문적인 연구가 이어질 정도로 백제사 연구의 활성화가 이루어지고 있다. 그러나 고고학적 연구성과는 주로 백제 고도 문화권역 등 일부 지역에 국한되어 있을 뿐 아니라 출토유물에 대한 상이한 해석과 편년 설정 문제 등이 제기되어 문헌사학과 연결시키는 데에는 아직 일정한 한계를 주고 있는 실정이다. 더욱이 기존의 연구업적들이 주로 정치사나 미술사 등과 같은 특정 분야에 치우치는 경향이 있어 보다 새로운 방향에서 종합적인 백제사상(百濟史像)을 모색하는 작업이 더욱 필요하리라 본다.

이 책의 저자는 이미 이기백 씨와 함께 한국 고대사의 종합적인 개설서인 『한국사강좌-고대편』(일조각, 1982)을 출간한 바 있고, 이어 『신라 골품제사회와 화랑도』(일조각, 1984)의 저술을 통해 신라사회의 구조와 성격 규명에 몰두하여 신라사회사의 연구 수준을 한 단계 높인 것으로 평가를 받고 있다. 그밖에 일본 고대사학계의 연구동향 파악에도 정통하여 일본학자의 저술인 『광개토왕릉비의 딤구』(일조각, 1982)와 『일본인의 한국관』(일조각, 1983)을 번역하여 한국학계에 널리 소개한 바 있는 중견학자의 한 분이다. 이번에 저자가 백제사에도 깊은 관심을 갖게 된 것은 이제 백제사에 대한 이해 없이는 한국 고대사의 올바른 체계를 구성할 수 없다는 필요성을 절감하였기 때문이라 하였다.

이 책에서 저자는 개별 주제에 대한 기존 연구성과의 체계적인 정리와 실증적 검토를 토대로 백제의 구체적인 정치와 사회상을 발전적 측면에서 이해하면서 백제사가 갖고 있는 내재적인 성격과 문화적 특성을 밝혀 보고자 하였다. 아울러 종래 정치사 중심으로 이루어져 왔던 백제사 연구에서 탈피하여 문화사의 관점에서 종합적으로 재구성하고자 시도한 점은 백제사 연구의 새로운 경지를 개척했다고 볼 수 있다.

2

이 책은 모두 4장으로 되어 있는데 저자가 그동안 여러 학회지에 발표한 백제의 정치와 사회, 마한사 문제, 대왜(對倭)관계의 실상 문제를 수록하였고, 여기에 백제의 역사와 문화 및 그 특성을 서술한 총설편을 새로이 보충하여 만든 것이다. 그 내용을 간략히 정리하면 다음과 같다.

제1장은 백제사의 총론적 서술 부분에 해당하는 것으로 백제사의 특성과 그 역사와 문화를 3장으로 나누어 싣고 있다. 이 서술 부분은 문화사의 관점에서 백제사를 재구성해야 한다는 저자의 입장이 잘 드러나 있다. 저자는 먼저 백제사의 특성을 논하면서 백제의 다원적인 지형적 특수성이나 부여족 정복자 집단과 마한 토착세력 간의 이중성 문제를 극복하기 위하여 백제는 주례주의 정치이념의 채용 등

을 통해 정치 사회적 통합을 도모하였으나, 결국 백제가 멸망하게 되는 한 요인이 되었음을 지적하고 있다. 그밖에 농업생산력과 대외교역의 발달은 풍류와 멋을 특성으로 하는 백제문화의 형성에 영향을 주었던 것으로 파악하고 있다. 이어 백제의 역사를 네 시기로 나누어 개관하고 아울러 문화의 발전양상을 항목별로 정리 서술하고 있다.

제2장은 마한사와 백제의 건국 문제 및 백제가 마한을 병합하는 과정을 다루고 있다. 먼저 마한문화는 서해안 항로를 통해 대동강·청천강 지역에서 발달한 청동기문화를 이 지역에 유입함으로 해서 성립된 것이라 하였고, 진번군의 치소인 삽현(霅縣)은 충남 내포(內浦) 지방에 비정되며 이곳은 낙랑군과 해상으로 밀접하게 교섭을 벌인 곳임을 입증해 내기도 하였다. 이어 마한의 성립은 자체 성장에 의한 것이 아니라 북방으로부터 철기 제작기술을 갖고 이주해 온 집단에 의한 것으로 보았고, 또 마한이 백제에 실질적으로 병합된 것은 근초고왕 대가 아니라 최근 전남 지방의 고고학 성과에 비추어 볼 때 5세기 중반 이후인 것으로 보았다.

한편 <백제 건국사의 二, 三의 문제>에서는 백제의 건국 문제를 국가의 개념 문제와 관련시켜 고찰하고 있다. 즉 백제의 성읍국가 성립은 지석묘사회 후기 내지 말기에 해당하며, 백제가 중앙집권국가를 형성한 시기는 4세기 이후로 볼 수 있다고 하여 단절설의 입장을 취하고 있음을 알 수 있다. 한편 백제는 성읍국가시대에 국호를 위례(慰禮)라 하였다가 연맹왕국시대에 들어와 백제로 바뀐 것으로 보았다. 이어 <백제국의 성장과 마한 병합>에서는 백제가 국초부터 근초고왕 대까지 마한을 정복할 정도로 성장 발전하였음을 서술하면서, 4세기 비류왕과 근초고왕 때 부여족의 남하와 관련하여 백제왕실이 교체되었다고 보는 일종의 정복왕조설을 제기하고 있다.

제3장은 백제의 정치와 사회에 관한 4편의 글을 싣고 있다. 그중 <백제왕실 교대론에 대하여>는 백제왕계를 천관우 씨의 견해를 좇아 온조왕계와 고이왕게 간에 왕계가 교대된 것으로 파악하였고, 근초고왕의 계통에 대해서는 온조계가 아닌 전혀 새로운 세력일 가능성을 제시하였다. 그런데 저자는 후에 이를 구체화시켜 부여족에 의한 정복왕조설을 제시하였다. <백제국의 정치이념에 대한 일고찰>에서는 중앙관제인 좌평제와 22관부조직, 천신과 오제의 신에 대한 국가적 제사의례를 검토하여 백제가 이들 제도를 주례사상에서 채용하였으며, 그 채용시기를 웅진시대로까지 소급해 볼 수 있다고 하였다. 이어 <백제사회의 지역공동체와 국가권력>에서는 총론에서 밝힌 백제사의 한 특성인 사회구성의 이중성과 다원적인 지역적 특성 문제를 심화시키는 서술 부분으로 생각된다. 즉 마한사회는 각기 다원적인 지역성을 고집하고 있기 때문에 근초고왕의 정벌 이후에도 백제 중앙권력에 쉽사리 편제되지 않았는데, 이는 백제가 외래의 정복자집단과 토착세력 간의 이질성이 쉽사리 극복되지 않은 데서 비롯된 것이라 하였다. 따라서 백제는 이를 극복하기 위하여 마한시대 이래의 습속을 대담하게 버리고 대신 중국풍의 제도를 채용하거나 또는 불교를 통해 계율을 강조하여 국민적 일체감을 수립하려고 노력하였으나 지지세력을 규합하는 데에는 큰 성과를 거두지 못했던

것으로 보았다.

제4장은 백제의 대왜관계의 실상을 밝히기 위해『일본서기』신공기 기사의 신빙성 문제와 금석문 자료인『칠지도명문』, <광개토왕릉 비문>과 <무령왕릉 지석> 등에 나타난 고대 한일관계의 실상을 면밀히 검토하여 소위 임나일본부설이 성립될 수 없음을 밝혔다. 끝으로 일본의 에카미(江上波夫)가 주장하고 있는 소위 기마민족설에서 말하는 한왜연합왕국론은 여러 측면에서 검토해 볼 때 치명적인 결함을 가진 것이며, 어떤 면에서는 종전의 임나일본부설의 '새로운 변형' 내지는 '또 하나의 전개형태'로 볼 수 있다고 하여 그 의도를 신랄히 통박하고 있다. 이 서술 부분에서 저자의 한국고대사에 대한 각별한 애정을 엿볼 수 있다.

3

저자는 영성한 여러 문헌사료를 비판 검토하였을 뿐 아니라 금석문이나 고고학 연구성과의 폭넓은 원용을 통해 새로운 연구방법론을 모색하였으며, 또한 해박한 한일 고대사학계의 연구동향도 면밀히 검토함으로써 마한사와 백제사의 구체적인 실상을 잘 밝혀 주었다. 특히 이 일련의 연구를 통해 백제사의 공백에도 불구하고 문화사의 관점에서 올바른 백제사상을 복원 정립하려고 노력한 점은 일단 높이 평가되어야 한다고 생각한다. 이 책은 많은 장점에도 불구하고 연구시각이나 부분적이고 단편적인 내용에 있어서 다소 이론의 여지는 없지 않을 것이다. 우선 저자는 백제사를 정치사 중심에서 벗어나 문화사의 관점에서 재구성할 것을 강조하고 있지만, 실제 이 책에서는 그러한 의도에 입각한 서술 부분이 낮은 비중을 점하고 있어서 앞으로 이 부분에 대한 저자의 각별한 관심과 배려가 있기를 기대하는 바이다. 그리고 백제의 건국 문제에 대하여 4세기 부여족 남하에 따른 정복왕조설과 같은 단절설의 입장에서 접근하고 있는 점이나 백제 초기 왕계를 온조왕계와 고이왕계 간에 왕위가 교체되었다고 보는 점에 대해서는 보다 신중한 검토를 필요로 하고 있다. 고구려와의 전쟁에서의 승리 및 마한병합, 황색깃발 사용, 율령반포, 석촌동 적석총의 존재 등을 미루어 볼 때 4세기 근초고왕 대에 백제는 중앙집권적 귀족국가에 진입한 것으로 보는 것이 일반적인 견해다. 따라서 근초고왕의 등장을 계기적으로 파악하지 않고 부여족의 남하에 따른 새로운 정복왕조의 출현이라는 돌발적인 사건으로 받아들일 경우 저자가 설정한 성읍국가-연맹왕국-중앙집권적 귀족국가라는 역사의 계기적인 발전과정을 간과해 버리기 쉽다. 또한『주서』백제전 등에 보이는 백제의 또 다른 시조인 구태(仇台)를 고이왕으로 볼 경우 사비시대 왕실이 왕통이 다른 고이왕을 정기적으로 제사한 이유가 규명되어야 할 것이다.

이상으로 지적한 문제점은 저자 자신에게 국한된 문제라기보다도 관계 사료가 절대 부족한 우리 고대 사학계가 당면하고 있는 공통의 과제라 할 수 있다. 그리고 이 책은 이 분야에 관심 있는 사람들뿐 아니라 일반사람들에게도 교양 함양과 지적 관심을 일으키기에 충분하다고 여겨진다. 이 책의 간행을 계기로 이 분야와 관련된 문제들이 보다 더 활발히 연구되고 논의되기를 기대해 본다.

고려시대 개경(開京)에 대한 새로운 연구성과

노명호 서울대 국사학과 교수

『고려시대 開京 연구』

박용운 지음 / 1996 / 일지사

1

연구의 필요성이 높은 주제임에도 연구성과가 부족하거나 결여되어 누군가의 연구성과가 기다려지는 분야들이 있다. 고려시대에 대해 많은 연구업적들을 쌓아 온 박용운 교수가 최근 발표한 『고려시대 開京(개경) 연구』는 그러한 점에서 학계에 긴요한 연구성과로 꼽을 수 있는 책이라 생각된다.

10세기 초에서 14세기 말에 이르는 긴 세월 동안 한국역사와 문화의 중심지를 이루었던 개경(근대의 개성시 송도면과 그 일대 : 현 북한 행정구역상 개성직할시의 중북부 지역)에 대한 연구는 당시의 역사와 문화를 이해함에 필수적이고, 개경과 그 주변 일대에 분포하는 귀중한 많은 유적·유물들에 대한 연구를 체계화하고 심화시키는 데에도 기초가 되기 때문이다. 개경의 고적이나 궁궐, 성곽, 지방제도상의 편제, 인구 등에 대한 분야별 부분적인 연구성과는 몇몇 학자들에 의해 이루어진 바 있지만, 박 교수의 연구는 종합적이고도 체계적인 심화된 연구로 의미를 갖는다고 하겠다.

2

　박 교수의 책에서 개경에 대해 다룬 소주제는 크게 세 분야로 나누어 볼 수 있겠다. 그 첫째는 역사지리적 측면에서 개경의 궁궐·성곽 등에 대해 검토한 것으로서, 이 책의 첫째 장인 1. '개경 정도(定都)와 시설'에서 다루어졌다. 1장에서는 고려 건국 전부터 있었던 송악(松嶽) 지방 성(城)을 이용하여 궁성(宮城)과 황성(皇城, 내성內城)이 조성되고, 나시 현종(顯宗) 대에 외성(外城)인 나성(羅城)이 축조되는 과정이 추구되고, 그 역사적 의미가 검토되었다. 내·외성의 윤곽은 유석을 통해 밝혀져 있는 바, 사서(史書)에 나오는 일부 중요 성문(城門)들의 위치를 검토하고 비정하여, 그를 기준으로 개경의 기간도로인 남북을 잇는 대로(大路)와 동서를 잇는 대로를 비정하고, 다시 각 성문과 대로를 기준으로 각종 시설물의 위치를 비정하였다. 고려시대 개경의 번화가로서 기록에도 여러 차례 보이는 십자가(十字街)의 위치가 두 대로의 교차로로서 비정되고, 그 주변 일대의 주요시설과 행정구역이 추정되었다. 일부이지만 관부(官府), 사원(寺院)들의 위치와 황성 밖에 있었던 궁의 위치가 비정되었다. 또한 개경에 대한 경성·황도·개성·송도(京城·皇都·開城·松都) 등 10여 가지 이칭(異稱)도 그 유래와 함께 검토되었다.

특히 주목되는 것은 1장에서의 검토 결과가 간략한 약도의 형태로 일목요연하게 제시된 것이다. '개경의 성곽(城郭)과 문(門)', 내성 안의 일부 궁전과 관청의 배치에 대한 '궁성·황성내(皇城內)의 궁전(宮殿)과 중요 관(官)', 개경의 외곽선인 외성 안쪽을 중심으로 일부 관청과 사원 등의 위치를 정리한 '개경의 시설(施設)' 등의 제목이 붙여진 3면의 지도는 제한된 내용을 수록한 것이지만, 긴요하게 활용될 수 있을 것이다.

둘째는 개경의 행정적 편제 및 그 운영체계에 대한 연구이다. 이에 대해서는 2. '개경과 개성부(開城府)' 3. '개경의 부방리제(部坊里制)' 4. '개경의 행정체계(行政體系)와 그 기능(機能)'의 3개 장에 걸쳐, 박 교수의 책에서 가장 많은 지면을 할당하여 다루어졌다. 2장에서는 개경 및 경기(京畿) 제현(諸縣)의 상급 행정기구로서의 개성부의 치폐와 관련된 사항이 추구되었다. 성종(成宗) 14년(995)에 처음 설치되어 현종 9년(1018)까지 존속되다 혁파되고, 충렬왕(忠烈王) 34년(1308)에 다시 설치되어 공양왕(恭讓王) 2년(1390)까지 존속된 개성부의 치폐에 따라 개경과 경기 제현들의 행정적 관할이 변화된 과정이 검토되었다. 3장에서는 개경 내의 5부(部), 그 아래의 35방(坊), 방 아래의 340여 리(里)의 편제와 그 일부의 대략적인 위치가 1장의 검토와 연관하여 다루어지고, 부-방-리의 행정담당 직제도 검토되었다. 4장에서는 개성부가 설치되어 있었던 때와 혁파되었던 때를 나누어 부-방-리의 행정적 계통이 추구되고 그 각각의 행정적 담당업무와 기능이 검토되었다.

여기서도 두 장의 지도가 제시되어 이해를 돕고 있다. 2장에서는 개경을 중심으로 한 고려시대 경기의 주현(州縣) 위치도인 '개성부의 적현(赤縣)과 기현(畿縣)', 3장에서는 개경 내부의 일부 행정구역을 나타낸 '개경의 5부와 방'이 수록되었다.

셋째는 12세기 전반경을 중심으로 한 인구규모에 대한 것으로서 5. '개경의 호구(戶口)'에서 다루어졌다. 고려의 인구수가 210만이라는 『송사(宋史)』의 기록 등을 참고하며, 고려의 군사수를 60만으로 추정한 위에서 병역을 부담하지 않은 남성수와 여성인구를 감안하여 고려 전체의 인구를 250만 내지 300만으로 추산하였다. 그리고 종래에 개경과 경기 지역 호수(戶數)의 합계로 파악되기도 했던 개경의 호수가 10만 호라는 기록을 개경과 근교의 촌락들을 포함하는 범위의 것으로 해석하고, 1호당 5인으로 계산하여 개경인구를 50만 명으로 추산하였다.

3

고려시대 개경의 역사지리, 행정체계, 인구규모에 대해 그 대체적인 윤곽이 위와 같은 박 교수의 연구를 통해 잘 정리되어 드러나게 되었다. 이러한 연구내용상의 성과 외에도 박 교수의 연구는 주제의 선정과 연구방식에서도 신선함을 느끼게 해 준다.

그 하나는 종래의 고려시대 연구에서 소홀했던 한 지역을 대상으로 한 종합적인 연구를 추구하는 지방사적(地方史的)인 연구를 추구했다는 점이다. 이러한 지방사적인 연구는 전국적 역사현상을 대상으로 한 연구에서는 주목되기 어려운 자료들을 활용할 수 있고, 구체적인 역사상을 심층적으로 다룰 수 있어, 앞으로는 자료상으로 가능한 다른 지역들에 대해서도 추구될 필요가 있다고 생각된다.

다른 하나는 연구결과를 지도로 정리하여 제시한 것이다. 당연하고 간단한 일 같지만 실제로 지도나 도면을 작성하여 나타내는 일은 힘들고 까다로운 일이다. 그런 때문인지 지도나 도면으로써 나타냈으면 좋았겠다고 생각되는 내용들을 긴 문장으로만 서술하고 마는 연구들을 적지 않게 본다. 가능하면 연구내용을 지도로 정리하는 것이 공간적으로 당시의 역사상을 구체화시켜 이해하는 데 중요함은 재론의 필요가 없을 것이다.

고려시대의 인구사적인 연구가 사실상 없는 것과 마찬가지인 상황에서 고려시대의 전체 인구 및 개경의 인구를 한 편의 논문 분량으로 집중적인 추구를 한 것도 높이 평가할 만하다. 위낙 자료가 부족한 상황에서 인구 추정의 결과는 앞으로 논의가 더 필요하겠지만, 이러한 개척적인 연구들이 토대가 되어 학계의 관심이 모이고 논의가 축적될 때에, 공백으로 남겨진 중요한 연구영역들이 채워질 수 있을 것이다.

4

위와 같은 박 교수의 연구는 고려의 수도인 개경에 대한 기초적인 연구성과로서 의미를 가짐에 의심할 바 없다. 하나의 연구에서 모든 것을 충족시킬 수는 없는 것이지만, 다음 단계의 이 방면 연구의 발전을 위해 굳이 몇 가지 생각되는 면을 언급한다면 다음과 같다.

그 하나는 이 연구가 역사적인 문헌자료를 광범하고도 세밀하게 활용하여 연구되었듯이, 고지도(古地圖)라든가 유적 · 유물 및 조사 · 연구 문헌들의 경우도 좀 더 적극적으로 연구에 활용되고 종합 · 정리되었으면 하는 바람이다. 예컨대, 고지도에 나오는 개경 내의 도로 같은 것은 좀 더 적극적으로 검토할 필요가 있을 것으로 보인다. 이 점은 박 교수가 머리말에서 언급한 지방사적인 연구에서 필수적이라 할 현지답사가 불가능한 현실의 상황과 관련된 제약일 수도 있다. 개성 지역의 현지답사가 가능해질 날도 요원한 것으로는 여겨지지 않거니와, 현지조사 연구를 위해서도 그에 앞서 이용 가능한 모든 유적 · 유물 등에 대한 자료들을 정리하고 연구하는 것은 필수적인 것이라 생각된다.

다음으로 개경의 연구는 그 도시(都市)로서의 구조와 기능을 규명한다는 관점에서 검토될 필요가 있다고 생각되는 것이다. 개경과 그 근교에는 박 교수의 추정에 의하면 전인구(全人口) 250만 내지 300만 명 중에 50만 명이 집중되어 거주하는 고려시대 최대의 도시였다. 개경 지방 인구의 상당수는 24.7km² 면적의 개경 성안에 밀집되어 살았다. 이러한 밀집된 인구의 생활과 활동을 가능하게 한 개경의 도시로서의 각종 시설과 그를 밑받침한 경제, 문화적 측면들도 검토될 필요가 있다. 그러기 위해서는 유적 · 유물 관련 자료의 적극적인 활용이 보다 요망될 것이다.

개경은 한국사에서 통일된 국가의 수도로서는 처음으로 중부 지방에 자리 잡았고, 이러한 입지조건은 그 이후 한국 중세문화의 형성에 중요한 작용을 하였다. 개경은 또한 서쪽 예성강 하류의 벽란도(碧瀾渡)를 국제적 항구로 하여 송 · 일본 · 남양 · 서역 등과의 교역이 이루어지고, 육로로는 북방의 여진 및 요 · 금 · 원과의 왕래 · 교역이 이루어지는 동아시아의 국제적 도시이기도 하였다. 개경의 도시로서의 기능은 주변 일대의 군현들은 물론이고, 전국 군현들과의 관계에서도 중요한 역할을 갖는 것이었다. 그러한 고려 최고의 중심적 도시로서의 개경의 경제적, 문화적 기능이 개경의 도시로서의 구조와 관련하여서도 검토될 필요가 있으리라 생각된다.

문헌비고 여지고의 체계적 정리

강세구 서강대 사학과 강사

『朝鮮後期 歷史地理學 研究』
박인호 지음 / 1996 / 이회문화사

역사지리란 한마디로 역대 강역을 포함한 지리연구를 통하여 역사를 이해하는 역사연구의 한 분야라고 말할 수 있다. 그동안 우리 역사학계에서는 이 분야에 대해 꾸준한 관심을 나타내면서 연구를 진행해 왔다. 이 책의 저자 박인호 씨는 특히 조선 후기 역사지리를 집중적으로 연구해 온 학자로서 이에 관한 여러 논문을 발표하였다. 『조선후기 역사지리학 연구』는 그의 박사학위 논문을 수정·보완하여 내놓은 책으로 그동안 저자의 연구를 중간 결산한 결정체라고 보아도 좋지 않을까 여겨진다. 그런 의미에서 이 책의 발간은 저자의 학문적 성과를 재점검해 보는 계기를 만들어 줄 것으로 생각되기도 한다.

이 책은 크게 네 부분으로 나뉘어 쓰였다. 책의 제목은 『조선후기 역사지리학 연구』이지만, 주된 연구대상은 문헌비고(文獻備考)의 한 분야를 차지하는 「여지고(輿地考)」이다. 우선 저자는 제1장을 통하여 문헌비고의 편찬과정, 편찬의 담당자, 편찬형식과 체재를 분석하였고, 이어 실질적인 본론이라 할 수 있는 「여지고」의 분석은 제2장·제3장·제4장에서 이루어졌다. 제2장에서는 신경준의 『동국문헌비고』「여지고」를, 제3장에서는 이만운의 『증정문헌비고』「여지고」를, 제4장에서는 『증보문헌비고』「여지고」를 다루었다. 각 장에서는 공히 「여지고」 편찬 담당자의 개인 저서를 분석하여 역사지리 인식을 살펴본 다음, 「여지고」를 다시 분석·정리하여 편찬자의 강역 인식을 정리해 보는 순서를 활용하였다.

이 연구는 여러 가지 점에서 주목할 만한 특징을 지니고 있다. 첫째, 1770년 『동국문헌비고』 편찬으로부터 1908년 『증보문헌비고』가 출판되어 나오기까지 100여 년 동안 크게 세 번에 걸쳐 이루어지는 문헌비고의 편찬과 관련된 사항을 치밀하게 분석·제시함으로써 궁금하였던 조선 후기 정부의 역사지리 인식을 어느 정도 가늠할 수 있게 되었다는 점이다. 문헌비고 「여지고」가 조선 후기 정부의 주관 아래 쓰여진 대표적인 역사지리 기록이었다는 점에서 더욱 그렇다. 그동안 주로 개인이 쓴 역사지리서 중심의 연구를 넘어 역사지리에 관한 종합적인 이해를 두텁게 했다는 점에서도 큰 수확이라 하겠다.

둘째, 다양한 연구방법을 동원하였을 뿐 아니라 폭넓은 자료를 수집하여 편찬과 관련된 여러 문제를 다각적으로 밝혀 놓았다는 점을 들 수 있다. 이를테면 『동국문헌비고』「여지고」분석에 앞서 먼저 편찬자 신경준의 생애와 학문적 성격을 구명하고, 그의 저서 『강계고 (彊界考)』를 분석하여 강역 인식을 이해하는 데 철저하였다. 이어 『강계고』에 나타난 신경준의 강역 인식이 「여지고」에 어떻게 작용되었는가를 검토하여 「여지고」의 이해를 쉽게 하는 방법을 쓴 것이다. 이러한 방법은 이만운의 『증정문헌비고』「여지고」와 김택영·장지연이 『증보문헌비고』「여지고」를 분석하는 데 있어서도 똑같이 적용되었다. 오히려 본 연구대상인 「여지고」보다도 편찬자에 대한 사전 연구를 치밀하게 하였다는 점이 눈길을 끈다.

셋째, 저자는 시대적 상황변화에 따라 편찬자의 역사지리 인식이 「여지고」의 편찬에 어떤 내용으로 나타났는가에 주목하였다. 그런 관점에서 많은 안설(按說)과 강역이나 지명의 비정내용을 구체적으로 분석하는 것은 물론이고, 편찬의 주된 책임자였던 신경준·이만운·김택영·장지연의 현실 인식을 유심히 관찰하고 있음을 찾아볼 수 있었다. 백두산정계비 설치 이후 거듭되는 국경문제 논란, 요동 지역과 간도 지역에 대한 실지회복의식이나 대마도에 대한 옛 강역 의식, 임나 문제, 사회진화론과 개화사상과 관련하여 고찰해 보려 한 점 등이 그 예이다.

그밖에 이만운이 『증정문헌비고』「여지고」를 편찬하면서 안정복의 『동사강목』「지리고」를 크게 활용하고, 장지연이 『증보문헌비고』「여지고」에서 정약용의 『강역고』를 크게 활용하였다는 사실에서 「여지고」의 내용이 변화하는 과정과 그것이 지니는 의미를 파악하려 한 점, 그리고 북학파와 관련지어 편찬의 의미를 찾아보려 한 점도 주목된다. 무엇보다도 조선 후기 정부의 역사지리 인식을 이해하는 데 훌륭한 답안을 제공받은 듯하여 저자의 노고에 감사드린다.

그러나 이 책을 읽고 난 후 아쉬움이 없지는 않았다. 몇 가지만 대표적으로 제시해 본다. 첫째, 신경준의 『강계고』와 안정복의 『동사강목』「지리고」를 비교·고찰했어야 했다. 신경준과 안정복은 동갑으로써 『강계고』와 「지리고」를 쓴 해도 각각 1756~1757년 전후로 비슷한 시기이다. 황윤석이 『이재난고』에서 지적하였듯이, 신경준이 「여지고」를 쓰면서 안정복의 자료를 이용하고서도 모른 척했다 하여 안정복이 화를 냈다는 기사도 시사하는 바가 크다 하겠다. 저자는 "신경준은 안정복의 지리비정에 불만이 많았던 것으로 해석된다"(145쪽) 하였다. 그러나 당대에 주위 사람으로부터 비교적 호평을 받고 있었던 「지리고」였다. 또한 1789년 안정복이 이가환에게 오히려 신경준의 「여지고」에 대하여 호의적인 반응을 보였다는 사실로 미루어 보면, 안정복은 적어도 신경준의 「여지고」에 큰 불만이 없었던 것 같다. 이는 아마도 신경준의 지리비정이 안정복 자신이 비정한 것과 큰 차이가 없었다는 이야기로도 볼 수 있다. 그렇다면 과연 신경준이 안정복의 「지리고」에 대해 그토록 불만이 컸다고 말할 수 있을까? 사실 신경준이 고증에 많이 이용하였다는 『요사』나 『괄지지』에 대하여 안정복도 이미 문헌 비판을 가하고 그 내용을 활용하고 있을 정도로 많은 참고자료를 수집하여 썼다. 그런데 불과 10여 년 뒤 이만운은 『증정문헌비고』 「여지고」를 쓰면서 『동사강목』에 있는 지리 부분을 적극적으로 활용하였던 것이다.

둘째, 이만운·이유준 부자의 『증정문헌비고』가 인쇄되어 나오지 못한 배경을 설명했어야 했다. 혹 활자화될 수 없는 정치적 사정이나 증정 내용에 대한 불만은 없었던가? 아울러 『증정문헌비고』 「여지고」에서 보인 이만운의 역사지리 인식에 대한 저자의 평가를 좀 더 분명히 나타냈었으면 하는 아쉬움을 갖게 한다. 사실 소개에 그친 느낌을 감출 수 없다.

셋째, 김택영의 역사지리 인식의 특징을 정리한 내용(239쪽)에서 저자는 "김택영의 역사연구는 조선 후기의 역사연구가 대부분 강역에 대한 지리비정을 위주로 연구되었던 것에서 벗어나 한국사를 체계적으로 파악하고 한국사연구의 폭도 확대시켰다"고 하였는데, 이미 18세기에 안정복은 역사지리를 크게 수용하여 철저한 국사 체계에 따라 『동사강목』을 저술하였다. 그리고 김택영이 조선 500년 역사를 부정적으로 보았다고 하였는데 그 까닭은 무엇이며 그것이 『증보문헌비고』 「여지고」에 어떻게 배어 나왔는지 설명이 있어야 했다.

넷째, 저자는 「여지고」 편찬자들에 대해 한결같이 중세기적 도덕적 포폄이나 춘추필법에서 벗어나 역사 사실을 밝히는 데에 주력하였다고 거듭 높이 평가하고 있으나, 이는 고증 위주의 역사지리 연구에서 당연한 것으로 보아야 하지 않을까. 그리고 김택영이 수용한 고대사 인식 체계인 단군→기자→마한의 정통 체계도 따지고 보면 도덕사관과 무관하지 않다. 또한 저자가 말하였듯이, "역사지리학은

주자학자들의 도덕적인 포폄을 위주로 한 전형적인 중세기 역사학과
는 구별되는 새로운 학문으로 발전하였다"(280쪽)고 단정할 수 있을
까. 그렇다면 주자학을 학문적 배경으로 한 역사학자는 역사지리 연
구를 등한시하였다는 것인가? 그리고 역사지리를 역사학과 분리된
새로운 학문으로 보는 것도 좀 생각해 볼 문제라 여겨진다.

다섯째, 저자는 김택영이나 장지연이 임나(任那)에 대해 일본 측
자료를 무분별하게 인용하였다는 사실(267쪽)을 말하였다. 당시 우
리의 주권이 일제에 강탈되어 가는 과정에서, 적어도 지식인으로서
「여지고」 편찬을 책임진 이들의 의도를 짚고 넘어가야 하지 않았을
까? 저자의 표현대로 "일본 자료들을 무분별하게 인용한 한계를 지
니고 있었다"라고 돌리기에는 아쉬운 느낌을 받는다.

여섯째, 「여지고」 편찬자들의 역사지리 인식에 대한 저자의 판단
에는 이따금 논리의 비약이나 포장된 평가를 발견하게 되는데, 그럴
경우 오히려 분석의 가치를 반감케 할 위험성이 있다. 이를테면 '최
초'의 것이었다거나, '파격적'으로 다르다거나, 국내에서는 '독특
한' 것이었다는 등의 표현이 자주 눈에 띈다. 특히 각 장의 결론 부
분과 최종 결론 부분에서 그런 경향이 있다.

마지막으로 저자도 결론에서 스스로 지적하였듯이, 그밖에 재야
학자들의 역사지리 연구의 흐름을 파악하여 「여지고」 내용의 한계점
을 자연스럽게 도출하였으면 더욱 좋지 않았을까 생각해 본다. 사실
관찬 역사서는 편찬자의 주견이 크게 작용하지만 정부의 정책이나
당로자 사이의 이해관계를 거쳐 편찬되기 때문에 스스로 한계점을

갖게 마련이다.

이상과 같은 평자 나름대로의 아쉬웠다는 생각은 이 책이 지니는 장점에 비하면 미미하다고 말할 수 있다. 조선 후기 역사지리에 대한 체계적인 분석서로서 한국사학사 연구에 적지 않은 자리 매김을 하였음에 틀림없다.

역사 자료로서의 용비어천가 가치 부각

이존희 서울시립대 국사학과 교수

『역사로 읽는 용비어천가』

김성칠 · 김기협 옮김 / 1997 / 들녘

1

고전은 우리에게 삶의 진리를 알려 주고 참된 길을 인도해 주기도 한다. 고전의 가치를 높이 평가하고 그 중요성을 강조하는 이유도 바로 여기에 있다. 『용비어천가(龍飛御天歌)』는 여러 고전 중에서도 그 가치가 단연 돋보이고 훌륭한 양서로 알려져 있다. 그리하여 이 책을 우리 조상이 남긴 대표적인 고전 중의 하나로 손꼽게 된 것이다. 발문(跋文)에 따르면 세종 27년(1445) 4월에 정인지, 권제, 안지 등이 선조들의 행적을 우리말로 된 노래로 편찬하였고, 2년 뒤에는 박팽

년, 신숙주, 성삼문 등 학자들이 주해를 달아 10권의 책을 제작하였다는 것을 기록하고 있다. 이 책은 본문을 우리의 글로 쓰고 주석을 한문으로 달았다는 특징을 찾을 수 있다. 이 책은 훈민정음이 반포되기 전 우리글로 썼다는 점에서 큰 긍지와 함께 의의를 부여할 수 있는데, 이 점은『용비어천가』의 진가를 더욱 높일 수 있는 장점이기도 하다.

『용비어천가』는 이성계(李成桂)의 고조부 이안사(李安社)로부터 아버지 이자춘(李子春)에 이르기까지의 4조(목조·익조·도조·환조)와 이성계(태조)·이방원(태종)의 양대를 합쳐서 전후 6세(世)의 치적을 적고 있다. 그러나 그것은 어디까지나 이성계를 중심으로 뛰어난 정치적 업적을 미화하여 이를 노래로 꾸미고 있다. 해동육룡은 목조·익조·도조·환조·태조·태종을 지칭하고 있는데 이들의 덕치와 재주가 탁월하였다는 것을 강조하고 있다.

『역사로 읽는 용비어천가』는 김성칠·김기협 부자(父子)에 의해서 간행되어 이제 막 세상에 알려지게 되었다. 일찍이 부친 김성칠은 용비어천가에 대한 번역 작업을 1941년에 끝마치고 1948년에 출간한 바 있나. 이 책을 아들 심기협이 부진의 업적을 높이 평가하고 그의 역사적 관점의 대부분을 수용하되, 그곳에 본인의 뚜렷한 역사관을 투영하여 독자들로 하여금 분명한 역사적 배경 속에서『용비어천가』를 역사서로 읽을 수 있게 하였다. 이 점이 바로 부친의 업적과 구별되는 점이고, 또 이 책의 중요한 특징이고 장점으로 평가받을 만하다.

　　역자 김기협은 『용비어천가』의 가치를 "하나의 역사자료로서 일반 독자들이 음미하도록 도와주는 데 있다"고 하면서 그간 『용비어천가』에 대한 관심은 국문학 및 국어학 분야에서 컸고, 역사학 분야에서는 소홀했기 때문에 심지어 역사학을 전공하는 학자들 자신마저도 『용비어천가』의 의미를 바르게 알지 못하고 지내 온 것이 사실이라고 꼬집고 있다. 이 점은 옳은 지적이라 판단되며 사학계에서도 반성해야 할 대목이다. 그에 따르면, 『용비어천가』의 내용을 분석해 보면 실제로 국문학과 국어학에 관계되는 것은 전체의 5% 정도에 해당되는 125수(首)의 노랫말뿐이고 나머지 95% 정도가 역사 내용이라는 것이다. 그러므로 이 책은 분명히 역사서로 분류 · 평가되어야 한다는 주장이다.

　　역자의 말처럼 『용비어천가』는 조선왕조의 개국 배경과 그 역사적 의미를 파악하고 음미해 볼 수 있는 귀중한 자료임에 틀림없다. 그럼에도 불구하고 사서(史書)로서의 가치에 대한 평가는 학자에 따라 각기 다른 입장에서 행하여졌던 것 또한 사실이다. 역자의 주장에 따르면, 이가원 교수는 저서 『조선문학사』에서 『용비어천가』가 주체성과 자주의식이 결여된 채 사대적 · 굴욕적인 자세로 역사를 위조하고 국민을 우롱하는 과오를 범하였다고 평가했고, 이윤석 씨도 『완역 용비어천가』에서 이 교수와 동일한 시각을 보였다는 것이다. 이들을 크게 비판한 역자는 『용비어천가』의 가치를 그 반대의 입장에서 높이 평가하고 있다. 『용비어천가』를 집필하던 당시의 조선 집권 사대부들은 문화적 자신감과 패기를 앞세워 당당한 자세로 중국을 대하고 백성을 다스렸던 것이다. 서평자(書評者)도 역자의 입장에서 이 책을 이해하고자 한다. 당시 조선의 입장에서는 중국의 황제를 종주(宗主)로 인정하고 사대(事大)의 예로 모시되, 중국 황제의 오만한 폭력과 무례한 행동에는 맞서겠다는 각오와 자신감도 갖고 있었다. 그리고 사대의 예는 천명(天命)의 향방에 따라 크게 다른 자세를 보였던 것이다. '천심즉인심(天心卽人心)'이라는 주자학적 명분과도 관련이 깊었기 때문이다. 여기서 우리는 잠시 당시의 사대외교·조공무역의 성격과 의미를 바르게 이해할 필요가 있다고 생각한다. 조공무역은 정기 혹은 부정기적으로 사신(使臣)의 내왕으로 이루어지는데, 이때 양국(중국 및 주변국)의 목적과 입장은 같지가 않았다. 특히 주변국에서는 정치적·군사적인 안정과 함께 선진문화의 수입 및 경제적인 실리를 추구하자는 것이 주된 목적이고, 중국의 경우에는 명분을 앞세워 대국으로서의 입지를 강화하려는 것이었다. 그러므로 조공외교는 성격상 당시 중국과 주변국 상호간의 국익 및 주변국의 질서를 유지하려는 차원에서 이루어진 동아시아의 외교관행으로 보아도 큰 무리는 없을 것 같다.

이 과정에서 중국 측에서는 군왕(君王)의 승인과 금인(金印)·인신(印信)·고명(誥命) 등으로 호칭되는 임명장을 주었으며 중국 황제의 연호를 사용하도록 하고 효유문(曉諭文)이라 하여 황제의 도덕적 훈계를 하사함과 함께 조공의 진상을 요구하였다. 반면, 주변 제후국에서는 정치·군사적인 보호를 받고 경제적·문화적인 혜택을 받고자 하였던 것이다. 따라서 당시의 국제질서와 국내의 정치적 제반 상황을 전반적으로 고려하고 이해하는 바탕 위에서 한·중 간의 관계를 정립할 필요가 있다고 생각한다.

『용비어천가』에 대한 기존의 시각을 수정할 필요는 없는 것일까도 신중하게 생각해야 한다. 늦은 감도 없지 않으나 이제부터라도 역사학에서 『용비어천가』를 중요 사료로서 소중하게 다루어지기를 기대한다. 역자 김기협은 국문학자들의 전유물로 활용되어 오던 『용비어천가』를 사학도들도 관심을 가질 수 있도록 분위기를 조성하는 데 크게 기여한 분으로 기억하고 싶다.

2

『역사로 읽는 용비어천가』는 어떤 특징을 가진 책인가가 궁금하다. 『용비어천가』가 목조(穆祖)에서 태종에 이르는 여섯 대(代)의 행적을 서사시로 노래한 내용으로 구성되어 있기 때문에 이 책도 자연히 이의 범주를 벗어나기 어려운 일이다. 이 책은 목차 앞의 서론에서는 '서(序)', '머리말', '증보에 붙이는 말'로 제목을 붙여서 각기 다른 세 사람이 글을 쓰고 있다. 첫째, '서'는 1948년 4월 20일자로 이희승 교수가 쓴 것인데 이 교수는 이 글에서 『용비어천가』는 『월인천강지곡』과 함께 쌍벽을 이루는 책으로 고전 중에서 가장 훌륭할 뿐만 아니라 가치면에서나 고전적 의의면에서 단연 우수하여 진귀한 주옥이라고 할 수 있다는 것이다. 그럼에도 불구하고 학계에서는 이를 아직도 소홀히 다루고 있어 못내 아쉽다고 말한다. 그러나 사실 (史實)의 진실성에는 다소의 의심스런 곳도 없지 않으나 이를 사학 자인 역자(김성칠)가 주해를 통하여 사실을 적절히 설명함으로써 책 의 가치를 높였다고 평가하고 있다. 둘째, ‘머리말’은 동년 3월 26일 자로 김성칠 씨가 쓴 내용이다. 그는 특히 『용비어천가』가 중국 중심 의 서술을 그대로 인용하였기 때문에 사대적인 기록에 비위가 상한 내용이 많다는 것을 지적하면서도 그에 대한 특별한 대책은 세우지 못한 채, 한역시(漢譯詩)를 제외하고는 전문을 현대어로 옮긴다고 밝히고 있다. 셋째, 1997년 8월 15일자로 된 ‘증보에 붙이는 말’은 아들 김기협 씨가 쓴 글이다. 김 선생은 여기서 이 책을 보완하여 출 판하게 된 동기를 밝히고 있다. 그에 의하면, 부친이 번역·출판한 책에 오역된 부분이 많았고, 해설이 붙어 있지 아니하여 독자 스스로 가 내용을 이해하기가 힘들었기 때문에 이 두 가지 점을 보완하기 위 하여 이 책을 출판하게 된 것이라고 출간 이유를 적고 있다.

그러면 이 책의 내용은 어떻게 구성되어 있을까? 125장으로 구성 된 본문 중, 제1장은 이른바 ‘해동육룡’이라 하여 앞의 여섯 분을 암 시하는 내용을 다루고 있다. 제2장은 시문학의 극치를 이루는 불후 의 작품으로 평가되는 것인데 “뿌리 깊은 나무는 바람에 아니 흔들 릴새 꽃 좋고 열매 많나니, 샘이 깊은 물은 가물에 아니 그칠새 내가 되어 바다로 가느니”라는 내용이 그것이다. 보다시피 이 구절에는 한자어가 한 자도 없이 순수한 우리의 글과 토박이말로 표현되고 있 다. 이 얼마나 자랑스럽고 값진 일인가. 어쩌면 이 책의 귀한 생명력이 이런 곳에 있는지 모르겠다. 그리고 제3장부터 제109장까지는 조선왕조 창업과정에서의 태조 이성계의 뛰어난 재주와 능력을 높이 평가하고 역대 왕이 대대로 덕을 쌓아서 천심과 인심을 끌어들여 튼튼한 왕조의 바탕을 이룰 수 있었다고 찬양한 내용들이다. 이를 합리화하기 위하여 중국 및 전 왕조 고려의 고사를 많이 인용하였다. 아울러 한 인물을 취급하는 데서는 그의 어린시절, 장수시절, 국왕시절 등으로 시간의 흐름 속에서 이해할 수 있도록 서술하고 있다. 마지막 제110장으로부터 125장은 왕위를 계승할 후세의 왕들에게 귀감이 될 훈계를 노래로 읊고 있다.

그 내용을 특징적인 것을 중심으로 세분화한다면, 3~8장까지는 이성계의 조상을 찬양한 것인데, 이 당시부터 이성계의 조상은 천명(天命)을 받아 하늘의 도움 속에서 활약하고 있음을 알 수 있다. 9~14장까지는 위화도회군으로부터 이성계의 즉위에 이르기까지 역성혁명의 과정을 정당화하고 미화한 내용을 담고 있다. 당시 민심과 천심은 이미 이성계에게로 쏠려 있어 조선의 개국은 어쩔 수 없는 대세였다는 것이다. 27~62장까지는 하늘의 명(命)을 받은 이성계의 재주와 초인적인 능력 그리고 여러 기적들에 대하여 기술하고 있다. 그뿐만 아니라, 여기에서는 우리나라 남쪽을 괴롭히는 왜구와 북쪽을 넘나드는 오랑캐를 물리쳐 국운을 건진 주인공이 다름 아닌 태조 이성계임을 강조하고 있다. 63~89장까지는 무인으로서 또는 당대의 명장으로서 활약한 이성계에 대하여 다른 면을 크게 부각시키고 있다. 그것은 바로 이성계의 학문과 인격 그리고 도덕적인 덕목의 뛰어

남을 적고 있다. 이어서 90~109장까지는 주로 태종 이방원에 관한 칭송으로 그의 탁월한 인격과 용모, 인품 등을 높이 평가하면서 하늘이 그를 도와 많은 일을 성공적으로 마치게 되었다는 점을 부각시키고 있다.

결론적으로, 『용비어천가』는 역자 김기협에 의하여 세상 사람들의 관심을 다시 끌게 되었고, 국문학의 전유물처럼 여겨왔던 『용비어천가』를 사학도들의 이목을 끌게 했다는 점에서 높은 평가를 받을 수 있다고 생각한다. 앞으로 좋은 반응이 기대된다.

신화를 역사로 바꾼 고고학자 이야기

배기동 한양대 문화인류학과 교수

『고대에 대한 열정』
하인리히 슐리만 지음 / 김병모 옮김 / 1997 / 일빛

하인리히 슐리만 경(卿), 아마도 가공의 인물 인디애나 존스가 나오기 전까지는 세상에서 가장 유명한 고고학자였을 것이다. 가장 입지전적인 인물을 선정하는 위인전기 전집에도 흔히 등장하는 고전 고고학자로 필자도 중학교시절 그의 전기를 읽고 그의 강인한 의지력에 감탄한 바 있는데, 이제는 그와 업을 같이 하게 되었고 그의 자서전 겸 평전에 대한 평을 붙이게 되었다. 슐리만은 고고학에서는 흔히 '현대고고학의 아버지'라고 불릴 정도로 고고학의 발전에 중대한 영향을 미친 학자이다. 이 책은 슐리만의 어린시절부터 그의 위대한 발굴에 이르는 일생을 간략하지만 감동적으로 묘사하고 있다. 자서

전이라고 하지만 역자가 밝힌 대로 제1장만 슐리만이 쓴 것으로 1인칭으로 서술되어 있고, 나머지는 슐리만이 죽은 뒤 부인의 의뢰에 따라 1891년경에 다른 사람의 손—아마도 브뤼크너 박사—으로 쓰여진 것이다.

이 책에서 필자 개인으로서는 크게 두 가지의 전혀 다른 의미를 발견할 수 있다고 생각한다. 하나는 인간 슐리만이 의지와 인생의 목표를 달성해 나가는 휴먼드라마, 그리고 다른 하나는 고고학자로서 성장해 나가는 과정인데 슐리만 개인의 학문적인 성장뿐 아니라 당대의 고고학계의 이론의 성장을 볼 수 있다는 것이다. 슐리만이 살았던 19세기 후반은 사실 모든 과학이 크게 성숙하는 시기이며 역사의 실체들이 하나씩 밝혀지기 시작하는 시대였는데 슐리만의 고고학도 전설의 시대를 증명해 낸 것이다. 그 과정에서 본격적인 고고학의 기틀을 마련한 셈이다. 중학교시절에 읽었을 때는 인생의 바닥에서부터 끝내는 귀족에 이르며 세상에 유명해지는 인간 승리적인 감동이 가슴에 깊이 새겨 들었지만, 이제 고고학자로서 새롭게 읽는 동안 슐리만이 어렵게 고고학적인 진실과 방법론을 체득해 가는 과정이 필자가 대학에서부터 고고학을 시작하면서 하나씩 깨달아 가는 과정들에 비유되면서 새로운 흥분을 자아내게 만든다.

이 책의 제1장에는 일리오스 책의 서문에 실린 자전적인 글로 구성되어 있는데, 이 글에는 그가 가난한 목사의 아들로 태어나서 고고학자가 되기 이전에 성공하기까지의 입지전적인 과정을 회고하고 있다. 이 글은 결국 그가 트로이와 고대 그리스 유적들을 발굴하는 고고학자가 된 동기로서 그가 어린시절에 어떻게 고대와 고대를 노래한 시에 대하여 심취하게 되었는가를 적고 있다. 그리고 이러한 어릴 적 마음속에 아로새겨진 고대에 대한 정서가 상인으로서 험난한 세상을 이겨 나가는 동안 잠재하여 인생의 후반에 어떻게 살아나게 되었는가를 암시하고 있다. 그런데 최근의 연구에 의하면 어린시기에 대한 서술에도 상당한 미화가 있었던 것으로 알려졌다.

좌절의 연속이었던 청년시대의 어려운 삶, 바닥에서 시작하여 끝없는 노력으로 점철된 성실한 생활, 상인으로서 아무에게나 올 수 없는 사업에 있어서 행운 그리고 사업이 그의 인생에 어떠한 것을 가져다주었는가를 설명하고 있다. 그의 이러한 노력은 어릴 적에 아버지와 민나에게 약속한 트로이 발굴을 위하였던 것임을 밝히고 있다. 이 과정에서 보이는, 그 자신을 철저하게 조절하는 초인적인 능력은 경외의 대상이며 특히 어학적인 능력은 도저히 상상되지 않는 것이다. 고대 희랍어를 3개월에 끝내고 아랍어도 나일강에서 배를 타는 동안 마스터하여 원주민에게 코란을 암송하여 주고, 그들의 충심 어린 존경을 받았다고 하는 것은 가히 타고난 재능과 철인 같은 노력이라고 할 것이다. 이러한 어학적인 능력이 그로 하여금 고고학자가 될 수 있게 한 원동력이라고 생각된다.

제2장부터는 그의 고고학적인 학문 여정이 전기적인 문체로 3인칭으로 서술되고 있다. 학문을 시작하는 시기에 있어서 이타카, 펠로폰네소스 그리고 트로이로의 첫 답사여행, 제3장에서는 불타 버린 도시 트로이 제1차 발굴, 제4장 황금의 도시 미케네, 제5장 불타 버

린 도시 트로이 제2차, 제3차 발굴, 제6장 티린스와 미케네문명 그리고 마지막 장인 7장에서는 만년의 연구활동과 그의 종말에 대하여 쓰여 있다. 이번에 출간된 책에서는 역자인 김병모 교수의 후기가 붙어 있고 마지막으로 슐리만 연보가 이어진다. 그는 이타카로의 여행을 떠나기 10년 전, 사업에서 은퇴하기 전에 학문에 뜻을 두었지만 포기하였는데, 이타카로의 여행에서 오랫동안 생각했던 그리스신화에서 나오는 유적들, 오디세이궁전, 호머의 트로이 그리고 미케네의 아가멤논 성채를 찾아내기로 결심하게 된다. 트로이 탐구에서 시작된 아마추어 고고학자로서의 슐리만이 지표 탐사와 발굴 조사를 거듭하는 동안 현대적인 의미의 프로고고학자로 변해 가는 고고학자로서의 인생 여정이 제2장부터 묘사되어 있는데, 이 부분 역시 그의 인생의 전반을 서술한 제1장보다도 훨씬 고차원적이며 학문적인 고뇌와 해결을 반복하는 극적인 반전의 연속으로 구성되어 있다.

슐리만은 고고학을 하면서 글에서 나왔듯이 많은 비판을 받았고 이에 대하여 고민을 많이 한 것으로 보인다. 트로이 유적, 즉 히살리크 언덕 발굴의 경우에도 마지막까지 그의 믿음을 입증하기 위하여 다시 발굴하기까지 하였던 것이다. 그것은 결국 그가 정규교육을 받지 아니한 채로 고고학을 하였다는 것이 치명적인 약점이었고, 이에 대한 열등의식이 있었던 것으로 보이며 이를 극복하기 위하여 많은 노력을 기울인 흔적이 나타나고 있다. 그는 자신의 새로운 발견을 그가 찾고 있는 것으로 단정해 버렸던 경우가 종종 있었다. 그가 발굴할 때마다 견해가 바뀌었던 트로이 유적의 층위도 결국은 그의 사후에 지속된 작업에 의해서 바로잡히게 된 것이다.

그럼에도 불구하고 그의 고고학사적인 업적은 지대한 것으로 평가되고 있다. 가장 중요한 것이 그때까지 잘 알려져 있지 아니한 선사시대를 찾아내어 그가 알고 있던 호머의 역사와 연결시켰다는 것이며 이 점에서 그리스 선사고고학의 창시자라는 명칭도 들었던 것이다. 서구문명사 연구에 있어서 선사와 역사시대의 연결을 밝혀낸 것은 슐리만에서 처음으로 이루어진 것이다. 그리고 이 책에서도 나타나는데 또 다른 두 가지 점에서 과학적인 고고학을 본격적으로 시작한 것으로 높이 평가될 수 있을 것이다. 하나는 층위발굴을 시도하여 트로이 지역의 문화 변화를 파악할 수 있었다는 것이다. 이러한 고차원적인 발굴기법은 물론 그의 조력자에 의해서 도움을 받기는 하였지만, 슐리만의 경우에 적절히 전문가를 이용할 수 있었다는 것이 다른 고물수집가들과는 전적으로 다른 것이었다. 히살리크 언덕의 발굴에서 빌헬름 되르펠트의 도움으로 불에 탄 층과 가옥들을 층위적으로 구분한 것은 당시의 문화의 중첩성을 밝혀낼 수 있었던 중요한 관건이었으며, 그로서는 호머의 트로이를 확인할 수 있었던 방법론적인 진보였다. 또 하나는 유물의 변화에 대한 날카로운 관찰로 소위 유물순시배열법을 이용한 발생순위결정을 시도하고 있었다는 점도 중요한 진전이라고 할 수 있다. 이와 함께 문화의 지역상을 관찰하여 당시의 문화가 지중해 지역에 어떻게 퍼져 나가고 있었던가를 확인할 수 있는 것도 그의 고고학적인 자질을 엿보게 하는 것이다. 오리엔트문명의 영향으로 동지중해의 문명이 형성되었으며 그

과정에서 크레타문명이 있었다는 등의 학설을 제시하고 있었던 것이다. 물론 이러한 것은 그의 조력자이자 고고학 스승 역할을 하였던 사람들, 피르호나 비르코프 그리고 되르펠트 같은 당대의 유명한 학자들의 도움으로 이루어진 것으로 생각할 수 있겠지만 지중해의 여러 지점을 발굴하고 연구할 수 있었다는 이점과 함께 그의 뛰어난 고고학 관찰력 덕분이라고 할 수 있을 것이다. 이러한 과정은 자질 있는 사람이 의지로써 전문적인 영역을 어떻게 스스로 자득하여 나아가 전문가적인 위치에 설 수 있는가를 보여 주는 것이며, 이러한 점에서 또 하나의 인간 승리가 슐리만의 인생의 후반부에 있게 되었던 것으로 말할 수 있다.

또 다른 면에서 슐리만이 평가를 받아야 하는 것은 고고학 유적을 발굴하면서 기록을 잘 유지하였다는 것이다. 그리고 보고서를 바로바로 내었다는 것이다. 그것은 빨리 평가받고 싶어하는 그의 품성을 반영하는 것으로 보이지만 기록을 유지한 것은 이 분야의 발전에 큰 영향을 주었던 것은 틀림없을 것이다. 그의 트로이 유적이나 미케네성, 티린스성 그리고 다른 지점들의 발굴 성과는 서구문명의 기원을 이해하는 데 있어서 가장 확실한 자료를 제공했으며 서구문명사의 기초를 만들었다고 하여야 할 것이다. 이러한 점에서 그의 고고학적인 업적이 특히 존경을 받고 있다고 할 수 있다.

이 책은 전체로 200쪽을 조금 넘는 책이다. 글의 후반부에서는 인간의 탐구정신의 아름다움을 느낄 수 있을 것이며 인생을 살아가면서 무엇을 할 것인가에 대하여 새로이 생각하게 하는 서술이다. 서구

문명의 원천을 이해하고자 하거나, 고고학 탐험의 진수를 느끼고자
하거나 지중해로 여행을 간다면 반드시 읽어 두어야 하는 책이다. 슐
리만의 드라마틱한 인생행로에 매료되면 순식간에 읽을 수 있는 책
이며 역자 역시 현재 한국의 고고학자로서 가장 유려한 문체로 글을
써 대중적인 인기가 많은 김병모 교수이다. 김병모 교수는 영국 옥스
퍼드대학에서 고고학 박사학위를 받은 대표적인 역사고고학자로 수
로왕과 허왕옥의 전설을 고고학적으로 파헤쳐 한국고대사를 복원하
고 그 내용의 일부를 『수로왕비-허왕옥, 쌍어문의 비밀』이라는 소설
로 펴낸 바 있으며 조만간에 우리나라 삼국시대 금관에 대한 역작을
출간할 예정에 있는 등 왕성한 저술활동을 하고 있다.

조선시대는 양반 특권 신분사회였는가

지두환 국민대 국사학과 교수

『**朝鮮時代 身分史研究**』

한영우 지음 / 1997 / 집문당

요사이 출판가에는 조선시대 붐이라고 할 정도로 조선시대에 대한 서적들이 쏟아져 나오고 있다. 조선왕조실록 CD롬이 나오고부터인지 아니면 조선왕조에 대한 인식이 부정적인 인식에서 긍정적인 인식으로 바뀌면서부터인지 모르겠다. 서로서로 영향을 주면서 이러한 분위기를 주도해 간다고 본다. 이러한 조선시대 출판 붐의 분위기 속에서 가장 아쉬운 점은 "책들에 학술적인 깊이가 없다"라는 말이 들려오고 있는 것이다. 이러한 시기에, 학계에 학문적 깊이를 심화시켜 주는 『조선전기 사회사상 연구』(1989), 『조선후기 사학사연구』(1989), 『한국민족주의 역사학』(1994) 등 10여 권의 여러 역저(力著)

에 이어서, 또다시 『조선시대 신분사연구』를 대하니, 저자의 학문적인 정열에 새삼 경탄을 금할 수 없다.

이 책은 저자가 70년대 말부터 80년대에 걸쳐 신분 문제에 대하여 논쟁한 논문 7편을 모아서 정리한 것이다. 제1부 제1장 '조선 초기의 사회계층과 사회이동에 관한 시론'(1977)에서 양반, 중인, 양인, 노비의 네 신분론을 비판하고 양천의 두 신분설을 주장하며 조선 초기를 발전적이고 개방적인 사회로 보았다.

두 개의 계급과 네 개의 신분으로 나누고 네 개의 신분이 세습적으로 고정되어 있고 양반과 중인이 지배계급을 구성하고 양인과 노비가 피지배계급을 구성하였으며, 각 신분간의 이동이 거의 폐쇄되어 있었다고 보는 것에 대하여 문제 제기를 하고 있다. 그리고 조선 초기는 계층간에 이동이 자유로웠고 폐쇄된 신분은 후기에 해당하는 것이라고 하였다.

제2장 '조선 초기 신분계층 연구의 현황과 문제점'(1982)은 이성무 교수의 『조선초기 양반연구』에 대한 서평이다. 『조선초기 양반연구』는 네 신분설의 입장에서 쓰인 대표적인 저서인데, 이에 대해 양천신분설의 입장에서 쓰인 위 서평은 조선 전기 신분제도에 대한 논쟁을 불러일으켰다.

제3장 '조선시대 중인의 신분 계급적 성격'은 저자가 1982년부터 신분제 논쟁을 한 후인 1988년에 쓰인 것이다. 이 논문은 네 신분설을 반박하는 과정에서 중인을 신분보다는 계급적 성격으로 보려는 입장에서 쓰였다. 조선 후기는 양천제에서 반상제로 전환하는 과정

이고 이는 신분제사회에서 계급사회로 나아가는 사회적 진보과정이라고 하였다. 이러한 과정에서 중간계급이라는 계급적 성격으로 형성되는 것이 중인이라고 저자는 논증하고 있다.

이러한 논증은 네 신분이 있었다 없었다 하는 이전의 논쟁을 근본적으로 부정하고, 사회적 진보과정에서 신분제가 붕괴하고 계급관계가 성립되는 과정을 새롭게 제시하는 것이라고 볼 수 있다. 또한 논쟁을 발전적으로 해결해 가는 시각이라고 볼 수 있다.

제4장 '조선 전기 연구의 제 문제'(1982)는 저자가 조선 전기 사회를 개방된 근세사회로 보면서, 이전의 연구들 중 중세 봉건사회로 보는 관점을 신분제, 토지제도, 사상사 연구에서 전체적으로 비판하는 관점에서 쓰였다. 그리고 이중에서 신분사 연구는 양인과 천인을 지배 피지배 관계로 보고 양인 내에 양반, 한량, 서리, 상한, 신량역천 등 다양한 계층이 있다는 기존의 양천제 입장을 보강하는 것이었다. 양인 자작농에 기반을 두고 개창된 조선국가가 16세기 이후에 사족(士族)이 주도하는 지주국가(地主國家)로 바뀌어 가는 과정이라고 보았다.

제2부 제1장 '조선 초기 사회계층 연구에 대한 재론'은 서사의 양천론 주장 이후 이성무 교수의 '조선 초기 신분사 연구의 문제점'(『역사학보』 102, 1984)과 송준호 교수의 '조선양반고'(『한국사학』 4, 1983)에서 양천론에 대한 반박이 있은 후, 이에 대한 대답 형식으로 쓰인 것이다.

이 글에서 저자가 이전에 이미 '양반=특권세습신분' 설을 비판하

고 양반을 사회계층 또는 계급으로 파악하여 양반을 충원하는 모집
단(母集團)을 양인(良人)으로 보는 관점을 제시했다는 것을 다시 정
리하고, 양반(兩班), 대가세족(大家世族), 중인(中人), 성종 대 기술
관, 넓은 의미의 양인, 좁은 의미의 양인으로 나누어 치밀한 실증을
통하여 사회계층에 대한 이론을 좀 더 체계적으로 피력하고 있다. 이
러한 신분제도에 대한 논쟁은 당시 학계에 새로운 논쟁 풍토를 불러
일으킬 정도였다.

제2장 '미국 내 한국 신분자료 및 조선시대 신분사 연구동향에 대
한 연구'는 저자가 1983년 8월부터 1984년 8월까지 하버드대학 동
아시아 언어문화학과 객원교수로 있으면서 수행한 연구과제이다. 여
기에서 미국의 중국 사회사 연구동향을, 산업혁명 이후 정체된 사회
라는 부정적인 인식에서 막스 베버 이후 사회계층 이동이 활발한 나
라로 인식하게 되었다고 먼저 소개하였다. 그리고 미국 내에서의 조
선시대 사회사 연구동향을 하버드대학의 와그너, 위싱턴대학의 제임
스 팔레, 하와이대학의 최영호(崔永浩), 볼링그린대학의 가와시마
(川島藤也)의 연구를 통해 소개하고 있다. 이들은 대부분 조선왕조
체제의 정치적 안정과 장기 지속성이 어디서 오는가를 연구하였고,
이는 관리충원제도의 개방성, 정치제도의 특성 등에 있다고 소개하
고 있다. 이러한 미국의 연구동향을 소개하면서 조선 전기 사회를 반
상제(班常制)가 아닌 사회계층의 이동이 활발한 개방적인 시기로 보
아야 한다고 피력하고 있다.

제3장 '조선사회는 정체된 사회인가'는 송준호 교수의 『조선사회

사연구』에 대한 서평 형식으로 이루어진 것으로, 먼저 조선사회가 장기 지속성을 가진 것에 대해 식민지사관이 정체론적 시각으로 본 것을 비판하고, 그 체제가 탄력성과 유동성을 가졌기 때문이라며 발전적인 시각에서 보아야 한다고 피력하고 있다. 이러한 논리 전개과정에서 양반을 신분으로 보는 것에 대해 양반을 계급으로 보아야 한다고 주장하고 있다. 그리고 이 글로써 조선시대 신분사 연구에 대한 저자의 입장을 정리하고 있다.

전체적으로 저자는 조선시대를 고려시대처럼 중세 봉건사회로 보는 것에 대하여 반대하는 입장을 제시하고 있다. 고려시대보다는 발전된 근세사회로 보아야 한다는 입장을 제시하고 있다. 그렇지 않으면 식민지사관의 정체론에 빠지고 사회경제사관의 도식적인 이론에 빠진다는 것이다.

신분제도 연구에 대한 저자의 논쟁을 정리한 『조선시대 신분사 연구』를 보면서 학문적인 연구를 하는 것도 중요하지만, 학술적인 논쟁을 성실하게 연구를 바탕으로 열심히 하는 것도 중요하다고 생각하였다. 60년대, 70년대 국사학계에는 식민지사관의 정체론을 극복하는 과정에서 사회경제사관과 문화사관의 두 조류가 있었나. 이 책은 조선시대를 중세사회로 규정하고 자본주의 맹아론을 주장한 사회경제사관에 대하여, 조선시대를 근세사회로 주장하는 문화사관 입장에서 쓰였다. 또한 양반·중인·양인·천인 네 신분설로 대표되는 사회경제사관에 반박하여, 양천설로 대표되는 문화사관의 입장에서 쓰인 저서라고 본다.

　이러한 80년대 논쟁을 통하여 정립되기 시작하는 조선시대 근세 사회론은 학계에 신선한 충격을 주면서 조선시대를 긍정적으로 평가하며 재조명하는 시각을 제시했다고 볼 수 있다.

최초로 쓰인 한국현대불교사

진성규 중앙대 사학과 교수

『한국불교현대사』

동국대학교 석림동문회 기획 · 편찬 / 1997 / 시공사

본격적인 '한국현대사' 의 개설서가 아직 없듯이, 불교계도 아직 개설서다운 '한국현대불교사' 가 없다. 그만큼 미개척의 분야로 남아 있었다. 이번에 동국대학교 석림동문회가 기획하고 편찬한 『한국불교현대사』는 그 빈자리를 채워 준다는 점에서 커다란 발자취를 남기게 되었다. 이보다 앞서 한국현대불교사 형태를 띤 책이 없었던 것은 아니지만 체제를 갖춘 현대불교사는 아니었다. 이 책은 해방 이후 50여 년간을 범위로 정하고, 그 변천사를 종단 · 포교 · 역경 · 교육 · 문화 · 사회 등 6부로 나누어 정리한 책이다.

우리는 불교사 연구에 있어서 교단사(敎壇史)를 중요시하고 있다.

이 책에서는 제1부 종단편이 여기에 해당된다. 그것은 역사에 있어 정치사와 같은 것이어서 불교사의 뼈대를 이루고 있기 때문이다. 해방 이후 한국현대사가 호흡도 고르기 어려울 정도로 숨 가쁘게 돌아갔듯이, 현대 한국불교 종단사도 일제 해방 이후 빚어졌던 왜곡된 교단을 정화하기 위해 수많은 내홍을 겪었다. 과연 불교계가 그 어려웠던 내분을 어떻게 수습하면서 오늘까지 지속되었는가를 첫머리인 종단 부분에서 편년체식으로 서술하고 있다.

오늘날 한국 불교계를 대표하는 조계종(曹溪宗)은 실은 비구와 대처승 간의 끊임없는 반목과 갈등을 지속하면서 성장했다. 때론 국민의 복전이 되기도 했지만 실망을 안겨 준 적도 한두 번이 아니었다. 정부와 밀월을 즐기는가 하면 심각한, 불편한 관계도 유지하면서 정말 가시밭길의 쓰라린 역정을 겪어 왔다.

그러나 종단의 갈등은 아직 완전히 해소되지 않은 채 미봉(彌縫)으로 남아 있다. 최근까지만 해도 한국의 불교종단은 60여 개나 되었다. 이 많은 종단 중에는 몇 개 안 되는 사찰을 거느리고 유명무실한 채 세월을 낚는 종단도 있었다. 개인의 사욕이나 명예욕에 사로잡혀 종단이 만들어지니 뚜렷한 종풍(宗風)이나 종지(宗智)를 갖고 있을 리도 없다. 이런 종단 난립은 자체 갈등을 거쳐 현재 26개 종단이 당국에 등록되어 있다.

종단편의 서술은 자료집의 성격이 강한 편이다. 즉 종단의 변천사에 내재된 제종단의 이해관계를 역동적으로 기술했으면 하는 아쉬움이 남는다.

포교는 오늘날 조계종단의 3대 사업목표의 하나로 선정될 만큼 중요한 과제다. 불교교단이 살아남기 위해서는 승려들 자신의 수행 못지않게, 대중 속으로 파고들지 않으면 안 된다. 즉 보살도 정신의 하나인 하화중생(下化衆生)이 바로 포교라 할 수 있다. 가만히 앉아서 신도를 맞는 전통적인 방법으로는 21세기 정신계를 이끌어 갈 위치를 확보하기 어렵다. 제2부 포교 부분에서는 도심·해외·일반·특수·매체포교로 나누어 변천사를 개괄하고 있다.

도심포교는 새로이 신도시가 형성된 곳에 포교당을 세워 적극적인 방법으로 주민들과 접촉하는 모습이 그려져 있다. 기독교 계통의 교회가 불교와 비교가 안 될 정도로 숫자적으로 많은 것을 볼 때, 불교계도 시대의 변화와 주민들의 의식변화에 걸맞은 포교방식을 연구하고 교리연구도 활발히 하여 대중 속으로 파고들어야 할 것이다.

앞으로 포교는 매체를 통한 포교가 더없이 중요하다고 생각된다. 특히 PC통신이나 인터넷을 통한 포교는 걸음마 단계다. 조계종단에서 운영하는 인터넷 사이트는 처음 개설된 후 계속적인 자료 갱신이 이루어지지 않고 있다. 필자도 처음 기대를 갖고 여러 번 노크를 했지만 곧 실망하고 돌아선 기억이 난다. 불교 전문지식을 겸한 인터넷 프로그래머들이 많이 있을 것으로 본다. 앞으로 식자층을 위해서 특히 젊은이들을 위해 무엇보다 새로운 정보망인 인터넷을 각 사찰마다 구축하든지 그것이 힘겨운 일이라면 교구본사나 종단별로라도 구축하여 불경·교리·의식·문화재 등 고급정보를 계속 올려 식자층의 저변 확대에 노력을 경주해야 한다.

이 책에는 PC통신과 관련된 포교방법은 설명했으나 오히려 이용도가 높은 인터넷을 이용한 포교방법에 대해서는 서술이 없어 아쉽다. 현재 국내만 해도 30여 개 이상 웹사이트가 개설되어 있고, 또한 외국 사이트는 엄청나게 많은 편이다.

3부 역경 부분은 해방 이후 현재까지『고려대장경』번역사업의 전개과정과 문제점을 중심으로 서술하고 있다.『고려대장경』은 현재『한글대장경』이란 이름으로 계속 간행되고 있다. 이 역경사업은 주로 정부의 보조금에 의해 그 명맥이 계속되고 있다. 불교신자가 천만 명에 가까운 실정을 감안하면 아직도『고려대장경』번역이 완간되지 못하고 있는 현실이 부끄러울 지경이다. 역경사업에는 훌륭한 역경자를 양성하면서 이루어져야 하는데, 그것마저 뜻대로 이루어지지 못하고 지지부진이다. 경전이 각자의 관심에 따라 번역되다 보니 체계적이지 못하고, 같은 경전이 수십 번 번역되고 있기도 하다.

역경이 소기의 성과를 이루고 항구적으로 지속되기 위해서는 기금 확보가 우선 필요하다는 것은 누구나 공통적으로 인식하고는 있지만 현실적으로는 요원한 것처럼 보인다. 정부의 문화정책이 우리의 문화유산을 하루빨리 국민에게 알려야 된다는 문화마인드가 제일 중요한데 정부지도자의 행태를 보면 아직은 큰 기대를 가질 수 없다. 현재『한글대장경』은 그나마 역경사업의 큰 성과라면 성과지만, 처음부터 일관된 체제하에 번역된 것이 아니어서 주석도 잘 안 된 번역본이 많은 실정이다.

현재 학계의 큰 인기를 얻고 있는『조선왕조실록』처럼『고려대장경』도 완역하여 CD-Rom화 하여야 할 것이다. 필요한 항목을 자유롭게 찾을 수 있도록 DB화하여 널리 학문적으로 활용할 수 있도록 하는 것이 필수적이다.

역경 부분 서술에 이 CD와 관련된 내용이 없는데 적극적으로 시도하여야 할 시대적 과제임에 틀림없다.

제4부 교육 부분은 승가 · 재가교육과 교육사업 · 주요 논문편으로 구분하여 서술하고 있다.

교육 부분에서 가장 문제가 되는 것은 승가 · 재가교육 부분이다. 교육사업은 국가교육 시스템에 맞추어 교육과정이 짜여져 있지만, 승가 · 재가교육은 불교교단에 따라서 또는 승가교육원에 따라 프로그램이 각양각색일 수 있다.

그러나 현실은 대부분의 교과과정이 엇비슷하다. 그 과정이 엇비슷하다는 것은 우선 안심이 될 수도 있지만, 승가 · 재가교육이 급격한 시대변화에 부응하지 못한다는 증거가 될 수도 있다. 승려가 사회구원의 실천자로서 수행과 전법을 완수하기 위해서는 체계적이고 구체적인 교육제도가 마련되어야 된다는 점을 문제점으로 지적한 것은 지극히 당연하다.

제5부 문화편은 불교성보 · 문화예술 · 출판 등의 항목을 설정하고 있다. 한국문화에 있어서 불교가 차지하는 위치는 절대적이다. 우리의 문화재가 거의 불교 문화재임을 감안하면 특히 승려들의 문화재 이해와 보존의식은 남다른 점이 있어야 한다. 사찰은 살아 있는 박물관이나 다름없다. 그렇다면 문화 부분에서는 불교계의 각성이 전제

되어야 하고, 그 반성 위에 문화예술 · 출판 등이 서술되었으면 더욱 좋았으리라 생각된다.

제6부는 불교의 대사회적 기능에 대한 서술이 중심이 된다. 국제교류 · 사회운동 · 복지사업 등이 그것인데, 모두가 출발에 불과한 것이고 앞으로 불교계의 각성을 촉구하고 있어서 중요한 의미를 갖고 있다.

이상의 서술을 통해 우리는 『한국불교현대사』가 갖는 의미가 막중함을 깨닫게 된다. 그러나 해방 이후 오늘날까지 한국 불교계는 고난의 가시밭길에서 앞으로 발전을 위한 각성의 기반을 마련하고 있는 정도라고 하면 지나친 말일까? 이제 새로 거듭 태어나야 하는 뼈아픈 자성의 출발이 이 현대불교사를 집필한 동기로 생각된다. 근래 보기 드문 무게 있는 불교현대사의 저작임에 틀림없다.

끝으로 자료 인용에 있어서 출판사, 간행연도 등 구체적으로 일관성 있게 인용했으면 더욱 좋았을 것이다.

사회주의를 지향한 이상주의자

손준식 중앙대 사학과 강사

『**宋慶齡研究**』

이양자 지음 / 1998 / 일조각

손문(孫文)의 미망인으로 또 송씨(宋氏) 가족의 일원으로 우리에게 잘 알려진 송경령(1893~1981)에 대해서는 중국을 비롯한 일본과 구미에서 이미 적지 않은 연구성과가 나와 있는 것과 달리 국내 학계에서는 거의 다루어지지 않았다. 이 책은 부산 동의대학 사학과에 재직 중인 이양자 교수가 그의 박사학위 논문을 수정 출판한 것으로 중국현대사에서 중요한 위치를 차지하는 송경령에 대한 국내 최초의 본격적인 연구서라는 점에서 매우 의미 있는 저작이라 하겠다.

이 책은 본문 외에 부록과 송경령 연보(年譜) · 영문개요 · 참고문헌 및 색인으로 구성되어 있다. 그중 연보는 송경령 일생의 활동과 관계사항을 일목요연하게 정리해 놓고 있어 본문을 이해하는 데 도움을 주며, 참고문헌은 각종 관련 자료·연구서·신문·잡지·연구논문을 상세히 나열하고 있어서 송경령뿐만 아니라 중국현대사 연구에 일정한 참고 가치가 있다.

본문은 모두 6장으로 되어 있는데, 제1장 서론에서는 먼저 연구동기와 개략적인 연구사를 소개한 후 연구의 목적과 범위를 밝히고 있다.

제2장에서는 송경령의 생장환경, 미국유학과 그 영향, 손문과의 결합 이후의 활동, 손문 사후 국민혁명 시기의 초기활동, 망명생활과 사상적 기초를 살펴보고 있다. 저자는 생장환경과 미국유학의 영향으로 일찍부터 중국혁명에 관심을 가졌던 송경령이 영웅으로 숭배하던 손문과 결혼함으로써 혁명에 직접 투신하게 되었고, 결혼생활 내내 손문과 정치적 사고(思考)와 행동을 함께 함으로써 손문 만년(晩年)의 주의(主義)나 정책에 적지 않은 영향을 주었다고 보았다. 그리고 손문 사후 대중(大衆)운동 참여를 통하여 독자적인 노선을 가진 혁명정치가로 자립한 송경령이 국민당 좌파의 일원으로 무한(武漢)정부 수립에 적극 참여하였으나, 4·12 반공(反共)쿠데타와 무한정부 붕괴로 손문과 장개석(蔣介石)정권 간의 이념적 단절을 통감하고 모스크바로 정치적 망명을 떠났는데, 이 4년간의 유럽 체류기간은 송경령이 손문의 신삼민주의(新三民主義)와 삼대정책(三大政策)을 새롭게 해석하면서 그녀의 이상주의적 혁명관을 형성하고 이후의 정치적 선택에도 큰 영향을 준 대단히 중요한 시기였다고 하였다.

　제3장은 송경령의 정치활동으로, 1930년대를 중심으로 다루고 있다. 1절에서는 만주사변 이후 상해항전(上海抗戰) 지원, 민권보장동맹(民權保障同盟)의 설립과 활동, 세계반전위원회극동회의(世界反戰委員會極東會議) 주관, 중국민족무장자위운동(中國民族武裝自衛運動)의 선도(先導), 전국각계구국연합회(全國各界救國聯合會) 활동 등을 통하여 송경령의 정치적·사상적 대응을 살펴보고 있다. 즉 저자는 송경령이 장개석의 대일타협(對日妥協)정책을 규탄하는 반장(反蔣)운동과 상해사변 이후 항전지원 운동을 통하여 군대의 항일(抗日)의지가 곧 민중의 공감대를 형성하고 있음을 깨닫고 민중의 애국적 무장동원을 지지했을 뿐만 아니라 중국 민중의 민족의식을 토대로 하여 국민당정권의 내전(內戰)정책에 대한 저항력을 결집시키는 데에도 큰 역할을 하였다고 보았다. 또한 장개석정권의 독재강화에 제동을 건 중국민권보장동맹의 민주화운동은 당시의 민족적 위기하에서 항일민족운동과 대중적 사회혁명에 기여하는 방향으로 흡수 통합되었으나, 그 바탕에는 자유주의와 박애주의의 정신이 깔려 있음을 주목해야 한다고 하였다. 동시에 송경령이 국제적 반제(反帝)·반파시즘운동에 가담한 것은 국내외적으로 '파쇼적' 정권과 제국주의에 대한 투쟁을 정당화하기 위한 것으로 파악하였다. 그리고 전국각계구국연합회의 설립과 활동은 팽배해진 중국 민중의 항일구국의지를 결집하여 항일민족통일전선을 형성시키는 데 중요한 역할을 하였으며, 그런 의미에서 제2차 국공합작(國共合作)의 성공은 송경령을 비롯한 진보적 지식인과 일반 민중의 항일구국운동에서 말미

암은 것으로 보았다.

2절에서는 중일전쟁 발발 이후 항전기간의 송경령의 구국활동을 보위중국동맹(保衛中國同盟)의 조직과 전시(戰時) 구제활동, 전시경제 복구를 위한 중국공업합작사(中國工業合作社) 운동의 지원, 환남사변(晥南事變) 이후 국민정부의 반공정책에 대한 항의 등을 통해 살펴보고 있다. 저자는 송경령이 항전 초기 국공양당(國共兩黨)의 관계 개선에 교량적인 역할을 담당하면서 국제적인 원조를 끌어내어 중국의 항전 역량을 제고시키기 위해 노력하였으나 환남사변을 계기로 다른 많은 중립적 단체나 개인과 함께 내전 반대와 공산당 지지로 돌아섰으며, 전후(戰後) 국공연합정부(國共聯合政府) 수립을 위한 노력이 무산되자 중공정권과 합류하게 되었다고 하였다. 그리고 송경령이 중공을 선택하게 된 것은 당시 중공이 국민정부보다 대중적 반제·사회혁명에 더 접근해 있다고 생각했기 때문이라고 보았다. 즉 전략적으로 중공의 대중운동을 지지하고 인도적인 면에서 중공을 지원해 왔던 송경령을 비롯한 재야 민주세력에게 있어서 개인의 정치적 권리나 인권(人權) 및 민권(民權)의 개념이 결여된 공산주의 사회는 결코 그들이 생각했던 이상적인 사회가 아니었으나 다른 대안이 없었던 상황에서 결국 중공을 선택할 수밖에 없었다는 것이다.

제4장은 송경령의 사회활동으로, 여성해방운동과 사회복지활동을 중심으로 다루고 있다. 1절에서는 중국 여성운동사에 관한 송경령의 관점을 통해 그녀의 여성해방운동에 대한 인식을 설명하고 아울러 여성해방운동에 대한 이론 및 그 실천적 노력을 살펴보고 있다. 즉

송경령의 여성해방에 대한 이론과 인식은 각 시대에 부응하는 혁명 주체로서의 여성의 참여를 고무·강조한 민족주의적 구국사상에서 나온 것이며, 여성해방운동을 민주운동의 일부분으로 파악한 데서 인류적·국민적 차원에서 여권(女權)을 포괄하는 그녀의 박애주의 관념을 엿볼 수 있다고 하였다. 또한 송경령은 여성 동원과 물자모집 및 모금운동에 적극 참여하여 각종 구호활동을 펼쳤을 뿐만 아니라 여성지도자 양성에도 노력하였고 연설 등을 통해 여성의 위치와 임무를 자각케 하는 데 기여하였음을 설명하고 있다.

2절에서는 보위중국동맹(保衛中國同盟), 중국복리기금회(中國福利基金會), 중국복리회(中國福利會) 등 일관된 기구의 설립·운영으로 전쟁난민과 고아에 대한 구제활동 및 항전지원을 통해 송경령의 사회활동과 구국운동의 결합과정을 고찰하고 있다. 저자는 송경령의 중국 사회복지 증진을 위한 노력이 그녀의 일생 가운데 빼놓을 수 없는 중요한 활동이었으며, 여기에는 정치이념과 당파를 초월한 송경령의 보편적 박애주의사상이 깔려 있었기 때문에 전쟁이 끝난 후에도 주요 사업으로 지속될 수 있었다고 보았다. 특히 중국의 항전을 지원하는 것은 범세계적 반파시즘 투쟁의 일환이며 바로 원조 당사자들을 구제하는 것이라는 송경령의 당당한 논리에 대해 높이 평가하고 있다.

제5장은 이 책에서 가장 중점을 두고 있는 부분으로 송경령의 삼민주의관과 손문사상의 계승 및 좌경화과정과 그 역사적 위치 그리고 그녀가 지닌 민족주의·박애주의의 성향과 사회주의 사상과의 관

계에 대한 분석을 통해 송경령의 정치·사회적 사상을 추적·추출하고 있다. 즉 송경령은 제1차 국공합작에 의한 국민혁명을 고수하기 위해 손문주의 이념의 계승을 표방하였으나, 모든 혁명은 본질적으로 사회혁명이라는 인식을 토대로 이상주의적·국제주의적 원칙성, 보편성에 입각하여 신삼민주의와 삼대정책을 재해석함으로써 손문주의를 반제·사회혁명의 이념으로 변용하였다고 보았다. 그러나 국공합작 이후 진행된 송경령의 좌경화 경향은 국민당의 반제·사회혁명노선 포기와 국공분열(國共分裂)로 인하여 현실과 혁명과제와의 괴리가 발생한 1927년에 와서야 확인되고 있으며 결국 만주사변 이후 항일구국운동의 격화과정에서 국민혁명 이념에 더욱 가까운 중공에 접근하였고, 특히 민주적인 반제·사회혁명의 국제적 성격을 강조한 점에서 송경령의 사상적 특성을 엿볼 수 있다고 하였다.

한편 송경령이 손문주의로부터 사회주의로 좌경화하게 된 데에는 일생 동안 그녀 사상의 저류(底流)가 되었던 민족주의와 민주·박애 사상이 관통하고 있었으며 이 두 가지 사상은 청년기의 기독교적 박애주의와 미국적 자유주의에서 시작하여 그후의 민권, 여성, 사회주의 운동과 사회복지활동까지 포괄하고 있다고 보았다. 즉 당시 중국이 처한 반(半)식민지 상황과 이에 대처하는 국민정부의 비민중(非民衆)적 정책 및 이 시대 청년지식층의 국제주의, 이상주의라는 보편적·진보적 사고의 틀이 송경령의 사상 변화의 계기가 되었다는 것이다.

제6장 결론에서 저자는 송경령이 '단지 손문의 미망인으로서가

아닌 홀로 자립한 혁명정치가이며 사회활동가이며 여성해방운동의 제창자이며 세계평화운동가이며 아울러 애국주의자'였으며 높은 도덕심과 굳은 신념을 가진 용기 있는 실천가인 한편 '감성적이며 아름다움을 사랑하는 섬세한 성품도 간직'한 인물이었다고 평가하였다. 그리고 송경령을 '공산주의의 위대한 전사'라고 평한 중국 측의 견해를 비판하면서 '좀 더 포괄적인 의미에서의 사회주의를 지향한 이상주의자'로 결론짓고 있다.

이 책은 저자가 밝히고 있듯이 격동의 중국현대사 속에서 파란만장한 삶을 살다 간 송경령에 대해 같은 여성으로서 깊은 애정과 존경을 갖고 항상 동반자적 입장에서 연구한 결실이다. 따라서 객관적인 시각을 가지려는 노력에도 불구하고 송경령을 지나치게 긍정적으로 평가함으로 인해 상대적으로 국민정부의 부정적 측면이 너무 부각되고 있다는 느낌을 주고 있다. 또 책의 구조상 한 인물의 활동과 사상을 나누어 고찰함으로써 중복되는 내용이 있으며, 연구범위를 1949년 이전까지로 한정하고도 경우에 따라 그 이후 시기를 다루는 '자란기례(自亂其例)'의 우(愚)를 범하고 있다. 사실 인민공화국 성립 이후 특히 반우파투쟁(反右派鬪爭)과 문화대혁녕(文化大革命)의 암흑 시기에 침묵으로 일관한 송경령의 행동양태는 국민당정권하에서의 맹렬한 비판적 행위와 극명한 대조를 이루는 자기모순이라는 점에서 송경령 개인을 평가하는 데 반드시 다루어져야 할 부분이라고 생각된다. 이 점은 송경령처럼 국공양당의 대결 속에서 사상적으로 사회주의를 지향하고 정치적으로 중공을 선택한 중간파 지식인들과 그와 다른 선택을 한 많은 이들의 고뇌와 갈등을 이해하기 위해서도 더 깊은 연구가 필요하다고 본다.

　마지막으로 10년이라는 긴 세월 동안 한 연구에 몰두하여 역작(力作)을 완성한 저자에게 깊은 경의를 표하며 빠른 시일 내에 더욱 완벽한 송경령 연구를 만나게 되기를 기대해 본다.

진보와 보수의 절묘한 조화

이주영 건국대 사학과 교수

『미국의 역사』
최웅 · 김봉중 지음 / 1997 / 조합공동체 소나무

이 책은 1992년에 초판으로 나왔던 것을 고치고 덧붙여 전면 개정판으로 내놓은 것이다. 저자들은 서문에서 "미국사의 강점과 약점, 희망과 좌절, 미덕과 악덕의 제반 측면을 비판적으로 균형 있게 제시하려고 노력하였다"라고 쓰고 있는데, 이들의 약속과 같이 이번의 개정판은 대립되는 시각들을 더 잘 배합함으로써 해석의 균형을 잡았다는 점에서 초판보다 크게 나아졌다고 말할 수 있다.

『미국의 역사』는 역사책으로서는 약간 색다른 특징을 가지고 있다. 미국의 역사를 처음부터 오늘날까지 시대순으로 훑어본다는 관점에서는 다른 책들과 크게 다르지 않다. 그럼에도 불구하고 이 책은

교과서적인 경직된 체제에 얽매이지 않고, 미국 역사를 하나의 큰 이야기로 서술하고 있는 것이다. 하나의 이야기로 이루어져 있기 때문에 시작과 끝이 뚜렷한 체계 속에서 이어지고 있고, 따라서 줄거리에 맞지 않는 사건들은 이야기의 흐름 속에서 빠질 수밖에 없는 것이다. 예를 들면, 미국 현대사의 중요한 출발점인 제2차 세계대전에 관한 언급이 빠졌고, 또한 번영, 냉전, 한국전쟁, 보수주의, 매카시즘으로 특징되는 1950년대의 아이젠하워 시기에 관한 내용도 빠져 있다. 저자들의 말대로 이 책은, '미국의 모든 과거 역사를 취급한 것이 아니라 우리가 들추어 볼 가치가 있다고 생각되는 문제를 중심으로 해석적으로 서술' 된 것이다.

저자들은 현재 우리나라의 관점에서 필요하다고 생각되는 내용만을 다루었다고 말하고 있는데, 이러한 점에서 이 책은 해석적인 역사책이다. 그리고 이 책의 기본입장은 대체로 진보주의(Liberalism)의 시각을 띠고 있다. 이 책은 개인주의이나 자유방임주의 사상에 토대를 둔 보수주의(Conservatism)의 시각도 거부하고 동시에 계급투쟁이나 사회혁명이론에 토대를 둔 급진주의(Radicalism)의 시각도 거부하면서 제3의 중간적인 위치에 서려고 한 것 같다. 따라서 저자들에게 있어서 진보의 의미는 미국이 앵글로색슨적 백인과 프로테스탄트 교도들의 단순하고 편협한 사회에서 흑인이나 가톨릭교도와 같은 소수세력들도 포함하는 다원적이고 개방적인 사회로 바뀌어 가는 과정, 다시 말해 민주주의와 평등주의의 이상이 실현되어 가는 과정인 것이다.

이러한 시각에서 저자들은 인디언과 흑인들에 관한 이야기, 그리고 그들에 대한 백인들의 잔혹행위에 대한 이야기를 제1장에서 다루고 있다. 대부분의 미국 역사책들이 콜럼버스의 아메리카 대륙 발견과 유럽 백인들의 탐험으로 시작되고 있다는 사실에 비추어 볼 때, 이 책은 색다른 것이다. 한 걸음 더 나아가 저자들은 지금까지 야만적인 것으로 멸시되어 오던 인디언 부족사회를 긍정적으로 묘사하고 있다. 즉, 저자들은 원시적인 인디언사회가 문명적인 백인사회와는 달리 소유의 개념이 약하고, 공동체의식이 강하며, 여성의 권한을 중요시하고 있다는 사실을 높이 평가하고 있다.

게다가 저자들은 라틴아메리카 지역을 정복한 스페인, 포르투갈인들이 북아메리카 지역을 정복한 영국인들보다 흑인과 인디언들에 대해 관대했다는 사실도 지적하고 있는데, 이것도 종전의 일반적인 역사 해석과는 크게 다른 것이다. 왜냐하면 지금까지 대부분의 역사책들은 가톨릭 국가들의 식민정책은 프로테스탄트 국가들의 식민정책보다 가혹하고 또한 원주민들을 게으르고 부도덕하게 만든 원인으로 어둡게 묘사해 왔기 때문이다.

이와 같은 진보주의의 입장에 서 있기 때문에, 저자들이 제5장에서 오늘날 민주당의 정신적 시조인 토머스 제퍼슨을 민주주의자로서 높이 평가하는 것은 당연하다. "미국의 초기 역사에 제퍼슨이 등장한 것은 미국의 행운이었다. 제퍼슨이 없는 미국의 민주주의는 상상도 할 수 없다"고 저자들은 제퍼슨의 위치를 높이고 있다.

그러면서도 다른 한편에서 저자들은 역사 서술에서의 공평성을 잃지 않으려 하고 있다. 왜냐하면 저자들은 제퍼슨과 대립관계에 있던 해밀턴에 관해서도 상당히 길게, 그리고 긍정적으로 묘사하고 있기 때문이다. 저자들은 민주주의자로서의 제퍼슨에게도 한계가 있다는 사실을 밝히기 위해 그가 200명의 노예를 소유했던 대농장주라는 사실도 지적하고 있다. 그럼에도 불구하고 제퍼슨에 대한 저자들의 애정은 흔들리지 않고 있는 것 같다. 왜냐하면 저자들은 제퍼슨이 만년에 노예제를 둘러싼 지역적 갈등에서 노예제를 옹호하는 남부인으로서 행동했다는 사실에 대해서는 일절 언급하지 않고 있기 때문이다.

진보세력, 즉 민주세력에 대한 저자들의 애정은 제10장의 루스벨트와 뉴딜에 관한 묘사에서도 나타나고 있다. 저자들은 루스벨트의 등장이 '미국 현대사의 출발점', '미국사에서 지극히 축복된 순간', '미국사에 획기적인 전환점'이었다는 찬사를 보내고 있다. 그리고 개인주의와 자유방임주의를 강조해 오던 미국사회에서 사회적 약자들과 빈민을 위해 정부의 적극적인 개입을 실현하려 했던 뉴딜정책을 가리켜 '제2의 혁명'으로 높이 평가하고 있다.

그러나 이러한 대목은 루스벨트와 뉴딜을 지나치게 높이 평가한 것으로 생각된다. 루스벨트와 뉴딜의 공공사업과 소수세력 배려정책이 미국경제를 대공황으로부터 벗어나게 하고 미국사회를 보다 더 다원주의적인 것으로 만드는 데 크게 기여했던 것은 사실이다. 그렇지만 대공황으로부터의 탈출을 설명하기 위해서는 제2차 세계대전 발발에 따른 경제의 확장과 완전 고용이 뉴딜보다 더 중요했다는 사실이 지적되어야 했던 것이다.

이와 같은 서술의 형평성에 관한 문제는 제11장의 베트남전쟁에 대한 묘사에서도 나타나고 있다. 미국의 베트남 개입에 대한 저자들의 입장은 근본적으로 부정적인 것이었다. 따라서 저자들은 '패전', '비극'의 단어를 사용하여 그것을 설명하고 있다. 베트남전쟁에 관한 한, 저자들은 근본적으로 당시 베트남전쟁에 반대했던 반전주의자들의 시각을 받아들이고 있는 듯이 보인다. 민주당의 풀브라이트 상원의원과 같은 반전주의자들이 거론되고, 1968년의 밀라이 학살 사건이 비교적 길게 소개되고 있는 것이 그 증거이다. 간단히 말해, 저자들은 베트남에서의 미국의 패배는 미국정부가 국민의 지지를 받지 못하는 베트남정부를 지원한 잘못에서 온 것으로 보고 있는 것이다.

그러나 이와 같은 반전주의자들의 시각은 지나치게 한쪽으로 기울어진 설명에 지나지 않는다. 왜냐하면 저자들은 베트민과 베트콩이 소련과 중국의 공산주의적인 팽창과는 관련이 없는 순수한 민족주의자들이었던 것으로 묘사하고 있지만, 실제는 그렇지 않았기 때문이다. 그것은 통일된 베트남이 결국 공산국가가 되었고, 지금도 여전히 공산국가로 남아 있다는 사실에서 확인되고 있는 것이다. 따라서 베트남전쟁과 그것의 결과에 대한 객관적인 서술은 미국 안의 전쟁지지자들의 입장, 그리고 베트남 전선에서의 공산 측에 의한 민간인 학살에 대한 조명도 따라야만 하는 것이다. 특히, 전쟁과 관련하여 제2차 대전 당시 영국과 미국 항공기들의 드레스덴 폭격을 나치 독일의 유태인 대량학살과 동일한 위치에 놓고 설명하는 것은 수정주의적인 시각을 너무나 여과 없이 받아들인 결과로 보인다.

그러나 카터와 민주당의 인권외교정책을 다룬 제12장에 이르면, 진보주의적 시각과 보수주의적 시각이 훌륭히 조화를 이룬다. 왜냐하면 저자들은 힘의 외교 대신 인권외교를 내세운 카터를 높이 평가하면서도 다른 한편에서는 인권외교의 현실적인 한계를 솔직히 인정하고 있기 때문이다. 이와 같은 균형 잡힌 시각은 제13장의 보수주의자인 레이건에 대한 묘사에서도 나타나고 있다. 진보주의적인 입장에 서 있으면서도, 저자들은 1980년대 미국사회의 보수주의적 성향을 설명함으로써 레이건 행정부의 노동조합과 빈민에 대한 공격의 배경을 독자들에게 잘 이해시키고 있기 때문이다.

이 책은 출판된 시기 때문에 우리에게 더 큰 의미를 가지는 것 같다. 지금 유럽과 아시아의 경제가 침체와 위기의 늪에 빠져 있는 것과는 달리 미국의 경제는 호황을 누리고 있고, 그 때문에 경쟁과 자유방임의 개념을 토대로 하는 미국적 가치관과 미국적 제도에 대한 이해의 필요성이 더욱더 절실해졌기 때문이다. 바로 그와 같은 이해의 실마리를 이 책이 제시할 수 있을 것이기 때문이다.

지역 연구로 복원한
향촌사회사의 밑그림

이해준 공주대 사학과 교수

『조선시대 향촌사회사』

정진영 지음 / 1998 / 한길사

정진영 교수의 『조선시대 향촌사회사』는 현지를 발로 뛰면서 자료를 수집하고 정리한 방대한 저술로, 저자의 20여 년 연구의 결실이라고도 할 수 있다. 정진영 교수는 안동 출생으로, 영남대학교 국사학과를 졸업하고 동 대학 민족문화연구소에서 10여 년 이상 각종 자료의 수집·정리와 연구 그리고 자료집의 편간작업에 참여하였다. 잘 알려져 있듯이 영남대학교 민족문화연구소는 지역문화 자료를 체계적이고 계획적으로 정리하여 가장 선진적인 한국학연구소로 지목받고 있다. 정진영 교수는 이 연구소 연구원으로 있으면서 고문서 자료, 향약 자료, 문집 해제 등등 이루 헤아릴 수 없는 많은 자료를 섭렵하였고, 정리 간행 작업에도 최일선에 서 있었던 것으로 알고 있다.

그런가 하면 멀리 대구와 부산 지역에서 활동하면서도 중앙의 학계와의 접목을 게을리 하지 않아, 비중 있는 연구발표회나 심포지엄에서 어김없이 그의 모습을 발견할 수 있었다. 흔히 지역 연구자들에게서 보이는 '특수 자료에의 함몰'을 그는 그런 태도로 스스로 경계하였고, 이러한 그의 자세가 이같은 저술로 마감된 것이 아닌가 생각된다. 특히 그의 이러한 학문 자세는 조선 후기 향촌사회사 분야의 핵심논쟁점이었던 유향분기의 문제라든가, 양란 이후의 향촌사회 변동에 관련된 사족의 대응 문제, 수령권과 사족권의 문제, 국가의 촌락지배 문제, 갑오농민전쟁의 지역실상과 배경 문제 등에 대한 논쟁과정에 적극적으로 참여하여 적실한 자료의 제공은 물론 새로운 방향 설정에도 일정한 기여를 하여 왔다.

다소 장황한 듯하지만, 이같은 이야기를 하는 뜻은 정진영의 저서 『조선시대 향촌사회사』가 단지 조선시대 향촌사회 구조를 조명하는 귀한 연구물에 그치지 않고, 한국사회사 연구의 핵심에 있던 한 연구자의 의식과 관련 연구분야의 발전사를 가늠하는 토대일 수도 있다는 점 때문이다.

사실 우리 학계의 조선 후기사 연구는 아직도 많은 이해 시각의 조율의 필요성과 연구과제들을 가지고 있다. 특히 조선 후기 역사상에 대한 다종다양한 이해들은 사회성격 파악의 기준이 정립되지 못한 데서 야기된 결과라고 생각된다. 그리고 이들의 대부분은 사회사 연구자들이 극복해야 할 책무라고 생각되기도 한다. 여기에 더하여 다양한 자료의 발굴과 출현은 지역사 구조의 다양함과 개체적인 변화상에 대한 종합적 이해에 혼돈을 가중시키고 있다고 보아도 무리가 아니다. 물론 이 지역사의 구조적인 특수성에 대하여는 별도의 논의가 필요할 것이지만, 이 두 가지의 문제들은 결코 별개가 아니며, 그런 점에서 본 고에서 필자가 다루는 정진영의 『조선시대 향촌사회사』 역시 그런 문제점들과 직접적으로 연관되어 있다.

대체로 조선시대 향촌사회사 연구는 조선시기 지역 단위 사회구조 파악에 주력하여 왔다고 할 수 있다. 그리고 조선시대가 흔히 '양반관료제'라거나, '사족지배체제'라고 이해되듯이 어쩔 수 없이 많은 자료를 양반, 사족(혹은 저명 성씨)이나 그들의 지배조직이었던 유향소, 향약, 동약, 동계, 서원, 사우 등과 관련된 자료들에서 동원하지 않을 수 없다. 사실 지난 20여 년간의 향촌사회사는 이러한 밑그림을 그리기 위한 자료의 정리와 분위기 파악에 열심이었다고 해도 과언은 아니다. 물론 최근에 와서 이에 대한 비판적인 시각이 없지 않고, 자료의 발굴 폭도 넓어져 전통적 지배계층이었던 양반·사족의 자료에 '향리'나 '서얼' 등의 새로운 성장층 그리고 촌락민 같은 기층민들의 다양한 자료들을 활용한 연구들이 증가되고 있다. 비야흐로 조선시대 향촌사회사는 이제 전과는 비교가 안 될 만큼 연구 폭과 주제의 폭 그리고 구체성·종합성에서 활기를 너해 가고 있다.

그런가 하면 연구의 방법도 많이 달라져 가고 있다. 예컨대 과거의 연구들은 크게 보면 첫째, 관변 자료를 토대로 한 변천사적 이해나 둘째, 문집류 자료에 토대로 한 의식적인 사회사 이해, 셋째, 지역 및 단편자료 중심의 사례연구가 주류를 이루었다 해도 과언이 아니다. 그러나 최근에는 이러한 지배계층만의 문제로 향촌사회를 바라보는 시각에서 점차 벗어나 국가의 지방 지배나 촌락 기층민의 입장과 견주어 종합적·유기적인 모습으로 이해하려는 미시적 연구경향과 구조사적 이해가 시도되고 있는 것이다.

정진영 교수의 이 저서는 기존의 향촌사회사 연구가 지니고 있는 한계점과 반성점 그리고 앞으로 지향해야 할 방향성이 합쳐져 있는 책이다. 사실 가혹하게 비평하기로 한다면 이 저서는 그가 기존의 향촌사회사 연구에 핵심적 역할을 하여 왔던 탓으로, 과거의 연구가 지녔던 문제점을 고스란히 지니고 있다고도 할 만하다. 특히 이 책의 제1부는 조선시대 사족의 지배체제 확립과정을 주로 대상으로 하고 있는데, 재지사족의 향촌 지배를 구명한 여러 논문들이 바로 그러한 경우이다. 안동·예안·상주 지역의 사례를 중심으로 사족들의 조직과 활동상을 통하여 재지사족의 향촌 지배방식을 구명하고 있기 때문이다. 물론 이들 대상 지역들이 조선시대 양반, 사족문화의 중심지라 치더라도 전제한 비평에서 예외가 될 수는 없을 것이다.

그러나 단순한 지역 사례로 비판하기에 앞서, 우리는 이같은 류의 논문에서 그같은 사례들이 나타날 수 있었던 조건과 기반에 대한 충분한 이해가 이루어졌느냐 그러지 못했느냐에 더욱 큰 주의를 기울여야 한다고 생각한다. 좀 더 부연하면 이 문제는 기반과 배경이 분명하게 정리된 경우, 이와는 다른 지역에서 과연 어떠한 지배구조가 모색될 수 있을지를 예견할 수가 있고, 나아가 비록 특이한 사례가 검출되더라도 그 돌연변이에 대한 적확한 재해석이 가능하다고 보기 때문이다. 필자가 아는 정진영은 결코 안동과 상주의 예를 통하여 조선시대 전 지역의 경향들을 대입하려고 하지 않는다. 오히려 안동과 상주의 그러한 조건이 있었기에 그랬지만, 다른 지역은 다른 조건인데 왜 그러한 경향이 나타났는지를 되묻고 있으며, 만약 같은 조건에서 다른 결과가 나왔다면 이 역시 중요한 연구과제임을 너무나도 잘 알고 있는 것이다. 그의 평소 생각이 그렇기 때문인지 정진영의 논문에서 우리는 바로 그같은 지역 배경과 유기적인 관계, 변천의 기본구조에 접근하려는 용의주도한 면모를 수없이 발견하게 된다.

제2부는 그러한 지배체제가 어떻게 변화, 변천되었는지를 밝힌 연구로서, 연구대상을 16~17세기는 향촌 단위로, 그리고 18~19세기는 촌락 단위로 하여 새로운 세력의 성장과 존재를 해명하고 있다. 조선 후기 재지사족의 촌락 지배와 그 해체과정은 재지사족 중심의 연구를 진행하던 저자가 1990년대에 들어와 향촌사회사 연구의 새로운 영역으로 주목된 촌락 문제를 본격적으로 다룬 논문들로 국가의 촌락 지배정책, 조선 후기 보편화되어 가는 동성촌락의 형성과정과 기능, 사족의 향촌 지배가 해체되어 가던 18, 19세기의 촌락소식으로서 동계·동약의 한계, 그리고 마지막으로 사회경제적인 변동과 함께 이루어져 갔던 '분동'의 실체를 사례로써 조망한 것이다.

마지막의 제3부 변혁기의 민중운동과 향촌 지배층의 동향은 어떤 의미에서는 변혁의 시대였던 19세기 후반의 향촌사회에서 지배층과 피지배계층의 이해와 의식이 과연 어떤 식으로 만나고 교류되었을까를 궁금해했던 자신의 물음에 스스로 답한 흥미로운 글이라고 할 수 있다.

원래 정진영 교수는 민중운동사에도 일찍부터 관심을 가지고 있었다. 그의 석사논문이 <임술민란의 성격>(1982)이었음은 바로 그러한 관심을 잘 말해 준다. 그리하여 그는 항상 향촌사회사가 구조사에 집착하던 상황에서 과연 그러한 세력들이 유기적으로 중층 구조를 이루고 있는 향촌사회에서의 정치사나 운동사와는 실제 어떠한 상관관계가 있을까, 그리고 봉건지배 체제가 해체되어 가던 19세기 말의 보수적인 유생층과 농민층 그리고 새롭게 성장을 이루었던 신흥세력들과의 동향은 과연 어떠한 것이었을까를 이 부분에서 해명하고자 하고 있다. 이중 2장 '1894년 농민전쟁기의 향촌 지배층 동향'은 농민전쟁 100주년 기념사업에 참여했던 결과물로서, 19세기 후반기의 변혁운동을 운동사 관점과는 약간 다른 시각에서 접근하고 있다. 즉 그는 운동의 전개와 성격을 향촌사회의 현실 속에서 구명하고자 하였고, 이 과정에서도 기존의 연구에서 등한시하였던 향반층의 동향을 추가로 검토하였다.

정진영의 조선시대 향촌사회사는 흔히 보편론의 시각 속에서, 그리고 정치사나 사상사의 큰 맥락 속에서 간과하기 쉬운 지역과 향촌 사회계층의 역동성을 전면화시켰다는 점에서 일단 역저로 칭찬받을 만하다. 특히나 향촌사회사 연구가 자칫 빠지기 쉬운 사례연구의 확대가 아니며, 미시적 자료분석임에도 장기적인 변천사의 구조를 놓치지 않은 체계도 강점이다. 또 향촌사회에서 다양한 이해와 대립 구조를 가진 다양한 계층들을 상정하여 그들간의 상관관계를 구조적으로 파악하려 했다는 점에서 한국사회사 연구에 커다란 디딤돌이 될 것으로 믿어 의심하지 않는다.

조선시대 향촌사회사 연구분야는 조선시대 전체 연구에서 보면 아주 자그마한 연구분야라고도 할 수 있다. 그럼에도 이 분야의 연구가 주목되고 전체적인 조선시대 사회 성격을 조명하는 과정에서 비중 있는 논의의 대상이 되는 것은 이 분야 연구자들이 가진 특이한 연구 접근방법과 자료의 내용 탓이다. 즉 향촌사회사 연구자들은 거의가 현지조사를 통하여 자료를 발굴하고 그 자료를 정리하기 때문에 많은 경우가 특수한 모습의 자료를 새롭게 등장시켜, 그럴 때마다 기존의 일반론·보편론에 대하여 문제를 제기하고 그 해답을 요구하기 때문이다.

정진영 교수와 비슷한 처지에서 유사한 연구 경험을 가지고 있는 필자로서 가끔 느끼는 터이지만, 사실 향촌사회사 연구는 연구과정상 문헌연구와는 다른 어려운 자료정리의 과정이 선행되어야 하고, 그럼에도 불구하고 정리된 연구결과는 단편적이라거나 지역의 특수한 사례일 가능성이 많다. 그리하여 때도는 까다운 비판과 혹은 '냉소'까지도 감내해야 하고, 더욱이 아직도 우리 역사학계에서 사회사의 영역이 정확히 공감되지 못한 현실이고 보면 그것도 '향촌사회사 연구'라 명명하기에 부담이 큰 것이 사실이다. 저자 역시 서문에서 그러한 고민의 일단을 내비치고 있다.

끝으로 이 저술을 통하여 저자가 독자들이나 연구자들에게 전하고 싶었던 가장 중요한 메시지는 저자가 서문에서 밝히듯이 이 책의 논지와 연구성과를 디딤돌로 하여 조선시대 향촌사회사라는 연구분야가 '촌락 문제에 대한 천착'과, '정치사와 운동사로의 외연 확대'로 발전해야 한다는 것이다. 바로 이 점이 20여 년에 걸친 오랜 연구역정의 소산이자 경험 그리고 연구자로서의 시행착오를 토로한 대목으로 조선시대 향촌사회사를 연구하는 모든 연구자와 앞으로 이 분야에 관심을 가진 후학들에게 정말 귀중한 메시지가 될 것이다.

이야기 인도사상사 개관

김진식 인천교대 사회교육학과 교수

『이야기 인도사』

김형준 엮음 / 1998 / 청아출판사

널리 알려진 인도의 역사가인 패니카(K. M. Panikkar)에게 중국의 뛰어난 석학인 임어당(林語堂)은 다음과 같이 술회한 바가 있다. "나는 인도의 역사책을 읽을 때마다 마치 공중전화부를 훑어보고 있는 것 같아서 몇 페이지만 읽고 나면 곧 팽개쳐 버리고 싶은 마음을 억누를 수가 없다"고.

참으로 인도의 역사를 흥미 있게 체계적으로 읽는다는 일은 어려운 일이다. 수많은 민족, 국가, 왕조, 인물들이 지금의 국경을 갖고 있는 인도라는 지역보다는 훨씬 넓은 공간을 무대로 하여 현란(眩亂), 난무(亂舞)적인 역사활동을 전개하여 왔기 때문에, 일목요연하

게 인도사를 개관한다는 것은 그만치 우리를 혼란스럽게 하는 일인
것이다.

현재, 한국 역사학계에서 인도의 역사에 대한 연구는 거의 황무지
상태에 있다고 말해도 지나친 표현은 아닐 것이다. 다른 인도학(印度
學) 분야에서의 성과에 대해서는 필자가 평할 입장은 못 되지만, 그
래도 인도의 사상, 종교, 철학 등의 분야에서는 적지 않은 연구물이
나와 있는 것 같고, 특히 인도의 기행문들, 풍물을 다룬 에세이류들
은 많은 독자들의 흥미를 끌어 한국의 지가(紙價)를 올리는, 잘 나가
는 책들인 것으로 나름대로 짐작은 하고 있다.

그런데 평자(評者)는 한국 역사학계에서의 인도사 연구 현황만은
자신 있고(?) 간단하게 소개할 수가 있다. 너무도 그 연구내용이 보
잘것없고 일천하기 때문이다.

그 현황은 이 서평에서 제시해 볼 정도로 간단하다. 인도사 전반
을 다룰 개설서로 다음과 같은 연구물들을 열거해 볼 수 있다.

1. 박석일, 『인도사개설』(정음문고 10, 1973)

2. 정병조, 『인도사』(대한교과서주식회사, 세계각국사 17, 1992)

3. 퍼시벌 스피어 지음, 이옥순 옮김, 『인도 근대사, 16~20세기』
(신구문화사, 1993)

4. 조길태, 『인도사』(민음사, 대우학술총서 인문과학 79, 1994)

위와 같은 개설서 이외에 인도사와 관련된 두 편의 학위논문을 위

의 조길태 교수와 본인이 책으로 엮어 펴냈으나 영국과 인도의 관계사를 취급한 것이어서 엄밀히 말해서 인도사 그 자체라고는 말하기 어렵고, 수십 편의 논문이 위의 두 사람에 의해서 쓰였으나 사정은 마찬가지이다. 다만 주목을 끄는 것은 인도의 델리대학교에서 인도 근대사를 전공하여 학위를 취득한 이옥순 교수의 활동이다. 이 교수는 위의 개설서 이외에도 『인도경제사』, 『친밀한 적』, 『인도를 일군 타타』 등의 번역서와 인도의 풍물과 역사, 사회 등을 다룬 두 개의 에세이를 출간한 바 있는데, 그 필체가 유려하고 뛰어난 관찰력을 유감없이 발휘하고 있어 앞으로 한국 역사학계에서의 인도사 분야 활동에서 이 교수의 역할이 크게 기대되고 있다.

이상이 현재 한국 역사학계에서의 인도사 연구의 현황이라고 말해도 잘못된 평이라고 크게 나무랄 사람은 없을 것 같다. 이러한 척박한 연구 풍토 위에서 김형준 교수의 『이야기 인도사』가 출간되었으니 눈에 번쩍 띄는 게 큰 관심을 불러일으킬 수밖에 없는 것이다.

저자 김 교수는 델리대학교에서 인도철학을 연구하여 학위를 받은 것으로 알고 있다. 따라서 역사학자가 아닌 김 교수의 입장에서 인도사를 쉽고 체계적으로, 이야기식으로 서술하는 과성에서 많은 어려움을 감수하였을 것으로 충분히 짐작하고 있다. 한국 역사학계에서의 보잘것없는 인도사 연구 현황을 감안할 때, 김 교수는 한국의 인도사 관계 연구물들을 참조하여 이야기식으로 인도사를 서술하였다기보다는 외국의 문헌들을 많이 참조한 것으로 짐작이 가는데, 그 문헌들을 제시하였으면 하는 아쉬움이 따르는 것이다.

역시 인도철학을 전공한 학자답게 이 책에서 특히 우리의 주목을 끄는 분야가 인도의 신화, 종교, 사상을 다룬 부분인데, 말 그대로 이야기식으로 쉽게 서술하여 우리의 인도사상사 이해에 큰 도움을 주고 있다. 특히 이러한 종교와 사상을 인도의 역사적인 사실들과 연계시켜 인도의 사회구조의 변천과 종교의 생성과정의 상관관계를 논구한 점은 이 책이 지니는 우수한 면이라고 할 만하다. 그 몇 가지 실례를 제시해 본다.

1. 왕족들은 전쟁의 와중에서 경제적 필요에 의해 바이샤라는 신흥 상인계급과 제휴하면서 브라흐마니즘과 더불어 슈라마니즘이라고 하는 후기 인도사회의 독특한 사상이 흥기하는 데 많은 영향을 미쳤다.(92쪽)

2. 그들은 브라흐마니즘이 주장하는 제식주의와 희생제 의식 그리고 엄격한 신분제도인 카스트제도의 부정을 가장 주된 목표로 삼았다. 이러한 전통에 대한 비판과 거부에 결정적인 역할을 한 종교가 바로 불교와 자이나교이다.(111쪽)

3. 바이샤 계급은 경제적 부의 축적과 지위 확보가 지속되기를 원했다. 하지만 브라흐마니즘은 그들의 그러한 바람에 아무런 도움도 되지 못했다. 따라서 바이샤 계급은 자신들의 위치를 대변해 줄 수 있는 사상체계를 필요로 하게 되었다.(115쪽)

4. 크샤트리아와 바이샤 계급이 브라흐만의 지배로부터 벗어날 수 있는 유일한 길은 종교 혹은 사상의 대체였다. 이와 같은 사회적 요구에 부응한 것이 불교와 자이나교로 대표되는 비 베다 혹은 반브라흐마니즘적

인 사상들이다.(118쪽)

사실 평자가 이 연구서에서 이야기식으로 평이하게 읽어 이해할 수 있었던 분야는 바로 인도의 신화, 브라흐마니즘, 불교, 자이나교와 같은 종교, 사상 분야를 다룬 내용들이었다. 특히 『라마야나』, 『마하바라타』 등을 발췌하여 소개한 것은 인도사상의 요체를 쉽게 이해하는 데 큰 도움을 받았다. 그러나 평자가 인도의 정치사, 경제사, 사회사를 이 연구서에서 이야기식으로 쉽게 읽기에는 그 내용이 너무도 나열적이고 복잡하여 부담을 가질 수밖에 없었다. 다만 각 장의 서두에 시대 개관을 해 놓은 점이 인도사의 큰 흐름을 일목요연하게 이해하는 데 도움을 받았다.

인도사 서술에서 간과할 수 없는 분야가 200년 이상 계속된 인도에 대한 영국의 통치사이다. 인도에 대한 영국의 식민정책사는 엄밀히 말해서 인도사는 아닌 것이다. 참된 인도사란 그러한 영국의 식민정책에 대해서 인도인들이 여하히 대응하였으며 투쟁하였는가를 밝히는 일인 것이다. 이러한 관점에서 보면 『이야기 인도사』의 필자인 김 교수의 인식과 서술태도는 옳은 것이었다.

그렇다고 하여 인도사를 개관하는 데 있어서 영국의 식민정책사를 소홀히 다루기에는 인도에 끼친 영국의 영향력은 실로 막중한 것이었다. 현재의 국경을 가진 통일된 인도, 사티(Suttee)를 비롯한 인도의 제반 악습들에 대한 정책적인 박멸, 인도의 교육 등을 비롯한 제반 문화는 거의가 영국의 식민정책사에서 그 연원을 찾을 수밖에 없는 것이다. 몇몇 영국의 인도 총독들의 정책들은 사실 본국인 영국보다는 오히려 인도의 편에 서서 행한 것으로 파악될 수 있는 것처럼 보이는 것도 있다.

1905년에 이루어진 '벵골의 분할'을 예로 들어 보면, 우리는 단순히 영국이 인도를 분할 통치하려는, 음흉한 정치적인 동기에서 그러한 정책을 전개한 것으로만 파악하고 있으나, 인도의 유명한 역사가인 S. 고팔(Gopal) 같은 사람은 그것은 어디까지나 벵골을 행정적으로 유효 적절하게 운영하기 위한 데서 나온 순수한 것으로 파악하고 있다.

위에 언급한 K. M. 패니카를 비롯한 많은 인도인 역사학자들은 인도사 발전에 끼친 영국의 공헌을 솔직히 인정하고 있는 경우가 많다. 현재까지도 인도는 영연방의 충실한 회원국이며, 요사이도 영국의 여왕은 인도 방문시 인도인들의 열렬한 환영을 받고 있는 실정인 것이다. 이러한 데에서 인도에 대한 영국의 식민정책사 부분에 대한 서술이 너무 미약하지 않았는가 하는 점을 지적하고 싶다.

인도사를 쉽게 이야기식으로, 체계적으로 읽고 싶어하기는 평자 말고도 이 분야에 종사하고 있는 연구자들의 큰 바람이다. 평자는 케임브리지대학의 남아시아연구소에서 많은 인도인 역사학자들을 만난 바 있다. 쉽게 체계적으로 읽을 수 있는 인도사를 소개해 달라고 부탁을 하면 그들이 한결같이 추천하는 것은 Romila Thapar의 『A History of India, vol I』(Penguin Books)이었다. 그러나 시기적으로 그 뒤를 잇는 개설서의 추천에는 차이를 보였다. 어떤 학자는

Percival Spear의 『A History of India, vol II』(Penguin Books)를 추천
했는데, 이 책은 앞에서 살폈듯이 이옥순 교수에 의해서 번역 출간된
바 있다. 그런데 캘커타대학교 사학과 교수인 Sekhar Bandy-
opadhyah만은 영국인인 Peicival Spear의 책보다는 Sumit Sarkar의
『Modern India 1885～1947』(Macmillan Press, 1989)를 추천했다. 이
러한 개설서들이 하루빨리 번역 출간되어 누구나 쉽게, 체계적으로
읽을 수 있는 이야기 인도사 서술에 도움이 되었으면 하는 것이 평자
의 바람이다.

유목문명의 이해를 위한 첫걸음

박원길 국립민속박물관 전문위원

『유라시아 유목제국사』
르네 그루쎄 지음 / 김호동 · 유원수 · 정재훈 옮김 / 1998 / 사계절

한국인들은 몽골을 비롯한 북방 기마민족에 대해 모두 아득한 그리움을 가지고 있다. 그것은 아마 우리 민족이 북방에서 유래했다는 태생의 비밀 때문일 것이다. 사실 우리 문화의 저변에는 아직도 그 누구도 부정할 수 없는 북방문화의 요소가 곳곳에 남아 있다.

북방 기마민족은 역사적으로 흑해에서 만주에 이르는 광활한 초원지대를 자신들의 삶의 터전으로 삼고 있다. 흔히 스텝지대라 불려지는 이곳은 문명의 십자로라 불릴 정도로 동서양의 다양한 문화들이 교차했던 지점이다. 또 이곳은 신바람과 피눈물의 세계라고 지칭될 정도로 승리한 자가 모든 것을 차지하는 제로섬게임의 역사가 전

개된 곳이기도 하다.

이동을 숙명으로 삼았던 북방민족들의 역사는 중원이나 페르시아, 유럽 등 정착문명의 세계에서 발생했던 역사과정과는 확실히 다른 면모를 지니고 있다. 즉 열린사회와 닫힌사회의 차이만큼이나 상이하고도 이질적인 면이 존재하고 있다. 실제 유목문명은 어느 면에서 태풍의 눈이라고 해도 과언이 아닐 만큼 세계사에 큰 영향을 미쳤다.

늘 새로운 삶의 터전을 찾아 신기술을 습득하며 생존을 도모했던 북방민족, 즉 이동문명에 대한 연구는 인류사적으로 매우 중요한 과제 중의 하나이다. 이것은 단지 흘러간 과거 역사에 대한 정리만이 아니라 지구촌의 미래가 어떻게 흘러가야 하는가를 연구하는 미래학과도 깊은 연관을 가지고 있다.

이러한 사실은 지난 1천년 중 가장 위대한 인물로 칭기즈칸을 선정한 1995년 12월 31일자의 《워싱턴포스트》지의 기사에서도 잘 나타나고 있다. 《워싱턴포스트》지는 칭기즈칸을 선정한 첫 번째 이유로 그가 '중세의 GATT체제(자유무역지대)'를 구축했다는 점을 들고 있다. 이는 수직적 체제를 유지한 정착문명 쪽보다 수평적 체제를 구축한 유목 이동문명 쪽이 다가올 지구촌의 미래상과 부합한다는 사실을 암시해 주고 있다.

이로 말미암아 유목문명에 대한 연구는 20세기 초부터 전세계적으로 붐을 이루고 있다. 그러나 심히 유감스럽게도 우리나라에서는 1990년에 이르기까지 이에 대한 초보적인 연구도 이루어지지 않고 있었다. 언어나 문화 및 혈통적으로 유목문명을 가장 잘 이해할 수 있는 조건을 갖춘 우리나라에서 이에 대한 연구가 이루어지지 않고 있는 이유는 사실 다른 데 있지 않다. 그것은 바로 조선시대 이래 우리의 정서를 지배했던 수직마운드의 세계를 벗어나지 못한 데 그 큰 원인이 있다고 볼 수 있다.

한국에서 유목문명에 대한 본격적인 연구는 1990년대 초기 김호동 박사나 유원수 박사를 위시한 극소수의 젊은 학자들이 등장한 후부터이다. 이들은 각자의 전공에 따라『유목사회의 구조』나『몽골문어문법』등의 전문서를 번역 소개하면서 나름대로 유목사회의 구조 분석에 나섰다. 그러나 유목문명에 대하여 전문적인 지식이 없는 일반 독자들이 이와 같은 전문서를 읽는다는 것은 사실 무리에 가까웠다.

현 단계에서 유목문명을 알고 싶어하는 일반 독자들이나 타 분야의 연구자들이 필요로 하는 것은 한 분야의 전문서가 아니라 평이하면서도 깊이 있는 개설서라 할 수 있다. 이러한 점에서 전세계적으로 번역되어 읽히고 있는 르네 그루쎄(1885~1952)의『초원제국(L'Empire des Steppe)』(1939)을 번역한『유라시아 유목제국사』야말로 가장 적절한 개설서가 아닌가 한다.

르네 그루쎄는『아시아의 역사』(1922),『동양문명사』(1929),『극동의 역사』(1929),『극동의 예술』(1936),『아르메니아사』(1947),『중국과 그 예술』(1951)을 비롯해 다수의 논저를 발표한 대표적인 동양학자이다. 또 그는 역사를 대중과 가장 밀접히 연결시키는 역사소설까지 집필한 경험이 있는 다재다능의 인물이기도 하다. 어느 면에서 르

네 그루쎄의 책들이 당시에 활약한 펠리오(P. Pelliot), 샤반느(E. Chavanne), 마스페로(H. Maspero), 발라즈(E. Balaz) 등 탁월한 동양학자들의 책보다 널리 읽히는 이유는 그의 예술사가적인 문체 때문인지도 모른다.

『유라시아 유목제국사』는 총 목차가 15장으로 나뉠 만큼 방대한 책이다. 또한 각 시대의 특수한 시대상을 수록하고 있는 만큼 그 분야에 정통한 전문학자가 아니면 번역하기도 쉽지 않은 까다로움을 지니고 있다. 아울러 번역 역시 창작의 일종인 만큼 원저자의 문체를 최대한 살리면서 평이하고 쉽게 기술해야 한다는 일종의 압박까지 존재하고 있다. 그러나 『유라시아 유목제국사』는 위와 같은 우려를 불식시켜 주는 몇 가지 특징을 가지고 있다.

먼저 이 책은 각 시대별 전공학자 세 명이 자기 분야에 해당하는 부분을 서로 나누어 번역한 관계로 번역시 흔히 발견되는 오역이 거의 없다는 장점을 지니고 있다는 점이다. 더 나아가 이들은 모두 나름대로 일가견을 가진 전문학자들이기 때문에 원문의 오류까지 찾아 역주로 보충하는 작업까지 첨부하고 있다. 이로 인해 독자들은 원서보다 더 정확한 시각을 지니게 되는 특혜까지 누리게 되었다.

두 번째 특징은 독자들이 전혀 이질감을 느끼지 않도록 번역자들이 서로의 문체를 최대한 통일하고 있다는 점이다. 사실 서로 다른 분야의 전공자들이 공동집필이나 번역을 행할 때 부딪히는 가장 큰 문제점이 문체와 표현의 차이점이다. 특히 시간의 구애를 받을 경우 이같은 문제점이 더욱 두드러지게 된다. 그러나 이들은 충분한 시간을 갖고 부단한 공동 독해작업을 통해 각자의 이질감을 최소화하는 데 성공하고 있다. 이는 어느 면에서 독자들에게 행운이라 할 수 있다.

세 번째 특징은 독자들에게 일종의 상상력을 불러일으킬 만큼 여운이 있게 예술사가로서의 르네 그루쎄의 문체를 어느 정도 복원하는 데 성공하였다는 점이다. 실제 『유라시아 유목제국사』는 유목문명의 개설서라 하더라도 그 내용상 전문적인 개설서에 가깝다. 따라서 우리나라 사학계에 널리 퍼져 있는 실증주의적 방식으로 무미건조하게 번역할 경우 똑같은 내용이라도 일반 독자들은 금방 염증을 느낄 수밖에 없다. 사실 딱딱하고 생명 없는 실증주의적인 문체가 일반 대중들이 역사서로부터 멀어지게 한 큰 원인이 되었다는 것을 부정할 수 없다.

이상의 특징에서도 나타나듯이 정재훈, 유원수, 김호동 교수가 분담하여 번역한 『유라시아 유목제국사』는 거의 흠잡을 데 없는 완벽성을 자랑하고 있다. 그러나 이 번역서에도 옥에 티와 같은 문제점이 없는 것은 아니다. 물론 이 문제점은 극히 사소한 것에 불과하지만 보는 관점에 따라서는 매우 심각한 단계까지도 이를 수 있다. 필자는 그 문제점을 몽골어의 한국어 표기법과 역주상의 이견으로 나누어 두 가지만 제시하면서 본 서평을 끝마치고자 한다.

먼저 본 역서의 일러두기를 보면 "몽골어의 모음 O는 'ㅗ'로 하되 Ö·Ü·U는 모두 'ㅜ'(예 : 우구데이 Ögödei)로 하였고"라는 구절이 나온다. 아마 이러한 표기법은 유원수 박사의 역저인 『몽골비사』(혜안, 1994)의 전사원칙과 일치함을 볼 때 유 박사의 견해를 따른 것으로 보인다. 그러나 몽골 고전문어의 경우 O는 'ㅏ'와 'ㅗ'의 중간음, Ö는 'ㅓ', Ü는 'ㅜ', U는 'ㅗ'로 발음되는 경우가 많다는 것이 일반적인 학설이다. 따라서 필자는 이 역서도 학술개설서인 이상 그 근거를 좀 더 상세히 밝혔으면 하는 아쉬움이 남는다.

둘째는 독자들의 이해를 돕기 위해 붙인 역주 부분이다. 역주 부분은 사실 이 번역서의 광채에 속하는 부분 중의 하나이다. 그러나 옥에 티라고도 할 수 있는 것이 역자들의 일부 단정적인 역주가 논쟁의 발단을 불러일으킬 수 있다는 점이다. 그 대표적인 경우가 319쪽의 주(96)와 708쪽의 주(21)이다.

319쪽의 주(96)에서 역자는 "아홉 불꽃이 있는 칭기즈칸의 깃발"에 대해 "Yisün Költü čaghá an tugh(아홉 다리를 가진 백독白纛)"라는 『몽골비사』의 기록을 근거로 "아홉 다리는 그것이 무엇을 상징하든 주독(主纛) 둘레에 배치되는 부종독(陪從纛) 아홉 개를 주독의 다리에 비유하는 말일 가능성이 있다"고 지적하고 있다. 그러나 일부 학자들은 『몽달비록(蒙韃備錄)』 등을 위시한 당대의 기록을 근거로 Költü가 Kegül tü의 오기(誤記)일 가능성도 제시하고 있다는 점을 감안하지 않으면 안 된다.

708쪽의 주(21)에서 역자는 "bayishing은 학자들에 따라 백성(白城) 혹은 백민(白身, 즉 평민)의 음사로 보고 있으며"라고 지적하고 있다. 그러나 bayishing의 기원은 위의 단어보다는 오히려 판승(板升)의 번역어라는 학설이 우세한 형편이다. 따라서 역주의 범위는 본

서의 서술이 사실과 현저히 다를 경우 일반 독자들의 이해를 돕는 수
준에서 그 문제점을 지적하는 편이 바람직하다고 본다.

민족수난기의 겨레의 노래

박성수 한국정신문화연구원 객원교수

『신대한국 독립군의 백만용사야』

이중연 지음 / 1998 / 혜안

1

필자는 이른바 '목포의 눈물 세대'라서 그런지 간혹 흘러간 노래 프로를 보면 자기도 모르게 눈물을 흘린다. 나이가 들수록 마음이 점점 약해져 가고 있는 것이 아닌지 갈수록 작은 일에 눈물 흘릴 때가 많아져 가고 있다.

지금의 젊은 세대에게 있어 8·15는 역사교과서 속에 나오는 이야기지만 우리 세대에게는 체험과 기억의 역사 현실이었다. 필자의 경우 14살 때 해방을 맞았는데 그때는 그것이 무엇을 의미하는지 몰랐으나 그렇게 기쁠 수가 없었다. 일생의 단 한 번 기뻤을 때가 언제냐고 묻는다면 우리 세대는 누구나 8·15라고 대답할 것이다.

그때 감격의 눈물은 요즘 흘러간 노래를 듣고 느끼는 애수의 눈물과는 사뭇 그 성질이 다른 것이었다. 감격의 눈물은 이민족의 압제에서 벗어난 기쁨의 눈물이었지만 애수의 눈물은 이 겨레가 압제에 시달리면서 신음하던 소리요, 고통의 눈물이었던 것이다. 우리의 근대사는 눈물에 젖은 한 시대였다. 감격의 눈물과 고통의 눈물이 뒤범벅이 된 눈물의 시대였던 셈이다.

2

그러나 또 하나의 눈물이 있었다. 그것은 슬픔과 애수, 기쁨과 감격이 한꺼번에 담긴 저항과 불굴의 민족정신이 승화된 눈물이었다.

항전이 있었다. 겨레의 생존을 스스로의 힘으로 지키고 유구한 역사를 이어 가기 위한 피어린 싸움이 있었다. 겨레의 얼이 있었다. 자주독립의 정신이 살아 숨쉬었다.(본 서 책머리에)

우리 근대사는 피와 눈물로 얼룩진 독립운동의 역사이기도 했다. 끝도 한도 없는 독립운동에 한목숨을 바쳤던 애국지사들의 얼이 우리들 가슴속에 분명 남아 있는데도 우리는 그들이 즐겨 부르던 노래를 잊어버리고 말았다. 아니, 노래 부르기를 잊고 대중가요만 부르고 있다.

일제 때, 특히 일제 말기에 불리던 유행가의 배후에는 엄청난 일제의 민족말살정책이 숨겨져 있었다. 1937년 소위 중·일전쟁이 일어난 뒤부터 8·15해방을 맞는 1945년까지 8년 동안에 무려 4백만 명이라는 엄청난 젊은 남녀가 싸움터와 성적 희롱의 현장으로 끌려가서 목숨을 잃거나 병신이 되어 돌아왔어도 돈 한 푼 못 받았던 것이다. 이런 엄청난 현실을 배경으로 우리가 지금 즐겨 부르고 있는 <목포의 눈물>, <눈물 젖은 두만강>, <꿈꾸는 백마강> 같은 대중가요들이 속속 작사 작곡되어 죽음의 현장으로 끌려가던 사람들을 우롱했던 것이다.

그러므로 이것들을 진정한 겨레의 노래라 할 수 없다. 그것은 이 민족을 지옥의 나락으로 떨어뜨려 놓고 부르게 한 장송곡이요, 악마의 노래였던 것이다. 간혹 한두 글자 반일적인 단어가 섞여 나와서 금지곡이 되었다고 해서 애국가는 아닌 것이다. 그런 일은 당시의 일본가요 속에서도 적지 않게 나와 검열대상이 된 바가 있다. 요컨대 이 유행가들이 주는 전체적인 메시지가 낭시의 억울한 청소년들에게 무엇을 호소하고 있었는가 하는 문제, 즉 용기 아닌 체념을 가르친 것이라면 우리는 이 노래들을 독립군가와 나란히 평가할 수 없을 것이다. 결코 겨레의 노래라 자랑스럽게 치부할 수 없다는 것이다.

노래가 있었다. 만주 벌판에서 용감하게 울려 퍼지던 독립군가가 있었다.

이 책의 저자는 진정한 겨레의 노래가 무엇인지를 말한 뒤 유행가 가사가 결코 겨레의 노래가 아니었다는 사실을 강조하고 있다. 일제 때의 가곡들은 우리의 전통문화를 말살하기 위해 풀어 놓은 마약이요, 먹이사슬이었다는 점을 뚜렷이 지적하고 있다. 어떤 가곡은 분명히 왜곡을 표절 모방한 것이라는 사실을 우리는 기억하고 있다. 일제 때 유행가 전체가 이른바 뽕짝이었다는 사실을 잊어서는 안 된다. 요즘 젊은 세대를 미치게 하고 있는 노래와 춤들이 그렇듯이 우리는 일제 잔해라는 무거운 짐을 지금도 등에 지고 가고 있는 것이다. 다행히 이 책은 이런 사실을 직시하고 진정한 겨레의 노래를 책의 중심에다 놓고 대중가요를 가장자리에 돌려놓고 있다.

3

이 책은 크게 3부로 구분되어 있다. 제1부는 '이천만 동포야 일어나거라-역사와 노래'로서 이 책의 가장 핵심 부분을 이루고 있다. 즉 1. 동학혁명 2. 의병전쟁 3. 대한제국의 군가 4, 5. 애국계몽운동가 6. 을사늑약과 안중근의 의거 7. 경술국치가 8, 10. 독립군 1~2 9. 3·1운동가 11. 경신대학살 12. 국민대표회의 13. 의열 투쟁 14. 조선의용군가 15. 광복군가 이렇게 동학혁명에서 광복군에 이르기까지의 독립운동가를 모두 차례로 정리한 뒤 다시 1920~1930년대로 소급해 가서 16. 국내 계몽운동가 17. 흥사단가 18. 만주·중국·노령의 민족교육가 19. 노령의 항일민족운동가 등을 차례로 정리·마감하고 있다.

450여 곡에 이르는 노래를 수집·분류하여 배열하기란 그리 쉬운 일이 아님에도 불구하고 저자는 시기와 성격에 따라 정확하게 다듬어 분류하는 데 성공하고 있다. 여기서 특기할 일은 한국독립운동사의 범주에서 제외되어 있는 동학농민운동과 독립협회운동을 포함시키고 있다는 점, 그리고 친일변절자의 노래를 독립군가 속에 빼지 않고 넣었다는 점이다.

또 하나 사회주의 운동가도 빼지 않았다는 점이 눈길을 끈다. 솔직히 말해서 1910년 일제강점기 이전, 즉 구한말의 독립운동가 가운데 개화파와 동학농민운동은 성격상 부정적인 면이 강하여 일제강점기에 있어서는 사회주의적 색채를 띤 이른바 농민운동, 노동운동 따위가 순수한 광복운동이었는지에 대해 의문부가 찍혀 있는 실정이다. 그러나 사실상의 3차 대전인 동서냉전이 끝난 이상 이 문제를 갖고 시비할 필요가 없을 것이다.

4

독립운동가를 모은 책이 이전에도 몇 권 나온 것으로 기억되는데 이 책처럼 잘 정리된 것은 보지 못했다. 그냥 노래가사를 배열한 데 지나지 않았던 것으로 기억되는 지난날의 책과 판연히 구분된다.

이 책은 제2부 '언제든지 나라 독립 잊지를 말자-민족과 노래'에서 겨레의 노래가 갖는 보다 넓은 범주를 제시하여 주고 있다. 제1장 '민족의 상징' 속에 애국가, 태극기, 무궁화, 한반도 등을 주제로 한 노래가 수록되고, 제2장 '그리움' 속에 망향가, 유랑가, 망국가 등이 수록되어 있다. 또 제3장 '항전의 대열'에는 동지의 노래 감옥가, 농민가, 여성가 등이 수록되어 있어 눈길을 끈다.

제2부보다 더 주목되는 것은 제3부 '신고산이 우르르 화물차 가는 소리에-대중의 노래'이다. 먼저 제1장 민요에 아리랑이 나오고 제2장 동요에는 <어린이날 노래>를 비롯하여 우리가 흔히 듣고 있는 <따오기>, <고향의 봄>, <오빠생각> 따위가 소개된다. 제3장 가요에는 유명한 <선구자>, <희망의 나라로> 등의 가곡과 <낙화유수>, <황성옛터>, <목포의 눈물>, <눈물 젖은 두만강>, <꿈꾸는 백마강>, <낙화삼천> 등 우리에게 너무나 친숙한 가요들이 나온다.

이제 이같은 내용을 끝으로 '노래와 역사'가 갖는 의미를 해석하는 결론 부분을 책 말미에 붙이고 있다. 여기서 저자는 모든 노래를 민족의 노래와 제국의 노래로 양분할 수 없다는 고충과 가사에 곡조 없는 노래의 문제를 제기하고 있다.

끝으로 이 책의 말미에는 일제강점기 '민족의 노래'에 대한 탄압 사례가 적혀 있다. 여기서도 항일노래의 탄압사례(44회), 대중가요의 탄압사례(26회), 문학인 탄압사례(16회)를 구분하여 분석하고 있다.

5

이 책을 읽고 나서 느끼는 것은 첫째 지금까지 '노래 없는 역사'를 쓰고 읽어 왔다는 것이다. 역사는 인간이 연출한 일종의 드라마이기 때문에 감정을 빼고 나서 진실을 밝힐 수 없다.

감정이란 미묘한 것으로서 그것이 말이나 글로 나타났을 때 독자에게 던져 주는 의미는 다양하다. 가령 추사가 쓴 글 <난생유분(蘭生有芬)>의 해석은 구구하다. "난은 태어날 때부터 향기를 갖는다"는 뜻을 어떻게 풀이할 것인가. 혹자는 음탕한 여인을 말한 것으로 풀이할 것이나, 그 정반대로도 해석할 수 있다.

그렇듯 이 책에 수록된 노래들이 갖는 뜻은 저자가 풀이한 이상으로 깊고 아픈 눈물을 담았을지 모른다. 곡조 없이 가사만으로는 그 깊고 뜨거운 뜻을 알 수가 있을까. 어찌 되었건 이 책은 근래 보기 드문 역작임에 틀림없다.

사회 붕괴의 원인에 대한 계량적 분석

김병모 한양대 문화인류학과 교수

『문명의 붕괴』
조지프 A. 테인터 지음 / 이희재 옮김 / 1999 / 대원사

저자는 고고학자이다. 그런데도 불구하고 이 책은 고고학 책이라기보다는 사회사 내지는 경제사를 배경으로 인류가 이룩한 여러 사회들의 붕괴 원인을 분석한 글이다. 따라서 고고학 관계의 책에서 일반 독자가 기대하는 화려한 미술품이나 진기한 유물사진으로 가득 찬 책이 아니다. 원저의 이름인 『The Collapse of Complex Societies』(1998)가 암시하듯이 복합사회의 멸망을 연구한 책이다.

이 책의 구성은 붕괴의 정의, 복합사회란 무엇인가, 붕괴를 연구한 이론들, 붕괴하는 사회의 복잡성과 한계수익 등을 다루었다. 번역판의 이름을 『문명의 붕괴』라고 하였기 때문에 혹시 독자들은 피라

미드나 마야문명의 처참한 잔해들을 연상할지도 모른다. 또는 스페인의 침공으로 주저앉은 잉카문명의 유적들이 버려져 있는 현장을 연상할 수도 있다. 그러나 이 책에는 그런 장면을 고발한 그림이 실려 있지 않다. 오히려 왜 어느 사회가 멸망하게 되었는지를 사회적, 경제적 이유로 설명하고 있다.

그래서인지는 모르지만 본문 316쪽 중에서 224쪽이나 되는 방대한 분량을 용어의 정의, 붕괴를 연구한 선행 업적을 소개하는 데 할애해, 실제 어느 특정사회의 붕괴 원인을 관찰하는 데 동원된 정보량은 상대적으로 부족한 느낌을 준다. 그래서 이 책의 골격이 되는 글은 혹시 대학의 학위논문이 아니었나 하는 느낌을 준다. 그것을 일반 독자들을 위한 교양서로 개작하느라고 공을 들인 흔적이 있다.

그런데도 불구하고 이 책의 장점은 여러 곳에서 번득인다. 플라톤으로부터 슈펭글러에 이르기까지 여러 사상가들의 사회 붕괴에 관한 이론을 소개한 점이다. 기원전 2세기에 6세기 후의 로마제국 멸망을 생물학적 주기로 파악하여 예언한 폴리비오스의 의견이 우선 흥미롭다. 로마의 멸망이라는 역사적 현상을 역사가로서 분석한 플라비오 비온도는 그 원인을 기독교 박해, 윤리의식의 약화, 열능한 인간의 (역사 무대에의) 등장으로 꼽은 점 역시 흥미롭다.

문명사회의 붕괴를 코페르니쿠스적으로 풀이해 본 레디쿠스의 의견―군주국가의 흥망은 천체의 궤도와 태양의 기울기와 함수관계를 가진다―이나, 흥망성쇠는 완전수(完全數)인 496에 의하여 결정된다는 의견은 신비스러울 정도로 흥미 있는 내용이다.

로마의 멸망을 보는 여러 분야 학자들의 시각은 '장님의 코끼리 만지기' 식이 되기 쉬운데 이 책이 소개한 대로 자본주의와 계급사회가 원인이 될 수도 있고, 고리대금업자와 지주 때문에 멸망했다고 볼 수도 있다. 로마의 멸망을 초래한 것은 공화정 말기에 자행된 대량학살 후에 살아남은 우둔한 인재들이 국가를 운영한 때문이라고 본 생물학적 견해도 있다. 같은 생물학자이면서도 독창적 이론을 낸 러시아의 니콜라이 다닐레프스키는 1896년에 『러시아와 유럽』이라는 책을 냈다. 여기서 그는 역사·문화의 발전 경로를 식물에 비유하였다.

발아, 성장까지는 오랜 시일이 걸리지만 꽃 피고 열매가 달리는 기간은 비교적 짧고 다음에는 영영 시들어 버리는 다년생식물의 일생과 비슷하다.

인간사회의 흥망성쇠를 설명하는 의견 중에는 미생물학 측의 분석이 재미있다. 즉 미생물인 아메바의 분열 속도와 증가의 수는 직선이 아니고, S곡선을 그린다는 내용이다. 처음에는 주어진 환경에 탐색하는 과정으로 수가 빠르게 늘지 않는다. 다음 단계는 완전 적응하여 기하급수적으로 수가 늘어나다가 최후 단계에 이르러 숫자가 너무 많아져서 주어진 환경에서 더 이상 증가하면 공멸한다는 위기를 스스로 느끼고, 더 이상 증가하지 못하도록 독소를 발하여 소강상태를 이룬다는 이론이다. 시험관 속에다 아메바를 넣고 무한정 기다린다고 아메바의 수가 무한대로 증가하지 않는다는 내용이다. 인간을 포함한 동물의 사회학에는 이 이론이 적용되는 때가 많다.

사회의 흥망성쇠를 다룬 여러 가지 이론을 소개한 이 책에서 위의 이론을 다루지 않고 지나간 것을 보면 사회의 붕괴를 다루고자 한 저자의 참고도서 인용의 한계가 유럽적 역사이론에 치우쳐 있다는 점을 엿볼 수 있다.

저자는 인류역사상 존재하였던 여러 가지 사회의 붕괴 실례도 나열하였다. 동양에서는 중국의 주나라, 인도 대륙의 하라파문명, 메소포타미아문명의 붕괴를 다루고, 지중해 연안에 형성되었던 이집트, 히타이트, 미노아, 미케네, 서로마 사회의 붕괴도 다루었다. 저자의 구색 맞추기 의도 같기도 하지만 북미와 남미에 있었던 사회의 붕괴도 소개하고, 아시아와 아프리카에서 명멸하였던 사회도 소개하였다.

결국 어떤 사회이든지 간에 그 사회가 매우 커지고 계급이 존재하는 사회가 되고 나면, 결국 붕괴를 향해 다가가게 마련이다. 그 붕괴의 원인을 한계수익 체감이론이라는 경제학적인 시각으로 저자는 보고 있다.

정복전쟁이 바로 국가의 수익과 관련이 있는 시기가 있다. 그럴 때는 국고가 견실하다. 하지만 더 이상 정복할 땅이 없고 원정의 거리가 멀어지면 제국은 더 이상 팽창하지 못한다. 이럴 때가 되면 제국은 자기방어력을 유지하는 것이 너무 광범위하고 복잡하여 국가의 기운을 소진한다. 전쟁이 없는 상태에서 많은 병력을 유지한다는 것이 비경제적인 것은 설명할 필요도 없다.

또 사회가 붕괴할 때 나타나는 현상들이 어떤 순서를 보여 준다는 사실도 소개하였다. 1. 반란과 지방 세력의 이탈 2. 중앙 통제와 권위의 붕괴 3. 국고의 고갈 4. 이민족의 침략 성공 5. 통일세력의 분열 6. 군소세력간의 기나긴 분쟁이라는 순서를 거친다는 콜린 렌프루의 의견이 그것이다. 그런 순서가 인류역사상 보편적 현상이었다면 구소련의 붕괴과정은 어떻게 설명될까. 1세기에 가까운 구소련의 사회주의 체제의 붕괴는 1. 공산체제의 비능률성 2. 다민족사회에서 비슬라브인들이 느낀 상대적 박탈감 3. 무역량 부족에 의한 국고 고갈 4. 하급관리들의 부패 등이 분명한 원인이었다고 분석되었다. 반란이나 이민족의 침략은 애당초 없었는데도 구소련 사회는 스스로 와해되고 말았다. 그래서 이 책을 읽는 독자들은 사회 붕괴의 원인은 특정사례 이외에도 새로운 원인이 추가될 수 있다는 사실도 알게 된다.

2천 년 전 팍스로마나를 구가했던 로마의 몰락과정을 읽어 가면서 20세기 말의 팍스아메리카나를 노래하고 있는 미국사회의 현상과 변화를 읽어 내는 능력을 이 책이 우리들에게 주는 듯하여 정독할 매력을 새롭게 느낀다. 로마의 전성기 때는 지중해와 유럽에서 로마에 대항할 이렇다 할 세력이 없었다. 파르티아나 중국의 한(漢)은 지역적으로 멀어서 국경 충돌이나 식민지 경쟁의 적수들이 아니었다. 20세기의 미국은 상대세력이었던 구소련이 주저앉고 중국이나 일본은 아직 미국의 경쟁상대가 되지 않는다고 생각하고 있을 것이다. 이런 때 바로 미국사회가 정신적으로 해이해져 가는 증상들을 보여 주고 있다. 증가하는 범죄를 다스리지 못하는 경찰력의 한계, 대통령의 성추문 등이 후기 로마의 사회상을 보는 듯하다.

이 책은 고대의 정치 사회사적 분석이 주된 내용이다. 따라서 고고학적 경탄이나 흥미를 기대하는 독자들에게는 적합하지 않을지 모른다. 그러나 고급의 지식을 갈망하는 독자층이나 21세기 세계의 정치 경제의 판도를 생각해 보려는 식자층에게는 참신한 분석방법을 제공할 것 같다.

특히 원저의 내용이 아무리 훌륭해도 번역이 세련되지 못하면 읽는 맛이 반감되게 마련인데 번역자는 세련된 한국 문장으로 무장된 전문가인 듯하여 책을 읽는 흥미를 더해 주고 있다.

대학의 본질과 사명에 대한 탐색

서정복 충남대 사학과 교수

『대학의 역사』
이석우 지음 / 1998 / 한길사

1

    대학은 학문과 기술을 창출하는 지성의 광장이다. 그리고 다음 세대의 주역들이 야망과 패기의 꿈을 키우며 지성의 상아탑을 쌓는 배움의 전당이다. 또한 대학은 자유와 자율을 존중하며 사회적 정의를 구현하기 위하여 투쟁과 수난을 불사하는 숭고한 역사와 전통을 지닌 곳이다.

    대학은 12~13세기에 살레르노대학(의학), 볼로냐대학(법학), 파리대학(신학)이 각각 설립된 이후 상당히 오랜 역사와 전통 속에서 성장하였다. 따라서 대학은 처음부터 사회 · 경제 · 도시의 발달을 배경으로 하여 설립되고 성장 · 발달하였으며 그 시대의 학풍과 지적 수준을 대표하여 왔다. 그리고 대학은 전통의 상아탑과 변화의 물결 속에서 자구적인 노력을 계속하여 한편으로는 학문의 순수성을 강조하고 다른 한편으로는 전문 직업인의 양성에 최대의 성과를 얻기 위하여 개혁에 개혁을 거듭해 왔다.

그러므로 대학이 아무리 복합화된다 하더라도 대학이 지향해야 할 것은 첫째, 연구를 통하여 진리를 추구하고 둘째, 교육을 통하여 인간을 만들고 셋째, 전문가적인 훈련을 병행하여 사회에 봉사하는 일이다. 이를 대학의 기능으로 저자가 설정한 것은 대학사를 이해하는 데 상당한 도움이 될 것 같다.

그러니까 이 책의 저자는 '대학은 무엇이며 무엇이어야 하느냐' 는 문제를 제기하고, 그것을 대학의 역사를 재조명함으로써 풀고자 하였다. 따라서 저자는 대학의 사명을 크게 보아 사회에 기여하는 일이라고 생각하고 이것을 효과적으로 수행하기 위해 자율 · 자유 · 진리 탐구라는 중세의 전통이 잘 보존되어야 한다고 하였다. 그리고 중세 대학의 전통과 현대적 변화 요구를 조화하는 것을 대학의 과세라고 생각하며 이 책의 내용을 전개하였다.

저자는 이 책에서 중세대학의 성립 배경, 대학의 특권, 대학의 조직과 학사 운영, 교수와 학생 관계, 교회 · 왕 · 꼬뮌 등에 대한 대학의 입장 등을 밝히는 데 집중적인 연구를 한 것으로 보인다. 그리고 이와 같은 것들이 오늘의 대학에 어떻게 반영되어야 할 것인지에 대한 해답을 나름대로 마련하고자 하였다.

2

　이 책은 크게 11장으로 나누어져 있다. 제1장은 대학의 형성 원인은 무엇인가를 다루었다. 인구의 증가, 상업 발달과 더불어 도시가 번창함에 따라 지식에 갈증을 느끼고 방랑하던 학도들이 배울 곳을 찾아 도시로 몰려들었던 것을 대학이 성립된 계기로 정리하였다. 제2장은 대학 형성기의 조건과 환경에 대하여 다루었다. 여기에서 대학은 볼로냐대학, 파리대학, 옥스퍼드대학처럼 밑으로부터 자생한 대학과 1224년 프리드리히 2세가 설립한 나폴리대학이나, 1229년 교황 그레고리우스 9세가 세운 툴루즈대학처럼 위로부터 세워진 대학들이 있음을 강조하였다. 제3장에서 학생 중심의 볼로냐대학의 형성과 특성에 대해, 그리고 제4장과 5장에서 교수 중심의 파리대학을 소개하였다. 특히 파리대학은 두 개의 장으로 나누어 제4장에서는 파리대학 형성의 사회적 · 인구적 조건과 특성을 다루고 아벨라르의 역할에 대하여 자세히 다루었다. 그리고 제5장에서는 대학을 중심으로 왕과 교황 관계, 대학 자체 내에서의 갈등을 구체적으로 소개하였다. 제7장은 대학의 구성체와 운영을 소개한 것으로 동향단, 학부, 칼리지들이 어떻게 구성되고 각각 운영되었는가를 연구하였다. 제8장은 대학의 입학 절차, 7개 자유학부, 교과과정 그리고 학위취득 절차와 그 속사정을 공개하는 데 역점을 두었다. 제9장은 중세 대학에서 교수의 역할과 위상을 상세히 설명하고 당시 학생들의 의식과 학생운동, 이들의 사회 진출 상황을 정리하였다. 제10장은 중세 후기에 국가권력과 교권과의 세력 경쟁에 대하여 살피고 이 속에서 대학의 성장과정을 심도 있게 정리하였다. 제11장은 르네상스와 종교개혁·절대주의·계몽주의·산업시대의 대학들의 특징과 역할을 다루었다. 그리고 오늘날 대학의 문제점을 지적하고 대학문화 되살리기에 대한 소신을 밝히고 있다.

따라서 이 책은 대학 형성기의 조건과 환경을 알아보는 데 도움이 되고 중세 대학의 원조인 볼로냐대학, 파리대학, 옥스퍼드대학의 설립과 특성을 파악하는 데 좋은 자료가 될 것이다. 이들 대학의 운영, 교과과정, 학위취득, 학생운동, 왕권과 교회와의 갈등에 대한 구체적인 설명을 얻을 수 있다.

3

1949년 김성식 교수가 『대학사』를 펴낸 이후 그간 대학사 연구는 다른 분야에 비하여 너무 부진한 상태였다. 단지 『중세 대학의 기원』(레르베르트 구룬트만 저, 이광주 역)이 1977년에 문고판으로 나온 이후, 김순동의 <중세 볼로냐대학의 네이션에 관한 연구> 등 몇 편의 논문이 1980년대에 발표되었지만 대학사 연구는 또다시 공백 상태였다고 해도 과언이 아니다. 다행히 최근 들어 이광주 교수가 대학사 연구의 총결산이라고 할 수 있는 500페이지에 달하는 『대학사』(민음사, 1997)를 출간하여 대학사 연구의 새로운 길잡이가 되었다. 이어서 '대학사 연구회'를 1998년 봄에 결성하여 매월 발표회를 개최함으로써 연구 분위기가 활성화되고 있으며 학계의 관심을 집중시키고 있다.

이와 같은 상황에서 이석우 교수가 501쪽이나 되는 『대학의 역사』를 출간함으로써 대학사 연구에 또 하나의 지평을 연 셈이다. 이 교수는 1960년 4 · 19학생운동이 일어났을 때 대학에 입학하여 데모학생 사이에 끼여 있는 자신을 발견했고, 일년 뒤 5 · 16 군사 쿠데타로 육중한 탱크가 캠퍼스를 진주하는 모습을 목격하면서부터 대학과 현대사의 상관관계에 대한 의문을 제기하였다. 그리고 6 · 3운동, 유신반대, 6 · 29선언 등 연이은 한국 현대사의 소용돌이에 대학이 직 · 간접적인 연관성을 갖는 모습에서 마음의 갈등을 일으키고 대학의 사명을 통감한 것으로 보인다. 특히 이 교수는 부정과 부패, 갖지 못한 자와 약자의 아픔과 갈등의 현장을 목격하고 학생들의 현실 참여와 상아탑의 연구 문제에 고민하다가 '대학이 무엇이며, 무엇이어야 하느냐'에 대한 심각한 의문을 제기하게 되었다. 그리고 이 문제는 대학의 역사를 재조명해 봄으로써 해결의 실마리를 찾을 수 있다는 신념에서 이 책을 저술하였다. 그리고 옥스퍼드대학에서 일년간 연구하면서 대학의 역사, 전통에 대한 소중함을 느끼고 많은 자료를 찾아냈으며, 하이델베르크대학, 베를린대학, 바르샤바대학, 빈대학, 모스크바대학, 파리대학, 볼로냐대학, 케임브리지대학 등을 방문하여 귀중한 자료를 얻어 『대학의 역사』를 집필하였으므로 이 책은 문헌학적 연구뿐만 아니라 현지답사를 통한 고증적 연구서라는 점에서 주의가 집중된다. 게다가 옥스퍼드의 하비 교수 등을 비롯한 여러 대학의 저명한 교수들과의 상담과정을 거쳐 저술하였으므로 내용면에 있어서 보다 신뢰감을 갖게 하는 책이다.

4

이 책에서 저자는 첫째, 중세 대학의 발생과 성장, 대학의 문제점, 대학들의 기구 조직, 국가, 교회, 꼬뮌 등과의 관계에 대한 많은 문헌들을 제시하며 자세한 설명을 하였다. 그런데 목차와 서술의 균형을 좀 더 고려하였더라면 보다 이해하기 쉬웠을 것 같다.

저자는 분명히 '대학은 무엇이며, 무엇이어야 하느냐' 는 물음과 함께 그 해법을 『대학의 역사』를 통해 제시하고자 하였다. 그러나 저자의 물음에 대한 현대적 의미의 답을 독자는 찾을 수가 없다. 그리고 특히 내용 전개를 거의 모두 중세 대학의 역사에 치중하고, 마지막 장에 '르네상스와 종교개혁기', '절대주의 · 계몽주의 · 산업시대의 대학들' 을 불과 18쪽에 걸쳐 다루었음에도 불구하고 책의 제목을 '대학의 역사' 라고 한 것은 무리가 아닐까? 오히려 'The History of Universities in Medieval Europe' 라고 한 영문표제가 보다 정확하지 않을까 생각된다.

둘째, 현지 방문과 많은 고증적 자료를 제시하고 특히 당시 대학의 면모를 알 수 있는 사진들을 책에 실어 독자로 하여금 실감나게 하여 이해에 상당한 도움을 주지만, 『대학의 역사』(1998. 11. 5)를 출간하기 이미 일년 6개월 전에 이광주 교수의 『대학사』(1997. 5. 20)가 출간되었고, 《서양사론》 56호(1998. 3)에 이민호 교수가 "지성사를 결정하는 대작이며, 오래 읽힐 저작이라 생각한다"라고 서평까지 하였는데도 불구하고 언급조차 하지 않은 특별한 이유가 있는지 궁금하다. 그리고 서술 내용에서 좀 더 일관되고 연속성 있는 전개를 요하는 부분이 여러 군데 있는데, 예를 들면 아벨라르의 개인사에 대한 소개처럼 이야기식의 긴 서술도 있어 핵심을 다소 흐리게 하는 감이 없지 않다. 특히 서양사의 서술에서 흔히 나타나기 쉬운 것이지만 이 책에서도 예를 들면 피터 샹테(→피에르 샹테), 피터 롱바르(→피에르 롱바르), 피터 아벨라르(→피에르 아벨라르) 등 인명이나 지명을 영어식 표기로 일관한다거나, 인명에 원문이나 생존년대를 반복하여 표기하고 또는 앞장에서는 하지 않고 뒷장에서 원문을 표기한 경우가 몇 군데 눈에 들어온다. 그리고 '대학의 선생', '7개 자유학과', '방랑하는 지식인', '선생들의 대학' 등 우리 귀에 익숙하지 못한 용어들이 나타난다.

셋째, 대학의 역사, 대학의 본질과 사명에 대한 이해를 새롭게 할 수 있는 저자의 오랜 연구결과에 대하여 경의를 표하면서, 참고자료가 영문서의 범주를 넘지 못한 아쉬움에 대한 보완 작업을 기대한다.

그리고 이 책이 대학사와 지성사 연구에 크게 도움이 되리라는 기대
와 함께 중세 이후의 대학, 특히 절대주의 시대, 계몽주의 시대, 시민
혁명 시대, 현대사에 있어서의 대학에 대한 연속적 연구로 독자들에
게 남긴 궁금증을 풀어 주기를 기대한다.

로마사 이해의 좋은 길잡이

김경현 고려대 서양사학과 교수

『**로마사**』

F. 하이켈하임 지음 / 김덕수 옮김 / 1999 / 현대지성사

마사 전공자로서, 특히 대학에서 서양 고대사를 강의하는 교사로서 평자는 이 번역서의 출간을 크게 환영한다. 그처럼 충분하고 신뢰할 수 있는 내용의 로마사 책을 마련하는 것은, 이 땅에 고대 서양의 역사가 학문으로뿐 아니라 교양으로도 올바르게 자리 잡게 하는 책무를 지고 있는 우리 몇 되지 않는 전공자들의 오랜 숙원이었기 때문이다.

사실 그동안 대학교재로 쓰기에 적당한 분량의 개설서 몇 종류를 제외하면, 그리스사나 로마사를 일관되게 그리고 소상하고 깊이 있게 다룬 읽을거리는 거의 전무한 실정이었다. 그런데 그 공백은, 최

근 우리 독서계에 일어난 지진과도 같은 의외의 사건에 의해 급격히 메워지기 시작했다. 그 지진의 진원이, 잘 알려진 '시오노 나나미 현상'의 일환이었던 『로마인 이야기』라면, 그로써 증폭된 대중적 호기심에 편승해 나온 『로마제국사』(까치, 1998) ― 이 책은 다른 출판사에서 먼저 『벌거벗은 로마사』(풀빛, 1990)로 번역된 것이었다 ― 와 같은 여타의 로마사 책들은 그 여진(餘震) 같은 것들이었다. 그 결과 로마사의 오랜 공백은 그저 채워진 정도가 아니라, 적어도 서양사의 다른 분야에 비교해 보면, 거의 범람 수준에 달한 듯했다.

범람은 긍정적, 부정적 효과를 함께 수반하는 양가적(Ambivalent) 현상이다. 홍수가 기름진 흙을 실어 오듯, 그 로마사 책들이 일으킨 선풍적인 대중적 관심은 훗날 시들해진다 해도, 분명 비옥한 교양의 층위를 남기게 될 것이다. 하지만 한편으로 문제가 되는 측면이 있다. 넘치는 물의 흐름이 무책임하고 파괴적이듯, 예의 그 로마사 책들의 경우에는, 아마추어임을 자처하는 작가들이 저지르는 사실의 왜곡은 물론, 감각적이고 즉흥적인 역사 해석의 폐해를 남긴다. 따라서 범람하는 강에 제방을 쌓듯, 이 땅에도 믿을 만한 사실과 검증된 해석을 담은 견실한 로마사의 책들이 있어서, 녹자들이 그서 무방비로 범람에 유린당하지 않도록 할 필요가 있다. 그것은 전공자들의 과제이며, 이미 『로마 분명사』(현대지성사, 1997)라는 소략한 번역서를 내놓은 김덕수 교수가 서둘러 『로마사』를 번역한 까닭도 바로 거기에 있다고 생각된다.

『로마사』의 큰 장점들의 하나는 아주 단순하다. 로마사의 기원에서 쇠망 시기까지 약 1300여 년의 역사에 대한 충분히 상세한 서술이, 단행본 체제로—비록 약 1천여 쪽의 만만찮은 분량이긴 하지만—해결되고 있다는 점이다. 사실 서양에서도 단행본으로 된 로마 통사류는 흔치 않은 것을 보면, 그 작업이 그리 용이한 것이 아니었음을 짐작할 수 있다. 아무튼 한국의 독자들은 이제 이 책 한 권을 손에 들고, 로마사를 웬만큼 다 알 수 있다는 환상을 가질 수 있게 된 것이다.

영어권에서는 김덕수 교수가 번역한 『로마사』를 포함해 모두 3종의 단행본 로마 통사가 있을 따름인데, 그것들은 모두 한두 세대 전에 쓰여진 것의 개정판들이라는 공통점이 있다. 그것은 주로 문헌사료에 의존해 기술하는 로마사의 속성상, 완전히 새로 쓸 명분을 찾기 쉽지 않았기 때문이었다. 그래서 상당 기간 동안 새로운 고고학적 성과가 축적되고 새로운 연구 경향들이 검증을 받은 후에야 비로소, 선배들의 책을 부분적으로 수정하고 보완하는 수준이 고작이었던 것이리라.

『로마사』로 번역된 원전은, 1962년 로마경제사를 연구하던 북미 대륙의 두 학자 하이켈하임과 요가 공동집필한 것을, 1984년 요와 워드가 역시 공동으로 작업하여 내놓은 개정판이다(따라서 번역서에 원전 초판이 하에켈하임의 단독 저술이었던 것으로 표기된 것은 오류이다). 개정판은 제목(A History of the Roman People)을 달리 했는데, 초판과는 다른 책으로 간주할 만큼 많은 내용의 변화가 있었다. 무엇보다도 다루어진 기간이 늘어났다. 초판의 서술은 서기 4세기 초 콘스탄

티누스 황제의 사망에서 끝났던 반면, 개정판은 그 이후 200여 년을 더 연장해 동로마제국의 유스티니아누스 황제 시대까지 포괄하고 있다. 그러나 보다 괄목할 변화는—그것이 아마 개정 작업을 하게 된 결정적 계기였을 터인데—1960~1980년대의 새로운 연구 동향의 성과를 반영하는 '사회와 문화'의 관련 서술이 대폭 추가된 점이다. 정치사 위주로 편성된 초판의 각 장에 사족처럼 달려 있었던 그 부분들이 개정판에서는 다섯 개 장으로 독립해 나와, 책 전체의 약 8분의 1을 차지하게 된 것이다. 정치사 부분은 초판의 글들을 가급적 그대로 살리면서, 보다 상세한 서술로써 보완하려고 한 흔적을 엿볼 수 있다.

개정판에서 또 한 가지 눈에 띄는 변화는, 각 시대에 관련된 사료들에 대한 상세한 소개가 제공되고 있다는 점이다. 전체 42개 장 중에서 17개 장에 걸쳐 사료 해제가 제공되고 있는데, 이는 물론 전공 입문자들의 길잡이로서 이 책의 역할을 적극 의식한 결과일 터이다. 그런 증보의 결과 지면이 늘어난 것의 부담을 해소하기 위해, 초판본에 있던 풍부한 도해들을 꽤 감축시켜야 했다는 것은 아쉬움이 아닐 수 없다.

이제 번역서에 대한 비평을 좀 얘기할 차례이다. 그것은 물론 전반적으로 믿을 만한 것이다. 하지만 번역과 편집상의 문제점들이 꽤 있는 것도 사실이다. 평자는 위에서 번역자가 『로마사』의 번역을 "서둘렀다"고 말했지만, 그 문제점들은 주로 거기서 비롯된 것이라 짐작된다. 우선 편집상의 아쉬움 두 가지가 있다. 하나는 원전에도 있는 색인이 완전히 생략되고 있다. 색인을 제공하는 것은 친절의 차원을 넘어서, 번역자가 하나의 용어와 개념을 일관되게 번역하였는가를 스스로 점검해 볼 최후의 기회라는 점에서 매우 중요했다. 실제로 이 번역서의 한 가지 큰 흠은 하나의 용어가 이곳저곳에서 달리 번역된 사례들이 적지 않다는 점이다. 또 다른 편집상의 문제점은 그림들을 배치한 방식이다. 원전에서는 그림들이 관련된 본문 근처에 있는 반면, 번역서에서는 그림들을 한곳에 모아 놓았다. 편의상 그럴 수도 있겠지만, 적어도 비전문가들을 위해 그림 밑에 참조할 본문의 위치를 표기하는 것은 의무였다고 생각된다.

번역상의 문제점들은 크게 두 가지로 대별된다. 하나는 번역자가 모르거나 오해해서 잘못 번역된 것들이 있다는 것이다. 특히 사료를 소개하는 부분에서 작품의 제목들을 다수 잘못 옮기고 있다. 로마 초기 희곡의 한 형식이었던 'fabula praetexta'를 작품 이름으로 오해한 것(298쪽)이나, 키케로의 '동생에게 보낸 편지(ad Quintum Fratrem)'를 '그의 친구들에게'로 옮긴 것(526쪽) 등이 그 대표적 사례들이다. 로마 제정 후기에 늘어나는 관명(官名)들에 대한 번역어도 치열하게 고심한 결과라는 느낌이 들지 않는다.

또 하나의 문제점은 용어들의 사용에 원칙이나 일관성이 없다는 점이다. 우선 지명과 인명 등 고유명사들을 음역함에 있어서, 이탈리아어식, 라틴어식, 또 영어식이 뒤섞여 있다. 가령 원전에서 그대로 복사해 놓은 지도에는 라틴어식 지명과 영어식 지명이 나오는데, 그와는 무관하게 티베리스(Tiberis)강은 거의 이탈리아식 지명인 테베

레(Tebere)로 표기하고 있는 것이 그 일례이다. 한편 앞에서도 지적했지만, 동일한 용어가 군데군데에서 서로 달리 번역된 것들이 꽤 있다. 그리고 정반대로 시대에 따라 달리 번역되어야 하는데도 동일하게 번역된 경우들도 있다. 가령 역자가 '천부장'(76, 774쪽) 혹은 '천인대장'(280쪽)으로 옮기고 있는 'tribunus militum'의 경우에, 초기(즉 76쪽)에는 '보병 사령관'으로, 후에는 '군단 배속 참모장교'(280, 774쪽) 등으로 달리 옮겨야 적합한 것이었다. 그밖에도 부주의하여 생긴 오류들도 있다. 가령 카토의 『기원』이란 책이 원전에는 라틴어로 쓰여졌다고 되어 있는데 번역서에는 '그리스어로' 쓰여졌다고 옮긴 것(303쪽) 등은 바로잡혀야 한다.

　서평자의 의무감에서, 그리고 향후 번역자가 재판을 내놓을 때 참고해 줄 것을 기대하면서 이런저런 불만을 토로했지만, 그 결함들이 김덕수 교수의 이 번역서의 큰 기여를 무색하게 할 수 없음은 분명하다. 전공자로서의 책임감에서 번역을 서두르다 보니 작은 실수들이 있었을 뿐, 『로마사』는 여전히 믿고 읽기에 부족함이 없다. 무엇보다 평자는 김덕수 교수가 자칭 아마추어 역사가들의 기습에 당혹해하던 전공자들의 세계에 한 튼튼한 주춧돌을 세워놓아 준 데 감사한다. 이제 그에겐 그 주춧돌에 좀 더 안정감을 주는 일만이 남았을 뿐이다.

현대 한국사학사 연구의 주춧돌

이만열 숙명여대 사학과 교수

『現代 韓國史學史』

조동걸 지음 / 1998 / 나남출판

1

역사 연구에는 여러 분야가 있다. 고대 · 중세 · 근대 · 현대 등 시대별로 연구하는 시대사 분야가 있는가 하면, 정치 · 제도 · 경제 · 사회 · 문화 등의 분야를 다루는 분류사도 있으며, 시대사와 분류사를 더 세분하여 전문적으로 연구하기도 한다. 그중 최근에 우리나라 역사학자들이 관심을 쏟고 있는 분야의 하나가 사학사(史學史) 분야라고 할 것이다. 사학사란 말 그대로 역사학 자체를 역사 연구의 대상으로 하는 말하자면 '역사학의 역사' 라고 할 것이다.

한국 사학계에서 사학사 연구가 활성화된 것은 그리 오래지 않다. 1960년에 4·19혁명이 일어나 그동안 홀대받고 있던 민족주의 의식이 점차 부양되기 시작했고, 거기에 따라 민족주의 사학자들이 부각되면서 사학사 연구가 촉진되는 계기를 이루었다. 즉 4·19로 고양되기 시작한 민족주의 의식이 한말 일제하의 민족주의 역사학에 대한 관심과 연구를 환기시켰고, 나아가 사학사 연구를 활성화시키는 계기를 만들게 되었다는 것이다. 이때 소위 민족주의 사학자로 알려진 단재 신채호와 백암 박은식이 한국 역사학계에 부각되기 시작하였다. 사학사 관계 논문은 70년대부터 본격적으로 나타나기 시작하여 80년대를 거치면서 양산되었다.

한국의 역사학계에서 사학사 연구가 본격화되던 초기에 주된 관심 분야는 시기적으로 보아 조선조 초기와 후기 그리고 근대의 것이 많았고, 그밖의 시기에 관한 것은 상대적으로 적었다. 그중 해방 이후의 사학사에 관한 연구는 거의 없었다고 할 수 있다. 당시 국사학계의 동향으로 보아 해방 이후의 것은, 일반 역사 연구도 그랬거니와 사학사의 경우도 아예 연구의 대상으로 삼지 않았다. 당대사는 역사 연구의 대상이 될 수 없다는 역사학계의 오랜 관행 때문이었다고 본다.

이러한 사학사 연구 풍토에 최근 조동걸 교수는, 저자가 남다른 관심을 기울여 온 사학사 분야의 연구를 정리, 『현대 한국사학사』를 펴냄으로써, 1997년 대학강단에서 정년퇴임할 때에 학계에 남긴 약속을 이행하였다. 저자는 한국 독립운동사 연구분야를 개척, 기초를 놓고 맥을 잡아 한말 일제강점기의 역사 연구의 방향을 식민주의적 관점에서 민족주의적 관점으로 바꿔 놓은 학계 태두의 한 분이다. 저자는 독립운동사 연구를 통해 사학사 자료에 접하게 되자, "사학사에 관한 글에서도 인류 양심과 사회 정의에 기초한 민족의 자유를 쟁취한다는 독립운동사적 의식이 자연 반영"(8쪽)되어, 독립운동사 연구에 대한 애정 못지않게 사학사 연구에도 깊은 관심을 기울이게 되었다. 저자는 1987년 이래 10여 년간 한국사학사에 관한 16편의 중후한 논문을 남겼고, 그 일부는 『한국민족주의의 성립과 독립운동사 연구』(지식산업사, 1989)와 『한국민족주의의 발전과 독립운동사 연구』(지식산업사, 1993)에 게재한 바 있으나, 이번에 간행된 책은 논문집이 아니므로 기존에 발표된 논문들을 새로운 체제에 맞춰 장과 절을 정비하고 서술을 보완·수정하였다. 저자는 이 책의 간행에 앞서 『한국의 역사가와 역사학』(상·하, 창작과비평사, 1994)을 공편하여 사학사에 대한 관심과 애정을 드러내었다. 이렇게 함으로써 저자는 독립운동사 연구와 사학사 연구를 자신의 학문의 두 축으로 삼으려 한 것으로 보인다. 저자의 정년퇴임 논문집이 편찬될 때에 후학들이 독립운동사와 사학사 관계의 논문을 따로 편집했던 것도 이런 의미에서라고 생각된다.

2

이 책은 머리글과 7장으로 구성되었고, 611쪽의 방대한 저서다. 제1장 '총론'에서는 제2장부터 6장까지의 본문의 내용을 간추린 것으로 이 책의 전반적 흐름을 이해할 수 있게 하였다. 제2장 '근대사학의 대두와 초기의 역사학'에서는 '구한말의 역사 저술을 간행, 차례대로 소개하고 거론하면서 계몽주의 역사학으로 자리잡아 간 과정과 성격을 추적'하고 있다. 특히 저자는 이때에 한국의 역사학이 중세적인 것을 탈피하는 한편 일본 식민주의 역사학의 오염을 극복해야 했다고 지적하면서 이 두 가지 과제 해결과 관련, 신채호의 『독사신론』과 황의돈의 『대동청사』를 내세우고 여기에서 '근대사학'이 성립하는 것을 확인하게 되었다고 한다.

제3장 '한국사학의 발전과 방법론'에서는 '식민지 시기의 한국사학'을 올려놓고, 그것들을 역사학 방법론의 기준에 따라 유형을 분류하고 나아가 각 유형에 따른 대표적인 저술들을 분석한 것이다. 저자는 이 장의 연구에서 이 시대의 역사학의 유형을, 유심론(唯心論)사학과 초기·후기의 문화사학, 유물론(唯物論)사학 그리고 실증사학의 크게 다섯으로 나누고 이들 유형의 대표적인 저술들을 다루게 되었다. 저자는 이같은 그의 유형별 구분을, 오랫동안의 사색과 고민 그리고 여러 선후배들의 조언을 얻어 '식민지 시기 한국사학과 학자의 분류표'(43, 169, 238, 518쪽)를 만들었다.

제4장 '식민사학의 성립과 확산'에서는 일제가 한국 강점을 역사

학적으로 정당화하기 위해 안출한 식민사학의 성립과정을 비롯하여 그 논리와 근대사 서술, 나아가서 '식민사학을 관리하고 있던 조선사편수회'에 대하여 검토하였다. 저자는 이 글에서 동조동근론(同祖同根論)과 타율성론 및 정체성론 등의 식민사학이, 일제가 한국을 침략하던 때에 침략의 논리로 대두하여 발전하게 되었다는 것을 밝히고 있다.

제5장 '해방 후 한국사 연구의 발흥과 특징'에서는 해방 후부터 4·19혁명 전까지의 한국사 연구를 개설서와 학회, 그밖의 주요 저술들을 중심으로 점검하였다. 저자는 이 작업을 통하여 그동안 밝혀지지 않았던 해방 직후의 한국사 연구의 실상들을 최초로 밝혀 독자들 앞에 내놓았다. 해방 직후에 조선학술원, 진단학회, 조선사연구회, 역사학회 등의 조직이 탄생되고, '유심론사학', '문화사학', '유물론사학', '실증사학' 등의 학풍이 풍미하면서 한때 자유로운 학문활동이 이뤄졌다. 그러나 남북에 단정이 수립되고 남북협상·통일지향의 인사들이 제거되면서 분단사학이 고착화되었고, 그 때문에 남한에서는 문헌고증사학만이 잔존하게 되었다. 그런 속에서도 역사학회가 새로 창설(1952)되어 '진보적 연구'를 모색하게 되었다고 지적하였다.

제6장 '4·19혁명과 역사학의 새로운 발전과 과제'에서는 4·19혁명으로 민주주의와 민족주의 사조가 부상하는 추세 속에서 역사학이 어떻게 재정립되고 있는가를 살폈다. 저자는 이 시기에 식민사학이 비판되고, 구석기시대와 청동기시대에 대한 연구가 제자리를 찾

게 되며, 조선 후기 실학의 문제가 제기되어 식민사학의 정체성이론이 극복되고, 무엇보다 독립운동사 연구가 틀을 잡아 갔다는 것을 서술하였다. 그리고 1980년대 이후에 발전하던 진보주의 역사학의 특징을 민중사학과 진보적 민족주의사학으로 그 사학사적 위치를 규명하였다.

저자는 결론을 대신하여 '역사를 보는 눈'을 강조하였다. 그는 역사가 '과거와 현재의 통합의 산물'이면서 역시 '자신의 주관과 역사의 객관적 사실의 통합의 산물'이라는 점을 지적하고, '통합과 해석을 조종하는 기준인 사관'의 중요성을 강조하면서 이렇게 썼다.

통합과 해석의 기능을 악용하여 식민사학처럼, 역사학을 정치의 시녀로 만들어서는 안 된다. 반대로 과거의 객관적 사실의 나열을 역사라고 우겨도 안 된다. 객관적 사실도 귀족계급이나 유산자 시민계급이나 무산자계급의 어느 일면의 것을 모아 전체에 연역해서도 안 된다. 그것도 모든 계급, 계층의 것을 통합해서 보아야 한다. 그래서 사관이나 역사 방법론이 중요하다는 것이다. 그렇게 통합적 시야에서 한국사를 보면 한국사 나름으로, 그러면서도 세계사적 보편성도 고려한 시대 구분도 가능하리라고 생각한다. (524쪽)

3

　그동안에 한국사학사 관계 저술이 더러 나왔지만,『현대 한국사학사』는 현대 한국사학사를 다룬 최초의 연구서로서 그 개척자적 의의와 함께 학문적으로 공헌한 바가 매우 크다. 간단하게 다음 몇 가지를 지적할 수 있을 것이다.

　첫째, 이 책은 100여 년의 한국 역사학의 업적을 총망라하고 있으며, 자료 또한 방대하다. 아직까지 100년 특히 한말 일제하의 사학사 관계 업적을 수집하는 것조차도 여의치 않은 형편인데, 이 책은 거의 완벽하게 파악하여 연구대상으로 떠올려 놓았다. 특히 저자는 사학사 연구에 관련된 자료 중에서 독립운동사 연구를 통해서만 찾을 수 있는 자료를 많이 수집하였다. 계봉우의 역사학을 소개한 것이 그 대표적인 것이라 할 것이다. 독립운동사 연구에 학문적인 생애 거의 전부를 바친 저자가 만년에 사학사에 깊은 관심을 갖게 된 것도 아마 이 점과 관련이 있을 것이다. 근현대 사학사 연구에서 이 책에서 제시된 만큼의 풍부한 자료는 좀처럼 대하기 힘들 것이다.

　둘째, 저자는 한국 근현대 사학사를 유형화하고 개념적으로 정리하는 데에 매우 고심하면서 사학사의 맥락을 정리하였다. 한말에서 일제강점기의 역사학을 관념사학과 사회경제사학 및 실증사학으로 나눈 저자는 관념사학에 유심론사학, 초기 문화사학과 후기 문화사학을, 사회경제사학에 역사주의 경제사학과 절충식 경제사학 및 유물론사학을 분류시키는 한편, 실증사학을 고증학으로, 유물론사학과 일부 절충식 사학을 합쳐 보편주의 역사학으로 구분하고, 나머지를 모두 민족주의사학으로 정리하였다. 이 점은 저자가 정리한 도표(43, 169, 238, 518쪽)에 잘 나타나 있다. 이 분류는 저자의 주관적인 시도였다 할지라도 학문적인 논의를 제공하였다는 점에서 높이 평가하지 않을 수 없다.

셋째, 해방 후의 남북한의 역사학계에 대한 체계적인 소개가 이 책에서 처음 시도되고 있다는 것이다. 해방 직후의 남한의 역사학계와 북한의 역사학계를 소개하는 것은 물론이고, 특히 4 · 19혁명 이후 사학계가 당시 사회의 민주주의적 · 민족주의적 진통과 함께 어떻게 변화되고 있는가를 보여 주었다. 특히 일제 식민주의 사관 중 정체성이론을 극복하기 위해 실학기의 ‘자본주의 맹아론’을 주장하고 나선 것과 일제강점기의 역사를 독립운동을 중심으로 파악하려고 한 역사학계의 움직임을 이 책에서 정확하게 짚어 준 것은 앞으로 사학사의 방향 설정을 위해서도 중요하지 않을 수 없다.

넷째, 이 책은 ‘한국사학의 현대적 과제’와 관련하여 1970∼1980년대의 군부 독재 시기의 젊은 사학도들에 의해 추진된 진보적인 학술활동을 평가하고 있는 점에서 특히 주목된다. 이 책의 독자들은 57∼60쪽에서 토하고 있는 저자의 사자후와 같은 외침을 들을 수 있어야만 진정 이 책의 저자를 만날 수 있을 것이다. 이것은 이 시대를 살면서 역사학자로서 고민했던 저자의 양심선언의 소리를 듣는 것 같은 느낌이다. 저자는 한국사학의 현대적 과제를, 분단사학을 극복하고 통일사학을 여는 데 있다고 힘주어 말한다.

　이 책에 대한 비판적인 논평은 아무래도 다른 자리가 필요할 것으로 보인다. 그 한 예로, 이 책에는 용어와 개념이 생경한 것을 느끼게 하는 대목이 있음을 지적할 수 있다. 이런 점들과 관련된 학계의 논란은 계속될 것으로 전망된다. 책의 반향이 논란으로 이어질 수 있을 때, 그만큼 책의 가치는 살아 있는 것이다. 독립운동사 연구에 거의 전생애를 바쳐 온 저자는 이 역저를 통해 현대 한국사학사 연구에 주춧돌을 놓았다. 이는 저자가 한말 일제강점기의 역사학 연구를 또 다른 의미의 독립운동으로 간주하고 있었기 때문이라고 생각한다. 이런 점까지를 유념하면서, 이 책은 한국의 근현대사를 민족운동과 민족지성의 관점에서 고민하는 분에게, 전공·비전공을 막론하고, 꼭 일독을 권하고 싶은 책이라고 강조하고 싶다.

문화의 젖줄, 격동 후에 가 본다

허세욱 고려대 중어중문학과 교수

『산해관에서 중국역사와 사상을 보다』
금장태 지음 / 1999 / 효형출판

80년대 후반부터 중국기행물의 봇물이 터졌다. 한·중 두 나라가 문화를 교류한 지 짧아도 2천여 년 동안 이만큼 활발해 본 일도 없었다.

혜초 스님의 『왕오천축국전』이 인도기행임은 틀림없지만 그 속에는 중국서역기행이 포함되었으니 비록 부분적이긴 하지만 최초의 중국문화기행으로 기록된다. 그뒤 조즙(趙濈, 1568~1631)이 인조반정 후 명나라에 사신으로 내왕한 기록 『조천록(朝天錄)』과 박지원의 『열하일기』 등의 연행록(燕行錄)들이 속간되었는데 대체로 중국의 견문을 신선하게 기록했었다.

최근의 기행물들은 다행히 독립국의 후예로서 스스로의 사상적인 바탕 위에서 각기의 전공 지식을 살리는 품위 있고 내용 있는 기행으로 상승하고 있다.

이번 효형출판사에서 신간한 금장태 교수의 『산해관에서 중국역사와 사상을 보다』는 이제까지의 중국문화기행기와는 여러 가지로 다른 시각과 내용을 보였다.

저자는 종교학을 전공하고 한국의 유학사상을 연구하는 종교철학자로서 그동안 일곱 차례에 걸쳐 중국의 3개 직할시(북경北京, 광주廣州, 상해上海)와 8개 성(산동山東, 하북河北, 요령僚寧, 길림吉林, 강서江西, 절강浙江, 강소江蘇, 복건福建)을 문화기행하고, 이를 5부로 분할·서술했다.

이 속에는 세 가지 분명한 시각을 보여 주어서 이 책의 개성을 단단히 했다. 우선 한·중 양국 수천 년 동안 공유했던 문화와 사상의 뿌리를 찾으면서 그 어디서나 만날 수 있는 역사, 예술, 문화의 연결고리를 현장 확인하는 한·중 관계 사적 탐문기요, 둘째는 아시아적 가치로서의 새로운 주목을 받고 있는 중국 역사의 상징적 유적들을 살피면서 시계추의 진자운동이 다시 중국 쪽으로 올 수 있는가를 가늠하는 철학자의 관조요, 셋째는 중국에 산재한 유학, 도교, 라마교, 천주교 등 종교 전파의 유적과 그 현장을 탐색하는 종교학자로서의 현지답사인 것이다.

그러나 이같은 세 가지 시각으로 끌어 나가면서도 저자의 기본적인 정서가 있다. 그것은 한국인이라는 자주적 정서다. 한국인으로서 중국을 객체로 보면서도 같은 한자문화권에서 서로 갈등하고 서로 공조했던 역사의 호흡을 되새기고 있다.

그는 이 책을 출발하는 첫 페이지에서 긴장과 저항을 보였다. 첫 장의 표제는 '중국의 예민한 촉각이 느껴진다—산동반도'로, 저자는 그 제일 기착지인 '위해(威海)' 지명을 두고 "동쪽 오랑캐, 곧 동이(東夷)에 위엄을 보인다"로 풀이하고, 중국 중심의 중화주의의 냄새가 악취처럼 풍겨 온다고 피해의식을 보였다.

이러한 피해의식이 있는가 하면 군데군데 자본주의와 실용주의의 기지개를 펴는 20세기 마지막 현장을 뛰면서 "시계추의 진자운동은 다시 중국 쪽으로 이동할 차례가 올지도 모르겠다"는 불안과 기대를 안고 있다.

이렇게 금장태 교수는 역사와 미래 사이에서 한(韓)민족의 한 사람으로 고뇌하면서 곧 위해에서 산해관, 산해관에서 광주까지 우리 선인들의 발이 닿았던 곳에서 그 오랜 관계를 되돌아보는 강개 속에 금석(今昔)을 대조했다.

북대하의 이제묘(夷薺廟)에선 사육신의 하나였던 성삼문의 발길을 그의 <수양산 바라보며>의 시조로 추억했고, 산해관 노룡두(老龍頭)에선 1790년 이곳을 찾았던 조선 사신 서호수(徐浩修)의 족적을, 연대(烟臺)에서 대련(大連)까지의 해상항로에선 1624년 명나라 사신으로 가는 홍익한(洪翼漢)의 여행기『조천항해록(朝天航海錄)』을, 대련의 스탈린광장 옆 법원을 지날 때는 여순 감옥에서 처형된 신채호와 안중근 의사를, 압록강 철교 옆에서는 일제 때 망명길에 올랐던

춘원 이광수를, 단동시의 금강산(錦江山)공원에서는 애국 강연에 열변하던 도산 안창호를, 다시 요동 땅 영성산(塋城山)에선 고구려 양만춘(楊万春)의 안시성(安市城)대첩을, 청나라 때의 열하(熱河), 곧 승덕(承德)의 피서 산장에서 『열하일기』를 쓴 박지원은 물론 『연행기(燕行記)』를 쓴 서호수나 실학의 대가 이수광(李睟光) 등을 생각할 수 있었다. 모두가 족적을 남겼던 것이다.

그러한 관계사는 아직도 많다. 북경 남쪽 보정(保定)에선 1882년 임오군란 때 대원군이 이홍장(李鴻章)에게 잡혀 와 유폐당했던 연지서원(蓮池書院)을, 북경 자금성 태화전 마당에선 옛날 조선 사신들이 청나라 황제께 삼배구고두(三拜九叩頭)하던 일을, 북경 천단(天壇)에선 우리나라 고종이 황제로 즉위한 뒤 천단을 모방한 원구단을 신축하고 거기서 즉위식을 거행했던 일을, 북경의 공묘(孔廟)에선 우리나라 유학파 이승희(李承熙)·이병헌(李炳憲) 등이 공교활동에 참여했던 일을, 북경 천주당에선 18세기 말 천주당의 문물을 소개했던 실학자 홍대용(洪大容)·박지원 등을, 상해의 노신(魯迅)공원에선 1932년 의거를 벌였던 한인애국단과 윤봉길 의사를, 광주의 나부산에선 1910년부터 도교를 닦았던 전병훈(全秉薰)을, 광주의 망해루에선 강유위·양계초 등의 변법을 떠올리면서 다시 거기서 영향받은 우리나라 박영효, 김옥균, 박은식, 장지연 등의 개화파를, 광주의 문묘 대성전에선 1919년 우리나라 유림 대표 김창숙(金昌淑)이 독립청원서를 가지고 여기 석전제향에 참석했던 일들을 촉물기정(觸物起情)하다가, 금장태 교수는 광주시 기의로(起義路)에 있는 광주기의 열사묘역에서 '중조인민혈의정(中朝人民血誼亭)', 그러니까 중국 공산당 혁명전쟁에 동참했던 중국과 북한 사이의 혈맹을 기념하는 정각을 보면서 긴긴 한·중 관계사를 마무리 지었다.

저자는 한·중 역사문화의 관계를 짚으면서도 간혹 한·중 문화의 비교를 빼놓지 않았다. 예를 들어, 중국의 전통가옥인 사합원(四合院)과 우리의 한옥을 비교하면서 폐쇄와 노출이라고, 북경의 공묘와 국자감은 우리의 문묘와 성균관에 상당하다고 비교 설명한 것이 그렇다. 또 북경의 태문과 우리의 종묘 그 보존 관리를 비교하면서 그 실태와 안정을 지적했다.

둘째로, 그의 철학자적 관조를 밝히고 싶다. 중국 역사의 마디마디를 굳혔던 상징적 유적지를 관찰했다. 산해관, 진황도, 북대하, 만리장성, 열하, 자금성, 곡부 등 주로 북방에 산재한 복건 통치와 교육 등에 관한 유적들이었다.

요하평원과 하북평원 사이에 만난 진황도, 북대하, 산해관에선 산해관의 '천하제일관' 적인 위용을 그리며 거기서 '영웅적'인 족적과 장성 축성에 따른 처연한 비극을 남긴 진시황, 조조, 모택동을 회고하고, 철학자답게 그들의 독재적·법가적·지략적인 공통성을 지적한다. 그리고 저자가 꿈에도 그리던 열하, 곧 1703년 청 강희황제가 피서 행궁으로 짓던 곳을 비롯 명·청 오백 년 동안 24명의 중국 황제가 생활했던 자금성의 절대적 통치 권위와 수난의 비극을 그리면서, 특히 북경성의 내성, 외성이 첩첩이 닫혀 지냈던 폐쇄적 제왕을 비평했다.

그러나 저자가 이 책에서 여느 문화기행을 능가한 부분은 종교 분야다. 그는 북경의 종교 유적을 답사하기에 앞서 명나라 때 황실이 불교를, 청나라 황실이 라마교를 보호했었다는 역사적인 배경 외에도 청나라가 한(漢)족을 억제키 위해 몽골족의 신앙인 라마교를 이용했다는 민족적인 책략 등을 설명했다.

과연 북경 지역에선 옹화궁 등 사찰과 41곳이나 되는 라마교 사원, 청나라 때 세웠던 남당, 북당 등의 천주당, 복건성 하문(廈門)에서 천주(泉州)까지 그 유역의 남보타사, 개원사 등의 불교 사찰, 복건성 무이산을 중심으로 한 주자(朱子)의 활동무대, 강서성 금계(金溪)와 연산(鉛山) 일대에 산재한 육상산(陸象山)의 유적과 서원들, 그리고 역시 강서성 음담(鷹潭)에 있는 도교의 성지 상청궁(上淸宮)과 천사부(天師府)와 도교의 발상지인 용호산(龍虎山) 등지를 상세히 조명한 데서 저자의 심혈이 읽혀진다.

이밖에도 문화기행을 펼치면서 군데군데 필요한 참고적 해설을 붙여 독자의 이해를 구한 점도 매우 친절했다.

다만 이러한 문화기행서의 증보를 위해 몇 가지 지적한다면 이번 『산해관에서 중국역사와 사상을 보다』가 다만 황해연안 지역과 화북 지역, 곧 우리나라와 접촉이 빈번했던 곳만을 범위로 삼았기에 중국문화 · 정치의 체계적 · 전면적 이해에 탈루의 모자람이 있는가 하면 강남문화의 구슬 같은 금화, 온주, 서호, 항주, 소흥, 여요, 소주, 무석, 양극, 남경, 상해 등지는 그 내용이 평범한 관광 안내의 정도를 넘어서지 못한 아쉬움이 있다.

필사본 『화랑세기』의 허상과 실상

이기동 동국대 사학과 교수

『화랑세기』

김대문 지음 / 이종욱 역주해 / 1999 / 소나무

잘 알려져 있듯이 오늘날 전해 오는 가장 오래된 역사책은 고려 시대 김부식이 편찬한 『삼국사기』이다. 이 책은 12세기 중엽에 완성되었다. 그런데 10년 전에 부산에서 『화랑세기』라는 책의 필사본이 발견되어 역사학계를 깜짝 놀라게 했다. 그도 그럴 것이 『화랑세기』라면 7세기 후반에서 8세기 초에 걸쳐 활약했던 신라의 대저술가 김대문(金大問)이 지은 책이름과 똑같았기 때문이다. 실제로 이 필사본에는 집필자가 김대문임을 암시하는 대목이 몇 차례 나오고 있다.

다만 1989년에 세상에 알려진 이 『화랑세기』는 뒷부분이 떨어져 나간 그 자체가 불완전한 것이었다. 즉 제15세 풍월주(風月主)인 김유신에 대해 기술하다가 도중에 끊어지고 말아 그 후반부가 여간 궁금한 것이 아니었다. 그런데 1995년 노태돈 교수(서울대)의 열성 어린 노력에 의해서 원소장자의 장서 속에 또 하나의 『화랑세기』 필사본이 전해지고 있음이 확인되었다. 이것은 앞부분이 조금 떨어져 나갔지만, 제32세 풍월주에 대한 기록까지 실려 있으며 또한 발문(跋文)이 남아 있다. 이 두 개의 『화랑세기』를 대조해 보면 1995년에 알려진 것이 소위 모본(母本)이며, 1989년의 것은 이를 발췌한 요약본임을 알 수 있다.

이번에 발간된 『화랑세기』 역주해는 지난 몇 해 동안 『화랑세기』 분석에 전념해 온 이종욱 교수(서강대)의 집념의 소산이라 할 만하다. 이 교수는 필사본(모본을 가리킴)에는 없는 제1세 풍월주에서 제4세 풍월주까지의 기록을 발췌본에 의해서 보충하여 『화랑세기』 전문(全文)을 번역하면서 『삼국사기』 및 『삼국유사』에서 전거를 찾아 상세한 주석을 달고 32명에 달하는 매 풍월주의 세계도(世系圖)를 그려 넣어 독자들의 이해를 돕고 있다. 아울러 『화랑세기』의 신빙성을 논한 두 편의 논문을 부록으로 실었으며 책머리에는 '신라인의 신라 이야기'라는 부제로 해설을 꾀하고 있다. 이 부제는 그대로 책의 부제가 되어 있다.

사실 그간 『화랑세기』 역주본은 몇 사람에 의해서 간행된 바 있다. 발췌본은 발견 직후 이태길 씨에 의해서 번역본이 나왔고, 모본만 하더라도 1997년에 조기영(趙麒永) 씨에 의해 상세한 역주본이 나와서 그해 12월 한국간행물윤리위원회에 의해 청소년 추천도서(역사 부문)로 선정되기까지 했었다. 사정이 그러함에도 불구하고 이제 새삼스레 이 교수의 역주본이 서평의 도마 위에 오르게 된 까닭은 그것이 다름 아닌 신라사를 전공하는 전문 역사연구자에 의해서 이루어진 것이기 때문이다.

여기서 잠깐 역사학계의 분위기를 소개해 둘 필요를 느낀다. 처음 『화랑세기』 발췌본이 세상에 알려졌을 때 역사학계의 지배적인 견해는 그것이 위서(僞書)라는 데에 모아졌다. 이는 『화랑세기』에 등장하는 각종 용어 등에 대한 문헌 비판에 의해서, 또한 발췌본 자체의 내용 분석을 통해서 얻어진 결론이었다. 더욱이 노태돈 교수의 오랜 추적조사 끝에 원소장자인 남당(南堂) 박창화(朴昌和, 1889~1962)의 정체가 밝혀지면서 위서의 심증은 더욱 굳어지게 되었다. 일제 말기 일본 궁내성 도서료(현 궁내청 서릉부書陵部의 전신)에서 10여 년간 한국 관계 도서조사 촉탁으로 종사한 바 있는 특이한 경력의 소유자인 박창화는 주변 사람들에 의해 역사 지식과 문필의 재능이 뛰어났던 인물로 기억되고 있다. 뒤에 발췌본의 모본이 발견되고, 『유기추모경(留記芻牟經)』 등 박창화가 창작했음이 분명한 여러 종류의 한국 고대사 관계의 서책들이 동시에 알려지게 됨에 따라 『화랑세기』 역시 그에 의해 '창작'되었을 것이라는 확신이 더욱 깊어지게 되었다.

그런 만큼 이종욱 교수는 무엇보다도 먼저 『화랑세기』를 둘러싼 진위 논쟁에 있어서 보다 허심탄회한 자세를 취할 필요가 있다고 생각된다. 이 교수는 『화랑세기』 필사본이 박창화가 일제 말기 궁내성 도서료에 근무할 당시 도서료 혹은 일본 내의 어디엔가 비장되어 있던 원본을 직접 보고 베낀 것이 분명하다고 주장한다. 그리고 그가 발췌본을 만든 것은 『화랑세기』 내용 가운데 일부에 대해 불만을 가졌기 때문이 아닐까 추정하고 있다. 그러나 이 정도의 추리로는 학계를 설득할 수 없을 것이다.

이 교수는 발췌본 『화랑세기』를 접하면서부터 그것이 위작일 가능성을 찾고자 노력했으나, 성공할 수가 없었다고 고백한다.(348쪽) 나아가 역사학계 인사들의 『화랑세기』에 대한 비판이 지나치고 잘못된 요구일 뿐 아니라 역사 연구를 왜곡시키는 것이 분명하다고 느꼈다는 것이다.(360쪽) 이 교수는 이렇게도 말하고 있다. 즉 『화랑세기』를 위작 또는 소설로 간주하는 것만이 엄밀한 사료 비판일 수는 없으며, 그것은 무책임한 사료 비판일 수 있다고 한다.(389쪽) 그러면 이 교수가 이와 같이 주장하는 근거는 과연 무엇일까.

이 교수의 주장에 의하면, 역사학계의 화랑에 대한 이미지는 신라 당대인의 그것과는 자못 큰 차이가 난다고 한다. 현재 우리들에게 화랑 및 화랑집단에 대한 지식을 제공해 주는 『삼국사기』와 『삼국유사』는 기본적으로 고려시대 사람들의 담론(談論)으로, 신라인의 담론 체계와는 일정한 거리가 있다는 것이다. 이를테면 화랑집단을 기본적으로 무사단으로만 인식하고 있는 것이 그 단적인 예라고 한다. 나아가 지금까지 신라사 연구의 새로운 패러다임을 만들기 위해 노력해 온 이 교수 자신의 입장에서 본다면 『화랑세기』 필사본을 김대문의 저술로 보는 데 하등 주저할 이유가 없다고 한다. 바꿔 말하면, 대다수의 신라사 연구자들이 『화랑세기』 필사본을 위작으로 보는 근본원인은 새로운 패러다임으로 신라사를 연구하지 않았기 때문이며 동시에 신라인의 담론 체계를 제대로 이해하지 못했기 때문이라는 것이다.

그렇다면 이 교수가 편향된 인식이라고 지적한 화랑집단의 무사단적 성격에 대해서 검토해 보기로 하자. 『삼국사기』 저자는 열전에서 화랑 혹은 낭도 출신의 순국지상주의(殉國至上主義)적 무용(武勇)과 자기희생을 찬양해 마지않았으나, 한편으로는 아무리 대의(大義)를 위해서라도 목숨을 가벼이 내던지는 것은 옳은 태도가 아니라고 경계한 바 있다. 그러니까 화랑집단의 무사도적 기질은 신라 당대의 역사적 실체이며, 김부식의 논평이야말로 고려시대인의 담론이 아닐까. 사사로운 이야기이긴 하지만, 이 교수는 본 역주해서에 실린 논문에서 평자의 『화랑세기』 발췌본에 대한 위작 주장이 화랑도의 실체를 파악하지 못한 데서 나온 것이라고 이의를 제기하였는데(368쪽), 이는 승복하기 어려운 주장이다.

실제로 평자는 화랑도 연구를 처음 시작한 이래 오랫동안 화랑집단의 문제가 무사도의 관점에서만 논하기에는 너무나 큰 대상이라는 것을 누누이 강조해 왔다. 즉 평자는 화랑도의 본질이 전쟁과 놀이라는 현실과 허구의 세계 사이에서 항상 균형을 이루고 있는 점에 주목했던 것이다. 그리고 최근 들어 화랑도와 비교 대상이 되는 서양 중세 기사도의 경우 그들의 용감한 자기희생이 실은 애욕(愛慾)과 밀접한 상관관계를 갖고 있다는 문화사가 호이징하의 지적에 계몽되어 화랑도에도 이같은 측면이 있지 않았을까 생각하게 되었다. 그런데

『삼국사기』나 『삼국유사』에는 화랑도의 연애 이야기가 전혀 보이지 않는 대신 『화랑세기』 필사본에는 화랑(풍월주)과 궁정여인들과의 연애담이 매우 빈번하게 등장하고 있어(이 점이 바로 위작설의 유력한 근거가 되고 있다) 어쩌면 후자의 기술이 화랑의 일상생활과 어울리는 것이 아닐까 생각된다고까지 지적한 바 있다(평자의 책 『신라사회사연구(新羅社會史研究)』, 일조각, 1997, 242쪽 보주補註).

이것뿐만이 아니다. 평자는 20여 년 전 화랑집단을 사회학적 관점에서 검토하면서도 같은 시기에 공존한 각 화랑집단의 특징적인 차이라든지 화랑집단 상호간의 대립 내지 갈등의 가능성에 대해서는 전혀 생각이 미치지 못했다. 그런데 『화랑세기』 필사본에는 화랑집단의 기질상의 차이뿐 아니라 구성원의 신분상 차이에 대해서도 상세히 기술하는 등 일종의 사회학적 관점에서 이를 여러 유형으로 분류·대비하여 그 갈등과 통합의 상호작용을 교묘하게 풀어 나가고 있다. 그리하여 평자는 『화랑세기』 필사본이 비록 위서라 할지라도 거기에 기술되어 있는 화랑단체의 유형 분류 및 분석은 우리들이 사회조직으로서의 화랑도를 생각할 경우 반드시 고려해 봄 직한 관점이라고 지적했던 것이다. 이같은 의미에서 본다면 필사본 『화랑세기』의 출현은 — 그 진위 문제는 어떻든 간에 전혀 의미가 없는 것은 아니라고 생각된다. 평자는 『화랑세기』 필사본을 결코 진본이라고는 생각하지 않는다. 다만 그렇더라도 이에 '생명을 불어넣으려고' 열의를 갖고 연구하는 이 교수를 조롱할 생각은 없다.

20세기 서양 역사학의 유산

민경현 고려대 서양사학과 교수

『20세기 사학사』
조지 이거스 지음 / 임상우 · 김기봉 옮김 / 1999 / 푸른역사

저물어 가는 20세기와 함께 그 세기의 역사를 회고하려는 시도가 사회의 각 분야에서 활발하게 행해지고 있다. 그러나 그 작업의 본령을 차지하고 있는 역사학자들에게는 세기의 문턱을 넘기 전에 골몰해야 할 또 하나의 주제가 있다. 20세기 역사학의 결산과 조망이 그것이다. 20세기는 역사의 이론과 해석이 그 어느 시기보다 풍요로웠던 시기였고, 실타래처럼 복잡하게 얽힌 그 담론의 미로에 몸을 던져 길을 헤쳐 나가기란 전문가를 자처하는 이들에게도 사실 쉬운 일이 아니다.

이미 『유럽 사학사의 새로운 방향들(New Directions in European

Historiography)』(Middletown, 1975)이라는 저서로 사학사 분야에서 무게를 인정받은 이거스가 이번에 내놓은 『20세기 사학사』는 단지 역사학 전공자들뿐만 아니라 21세기에 계승되고 극복될 20세기 서양 역사학의 유산에 관해 고민하는 일반 지식 대중에게도 반가운 소식이다.

이 책의 부피가 두툼하지 않다는 것은 단점으로 꼽히기도 하지만, 이거스가 이곳에서 제시하는 설명이 간략하고 명쾌하다는 점은 이 책의 가장 뛰어난 점이기도 하다. 역사학이 전문 분과로서 출현한 19세기 이래 서양에서 선보인 다양한 역사학의 제 경향을 이거스는 크게 세 범주로 구분하여 설명한다. 첫 단계는 역사학이 과학의 옷을 걸친 시기이고, 둘째 단계는 역사학이 사회과학의 방법을 도입한 시기이며, 셋째 단계는 역사학이 포스트모더니즘의 세례를 받았던 시기라는 것이 그의 도식이다. 간단한 그의 도식은 그러나 곱씹어 음미할 만하다. 역사학이 최초로 전문 분과로서 출현한 것은 19세기 중엽이었고, 그때 랑케가 주장한 전문화과정의 핵심은 역사학의 과학적 위상에 대한 확고한 믿음이었다. 역사가는 주관적으로 과거를 서술하지 말고 단지 실제로 과거에 일어났던 일들을 기록해야 한다고 주장함으로써 랑케는 과학적 역사학과, 이전의 문학적 전통과의 단절을 강조했다. 그러나 랑케의 그러한 시도에도 불구하고 과학적 역사학은 역사학의 문학적 전통들로부터 결코 자유롭지 못했음을 이거스는 양자가 공유하는 세 가지 성격을 전거로 삼아 설명한다. 첫째는 역사 서술은 실제로 존재했던 사람과 실제로 일어났던 행위를 그려 낸다는 진리대응설이고, 둘째는 인간의 행위는 행위자의 의도를 반영한다는 의도성이며, 셋째는 일차원적이고 통시적인 시간관, 즉 나중에 일어난 사건과 그 이전에 발생한 사건 간에 일관된 인과관계가 존재한다는 시간적 계기성이다.

랑케와 함께 시작된 고전적 역사주의 사가들의 작업은 문헌학(Philology)에 의지한 철저한 실증을 역사과학의 방법으로 채택했지만 분석적이라기보다는 사건 중심으로 이루어진 이야기(Story Telling)였다. 그들은 국가와 그것을 주도하는 정치적 개인을 역사 서술의 중심 영역으로 채택했고 그에 대한 객관적인 연구와 서술이 가능하다고 생각했지만, 이거스에 의하면 이러한 고전적 역사주의는 부르주아사회의 기존 질서를 계몽주의적 이성에 의해 비판하기보다는 오히려 그것을 역사적으로 신비화시키고 정당화하는 이데올로기의 성격을 가졌다. 그러한 역사주의 역사학은 19세기 말에 이르러 객관성에 대한 믿음과 그것의 이데올로기적 기능간의 모순에 봉착했고 위기—역사주의의 위기—를 맞이했다.

프랑스 아날학파의 구조주의, 마르크스주의적 계급분석 그리고 독일의 사회경제학파로부터 출발된 20세기의 새로운 사회사 연구는 합리적으로 구성된 이론과 방법론을 통해서 사회적 실재를 역사학적으로 규명하려고 시도했고, 이에 따라 역사학은 역사주의에서보다 훨씬 비판적인 성격을 띠게 되었다. 과거의 사건 지향적이고 이야기체적인 역사학을 탈피하여 새로운 역사학은 사회과학을 지향했다. 역사 연구와 역사 서술에 계량 사회학적, 경제학적 연구방식이 도입

됨으로써 개인의 행위와 의도가 아니라 사회구조와 사회변혁의 과정이 강조되었다. 그러나 이 시기의 역사학도 전(前) 시대의 전통으로부터 자유로웠던 것은 아니었다. 역사 실재를 객관적으로 규명할 수 있다는 믿음, 과학만능주의, 역사에는 내적 일관성이 있다는 단선적인 시간 개념 등은 전 시대의 역사학과 공유했던 특징이었다.

그러나 사회과학적 역사학이 존재했던 근대 세계의 본질과 방향에 대한 낙관론은 후기 산업세계의 사회적 존재의 구조에 중대한 변화가 발생함에 따라 근본적으로 흔들렸고, 그 동요는 2차 대전 이후 문명화과정이 지닌 파괴적 측면이 점차로 의식의 한가운데를 차지하면서 역사 서술에 중요한 영향을 미쳤다.

'아래로부터의 역사' 라는 새로운 역사학은, 이전까지는 역사 연구의 주요대상이 되지 못했던 여성과 소수민족은 물론 이름 없는 보통 사람들도 연구주제로 편입시켰고 젠더(Gender) 개념이나 비주류 집단에 대한 관심도 증대되었다. 새로운 역사학은 이전처럼 개인에 대한 착취와 지배의 근원을 정치적 질서나 경제적 구조 속에서 찾는 대신 사람과 사람 사이의 관계 분석을 통해서 개인의 소외와 사회적 불평등의 원인을 찾으려 했다. 20세기 전반기의 사회과학적 역사학이 19세기까지 지배적이었던 '정치' 를 '사회' 라는 범주로 대체했다면, 20세기 후반기의 새로운 역사학은 일상적인 생활과 경험의 토대가 되는 '문화' 라는 새로운 파트너를 만나게 된 것이다.

'서술식 역사의 부활' 과 '언어적 전환' , '미시사' 그리고 '신문화사' 에 이르러 비로소 객관성에 대한 오래된 신앙이 철회되고 인간들의 주관적 의식과 삶의 체험을 두텁게 묘사(Thick Description)하려는 시도가 나타났다. 이 새로운 경향, 포스트모더니스트 역사학을 이거스가 어떻게 평가했는가는 특히 주목할 만하다. 이거스는 우선 역사학의 지나친 구조 편향성에 대해 포스트모더니즘이 수정을 가했다고 긍정적인 평가를 내렸다. 그러나 이거스의 결론은 포스트모더니즘에 대한 비판에서 더욱 활력을 찾는다. 이거스는 포스트모더니스트 역사학이 역사를 실제 일어났던 사건들이나 과거인들의 삶을 조건 지웠던 구조들의 연관관계로 보지 않고, 단지 담론적 질서로 파악함으로써 역사 현실과 문학적 허구 사이의 벽을 허물었다고 비판한다. 과연 포스트모더니즘이 주장하는 것처럼, 역사의 이야기가 말하는 모든 것은 언어에 의해 만들어진 허구이며 역사와 허구 간에는 어떤 근본적인 차이도 존재하지 않는가? 거대 담론은 정녕 종말을 고한 것일까? 역사적 객관성이라는 신화는 완전히 깨졌는가? 역사학의 토대를 흔드는 그 질문들에 대해 이거스는 노빅(P. Novick)의 명제를 들어 대답한다. 객관성은 역사학에서 달성될 수 없으며, 역사가는 단지 개연성만을 희망할 수 있다. 그렇다. 그러나 문제는 그 개연성이다. 역사학의 개연성은 문학의 개연성과 본질적으로 다르다. 역사학의 개연성은 설명을 임의로 창안하는 것이 아니라, 합리적 전략에 기반을 두어야 한다. 역사가가 역사적 실재에 접근하는 과정이 아무리 복잡하고 간접적일지라도, 역사적 설명은 역사적 실재와 관련되는 것이다. 모든 역사적 설명은 확실히 하나의 구성물이지만, 이는 역사가와 과거 사이의 대화를 통해 나오는 구성물이다. 역사학에 대한 포스트모더니즘의 도전은 유토피아주의와 진보의 개념에 대해 ‘경고’를 보냄으로써 현대의 역사적 논의에 공헌을 하였다. 그러나 도전은 경고로써 만족해야 한다. 20세기 서양 역사학의 계몽주의적 유산, 그것은 거부하고 폐기해서 다른 것으로 대체해야 할 것이 아니라 비판적으로 검토하고 계승해야 할 것이기 때문이다.

살아 있는 고려사 읽기

박종진 숙명여대 한국사학과 교수

『5백 년 고려사』
박종기 지음 / 1999 / 푸른역사

急속하게 전개되는 '세계화' 속에서 1999년을 마감하는 지금, 한국사회는 정체성을 위협받고 있다. 세계화의 회오리 속에서 우리 역사와 문화의 가치는 빛을 잃어 가는 듯하다. 그런 가운데 한편에서는 "한국적인 것이 가장 세계적인 것이다"라는 말을 내세우며 우리의 전통을 되살리려는 노력 또한 적지 않다. 그렇지만 그 노력도 전통문화의 본질에 대한 관심보다는 상업성에 바탕을 둔 것이 대부분이어서 씁쓸하다. 지금 한국사가 처한 위치도 마찬가지다. 중등학교에서는 국사과목이 선택과목으로 변해 가고 있으며, 대학에서는 역사를 전공하겠다는 학생수가 급격하게 줄고 있다. 이런 현상인데도 일반 대중의 우리 역사에 대한 관심은 매우 높다. 텔레비전의 한국사 프로그램은 비교적 지속적인 인기를 누리고 있으며, 수많은 역사 대중서가 계속 출간되고 있다. 최근의 한 연구에 의하면 1980년 이후 1998까지 나온 한국사 대중서가 대략 400여 권에 이르고 있으며, 특히 1992년 이후 그 수가 급증하였다고 한다. 물론 올해에도 한국사 대중서는 계속 출간되었으며, 그중 몇몇은 소위 베스트셀러의 반열에 올랐다. 이러한 현상은 일반 대중이 우리 역사에 대해서 많은 관심을 가지고 있다는 점에서 환영할 만한 일이다. 그렇지만 그것은 지나친 상업성으로 우리 역사가 잘못 인식될 위험성이 그만큼 많다는 것을 보여 주는 것이기도 하다. 특히 대부분이 한국사를 전공하지 않은 사람들이 펴낸 책이기 때문에 그 우려는 더욱 커진다고 할 수 있다.

이러한 한국사 대중서의 홍수 속에서 특이하게도 고려사에 대한 것은 손으로 꼽을 정도에 불과하다. 그것은 고려사에 대한 연구성과가 부족할 뿐 아니라 대중의 관심도 부족하기 때문일 것이다. 이런 가운데 고려사 전공자로서 20여 년 대학에서 강의한 박종기 교수가 『5백 년 고려사』를 펴냈다. 반가운 일이 아닐 수 없다. 최근 저자와 필자가 속해 있는 한국역사연구회에서 일반 대중을 대상으로 고려시기 역사책을 공동으로 펴낸 일이 있는데『고려시대 사람들은 어떻게 살았을까』(청년사, 1997)가 바로 그 책이다. 이 책이 박 교수가 이번 책을 내는 데 하나의 작은 징검다리가 되었다고 생각하기 때문에 박 교수의 이번 책에 대한 감회가 크다.

"삼국시대·조선왕조와 비교해서 고려왕조의 전통과 문화의 특성이 무엇인가?" 더 나아가서 "고려왕조의 역사와 전통은 오늘의 우리에게 어떻게 해석되고 읽혀져야 할 것인가?"에 초점을 두고 저술된 이 책은 모두 7장으로 되어 있다.

1장 '왜 고려왕조에 주목해야 하나?'에서는 고려왕조를 다양한 질서와 원리에 기반을 둔 다원적인 사회로 보고, 그 사회는 다양성과 통일성, 개방성과 역동성을 특성으로 한다고 하였다. 더 나아가서 오늘날 우리 사회의 당면 과제인 사회적 통합력의 복원은 고려의 역사적 경험에서 그 대안을 찾을 수 있다고 역설하였다. 2장 '고려왕조를 이끈 사람들'에서는 국왕·관료·민의 세계를 최근의 연구성과를 반영하여 비교적 자세하게 소개하였다. 3장 '민족통합의 모델, 고려왕조의 본관제'에서는 본관제(本貫制)를 고려 건국에 참여한 다양한 성향의 지방세력을 국가의 지배질서 속에 편입하는 방식으로 해석하여, 본관제가 고려왕조를 실질적인 민족통합 국가로 만드는 데 큰 역할을 하였다고 강조하였다. 이런 관점에서 본관제를 민족통합 모델로 주목하였다. 4장 '벌집구조로 이루어진 다원사회'에서는 재정·경제구조, 신분·직역(職役)구조, 군현제와 부곡제(部曲制) 등 고려시기의 사회경제 구조의 특성을 주로 조선시기와 비교하면서 정리하였다. 5장 '문화와 사회, 다양성과 통일성의 조화'에서는 고려시기의 문화와 사상을 다양성과 통일성의 입장에서, 가족과 혼인, 호주와 상속제도를 평행의 원리로 이해하였다. 6장 '실리와 공존, 줄타기 외교전술'에서는 외교관계의 특성을 등거리 실리외교의 전형으로 파악하였다. 마지막 장인 7장 '희망과 기회의 시대를 열다'에서는 12세기 이후의 민의 동향을 그려서 고려시기 민의 활동은 한국사의 어느 왕조보다도 사회변동에 커다란 역할을 하였다고 강조하였다. 아울러 인간의 존엄성·인권과 자유·삶의 질의 고양을 역사 발전의 중요한 변수로 보아야 한다고 강조하였다.

한편 이 책의 본문에 들어 있는 많은 사진과 부록인 참고문헌·연표는 이 책을 읽는 데 도움을 주고 있다. 특히 근대 이후의 사진은 고려시기와 오늘의 역사를 이어 주는 징검다리의 구실을 톡톡히 하고 있다.

우선 이 책은 고려사를 '죽은 과거의 역사가 아니라 현재와 연결된 살아 움직이는 과거에 대한 역사 연구'라는 일관된 관점을 가지고 서술하였다는 점에서 주목되어야 한다. 아울러 저자는 삼국 및 조선왕조사와 비교를 통하여 고려사의 특성과 그 형성·변동에 초점을 맞추어 이 책을 서술함으로써 조선왕조사와는 다른 고려사의 특성을 부각시키려고 노력하였다. 여기에서 베일 속에 가려 있는 고려의 역사와 문화를 대중들에게 알리려는 고려사 연구자의 고심이 읽혀진다. 이 책은 역사 전공 학생들의 시대사 개설서로 준비된 것이지만 기존의 개설서가 지닌 나열식 서술방식에서 벗어나 새로운 구성을 시도하였으며, 아울러 일반 대중의 눈높이에도 맞춘 역사 대중서이기도 하다. 따라서 저자는 일반 대중의 눈높이에 맞추어 500년 고려사를 쉽게 서술하려고 노력하면서도 고려사 전문연구자라는 저자의 장점을 최대한 살려서 최근의 고려사 연구성과를 적극 반영하였는데, 이 점 역시 높이 살 만하다.

  그렇다고 이 책에 보완할 점이 없는 것은 아니다. 장점이 곧 단점이 될 수 있기 때문이다. 특히 저자는 이 책에서 조선사와 비교를 통하여 고려사의 특성을 부각시키려고 노력하였는데, 이것이 자칫 조선사와 고려사 모두를 단순화시켜서 역사상을 왜곡시킬 여지가 있다. 예를 든다면 고려사회가 다원주의에 기반을 둔 사회인 반면 조선왕조는 성리학을 원리로 유지된 일원적인 사회라고 한 부분이나, 고려시기에는 국왕이 개혁을 주도했는데 비해 조선시기 개혁의 주체는 신하들이었다는 서술은 상대적인 차이가 지나치게 강조된 느낌이다. 태종·세조·정조·고종 등 조선시기의 국왕도 개혁을 주도했다고 볼 수도 있기 때문이다. 또한 고려시기 정치사에 대한 서술이 부족하기 때문에 고려사의 흐름을 체계적으로 이해하기가 어렵다는 점도 이 책이 가진 한계이다. 물론 저자는 그 부분에 대해서는 다른 개설서를 참고하면 될 것이라고 하였지만, 이 말로써 그 책임을 모면할 수는 없다. 고려왕조의 전통과 문화의 특성은 500년 동안 정체되어 있는 것이 아니라 계속 변하면서 새로운 특성을 창조하기 마련이며, 그 변화는 정치사의 변동과 무관하지 않기 때문이다. 그외에도 상이한 내용을 책으로 펴낼 때의 문제점도 지적할 수 있다. 강의할 때에는 그 특성상 다른 사람의 연구성과를 비교적 자유로이 이용할 수 있다. 그렇지만 그것을 그대로 책으로 낼 경우 다른 연구성과에 대해서는 세심한 배려가 필요하다고 생각한다. 지금까지 지적한 이 책이 가질 수 있는 몇 가지 문제점들은 저자 또한 잘 알고 있는 것으로, 이 책이 가지는 의미에 비한다면 비교적 작은 문제일 뿐이다.

　진정한 역사 대중화란 무엇인가? 이것은 우리가 역사에서 무엇을 배울 것인가와 직접 연결된다. 현재 우리는 역사 대중화란 명목 아래 단순한 역사지식을 소개하는 것은 아닌지, 또 책을 만들어 많이 파는 것에만 관심을 갖는 것은 아닌지, 아니면 역사 대중화는 우리의 일이 아니라고 팔짱만 끼고 있는 것은 아닌지 반성해 보아야 할 때이다. 우리의 역사와 전통을 오늘의 입장에서 재해석하여 역사적 비판의식을 높이고 우리의 정체성에 대한 바른 인식을 갖도록 도와주는 것이 역사 공부의 의미라면, 오늘의 역사 대중화의 방향도 여기에 맞추어져야 한다. 따라서 올바른 역사 대중화를 위해서는 상업주의에 대한 경계 못지않게 역사 대중서의 내용을 충실히 채울 치밀하고 충실한 전문연구가 필요하다. 그리고 이것은 역사 전공자의 책무이기도 하다. 이런 점에서 박 교수의 이 책이 우리에게 역사 대중화란 무엇인가를 다시 생각하게 해 주는 계기가 되었으면 한다.

역사와 그림으로 본 우리의 옛지도

이찬 서울대 명예교수

『우리 옛지도와 그 아름다움』
한영우 · 안휘준 · 배우성 지음 / 1999 / 효형출판

지금까지의 우리나라 옛지도에 대한 연구는 주로 지도의 발달과정을 밝히려는 과학사적인 면이 강조되어 왔다. 그러나 이 책의 내용은 옛지도가 만들어진 역사적인 배경을 강조하는 한영우 교수의 <우리 옛지도의 발달과정>과 <프랑스 국립도서관 소장 한국본 여지도>, 지도에 나타나는 지도 제작자의 국토관과 세계관을 주로 다룬 배우성 교수의 <옛지도와 세계관>, 미술사 전공인 안휘준 교수의 <옛지도와 회화> 등 모두 4편의 논문으로 구성되어 있다.

한영우 교수의 <우리 옛지도의 발달과정>에서는 삼국시대의 지도에서부터 19세기의 지도 제작과 김정호의 '대동여지도'에 이르는 전

과정을 다루고 있으며, 특히 정부 주도의 관찬지도의 발달과정을 심도 있게 다루고 있다. 국사학계의 중진인 한영우 교수는 수년 동안의 규장각 관장의 자리에서 많은 지도를 직접 접하게 되었고, 특히 관찬지도인 전국 군현지도의 영인사업은 물론 일반인을 위한 보급에도 남다른 노력을 기울여 왔다. 1995년에는 조선 후기의 옛 군현지도를 이해하는 데 중요한 지도책인『해동지도(海東地圖)』상 · 하 2권과 해설 · 색인편 1권을 포함하여 3권을 규장각에서 출간했다. 이『해동지도』의 해설편에 실었던 한영우, 배우성 교수의 논문을 바탕으로 대폭적인 수정 보완을 한 것이 <우리 옛지도의 발달과정>이라고 생각된다.

한영우 교수는 서문에서 "역사적 관점에서 정리했으므로 지도 자체보다 지도를 제작하게 된 역사적 배경 설명에 많은 지면이 할애되고 지도 편찬에 관한 문헌자료가 비교적 자세히 소개되어 있다……. 이것이 장차 지도사 연구의 지평을 넓히는 계기가 될 수 있다는 점을 이해하여 주기 바란다"고 말하고 있다. 특히 과거 대부분의 지도가 관 주도로 만들어진 관찬지도라는 점에서 그 역사적인 발달과정에 특별한 관심을 두고 쓴 글이다. 이러한 관점에서 특히 조선 후기의 지도 제작과 역사적인 배경을 비교적 상세하게 다루었다. 즉 호란 전후의 관방지도와 남구만의 획정지도, 숙종 대의 관방 및 해방(海防) 정책과 군사지도, 영조의 탕평정책과 정항령 부자와 신경준의 지도 제작, 정조의 개혁정치와 과학적 지도 제작, 19세기의 지도 제작과 김정호의 '대동여지도'로 나누어 지도 제작의 시대적인 연관성을 일반 독자들이 알기 쉽게 서술하고 있다. 그중에서도 정조의 개혁정치와 지도 제작과의 관계를 심도 있게 다루고 있다. 그리고 지금까지 별로 인용되지 않았던 청으로부터 구입한 『고금도서집성(古今圖書集成)』에 포함된 「직방전(職方典)」에 실린 중국 군현지도의 영향을 비롯하여 새로운 자료를 많이 소개하고 있어서 앞으로의 연구에 많은 도움을 줄 것으로 사료된다.

지도 발달사 연구에는 지도가 제작된 시대적인 배경과 동기의 연구와 더불어 지도의 내용과 형식의 발달을 지도 그 자체에서 찾아내는 두 면이 있다. 이런 점에서 볼 때 지도 그 자체의 발달과정에서는 아쉬운 점이 있다. 조선 전기와 후기의 지도에서 축척의 확대와 지도 윤곽의 정확도를 개략이라도 다루었으면 어떨까 한다. 그리고 정조 대의 경위선 지도에 대해서도 현재 우리가 말하는 천문측량에 의한 경위선도가 아니고 표준위선만 측정한 것이며, 여타는 지상거리를 일정한 단위로 나눈 위선과 경선이라는 점을 각주에서라도 밝혀 주었으면 한다. 물론 선교사들의 도움으로 만든 '황여전람도'도 중요한 지점만 실제로 천문측정을 한 것이고 기타는 지상의 거리를 병용하였다. 그렇지 않으면 정조 대의 우리나라는 이미 천문측량에 의한 전국지도를 완성한 것 같은 착각을 갖게 될 우려가 있기 때문이다. 실제로 우리나라의 현대적인 경위선을 기초로 한 지도는 1900년대 이후의 일이다. 우리나라의 전통적인 지도는 지표를 평면으로 간주하고 일정 간격으로 횡선과 종선을 바탕으로 하는 방안(方眼)지도의 수준을 넘어서지는 못하였다. 정상기의 백리척 작도법(78쪽)도 일종의 방안지도에 지도의 축척을 표시하는 제척(梯尺)을 추가한 지도이다. 정상기형 지도의 대부분은 방안을 표시하는 경선과 위선이 생략되어 있을 뿐이고 방안이 표시된 정상기형 지도도 상당수 전해지고 있다.

이 책의 전체 면수의 약 반을 차지하는 <우리 옛지도의 발달과정>은 서문에서 밝힌 바와 같이 총론에 해당하고 기타 세 편의 논문은 각론에 해당한다. 배우성 교수의 <옛지도와 세계관>은 '조선에 들어온 서구식 세계지도', '서구식 세계지도와 동아시아지도', '서구식 세계지도와 '천하도''의 세 부분으로 구성되어 있다. 그러나 전체로 보면 조선 후기에 우리나라에서 유행하였던 원형 세계지도인 '천하도(天下圖)'가 어떻게 형성되었는가를 설명하려는 글이다. '천하도'에 대해서는 이익습의 논문(1892) 이래로 많은 추론을 해 왔다. 초창기의 논문들은 그 기원을 알 수 없는 오래된 전통적인 지도라는 막연한 추정에서 시작되었으며, 아마도 중국의 『산해경』에 첨부되었던 지도가 우리나라에 남아 있을 가능성, 즉 중국 기원일 것이라는 추론도 있다. 그러나 동양 3국에서 유일하게 한국에서만 발견될 뿐만 아니라 그 보급이 광범위하였다는 점에서 한국의 고유 지도임이 정설로 되었다. 그리고 현재 전해지는 지도의 추정 연대는 16세기 또는 17세기 이상으로 소급되지 않는다는 점이 밝혀졌다. 그리고 일본의 저명한 고지도 연구가인 운노(海野) 교수가 '천하도'는 서구의 세계지도의 도입에 따른 한국 지식인의 대응일 것이라는 추론을 발표한 바 있고, 한국에서도 그 의견을 부분적으로 수용하여 왔다.

[350]

배 교수의 이 논문은 현재까지의 문헌을 바탕으로 한국인이 어떤 사상적인 배경으로 '천하도'를 만들었는가를 심도 있게 탐구한 설득력 있는 논문이다. 그의 주요 논지는 중국에서의 지도는 직방씨의 관활이고, 천문에 관한 것과는 별개의 것이었으나 외래의 마테오 리치의 '곤여만국전도'로 대표되는 17세기 이후의 세계지도는 천(天)과 지면이 서로 상응하는 관계의 새로운 개념의 지도였다고 논하고 있다. 중국에서는 따라서 서양 세계지도에 대한 비판이 강하게 일어났다. 한국 기원의 '천하도'는 이러한 모순을 해결할 수 있는 천지(天地)상응의 상상적 지반을 가지고 있는 『산해경』과 추연(鄒衍)의 세계관을 슬기롭게 결합시켜 만들어진 것이라고 주장하고 있다. 전체적으로 볼 때 지나치게 과감한 추론으로 단정적인 결론을 내리지 않았는가 하는 우려도 없지 않으나 그 추론의 방향은 많은 시사를 주는 글이라고 생각한다.

안휘준 교수의 <옛지도와 회화>는 위에서 언급한 『해동지도』 영인본의 해제와 색인편에 실었던 논문을 보완하고 지도의 삽화를 추가한 논문으로 생각된다. 이 논문은 지도를 회화적인 관점에서 체계적으로 분석한 논문으로 고지도 연구의 지평을 높이는 데 기여하고 있다. 논문의 내용을 보면 '지도와 회화의 관계', '도면식 지도의 회화적 요소', '회화식 지도와 회화' 순으로 되어 있다. 지도의 회화식 표현 중에서 특히 산과 하천, 바다 등의 표현을 회화 전문가적인 입장에서 용어를 정리한 점이 돋보인다. 산 또는 산줄기의 표현을 중심부에서 외부를 보면서 그린 방식을 개화식(開花式), 외부에서 내부로 본 것을 폐화식(閉花式)으로 용어를 정리하였고, 바다의 표시에서 수파묘(水波描)의 발달을 심도 있게 다루고 있다. 관찬지도의 대부분이 도화서의 화원에 의해서 그려진 것이고, 민간의 지도도 그 대부분이 화가의 손을 빌려 그린 것이다. 특히 진경산수화풍의 지도는 지도인지 그림인지 구분이 어려울 정도이다. 실제로 지도는 병풍 또는 족자로 표구되어 장식용으로 애용되어 왔다.

우리나라의 옛지도를 '역사적 산물'과 하나의 '그림'으로 본 이 책은 풍부한 문헌을 바탕으로 하고 있으면서도 평이한 문장과 적절한 색판지도를 풍부하게 곁들여 독자의 호기심을 끄는 데 충분하다. 지도애호가, 역사와 지리전문가는 물론이고 일반 독자에게도 일독을 권하고 싶은 책이다.

21세기 한국 고대사 연구의 화두

최광식 고려대 한국사학과 교수

『**한국 고대사의 새로운 체계**』

이종욱 지음 / 1999 / 조합공동체 소나무

이제 21세기의 서두에서 지난 100년간 진행된 한국 고대사 연구의 성과를 되돌아보고, 21세기 한국 고대사 연구의 전망을 해야 할 시점이다. 이런 면에서 이 책은 지난 세기를 회고하면서 문제점을 지적하고 새로운 세기의 전망을 담으면서 새로운 고대사 체계를 제시하고 있다. 이 책은 10편의 논문을 통하여 지난 100년 동안 한국 고대사 연구를 지배해 온 통설의 문제점을 지적하고, 100년 통설의 그늘을 떠나 한국 고대사의 새로운 체계로의 전환을 주장하고 있다.

첫째, 지난 100여 년간 만들어져 온 한국 고대사 체계에 근본적인 문제가 있다는 점을 제시하였다. 즉 한국과 일본 학계에 뿌리내린 국수적 민족주의 담론에 의한 한국 고대사 체계의 문제점을 밝히고, 실증사학이 그 도구가 되었다고 주장하였다. 이어 『삼국사기』 초기 기록의 사료적인 가치를 부정하고 대안으로 제시된 『삼국지』 '한전(韓傳)'에 의한 삼한론의 문제를 지적하였다. 그리고 통설과는 달리 『삼국사기』 초기 기록의 사료적 가치를 인정하는 작업을 통해, 일본 식민사관에 의해 말살되었던 백제와 신라의 수백 년간에 걸친 초기 역사를 살려 내고자 하였다.

둘째, 실증사학을 표방하고 있는 한국 고대사 체계의 통설들이 가지는 문제점을 고찰하였다. 예로서 『삼국사기』 초기 기록을 불신하고 『삼국지』 '한전'을 근거로 만들어진 통설의 문제를 두 사서에 대한 검토를 통해 밝혔다. 『삼국지』 '한전'이 중국인에 의해 그들에게 필요한 사항을 기록한 것으로서, 백제·신라·가야의 정치적 성장과 발전에 대한 내용을 수록한 것은 아니라고 하였다. 그리고 『삼국사기』 초기 기록의 기후 관계 기록을 통해 재구성된 기후가 다른 지역과 같다는 사실로 그 신빙성을 밝히고, 『삼국지』 '한전'의 기록과 비교해 백제와 신라의 정치적 성장과정을 분명히 하고자 하였다.

셋째, 건국신화(설화)를 한국 고대사 연구에 적극적으로 활용하는 방법을 제시하였다. 단군신화와 온조설화를 통해 고조선과 십제의 초기 국가 형성에 대한 문제를 풀어 나가는 작업을 제시하였다. 그동안 한국 고대사 연구에서 멀리 떨어져 있던 신화나 설화를 한국 고대사 연구의 장으로 끌어들이고자 하였다고 주장하였다.

넷째, 광개토왕비의 '신묘년조(辛卯年條)'와 신라 중고기의 금석문인 영일 냉수리비와 울진 봉평비, 단양 적성비에 대한 새로운 해석을 시도하였다. 즉 '신묘년조'에 대한 일본과 한국 학계의 서로 다른 해석의 문제점을 밝히고 새로운 해석을 시도하였다. 고구려인들이 '신묘년조'를 남긴 이유를 밝히고, 나아가 그것이 역사적 사실일 수 없다는 점을 분명히 하였다. 한편 신라 중고기 금석문인 냉수리비와 봉평비, 적성비를 통해 당시의 '교(敎)' 체제와 육부 그리고 재산 상속과 혈연집단에 대한 이해를 도모하였다. 다른 연구자들이 모두 이용하고 있는 금석문 자료를 통해 '교' 체제와 같은 새로운 주제를 해명하여 연구주제를 확대시켰다.

다섯째, 저자는 인류학과 고고학, 사회학 등 사회과학의 방법론을 활용하여 한국 초기국가의 형성과 발전단계에 대해 논하고 있다. 그것을 통해 치프덤(Chiefdom)의 존재에 대한 이해는 사로 육촌을 추장사회로 보고, 사로 육촌을 통합해 형성된 정치체인 사로국을 소국으로 보게 하였다. 그리고 저자의 새로운 견해에 대한 비판에 대해 재비판을 하였다.

여섯째, 사회과학의 사회 · 정치 발전단계론을 한국 고대사에 원용하여 초기 국가 형성 · 발전단계를 제시하였다. 또한 소위 부(部) 체제설을 비판하고 저자 나름대로의 새로운 신라사 체계를 제시하였다. 저자의 견해에 의하면, 통설의 두 단계가 촌락(추장)사회→소국 소국연맹→소국병합 단계로 이어지는 네 단계로 구분된다. 수백 년에 걸친 역사 발전과정을 두 단계로 보기보다 네 단계로 나누는 것이 당시의 사회 · 정치 발전과정을 잘 설명할 수 있다고 주장하였다. 한편 부 체제설은『삼국사기』초기 기록을 불신한 통설을 바탕으로 하여 신라의 초기 수백 년의 역사를 왜곡하였다고 비판하였다. 더구나 부 체제설을 따르면 신라의 왕경 통치조직, 지배세력, 골품제, 경주 중심부의 고총, 고분 등 많은 문제를 포기하게 되며, 저자의 새로운 신라사 체계는 그 모든 문제를 구조적으로 하나의 체계 속에서 파악할 수 있다고 주장하였다.

이 책은 저자가 30년간 한국 고대사에 대해 고민하고 연구해 온 연구성과의 결정판이라 할 수 있다. 특히『삼국지』'한전'을 중심으로 구축된 종래의 통설(?)에 반기를 들고『삼국사기』초기 기록을 중심으로 새로운 한국 고대사 체계를 세웠다는 데 의의가 있다. 그러나 통설이라는 것이 과연 무엇을 의미하는지 분명하지가 않다. 왜냐하면 '이병도(李丙燾)' 설을 통설이라고 하는 것인지, 국사 교과서에 있는 견해를 통설이라고 하는지, 1970년대설을 통설이라고 하는 것인지 실체가 분명하지가 않다. 가령 1970년대의 국가 형성에 대한 견해들 중에서 어느 것을 통설이라고 보아야 하는 것인가? '부족국가(部族國家)' 설이 기존의 설이라면 '성읍국가(城邑國家)' 설과 '군장사회(君長社會)' 설이 새롭게 제시되었다. '부족국가' 설은 1970년대 이미 선학들에 의해 비판을 받아 1980년대 이후에는 통설이라고 할 수 없는 것이다.

또한『삼국사기』초기 기록에 대한 신빙성 문제도 이미 몇몇 선학에 의해서 제기되었으며, 이를 토대로 한 연구성과도 없는 것이 아니다. 이미 1960년대 고고학자 김원룡에 의해『삼국사기』초기 기록에 대한 긍정론이 제기되었으며, 1970년대 천관우가 이를 더욱 발전시켜 고대사의 새로운 체계를 제시한 바가 있다. 그리고 이후『삼국사기』초기 기록을 주제로 하는 석사와 박사학위 논문들까지 속출하였다. 그리고 고고학과 인류학적 방법론을 한국 고대사 연구에 원용한 견해들도 이미 선학들에 의해 사회·정치 발전론을 적용하거나 건국 신화를 해석하는 데 제시된 바가 있다. 특히 고대국가 형성과 발전을 논하는 데 있어 인류학의 신진화론이 이미 1970년대 김정배에 의해 적용되었으며, 1980년대 이후에는 건국신화에 대한 연구가 활발하게 진행되고 있다.

그리고 저자는 새로운 한국 고대사 체계를 통해 본 사료에 대한 인식을 주장하고 있는데, 사료의 새로운 해석을 통해 본 한국 고대사 연구의 체계화가 순서라고 생각한다. 그런 점에서 저자가 이야기하듯이 진정한 사료 비판이 전제되어야 하는데 이 책에서도 그러한 작업이 본격적으로 이루어지지 않은 것이 아쉽다. 기존의『삼국사기』에 대한 비판이 문제가 있는 점도 있지만 일리가 있는 부분도 적지 않다. 즉『삼국사기』초기 기록의 긍정론과 부정론보다는 수정론이 학자들에 의해 많이 받아들여지고 있는 실정이다. 따라서『삼국사기』초기 기록의 긍정론을 주장하려면 수정론을 단지 식민사학의 영향이라고만 간단히 넘길 것이 아니라 수정론의 문제점을 본격적으로 지적하면서 진정한 비판이 이루어졌다면 좋았겠다. 여태까지의『삼국사기』에 대한 사료 비판이 저자가 보기에 아무런 의미가 없었다면 저자가 본격적이고 새롭게『삼국사기』에 대해 사료 비판을 보여 주었어야 하지 않을까 하는 아쉬움이 남는다.

그러나 이 책은 21세기 한국 고대사 연구의 새로운 방향을 제시하는 화두를 던졌다는 데 의의가 있을 것이다.

서양의 팽창과 세계화의 전개과정

최영보 고려대 명예교수

『20세기의 역사』
마이클 하워드 · 로저 루이스 엮음 / 차하순 외 옮김 / 2000 / 가지않은길

지난 20세기의 80년대부터 서둘러 한 세기를 마감이라도 하려는 듯이 서양의 역사가들은 '20세기의 역사'를 정리한 개설서를 적지 않게 내놓았다. 역사가는 자신의 생시에 진행 중인 사건을 일정한 거리를 두고 써야 한다는 역사주의적 관례가 깨어진 지 오래이지만, 20세기를 마무리 지으려는 역사가들의 역사의식은 성급하게 앞서 간 듯하다.

그러한 서양 역사학계의 분위기 속에서 모습을 드러낸 옥스퍼드 대학판 『20세기의 역사』는 적절한 시기(1998년)에 26명이나 되는 당대의 석학들이 일거에 움직여 집필함으로써 현대사 서술의 난점을

원만히 극복한 책이라고 말할 수 있을 것이다.

600쪽이나 되는 이 책을 차분히 관조(觀照)하듯이 읽고 난 소감은 한마디로 편견 없이 공정하게 서술된 책이라는 것이었다. 여기에 덧붙이고 싶은 말은 복잡한 20세기의 역사를 짜임새 있게 설정한 27개의 주제로 나누어 정리한 점이겠다.

이렇듯 훌륭한 책에 대한 내용 소개에 앞서서, 두 개의 시각에서 이 책의 성격 내지는 특징을 지적해 보고 싶다.

첫째로 착안할 수 있는 것은 집필자간에 합의된 것으로 짐작되는 서술방법상의 문제인데, 이들은 20세기의 역사를 될수록 있었던 사실 그대로 기술하는 데서 멈추고 있다. 물론 역사적 상황에 대한 집필자 나름의 해석이 부연되지 않을 수 없지만, 이것도 될수록 객관적이고 공정한 설명으로 시종하고 있는 것이 특징적이다. 다시 말해서 어떤 특별한 역사의식이 뒷받침된 주관적 해석을 피하고 있는 것이 역연(歷然)하다는 것이다. 다만, 이러한 서술방법은 사건의 이면에 담겨진 '의미'를 외면하는 결과를 가져올 수밖에 없을 것이다.

그러한 객관적 서술방법의 한 단면을 살펴보기로 한다. 러시아혁명을 기술한 리처드 스타이츠 교수는 혁명의 실제 상황을 철저하게 사실 그대로 묘사하고 있다. 따라서 그의 글에서는 어느 곳에서도 어떤 표현으로도 이 혁명이나 소련의 공산주의 체제가 근본적으로 붕괴의 씨앗을 잉태하고 있었다는 주관적 해석을 찾아볼 수 없다. 반면에 그는 혁명의 추진력이나 기동력을 특정의 이념 속에서 찾는다거나, 또는 이 혁명의 시대적 의미나 어떤 세계사적 의의 같은 것을 논하지도 않는다. 결국 이 저자의 철저한 사실주의적 서술방식은 러시아 현대사에 대한 모든 비판이나 평가를 독자에게 맡기고 있는 셈이다.

그런데 이보다 중요한 문제는 이 책에 담겨진 역사의 '개괄화(概括化)'에서 오는 문제일 것이다. 흔히 거론되는 문제이지만, 역사적 사실을 어떤 주제를 중심으로 '개괄화' 하는 데는 피하기 어려운 틈이 벌어지기 마련이다. '일반화' 라는 좀 더 편한 용어를 쓸 수도 있겠는데, 하나의 테마를 일반화하기에는 중요한 사실의 탈루(脫漏)나 일실(逸失)을 배제하기 힘들다. 그리하여 역사적 사실의 인과관계를 따진다든지 또는 그 기원을 탐구해야 하는 시각을 소홀히 하는 결과를 초래할 수 있다.

이 문제에 관해서도 우리에게 실감나는 사례를 지적해 보기로 한다. 우리로서는, 아니 일반 독자들로서는 한국전쟁의 대목을 읽을 때 이 전쟁의 개전 책임 문제를 짚고 넘어가야 한다. 이미 공개된 사료에 따르면, 김일성 · 스탈린 · 마오쩌둥 등 3인의 패자가 일년 반 동안이나 모스크바와 베이징에서 남한 침공을 모의한 사실이 소상히 입증되고 있음에도 저자인 아키라 이리에 교수는 북한군의 남침 배경이나 동기 같은 것을 전부 논외로 삼고 있다. 이러한 서술태도는 새로운 사료 검증이나 사료 분석 없이 그동안 널리 받아들여진 북한의 남침 사실만을 단순히 지적하는 데서 그치는 오류를 범하고 있다고 말할 수 있다.

그런데 저자 이리에는 한일관계사를 다룬 부분에서도 지나치게 사실을 외면하고 있다. 일본이 패전 후 형편없는 빈곤에서 허덕이다가 한국전쟁 덕분에 경제적 부를 축적할 수 있었던 국제적 역학관계를 언급조차 안 하고 있다. 이런 부분도 모두 역사적 사실의 자의적 단순화로 이어지는 역사의 '개괄화'에서 그 이유를 찾을 수 있을 것이다.

그러나 생각건대 이 책에서 찾을 수 있는 진정한 가치는 오히려 한 세기의 역사를 주제 중심으로 '개괄적'으로 정리한 데 있을 것이다.

이 책의 1부 '20세기의 구조'는 다른 일반 개설서에서 볼 수 없는 특이한 구성으로 한 세기의 역사를 다듬고 있다. 흔히 일반 개설서에서는 연차순으로 사건을 나열해 가는 것이 보통이다. 그러나 이 책은 '20세기의 구조'를 일곱 가닥의 역사의 흐름으로 나누어 다루고 있는 것이다. 이들 일곱 가지 가닥, 즉 주제를 간추려 보기로 한다. 1장 20세기의 서막을 포괄적으로 정리한 '20세기의 여명', 2장 '인구 증가와 도시화' 현상, 3장 '20세기의 물리학'(이 글은 역사 논문이라기보다는 교양인을 위한 과학 논문으로 보아야 할 것이다), 4장 과학적 '지식의 확대'가 낳은 과학과 기술의 상호의존적 성과, 5장 20세기 '세계 경제의 성장' 과정, 6장 '전 지구적 문화의 성장'과 그 성격, 7장 '시각예술'의 현 단계 등을 각 분야별로 전공학자들이 집필하고 있다.

이 책의 1부에서 의도하는 바는 20세기라는 한 시대의 역사를 총체적·구조적으로 파악하는 데 있거니와, 여기서 '총체'라는 어휘를 20세기의 '문화'로 대치해서 생각하는 것이 편할 것이다.

통상적인 20세기의 시대사, 다시 말해서 사건 중심의 시대사는 2부에서 시작된다. 즉, 2부 ‘유럽 중심의 세계, 1900~1945’, 3부 ‘냉전, 1945~1990’, 4부 ‘비서구세계’ 등으로 나뉘어지고 5부 ‘맺음말’에서 20세기의 마지막 90년대의 역사가 종합적으로 정리되고 있다. 이들 각 장의 내용을 살펴보면 다음과 같다.

2부는 유럽이 세계의 운명을 지배하는 것 같이 보이던 시기를 다루고 있다. 영국·불란서·독일·이태리 등 당대의 열강들을 제8장 ‘유럽의 식민제국’에서 한데 묶어서 다루고 있는 반면에, 소련과 미국을 각기 독립된 장에서 다루고 있는 것이 눈에 띤다. 세계적 초강국으로 등장하게 될 미국과 소련의 역사적 배경을 심도 있게 다루고 있는 점도 종래의 세계사 개설서에서는 보기 드문 예이다. 반면에 1945년에 이르러 왜소화되기 전까지는 세계의 국제정치를 선도하던 유럽 열강이 상대적으로 경시(輕視)된 감이 엿보인다.

3부는 20세기 후반기, 즉 제2차 세계대전이 종식된 1945년부터 냉전이 종식된 1990년까지의 시기를 다루고 있다. 또 한편으로 ‘유럽의 재건’ 과정을 살편 장에서는 유럽연합(EU)의 출현으로 상징되는 서방 각국의 약진상을 잘 정리하고 있다.

4부는 ‘비서구세계’의 현대 역사를 지역별로 나누어 다루고 있다. 비서구세계에 할애한 지면을 앞에서 서유럽 열강에 할애한 지면과 비교할 때 후자에게 너무 인색하다는 인상을 받게 된다. 비서구세계는 동아시아, 중국, 동남아시아, 남아시아, 북아프리카와 중동, 아프리카, 라틴아메리카, 구 영연방 : 초기 네 자치령(캐나다·오스트레일리아·뉴질랜드·남아프리카) 등 아홉 개의 독립된 장으로 나뉘고 있다. 이렇듯 다양한 비서구사회의 고유한 사회구조를 살피고 그 속에서 진행된 사건의 전개과정을 검토함으로써 늘 지적되어 온 유럽중심사관의 극복 문제를 실천적으로 대처하고 있는 것을 볼 수 있다. 다만 아쉽게 남는 것은 앞에서도 지적한 바 있는 한국의 20세기사에 대한 이리에 교수의 잘못된 시각이 고쳐졌으면 좋겠다는 것이다(이는 번역자가 저자에게 제의할 수 있는 문제일 것이다). 지난 1세기 동안 민족간의 충돌을 방지하거나 제지 또는 해결하려는 시도가 있어 왔다. '유엔과 국제법'이라는 제목 아래 특히 20세기 초부터 지속되어 온 국제기구의 노력의 역사가 4부의 마지막 장을 장식하게 된다.

이 책은 '맺음말'을 5부에 담고 있다. 이 속에서 20세기에 대한 총체적 재평가가 이루어지지 않을까 기대하면서 읽었으나, 역시 그러한 주관적인 글이나 해석은 찾아볼 수 없었다. 그러나 이 책의 맺음말은 매우 인상적인 매듭을 짓고 있다. 즉, 1990년대라는 위치에서 회고할 때, 우리는 "세계전쟁의 먹구름이 없는 시기에 살고 있다"는 것을 지적하면서 "세계적으로 빈곤과 불안정이 널리 퍼져 있음에도 불구하고 전체적으로 보아 20세기 전반기에는 상상하기 어려운 정신적 물질적 복지시대에 살고 있음"을 결론으로 맺고 있다. 이 몇 줄의 맺음의 말에서 우리는 어떤 단서가 열리는 것을 느끼게 된다.

이 책에 수록된 역사의 명암들은 결국 희망의 21세기로 향하고 있다는 것이고, 좋은 미래를 열기 위해서도 20세기는 자주 회고되어야 한다는 것이다.

이 책은 걷잡을 수 없이 추진되는 세계화의 시대를 사는 오늘의 교양인에게 필독의 가치가 있다는 것을 추천하고 싶다. 세계화의 실상을 이만큼 잘 엮어 낸 책도 드물기 때문이다. 또한 대학의 교재로도 실용성이 높다고 생각한다. 이 책은 모든 학생들에게 ― 보수·혁신의 구별 없이 ― 토론의 계기를 자극하고 제공하기 때문이다. 또한 무엇보다도 역사는 객관적으로 서술되어야 한다는 모범을 보여 주고 있기 때문이다.

비잔티움 제국의
역사적 유산은 무엇인가

남석주 고려대, 중앙대 강사

『**비잔티움 제국사**』
게오르크 오스트로고르스키 지음 / 한정숙 · 김경연 옮김 / 1999 / 까치글방

저자 게오르크 오스트로고르스키는 유고슬라비아 역사가로서 1902년 제정 러시아의 수도 페테르부르크에서 태어났다. 그는 러시아 혁명기에 해외로 망명하여 하이델베르크와 파리대학에서 수학하고 독일에서 활동하다 나치 독일의 박해를 피해 프라하를 거쳐 유고슬라비아의 베오그라드에서 사망한 비잔티움 역사 연구의 최고 권위자 가운데 한 사람이었다. 그의 저서 『비잔티움 국가의 역사(Geschichte des Byzantinischen Staates)』는 1940년 제1판이 출판된 후에 비잔티움 역사의 개관서로서 가장 표준적인 저서라는 평가를 받고 있다. 이 책의 번역은 1963년 제3판의 별쇄판을 텍스트로 삼아 한정숙, 김

경연 씨가 옮긴 것이다. 통상적으로 '비잔틴 제국'이라 하지 않고 '비잔티움 제국'이라고 번역한 데서부터 비잔티움 제국사에 등장하는 수많은 인명과 지명 등의 표기와 발음 하나하나에 대해 신중하게 고려하여 번역한 역자들의 노력이 이 저서의 가치를 더욱 돋보이게 해 주고 있다.

천 년의 장구한 역사를 가지고 있었음에도 불구하고 그동안 동로마제국의 역사, 즉 비잔티움사는 한마디로 '버림받은 역사'와 같이 취급되었다. 이는 서유럽인들에 의한 서유럽 중심주의적 역사 서술이 유럽 역사에 주류를 형성하면서 역사 속에 사라져 버린 비잔티움사는 그 나름대로의 정당한 평가를 받지 못한 것이다. 국내에서도 비잔티움 역사 연구는 거의 황무지와 같은 상황이며 비잔티움 역사에 대한 개설서나 번역서 하나 없는 실정이다. 이런 상황에서 오스트로고르스키의 『비잔티움 제국사』는 비잔티움 제국의 생성과 발전, 나아가 몰락에 이르기까지의 약 천 년의 역사(324~1453)를 생생하게 보여 주는 비잔티움 역사 연구에 개관서요, 중요한 지침서가 될 것이다.

저자가 이 책에서 취급하는 중심적인 내용 가운데 비잔티움 제국의 교회와 국가와의 관계, 사회·경제적 상황과 비잔티움 제국의 역사적 의미에 대해서 살펴볼 필요가 있다.

첫째, 저자가 보여 주는 비잔티움 제국에서의 교회와 국가와의 관계가 기존의 황제교황주의(교회에 대한 국가의 우위 혹은 지배)적 시각을 벗어나 심포니아 사상(교회와 국가와의 조화 혹은 협력)의 시각에서 조망하였다는 점이다. 저자는 성상파괴주의의 몰락과 붕괴는 그리스의 종교적 문화적 특성의 승리이며 교회를 국가 권력 밑에 종속시키려는 부단한 노력이 실패하였음을 보여 주는 구체적인 예라고 지적하였다. 나아가 황제는 총대주교의 임명권과 교회의 행정에 개입할 수는 있었지만 신앙 문제에 대한 결정은 종교회의에서만 이루어졌으며, 종교회의의 결정사항에 대해서 황제는 취소할 수도 바꿀 수도 없었음을 지적하였다. 이러한 모습은 교회에 대한 국가의 지배가 아니라 교회와 국가와의 긴밀한 조화와 협력의 모습을 보여 주는 특징이라고 주장하였다.

교회와 국가 간의 관계를 조화와 협력의 관점에서 보는가, 혹은 복종과 지배의 관점에서 보는가에 대한 논쟁은 지금까지 수없이 진행되어 왔다. 그런데 이러한 논쟁 가운데 한 가지 인정해야 할 것은 교회와 국가 간의 조화와 협력이 동등한 입장에서 이루어진 조화와 협력이 아니라는 사실이다. 총대주교 임명권이 황제에게 있는 상황 속에서 교회와 국가 간의 관계를 마치 동등한 입장에서의 조화처럼 묘사한다는 것은 어불성설이다. 조화와 협력의 모습은 교회와 국가와의 관계에 있어서 이상적 모델이거나 혹은 극히 일시적 현상에 불과한 것이다. 일부를 전체로 해석하여 일반화시키려는 것은 역사에 대한 과대 해석이다. 러시아 정교회 사가인 카르타세프는 "교회와 국가와의 관계에서 이상이 아니라 현실을 우리는 인정해야 한다"고 지적하였다. 비잔티움 제국에서 국가의 교회에 대한 지배는 객관적 사실로 받아들여야 한다. 이 사실적 토대하에 국가와 교회와의 관계가 어느 정도 조화와 협력의 관계였는가 혹은 지배와 복종의 관계였는가에 대해 살펴보는 것이 더욱 타당한 시각이 될 것이다.

둘째, 저자는 이 책에서 비잔티움 제국이 발전하게 된 사회 경제적 동인으로써 테마제도를 들고 있다. 테마는 군사지역뿐 아니라 행정지역을 의미하는 용어로서, 테마조직의 발달은 둔전병제의 발달과 더불어 강력한 토착 군대의 발전을 가져왔으며 비잔티움 제국의 군사적 경제적 강화에 결정적 역할을 담당하였음을 주장하였다. 나아가 국가의 주 납세자들인 독립적인 소토지 소유자들에 대한 보호정책은 국가 재정의 안정화를 가져오게 하였음을 지적하였다. 그러나 바실레이오스 2세의 뒤를 이은 로마노스 아르기로스로부터 시작된 대토지 소유의 귀족층들에 대한 옹호정책과 동시에 테마제도와 소토지 소유자들에 대한 보호정책의 철회는 농민 토지와 군인 토지들의 급속한 해체를 가져오게 하였다. 이는 결과적으로 비잔티움 국가의 방어력과 조세 징수력의 급격한 붕괴로 이어졌으며 비잔티움 제국 내부의 몰락을 위한 서곡이 되었다. 나아가 이러한 내부적 몰락과 더불어 대외적인 정치적 곤궁, 즉 오스만과 세르비아 세력들의 팽창은 비잔티움 제국을 불가피한 파국으로 몰아갔다고 주장하였다.

셋째, 저자는 로마의 국가제도, 그리스분화와 기독교신앙을 계승한 비잔티움 제국이 이러한 고전고대의 정신적, 정치적 전통의 유산을 보존하고 다시금 유럽인들에게 물려줌으로써 위대한 세계사적 사명을 완수하였다고 지적하였다. 이러한 저자의 시각은 비잔티움 제국의 역사가 그의 몰락과 더불어 역사 속에서 사라져 버린 단절의 역사가 아니라 고전고대 문명의 토대하에 건설되어 천 년이란 장구한 세월을 유지해 오다가 그 정신적, 문화적 유산을 그대로 유럽인들에게 계승해 줌으로써 고전고대와 서유럽을 잇는 가교적 역할을 수행하였다고 본 것이다. 나아가 비잔티움의 정신적 유산인 정교신앙이 러시아에서 수용되어 모스크바는 '제3의 로마'라는 정치적, 종교적 이념으로 발전하기까지 수세기 동안 러시아 차르 제국 속에서 살아 숨쉬고 있었음을 지적하였다. 그리고 이 양자의 역할이 비잔티움 제국이 세계사 속에서 지니고 있는 역사적 의미임을 주장하였다.

이 책은 제목에서 말해 주듯이 비잔티움 '국가'의 역사이다. 즉 비잔티움 제국의 변화무쌍한 대내외적인 정치사를 중심으로 서술되었다. 특히 제국의 흥망성쇠와 관련하여 제국 내부에서 벌어졌던 권력투쟁, 이와 관련된 인근 주변 국가들과의 외교관계와 전쟁 등에 대해 생생하게 묘사하고 있다. 동시에 비잔티움 제국이 발전하게 되는 사회, 경제적 토대와 국가제도 및 법제도, 행정조직 등에 대해서도 곳곳에서 설명하고 있다.

그런데 한 가지 아쉬운 것은 정치사 중심의 역사 서술로 인하여 비잔티움 제국의 찬란한 예술과 문화적 측면에 대한 서술이 매우 부족하다는 점이다. 저자는 비잔티움 제국의 역사적 의미를 고전고대의 문화를 보존하고 이를 서유럽에 물려준 데서 발견하였다. 그러나 이보다 더 중요한 비잔티움 제국의 역사적 의미는 비잔티움 제국이 지니고 있던 고유한 문화적 유산인 정교정신과 예술문화에 있다고 본다. 서유럽의 정신적 지주가 가톨릭이었다면 비잔티움 제국의 정신적 지주는 그리스 정교회였다. 이것은 서유럽과 구별되는 비잔티움 제국의 독자적인 정신문화이다. 이 정신문화의 토대하에 형성된 찬란한 예술문화가 세계사 속에서 비잔티움 제국이 간직한 고유한 문화적 유산이다. 고전고대의 문화는 비잔티움 제국이 없이도 서유럽에 그대로 계승되었다. 그러나 슬라브 문화권(러시아)에 전해진 비잔티움 제국의 정교정신과 그 예술적 가치는 비잔티움 제국이 간직한 고유한 정신문화이다. 이 고유한 정신문화와 예술문화의 가치에 대해 한층 더 심도 있게 다루었다면 더 값진 비잔티움 제국사가 되지 않았을까 생각해 본다. 그러나 오스트로고르스키의 『비잔티움 제국사』는 천년 이상의 장구한 역사를 단행본에 담았음에도 불구하고 각 시대마다의 정치적 변동과 사건을 실증주의적 토대하에 생생하게 그려 냄으로써 비잔티움 제국의 흥망성쇠를 한눈에 볼 수 있게 묘사했다는 사실에 대해 찬사를 아끼지 않을 수 없다.

동서교류사를 통해 본 한국문화 바로 보기

심승구 한국체대 교양학부 교수

『실크 로드와 한국문화』
국제한국학회 지음 / 1999 / 조합공동체 소나무

얼마 전 태권도사를 쓰기 위해 고구려 무용총의 소위 〈수박도〉(맨손으로 무예를 겨루는 그림)를 살필 기회가 있었다. 흔히 〈수박도〉가 〈안악 3호분〉과 〈삼실총〉 등의 벽화와 함께 한국 고유의 무예라 일컬어지는 태권도의 원류로 이해되기 때문이었다. 그런데 5세기 초엽 고구려벽화에 그려진 두 사람 중 한 사람의 얼굴이 둥글고 큰 눈에 매부리코를 가진 사람으로 확인되었다. 분명히 한국사람이 아닌 서역인이었다. 서역인의 존재는 〈무용총〉과 비슷한 시기에 조성된 〈각저총〉의 역사(力士) 모습에서도 찾을 수 있다. 이미 5세기 중엽 고구려가 서역과 활발한 교류를 했음을 시사하는 내용이다.

인간의 본능적인 공격과 방어 수단으로부터 시작되었을 무예가 한국에서 독자적으로 발생할 가능성이 없는 것은 아니다. 하지만 위와 같은 사실들은 태권도가 우리의 고유한 것이 아닐 수도 있다는 점을 암시한다. 김원룡도 『한국벽화고분』에서 〈수박도〉와 꼭 같은 그림이 중국 후한 때의 벽화에도 있어 태권도가 고구려 고유의 무술을 나타내는 것인지의 여부를 단언하기 힘들다고 이미 지적한 바 있다. 사실 삼국시대 이래 격구, 씨름, 줄다리기, 죽마타기, 널뛰기 등 많은 놀이문화가 서역을 비롯한 주변국과의 교류를 통해 들어왔다. 따라서 태권도 역시 주변국과의 접촉과 교류를 통해서 유입되거나 발전되었을 가능성이 있다는 판단이 들었다. 그래서 기회가 되는대로 고대 한국과 교류했던 여러 나라와의 비교 문화에 대한 필요성을 절감하고 있던 터였다.

그러던 차에 국제한국학회에서 펴낸 『실크 로드와 한국문화』라는 책을 접하게 되어 퍽 반가웠다. 책머리에서 "한국의 문화는 결코 하늘에서 떨어진 것이 아니다"라는 지적은 이 책의 뚜렷한 문제의식과 성격을 그대로 보여 준다. 지금까지 실크 로드와 관련된 개별적인 연구서들이 없었던 것은 아니지만, 이 책은 실크 로드를 통해 이루어진 동서문화의 교류 속에서 형성된 고대 한국문화를 종합적으로 이야기하려는 점에서 주목할 만하다.

사실 한국은 예로부터 한자 문화권의 중심인 중국과 밀접한 교섭을 했을 뿐 아니라 주변의 여러 나라들과도 깊은 영향을 주고받았다. 그러나 전통적으로 문화선진국이었던 중국문화에 대한 관심이 지나친 나머지 그밖의 다른 문화권에 대해 균형 있게 이해하거나 연구하지 못한 것이 사실이다. 그동안 한국문화를 이해하는 시각은 한국문화의 순수성과 고유성을 강조하는 민족주의적인 입장이 지배하는 반면에, 중국문화의 영향을 크게 강조하는 다소 편중된 시각이 존재해 왔다. 무엇보다도 문헌 위주의 연구경향과 타 학문과의 통합적인 연구의 부족이 큰 원인이었다.

물론 한국문화의 형성에 관한 논의가 전혀 없었던 것은 아니다. 지난 1971년 '토론, 한국사의 쟁점' (신동아 주최)이란 주제로 한국사를 비롯한 언어, 지질, 경제, 신화, 사회, 지리, 정치, 고고학, 인류학, 농학 등 20여 명의 학자들이 한국사의 거시적 재구성과 대중화를 위해 논의한 적이 있었다. 삼한 이전의 한국사에 한정한 것이었지만, 한국문화에 관한 종합 토론의 성격을 띤 그 시도는 이후 한국 상고사에 대한 관심의 고조는 물론 상고사 연구의 방향을 상당히 변모시키는 계기가 되었다.

과문한 탓인지 모르지만, 그후 한국문화의 형성에 대한 각 분야의 학제간 혹은 통합 학문적인 논의는 별로 없었다. 그러다가 이번에 국제한국학회가 한국학의 폐쇄성을 탈피하고 주변 문화권과의 교섭사를 통해 한국문화의 개성과 특질을 종합적으로 파악하고자 한 시도는 때늦은 감에도 불구하고 그 성과를 논하기에 앞서 소중하다.

본래 국제한국학회의 정기학술지 제4호를 대중서 형식의 단행본으로 선보인 이 책은 11개의 논문과 비교 문화를 위한 토론 그리고 3편의 서평을 함께 싣고 있다. 14명의 전문가에 의해 쓰인 이 책은

455쪽에 달하는 방대한 분량만큼이나 한국문화가 주변 국가들과 끊임없는 교류 속에서 생성된 것이라는 일관된 주제의식이 강하게 드러나 있다. 따라서 이 책은 한국학, 태국사, 중동사, 몽골사, 인류학, 고고학, 식품영양학, 인도음악사, 복식사, 무용사, 응용미술, 미술사학 등의 학자가 모인 전문학회를 중심으로 한국문화 형성의 거시적 재구성과 대중화를 위한 또 하나의 시도로 평가된다.

우선 민병훈이 쓴 '실크 로드를 통한 역사적 문화 교류'는 이 책의 총론적인 글이다. 세계사 속의 아시아란, 개성을 지닌 여러 문화권이 병존하는 다원성의 세계로서 상호 유기적 관련성을 유지한 채 독자적인 문화를 형성 발전시켜 왔으며, 한국도 예외가 아님을 강조한다. 따라서 한국문화의 형성을 동서 교섭의 흐름에 실어 비교 · 검토하는 것은 우리 문화의 독자성과 우수성을 파악하는 방법이라고 말한다. '실크 로드'라는 말은 역사 · 지리적인 뜻만이 아니라 고대 아시아의 문화 교류의 통로뿐 아니라 다양한 교류방식을 포괄하고 지칭하는 상징적인 의미라고 설명한다. 저자는 육상의 오아시스 길과 스텝 루트, 해로인 해상 루트 등의 다변적인 통로를 통한 동서문화 교류가 한국 고대문화에 끼친 영향을 풍부한 자료를 동원해 검토하고 있다. 가령 경주의 금관총, 천마총 등의 적석목곽분에서 출토된 20여 점의 로만글라스는 지중해 로만글라스 문화와의 밀접한 관련성을 보여 주며, 서역인의 풍모를 보여 주는 헌덕왕릉 무인석상은 당시 활발했던 서역과의 인적 물적 교류를 확인시켜 준다. 많은 분량에도 풍부한 사진과 함께 상세한 설명이 홍미를 더해 준다.

전인평은 '인도 음악과 한국 음악'에서 음악 분야에서 인도의 영향을 찾고자 하였다. 국악의 대표격이자 정악인 〈영산회상〉이 본래 불교음악이라는 사실을 안 그는 인도로 건너가 인도 음악에서 그 원형을 확인하였다. 국악기 중의 으뜸이라 불리는 거문고의 원조가 인도의 비나(Veena)라는 사실도 알아냈다. 또한 인도 고대연극 이론서인 『나티야 사스트라』의 장단이 우리의 자진모리와 타령 장단과 같다는 사실을 발견하고 인도 장구와 같이 들어왔다는 것이다. 결국 고대 인도 음악과 악기들이 불교의 전파와 함께 중국을 거쳐 고대 한국으로 유입됐다고 보았다. 한국 음악이 외래 음악을 주체적으로 수용하여 발전시켜 온 사실을 오늘의 교훈으로 삼기를 바라는 충고도 잊지 않는다. 별책으로 〈영산회상〉의 원조격인 인도 음악 〈라가〉를 CD로 제작해 문화교류를 직접 느낄 수 있도록 배려한 점은 참신하다.

이평래는 '한·몽 문화교류를 보는 시각'에서 몽골에 대한 균형 잡힌 시각을 제공한다. 지금까지 두 민족의 동질성을 밝히는 과정이 논리적 과학적 분석을 통해 얻어진 결과라기보다는 두 문화에 대한 선입견과 막연한 동류의식에 의해 이루어졌음을 날카롭게 비판하였다. 대표적인 예로 오늘날 우리가 몽골로이드, 즉 몽골인종임을 내세워 몽골과 가까운 혈연의식을 갖고 있는데, 실제 그렇지 않다고 한다. 몽골로이드는 황인종을 뜻하는 것이지 몽골인만을 지칭하는 것이 아니라는 것이다. 또한 한·몽 문화의 올바른 이해를 위해 문화전파론이나 원류의 환상에서 벗어나 객관적 연구를 통한 실체 규명을 강조한다. 실제로 몽골의 석인상과 제주도의 돌하르방은 비슷해 보이지만, 전자가 북방계통이라면 후자는 남방계통이다. 외국 문화를 우리와의 관련 속에서만 보지 말고, 그 문화 자체로써 연구해야 양자의 개성과 특질이 드러날 수 있다는 지적은 새겨 둘 만하다.

김천호는 '한국과 몽골의 음식문화 교류'에서 신라와 고려시대를 거치면서 불교의 영향으로 퇴조했던 육식문화가 원나라의 영향으로 다시 부활하는 모습을 흥미롭게 전한다. 하지만 전체적인 체제나 내용이 좀 평면적이고 나열식이다. 실증에 의한 체계적인 분석이 뒷받침되면 좋겠다.

김용문은 '한국과 중앙아시아의 복식문화'에서 고대 한국의 의복은 북방한대형으로 신체를 감싸며 좁은 소매의 상의와 바지의 착용이 유라시아 북방계인 스키타이 복식에서 원류를 찾을 수 있다고 한다. 주로 고대에서 삼국시대까지의 각종 문헌, 벽화, 그림, 부장품 등에 나타난 문화교류 현상을 추적한 노력이 엿보인다. 짜임새 있는 글의 마무리가 아쉽다.

이인숙은 '유리와 고대 한국'에서 유리에 대한 탄탄한 이론적 배경을 바탕으로 한국 고대사회에 유리를 통한 동서교류가 이루어졌음을 밝히고 있다. 유리의 변하지 않는 특성으로 그 산지와 교역 루트를 확인할 수 있다고 전제한 그는 삼국시대에 발견된 다양한 유리 가운데, 로만글라스가 해상 실크 로드를 통해 서아시아와 교역한 구체적 흔적이라는 것이다. 동시에 그것이 세계 속에서 고대 한국사회의 열린 모습을 대변하는 유물임을 주장하였다. 한국에서 발견된 다양한 고대 유리 유물에 대한 꼼꼼한 분석이 돋보이는 글이다.

조흥국은 '한국과 동남아의 문화적 교류'에서 종래 14세기 이전 한국과 동남아의 교류에 대한 연구들을 분석하여 검증되지 않은 가설이라고 결론지었다. 그러면서도 백제와 동남아 교류 가능성에 대한 이도학의 시각을 의미 있는 시도로 평가하였다. 14세기 이후 한국과 동남아의 문화교류가 불규칙한 문화 접촉의 단계에 머물고 문화 관계의 차원으로 발전하지 못한 까닭을 양국의 무관심과 두 문화의 중계자였던 중국 상인들이 지속적인 매개 역할을 수행하지 못한 결과 때문으로 보았다. 이 시기 조선과 동남아 국가들의 대외정책에 대한 이해가 함께 어우러졌으면 설득력이 더했을 것이다.

주영하는 '젓가락의 닮음과 숟가락의 다름'에서 한중일 삼국의 일상생활사에 대한 역사인류학적 접근을 시도하였다. 당나라 때까지만 해도 3국의 귀족들은 수저를 함께 사용했으나, 그후 기후와 지리, 음식 구조의 차이로 한국은 수저를 모두 사용하는 반면에 일본은 젓가락, 중국은 젓가락 위주에 숟가락을 가끔 썼다. 특히 한국에서 수저가 계속된 까닭은 국물 음식과 국물이 없는 음식을 항상 병용해 왔을 뿐 아니라, 숭유사상 때문이라고 보았다. 중국 고대의 예제인 『주례』의 식사 예법이 한국의 유교식 의례와 전통적인 식사법에 반영되어 있다는 것이다. 한국인이 가지고 있는 오른손 우선의 관념도 『주례』에서 나온 것으로 추정하였다. 수저 문화의 차이를 통해 저자는 한중일 삼국의 지역적 통합성의 해체과정이 오랜 시간 진행되어 왔으며 그 밑바닥에 서로의 무관심이 깔려 있음을 꼬집는다.

박영광은 '중국과 한국의 무용 교류사'를 통해 한국 무용이 중국

의 영향을 받은 것은 사실이지만 역으로 중국에 영향을 준 것도 많다
는 사실을 강조한다. 한국의 악무가 일찍이 중국에 행해진 사례를 찾
으려는 시도는 반드시 필요하다. 다만 중국 기원으로 알려진 탈춤이
나 춘앵무 같은 무용들이 한국에서 비롯된 춤이라는 주장은 구체적
인 논증이 빈약하다.

이희수는 '한국과 서아시아의 문화교류'에서 특히 이슬람의 문헌
을 바탕으로 이슬람과의 교류 사실을 흥미롭게 전달하고 있다. 이슬
람인의 신라 진출과 신라에 대한 설명, 이라크인의 한반도 진출, 우
마이야왕조(661~750)의 박해를 피해 온 알라위족의 망명, 고려에
대한 호칭과 사회 묘사 등의 기록에서 고대 신라와 고려의 국제적인
위상을 짐작케 한다. 원 간섭하에 들어온 위구르 투르크계 무슬림(回
回人)은 천문학, 의학, 건축학 등의 이슬람문화를 전했는데, 조선 초
까지 한성에 거주하고 세종 때 이슬람인 역법을 채택할 정도로 큰 영
향을 미쳤다. 그러다가 15세기 이후 원명의 교체, 조선의 성립에 따
른 대외적인 보수 전통주의, 서구의 해상 진출 등으로 퇴조했다고 말
한다. 이외에도 1909년 압둘 라쉬드의 조선여행 보고서, 일제 때 투
르크인들의 한국 이주 등 아직 우리에게 낯선 이슬람에 대해 많은 이
해를 제공하는 것이 이 글의 장점이다. 다만, 후반후의 서술이 다소
평면적이다.

위의 논고들이 모두 주변국과의 교류를 통해 한국문화를 설명한
것이라면 최봉영의 글은 한국 안에서의 문화변동에 주목한 것이다.
그는 '한국문화의 변동과 문화적 정체성'이란 글을 통해 한국문화의

변동과 정체성을 '본과 보기' 라는 독특한 시각으로 분석하고 있다. 문화를 집단적 생존 단위로 파악한 그는 문화에 기초한 본과 보기는 생각과 행동의 기준으로써 사회적 권위의 근거가 되며, 그러한 사회적 권위가 공동의 문화를 계승하고 사회발전의 원동력이 되어 온 것이 한국의 문화적 정체성이라고 보았다. 그런데 한국사회는 근대화 과정에서 전통문화와의 근대화라는 본과 보기가 이중적 규범으로 뒤섞여 혼란됨으로써 권위의 근거가 손상되었다고 한다. 특히 그 과정에서 자발적으로 형성된 어른의 권위의 손상이야말로 한국사회가 어려움에 빠진 원인이라는 것이다. 개념과 논리의 어색함에도 한국문화를 나름대로 객관적으로 보려고 시도한 점이 돋보인다.

이 책은 본문 이외에 '잡담' 이라 붙여진 좌담회를 통해 본문에서 채울 수 없던 실크 로드와 주변국들에 대한 많은 뒷이야기를 담고 있어 독자의 궁금증을 충족시킨다. 아시아 5개 지역사를 전공하는 학자들이 한국문화와의 교류에만 집착된 입장에서 벗어나 자유롭게 지역사 연구의 문제점과 비교 문화에 대해 나눈 진지한 대화는 그 속에서 저절로 균형적 시각을 찾게 만든다. 예를 들어 오늘날 타 문화를 보는 우리의 인식 가운데 의사 제국주의적인 시각을 경계하고 자문화 중심주의에 빠져 있는 점을 지적하면서도, 학문적 객관성을 담보하기 위한 문화적인 다양성과 평형성의 필요성 제기 등이 그것이다. 타 문화에 대한 올바른 이해가 곧 인간의 보편성을 찾는 길이라는 점을 일깨우고 있다.

끝으로 이 책은 3편의 서평을 실어 한국문화 이해를 위한 또 다른 즐거움을 제공한다. 최준식은 '한국인과 한국문화와 관련된 세간의 베스트셀러를 중심으로'에서 이케하라 마모루의 『맞아죽을 각오를 하고 쓴 한국, 한국인 비판』과 김경일의 『공자가 죽어야 나라가 산다』의 차이점을 분석하고 후자가 그 의도에도 불구하고 대중성에 사로잡혀 선정성에 치중한 반면에, 전자는 제목에서 드러나듯이 한국인이 싫어하는(?) 일본인이 우리도 말하기를 꺼리는 우리의 못난 점을 대담하고 솔직하게 표현한 통쾌함에 후한 점수를 주고 있다. 정기용은 '한국 건축의 탐험서'에서 건축가인 김봉렬의 『시대를 담는 그릇—한국건축의 재발견』을 해방 후 우리가 우리의 눈으로 읽어 낸 한국 건축에 대한 최초의 기록으로서, 건축을 통해 그것이 만들어진 배후의 정신세계를 창조적 상상력으로 재구성하여 과거와 현재를 넘나드는 생동하는 읽을거리로 높이 평가한다. 김승희는 '조선시대 명화에 담긴 선인의 눈길과 마음길을 찾아가는 즐거운 여행'에서 오주석의 『옛그림 읽기의 즐거움』을 동양 고전의 방대한 고증과 친절한 해석, 그 이면에 저자의 과감한 추체험의 방법론과 시적 상상력 그리고 옛 화가를 사랑하는 진실한 마음이 어우러진 편안하고도 즐거운 여행이라고 소개한다.

이 책의 특징은 전문학회지를 대중서 형태로 간행한 데 있다. 학계의 연구동향을 곧바로 대중에게 알린다는 취지가 고려된 듯하다. 다만, 전문학회지를 대중서로 곧바로 전환하기 위해서는 무엇보다 가능한 객관적 사실에 근거해야 하며, 주제에 걸맞은 논문 구성과 편집 체제의 일관성이 유지되어야 한다. 물론 이 책의 논문의 구성이 각 분야를 나름대로 안배했다는 느낌이다. 하지만 주제와 상관없는 논고가 포함되어 있고, 정작 실크 로드와 관련하여 한국사의 전공자가 다룬 논고는 빠진 것 같다. 대중에게 가까이 가기 위해 서술의 평이함은 좋으나, 내용의 평이함은 전문지식에 대한 공허함을 줄 수도 있다. 논문마다 각주와 참고문헌의 기재가 통일되어 있지 않는 것도 눈에 거슬린다. 그렇다고 이러한 점들이 이 책의 가치를 결코 떨어뜨리는 것은 아니다.

무엇보다 이 책이 갖는 큰 의미는 서양 일변도로 치닫고 있는 주류 문화의 경향에 대해 아시아권을 중심으로 한 지역 연구를 선도하고 촉구한다는 점이다. 또한 중국 중심의 사관은 물론 자문화 중심주의에서도 벗어나 주변 문화와의 끊임없는 교류 속에서 한국문화가 생성 발전된다는 평범한 교훈을 되새기게 한다는 점에 있다. 한국문화의 거시적인 재구성과 대중화를 위한 새로운 시도가 알찬 보람으로 이어지기를 기대한다.

단군에 대한 역사학적 이해

이형구 선문대 역사학과 교수

『단군과 고조선사』
노태돈 편저 / 2000 / 사계절

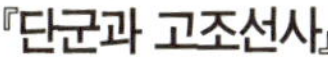

얼마 전에 『고구려사연구』(사계절, 1999. 8, 552쪽)라고 하는 거질을 내놓은 바 있는 노태돈(盧泰敦) 교수가 불과 반년도 안 되는 사이에 또다시 『단군과 고조선사』라고 하는 매우 뜻 깊은 저서를 내놓았다. 물론 4인의 논문을 묶은 편저이기는 하지만 노태돈 교수의 학문적 의지가 발로돼서 이루어진 것이라고 생각된다.

주지하는 바와 같이 노태돈 교수는 고구려사 연구에 전력해 온 분으로 이 방면에 많은 업적을 쌓아 오고 있다. 그런 노태돈 교수가 지난 89년 『국사관논총』 제4집에 <부여국의 경역(境域)과 그 변천>을 발표하는 것을 보고 언젠가는 고조선 연구까지 접근하겠지 하고 기대해 오던 터에 막상 『단군과 고조선사』라고 하는 거책을 접하고 나니 주제넘게 서평하기보다는 오히려 사사(謝辭)의 마음을 전할 따름이다.

학문하는 곳이 어디 따로 있을까마는 아무래도 국사 교육의 중추적인 역할을 담당하고 있는 곳에서 연구·강의되는 단군과 고조선사는 그 의미가 그만큼 막중하다 하겠다. 그런 노태돈 교수가 『단군과 고조선사』를 내놓은 것은 '평생을 걸고 연구하고 싶은 주제'를 처음으로 시도한 작업이 아닌가 생각한다. 『단군과 고조선사』는 편저자 자신이 밝힌 것처럼 단군과 고조선사 연구가 우리나라 고대사뿐만 아니라 한국사의 전 분야에 걸친 다방면의 연구가 필요하고 오늘과 같은 우리 사회 내에 이 문제로 논란이 거듭되고 있는 마당에 방치만 할 수 없어서 이 문제에 대해 비슷한 생각을 가지고 있는 몇몇 학자들의 논고를 한데 모아 내놓은 것이다.

이 책은 모두 3부로 구성되어 있다. 1부 '단군과 고조선사의 이해'는 고조선사와 단군에 대한 그간의 논의와 연구경향을 정리하고 바람직한 이해 방향을 생각해 보는 내용을 담은 것으로 이 책의 총론 격이다.

1부에서는 노태돈 교수의 단군과 고조선사에 대한 인식의 변천과 근대 이후의 연구동향에 대해 서술하였다. 먼저 단군과 고조선에 대한 이해를 돕기 위하여 단군신화의 발생에 대해 논하고 있다. 단군신화가 고조선시기의 산물이라는 사실이 곧 단군신화에서 전하는 내용이 그대로 사실임을 의미하는 것은 아니지만 또한 완전한 허구도 아니라고 주장한다. 그에는 신화가 형성된 시기의 역사적(歷史的) 상황이 투영되어 있고, 또 당시인(人)들의 집단적 경험이 무의식적으로 반영된 부분이 있기 때문에 이를 통해 당시 상황과 당시인들이 갖고 있던 의식의 일면을 더듬어 볼 수 있다고 하였다. 그러나 오랜 기간 구전되어 오다가 뒷날 문자로 정착돼 오는 전승과정에서 후대적인 요소가 첨가되었다고 하였다. 또한 노태돈 교수는 단군이 하늘신의 아들인 환웅과 웅녀 사이에서 태어났고 천 몇 백 년을 살았다는 것을 황당무계하다고 일축하는 식의 이해도 옳지 않다고 전제하고, 그런 내용에 반영되어 있는 당시인들의 관념과 삶의 일면을 그 시대상 속에서 이해하여야 할 것임을 강조하였다. 그런 의미에서 단군신화가 고조선시대라는 역사적 상황에서 그 골격이 형성되고 기능하였던 만큼, 그 내용도 일차적으로 고조선 시기의 역사적 맥락하에서 이해하여야 할 것이라고 하였다.

특히 노태돈 교수는 단군의 현대적 의미에 대해서 매우 공감(共感)하고 있다. 단군이 여전히 한국인의 마음에 살아 있는 실체로 움직이고 있다면, 또 그것이 망령이 아니라면, 우리는 이를 그늘에서 불러내어 다시금 재인식해 볼 필요가 있고, 그렇게 했을 때 단군이 지니는 상징적(象徵的)인 의미는 역사의 무게와 함께 엄청난 것이 될 수 있다고 하였다. 매우 타당한 지적이고, 노태돈 교수의 이와 같은 지론이야말로 단군에 대한 학문적 의의가 모두 온축(蘊蓄)되지 않았나 생각된다.

2부 ‘고조선사와 단군신화’는 과거에 있었던 객관적인 역사적 사실로서의 고조선사와 단군신화를 고찰하는 작업을 담았다. 주편자인 노태돈 교수가 가장 논란이 많았던 고조선의 중심지 위치 문제와 위만조선의 정치체제를, 단군신화의 역사학적 접근에 남다른 정열을 쏟고 있는 서영대(徐永大) 교수가 단군신화의 이해를 다룬 논문 등 3편으로 구성되었다. 특히 서영대 교수는 <단군신화의 의미와 기능>이라고 하는 논문에서 『삼국유사(三國遺事)』에 전하는 단군신화를 중심으로 단군신화의 의미와 기능을 논하였는데, 단군신화는 고조선 사회에서 정치권력이 어떻게 대두되었는가를 설명하는 것이라 했다. 이때 도입된 설명의 방식은 시조 왕 단군이 지고신의 혈통을 이은 존재와 지상세계를 대표하는 존재의 결합에 의해 태어났다는 것이다. 결국 단군신화는 고조선의 정치권력의 신성성을 최대한 부각시키는 데 일차적 목적이 있는 것이라 할 수 있다고 하였다. 그리고 고조선 사회에서의 단군신화의 기능에 대하여 단군신화는 시조 왕의 신성성을 최대한 부각시킴으로써, 고조선의 정치권력을 정당화 내지 합법화하는 역할을 한다고 했다. 즉 국가 차원의 의례를 통해 단군신화의 스토리를 재연함으로써 시조 왕의 신성성을 구체화시킨다든지, 고조선의 역대 왕들이 즉위 의례를 통해 시조 왕의 영을 받아들임으로써 권력의 신성성을 유지하고 권력의 정당성을 확보했다는 것이다.

　서영대 교수는 단군신화는 청동기문화를 기반으로 등장하는 정치 권력이 주변의 군소 정치세력들을 통합하고 지배의 정당성을 확보할 필요성에서 나온 것이라고 하였다. 단군신화에 보이는 고조선의 성립 시기를 국가형성 시기 혹은 초기국가 단계로 볼 수 있다고 한다면

『삼국유사』에서 추출한 시기와 맞먹는 신석기시대 후기의 일일 수도 있지 않을까? 3부 '단군과 고조선사에 대한 인식의 변천'에서는 우리 선인들이 단군과 고조선사를 어떤 식으로 인식하여 왔는가를 살폈다. 서영대 교수가 '전통시대의 단군 인식'을 다루고 있고, 단군 민족주의(民族主義)를 줄곧 주창해 온 정영훈(鄭榮薰) 교수가 20세기 초의 단군 인식과 단군 민족주의의 의미를 서술하였다. 근래 대중적으로 많이 읽히고 있는 고조선 관계의 책들이 어느 정도 사서로서 가치를 지니는가에 대한 검토와 비판을 가한 '재야사서 위서론(偽書論)'을 조인성(趙仁成) 교수가 맡았고, 해방 후 북한 역사학계에서 진행된 고조선사에 대한 연구동향은 노태돈 교수가 검토하였다. 이들 4편의 논문 가운데, 특히 정영훈 교수의 글은 한국 민족주의의 여러 측면 중에서 근대 한국 민족교육에서 단군이 어떻게 다루어졌고 기능했던 바 역할은 무엇이었던가 하는 것을 밝히고 있다. 근대 한국 민족교육에 역점을 둔 단군 민족주의는 독립을 위한 민족의식과 저항의지가 투철한 인적(人的) 자원을 양성·공급하는 인적 충원 기능을 담당하고 있음을 밝히고 있다. 민족의 정체의식을 강화하고 한민족으로서의 긍지에 입각한 통합을 도모하며, 투철한 독립정신을 고취시키는 데 적극적으로 연구·교육된 것이 바로 단군이었다고 한다. 단군은 '반만년 유구한 역사'와 '단일민족의 배달겨레', '홍익인간(弘益人間)의 민족이념' 등 높은 민족의식을 대중의식 속에 정착시켰으며, 근대 한국의 저항민족주의를 지탱한 중요한 정신적 지주로서의 역할까지 담당한 것으로 보았다. 지난 90년대 들어와서 북한에서 일고 있는 단군실존론(實存論)과 단군을 시조로 한 단군 민족주의를 정영훈 교수가 지적한 20세기 초의 민족주의의 부활로 보는지, 아니면 21세기에 다가올 통일을 위한 새로운 단군 민족주의로 보는지 궁금한 점이 많으나 앞으로 이 방면에서 가장 왕성한 연구활동을 벌이고 있는 정영훈 교수의 적극적인 노력에 기대하고자 한다.

다시 편저자의 이야기로 돌아가서, 노태돈 교수는 이 책에서 단군과 고조선사에 대한 인식을 실제 역사적 사실과 부합하느냐와는 별도로 이를 통해 우리 선조들의 역사의식을 살펴볼 수 있다는 데에서 그 나름의 의미를 찾을 수 있다고 보았다. 이와 같은 인식은 오늘날 한국인이 단군과 고조선 및 나아가서 우리 역사를 이해하는 의식에 깊은 영향을 주어 왔고, 또 객관적인 역사적 사실 탐구에도 작용하여 왔기 때문에 주요한 의미를 지닌다고 하였다. 특히 역사적 사실(事實)로서의 고조선사와 단군신화를 어떻게 이해하여야 하는가 하는 문제에 대하여 역사적 사실에 대한 고찰 역시 연구자의 현재적 인식을 바탕으로 시도되는 것이므로 함께 추구해야 된다고 했다.

노태돈 교수는 마지막 장인 '북한학계의 고조선사 연구동향'에서 북한의 93년 '단군릉' 발굴에 대하여 격렬한 어조로 비판한 가운데 이는 한마디로 '역사학의 위기'라고 하였다. 우리가 기왕에 알고 있는 북한의 역사학의 동향과 현황은 북한사회의 독특한 역사 해석이 있다고 보고 있기 때문에, 그것이 유물주의 사관이든 주체주의 사관이든 간에 북한의 역사학 연구를 일도양단하기는 어렵다고 보인다. 특히 단군에 대한 재조명은 겉으로는 단군릉의 발굴로 시작된 것 같이 보이나 그것은 피상적인 하나의 계기일 뿐이다. 실제로는 민족 전체의 단일성을 되찾기 위한 상징(象徵)이라고 보인다. 바로 노태돈 교수가 말한 '민주적 민족공동체의 상징'과 같은 맥락(脈絡)이 아닐까 한다. 그런 의미에서 북한의 '단군릉' 발굴로부터 일기 시작한 단군 및 고조선사 연구를 민족적인 차원에서 단군을 이해하고 단군에 대한 역사적 인식을 새롭게 하는 계기로 삼는 것이 오늘의 우리가 갖추어야 할 시각이 아닌가 하는 생각을 덧붙이는 것으로 소임을 마감하고자 한다.

조상숭배로 밝힌 고대사회 조직의 원리

김정숙 영남대 국사학과 교수

『고대도시』

퓌스텔 드 쿨랑주 지음 / 김응종 옮김 / 2000 / 아카넷

역사학이란 시간의 연속성을 이해시켜 주는 학문이다. 우리는 이 역사를 구성하는 요소인 인간, 가정, 사회, 국가 등의 기원에 대한 연구를 통해 각 역사 단위의 실체와 본질을 규명하게 된다. 그리하여 한 사건의 발단과 경과는 물론 그 사건이 미치는 영향을 진단해 낸다. 그리하여 역사는 각 역사 단위의 개별성을 탐구하면서도 철학과 같이 인류의 보편성을 추구하고 밝혀 준다.

인류사회의 조직원리를 밝히려는 노력은 역사에 대한 구체적 접근과 철학적 성찰을 겸하게 마련이다. 이러한 노력을 성공적으로 표현한 저서로서는 퓌스텔 드 쿨랑주(Fustel de Coulanges, 1830~1889)

의 『고대도시-그리스·로마의 신앙·법·제도에 대한 연구』가 있다. 그는 이 책을 통해서 고대인들의 사회조직과 그 원리를 밝혀 주었다. 1864년 출간된 이 책은 1912년에 이미 22쇄를 찍어 내면서 많은 토론을 불러일으켰다. 이 책은 발표된 지 3년 후인 1867년에 러시아어로 번역되었고, 1873년에는 영어로, 1876년에는 스페인어로, 1907년에는 독일어로 번역되었다. 일본에서도 1944년에 이 책을 번역하였으며, 중국에서는 1955년에 번역을 마쳤다. 이제 21세기가 시작되는 이 시점에서 충남대학교 사학과 김응종 교수가 이 책의 한글판을 출간했다.

저자 쿨랑주는 1830년 파리에서 태어나 에콜 노르말(Ecole Normale Supeieure)에서 공부했다. 그리고 그는 아테네 주재 프랑스 학술원의 연구원으로 임명되어 그리스에서 고고발굴을 지휘했다. 그는 스트라스부르대학 문학부 교수를 역임했고, 이어 파리로 와서 모교인 에콜 노르말에서 고대사 강좌의 주임교수가 되었다. 그뒤 그는 소르본느대학의 중세사 교수가 되어, 죽을 때까지 그곳에서 가르쳤다.

19세기 전반기까지 낭만주의 사학이 유행하고 있던 프랑스 역사학계에 1830년부터 역사연구에서 사료의 중요성을 강조하는 새로운 운동이 태동했다. 이 시기 프랑스에서는 역사학회와 고대학회 등 많은 학술단체가 생겨났다. 이 단체들은 역사학의 과학화를 위해 노력했다. 이와 같은 학문적 분위기에서 쿨랑주도 역사는 과학이라는 입장에서 역사연구에 착수했으며, "역사학이란 상상이나 주관을 경계

해야 하며, 자신의 관점으로부터 독립되고 자유로워야 한다"고 주장했다. 그리고 그는 사료를 다각적으로 연결해서 읽어 내어야 한다고 주장했다. 그는 자료들은 상호간 보충하거나 바로잡기 때문에 어떤 사료도 하나만으로는 사회에 대한 정확한 아이디어를 얻을 수 없다고 했다. 쿨랑주는 역사가의 재능은 오직 관계 자료들을 빠짐없이 섭렵하고, 가장 정확하게 소개하며 그 자료에 의해서만 쓰고 생각하는데 있다고 믿었다.

그러나 그는 결과적으로는 사료가 말하는 범위 내에서 역사를 쓰는 것으로 만족하지 않고 사료의 공백을 메운 학자가 되었다. 그는 다음과 같은 신념하에서 작업했다.

다행스럽게도 과거는 결코 완전히 죽지 않는다. 사람들은 과거를 잊어버릴 수 있지만, 과거는 그 자신 속에 간직되어 있다. 왜냐하면 인간은 어느 시대에서나 그러하듯이, 앞선 모든 시대의 산물이며 축도이기 때문이다. 인간은 자신의 영혼 속에서 각각의 상이한 시대들을 다시 발견하고 구분할 수 있다.

쿨랑주는 페리클레스시대에서 그리스의 고대제의를, 키케로시대로부터 로마의 고대제의의 흔적들을 찾아냈다. 그러면서도 그는 고대 민족사회 자체가 지니고 있는 원리를 파악하고자 했다.

인간사회의 최초의 단위는 가족이고 가족이 발전해서 사회가 되고, 사회들이 모여 국가를 이룬다. 그런데 이 범주를 정하는 원리와

각 집단을 운영하고 있는 원칙은 무엇인가? 쿨랑주는 『고대도시』에서 그리스와 로마 역사의 진행을 설명하면서, 고대의 모든 제도는 신앙에서 비롯되었다고 이 질문에 답했다. 쿨랑주는 이 신앙의 형성과 특징, 운영을 밝히고 이 신앙이 가정, 사회 및 국가를 이루는 단계를 추적하기 위해 그리스·로마의 저술들과 고대 인도의 리그베다와 마누법전 등을 광범위하게 비교 분석했다. 그는 그리스와 이탈리아 및 인도의 아리아인이 중앙아시아에서 함께 살던 때부터 가지고 있던 최초의 신앙을 밝혀냈다. 그리스·로마의 고대인들은 사람이 죽어도 영혼은 육체와 함께 무덤 속에서 살아간다고 믿었고, 이로부터 매장의 필요성이 생겨났다. 매장된 자들은 제사 봉행의 여부에 따라 영원히 행복하고 신성한 존재로서 후손들을 돌보기도 하고, 불행한 악령이 되어 산 자들을 괴롭히고 질병을 일으킨다고 생각되었다. 각각의 집에는 제단이 있었고, 제단 위에는 불이 있어 불의 숭배로 이어졌다. 조상의 영혼은 가정의 수호신으로서 성화(聖火) 속에 살아 있었고, 조상의 영혼을 상징하는 성화는 조상을 숭배하기 위해 유지되었다.

쿨랑주의 『고대도시』는 조상숭배를 고대사회의 구조와 변동의 근본원인으로 보았다는 데서 독창성을 인정받았다. 그는 신앙이 자리 잡으면 인간사회가 구성되고, 신앙이 변하면 사회는 일련의 혁명을 겪으며, 신앙이 사라지면 사회의 모습이 달라지는 현상이 고대의 법칙이었다고 주장했다. 그리하여 그는 그리스·로마 사회를 지배했던 제도와 법을 신앙으로 대치시키면서 고대사회에 존재했던 많은 규범의 의미들을 밝혀냈다. 가족과 도시, 가부장권, 결혼, 여성의 지위, 재산권, 상속, 신분, 정치가, 사제 등과 같은 문제를 체계적으로 일목요연하게 답했다. 정신세계를 설명하는 책이라 쉽지 않을 수도 있는데, 저자는 각 주제의 도입부에서 내용을 요약하고, 또 결론 부분에서 다시 그동안 다루었던 바를 간결하게 소개했다. 바로 이러한 이유로 쿨랑주의 『고대도시』는 그리스 · 로마사를 전공하지 않더라도, 나아가 역사를 전공하지 않더라도 아껴 두고 읽을 책이 되었다. 사람들은 생활하면서 스스로 행동하면서도 미처 분석하지 않았던 행위들의 이유를 인정하면서 감탄하지 않을 수 없다. 가령, 결혼이란 가족 구성원에 의해서만 제사되는 조상숭배 거주지에 아무런 권리도 가지고 있지 않은 신부가 새로 제사를 지내러 가는 의식이었다는 지적 등은 여러 나라에서 공감을 일으킨다.

이 책은 신앙, 제도, 법을 구조적으로 연결시켰다는 점에서 프랑스학계가 발전시킨 구조사의 선구가 되었다. 또한 현대 역사학의 물질주의적 경향에 대한 반성이 높아지고 있는 요즈음 쿨랑주가 밝혀낸 고대사회의 원리는 당연히 주목된다. 그리하여 일본이나 중국에서도 일찍부터 쿨랑주의 이론을 적용하여 자국의 고대사회를 밝히고자 했다. 한국에서도 변태섭 교수가 <한국고대의 계세사상과 조상숭배신앙>(《역사교육》 4 · 5, 1958 · 1959)이란 논문으로 쿨랑주의 이론을 우리 사회에 적용해 공감을 얻었다. 후속 연구가 소강상태인 현상은 언어적인 장벽에서 연유되었을 수도 있다.

이제 『고대도시』가 번역이 되었으니, 그의 이론이 우리 사회에 적용되는 점과 통용되지 못하는 면들을 중심으로 새로이 연구될 수 있겠다. 관계된 사료를 찾아 읽어 내는 그의 탁월한 방법론과 고대사회를 지탱한 정신적 원리에 대한 꼼꼼한 분석은 불교 및 유교 등의 고등 종교에 가려 있는 한국인의 사고를 파악하는 데 도움을 줄 것이다. 그리고 한국인 사고의 보편성과 특수성을 밝히면서 사료가 빈한한 한국 고대사의 연구를 살찌울 계기가 되리라 기대된다.

『고대도시』는 어떤 사실을 전하기보다는 사고를 유도하고 있는 책이며 저자의 사고가 치밀하고 문장이 아름다운 책이다. 따라서 역자의 수고가 클 수밖에 없다. 그러나 역자는 이 논리를 자연스럽게 읽히도록 번역했다. 그러나 원저에 있는 주요 단어 색인(Tableau Analytique)도 번역되면 이 분야의 연구자들에게 더 도움이 되겠다.

출간된 지 136년이나 지나서 한국에 소개된 『고대도시』의 저자 쿨랑주는 제자의 존경을 받은 학자이다. 그는 생전에 책을 두 권 내었다. 그러나 그가 준비했던 원고를 토대로 그의 제자 카미유 쥴리앙(Camille Julien)은 프랑스사에 관한 쿨랑주의 책 6권을 발간했고, 사학방법론에 관한 책을 3권으로 엮었다. 시대를 넘어 생명을 갖는 저서를 남겼고, 제자에 의해 사후에 정리될 업적들을 남겼던 쿨랑주의 연구는 우리 역사학계에 일정한 자극을 줄 것이다.

번역을 통해 본 일본의 지성사

조명철 고려대 동양사학과 교수

『번역과 일본의 근대』

마루야마 마사오 · 가토 슈이치 지음 / 임성모 옮김 / 2000 / 이산

역자인 임성모 씨는 이미 『오리엔탈리즘을 넘어서』라는 번역서로 독자들에게 이름이 알려져 있었는데, 이번에 또다시 『번역과 일본의 근대』를 번역하여 일본에 대한 이해의 폭을 넓힐 수 있는 기회를 제공해 주었다. 『번역과 일본의 근대』는 일본 근현대사를 전공하고 있는 역자에게는 친숙한 내용이라 누구보다도 정확한 번역이 가능했으리라 생각된다.

이 책은 1996년 타계한 일본의 대표적 지식인 마루야마 마사오(丸山眞男)와 문화평론의 대가 가토 슈이치(加藤週一)와의 대담 형식으로 구성되어 있다. 원래 이 대담은 『번역의 사상(飜譯の思想)』(일본

근대사상대계日本近代思想大系, 1991)을 편집하기 위한 사전작업 중 하나로서 주로 가토의 질문과 마루야마의 답변으로 이루어져 있다. 이 대담은 『번역의 사상』이 간행된 후에 그냥 버리기가 아까워 두 사람의 승낙을 얻어 책으로 간행하고자 했으나 당시 마루야마의 건강이 좋지 않아 주로 가토가 마루야마가 남긴 녹음테이프를 정리하여 책으로 간행한 것이다. 결국 마루야마는 이 책의 출간을 보지 못하고 세상을 떠나고 말았다. 어떻게 보면 이 책은 공저이기는 하지만 마루야마의 마지막 저서라고도 할 수 있다.

편집과정에서 손을 보았다고는 하나 대담 형식인 만큼 전체의 목차는 체계적이지 못하다. 내용 또한 정해진 틀 없이 비교적 자유롭게 진행되고 있는데, 오히려 이런 형식의 자유가 이 책의 가장 큰 매력이 되고 있다. 왜냐하면 자유로운 대담 형식이 두 대가의 사고의 깊이와 통찰력을 유감없이 발휘하도록 해 주고 있기 때문이다. 실제로 이 책은 근세와 근현대를 아우르는 마루야마의 통시적 관점과 예리한 통찰력을 이끌어 내는 데 성공하고 있다. 만약 이 책을 목차에 연연하면서 읽는다면 그 재미는 반감되고 말 것이다. 마루야마의 통시적 관점이야말로 난해한 일본 사상사의 맥을 알기 쉽게 정리해 주는 안내표지판과 같다고 하겠다. 읽다가 보면 그동안 머릿속에 가득 찼던 안개가 걷히고 새로운 지평이 선명하게 드러나는 듯한 느낌을 준다.

일본의 독자를 대상으로 한 만큼 일본의 역사나 문화에 대한 지식이 전혀 없다면 조금은 낯설게 느껴지는 내용이 없지는 않다. 하지만 일본에 관심이 있는 독자에게는 일본을 보다 일관성 있게 관찰할 수 있는 기회가 될 것이다. 특히 대담 형식에서 누락되기 쉬운 내용들은 각주와 역자가 붙인 미주가 충실히 보충해 주고 있다. 의외로 서평자는 각주와 미주에서 얻은 정보가 적지 않았다.

일반 연구서와 같은 식으로 논지를 전개하지는 않았지만 굳이 『번역과 일본의 근대』의 문제의식을 찾자면, 메이지유신 이후 '그토록 짧은 기간에 문화의 거의 전 영역에 걸쳐서 고도로 세련된 번역을 달성하는 놀라운 일' 이 실제로 어떻게 가능했는가를 추구하는 데 있다고 하겠다. 번역이라는 창을 통해 일본의 근대가 어떻게 그려질 수 있는가는 매우 흥미로운 접근이라 하겠다.

이 과정에서 해박한 마루야마와 가토의 이야기는 아무런 막힘없이 시공을 넘나들며 각 시대에서 번역이 갖는 의미를 추구하고 있다. 특히 마루야마는 에도시대의 오규 소라이(荻生 來)부터 메이지시기의 니시 아마네(西周)에 이르기까지 일본을 대표하는 유학자와 사상가들을 거침없이 논하고 있는데 그 평가가 매우 적절할 뿐만 아니라 각각의 사상가들이 갖는 시대적 의미도 알기 쉽게 설명하고 있어 대담의 상대인 가토 또한 많은 것을 배웠다고 실토할 정도다. 노학자의 농축된 지식 아니 단순한 지식이라기보다는 통찰력에 가까운 것이지만 에도시대와 메이지 그리고 현대를 꿰뚫는 설명의 일관성은 감탄을 자아내기에 충분하다. 독자들 또한 이 책에서 일본의 정신사를 이해하기 위해 일본 사상사 한 권을 독파하는 것 이상으로 많은 것을 얻으리라 생각된다.

일본의 근대는 상당 부분 서양의 문화와 제도를 통해 이루어졌지만 그 개념과 용어는 서양의 언어를 그대로 사용하지 않고 새롭게 정의되고 만들어진 용어와, 경우에 따라서는 전통적으로 사용되고 있던 용어의 차용을 통해 대체되었다. 다시 말해서 일본의 근대는 번역과정을 통해서 등장한 새로운 조어들로 가득 차 있다고 할 수 있다. 지금은 자연스럽게 통용되는 용어들이 당시로써는 엄청난 고심의 산물이었던 것이다.

마루야마는 번역이 명확하게 의식되었던 출발점을 에도시대의 유학자 오규 소라이의 『역문전제(譯文筌蹄)』에서 찾고 있다. 오규 소라이는 같은 한문이라도 중국어로 읽힐 때와 일본어로 읽힐 때 서로 다르다는 것을 강조하면서 중국어를 명확하게 외국어로 의식하고 있었다는 것이다. 이러한 전통이 일본의 번역문화의 기반을 만들었다고 보고 있다.

내친김에 마루야마는 언어비교학적 관점에서 이토 도가이(伊藤東涯), 아라이 하쿠세키(新井白石), 모토오리 노리나가(本居宣長)의 저서들을 분석하고 있는데 오규 소라이의 번역에 대한 날카로운 자각에 대해서는 칭찬을 아끼지 않고 있다.

특히 막말에서 메이지시기에 걸쳐서 쌀리의 『만국사』, 버클의 『영국 개화사』, 기조의 『유럽문명사』 등 역사서의 번역이 많았던 것에 대해 단순히 실용주의로만 설명할 수 없다고 한다. 여기서 마루야마는 자신의 해박한 지식을 동원하여 외국문명을 역사적 문맥 속에서 파악하려는 전통을 추적하면서 에도시대 일본에 유교가 수용되는 과정을 분석하고 있다. 일본의 경우 이미 과거부터 역사를 통해 주변의 문화를 파악하는 '문명적 습관'이 형성되어 있었기 때문에 메이지 초기 예리한 역사적 감각을 갖고 외국문명에 접근했다고 한다.

유교의 이야기가 나오자 마루야마는 번역의 관점에만 머물지 않고 중국과 일본의 유학에 나타난 세계관의 차이를 비교하면서 일본 유교의 특징을 축출하고 있다. 역시 일본문화에 대한 통시적인 통찰력 없이는 논의하기 힘든 대목이라 하겠다.

마루야마와 가토는 근대를 설명하는 많은 용어들에 대해 그 태생의 과정을 추적하고 있는데 '민권(民權)'도 그중에 하나라고 할 수 있다. '민권'은 일본에서 메이지 초기에 일반화된 다음 중국에서 사용된 신조어라고 한다. 그러면서 민권에 개인과 인민의 구별이 없다는 점을 지적하면서 이것이 일본어의 단수와 복수의 구별이 없는 언어적 특성에 기인한다고 설명하고 있다. 보통 개인에 대한 의식이 약하다고 지적받고 있는 일본의 사회현상을 일본어의 언어적 특성 때문이라고 설명하는 대목에 대해서는 과연 그런지 검토할 여지를 남기고 있다.

그밖에도 지금은 친숙한 '자유', '동산(動産)', '부동산(不動産)' 등이 번역과정에서 생겨난 조어라는 사실을 밝히고 있다. 또 '판권(版權)', '연설(演說)', '토론(討論)', '사회(社會)' 등 조어가 만들어진 과정이 에피소드와 함께 소개되고 있어 전혀 지루함 없이 읽어 내려가게 해 준다. 근대의 용어들 중에는 '권리'와 '의무'와 같이 중국에서 들어온 것도 있다.

학문 분야에서도 '철학', '물리학' 등은 몇 번의 변화를 거쳐 정착된 용어들이다. 특히 '국체(國體)'에 대해서는 미토학에서 연원하지만 주목받지 못하다가 근대 헌법체제가 성립하면서 어떻게 국가 구조의 기본개념으로서 '국체'가 다시 등장하게 되었는가와 미노베 다쓰키치의 천황 기관설에서는 국체가 어떠한 의미로 쓰였는가를 추적하고 있다.

진화론과 같은 서양사상의 수용에 대한 언급에서는 그와 비견되는 일본의 세계관의 특성을 이야기하고 있다. 번역에 있어서 메이지정부의 적극성은 메이지정부의 진보성을 대변하는 대목이라고 강조하기도 한다.

마루야마와 가토 씨는 원서보다 번역서가 급진적인 성향을 띠고 있는 면을 여러 번역서와 원문을 비교하며 논증하고 있다. 일본의 문화에 있어서도 문화의 중심부보다 주변부가 급진적이라는 명제가 적용된다고 하겠다. 그러면서도 번역은 '외국의 개념과 사상의 단순한 수용이 아니라 자국의 전통에 의한 외래문화의 변용이기 때문'에 문화적 자립과 문화적 창조력을 자극하고 있다는 것이다.

마지막으로 조금 아쉬운 점이라면 두 대가가 번역이라는 주제로 실제로는 일본의 세계관과 문화·역사적 특성을 폭넓게 논하고 있으면서 일본의 제국주의적 침략의 역사에 대해서는 한마디도 언급하고 있지 않다는 점이다. 물론 주제와는 관련 없는 사항이지만 모처럼 자유롭게 자신들의 생각을 피력하는 장에서 일본의 과거사에 언급이 없었던 것은 아쉬움으로 남는다.

한 지성인이 택한 삶

—이상과 현실에서

이원명 서울여대 사학과 교수

『조광조』
정두희 지음 / 2000 / 아카넷

1

도도히 흐르는 역사란 시간과 공간 속에서 한 지성인이 택한 삶이란 어떠했을까? 더구나 탁류처럼 흐르고 있는 현실에서 정말 추구하는 이상사회 건설은 가능할까? 가능하다고 믿고서 추구했다면 어느 정도 치열하게 현실과 맞섰을까? 아니면 실패란 결과를 통해서는 그 삶을 어떻게 평가해야 할까? 궁금하다. 왜냐하면 우리가 추구해야 할 이상적인 삶의 목표는 어려운 현실 속에서 쳐다볼 때 너무나 높아 보이기 때문일 것이다.

우리는 정두희 교수의『조광조』를 통해 이와 같은 문제를 생각해 볼 수 있는 기회를 갖게 되었다. 성리학을 바탕으로 출발한 조선왕조는 유교적 이상사회를 추구하면서 이어 온 왕조였다. 하지만 왕조 설립 후 반세기가 지나서 세조의 왕위찬탈(1455)과 연산군의 학정(1494~1506)은 당시 사대부들에게 의식의 혼란과 무기력한 상태를 자아내었다. 이러한 시기에 유교적 이상은 결코 사라질 수 없으며 얼마든지 실현될 수 있다는 확신을 가지고 활동한 이가 정암 조광조(1482~1519)이다.

한 지성인으로서 원칙과 철학을 지키며 젊은 나이에 한세상을 풍미하였던 그는 어떻게 보면 오늘날 우리가 찾아야 하는 지성인이 아닌가 한다. 그를 통하여 흔들리지 않는 원칙과 명분은 당시 시대의 흐름을 선도하였고, 나아갈 방향을 분명히 하였음을 알 수 있다. 명분과 원칙도 무시되는 오늘날, 현실 속에서 매몰되어 있는 현대 지식인에게는 곰곰이 반추해 볼 수 있는 삶이 아닌가 한다.

2

저자인 정두희 교수는 조선 초기 개국공신을 비롯한 성종 대까지 공신집단의 정치적 성격을 논한『조선 초기 정치지배세력 연구』(1983)를 비롯하여『조선시대 대간(臺諫) 연구』와『조선시대 인물 연구』 등의 주요 저술을 통하여 지배층의 성격과 역할에 관하여 일관된 관심과 업적을 내고 있는 중진학자이다. 특히 조광조에 대한 연구는 이미 『한국사 시민강좌』 10집(1992)의 '조광조의 도덕국가의 이상'이라는 글에서 그의 과거 대책문에 나타난 정치사상을 중심으로 글을 발표한 바 있다. 이번에는 이를 확대해서 그가 일생을 통하여 추구하려고 하였던 가치가 무엇이었는지를 드러내기 위하여 그의 전 생애에 걸친 치열한 삶을 재조명한 것이 대우학술총서로 나온 이번 『조광조』이다.

저자의 뜻이 담긴 이 책은 서론과 결론을 포함하여 모두 13장으로 구성되어 있다. 먼저 서론에서는 4년이란 짧은 공적생활을 보내면서 38세란 젊은 나이에 생을 마감한 조광조를 종래 조선의 사상사나 정치사의 일부로서가 아니라 '한 사람의 인간으로서'(22쪽) 이해하고자 노력하였다고 밝히고 있다. 이러한 피력은 종래 역사에 대한 이해 시각이 주로 사회의 구조와 성격을 중심으로 이해해 왔다는 점에 대한 아쉬움에서 시작되었음을 알 수 있다. 왜냐하면 한 사회구조를 아무리 강조하더라도 그 속에 살았던 개인의 문제를 소홀하게 되면 그런 역사는 무미건조할 뿐 아니라 전체주의적 수단으로 전락할 수 있다는 점에서 개인 연구를 주목하고 있다고 하겠다.

3

본격적인 책의 내용에 대해서 차례로 일별하여 독자의 이해를 돕고자 하겠다. 먼저 2, 3장에서는 조광조의 등장배경과 등장을 다루고 있다. 당시 조정의 정치적, 이념적인 기반의 취약점과 특히 연산군 대의 정치적 사건에 대한 재평가가 이슈가 된 조선 중종 대는 어떻게 보면 조광조를 기다렸던 시대로 보고 있다고 할 수 있다. 이어서 4장에서는 본격적인 조광조의 정치사상이 잘 나타나 있는 알성시(謁聖試) 과거 대책문을 분석하고 있다. 당시 정치 현실을 대단히 우려하고 있는 중종에게 성현의 도리를 바탕으로 백성을 다스리기를 주장하였다.

즉 정치를 맡으면 3년 이내에 실효를 거둘 수 있다는 공자의 말씀에 대한 질문에 대하여, 그는 수많은 사람들의 일이 다 다르다고 하더라도 그 모든 일에 근본이 되는 도(道)와 마음은 오직 하나뿐임을 강조하면서 인의예지(仁義禮智)의 도가 천하에 서면 가능하다고 자신 있게 밝히고 있다. 또 중종 자신이 즉위한 지 10년이 지났는데도 나라의 기강과 법도가 서지 못한 까닭에 대해서는 왕의 마음이 정성스러워야 그 마음의 도가 곧고 굳은 곳에 설 수가 있으며 마침내 정치의 실효를 거둘 수 있다고 보았다. 그리고 그 방법으로 왕이 대신을 공경하고 그에게 정치를 위임해야 한다고 보았다. 왜냐하면 임금이 하늘과 같다면 신하들은 사시(四時)와 같은데, 하늘이 스스로 행한다고 하나 사시의 운용이 없다면 만물이 이루어질 수가 없다고 보았다. 즉 임금이 스스로 맡는다고 하더라도 대신들의 보좌가 없다면 어떠한 교화도 일어날 수 없다고 보았다. 마치 조선 초 정도전이 『경제문감(經濟文鑑)』에서 재상론(宰相論)을 강조하는 것과 같은 논리라 할 수 있다. 그리고 이어서 성균관 학생들에게 3대의 이상정치를 오늘날 행할 수 있는 방책을 묻는 중종에게, 도를 밝히는 명도(明道)와 홀로 있을 때라도 항상 삼가는 태도를, 자신이 지켜야 할 도리를 지키면서 삼가야 하는 근독(謹獨) 두 가지를 제시하고 있다.

5장에서는 중종반정 후 일주일 만에 연산군의 처남인 신수근의 딸이라는 이유로 폐비가 되었던 중종의 왕비, 폐비 신씨 복위 문제에 대한 논쟁과 조광조의 역할에 대한 연구이다. 사간원 정언(정6품)으로서 조광조는 왕의 구언(求言)의 명에 따라 상소한 내용을 가지고 문제 삼아 처벌하자는 대간과는 함께 근무할 수 없다며 자신의 사직을 요청(34세)하여 결국 대간 모두가 교체된 사실은 당시 정국의 가장 핵심적인 인물로 인정받는 계기가 되었다고 보았다.

6장에서는 단종의 어머니 권씨 왕후 소릉복위(昭陵復位) 문제를 다루면서 세조의 집권과 세조 대의 정치가 잘못된 것이라는 평가가 이루어졌음을 보여 준다. 이는 바로 연산군을 몰아낸 공신들이 연산군 치세에 벼슬한 사람을 어떻게 보아야 하는 문제로 곧이어 정국공신 개정 문제로 비약되는 계기가 되었음은 물론이다.

7장에서는 조광조가 김굉필의 복권 및 정몽주 문묘배향을 주장한 사실을 다루고 있다. 특히 그는 "김굉필처럼 그 지향하는 바가 바르고, 몸과 마음을 닦는 데 도가 있는 사람은 찾기 어렵다"고 평가하고 있는데 이는 그의 삶도 김종직-김굉필-조광조로 이어지는 고된 생을 암시하고 있다고 하겠다.

8장에서는 성리학과 이단 중 하나를 택하라고 요구하였던 소격서

(昭格署) 혁파(1518. 9) 요구는 조광조의 개혁 중 이해하기 힘든 것 중 하나이지만 왕권보다는 성리학적 이념을 더 중시함을 의미한다고 평가하고 있다. 이는 또한 반대 세력을 극도의 경계 태세로 만드는 결과를 가져왔다고 보고 있다.

제9장에서는 사헌부 대사헌(중종 13년 11월)이라는 언로의 책임자가 되어 직접적으로 현실정치와 부딪치는 과정을 다루고 있는데 저자는 이를 돌아올 수 없는 길을 건넜다고 하였다.

그리고 10장에서는 중종 13년 5월의 대지진에 대한 원인 규명에 대한 논쟁이 군자·소인 논쟁으로 비화되고 있음을 설명하고 있다. 이어서 11장에서는 종래 시가와 문장 중심의 사장(辭章)이 아니라 학문과 덕행을 중시하는 새로운 천거제인 현량과(중종 14년 4월) 실시는 이념과 현실의 갈등을 가져왔다고 보았다.

끝으로 12장에서는 조광조의 종말을 의미하는 기묘사화(중종 14년 11월)와 중종반정의 정국공신 개정 문제를 기술하고 있다. 76명의 관직을 삭탈하자는 조광조의 끈질긴 상소(7번)의 결과 훈직에서 제외되었지만 이는 바로 훈구파에 반격으로 종국에는 조광조 개혁의 꿈, 이상사회 건설은 실패로 끝나고 말았다.

4

이상 저자의 『조광조』에 대한 내용을 정리해 보았다. 조광조의 꿈과 이상이 어떻게 전개되었는지를 생동감 있게 마치 역사소설처럼 기술하고 있다. 이는 지성인이 배운 대로 실천하는 삶을 영위할 때만이 자기시대의 혼란스러운 현실을 극복할 수 있다고 확신하는 저자의 뜻이 조광조를 통해 찾아지고 있다고 할 수 있다.

하지만 그의 개인적인 치열한 삶과 함께 그의 철학사상도 같이 고찰되었으면 하는 아쉬움이 있다. 그가 그토록 이루려고 하였던 이른바 도학정치(道學政治)란 무엇이었는가. 또 그러한 이상사회를 이루려면 어떤 조건들이 갖추어져야 하나? 예를 들면 백성이 나라의 근본이라는 위민, 애민정신은 그에게는 관념적인 구호가 아니라 생생한 체험의 결과였다. 또 방법면에서 그가 구상한 현명한 군주론(賢君主論)과 군자·소인론(君子小人論)에 대한 당위성, 국가의 운명과 직결된다는 그의 언로(言路) 개방론도 좀 더 언급되었어야 하지 않나 한다. 또한 당시 사류들의 기풍을 바로잡기 위해서 전개하였던 소학(小學)의 실천운동과 향약(鄕約) 보급운동은 성리학에 대한 이해가 깊어짐에 따라 당시 중요한 관심사였는데 저자가 이에 대하여 언급하지 않은 점은 아쉬움이 크다 하겠다.

그러나 전체적으로 조광조라는 한 지성인이 걸어왔던 치열한 삶을 통하여 저자가 의도하려는 뜻은 충분히 달성되었다고 본다. 난세의 위정자의 자세와 특히 지성인의 올곧은 삶의 자세가 그 어느 때보다 아쉬운 오늘날을 읽는 예리한 논저라 하겠다. 마치 오랜만에 마시는 시원한 청량제 같은 글이라 하겠다.

청조의 기반을 확고히 한
인간 강희제

임계순 한양대 사학과 교수

『강희제』

조너선 D. 스펜스 지음 / 이준갑 옮김 / 2001 / 이산

미국의 예일대학 역사학과의 조너선 D. 스펜스(Jonathan D. Spence) 교수는 일찍이 1974년에 『중국의 황제 : 강희의 자화상(Emperor of China : Self-Portrait of K'ang-hsi)』이라는 책을 출판하여 당시 미국학계의 주목을 받았다.

이 책은 강희제(康熙帝)의 생애를 연대별로 나열한 일반적인 체제의 자서전이 아니라 책 제목에서 강희의 자화상이라고 한 것과 같이 강희제가 직접 국가를 통치하는 자신의 지략, 그가 주위로부터 얻은 지식, 신하들에 대한 그의 생각, 그를 즐겁게 하거나 화나게 하는 것들에 대한 개인적인 느낌, 중국을 정복한 무사(武士)로서 중국적 사

고(思考)와 종교적 환경에 대한 그의 태도, 예수회 선교사들이 그의 궁전에 소개한 서양의 과학과 종교에 대한 그의 생각 등을 기술한 독특한 체제로 구성되어 있다.

이 책은 6장과 부록으로 구성되어 있다. 앞의 5장은 '사냥과 원정', '통치', '사고', '장수(長壽)', '황자들'에 대한 강희제의 개인적인 느낌이 표현되어 있다. 그리고 6장은 1717년 강희제가 그의 내면의 사고를 표현하려고 가장 애쓴 '상유(上諭)'이다. 부록에는 1679년 태감 고문행(顧問行)에게 보낸 열일곱 통의 편지 번역문과 그의 임종기에 반포한 유조(遺詔)가 포함되어 있다.

이 책의 몇 부분은 흥미를 가지고 읽을 수 있다. 정치사의 관점에서 보면 두 번째 장인 '통치'가 가장 흥미롭다. 이 부분에서 독자들은 강희제의 통치철학, 그의 행정력, 신하 다루는 법, 백성들의 탄원, 그에 대한 아첨, 그의 업무현황, 신하의 조언에 대한 그의 태도, 과거(科擧)에 대한 그의 의견, 학문에 대한 호기심 그리고 서구의 종교와 과학에 대한 태도, 역법과 역사 서술에 대한 그의 견해를 살펴볼 수 있다. 그의 기본적인 통치철학은 전통적인 유교사상으로 6장의 '상유'에서 잘 드러나고 있다. 이 '상유'는 1717년에 그가 평소에 신하들에게 꼭 일러 주고 싶은 말을 반포한 것이다. 그는 60여 년의 통치 기간 동안 이 '상유'에서 말한 유교사상에 따라 행동했고, 유교경전이나 『역경(易經)』을 인용하여 그의 정책결정에 대한 정당성을 설명하곤 했다. 유교 도덕에 입각한 치국책에 전념한 강희제는 성현의 말씀을 실천하지 않고 말만 앞세우는 사람들을 경멸했으며 공리공론보다 실용주의를 강조했다. 그는 행정을 장악하고 있으면서 어떠한 문제가 발생하더라도 적합한 해결책을 제시할 수 있었다. 그는 아무리 사소한 일이라도 주의하지 않으면 국가 전체를 해롭게 할 수도 있으며 후손들에게 막대한 영향을 줄 수도 있다고 생각하여 한시도 방심하지 않았고 업무에 관한 사전계획과 원칙의 중요성을 강조했다. 예리한 판단력을 가진 황제는 사람의 장점을 단점보다 중시하여 그의 능력에 따라 사람을 채용했다.

그리고 종교와 예수회 선교에 관한 그의 관점은 흥미롭다. 강희제는 철저한 실용주의자였지만 하늘과 기도의 힘을 믿었다. 그러면서도 그는 결혼, 운수, 자녀, 성공에 대한 예언을 무조건 그대로 인정하지 않았다. 그는 인간에게 발생하는 모든 일들이 미리 결정된다고 생각하고 운명에 맡기기보다는 최선을 다해 보고 그 다음에 천명에 맡겨야 한다고 생각했다.

강희제는 1662년 황위에 오른 직후부터 서구의 수학과 의학에 관심을 가지게 되었다. 그는 예수회 선교사 베르비스트(Verbiest)는 물론 중국에 불법으로 입국한 자들까지도 관직에 임명하였다. 1690년대 초기에는 도마스(Thomas), 가빌룽(Gerbillion), 부베(Bouvet)에게 만주어를 배우도록 했고 그들로 하여금 서구의 수학과 유클리드기하학에 대하여 논문을 작성하도록 하였다. 그는 베르비스트와 함께 대포, 시계, 제방에 대하여 검사하고 측정하기도 했다. 그러나 그는 서양문화를 약간 경멸했는데 이는 서양의 많은 방법의 기원이 중국에 기초하고 있으며 서양 수학의 원리들 역시 모두 『역경』에서 유래했다고 보았기 때문이다.

'사고', '장수', '황자들'의 부분과 고문행에게 보낸 열일곱 통의 편지에서 강희제의 인격을 엿볼 수 있다. 1717년(56세)까지 그는 아주 건강했으며 정신력도 강했다. 그러나 갑자기 어지러움 증세가 나타나면서 쇠약해지기 시작했을 때 그는 자연의 섭리에 순응할 줄 알아야 함을 깨달았다. 그는 불로장생을 서술한 터무니없는 내용의 책에 속으려 하지 않았고 풍문에 끌려 다니지 않았다. 그리고 치료할 방법이 없으면 기도하면서 하늘이 들어주기를 바랄 수밖에 없다고 하였다. 그는 어떤 것이든 확실히 알려면 직접 관찰하거나 경험해 보아야만 한다고 했다. 예를 들면 옛날 책에서 상자 속의 반딧불로 밤에 책을 읽었다는 기록을 보고 실제로 반딧불 수백 마리를 잡아다 큰 상자 안에 넣어 보았지만 글자 하나 읽을 만한 빛을 내지 못한다는 사실을 알아냈던 것이다. 또한 그는 평범한 사람들에게서 많은 정보를 얻기도 했다. 그는 알현 중에 여행 중에, 그리고 주접(奏摺)을 통해서 많은 정보를 얻을 수 있었으나 이것들이 정당하게 평가된 후에 가치가 있다고 보았다.

강희제는 사료편찬에 관하여도 일가견이 있었다. 그는 역사는 사실이 중요하지 수사적인 단어나 문학적인 미사여구가 필요한 것이 아니라고 했다. 그는 역사 서술에 대단히 비판적이었다. 『사기』와 『한서』에서조차도 항우(項羽)가 진(秦)의 병사 20만을 매장했다고 하는데 그 많은 병사가 그냥 조용히 매장되기를 기다렸을 리가 없지 않은가 하고 강희제는 의문을 제기하기도 했다. 그리고 『명실록』에서 명(明)의 멸망원인을 환관의 발호 때문이라 하였는데 강희제는 사악한 환관의 전횡보다 당쟁을 근본원인이라 보았다. 그는 명조의 관료들이 궁전에서 권력 다툼을 하느라 국가의 정사에 소홀했다고 인식하였다. 그는 분명히 명조로부터 교훈을 얻고자 했다. 그리하여 어떠한 환관도 정사에 간섭하지 못하도록 했고, 그의 궁전에서 붕당을 형성하는 것을 용납하지 않았으나 한정적인 성과만을 얻을 수 있었다.

독자들은 이 책을 통하여 일반적으로 알고 있는 황제의 모습, 즉 이 세상의 상징의 중심이며, 우월한 존재이고, 우주적인 존재로서 인식하는 것이 아니라 황제 개인의 허심탄회한 생각들을 알 수 있다. 그리고 독자들은 강희제가 예리한 관찰력, 국사에 헌신적인 자세, 통치력과 자격을 갖춘 지도자였기 때문에 막 건국한 왕조의 인재들을 통합할 수 있어 이후 250여 년간 왕조를 유지할 수 있는 기초를 확립했음을 알 수 있다.

스펜스 교수는 미국 역사학자들간에 문장력이 뛰어난 학자 중의 한 사람으로 꼽히고 있다. 그는 다양한 자료들로부터 적합한 내용을 선택하고, 번역하고, 구성하였으며 그의 뛰어난 문상력과 상상력을 통해 마치 강희제 자신이 직접 그의 가치관과 태도를 설명하는 것과 같이 서술하였다. 그 결과 독자들은 중국 역사상 가장 뛰어난 통치자 중의 한 사람인 강희제의 사고방식과 성향을 이해할 수 있게 되었다.

이 책은 미국에서는 비전문가인 일반 독자들에게까지도 재미있게 읽혀졌다. 왜냐하면 미국의 독자들은 황제도 한 사람의 인간으로서

평범한 사람들과 다를 바 없다고 생각하고 황제의 개인적인 일상생활에 높은 가치관을 부여하기 때문이다. 그리고 미국의 독자들은 이러한 황제의 일상생활로부터 그의 사고방식과 성향 등을 분석하여 정치에 미친 영향들을 토론하기를 즐긴다.

문화적인 배경이 다른 한국 독자들이 이 책을 읽을 때 어떤 반응을 보일지 서평자 또한 궁금하다. 그러나 정례화된 역사서와 체제가 완전히 다른 이 책을 읽으면서 한국의 독자들도 황제의 일상생활 즉 만리장성 너머에는 떡갈나무, 포플러나무, 밤나무 등의 숲이 있으며, 건강을 유지하기 위해서는 조심스럽게 먹고 마시며, 규칙적으로 자고 일어나야 한다는 이야기를 통해 황제가 평소에 자연에 얼마나 많은 관심을 가지고 있었으며, 그가 쇠약해졌을 때 헛된 풍문에 끌려 다니지 않고 합리적으로 대처했다고 분석할 수 있기를 희망해 본다. 그리고 황자들에 대한 그의 개인적인 절망을 통해 황위 계승 문제의 심각성을, 서양 선교사에 대한 그의 태도를 통해 그의 세계관을 분석할 수 있기를 기대해 본다.

이 책은 미국에서 출판된 지 26년 만인 2001년 초에 청대 사회 · 경제사를 전공한 이준갑 박사가 번역하여 『강희제』라는 책명으로 도서출판 이산에서 출판되었다. 서평자가 일일이 번역을 대조해 보지는 않았으나 번역은 제2의 창작이라 할 정도로 결코 쉬운 작업이 아니므로 용어 선정에 있어 역자와 의견이 다른 곳을 지적하고 싶지는 않다. 다만 2장을 '다스림'이라 번역한 것을 '통치'라 하는 것이 다른 장의 주제와 어울릴 것 같아 지적한다.

그리고 부록에 열일곱 통의 편지를 역자가 원문을 찾아 제공함으
로써 독자들로 하여금 강희제의 친필 양식을 볼 수 있어 좋았다. 기
왕이면 '상유'와 '유조'도 원문을 찾아 제시했더라면 더욱 좋았을
것 같다.

건달로 본 중국의 역사

유장근 경남대 인문학부 교수

『중국유맹사』

진보량 지음 / 이치수 옮김 / 2001 / 아카넷

건달을 통해서 중국의 역사를 본다. 이러한 전제는 참으로 매력적이라 할 만하다. 사회변화에 관심을 가진 역사가라면 특히 그러할 것이다. 그러나 이러한 주제는 생각만으로 그칠 뿐이지 실행에 옮기기는 참으로 어렵다. 산더미같이 많은 자료 속에서 필요한 사료를 찾아내는 것 자체가 만만치 않은 작업인데다, 기왕에 축적된 연구성과도 거의 없는 탓에 새로운 길을 개척하는 고난의 길이 앞에 훤히 보이기 때문이다.

『중국유맹사 – 중국 건달의 사회사, 건달에서 황제까지』는 위와 같은 어려운 길을 개척하면서 펴낸 책으로서 큰 의미를 갖는다. 명 · 청

시대의 사상사와 사회사에 관심을 갖고 연구를 계속하여 온 진 교수는 그와 관련된 주제에 관심 있는 한국의 역사가들에게 낯익은 연구자이다. 그는 『중국유맹사』(원래는 1994년 작)를 낸 지 얼마 지나지 않아, 다시 『중국의 사(社)와 회(會)(中國的社與會)』(1996)라는 민간조직에 관한 대작을 출간하여 중국 사회계층과 조직에 관한 연구에서 하나의 모범을 보였다. 이러한 연구는 종래 사회의 하층민 연구가 계급투쟁이라는 대전제를 밑그림으로 깔고 진행된 데 대한 반성의 의미도 담겨 있다. 최근, 특히 90년대의 사회계층 연구에서 강조된 것은 먼저 그 실체를 정확하게 또 종합적으로 규명하는 일이었다. 진 교수의 위 책들도 '강호문화총서'나 '사회사총서'의 일환으로 출간되었다.

이 책은 유맹이라는 중국식의 용어를 통해 선진시대부터 청대까지의 역사를 분석한다. 물론 통사 형식이기는 하지만, 명대와 청대에 관한 서술 분량이 전체 서술 분량의 절반을 넘기 때문에, 이 부분이 훨씬 상세하다. 이 부분에 관한 그의 연구성과가 크게 반영된 탓이리라. 유맹이란 좁은 의미에서 무뢰배들을 가리킨다. 무뢰들은 '토착하면서 정상적인 직업에 종사하지 않고 대소의 집난을 조직하여 사회의 이면에서 비합법적인 행동, 주로 폭력을 수단으로 생활하는 자'라고 할 수 있다. 그러나 진보량이 다루는 유맹의 범주는 위와 같은 순수한 의미의 무뢰배보다 훨씬 넓다. 곧 광의의 유맹으로서, 건달과 관련된 사회계층으로서 호횡(豪橫), 태감(太監), 한인(閑人), 청객(請客)뿐만 아니라 관청에서 근무하는 서리나 아역 등과 같이 건달을 뒤에서 보호해 주는 반관(半官)적 존재들에게까지 그 범위를 확대한다.

이 책에서 다루는 내용을 좀 더 구체적으로 들여다보기로 하자. 진보량이 다룬 유맹의 종류는 매우 많다. 선진시기의 타민(惰民)과 한민(閑民), 유협(游俠), 진한시대의 여항소년(閭巷少年), 위진남북조시대의 무뢰소년과 경협(輕俠), 수당시기의 방시악소(坊市惡小)와 시정흉호(市井凶豪), 송대의 송귀(訟鬼), 업취사(業觜社), 십호(十號), 염라(閻羅), 호횡(豪橫), 부랑인, 한인(閑人), 몰명사(沒命社), 원대의 무적지도(無籍之徒), 호민(豪民), 아내(衙內), 명대의 일민(逸民), 날호, 광곤(光棍), 타항(打行), 청수(青手), 아두(衙蠹), 송곤(訟棍), 방항(訪行), 한한(閑漢), 방한(幫閑), 노백상(老白賞), 진회건아(秦淮健兒), 유민(莠民), 신곤(神棍), 태감(太監)이 있다. 마지막으로 청대의 유맹으로서 그가 다룬 것은 대활(大猾)과 호강(豪強), 각종 곤도(棍徒)와 천진의 혼혼아(混混兒), 북경의 각종 유맹 그리고 상해의 백상인(白相人) 등이다.

일부는 눈에 익숙한 종류이지만 대부분은 낯선 대상들이다. 진 교수는 각 장마다 이들 유맹이 탄생한 원인을 찾는다. 선진시대에는 도시 건설과 상공업 발달로 인하여 농업생산에서 이탈한 사람들이 늘어나면서 타민이 발생하였고, 유협은 춘추 말 전국 초기의 정치 사회적 혼란에서 그 원인을 찾는다. 진한시대에 유맹이 발생한 이유는 홍수나 가뭄과 같은 자연재해 그리고 국가의 잘못된 권력행사 때문이었다고 밝힌다. 특히 수당시기 이후에는 도시적 유맹들이 급격히 늘어났는데, 이는 도시의 발달과 변화함 그리고 이에 따른 부랑인의 증가 때문이었다. 도시와 상공업의 발달에 따른 건달 종류의 다양화와 규모의 증대는 명·청대에도 지속되었다. 오히려 청대에 들어오면 북경이나 천진 그리고 상해와 같은 대도시에서 새로운 형태의 건달들이 탄생하였고, 이들의 활동은 이전보다 더 다양해졌을 뿐만 아니라 효과적으로 활동하기 위해 조직을 갖추는 등의 변화도 눈에 뜨일 정도였다.

이 책에서 말하는 또 다른 유맹은 순수 유맹들을 뒤에서 돌봐 주거나 자신의 권력을 함부로 행사하는 관료, 준관료, 태감, 호강과 같은 사람들이다. 이 범주에는 심지어 역대 황제들까지 포함되어 있다. 한고조 유방과 그를 둘러싼 번쾌, 한신 그리고 삼국시대의 유비, 조조, 당나라를 건국한 이연, 송나라의 조광윤 등은 생산적인 일에 힘쓰지 않고 떼로 몰려다니며 부녀자를 괴롭히고 방탕하거나 경박하거나 호협적 기질을 발휘하는 사람들이었다. 곧 진 교수는 중국사회에서 유맹의 증가 이유를 최고 지도자의 건달적 성격에서 찾고 있기도 하다.

역사상의 건달 활동은 대개 유사하였다. 이늘이 건달인 이유는 일정한 거처나 직업 없이 떠돌아다닌다는 데 있다기보다 사기, 약탈, 싸움, 도박과 같이 국가에서 이단이라고 규정한 행위들을 거리낌 없이 해치운다는 데 있었다. 물론 지은이는 이러한 활동이 각 시대에 따라 어떻게 달라지는지에 대해서까지 세밀하게 분석하지는 않았기 때문에 시대적 특징을 잡아내는 데는 어려움이 있다.

장장 700쪽이 넘는 책이고, 다루는 시기와 주제가 워낙 다양하기 때문에 요약 정리하는 데에도 상당한 어려움이 따르지만, 유맹사의 대강은 위와 같다고 할 것이다. 이 정도나마 이해할 수 있게 된 것은 번역자의 매끄러운 번역 덕이라고 생각한다.

문제는 건달을 통해 역사상의 중국사회가 안고 있던 시대적 특징이나 변화를 제대로 이해할 수 있을 것인가 하는 데 있다. 예를 들면 지은이는 진한시대 유맹을 특징짓는 존재로서 유협을 보았지만, 유협은 청 말에도 존재하였다. 또 악질 소송꾼이라고 할 수 있는 송곤 혹은 송귀는 송대뿐만 아니라 명·청대에도 관아 부근에서 종종 만날 수 있는 존재였다. 가장 많은 양을 할애한 명·청대의 유맹에 관한 서술에서 그 차이를 어느 정도 발견할 수는 있다. 명대의 무뢰들이 주로 북경, 남경, 소주, 항주와 같은 전통적인 도시에서 활동한 반면 청대에는 상해나 천진과 같이 신흥도시에서 더 많이 발흥하였다는 점이 그것이다. 그러나 무뢰의 발생원인에서 양 시대의 차이는 거의 없다. 농촌의 토지겸병과 유민의 발생, 도시로의 유입과 상공업 발전, 국가기구의 착취 등이 지은이가 꼽는 무뢰 발생의 최대 원인인데, 이런 요인은 송대의 무뢰에도 적용될 수 있기 때문이다.

또 유맹의 범주가 지나치게 넓고 엉성하여 유맹의 사회적 범주를 규정하기가 매우 어렵다는 점도 지적하여야 할 것이다. 이 책에서 다루고 있는 유맹의 대상 중에서 본질적으로 유맹이라고 부를 수 있는 부류는 타행이나 광곤과 같이 일정한 직업이 없이 기생적인 생활을 하는 사회계층일 것이다. 그러나 저자는 아무리 정업을 가진 양민층이나 관료층이라고 하더라도 건달기가 있는 부류는 빠짐없이 이 책에서 검토하고 있다. 비밀결사원의 경우도 마찬가지다. 분명히 청대에 발흥했던 비밀결사는 독자적인 성격을 가진 사회계층이지만, 진보량은 이조차도 무뢰로 분류하고 있으며, 사마천이 높이 평가해 마지않았던 유협 역시 유맹적 성격의 존재로 기술하고 있다. 또 지나치게 정부 기준을 따른 것도 문제다. 광산노동자나 염판매업자는 정부에서 불온하게 보았기 때문에 유맹적 존재인 것처럼 보이지만, 그보다는 오히려 정부의 보호를 받지 못한 채 생계에 매달렸던 사회층이었다. 순수한 형태의 유맹이랄 수 있는 타행이나 광곤 중에서도 생계형 유맹이 적지 않았다. 진보량이 말한 바와 같이 사기를 치며, 부녀자를 약취하며, 남의 싸움을 대신해 주며, 도박에 매달리며 기생적으로 살아간 무뢰배들이 그처럼 광범위하게 또 전 시대에 걸쳐 존재하지는 않았던 것이다. 그러나 그의 책에 따르면 최하층에서 황제에 이르기까지 건달이 아닌 사람이 없는 셈이다. 부친에게 반항적이고 『수호지』를 즐겨 읽으며 무협적 인간형을 존경하였던 모택동도 진보량의 기준에 따르면 전형적인 건달이라고 해야 할 것이다.

결국 진보량의 『중국유맹사』는 중국사회사를 이해하는 데 흥미 있고 유익한 주제를 다루었음에도 불구하고 많은 자료를 나열하는 수준에 그치고 있다. 건달을 통해 중국 역사를 통시적으로 이해하려면 좀 더 시간을 기다려야 할 것 같다.

아날학파의 구조화된 역사세계

주명철 한국교원대 역사학과 교수

『아날학파의 역사세계』

김응종 지음 / 2001 / 아르케

『아날학파의 역사세계』는 저자가 10년 전에 쓴 책의 연장선 위에 있으면서도 전혀 새로운 형식의 책이다. 저자는 1991년에 자신이 발표한 『아날학파』에 대한 불만 때문에 이 책을 쓰게 되었다고 머리말에서 말한다. 특히 그는 "제3세대 역사가들도 피상적으로밖에 다루지 못한 게 그 책의 결정적인 한계였다"고 반성하면서, 그 때문에 지난 10년 동안 "제3세대 역사가들의 책을 집중적으로 읽었다"고 말한다.(머리말) 그 결과, 이번에 『아날학파의 역사세계』라고 새로운 제목으로 쓴 책에서는 아날학파의 제1세대부터 제4세대까지의 대표적인 역사가 일곱 명 가운데 제3세대에 속하는 역사가를 세 명이나 다루게 되었던 것이다.

아날학파의 연구방법론이 국내외에서 두루 주목을 받고 있는 것은 뤼시엥 페브르, 마르크 블로크가 1929년 역사잡지 《아날》을 창간한 이래, 이 잡지를 중심으로 활동하는 역사가들이 혼자서 또는 공동작업으로 새로운 문제의식, 새로운 주제, 새로운 방법론을 개발하면서 중요한 연구업적을 내놓아 역사학 발전에 크게 이바지했기 때문이다. 이러한 맥락에서 우리나라에서는 1980년대부터 아날학파 역사가의 논문이나 저작을 번역하거나 해설하고, 외국학자가 쓴 관련 서적을 번역 출판하는 일이 꾸준히 진행되었다. 그런데 이미 1991년에 나온 『아날학파』와 특히 이번에 나온 『아날학파의 역사세계』는 우리나라 역사학자가 직접 쓴 책이라는 점에서 다른 번역서나 해설서보다 더 큰 의미를 갖고 있다.

이 책은 모두 열 개 부분(머리말+8개 장+맺음말)으로 구성되었다. 본론의 첫 장인 '아날학파'에서는 역사학 잡지 《아날》에 나타난 기본정신이 어떻게 변화했는지 소개하면서, 아날학파가 누구의 영향을 받으면서 그 나름의 일체감과 다양성을 추구해 왔는지를 아주 간략하게 소개했다. 저자는 10년 전에 나온 『아날학파』에서 이 학파의 주변적인 이야기를 정리했기 때문에, 이 책에서는 역사가들의 작품을 출발점으로 삼았다고 한다. 그러므로 제2장부터 제8상까지 일곱 개 장에서는 "제1세대의 뤼시엥 페브르와 마르크 블로크, 제2세대인 페르낭 브로델, 제3세대인 조르주 뒤비, 자크 르 고프, 엠마뉘엘 르 롸 라뒤리 그리고 마지막으로 제4세대인 로제 샤르티에의 역사세계를 둘러보는" 가운데, 이들을 통해서 "아날학파의 흐름과 변화를 맛볼 수 있으리라 생각"한다고 말한다.(머리말) 저자는 각 장 첫머리에서 해당 역사가의 약력을 소개한 뒤, "안내자의 단조로운 목소리를 피하고, 독자의 지루함을 덜어 주기 위해 역사가의 작품을 세 권씩 소개한 다음에는 그들의 주요한 논문 가운데에서 아직 국내에 소개되지 않은 것을 골라 옮겨 놓았다."(머리말) 예를 들어, 제2장 뤼시엥 페브르의 경우,『펠리페 2세와 프랑쉬 콩테』,『하나의 운명, 마르틴 루터』,『16세기의 무신앙 문제-라블레의 종교』의 내용과 함께 역사 서술상의 특징을 해설한 뒤, <다른 역사를 향하여>라는 논문을 번역해서 소개하고 있다. 따라서 이 책의 독자는 프랑스의 일급 역사가에 속하는 일곱 명의 저작 스무 권에 대한 친절한 해설과 논문 일곱 편의 번역을 접할 수 있다. 저자가 누구를 대상으로 이 책을 썼는지 분명히 드러나지는 않지만, 일반 교양인이라면 이 책에서 많은 지식을 얻을 수 있을 것임이 분명하다. 아날학파의 제1세대에 속하건 지금의 세대에 속하건 이 책에서 언급하고 있는 역사가의 저작은 아직도 역사 연구자에게 많은 가르침을 주고 있으며, 이 책에서 번역해 놓은 논문은 역사연구의 방향을 제시해 주기 때문이다.

그럼에도 불구하고 이 책에는 장점 못지않게 아쉬운 점도 있다. 예를 들어, 제2장의 3절 '16세기의 심성적 한계'의 첫머리(46쪽)에서 "1942년에 나온 이 책의 제목에 들어 있는 '문제'라는 단어는 페브르의 역사학을 잘 설명해 준다"라는 구절이 나오는데, '이 책'이란 무슨 책인지 독자는 어리둥절해진다. 물론 47쪽에 가면 그것이『16

세기의 무신앙 문제-라블레의 종교』에 관한 설명임을 알 수 있지만, 독자는 혼란을 느끼지 않을 수 없다. 그러나 내가 아쉽게 여기는 점은 이같은 사소한 실수가 아니라 좀 더 근본적이지만 중요한 문제에서 나오는 것이다. 이 책의 체제, 서술방식 그리고 저자의 시각에 대한 불만인 것이다.

먼저, 이 책에서 아날학파의 역사가를 소개하는 방식은 참신하다 할지라도, 대표적인 역사가 일곱 명이 그들의 선배나 동료 역사가와 어떤 관계를 맺고 있는지를 제대로 설명하지 않고 있음은 무엇보다도 큰 아쉬움으로 남는다. '아날학파의 역사세계'라는 제목에 큰 기대를 걸고 이 책을 읽기 시작한 독자는 누구라도 불만을 느낄 것이라고 믿는다. 제1장의 아날학파에 대한 부분을 더욱 발전시켰으면 하는 바람이 있는 것이다.《아날》에 실린 선언문의 내용 변화를 소개하고, 아날학파의 '선생님'과《아날》에 기고한 역사가를 나열하는 정도로 아날학파의 다양성을 말할 수 있을지 의문이다. 제1장이 아니라면, 나머지 일곱 역사가를 다루는 과정에서라도 사이사이에 아날학파의 관계를 설명해 주었으면 하는 바람도 있다. 그리고 역사가 일곱 명의 논저 셋이나 넷을 선택한 기준을 분명히 밝혀 주시 않은 점도 아쉽다.

또한 제3세대 역사가를 가장 많이 다루고, 제4세대 역사가를 단 한 명만 다루는 이유를 분명히 하지 않았다. 더욱이 로제 샤르티에는 실질적으로 대작을 낳기보다는 논쟁에 더욱 능통한 역사가라는 평가를 하고 있는 대목에 나는 쉽게 수긍할 수 없다. 나는 저자가 생각하는 대작의 기준이 무엇인지 모르겠다. 저자는 차라리 아날학파의 역사가가 발굴한 사료에 대해서 언급했어야 한다. 왜냐하면 일급이건 삼류이건 역사가는 사료를 가지고 작업하기 때문이다. 웬만큼 기본을 갖춘 역사가가 새로운 사료를 발굴하여 다루다 보면, 새로운 시각과 방법론이 생기게 마련이다. 사회사로 전환한 아날학파의 제1세대와 '선생님'들은 그런 점에서 평가를 받고 있는데도 이 책에서 다루는 역사가들이 어떤 사료를 이용했는지에 대해서는 말을 아끼고 있다. 만일 제4세대의 로제 샤르티에가 다루는 사료와 그것을 바탕으로 나온 업적을 논했다면, 저자의 평가는 달라졌을 것이다.

그러나 이 책에서는 샤르티에를 과소평가하면서 아날학파의 쇠퇴기를 은근히 암시하는 듯한 인상을 준다. 따라서 나는 이 책에서 저자가 어떤 주제를 좋아하고, 어떤 주제를 가볍게 생각하는지를 엿볼 수 있었다. 그는 제4세대 역사가로서 한 사람만 선택한 데 비해, 제3세대 역사가로서는 세 명이나 선택했다. 나는 그 점을 아쉽게 생각한다. 아날학파의 역사세계의 다양성을 올바로 보여 주기 위해서는 균형 있는 선택도 중요하며, 그렇지 않을 경우 오늘날의 모습에 더 많은 지면을 할당해야 마땅하다고 생각하지만, 이 책은 그렇게 하지 않았다. 1991년에 이미 이용했던 '아날의 핵과 그 성운'(31쪽)을 10년 뒤에 다시 이용하고, 아날의 역사가 일곱 명을 따로 떼어서 설명하는 방식으로 아날학파의 역사세계의 다양성을 제대로 보여 줄 수 있겠는가? 차라리 저자는 《아날》 잡지가 역사가들의 공동작업을 주도하여 일종의 '공장'처럼 역사 연구성과를 종합해 내고 있음을 강조했으면 한다.

역사가의 작업은 사관과 문체로 나타나게 마련이며, 이 책도 마찬가지다. 저자가 '신문화사'에 대해 비판하는 맥락을 예로 들 수 있다. 내 생각에 '신문화사'는 저자가 생각하는 문화사와 반대되는 것이나, 그 나름대로 부족한 것이 아니다. 두 가지는 서로 부족한 점을 보완해 주는 관계이며, 모두 오늘날의 역사학이 얼마나 다양한가를 보여 준다. '신문화사'는 사회사를 부정하는 것이 아니라 사회사의 업적을 바탕으로 새로운 관점과 추진력을 얻고 있다. '문화'를 통해서 역사를 보든, 사회를 보든, 또는 '문화'를 보든 모두 역사학의 실험이다. 문제는 역사학자가 어떤 사료를 얼마나 비판적으로 분석하여 얼마나 설득력 있는 결과물을 만들어 내느냐에 달렸다. 옛날식의 정치사든, 그에 대한 반발로 나온 사회사든, 아니면 '신문화사'든 제대로 된 것이면 모든 역사가에게 자양분을 준다.

더욱이 문화사와 관련해서 저자는 "문화를 통해서 사회를 바라보아야 한다"고 잘라 말한다.(맺음말) 저자의 말을 그대로 받아들인다는 조건에서 우리는 어떤 사회를 봐야 할 것인가? 저자는 이 책에서 아날학파에 속한 역사가들의 세대를 구분하면서도, 그들 사이의 관계를 소홀히 다루었다. 저자가 의도했건 아니건 아날학파를 구조화된 사회로 설명하고 있는 것이다. 따라서 나는 저자가 보자는 사회의 성격이 어떤 것인지 짐작할 수 있지만, 이번에는 저자가 어떤 식으로 '문화'의 의미를 이해하고 있는지 제대로 알 길이 없다. 우리가 '문화'를 강조하는 이유 가운데 하나는 구조보다는 관계를 이해하려는 데 있기 때문이다. 사실, 제3세대의 역사가 가운데 시간의 흐름 속에서 변화를 겪는 한편 아직도 토론의 중심에 있는 사람이 있다. 제3세대가 제4세대와 결정적으로 다른 역사를 한다고 단정 지을 수 없는 이유가 여기 있다. 그럼에도 불구하고 저자가 암암리에 천거하는 대로 우리는 아날학파의 역사세계를 구조화된 사회로 인식해야 할 것인가?

프랑스인의 마음에 담긴 한국

김정숙 영남대 국사학과 교수

『착한 미개인 동양의 현자』

프레데릭 불레스텍스 지음 / 이향 · 김정연 옮김 / 2001 / 청년사

모든 개체에게는 스스로의 본질적 속성이 있다. 이 각자의 정체성은 매우 중요하다. 그러면서도 타자의 눈에 비친 자기의 모습에서 상호 이해나 오해의 특성을 찾을 수 있게 된다. 그래서 남이 나를 어떻게 보는가는 내가 연출하고 싶은 나의 모습의 실상만큼이나 중요하다.

나는 오래전부터 한국이 개화기 당시 프랑스로부터 호의적 평가를 받지 못했던 이유를 찾아내려고 했다. 17세기부터 유럽과 활발한 교류를 가졌던 중국은 동양의 제도, 자연, 종교로 소개되면서 긍정적 평가를 받았다. 19세기 이후부터 각광을 받기 시작하는 일본은 자신

들의 생활 소개로 그 신비감을 충족시켜 나갔다. 그러나 한국은 이러한 기회를 누리지 못했다. 이에 대한 답을 생각하도록 하는 책이 출간되었다.

프레데릭 불레스텍스 교수의 『착한 미개인 동양의 현자』가 최근 출판되었다. 이 책은 총 6장으로 구성되었다. 첫 만남(13~17세기), 한국에의 접근(18세기), 고요한 나라로의 방문(19세기), 세기 전환기의 한국체험(20세기 전후), 동양의 신비와 근대적 현실(20세기), 두 개의 한국(현대) 등 이미지를 시간적으로 배열했다. 저자는 전혀 이질적 타인인 프랑스인의 마음에 새겨진 한국에 대한 이미지가 변화되어 가는 과정을 추적하고자 했다.

한국과 프랑스의 접촉은 기욤 드 루브룩이 1254년 몽고항쟁 때 잡혀간 고려의 포로를 만난 것에서부터 시작되었다. 저자는 이때부터 한국에 대한 프랑스인의 이미지에는 양극성이 존재한다고 지적한다. 한국은 '야성적 인간'이 사는 '미지의 땅'이었다. 18세기경 프랑스인들은 서재에서의 연구로 한국의 이미지를 형성해 갔다. 그들에게 '착한 야만인'과 '동양의 현자'의 모습이 그려졌다.

프랑스 선교사들이 글을 남기는 19세기, 한국은 '고립되고 먼 타자로서의 동양'과 '자연과 문화'라는 두 가지 표상으로 지적됐다. 그 후, 1880년대 프랑스는 잘못된 지리적인 인식으로부터 벗어나 한국의 다양한 성격이나 풍속과 기타 관행 등을 보기 시작했다. 레옹 드 로니는 한국학의 장을 열었고, 모리스 쿠랑은 파리박람회 출품물의 내용들을 설명했다. 또 홍종우나 서영해 등을 통해 한국 고전문학 작품들도 소개되었다. 이때 한국은 프랑스에서 신생제국으로 인정되었고, '조용한 아침의 나라'와 '은둔의 왕국' 등의 상징성을 쌓았다.

20세기를 전후하는 전환기에는 프랑스인들이 금강산과 제주도에 직접 여행하고 본격적인 기행문을 남겼다. 그리하여 이때에는 막연하게 정의된 한국인보다는 '한국적 성격'을 대변하는 생생하고 다채로운 인물 묘사가 주조를 이루었다. 그러나 이때 한국인의 게으름이나 부정적 요소들도 같이 부각되었다. 이미 프랑스인들은 한국을 폐허의 형태로 분석하기 시작했다. 오랜 제국의 나약해진 정신이 강조되고 '무기력함'은 '패배'로, '고요함'은 '체념'과 동의어로 처리됐다.

일제시대의 모습을 다룬 서적은 드물다고 하는데, 그나마 남은 글조차도 매우 친일적이다. 이들은 한국을 패배하고 무기력한 식물국가, 더 이상은 존재하지 않는 나라로 보았다. 현대에 들어와서 프랑스에서는 한국전쟁 이후 새로 부각되는 모습들이 강조되고 있다. 저자는 현 상황에서도 한국사회의 이중적 구조를 지적하여, 남과 북·전통과 현대를 대립시키고 있다. 물론, 이 명쾌하게 부각된 한국의 양면성은 원사료에서 표현된 서술방향이라기보다는 저자가 시도한 한국 보기의 구도인 것이다. 따라서 관점의 타당성에 대한 검토가 요청된다.

이 책은 저자가 프랑스에 비교문학 부분으로 제출한 1,000여 페이지에 달하는 박사학위 논문의 일부를 역자들이 재편집하여 간행한 것으로 생각된다. 그의 학위 논문과 이번에 번역되어 출간된 책의 내용을 자세히 비교해 보면 다음과 같은 특징들을 지적할 수 있다. 우선 이 책은 그동안 한국인이 해내지 못한 프랑스 내 한국 관계 문헌의 1차적 사료를 대대적으로 발굴하고 읽어 내었다는 데에 큰 공헌이 있다. 그리고 이러한 자료들을 읽는 그들의 시선을 한국의 독자들에게 알려 주고 있다. 저자는 프랑스인들이 거친 자연의 묘사를 통해서 야만성을 상상한다거나, 그들이 지닌 문화나 동양에 대한 선입관에 비추어 글을 서술하거나 읽게 되는 점 등을 탁월하게 짚어 내고 있다. 또한 저자의 관점과 세심한 자료 읽기는 한국인이 미처 분석하지 않은 의미들을 예리하게 찾아내기도 했다.

이 책은 문학 분야의 논문이다. 그러나 자료가 되는 문헌들을 전부 찾고 시간적 배열로 서술했기 때문에 이 책에서 역사적 사실을 찾고자 하는 사람들도 많다. 그런 사람은 이 책을 '허구 위에 세워진 허구'로 규정지을 수도 있다. 즉, 이 책은 한국인과 그 삶의 공간에 대하여 프랑스인의 이해도를 알려 준다. 따라서 프랑스인의 이해 내지 오해 자체가 한국의 모습이거나 역사는 아닐 수 있다. 특히 프랑스는 과거 전통시대, 서구 중에서 가장 먼저 한국과 접촉한 나라이기 때문에 그들의 한국에 대한 관점은 당시 세계사회에 많은 영향을 끼쳤다. 저자는 자신의 이 논문이 한반도에 대해 프랑스인들이 가지고 있던 표상을 드러내기 위한 1단계의 결과물일 뿐이며, 앞으로는 '한국적 특성'의 개념을 이루어 온 요소들을 보다 본격적으로 연구하겠다고 한다. 그러므로 앞으로의 작업을 위해, 또 독자들을 위해 이 책에 대한 감상을 몇 마디 붙여 두고자 한다.

문학하는 사람이 역사서를 읽어 낼 수 있고, 역사하는 사람이 문학서에 공감할 수도 있다. 그러나 원래의 내용이 축소되어 한글로 간행된 이 책은 한국의 문학계와 역사학계 양쪽을 다 만족시키는 데에는 한계가 있는 듯하다. 즉, 이 책은 많은 1차적 사료를 분석하고 연구했음에도 불구하고 그에 대한 사료 비판을 결여하고 있다. 그러므로 사료 비판을 중심으로 하여 이 책에서 드러나는 보완해야 할 요소들을 지적하면 다음과 같다.

첫째, 이 책에서 주된 자료로 활용하고 있는 여행기는 짧은 기간 동안의 체험기이다. 또 여행기는 자신의 여행담을 과장하거나 자신과의 차이점을 부각시키는 경향이 있다. 문화란 그 문화 안에서 의미를 파악해야만 한다는 대전제를 고려한다면 여행기는 참된 사료가 되기 힘들다. 그런데 저자는 이러한 자료들의 역사적 배경과 그 언급 내용의 사실 여부를 검토하지 않았다. 이와 같은 사료에 대한 비판은 특정 이미지의 형성에 관한 정확한 이해를 위해서도 검토되어야 하는 부분이다.

그런데 이 책에서는 한국의 역사적 현실에 맞지 않게 서술된 부분들이 여과되지 않은 채로 인용·제시되고 있다. 저자는 『하멜 표류기』의 삽화 가운데에 낙타나 어린아이를 잡아먹는 악어 등의 삽화는 나중에 삽입되었다는 사실을 밝혀내기도 했다. 그러나 한국의 실제 사실과 어긋나는 자료들이 곳곳에 비판 없이 들어 있다. 이러한 부분적 문제점이 때로는 글 전체의 타당성을 의심하게 만들기도 한다.

다음, 이 책의 서술에서 취급한 사료들은 사료 제작자의 질적 특성을 고려하지 못하고 있다. 그러다 보니 달레의 저서와 같이 긴 시간에 걸친 직접 체험을 엮은 책은 짧게 다루고, 단시간에 걸친 피상적 관찰기록인 조르주 뒤로크의 여행기 등은 길게 소개했다.

또 하나 이 책의 문제점은 주를 생략한 것이다. 저자와 출판사는 이 책을 쉽게 읽을 수 있는 교양서로 만들고자 하는 의도에서 주를 생략했다고 설명했다. 그러나 책은 그 내용을 생략하고 단순화시킨다고 해서, 쉽게 읽히지는 않는다. 책의 내용을 줄이는 일은 처음부터 다시 집필하는 일인 경우가 많기 때문이다. 그러나 이 책에서는 주가 생략되어, 독자들에게 혼동을 주거나 학문적 욕구를 충족시켜주지 못하고 있다. 그리고 이 책에 수록된 흥미로운 사진이나 지도 자료도 근거를 밝히지 않은 것이 적지 않다. 이 사진들이 저자가 발굴하여 논문에 부록으로 수록했던 사진들인지, 출판사에서 기존의 그림들을 넣은 것인지를 구별할 수가 없다.

마지막으로는 프랑스인들이 당대의 한국에 대해 간과했거나 무시했던 내용들도 마땅히 검토해야 했다. 그러나 이 책에서는 이와 같은 사실에 대해서 언급하지 않았다. 이 책에 인용된 것처럼 한국에 관한 프랑스인의 자료들이 비정치적인 성향의 글들로만 이루어진 것인지, 아니면 저자의 분석으로 그 분야들의 글만 모은 것인가가 궁금하다. 그들은 명성황후의 시해를 이야기하면서도 그림같이 묘사하고 있다. 미국, 영국 등에서 한국의 독립운동에 고무되어 격동하는 글들이 나오는데 프랑스는 이 부분에 거의 침묵하는 이유가 무엇일까? 그렇다 하더라도 이 책은 내가 오래전부터 고민하고 있던 점들을 같이 생각해 주었고, 내게 많은 도움을 주었다. 무엇보다도 이 책은 한국에 관한 프랑스 측 원자료를 충실히 수집하여 제시해 주었다. 이는 선행 연구자들이 수행하지 못했던 점으로, 그 자체도 공이 많이 든 일차적 작업이다. 그럼에도 불구하고 이 책의 연구방향과 내용에 관해 몇 마디를 덧붙였다. 이는 이 주제가 중요해서이고, 보다 정확히 논의되기를 바라기 때문이었다.

현재 프랑스에서는 한국을 알고자 한다. 중국이나 일본은 이미 알 만큼 안다고 간주되면서, 그들과는 다른 새로운 나라인 한국으로 관심이 모아지고 있다. 이때 우리는 프랑스와 협력해서 연구할 수 있는 주제와 분야를 발견해야 한다. 우리가 그들에게 무엇이었을까를 내내 질문하게 하는 이 책에서 그 답의 하나를 발견할 수 있다.

이슬람 세계와
동·서양인들의 생활상

최영길 명지대 아랍학과 교수

『**이븐 바투타 여행기**』(1, 2)
이븐 바투타 지음 / 정수일 옮김 / 2001 / 창작과비평사

중세의 세계적 여행가이며 탐험가인 이븐 바투타는 모로코 출신으로 그의 본명은 아부 압둘라 무함마드이다. 1304년 2월 24일 독실한 이슬람 가문에서 태어난 그는 전통적인 이슬람 교육을 받아 독실한 무슬림으로 성장하면서 모든 사물의 가치 기준을 철두철미하게 꾸란에 근거한 이슬람 교리와 규범을 토대로 관찰하고 판단했다. 그는 여행 중에 메카를 네 번이나 순례하였고 위험과 위기에 봉착했을 때는 꾸란 113장을 10만 번이나 암송할 정도였다.

나이 21세가 되던 해 그의 오랜 꿈이었던 메카 성지순례와 동방의 이슬람문명 탐구를 목적으로 출발한 여행은 점차 그에게 미지의 세

계에 대한 무한한 열정과 탐구심을 불러일으켰다. 아시아 · 아프리카 · 유럽 세 개 대륙에 걸쳐 숱한 죽을 고비를 기적적으로 넘기면서 장장 10만km를 30년 동안 종횡무진 여행하였다.

아프리카 대륙의 중부 내륙 지역을 여행하고 있을 때 아부 아난 군주가 특사를 급파하여 그를 수도 파스로 소환한 후 여행기를 집필하도록 하였다. 집필에 몰두한 결과 2년도 채 못 되는 1355년 12월 9일에 『이븐 바투타 여행기』라는 이름으로 집필을 완료하면서 불후의 탐험기록을 남기고 1368년 그가 태어난 모로코에서 세상을 떠났다.

본 서는 1, 2권으로 그의 여행과 탐험의 전 과정이 크게 세 부분으로 이루어져 있다. 첫째 부분은 25년 동안 동방의 아시아 여행, 둘째 부분은 2년간의 유럽 여행, 셋째 부분은 3년 동안의 아프리카 여행으로 구분된다. 그의 고향 탄자항구에서 출발하여 북아프리카 · 서아시아 · 중앙아시아 · 인도 · 동남아시아를 거쳐 중국의 북경까지의 왕복여행이 첫 번째 부분이고, 당시 모로코의 수도 파스를 출발하여 지브롤터 해협을 건너 이베리아 반도 그라나다까지 갔다가 귀향한 후 다시 모로코의 남부에 위치한 마라케시 노시를 여행하고 파스로 돌아오는 여정이 두 번째 부분이며, 다시 파스에서 남부의 사하라사막을 횡단하여 아프리카 중부 내륙 지역까지의 왕복여행이 세 번째 부분으로 되어 있다.

이렇게 세 개 대륙을 여행하면서 직접 보고 들은 것, 그리고 관찰한 기사이적들이 총 502문단으로 구성된 여행기 속에 담겨져 있는데 그 내용은 문자 그대로 삼라만상이다. 팔레스타인에 도착하여 예수가 탄생한 베들레헴을 방문하고 기독교문화를 접한 후, 마호메트가 승천하였다는 아크사사원을 보고 그 규모와 휘황찬란한 전경에 놀라며 우즈베키스탄 지역에서는 동물의 배설물을 땔감으로 사용하는 모습과 말고기를 식용으로 사용하는 그들의 생활상을 신기하게 관찰하였으며, 통치자에 대항하여 반란을 일으킨 샤 아프간이 궁지에 몰리자 난공불락의 험준한 산속에 살고 있는 동족인 아프간 사람들을 찾아가 은신처를 제공받았다. 그러자 통치자는 각 지역에 칙서를 보내 전국 어디서나 아프간인을 보는 즉시 체포하라는 명령을 내렸다는 기록, 그리고 중국인들은 우상을 숭배하고 있는 사람들로서 인도인들처럼 시체를 화장하는 관습, 중국인들이 돼지고기와 개고기를 즐기는 식문화, 동침할 중국여인의 몸값이 쌌는데 이것은 중국사람들이 너나할 것 없이 아들딸을 내다 팔았기 때문이며 이것 또한 아무런 흠이 되지 않았기에 가능했던 것으로 보았다. 그러나 중국사람들의 부패한 소비는 결코 허용하지 않았는데, 이는 중국이 부패한 고장이라서 미모가 뛰어난 중국여인들에게 무슬림들이 돈을 마구 뿌리고 다닌다는 뒷소리를 듣지 않기 위해서라고 그 이유까지 밝히는 등 세 개 대륙 각 지역의 생활상을 폭넓게, 그리고 소상히 관찰하고 있다.

이슬람 성소와 명소에 관한 것을 비롯하여 법관과 명사들, 각종 종교의식과 명절풍습, 사원과 이슬람사원의 건축양식과 운영방식, 금식과 이슬람세, 여러 교파의 실태, 무슬림과 비무슬림의 관계 그리고 의무와 권리 등 이슬람교와 이슬람문명 전반에 관해 세심하게 관찰한 후 자신의 판단을 곁들여 기술하고 있다.

방문지의 정치상황에 관해서는 군주의 계위관계와 가문, 정치의 잔인성과 관용의 이중성을 지닌 군주들의 통치행태, 위정자들간의 갈등과 상잔, 궁전의 규모와 의례행사, 군주를 비롯한 위정자들의 신앙관, 관리임용과 책봉, 징세와 관세제도, 각종 행정시책, 수도를 비롯한 주요 도시들의 규모와 건축, 시장의 다양한 모습들을 상황에 따라서 때로는 간략하게, 때로는 장황하게 설명하였다.

사회 및 경제생활에 관해서는 각 지역의 상관습과 상술, 대내외 교역품목, 물가지표와 통화제도 및 환율, 다양한 의식주와 생활관습, 지역 특유의 동식물과 농작물, 수륙 교통수단의 이모저모, 도로상황, 관혼상제의 관행, 예법, 민간요법, 특이한 폐습과 악습 등을 생동감 있게 전하고 있다.

여행기 전편에 걸쳐 주로 현지인들로부터 전해 들은 고사나 전설, 영적 경험이나 기적 등에 관한 이야기도 자주 언급되고 있다. 여행기 저변에 깔려 있는 영적 경험이나 기적들은 기복신앙을 연상케 하기도 한다. 이것은 당시 성행한 이슬람의 신비주의의 기복사상이 반영된 것이라 볼 수 있다.

한 시대에 걸쳐 세 개 대륙의 다종다양한 인간의 생활상을 동서남북 종횡으로 엮은 『이븐 바투타 여행기』는 인류가 공유할 귀중한 유산으로 중요한 의미를 갖는다. 중세 인문지리학에 관한 소중한 자료로서 그 가치가 높다. 그때까지 이 여행기처럼 중세 동서양의 서로 다른 생활상과 지리적 환경을 포괄적으로 기술한 기록물이 발견되지 않았기 때문이다. 이 여행기는 중세 이슬람문명을 이해하는 지침서로 정평이 나 있을 뿐만 아니라 당대의 수많은 실존 명사들을 정확히 소개하고 있다는 점에서 인물사전이라는 평가까지 받고 있다.

중세 동서간의 교류상황을 입증하여 주는 소중한 문헌이라는 것도 빼놓을 수 없는 부분이다. 당대 동서 교류의 대동맥인 실크 로드를 통한 육로와 해상무역 등 동서 교류의 제반 실상을 전하고 있다. 도정이나 도로상황, 여행지의 생활상 등에 관한 구체적인 정보를 담고 있다는 점에서 손색없는 여행안내서라는 평가도 받고 있다.

여행 문학의 가치도 빼놓을 수 없다. 여행 문학 고유성으로서 현지 사정에 관한 사실성과 생동감과 지식 전달이 명확하게 부각되고 여행 문학으로서의 작품성과 적절한 수사학적인 표현력은 아랍·이슬람 여행 문학의 진가를 더욱 값지게 하고 있다.

4백여 년간 묻혀 있던 본 서는 1808년 아랍 탐험가 씨첸에 의해 그 필사본이 발견된 후 영국에서 최초의 영역본이 출간된 것을 시작으로 불어, 중국어, 일어 등 15개 언어로 번역·출간되었으나 완역본으로는 불어본이 유일하며 그밖의 것은 모두 초역본으로 이번 한글 완역본은 세계에서 두 번째에 해당된다.

번역 작품의 가치는 절대적으로 번역자에게 달려 있다. 모든 인간이 매달려 최선을 다한다 해도 저자의 의도와 원서의 내용을 그대로 전달할 수는 없다. 그러나 본 서의 한글판 완역자는 원서에 근접하여 그 내용을 전할 수 있는 능력과 경험을 갖고 있다는 점이 본 서의 가치를 더욱 빛나게 하고 있다. 아시아·아랍·아프리카·이슬람 세계에서 오랜 수학과 여행경험 그리고 그 지역 언어에 능숙하지 못하면 사실상 완역이 불가능한 작품이기 때문이다. 역자의 뛰어난 언어능력과 풍부한 이슬람 지식이 이븐 바투타의 여행기록을 한국어판 불후의 역작으로 남길 수 있게 된 것이다.

한편 이슬람인들이 상투적으로 절대자 신이나 신의 사도 및 성인들을 찬미하는 독특한 표현이나 기원문구들을 무시함으로써 이슬람 문화의 특성을 전하지 못하는 경우가 허다한 데 비하여 한 문구도 빠뜨리지 않고 번역한 노력은 크게 돋보인다. 그러나 동일한 이슬람 문구라 할지라도 문맥의 전후 또는 그때그때의 상황에 따라 그 의미가 다르게 나타나는데, 역자는 언어에 구속되어 직역에만 충실하다 보니 읽어 가는 맥을 끊어 버리는 우(愚)와, 의역이 가져다주는 상황의 생동감과 적재적소의 의미 전달이 결여되고 있다는 점 그리고 서력과 이슬람력을 혼용함으로써 독자에게 혼란을 주고 있는 점이 아쉽다. 그럼에도 불구하고 본 서는 서구문화에 가려져 우리에게 생소한 이슬람세계의 이곳저곳을 비롯하여 14세기 전반 이슬람 문명권과 중세 동·서양인들의 생활상을 구체적이고 생생하게 전하고 있어 중세 농서간의 교류상황을 입증해 주는 소중한 문헌으로 한국에서는 매우 희귀하고 소중한 이슬람 관련 서적이라고 말하지 않을 수 없다.

민경현 고려대 서양사학과 교수

『나는 왜 역사가가 되었나』
모리스 아귈롱 외 지음 / 이성엽 외 옮김 / 2001 / 에코리브르

직업적으로 타인을 연구하는 데만 익숙해져 있는 역사가들에게 그 탐구방식을 자신의 경우에 적용하는 것은 여간 당혹스러운 일이 아닐 수 없다. 그뿐만이 아니다. 랑케가 한 세기 전 역사학의 과학적 전통을 확립한 이래 역사가의 미덕은 연구에서 자신의 모습을 없애고, 인간적 성향을 그들의 지식세계 뒤로 감추고, 자신을 연구물 뒤에 숨기는 것이 아니었던가? 개인적인 증언과 역사가라는 직책을 넘나들지 말아야 하는 것은 그들에게 오랫동안 불문율이었다. 역사가들은 역사적 사실의 보편성에 대한 어떤 특정한 소명을 강요받았으며, 객관성에 이를 수 있다는 신념은 그들에게 자신의 주관성을 억제

하도록 길들였다.

그런데 20세기 후반부터 객관성에 대한 이러한 신념이 훼손되기 시작했다. 기억의 불완전성과 증언의 허술함을, 사료편찬에서 얻은 지식을 통해 터득한 역사가들은 객관성조차 신화에 지나지 않은 것이며, 객관성이 얼마나 지키기 힘든 것인지 자문했다. 오히려 역사가의 호기심은 그가 살고 있는 시대의 성향에 편향되며, 그의 과거 이해는 자기세대의 문화에 의존한다는 자각이 고개를 들었다. 객관성을 지켜야 한다고 헛되이 부르짖는 것보다, 자신의 연구분야에 대해 자신의 개인적인 관심과 자세를 공공연히 밝히는 것이 더 안전하다고 생각한 것이다.

라브루스(E. Labrousse), 브로델(F. Braudel), 페랭(E. Perrin) 그리고 르누벵(P. Renouvin) 등을 이어 1970년대 이후 프랑스 역사학계를 주도해 온 역사가 일곱 명이 자신의 역사를 기록한 『나는 왜 역사가가 되었나』는 역사적 객관성이라는 고전적 기준이 흔들리는 변화의 흐름을 등에 업고 태어났다. 올해 아카데미 프랑세즈의 회원으로 선출되었고 잡지 《데바Débat》의 편집인으로 역사학의 대중화에 공헌한 피에르 노라(Pierre Norra)가 기획한 이 책에 자신의 이야기를 기고한 역사가는 조르지 뒤비(George Duby), 자크 르 고프(Jacque Le Goff)를 비롯해 모리스 아귈롱(Maurice Agulhon), 피에르 쇼뉘(Pierre Chaunu), 라울 지라르데(Raoul Girardet), 미셸 페로(Michelle Perrot), 르네 레몽(René Réond)이다.

이 책에 실린 일곱 편의 글들은, 편집자가 설명하듯이 소설 형식을 빌어서 쓴 자서전도 아니며, 그렇다고 쓸모없는 내적 고백도, 추상적인 신앙 고백도, 어쭙잖은 정신분석도 아니다. 이 글에서 역사가들은 다른 연구대상의 역사를 기록하듯이 자기자신의 역사를 써 내려가고 있다. 그들이 다른 연구대상을 향해 던졌던 종합적이고도 설명적인 냉철한 시선으로 그들 자신을 보면서, 나름대로의 고유한 문체와 방법론으로 자기 개인사를 기록한 것이다. 역사가로서 자신이 만든 역사와 자신을 만든 역사 사이의 관계를 밝힌 것이다.

스스로 사회주의자임을 선언한 아귈롱은 고등사범 시절 공산주의가 프랑스 유산의 정수에 해당되는 부분을 계승한 것이라는 토레즈(Thorez)적인 발상에 깊은 인상을 받았고, 예전에 민주주의에 근거를 두었던 여론이나 투쟁, 정치적 성향의 흐름이 어떻게 공산주의적인지를 분석하는 것으로 연구활동을 시작했다고 회고했다. 그러나 그는 자신의 관심 분야를 정치사로부터 상징이나 문화 등의 분야로 확대했고 그 과정에서 사회성이라는 역사학의 새 개념을 포착했다. 100여 권의 저서와 함께 그 방대한 연구범위로 독자들을 당황하게 하는 쇼뉘는 자신의 역사연구를 세 개의 축을 중심으로 설명했다. 종합화, 수량화하기 힘든 것들을 계량화하려는 연구의지, 그리고 교수로서의 직업이 그것이다. 뒤비는 마콩(Macon)의 봉건사회에 대한 연구에서 출발하여 중세 전반의 경제, 사회사, 미술사, 재현의 역사를 두루 섭렵하면서 로베르 망드루(Robert Mandrou)와 함께, 오늘날 역사문헌 속에서 폭넓게 사용되는 매우 중요한 어휘인 '정신상태'라는 단어를 도입하는 데 결정적인 역할을 했다.

한편 전쟁에 대한 관심이 지대했던 지라르데는 전쟁사와 민족정서 분석에 전념하였다. 그러나 몽상가인 그는 이후 아날학파를 거쳐 아리에스(Ariès), 레비-스트로스(Lévi-Strauss), 뒤메질(Dumézil), 프로이트의 영향을 받아 현대 프랑스 정치신화들을 공략하게 된다. 르고프는 자신의 동료들과 동시대인들 가운데 뤼시앙 페브르와 같은 종합적인 의식을 가장 잘 내면화한 사람이다. 중세연구를 통해 그는 중세 서양의 인류학이라는 방대한 영역에 도달하게 되었다. 중세를 19세기까지로 본 그는 중세 특유의 불가사의, 꿈, 상상적인 것, 민간적인 것들을 연구하였다. 이 책에 참여한 역사가들 가운데 홍일점인 미셸 페로는 특히 프랑스에서 있었던 감정적인 사회 참여와 관련된 가장 대표적인 역사적 주제 두 가지인 노동운동과 여성의 조건이 학문적으로 연구할 만한 지적인 가치가 있음을 밝혔다.

끝으로 르네 레몽은 국제관계에 대한 연구로 역사가로서의 경력을 시작하였는데, 르누벵처럼 국제관계를 철저히 외교적이고 군사적인 것으로 이해하였다. 그는 네 가지의 '우선적인 중추', 즉 이념, 사상, 종교, 정치를 통해 우리 ― 오늘날 활동하고 있는 역사가들 ― 에게 가장 현대적인 역사의 도래를 앞당겨 주었다.

현재 프랑스 역사학을 대표한다 할 수 있는 이들 7인이 역사가로 만들어지는 과정과 그들의 사상적, 정치적, 경제적 풍토는 모두 다르다. 두 차례의 세계대전, 스페인내전, 알제리전쟁, 1968년 학생운동 등의 역사적 사건이 그들에게 남긴 흔적 또한 다들 다르다. 역사학자가 되기 위해 박사학위 논문을 모두 집필한 것도 아니었다. 그들 중

다섯은 그 고역을 감내해야 했지만 나머지 둘은(지라르데와 르 고프) 학위 논문을 위한 연구를 포기했어도 아무런 불이익도 받지 않았다.

그럼에도 이 책을 읽으면서 가장 인상적이었던 점은 이들 7인 역사가의 공통점이다. 우선은 그들 모두 훌륭한 역사가들을 스승으로 두었다는 점이다. 다음으로는 그들 모두가 그 선배 역사가들을 극복하고 그들과 뚜렷한 차이를 보이면서 역사가의 영역을 확장시키기 위해 정열적으로 활동하는 과정이다. 선배 역사가들 역시 혁신적이라는 평가를 받고 있었는데도 말이다. 아귈롱과 페로는 모두 라브루스의 가르침을 받았다. 아귈롱은 19세기 말 공산주의사를 연구하고 싶었고 페로는 현대 페미니즘을 분석하고 싶었지만, 스승 라브루스의 지도에 따라 전자는 10년 동안 바르 지역의 정치세력 연구에, 후자는 19세기 전반기의 노동단체 연구에 매달려야 했다. 그러나 이두 사람은 모두 자신의 힘으로 라브루스에게 종용받은 이러한 외형을 벗어던지고 새로운 변신을 꾀했다. 아귈롱은 바르의 고문서들을 뒤적이며 허송세월을 보내는 듯싶었지만 그 속에 묻혀 있던 공화국이라는 참신한 연구주제를 찾아냈고, 페로는 알제리전쟁과 공산당 활동 경험을 토대로, 노동사에 그녀 특유의 좌파적이면서 기독교적인 투사정신을 도입하였다. 뒤비와 르 고프가 에드몽 페렝이라는 스승을, 쇼뉘가 스승 브로델을 그리고 레몽과 지라르데가 르누벵이라는 스승을 그렇게 만났고, 또 그렇게 한결같은 열정으로 선배 개척자들을 계승하여 좁은 길을 넓히고 새로운 영토를 정복했다.

역사 공부를 선택하는 일은 현실적인 상황들, 고문서와 도서관으로 대표되는 고독한 노동을 겸손하게 받아들이겠다는 진지한 마음이 깃든 지적이고 사회적인 겸양의 행위이다. 그렇기 때문에 역사가들은 마치 성직자가 자신의 사명을 받아들이는 것처럼 그들의 진로를 받아들이는 듯한 인상을 주고, 이들은 그러한 길을 가면서 어떤 혜택도 기대하지 않는다. 역사가들로 하여금 그 길을 걷게 했던 사적인 동기들은, 정열의 비밀은 과연 무엇이었을까? 프랑스 68학생운동에 참여했던 누가 그랬던가, 세상의 가장 아름다운 직업은 역사를 가르치는 것이라고.

'태양(the Sun)'의 함의

—종속의 남한과 주체의 북한

허동현 경희대 교양학부 교수

『브루스 커밍스의 한국현대사』

브루스 커밍스 지음 / 김동노 외 옮김 / 2001 / 창작과비평사

미국의 저명한 한국 현대사 연구자인 브루스 커밍스는 1981년 그의 대표작 『한국전쟁의 기원 : 해방과 분단정권의 등장(The Origins of the Korean War : Liberation and the Emergence of Separate Regimes)』(1945~1947)을 간행하고, 1990년에는 이 책의 후속편으로 『한국전쟁의 기원 2집 : 폭포의 큰 울림(The Origins of the Korean War Vol 2 : The Roaring of the Cataract)』(1947~1950)을 출판한 바 있다. 그는 이 두 책에서 한국전쟁의 기원을 1930년대 일제시대에까지 거슬러 올라가 살펴봄으로써 해방 당시 한국은 사회혁명(Social Revolution)이 성취될 여건이 성숙되어 있었고, 이러한 혁명은 미국

[448]

의 패권주의적 군사 개입이 없었다면 성공했을 것이라고 보았다. 이처럼 그는 미국의 제국주의적 패권정책을 비판하는 수정주의 학설의 대표적 주창자로서 한국전쟁을 베트남전쟁과 같은 내전(Civil War) 내지 민족해방전쟁으로 규정한 바 있었다. 따라서 그는 도덕적 우위를 갖고 있다고 본 북한의 지도자 및 정부에 대해서는 호의적인 평가로 일관한 반면, 미국의 꼭두각시에 불과하다고 억측한 남한의 지도자와 정부의 정통성에 대해서는 시종 비판적으로 논급한 바 있었다. 이러한 커밍스의 학설은 어둡고 긴 군사독재의 터널을 빠져나오지 못하고 있던 한국학계에 큰 반향을 불러일으켜 수정주의에 입각한 현대사 연구가 붐을 이루게 하는 기폭제 역할을 수행하였다. 그러나 냉전의 붕괴와 함께 <스티코프(Terentii Shtykov) 비망록>과 같은 소련 측 기밀자료가 연이어 공개되고, 한국전쟁의 국제전적 성격을 밝힌 연구로 윌리엄 스톡(W. Stueck)의『한국전쟁 : 국제사(The Korean War : An International History)』(1995)와 박명림의『한국전쟁의 발발과 기원Ⅰ : 결정과 발발』(1996)과『한국전쟁의 발발과 기원Ⅱ : 기원과 원인』(1996)이 속속 간행됨에 따라 한국전쟁이 국제적인 요인보다는 한국사회 내부의 갈등으로 인해 발발했다는 커밍스의 학실은 밀려드는 파도 앞에 놓인 모래성과 같은 처지가 되었다.

지난해 말 출간된『브루스 커밍스의 한국현대사』는 1997년 미국에서 나온『Korea's Place in the Sun : A Modern History』(1997)의 한글판이다. 번역본의 출간과 더불어 신문지상의 서평란은 이 책에 대한 호평과 혹평의 십자포화로 수놓아졌다. "남한과 북한 심지어 미국에 사는 한국인까지를 조명하는 구체적이고 고급스러운 한국론"(《한국일보》 2001. 11. 2)이자, "미국인으로서 30여 년간 한국을 본격적으로 천착한 그의 태도에는 경의를 표해 마땅할" 정도로 "그의 한국사랑에 감명받는다"(《경향신문》 2001. 11. 3)라는 찬탄의 축포가 작렬하는 반면 "사실적 판단과 객관성 그리고 균형감각의 측면에서 많은 결점을 안고 있는 커밍스 최악의 저작"(《조선일보》 2001. 11. 3)이라는 비평이 그 대척점을 정조준한다. 왜 이렇게 극과 극의 평가가 엇갈리는 것일까?

이 책을 긍정하는 평자들은 커밍스가 한국역사의 흐름을 바라보는 데 사용한 '비교·유추·은유'의 마법, 즉 반미(反美)·반제(反帝)의 비판의식과 약소국 한국 민중에 대한 강렬한 연민의 정을 보이는 서술기법에서 우러나오는 감정적 호소력에 매료되어 있는 듯하다. 때문에 그들은 이 책의 행간 곳곳에 배어 있는 '합리주의자'를 자처하는 미국인, 즉 '영원한 타자'의 눈으로 한국 '근대성'의 역사 자체를 부정하는 커밍스의 오만함에는 눈이 멀어 버린 듯하다. 왜냐하면 이 책은 커밍스가 인정한 바와 같이 '한국 사람들한테 불리한 것이라는 인상을 줄' 수도 있는 '미국적 시각'(21쪽)에서 쓰인 '학부의 동아시아 문명강좌에서 쓸 한국에 관한 독본'(10쪽)이지, 한국의 성공을 예찬하기 위해 쓰인 책이 아니기 때문이다.

이러한 오해는 책 제목에서부터 시작된다. 이 책의 역자들은 번역서 출간 이전 '양지의 한국'으로 직역되던 'Korea's Place in the Sun'의 함의를 번역하지 않음으로써 원저자가 걸어 놓은 '비교·유

추 · 은유'의 깊은 속내를 알아채지 못하게 봉쇄해 버렸다. 커밍스는
이 책의 서문에서 자신이 제목에서 의미한 바를 다음과 같이 설명하
였다.

> 이제 오직 일본만이 떠오르는 태양의 나라임을 자처하고 있고, 근심
> 많은 미국인들만이 자기 나라를 지는 해라고 생각한다. 실로 우리의 흥망
> 성쇠와 주기적인 일식을 관장하는 세계는 그리스와 로마의 세계가 아니
> 라, 상대적으로 소수인 선진 산업국들이 끊임없이 경쟁을 벌이는 산업시
> 대이다. 그리고 바로 그러한 태양계에 한국은 이제 막 합류하게 되었다.

커밍스는 자신의 책 제목을 한국이 '소수의 선진 산업국들이 끊임
없이 경쟁을 벌이는 태양계의 일원으로 합류했다는 의미'를 상징한
다고 말한다. 물론 'in the Sun'은 태양계를 방불하게 하는 현재의
세계체제에서 한국이 서구 '산업세계의 중심에' 놓이게 되었다는 말
이다. 그러나 이 책에서 설명하고 있는 한국의 태양계 진입과정은 모
멸과 험구로 가득 차 있다. 즉 한국의 산업화는 식민지시대 일본에
의해 이루어진 산업화의 물석 · 인석 토내를 바탕으로 해빙 후 미국
시민들의 세금으로 조성된 거대한 원조에 의해 종속적으로 이루어진
예기치 못한 성공이라는 것이다. 즉 한국은 미국 중심의 세계체제하
에서 종속적 성장을 한 꼭두각시의 나라인 반면, 북한은 '태양왕의
나라(Nation of the Sun King, 이 책의 역자는 태양의 왕국으로 번역했음)'
로 비유하면서 미국 중심의 세계체제에 맞서 독자적인 태양계를 이

77는 중심 나라로 그 주체성을 다각도로 강조한다. 이처럼 그는 지금까지도 해방 이후 남·북한의 발전상을 평가함에 있어 두 개의 다른 척도를 사용하는 북한 편향을 떨쳐 버리지 못했다. 커밍스가 예찬하는 한국의 '미덕'은 덕치를 기반으로 한 농업 위주의 자급자족적 폐쇄사회이며, 이러한 미덕이 그대로 구현되고 있는 것으로 보이는 조선왕조의 적손(嫡孫) 북한은 그에게는 영원히 비판적 지지의 대상으로 남으리라고 본다.

커밍스는 말한다. "이 책에 나오는 모든 것은 새로운 접근법과, 동료들의 최근 연구를 최대한 숙지한 결과로써 해석된 것이다. 나는 사고방식을 바꾸는 것은 성장의 신호라는 원칙 아래, 여전히 나한테 옳게 보이는 해석을 유지할 권리와 내 예전 연구에 나왔을지도 모르는 견해를 수정할 권리를 행사했다"라고.(18~19쪽)

그러나 이 책을 정독해 보면 한국어나 한문으로 된 원전을 해독할 능력이 결여된 커밍스가 읽을 수 있었던 최근 연구들은 미국학자들이 일군 성과에 국한된 것이며, 그나마 자신의 구미에 맞는 것만을 편식했음을 알 수 있다. 또한 한국사를 보는 그의 시각도 수정주의, 세계체제론, 오리엔탈리즘 그리고 목적론적 구조주의 이론에 여전히 주박(呪縛)되어 있음을 알 수 있다. 그는 파도에 휩쓸려 부서질지도 모르는 자신의 학설을 지키기 위해 방파제를 쌓아 올렸을 뿐이었다. 아직도 그는 한국전쟁은 미국의 패권주의적 군사개입이 없었다면 "식민주의나 민족 분단, 외국 간섭으로 야기된 엄청난 긴장이 해결되었을"(418쪽) "민족해방전쟁"이자 "내전"이었다는 수정주의 시각을 고수하고 있다. 또한 그는 "대한민국이라는 공화국은 예전에는 완전히 종속적이었다. 이 나라는 처음에는 식민지였다가, 그 다음에는 외국군에게 점령당했으며, 그후 1950년 여름에 미국이 이 나라를 망각의 늪에서 구출했다"(419쪽)라는 서술에 보이듯이 세계체제론에 입각해 주변부의 운명은 핵심부에 의해 규정된다고 확신하며, 한국의 경제성장이 일본과 미국과 같은 중심부에 기생해 얻은 비주체적인 것임을 강조함으로써 폄하(貶下)한다. 나아가 그는 근대 이전 한국사회의 역동성을 부정하며 개화파를 비롯한 한국인들이 펼친 근대화 움직임을 '일본과 미국의 흉내'로밖에 여기지 않고 한국사의 진보를 위해 한국인이 기울인 주체적 노력을 무시해 버린다. 사실 커밍스는 이 책 전편에 걸쳐 합리성이 결여된 '한국'과 서구적이고 자유주의적인 '근대성'을 연결시킬 수 없다는 오리엔탈리즘의 각본대로 조선 후기의 역동성과 개화기의 자주적 근대화의 가능성을 부정하고 남한의 현대사도 폄하하는 자세를 일관되게 견지하고 있다.

이 책에 대해 본격적인 평론을 쓴 전상인은 말한다. "이 책은 커밍스의 저작들 가운데 최악의 것이 아닌가 한다. 어쩌면 커밍스는 이 책을 통해 그나마 지금까지 자신이 한국 현대사 연구에서 쌓아 왔던 나름의 학문적 명성을 한꺼번에 상실할지도 모른다"고(〈B. 커밍스, 『양지의 한국 : 현대사』20세기 한국사의 반미적 해석, 진북적 왜곡, 반한석 평가〉,『해외한국학 평론』창간호, 2000).

이러한 지적은 촌철살인의 정곡을 찌르는 평가라고 생각한다. 왜냐하면 이 책의 갈피갈피에는 모래성과 같아진 자신의 학설을 지키

려는 위기의식이 배어 있으며, 합리주의를 가장한 오리엔탈리즘이라
는 지적 오만이 꿈틀거리고 있기 때문이다. 한마디로 이 책은 객관성
과 논리성에 의거한 학술서라기보다는 비꼼과 뒤틀림, 비유와 은유
로 점철된, 읽는 이의 가슴에 호소하는 격정적 역사 산문이라 할 수
있겠다.

이필영 한남대 역사교육과 교수

문화사 지향의 새로운 역사

─독일의 역사인류학

『**역사인류학이란 무엇인가**』

리햐르트 반 뒬멘 지음 / 최용찬 옮김 / 2001 / 푸른역사

1

이 책은 독일의 주도적 역사인류학자인 리햐르트 반 뒬멘(Richard van Dülmen) 교수의 『역사인류학(Historische Anthropologie- Entwicklung · Probleme · Aufgaben)』(2000)을 독일 베를린 자유대학에서 독일 근현대사를 공부하고 있는 최용찬이 '역사인류학이란 무엇인가' 라는 제목으로 번역하여 펴낸 것이다. 독일어로 쓰여진 원저(原著)가 불과 일년여 만에 우리말로 번역되어 소개된 것이다. 구미 학계의 신작 학술서적이 국내학계에 이처럼 신속하게 소개되는 일은

흔한 일이 아니다. 역자(譯者)는 머리말에서 다양한 스펙트럼상에서 논의되고 있는 서구의 문화사보다 미국식 '신문화사'가 한국의 역사학계에서 지배 담론을 형성하고 있다고 지적하고, 이에 대한 다소의 우려를 표명하는 동시에 독일의 역사인류학을 서둘러 소개하는 이유를 제시하고 있다. 곧 '신문화사'에 치우친 문화사 개념과 방법으로는 탈근대 역사학을 완수하기 어렵기 때문에 또 하나의 가능성인 독일의 역사인류학에도 관심을 집중시켜야 한다는 것이다. 이런 새로운 경향들에 대한 소개로서 우리 실정에 맞는 '문화사 지향의 새로운 역사학'을 위한 본격적인 논쟁이 '지금 여기'에서 시작되었으면 하는 것이 역자의 소망(所望)이다.

2

반 뒬멘 교수는 이 책을 새로운 역사학의 분과 학문인 역사인류학의 입문서로 저술하였다. 역사인류학이 아직은 실험적인 초기 국면을 막 벗어난 단계이기에 그에 부응하는 제도화가 충분히 이루어지지 않았고, 연구성과도 단행본보다는 각종 논문으로 발표되고 있다. 또 정치·경제·노동 영역에서 역사인류학적 연구가 별로 이루어지지 않고 있으며, 고대사에서 현대사에 이르는 전체 역사를 다루어야 하지만 구체적인 실질 작업은 근세에 대한 연구가 우세하고, 특히 19세기와 20세기의 역사는 공백으로 남아 있다. 그리고 실제 연구되지 않은 주제들도 아직 많이 남아 있다. 그러나 이러한 한계에도 불구하고 역사인류학은 일정한 성과를 축적시켜 왔고, 이는 일반 학술과 문화계는 물론이고 역사 서술에도 막대한 영향력을 행사했다.

따라서 이제는 역사인류학을 체계적이며 조직적으로 설명해 줄수 있는 시점에 이르렀다고 할 수 있다. 이 책은 4장으로 구성되어있다. 먼저 역사인류학은 어떠한 문화적 변동 속에서 기존의 역사적 사회과학과 차별화된 문화사를 지향해 왔는가를 다루었고, 다음에는 이러한 형성 및 발전과정에서 어떠한 중요한 관점들이 떠오르고 확대·심화되었는지, 그리고 그러한 문제의식과 관점에 기초하여 어떠한 연구주제들이 다양하게 부각되었고 성과를 이룩했는지를 설명하고 있다. 마지막으로 앞으로 고려하고 해결해야 할 역사인류학의 과제들을 지적하고 있다.

3

독일어권의 역사인류학은 1970년대 말에서 1980년대 중반까지 이루어진 문화변동과 지적경향의 변화와 깊은 관련이 있다. 이 새로운 분과 학문은 사회사 자체 안의 학술 논의에서 비롯되었고, 특히 역사적 사회과학이 형성되면서 발전하였다. 그리고 이러한 분과 학문의 생성·발전에는 이 시기에 전면적으로 시작된 문명화에 대한 비판이 근원적으로 작용하고 있었다. 문명화 비판은 새로운 역사적 관찰방식과 작업방식의 탄생을 자극하였다. 더욱이 역사학과 인류학의 협력을 통하여 훌륭한 성과를 이루어 온 영국과 프랑스의 사회사가들의 영향도 결코 적지 않다.

그러나 역사인류학자들은 본질적으로 역사적 사회과학자들과 다르지 않다. 다만 그들은 고전적인 사회사가와 달리 전(前) 산업사회를 주된 연구의 대상시기로 하였고, 또한 적극적으로 분과 학문간의 장벽을 넘어서 접목을 시도하였다. 이 과정에서 새로운 설명 모델의 구축을 위하여 인류학적 논지를 발견하고 수용하기 시작했다. 한편 이들은 근대가 지닌 잠재적 파괴력을 새삼 인식하는 한편 전통에 대한 새로운 감수성을 키워 나갔다.

마침내 이들의 새로운 관점은 사회사 내의 연구주제였던 저항사, 원산업화 논쟁, 노동사 분야에서 비로소 그 구체적인 성과를 나타내기 시작했다. 가령 농민전쟁으로 대표되는 독일의 저항사 연구는 농민과 수공업자의 문화사로 방향을 전환하였다. 곧 사회정치적 측면보다는 저항하는 사람들의 실제 행동과 생각 그리고 의례들을 본격적으로 다루었다. 또한 농촌의 원산업에 대한 연구는 농민의 생활방식에 대한 연구로, 정치적인 노동 운동사는 노동자 문화사로 선회하였다.

또한 과거에는 개인을 초월하여 존재하는 구조를 파악하는 데 주된 관심을 기울였다면, 이제는 미시사적 차원에서 구체적인 사례를 검토하면서 역사인류학적 관심을 확대·심화시켜 나갔다. 이러한 관점에 기초한 연구가 축적되면서 구조에 의하여 결정되지 않는 인간의 행위공간에 대한 실제상의 이해가 가능하게 되었다.

그 결과 역사연구의 전체 스펙트럼이 괄목할 만큼 넓어졌다. 또한 이제까지 연구주제로 채택하지 않았던 매우 다양하며 세밀한 사항들이 폭발적으로 증가했다. 이에 따라서 거대한 정치적 사회사는 점차 미시사적 연구성과에 도전을 받고 밀려나기에 이르렀다.

이제는 포괄적 발전이론을 특정사례에서 검토하기보다는 오히려 구체적인 생활상을 더 중요시하는 관점이 설득력을 얻기 시작했다. 사람들의 일상적 태도, 생각, 행위가 중요한 연구주제로 등장하고, 큰 사건과 발전과정 그리고 구조적 과정이 개인과 집단과 계급에 있어서 어떠한 의미가 있는지, 개인이 자신의 생활을 영위할 수 있는 가능성은 어느 정도였는지 등에 관한 질문이 주로 제기되었다. 이를 통하여 근대화론으로는 전혀 설명될 수 없는 닫혀 있던 생활세계가 조금씩 열리게 되었다.

한편 이들은 사회인류학, 민속학, 심성사로부터 역사인류학을 본격적으로 발전시키는 데 많은 도움을 받았다. 곧 역사적 관심은 비유럽적 세계는 물론이고 자기 역사 안의 '낯선 것'에도 미쳤고, 이들 자기 문화와 낯선 문화의 역사를 새롭게 보는 길이 열린 것이다. 민중적 전통과 생활방식의 연구에 몰두해 온 실증적 문화학인 민속학과 많은 교류를 통하여 '작은 사람들의 생활세계'에 대한 관심이 집중되었다. 사회 엘리트가 역사의 원동력이란 확신은 힘을 잃었고 일반 민중의 행위와 생각이 역사적 과정에서 지니는 가치를 비로소 재발견·재인식하기 시작했다. 심성사는 집단의 생활상이란 문제의식을 역사학 안으로 끌어들였고, 나아가 장기적인 변동과정에 특별한 관심을 보였다. 이러한 성과에 힘입어 프랑스혁명이 역사발전을 나누는 중요한 단층이 아니었다는 사실을 깨닫게 되었다. 곧 사회의 세속화란 결코 획기적인 혁명적 사건들의 산물이 아니라 상상세계의 꾸준한 변화의 결과였다는 것이다.

역사인류학적 관점은 일상사와 경험사, 남녀사, 민중문화연구 등 매우 다양한 분야에서 구체적인 연구성과로 나타났다. 특히 '일상사(Alltagsgeschichte)'는 가장 많은 성과를 올린 분야이다. 일상사는 보통사람들의 일상생활에 관심을 기울이고 또 생활을 직접 경험하는 주체들의 주관성에 우선적인 관심을 둔다. 따라서 '큰 이야기' 대신 이제는 인간의 경험과 사회적 실행이 역사 관찰의 중심에 있게 된 것이다. 흔히 일상사가들은 '아래로부터의 역사(Geschichte von Unten)', '안으로부터의 역사(Geschichte von Innen)'를 기술하고 분석하려고 한다.

4

역사인류학은 다음과 같은 몇 가지 관점에 굳건히 토대한다. 먼저 인간이 역사의 행위주체임을 분명히 한다. 역사주의에서도 인간의 개체성을 강조했지만, 지배계층과는 달리 일반 민중은 역사에서 도외시되었다. 이들은 모든 인간이 역사 속에서 일정한 비중과 역할을 지닌다고 확신한다. 또한 사회(Gesellschaft)보다 문화 개념이 중요한 위치를 차지한다. 이때에 문화는 삶의 능력으로 평가되며, 각 시공간에 따른 문화의 다양성과 동등성을 인정하는 확대·심화된 문화 개념을 지닌다. 또한 인류학적 역사 서술은 객관적인 생활세계만이 아니라 인간의 주관적 경험을 중시한다. 곧 인간은 역사의 대상이면서 동시에 역사의 추동자이다. 따라서 역사 속에서 인간의 주체성을 고려하는 관점을 견지한다. 그밖에 전통과 근대를 대비시켜 가치의 우열을 가리지 않는다. 근대는 전통에 토대해서만 올바르게 전개된다. 곧 전통과 근대의 관계를 새롭게 규정한다. 역사인류학은 조그만 공간과 사회집단 그리고 행위 단위에 특별한 관심을 기울인다. 이처럼 거시사에 대한 관심은 적은 반면 미시사를 특히 선호한다. 따라서 거시사적 역사 서술과 관련된 거시이론을 거부하는 측면이 있다. 오히려 제도와 사회영역이 인간에게 차지하는 의미가 무엇인지, 실천행위의 주체인 인간의 주관성을 특별히 고려하여 묘사하고 분석하는 데 힘을 쏟는다.

이러한 관점에서 그동안 독일 내에서는 주로 마법과 마녀, 저항과 폭력, 육체와 성생활, 종교와 신앙, 집과 가속, 사생활과 개인주의화, 문자생활·독서·매체, 자기 것과 낯선 것, 여성들·남성들·남녀의 역사 등과 같은 연구주제에 노력을 경주하였다.

5

최근에 들어 현대 유럽과 미국을 중심으로 한 국제 역사학의 새로운 경향을 소개하는 많은 학술서적이 간행되었다. 여기서 '문화', '심성', '일상', '역사인류학', '언어로의 전환', '미시사' 등은 가장 많이 언급된 용어들이다. 곧 이들은 모두 역사를 새로운 방법으로 새롭게 인식하고자 하는 과정에서 나온 주요 개념과 방법들이다. 그동안 서양의 역사학은 주제, 방법, 성과 등에서 많은 발전을 해 왔고, 그 인식의 수준과 차원도 매우 고급스럽고 세련된 것이라고 할 수 있다. 본고에서 소개한 역사인류학은 독일에서 주도적으로 시도되었고 이제는 확고한 자기 위치를 지니기 시작하였다. 또한 앞으로도 그 괄목할 만한 성과가 기대되기도 한다.

그동안 국사학(國史學)도 어려운 여건에도 불구하고 역시 주제, 방법, 성과에 있어서 많은 발전을 해 왔다. 그러나 구미의 역사학계와 비교하여 아직은 여러 측면에서 미흡한 점이 있다고 할 수 있다. 물론 국사학의 성격, 목적, 방법 등에 나름대로 독자성과 그 전통이 있고, 또한 최근에는 생활사, 지방사 등을 위시하여 여러 다양한 시도들이 이루어지고 있지만, 앞으로는 더욱 다양하며 심도 있는 주제와 방법이 개척되고 실질적인 연구성과로 표출되어야 할 것이다.

지엽적인 문제에 국한될 수 있지만, 한국에 있어서는 국사학과 민속학이 제휴하면 양자의 학문에 많은 도움이 될 수 있다. 곧 민속학에 관련한 이념·관점·정보를 국사학에 투영하면 새로운 관점과 지식이 생산될 수 있고, 특히 '쓰이지 않은 역사로서의 민속학'을 '쓰인 역사로서의 국사학'에 접목하여 역사문헌의 공백을 일정 부분 채울 수 있고, 또 역사문헌의 재해석을 가능하게 한다. 부수적으로는 일상생활사의 재구성에 많은 도움을 받을 수 있다. 반대로 국사학을 민속학에서 수용하면 민속의 형성과 전개, 변화 등 역사성을 밝힐 수 있다. 특히 민속현상에 대한 역사적 측면에서의 접근이 가능하다. 그 밖에도 구미의 새로운 문화사 지향의 역사 서술에서 지적된 여러 관점들이 일정 부분은 한국사에서도 나름대로 주체적으로 수용될 수 있다.

이 책의 저자인 반 뒬멘 교수는 한국어판 서문에서 한국의 독자들이 새로운 역사학의 국제적인 담론을 호의적으로 받아들이고, 아울러 다른 국가의 사람들에게도 유익함을 줄 수 있는 한국 역사학의 나름대로의 독자적인 길을 찾아가기를 희망하고 있다. 마지막으로 그는 '구태의연한 민족사' 서술에 더 이상 얽매이지 않는 역사와의 만남을 적극적으로 추천하고 있고, 인간역사의 문제는 각각의 시공간적 차원에서 다루어져야 한다고 주장하고 있다.

사라진 역사를 향한 집념의 질문

김정숙 영남대 국사학과 교수

『미완의 문명 7백년 가야사』(1~3)
김태식 지음 / 2002 / 푸른역사

가야사의 연구성과

고대인도 어디엔가 반드시 자신들이 살았던 흔적을 남겼다. 그리고 문헌기록이 많지 않은 한국의 고대사 연구자들은 이 흔적을 찾아 고대사를 해명하는 고리로 거머쥐려는 간단없는 소망을 가지고 있다. 한국 고대사의 한 부분을 이루는 가야는 서기 전후 변진(弁辰)시대부터 562년 고령의 대가야가 신라의 침입으로 멸망할 때까지 존속했다. 이들은 총 32개의 소국으로 서로 협조하거나 견제하는 동맹을 맺으며 살아왔다. 그 지역은 경상남북도 서부 지역이었는데, 때에 따라 조금씩 변동이 있었다. 그렇지만 가야인들에 관해서는 고려시대에 쓰인 『가락국기』라는 서류 분량 정도의 기록만 남아 있다.

최근 김태식 교수는 1,500여 년 전 한반도 남쪽 가야 땅에 무엇이 일어났는지를 선명하게 보여 주는 역사서를 저술했다. 저자는 1985년부터 가야사에 대한 논문을 발표해 왔다. 그에 앞서 한국사학계에서는 1970년대 이후부터 국가 형성에 관한 연구가 쌓여 가면서 가야에 대한 연구가 진행되어 왔다. 그리고 문헌학과 고고학을 접목시키는 작업들이 나왔다. 이제 김 교수는 현재까지 진행된 가야에 대한 연구업적을 총망라하여 전문인과 일반인이 다 같이 읽을 전문서를 출간했다.

김태식 교수의 『미완의 문명 700년 가야사』는 가야시대사, 분류사, 각국사의 세 권으로 구성되어 있다. 그는 1권 시대사에서 가야사 연구를 위한 전제조건을 제시했다. 우선 상이하게 불리던 이 나라에 관한 여러 명칭을 종합했을 때 가야(加耶)여야 한다고 보았다. 그리하여 그는 김해의 가락국, 고령의 대가야만이 가야로 불리고 나머지는 소국의 이름을 쓰고 있었음을 밝혔다. 즉, 이들은 오늘날 우리들이 부르고 있는 것처럼, 'ㅇㅇ가야'라고 불리지 않고, 각기 소국의 명칭을 가지고 있었다는 말이다. 그 결과 그는 '6가야'란 기존의 통설은 신라가 멸망하고 고려가 설 때 그 지역 사람들이 옛 땅의 이름을 내세워 부른 것에 지나지 않음을 고증했다. 그리고 '임나(任那)'는 오늘날 창녕 지역의 지명인데, 때로는 금관국이나 그 연맹체를 일컫기도 했으며, 임나일본부의 실체는 무역주재기관으로 규정했다.

이렇게 그는 '6가야'나 임나일본부가 모두 허구임을 설파했다.

김 교수는 가야 멸망 이후 가야계 인물들의 동향을 밝히고자 했다. 그리하여 금관국 계통의 구형왕, 세종, 무력, 김서현, 김유신, 문명왕후, 강수의 활동을 검토했다. 대가야 계통의 우륵, 도설지왕, 순응, 이정 등의 삶의 여정을 밝혀 주었다. 특히 대가야의 마지막 왕인 도설지왕(월광태자) 및 그 후손인 순응대사가 맺었던 월광사와 해인사에 얽힌 인연들을 찾아냈다. 그는 조선시대 읍지는 물론이며 때로는 현재의 자료까지 가야에 관련된 모든 사료들을 철저히 검토했다.

2권 분류사에서 김태식 교수는 가야의 정치체제, 즉 연맹체 조직과 그 운영을 보여 주었다. 그리고 가야의 사회상을 자세히 설명하여 가야인의 생활을 실감나게 알려 주었다. 이 책이 내린 결론은 가야가 중앙집권적인 정치체제를 이루지는 못했지만, 개별 소국들의 생산력이나 기술 수준은 매우 높았다는 사실이다.

이어 가야소국들의 지명들을 고증하고, 가야의 영역을 밝혀 주었다. 역사서는 사건을 위주로 서술하지 사건이 일어난 땅은 별로 주목하지 않는다. 그래서 사건이 일어났던 위치를 찾는 일은 중요하며 어려운 일이다. 이 어려운 일을 그는 해냈다. 즉 가야가 점유한 영역은 경상남도의 낙동강 유역과 그 서쪽 일대를 포함했고, 전라남북도, 동부 지역을 포괄한 적도 있었음을 논증했다. 그리고 3권 가야 각국사에서 그는 32개 가야소국들의 역사를 정리해 주었다.

또한 이 책의 큰 장점은 전문가의 연구성과를 일반인과 같이 공유할 수 있도록 편찬하였다는 점이다. 근래 역사의 대중화가 추진되면서 적지 않은 책들이 간행되었다. 그러나 때로 이른바 대중적 역사물들은 그 수준 자체에 문제가 많았고, 전문적 역사 연구성과를 왜곡하거나 도외시했다. 그런데 이 책은 그야말로 전문 연구자가 학계의 전문적 연구업적의 서술을 대중에 맞게 다시 시도한 작품이다.

그리고 저자는 사진만 한 번 일별해도 가야사 전체를 파악하고, 당대의 역사를 체험할 수 있기를 희망하면서 이 책을 편집했다. 저자는 직접 지도를 제작하여 그 많은 나라이름이나 지명을 쉽게 이해할 수 있도록 했다. 또한 이 책에 있는 참고문헌 목록 및 자세한 색인표도 중요하다. 따라서 이 책은 역사서의 대중화를 모색하는 과정에서 성공적 사례로 기록될 것이다.

가야사에 관한 몇 가지 질문

전공자란 사건만 남은 한 줄의 기록에 시간과 공간의 볼륨을 찾아 부여하여, 그 사실을 눈앞에 살려 내는 사람들이다. 그리하여 우리는 저자의 깊은 연구 위에 쉽게 풀어 쓴 이 책을 통하여 가야의 실체를 체계적으로 체험하게 된다. 이제 다음과 같은 생각들을 하면서 이 책을 다시 읽어 볼 수도 있을 것이다.

1. 가야는 자신에 관한 역사기록을 남기지 않았다. 그러므로 가야사는 타인이 저들의 필요에 의해 쓴 기록을 위주로 복원되는 역사이다. 그 결과 저자는 가야의 정치와 사회를 움직이는 내부적 요인을

찾기가 어려웠을 것이다. 그리하여 가야의 역사가 거의 대외관계에 의해 진행되고 있는 듯한 서술이 불가피했을 것이다. 한편 이 책에서 활용한 주요 사료들은 『일본서기』의 자료들이다. 따라서 가야가 당시 실재했던 것보다 왜나 백제와 더 가깝게 나타날 수 있지 않았을까 염려된다.

본래 이 책의 장점이 문헌학과 고고학의 접목이다. 그런데 가야 땅 내부에서 출토된 고고유물은 가야인 스스로가 남긴 기록들이다. 따라서 이 유물들을 통하여 적극적으로 생활사를 복원한다면, 가야 각국 내부에 작용하고 있던 역사 변동의 원인을 또 다른 방향에서 찾을 수 있을 것이다.

2. 이 책에서 지명 비정에 사용한 음사(音似) 방법에 대해서도 의문의 여지가 있다. 우리말은 소리글자이기 때문에 19세기 발음도 오늘날의 발음하고 적지 않은 차이를 드러내고 있다. 물론 고대의 지명은 한자로 씌여 있기 때문에 발음의 영향을 덜 받는다고 생각할 수도 있다. 그러나 고대의 한국지명들은 한자의 뜻을 얻어 쓴 것보다는 그 음을 나타내기 위해 글자만 빌려다 쓴 경우가 많다. 그러므로 위치를 비정할 때 사료에 옛 이름이 그대로 나오는 것을 제외하고는, 그 소리의 시간적 변화가 좀 더 충분히 감안되어야 한다.

3. 고대사의 연구에서 고고학 자료를 활용할 때에도 신중을 기하고 있음을 거듭 확인해야 한다. 우리는 지구의 전 지역을 발굴해 낸 다음 글을 쓰고 있는 것이 아니기 때문이다. 그러므로 고분의 유물을 이용하여 고대사를 해석할 때는 한 번 더 짚어 생각해야 한다. 예를

들어 저자는 문헌을 통하여, 가야의 소국들은 서로 기본적으로 평등
한 관계에 있었다고 결론지었다. 그러나 고분의 규모, 순장자, 부장
품 등을 분석하여 이를 계층화시킨 기존의 연구를 인용하면서 각 소
국 세력의 차이를 인정했다. 또 저자는 5세기 고분과 6세기 고분을
정확히 구별치 않고 있다. 발굴의 성과는 시대를 감안하여 주목해야
한다. 즉 당시는 사회발전이 한창 진행되던 과정이었으므로 비록 사
회적 지위는 같다고 하더라도 1세기간에 고분의 부장품은 크게 차
이가 날 수 있다. 또한 고분에는 생활유물이 그대로 부장되었다기보
다는, 그 부장품이 장례문화에 의해 좌우된다는 점도 고려해야 할
듯하다.

한편, 이 지역에서 출토된 토기에 있어서도 이 책에서 채택한 연
구성과와는 다른 편년과 분포를 시도한 연구들도 있다. 이 점에 대
해서도 충분히 검토되어야 한다. 그리고 교역에 관한 사실로 정치
체가 같았다는 결론을 도출한 데에도 재고의 여지는 있다. 교역은
상품의 생산이나 그 생산을 규제하는 자연조건과 더 큰 관계가 있
기 때문이다.

4. 끝으로 우리가 궁금해하는 것은 가야연맹의 실제이다. 그들은
소국의 이름을 지니고 있었다. 그렇다면 사람들은 그들이 어떤 공
유요소가 있어 가야라고 같이 칭했겠는가? 이 점은 가야가 망하고
300년도 더 지난 후, 고려가 성립할 때 그 소국이름에다 가야를 붙
여서 칭하기를 원했다면 분명 더 강한 이유가 있어야 하지 않을까
생각된다.

저자는 이를 정치 단위체가 같다는 사실로 설명했다. 그런데 『삼국지』에는 진한과 변한은 귀신을 제사 지내는 방식에서 차이가 있다고 언급하고 있다. 고대에서 종교는 곧 정치이데올로기일 수 있다. 그렇다면 가야사의 해명을 위해서는 드 쿨랑주 등의 이론 및 인류학 이론을 좀 더 주목할 수 있을 것이다. 특히 그들어 구슬을 귀하게 여겼다는 사실도 이러한 이론과 연결하여 규명될 수 있다.

글을 마치며

이러한 질문들을 하면서 이 책을 읽는다면 또 다른 길이 보일 수도 있다. 이 답은 우리 모두가 찾아야 하며, 어쩌면 이미 저자가 다시 준비하고 있는지도 모른다. 저자는 본인이 간행한 책의 내용을 거듭 재검토할 만큼 부지런하기 때문이다. 그는 여러 곳에서 기왕에 자신이 내렸던 결론들을 검토하고 그 수정에 이미 동의한 바 있다.

지금까지 우리가 내린 결론들은 고대를 향한 또 다른 질문이다. 그리고 이 질문들이 해결되면서 우리는 저자가 주장한 대로 한국 고대사의 전개과정을 고구려, 백제, 신라, 가야라는 4국시대로 선정할 것인가의 여부도 결정지을 수 있다. 그리고 당대와 가까운 김부식이나 일연은 왜 4국으로 생각하지 않았는지도 알게 될 것이다. 우리는 아직은 가야에 대한 직접 자료뿐 아니라, 당대의 다른 나라들에 대한 좀 더 천착된 연구를 기다려야 한다.

그렇다 하더라도 이 책은 우리에게 가야사 연구의 현 단계를 정확히 알려 주었고, 가야사에 대해 종합적으로 질문하게 했다. 그리고 토론의 주제들을 짚어내 주었다. 고유섭이 석탑을 많이 보지 못하고도 석탑의 양식변화를 정확히 짚었던 것처럼, 이 책은 가야사의 방향을 올바로 짚어 준 책이라 하겠다.

비베트남 역사학자에 의한 본격적 베트남 통사

최병욱 서울대 동아문화연구소 연구교수

『새로 쓴 베트남의 역사』
유인선 지음 / 2002 / 이산

베트남 사회주의 공화국과의 국교 수립 10주년이 되던 지난해 12월이 얼마 지나지 않아 우리는 뜻 깊은 책 한 권의 출판을 보게 되었다. 한국에서 동남아시아사 연구를 처음으로 시작하고 주도해 왔으며, 베트남사 연구로는 이미 세계적인 연구자로 인정받고 있는 서울대학교 동양사학과 유인선 교수가 『새로 쓴 베트남의 역사』를 선보인 것이다.

유인선 교수는 이미 1984년 『베트남사』(민음사)를 낸 바가 있다. 이 책은 베트남에 대해 관심을 갖는 학자, 학생들은 물론 일반 독자들에게까지 폭넓게 읽혀졌던 80년대의 유일한 베트남 통사였다.

1991년 베트남과의 국교수립 이후 이 책은 급증한 주재원, 기업가, 종교인들이 꼭 가방에 넣고 비행기를 타는 필독서이기도 했다. 연구 입문서 수준으로 쓰여진 역사책이 이처럼 다양한 독자들에 의해 지속적으로 읽혀진 예는 아마도 찾아보기 힘들 것이다. 그러나 여러 가지 사정으로 인하여 이 책은 절판되었고, 90년대 중반을 넘기면서 『베트남사』는 구할래야 구할 수 없는 귀중한 책이 되고 말았다. 이러한 터에 『새로 쓴 베트남의 역사』를 보게 된 것은 매우 기쁜 일이 아닐 수 없다.

언뜻 보기에 필자가 동일하고 다루는 범위나 주제가 유사하여 앞서 나온 책의 수정·보완판 같아 보이기도 하지만, 실제로는 제목에서도 드러나듯 새로 쓴 책이나 다름없다. 필자 역시 "처음에는 오래 전에 선을 보였던 『베트남사』의 개정판 정도로 생각하고 시작했지만, 미진했던 부분을 대폭 보완하고, 문장을 하나하나 다듬고, 과거에는 손대지도 못했던 베트남 전쟁시기를 새롭게 집필하다 보니 결과적으로 완전히 새 책을 내는 것이나 다름없게 되었다"고 하여 왜 '새로 쓴 베트남의 역사' 라고 이름 붙였는지를 서문에서 밝히고 있다.

평자가 보기에 '새로 쓴' 이라고 단서를 달 수 있는 이유들은 필자가 든 것 외에도 더 있으며, 그런 요소들이 이 책의 가치를 돋보이게 한다.

무엇보다도 다루는 범위가 대폭 늘어났다는 것이다. 『베트남사』가 총 4개 장이었던 데 비해 『새로 쓴 베트남의 역사』는 7개 장인 것만 보아도 그러하거니와 기존에 존재하던 각 장도 크게 보강되었다. 마지막 장인 '남북분단과 전쟁'에서 다루는 시기는 워낙 민감한 사안이 많고 아직 무수한 자료들이 공개되지 않은 채로 남아 있어서 역사가들이 정면으로 다루기를 극히 꺼리는 분야이지만 오히려 독자들이 가장 관심을 갖는 시기이기도 하다. 필자는 이번 기회에 과감히 이 장을 설정해(1945년부터 1975년까지 복잡다단한 현대사이다) 가용한 자료들을 동원하여 베트남전쟁에 대한 역사학적 정리를 시도하고 있다. 아울러 한국군의 파병배경 및 의의에 대해서도 다루고 있다. 1세기에 이르는 식민지시대를 서술함에 있어서, 『베트남사』에서는 주로 대불항쟁만을 다루었음에 비하여 이번 책에서는 프랑스의 식민지배 정책의 내용들을 추가함으로써 식민지배와 베트남인의 대응을 상호관계 속에서 조망할 수 있게 해 주었다. 이외에도 선사시대 문명의 발전은 다양한 고고학적 성과물을 통해 크게 보강되었고 마지막 왕조의 지배기였던 19세기 전반의 상황도 더욱 상세해졌다.

두 번째로는, 모든 지명과 인명을 베트남어와 한자어(또는 중국어) 원어로 표기하고 그 단어들의 한국어 발음을 명확히 하였다는 점이다. 당연해 보이는 이런 작업은 실제 대단히 인내심 있는 노력이 필요하다. 여섯 개나 되는 베트남어 성조(중국어의 핀인 부호에 해당됨)를 일일이 확인해 하나하나 워드프로세서로 쳐 넣고, 한자를 확인해 표기하며, 중국의 인명 지명은 물론 중국어 표준발음까지 찾아내 표기하는 것은 중국이나 일본 등 다른 지역 역사 서술에서 원어표기법을 준수해 기술하는 작업에 비해 수배의 노력을 필요로 하는 것이다. 이 때문에 한국은 물론 외국의 학자들도 적당한 선에서 표기법을 준수하고 있는 형편인데, 이렇듯 완벽하게 원칙에 따라 표기하는 작업을 해냈다는 것은 국내외를 막론하고 거의 사례를 찾아보기 힘든 경우가 아닌가 한다.

또 사진을 비롯한 다양한 자료들이 들어갔다는 점도 주목할 만한 것으로, 1984년의 『베트남사』에서는 사진이 전혀 없었던 점과 크게 비교되는 부분이다. 이것은 그동안 필자의 부지런한 현지조사와 자료수집 작업이 반영된 것이라 여겨지며 연구입문서 수준의 책에 지속적인 관심을 가져 준 일반대중 독자들에 대한 세심한 배려일 것이다.

마지막으로, 국내외의 다양한 연구업적을 서술에 반영하고 있는 점도 돋보이는데, 1984년 이후에 나온 주요 연구결과물들을 가능한 한 전부 소개하려고 노력한 흔적이 역력하다. 전문가들만을 위한 연구서가 아니므로 일일이 주를 달지는 않았지만, 필요한 곳에는 꼭 출전을 밝혀 책임 있는 글로서의 모범을(사진 등 자료들의 출처를 밝히고 있는 점도 마찬가지이다) 보이고 있으며 내실 있는 참고자료 목록도 이 책의 가치를 크게 높이고 있다.

이상과 같은 요소들이 이 책은 『베트남사』의 수성판이 아니라 '새로 쓴' 베트남의 역사임을 입증한다.

많은 사람들이 의아스러워하는 바이지만, 전문적인 역사가에 의해서 체계적으로 쓰인 베트남 통사는 세계적으로도 극히 드물다. 베트남 학자들에 의해서 자국 내 독자들을 상대로 나온 책은 많이 있지만, 비베트남인들을 위해서 제삼국어로 쓴 책은 과거 프랑스어나 일본어로 쓰인 극소수의 '고전적'인 몇 가지 저서들뿐이며, 더욱이 선사시대부터 베트남전쟁까지를 다루면서 학술적 가치를 인정받을 만한 책은 평자가 알기에는 없다. 방콕이나 프놈펜의 공항서적 판매대에서 외국여행객들은 해당국 역사의 권위자인 미국인 와이어트(David Wyatt) 교수의 『Thailand, a Short History』(1984)나 호주인 챈들러(David Chandler) 교수의 『A History of Cambodia』(1983) 같은 권위 있는 책들을 쉽게 발견할 수 있지만(버마나 인도네시아 등 여타 동남아시아 국가의 경우도 마찬가지이다) 베트남에서는 그렇지 못하다. 베트남의 관변학자 응우옌 칵 비엔(Nguyen Khac Vien)이 국영 외국어 출판사에서 발행한 『Vietnam, A Long History』(1987)가 외국인을 위해 전시되어 있는 것을 종종 볼 수는 있으나 연구자들 사이에서는 거의 인용되지 않는 책이다. 이처럼 비베트남인에 의한 베트남 통사가 드문 것은 베트남 역사가 중국이나 한국처럼 긴 역사를 갖고 있어서 이해하고 정리해야 할 역사적 사건이 대단히 많은데 반해 역사 연구자층이 너무 엷은 것이 가장 큰 이유라고 할 수 있다. 이와 같은 실정을 고려할 때, 『새로 쓴 베트남의 역사』는 자격을 갖춘 비베트남인 베트남사 전공자가 최근까지의 역사를 다룬 베트남 통사로서는 세계적으로 유일한 책이라고도 할 수 있을 것이다. 따라서 번역을 통해 국제시장에 내놓으면 크게 환영받을 책이다. 그런 책을 한글로 편히 읽게 된 우리 독자들은 참으로 행복하다고 할 수 있다.

독자들에게 이 책의 묘미를 깊게 느끼는 방법을 귀띔하고 싶다. 그것은 필자의 '말'을 찾아보는 것이다. 필자는 서문에서 "나는 지금까지 이루어진 많은 학자들의 연구업적을 토대로 하되 개인적인 견해를 적절히 반영하려고 노력했다”고 밝히고 있는데, 이 '개인적인 견해'를 찾아내는 것은 큰 즐거움이라 할 수 있다. 바로 이 필자만의 '말'이 있음으로 해서 『새로 쓴 베트남의 역사』는 역사서를 읽는 재미를 안겨다 주는 것이다. 필자는 베트남전쟁에서 미국이 실패한 원인을 설명하면서 “당시 일인당 5천 달러 가까운 소득의 생활수준을 향유하고 있던 미국인들로서는 연간 일인당 소득이 50달러도 채 되지 않는 베트남 사람들이 어느 정도까지 고통을 감내할 수 있는지 전혀 이해하지 못했다”(416쪽)고 말하고 있다. 일견 거칠고, '과학적'이지도 않은 분석 같아 보이지만, 이것은 필자의 오랜 연구와 베트남(인)에 대한 밀착된 경험이 어우러진 탁견이라 생각한다. 그는 또 베트남 통일 후 지도자들의 무능함으로 인해 “적잖은 수의 임시 혁명정부 지도자들이 급격한 남북통합에 반발하여 망명길에 올랐다”(426쪽)든가 “공산화 뒤에 일어난 농업생산력 저하와 그로 인한 빈곤은 수십만의 베트남인을 이른바 '보트 피플(Boat People)'로 국외로 내몰았다”(426쪽)고 비판하고 있다. 냉정하면서도 대담한(베트남은 아직껏 공산당이 지배하고 있음) 평가인 것이다.

연대기적인 서술로 일관된 까닭에 간혹 지루하게 느껴지는 부분을 만나는 경우도 있고, 남베트남 정권의 면모에 대해서는 실패의 원인만을 분석하는 기존 언론이나 정치학 연구자들의 기술을 그대로 반영한다는 점에서 진부한 감도 있다. 또한 프랑스의 식민지배에 대해 총독별로 제 정책을 소개하는 방식은 전통시대 왕별 역사 서술방식을 연상시킴으로써 베트남인의 정서를 고려할 때 다소 민망한 느낌이 들게도 한다. 그러나 이러한 문제점들로 이 책의 가치가 결코 줄어든다고는 할 수 없다.

일본 낭인의 정체(正體)와
아시아론을 이해하는 길잡이

정태헌 고려대 한국사학과 교수

『근대 일본의 조선침략과 대아시아주의』
강창일 지음 / 2002 / 역사비평사

우리 학계가 국내 또는 국외에서 체계적인 학습을 거친 일본사 전공자들을 많이 갖게 된 것은 부끄럽지만 사실 그리 오래된 일이 아니다. 이러한 현상은 한국사 분야의 경우, 연구자들이 많을 뿐 아니라 때에 따라서는 국내 연구자들에게도 귀감이 될 만한 연구성과를 내놓기도 하는 일본과 비교할 때 사뭇 대조적이다. 이러한 현상은 두 나라의 현실적인 힘과 의식의 차이를 반영하기도 하지만, 이제 일본을 제대로 알지 못한 채 일본 또는 일본의 역사를 거론하는 어리석음은 탈피할 때가 된 것이 분명하다. 이러한 일본상(像)은 과거의 감정에 얽매여도 되는 시기를 벗어난 오늘날, 앞으로의 동아시아 평화를 위해서 극복해야 할 대상이라고 하지 않을 수 없다. 이를 위해서는 한국학자들에 의한 일본사 연구, 좀 더 욕심을 낸다면 한국사와 관련을 가진 일본사를 치밀하게 분석한 연구성과가 많이 나와야 한다.

그런 점에서 젊은 시절 학생운동의 역동적 삶을 살았고 지금도 역사학을 현실 문제와 연결시키는 지적활동에 여념이 없는 저자 강창일 교수의 이 성과는 평가 여하를 떠나 매우 귀하다고 하지 않을 수 없다. 이 책은 일본과 한국의 근대사 전개과정에서 중요 대목마다 등장하곤 하는 일본 낭인(浪人, 로우닌)들이 형성되어 가는 배경과 이들의 사상적 동향과 행동양식을 역사적으로 분석한 글이다. 필자의 과문 탓인지 몰라도 한국 학계에서는 처음 나온 연구성과가 아닐까 싶다. 즉 새로운 소재를 매개로 한일 양국의 역사를 다루고 있다는 점에서도 많은 시사점을 제공한다.

흔히 특별한 일 없이 빈둥빈둥 지내는 사람들을 가리키는 낭인에 대한 일반적인 상은 건달 정도가 아닐까 싶다. 아마도 낭인의 어원이 일본의 고대 율령제하에서 불법적으로 유랑하는 피지배집단을 지칭했던 것에서 유래되었고, 이들이 한반도에서 활동을 시작하는 개항 이후 일제시대를 지나는 동안 그러한 관념이 자리 잡았기 때문일 것이다. 나아가서 일반인들이 많이 접하게 되는 TV드라마에 이따금 나오는 낭인의 상은 이보다 심하여 깡패집단으로 그려지기도 한다.

그러나 일본 낭인의 근대적 개념을 이처럼 부랑인, 건달의 범주로 이해해서는 곤란하다. 저자에 따르면 낭인들은 명치유신 후 비웅번(非雄藩) 지역이나 중앙권력에서 소외된 사족 출신들이 정치적 야망을 실현하기 위해 재야에서, 그리고 조선이나 만주, 중국 등 국외 지역에서 일제의 군국주의적 대외침략 논리를 전파하고 실행해 간 집단이었다. 또 모국의 침략정책에 사활적인 이해관계를 가질 수밖에 없는 재외 일본인 사회를 이끌고 일본정부와 밀접한 관련 속에서 침략논리에 추수하는 현지의 친일집단을 양성, 후원하면서 적극적인 침략정책을 촉구한 집단이었다. 이러한 낭인집단을 이끌어 가는 지도자 그룹은 상당한 수준의 '학식과 식견'을 가진 재야 정치인으로서 국내외에서 광범위한 네트워크를 형성하여 정치적 영향력을 행사했고, 대국민 여론을 주도하여 일본의 대외정책을 선도하기도 했다. 이들은 자칭 타칭 '지사'연 '국사'연 하면서 자신들의 직접 체험을 바탕으로 아시아주의를 이념적으로 발전시키고 그러한 사상을 체현하는 존재였다. 즉 낭인들은 일본의 근대사 전개과정에서 드러난, 우리 역사에서는 익숙하게 볼 수 없는 특수한 범주에 속한다고 할 수 있다.

이 책은 아시아주의의 실현방안으로서 '한일합방'이라는 목적을 달성하기 위해 일본 낭인들이 조선에서 집단적으로 보인 정치적 활동을 세 단계로 나누어 설명한다. 즉 동학농민전쟁이 일어났을 때 동학농민군을 지원하려는 뜻을 갖기도 했던 낭인단체 천우협(天佑俠) 결성 시기, 명성황후 시해에 가담했던 낭인들의 활동, 소선 및 만주 문제를 '해결'하기 위해 대러(對露)전쟁론을 주창하면서 결성된 흑룡회(黑龍會)가 조선인 친일단체인 일진회를 조종하면서 '한일합방' 운동을 전개한 단계를 말한다. 이렇게 저자가 구분한 단계에 따라 조선에서 활동한 일본 낭인들의 범주와 성격 변화과정을 그리고 있다. 아울러 이들이 지녔던 아시아주의에 따른 정치적 행위, 그리고 자료에서 추출한 인물들의 사상과 행적을 분석적으로 소개하고 있다.

한국사에 관심이 많은 독자들에게 낭인활동의 '초기적' 현상으로서 일본정부의 '동학군 토벌' 방침과 달리 동학농민군을 지원하기 위해 접촉하여 '독자성' 또는 마찰을 드러내기도 했던 천우협의 동학농민군에 대한 평가나 이들의 의도, 명성황후 시해와 관련한 미우라 공사의 정치적 성향과 일본정부와의 사전 모의내용, 일진회와 흑룡회의 사상적·인간적 관계 등에 대한 서술은 흥미로운 부분이다. 특히 그동안의 연구에서 그 가능성은 제기되기도 했지만, 천우협과 전봉준이 전라도 순창에서 1894년 7월 8~9일(양력) 이틀간 회견을 가진 사실을 실증적으로 제시한 부분도 주목할 만하다.

다만 일본의 중앙정부 또는 권력 핵심그룹과 비교하여 낭인들이 갖는 정치적·사상적 범주에 대해 저자가 인식한 '독자성'의 정도에 대해서는 선뜻 동의하기 어렵다. 이제 막 조선에서 본격적인 활동을 시작하는 단계에서 천우협의 경우처럼 일본 본국의 침략논리와 '다른' 차원에서, 실현 불가능한 것이었지만 자신들만의 어떤 '세계'를 조선에서 이룩하려는 의도를 가질 수는 있다. 그러나 그러한 경향은 시기마다 국면마다 차이가 클 뿐 아니라, 점차 그 '독자성'은 희미해져갈 수밖에 없는 범주라고 봐야 하지 않을까? 즉 일본 낭인들의 기본적 존재 양태는 침략의 첨병 역할을 통해 자신들의 정치적, 경제적, 사회적 이해관계를 충족시키거나 확대시켜 가는 것이었지 거시적인 침략정책 자체를 '주도적으로 만들어 가는' 존재라고 보기는 어렵지 않을까 한다. 때에 따라 특히 이들이 활동을 시작하는 초기일수록 환상을 갖고 자신들의 모국인 일본의 무력적 실체를 도외시한 채 '독자적인' 무엇인가를 구상했더라도 이 점에 역사적 의미를 크게 부여하는 것에 대해서는 회의적이다. 저자의 주장과 다소 어긋나는 것인지 몰라도, 일본의 주변적인 유력집단과 이해관계를 같이 하면서 '합방'에 앞장선 국내세력의 사상적·정치적 한계도 이 점에서 비롯되는 측면은 없을까 하는 생각이 든다.

그런 점에서 낭인들의 정치적·사상적 배경과 더불어 이들의 존재조건인 구체적인 경제상황, 또는 이들이 실질적으로 추구했던 경제적 배경이 구체적으로 분석되었더라면 이들의 존재 양태가 더욱 실감나게 그려지지 않았을까 하는 아쉬움이 있다. 이는 우리에게 익숙하지 않은 집단의 행동양식과 사상을 현실감 있게 이해하기 위해서 특히 요구되는 부분이 아닐까 한다. 이 때문에 읽는 이에게 낭인들의 존재 양태가 마치 하늘에 떠 있는 구름 같은 존재로 다가오기도 한다. 특히 전우협 단계에서 조선 문제에 대한 '자기 동일화'의 심리적 현상은 '초기적' 단계였기 때문에 나타난 현상이거나 사상적 전화과정의 한 단계에 머무는 것이 아니라 이들이 조선에 거주하면서 갖게 된 구체적인 경제기반과 밀접한 관련이 있다고 봐야 한다.

이처럼 몇 가지 측면에서 심층분석이 요구되는 부분도 있지만 이 책의 장점을 꼽는다면, 일본 낭인에 대한 이해를 통해 오늘날까지 뿌리 깊은 일본 '사회'의 극우적 정서의 기반이 무엇인지 역사적으로 이해하는 중요한 길잡이가 된다는 점이다. 특히 1960년대 이후 전후 복구에 성공하고 경제부흥의 길에 들어서게 된 일본사회에서, 패전 후 파시즘이론 또는 반동적 초국가주의 사상으로 지탄받던 대아시아주의에 대한 재평가 움직임이 갈수록 높아져 가는 역사적 배경을 이해하는 단서가 된다. 저자는 근자의 이러한 일본사회의 흐름을 1860~70년대의 아시아론, 청일전쟁·러일전쟁기의 아시아주의론, 1930년대 이후 15년 전쟁기의 대동아 공영권에 이은 제4의 파고로 규정한다. 의미심장한 지적이라고 하지 않을 수 없다.

오늘날 세계는 '세계화'의 큰 흐름 속에서도 다른 한편에서 유럽 연방과 같은 지역연대가 주창되기도 한다. 그리고 동아시아의 경우 중국에서도, 국내 학계 일부에서도 아시아주의가 제기되기도 한다. 물론 근자의 이러한 논의는 과거의 침략논리와 다른 것은 분명하다. 그런 점에서 인류의 평화와 자유를 향한 모색과정의 하나라고 이해할 수 있다. 그러나 엄연한 역사적 현실로 존재했던 과거의 침략적, 인종적, 반인륜적 아시아주의를 관련 국가 또는 사회 내에서 성숙한 자세로 제대로 짚어 내지 않은 채 제기되는 아시아주의의 위험성을 이 책을 통해 시사받을 수 있을 것이다.

사마천, 문사(文史)의 만남

김병준 한림대 사학전공 교수

『역사의 혼 사마천』
천퉁성 지음 / 김은희 외 옮김 / 2002 / 이끌리오

1

　지금까지의 사마천과 『사기』에 관한 연구는 크게 두 가지 방향으로 정리할 수 있다. 그 하나는 역사학에서 집근하는 방법이고, 다른 하나는 문학적인 입장에서 접근하는 방법이다. 전자는 주로 사마천이 중국의 과거 사실을 객관적으로 전달하기 위해 가능한 모든 자료를 수집하고 정리, 분석했다는 점을 강조한다. 판단을 내리기 어려운 경우는 다양한 해석을 모두 제시하여, 의심스러운 것은 의심스러운 채로 남겨 둔다는 원칙을 견지하는 등 원자료에 대해 철저한 객관성

을 유지하려고 했던 모습을 지적하기도 한다. 따라서 역사적 인물에 대해서도 공정하고 비감상적인 처리를 했다고 보는 것이 첫 번째 입장이다. 두 번째 입장은『사기』의 저작동기 중 특히 개인적인 부분을 강조한다. 아버지의 죽음의 한을 풀고, 또 이릉의 화로 말미암은 궁형을 감수하면서 치욕을 참았던 것을 정당화해야 했다는 것이다. 사마천은 이러한 개인적 재앙에 맞서면서 자신의 '이름〔名〕'을 세워야 했기 때문에 자연히『사기』의 저술과정에서도 자신의 감정이 드러나게 되었던 것이며, 이러한 작자의 감정과 열정이 있었기에『사기』는 창작이며 문학일 수 있다는 입장이다.

천퉁성(陳桐生)의『역사의 혼 사마천』은 이러한 두 가지 입장 중 기본적으로 두 번째 입장을 취하고 있는 것처럼 보인다. 사실 사마천의 전기를 소설 형식을 빌어 서술한 책이므로 당연히 사마천의 개인적인 감정이 강조될 수밖에 없을 것이다. 저자는 본 서의 상당한 부분에 걸쳐 소년시절 아버지로부터의 감화, 그리고 자신의 가계에 대한 인식과 발분 등을 자세히 언급하면서 아버지로부터의 영향을 크게 강조한다. 이 때문에 아버지가 다하지 못한 한을 풀겠다는 사마천의 뜻이『사기』저술에 매우 중요한 계기가 되었다는 점 또한 자연히 독자들에게 분명하게 전달된다. 이와 함께 이릉의 사건과 관련하여 정당한 자신의 충정이 곡해되었다는 것에 대한 울분, 죽음을 피하고 치욕스러운 궁형을 참을 수밖에 없었던 이유에 대해서도 많은 부분을 할애하면서,『사기』의 중요한 동기임을 지적한다. 이처럼 본 서는 개인적 경험과 그로 인한 감정을 자세히 언급하고 있다는 점에서, 그리고 이러한 감정이 『사기』의 인물묘사 과정에 드러난다는 입장을 취하고 있다는 점에서 분명 문학적인 접근방식을 취하고 있는 듯하다.

　그러나 첫 번째 입장이 배제되지도 않는다. 사마천의 개인적 감정을 꼼꼼히 집어내고 있으면서도, 역사가로서의 사마천의 모습 또한 뚜렷하게 떠오른다. 보통 문학적인 입장에서 접근하게 될 때 사마천의 개인적 동기를 크게 강조하게 되면서, 역사가로서의 객관적인 자세보다는 사마천의 울분과 한이 전면에 드러나게 마련이다. 그러나 본 서는 개인적 동기를 부정하지 않으면서도 역사가로서의 객관적인 자세를 잃지 않는 사마천의 모습이 두드러진다. 예컨대 본격적인 『사기』의 저술을 이릉의 사건 이전에 개시된 것으로 보고 있다거나, 또 아버지의 유언을 받기 이전 이미 저술의 기본틀과 입장을 갖추고 있다고 서술되어 있는 것은 아버지의 유언이나 이릉의 사건이라는 사마천 개인의 경험과 감정이 『사기』의 저작동기일지언정 결코 역사가로서의 객관적인 태도에 영향을 미쳤다고 보지 않았음을 알려 준다. 다시 말해 저자는 사마천이 개인적인 굴욕과 원한을 초월한 역사서의 완성을 통해 굴욕을 보상받고자 했다고 보고 있는 것이다. 또한 사마천이 갖추고 있었던 기본적인 역사가로서의 면모도 빼놓지 않고 자세히 서술하고 있다. 즉 사마천이 당시의 문자로 전해져 왔던 각종 서적은 물론, 옛 문자로 쓰여진 문헌들을 두루 섭렵하고 있었다는 것, 아버지 사마담이 오랫동안 쌓아 왔던 기록 그리고 본인이 태사령이 되어 수집한 각종 기록들은 그의 중요한 바탕이 되었다는 것을 곳곳에서 보여 준다. 아울러 이러한 문헌자료의 지리적 환경을 조사하고, 그 지방에 전승되어 내려오는 각종 전승을 그 지방의 사람들로부터 직접 듣기도 하면서, 자신이 읽었던 문헌자료와 현지의 전승을 대비하고 확인하는 작업을 거쳤다는 점을 강조하기도 한다. 본 서의 제목을 '역사의 혼'이라고 달았던 것도 이러한 저자의 뜻이 반영된 것이라 하겠다. 이렇듯 본 서는 우선 무엇보다 기존의 사기 연구방법을 두루 받아들이려는 균형 있는 입장이 눈에 뜨인다.

2

이 책의 장르는 소설이다. 역사소설이라고는 하지만 소설인 이상 허구적 요소가 삽입되기 마련이다. 본 서의 기본적인 목적은 사마천의 전기를 재구성해 보는 것이다. 그러나 사마천의 일생과 관련한 기록은 한 권의 전기를 쓰기에는 턱없이 부족하다. 『사기』에 포함되어 있는 태사공자서, 그리고 『한서』의 사마천 열전이 남아 있을 뿐이다. 하지만 태사공자서에 들어 있는 <육가요지(六家要旨)>와 『사기』 전체의 구성에 대한 소개 부분을 빼면 그 양은 극히 적다. 물론 『사기』의 각 권에 붙어 있는 '태사공왈(太史公曰)' 부분을 중심으로 사마천 자신의 목소리가 실려 있지만, 이 역시 충분한 전기자료가 되지는 못한다. 이 때문에 저자는 이상의 기본적인 자료를 기초로 하되 중간중간 필요한 부분에 허구를 가미하여 생동감 넘치는 사마천의 전기를 구성해야 했던 것이다. 이러한 소설적 요소가 있기에 일반 독자들이 편안하게 사마천이라는 인물에 다가설 수 있을 것이다. 여기에 저자의 훌륭한 문학적 필치가 더해졌고, 나아가 군더더기 없는 역자의 유려한 번역이 소설의 맛을 더해 주고 있다.

본 서는 1장에서 사마천의 출생에서 소년시절까지의 경험을, 2장에서 스무 살에 떠난 전국여행에서 얻게 된 체험을, 3장에서 사신으로 서남 지역에 가게 된 상황을, 4장에서 아버지의 유언을 받아 저술의 의지를 굳히고 무제의 봉선과 개제에 참여한 일을, 5장에서 본격적으로 『사기』 저술에 착수한 상황을, 6장에서 이릉의 사건을, 7장에서 이릉의 사건에 이은 사마천의 심적 고뇌를, 8장에서 죽음을 앞둔 상태에서의 마지막 자신의 심정을 각각 그려 내고 있다. 이중 특히 1장과 2장 부분에 허구적 요소가 많이 들어가 있다. 자신의 어린시절에 대해 극히 간단한 언급만을 남겨 둔 까닭이다. 그러나 이 부분을 제외한 나머지 부분은 비록 곳곳에 가상인물을 등장시키고 그들과의 대화를 꾸며 내고 있지만, 그 내용이 모두 구체적인 근거를 갖고 있다. 저자는 매 장마다 각주의 형식을 빌려 자신이 구성한 내용의 근거를 자세히 설명해 두고 있다. 『사기』 혹은 다른 문헌자료에 보이는 기록들은 물론 그와 관련한 다른 학설늘을 함께 제시한 뒤 자신의 의견을 명확한 이유와 더불어 기재하고 있다. 이 부분이 붙어 있기 때문에 독자들은 이 소설이 허구가 아닌 탄탄한 역사적 근거에 기초해 있다는 사실을 알게 된다. 본 서에서 이 부분만을 추려 낸다면 훌륭한 역사 논문이 될 수도 있을 것이다. 이 책이 단순한 소설이 아닌 이유가 바로 여기에 있으며, 평자가 적극적으로 이 책을 권하는 이유

또한 여기에 있다.

3

    저자 천퉁성은 이미 『사기』와 관련한 다수의 저작을 내놓은 중견 학자이다. 그동안의 학술적 업적은 주로 『사기』를 사마천 개인의 작품으로서가 아니라, 당시까지 전해져 오던 모든 중국문화를 총집대성한 것으로 이해하고 있다. 즉 중국의 사관(史官)의 천인(天人)문화 전통을 계승하고, 공자의 『춘추』에 나타난 왕도(王道)철학 그리고 전국시대의 사(士)문화의 가치관을 포용하였다는 거시적인 입장을 취하고 있다. 구체적으로는 동중서(董仲舒)의 천인감응(天人感應)설과 사마천의 천도관을 기본적으로 유사하다고 보고 있는 점, 특히 『춘추』와 함께 『사기』의 저술동기 속에 언급이 된 『역전(易傳)』에 주목하여 그 사상적 유사성을 지목한 점 등은 주목할 만한 업적이다. 하지만 이러한 작업 속에서도 저자가 내내 관심을 잃지 않았던 것은 사마천의 심리묘사였다. 저자의 다른 글 중에서도 이러한 바람이 직접 기술되어 있을 뿐 아니라, 학술적 업적 속에서도 최대한 이러한 접근이 시도되고 있기도 하다.

    또한 저자는 사마천 이외의 다른 인물의 심리묘사에도 크게 관심을 갖고 있다. 『초사(楚辭)』에 대한 저작을 낸 바 있기도 한 저자는 사마천과 가장 유사한 경험을 가진 굴원을 선택하여 그 심리적 울분을 통해 사마천의 심리적 상태를 이해하려 하였고, 아울러 사마천의 시대를 대표하는 인물인 한무제의 심리묘사를 강조함으로써 사마천의 정치적 이상의 정확한 성격, 그리고 이릉의 화라는 사건의 전말을 정확히 드러내 보이고자 하였다.

4

사학과 문학의 장점을 함께 갖춘 책, 소설의 재미를 가지면서도 정확한 고증의 기초를 바탕으로 하고 있는 책, 그러면서도 저자 나름의 사마천상을 그려 내고 있는 책. 본 서는 이것만으로도 충분히 읽어 볼 만한 책이다. 독자들은 문학의 세계에 몰입하다가도 문득 다시금 역사적 실제로 끌려 나오는 경험을 하게 될 것이다. 더욱이 사마천 개인의 전기가 국내에 거의 소개되어 있지 않은 작금의 현실에서 이 책은 분명코 사마천과 『사기』의 이해에 중요한 역할을 할 것이다. 한 가지만 첨언해 둔다면, 이 책을 다 읽고 난 뒤 이 책에서 얻은 흥미를 바탕으로 『사기』와 관련된 기타 저작에 대한 지속적 독서가 이루어졌으면 한다.

서아시아에서 바라본
몽골 세계제국과 세계사

이은정 서울대 강사

『**부족지**』
라시드 앗 딘 지음 / 김호동 옮김 / 2002 / 사계절

13~14세기 몽골은 아시아의 한 끝에서 다른 끝에 걸친 세계제국을 건설하였으며, 서아시아에서의 몽골의 지배는 제국의 한 지파였던 일 칸국에 의해 이루어졌다. 몽골의 유목 기마군에 의한 대규모의 정복전에 수반된 살육과 파괴 그리고 후에 이어진 정주 지역의 지배는 피정복지 어느 곳에서나 대단한 역사적 사건으로 받아들여졌다. 그러므로 페르시아 문학사에서 일 칸국 시기가 뛰어난 역사서들의 출현으로 특징지어지는 것은 결코 우연이 아니다. 그중에서도 일 칸국에서의 몽골 제국사의 백미는 라시드 앗 딘의 '집사(Jami' al-Tavarikh)' 라는 점에는 누구도 이의를 제기하지 않을 것이다.

'집사'는 일 칸국에서 가잔 칸(재위 : 1295~1304)과 울제이투 칸(재위 : 1304~1316)의 재상이었던 라시드 앗 딘이 몽골제국의 역사와 기타 세계 각 지역의 역사를 집대성한 것이고, 여기 소개되는 『부족지』는 그 가운데 제일 첫 부분에 해당한다. 이 책이 갖는 사료적 가치는 지금까지 많은 학자들에 의해 주목되어 왔으며, 이제 우리나라에도 꼼꼼한 사료 비판과 판본 비교를 통한 훌륭한 번역본이 나오게 된 것은, 무엇보다도 많은 사람들에게 몽고제국과 서아시아를 잇는 거대한 역사상에 접근할 수 있는 기회를 준다는 면에서 참으로 반가운 일이다.

라시드 앗 딘은 원래 유태인 의사 출신이었을 것으로 짐작되고 있으며, 일 칸의 조정에서 관료로 크게 출세하였다. 몽골 지배층은 대다수의 피지배민과는 다른 종족 출신자를 중용하는 경향이 있었으므로 그가 유태인 출신이었다고 해도 이상한 일은 아니다. 그가 재상의 지위에 있었던 가잔 칸의 재위기간은 일 칸국의 역사에 있어서 중요한 전환기였다. 그 이전에도 이슬람으로 개종했던 일 칸국의 군주도 있었지만, 일 칸국이 확고한 이슬람교국이 된 것은 가잔 칸의 치하에서였다. 그는 이슬람화 정책을 감행하면서 이선까지 성행하였던 불교와 기독교 등을 탄압하였다. 그뿐만 아니라 재정을 확충하고 정주민을 유목민의 약탈과 강압으로부터 보호하기 위하여 세제 정비 등 여러 가지 개혁 조치를 추진하였다. 라시드 앗 딘은 아마도 이러한 개혁에서 주요한 역할을 담당하였을 것이고, 그의 '집사'는 이러한 시대적 배경 때문에 더더욱 의미가 있다고 할 것이다.

'집사'의 편찬은 가잔 칸이 라시드 앗 딘에게 위촉하여 시작되었다. 가잔 칸은 비록 이슬람화를 추진하였고 각종 개혁을 실천하고 있었지만 몽고적인 뿌리를 잊지 않았고, 당시 분열되어 싸우기만 하던 일 칸국의 몽고인들에게 합심해서 제국을 창건했던 옛 선조들의 계보와 역사를 일깨워 주려고 했던 것이다. 이리하여 몽골 제국사로 기획되고 서술에 착수된 이 책은 가잔의 뒤를 이어 왕위에 오른 울제이투 칸의 명령에 의해 세계사로 범위가 확대되었다. 당시 몽골제국의 범위와 주변에 뻗친 연결망, 그리고 여러 문화권의 학자들이 일 칸의 조정에 의해 후원받고 있었던 사실을 고려하면, 군주의 명예를 드높이는 세계사의 집필은 자연스러운 일이었을 것이다.

그리하여 완성된 '집사'의 사료적 가치는 대단히 우수한 것이었다. 라시드 앗 딘은 간결한 문체로 객관적 사실을 중심으로 이 책을 저술하였다(물론 재상으로서의 업무 때문에 집필 작업의 상당 부분을 휘하의 학자들에게 맡겼을 테지만 전체적인 일관성을 위한 편집 역할은 그가 하였을 것이다). 그는 단지 사실의 정확성만을 추구한 것이 아니라 역사 서술에 있어서의 형평성을 고려하여 '집사'의 가치를 더욱 높였다. 예를 들면, 무슬림의 대다수를 차지하는 순니파는 당시 암살과 반란으로 악명 높았던 이스마일리 '암살자단'에 대한 인식이 아주 부정적이었는데, 카스피해 남쪽의 험준한 산지에 있었던 암살자단의 요새가 몽골군에 의해 소탕되었던 일을 서술하는 데 있어서도 순니 무슬림이며 몽고 조정의 신하라는 자신의 입장에도 불구하고 이스마

일리파에 대한 편견을 가능한 한 배제하였고, 간혹 이스마일리 측의 기록이 더 사실에 가깝다고 생각되면 몽골의 기록과 상치되어도 전자에 따라 서술하였다고 한다. 또 이 책의 사료적 가치는 몽골제국의 역사를 담고 있었던 권위 있는 사료들을 종합하여 만들어졌다는 데에도 있다. 그는 몽골인들에게 비장(秘藏)되어 왔던 이른바 금책(金冊 : Altan Daftar)이라는 편집되지 않은 원사료를 쓰도록 허락받았고, 주바이니의 『세계 정복자의 역사(Ta' ikh-i Jahan-Gushai)』를 많이 이용하였으며, 아울러 몽고인들이나 중국, 인도, 위구르 등의 학자들의 구술도 함께 이용하였다. 세계 각 지역을 다루는 '집사'의 뒷부분은 물론 사료로서의 가치는 그다지 높지 않은 것이지만 프랑크인, 중국인, 인도인의 역사 등을 포함하였고 각 지역의 사료를 기반으로 한 광범위한 구도의 최초의 세계사라고 할 수 있으며 근대 이전에 그에 비견될 만한 포괄적인 역사서의 예는 없었던 것으로 평가되고 있다.

'집사'의 집필배경과 전체적 구성을 볼 때 '서문'과 '부족지' 부분을 포함하고 있는 본 권은 큰 의미를 담고 있다. 우선, 서문에는 라시드 앗 딘의 역사 서술의 의도, 가잔 칸에 대한 칭송, 사료에의 접근 자세 등이 실려 있다. 몽골제국이 이슬람 권역의 사람들에게 세계에 대한 인식의 지평을 넓힌 만큼 무슬림들이 다른 지역과 종족들을 자신들의 전통적 지식체계에 기반을 두어 나름내로 이해하려 한 흔적이 여기에서도 여실히 드러난다. 이러한 맥락에서 특기할 만한 것은 이슬람 문화권에서 전통적으로 내려오던 전거 제시방식이었던 전승(傳承 : Hadith)에 대한 감각과 사고방식을 그대로 몽골사료나 다른 지역의 사료에 적용하고 있다는 점이다(즉 이슬람 내부에서는 무함마드와 그의 제자들의 언행을 본떠 생활규범인 샤리아(이슬람법)가 만들어졌기 때문에 그들의 언행을 전하는 전승들의 진위를 가려내기 위하여 전승의 전달과정을 평가하는 학문이 크게 발달하였다). 즉 그는 이슬람권에서 전승을 평가하는 기준을 여타 지역에서의 전승의 평가에도 그대로 적용하면서, 어느 종족의 것이든 연속적으로 구전된 전승은 일단 믿을 만한 것으로 간주하겠다고 하였다.

『부족지』는 투르크와 몽골의 여러 부족들과 주요 인물들을 소개하는 내용을 담고 있는데, 이는 이후에 서술되는 본격적인 몽골 제국사(이 부분도 같은 역자에 의해 번역·주석될 예정이다)의 배경을 이룬다. 여기에서는 몽골인들의 계보를 그들의 조상설화에까지 거슬러 올라가는 것으로 하고 있지만, 동시에 몽골인들을 광의의 투르크인들의 일파로 상정하고 그들을 다시 노아의 막내아들 야벳의 자손들 중에 속하는 것으로 만든 것은 주목할 만하다. 일반적으로 전근대의 역사 서술에 있어서 계보는 정체성의 정립을 담지하는 것으로 아주 핵심적인 의미를 갖는다고 할 수 있다. 즉 이 책이 제공하는 계보는 투르크와 몽골인들을 이슬람(혹은 그 이전의 유태교와 기독교) 경전에 나오는 인간의 기원설화와 인류 각 족에 대한 이해 속에 위치 지우는 것이다(특히 일찍이 이슬람으로 개종한 오구즈 투르크의 시조 오구즈에 대해서는 노아와 야벳으로부터 단지 2~3대밖에 안 지난 것으로 하고 있다). 『부족지』는 주로 계보와 종족 소개 및 그들에 관련된 일화를 보여 주는 부분이라서 죽 이어지는 이야기를 읽듯이 단숨에 독파할 수 있는 책은 아니다. 이 책을 읽는 데 있어서는,『부족지』부분이 본론이 시작되기 전의 하나의 참고자료라는 성격을 가지고 있다는 점을 우선 염두에 두어야 할 것이다. 즉 몽골의 부족사회와 몽골제국의 역사상을 이해하고 탐구하려는 의도를 가지고 읽을 때 가장 유익할 것이다. 이 책은 여러 부족의 주요 인물들에 얽힌 일화를 소개하는 가운데 제국으로 팽창하던 무렵의 몽고인들의 사회습속과 관념세계를 엿볼 수 있는 중요한 단서들을 제공한다. 약탈, 전쟁, 높은 사망률에 의해 필요해졌을 가변적인 혼인습속, 부족과 개인의 명예 및 위계에 대한 관념, 부족이나 씨족간에 분쟁이 일어나게 되는 메커니즘, 미래를 예견할 수 있는 조짐 등 초자연적인 것에 대한 관념 등등 당시 몽골인들의 문화를 읽어 내고 재구성하는 데 더없이 좋은 자료이다.

또 이 책을 평가하는 데 있어서 빼놓을 수 없는 것이 번역에 들어간 정성이다. 역자 김호동 교수는 지금까지 몽골제국 혹은 서아시아에 관련한 여러 권위 있는 연구서와 사료를 번역해 왔다. 이 책을 번역하는 데 있어서도 역자는 두 개의 필사본을 기본으로 하고 기타 사본과 '집사'의 여러 외국어 번역을 참조하였으며 종래의 번역본들에서 틀렸던 점들을 역주에서 지적하는 등 치밀하고 책임 있는 번역을 하여 귀감이 되고 있다. 대부분의 사람들에게 생소하세만 느껴지는, 그러나 인류 역사상 그들이 차지하는 비중을 보면 더 이상 등한시되어서는 안 될 서아시아와 몽골제국의 역사상을 적절히 이해하기 위해서는 이러한 사료의 번역이 직접적인 중요성을 갖는다. 그러한 점에서 앞으로 계속 이어질 '집사'의 번역이 보다 많은 사람들로 하여금 진지한 관심을 갖게 하는 계기가 되기를 희망해 본다.

고대 한일관계사의 객관적 지평을 위하여

이근우 부경대 사학과 교수

『백제는 일본의 기원인가』
김현구 지음 / 2002 / 창작과비평사

이 책의 저자인 김현구 교수는 40년 가까이 고대 한일관계사 연구에 몸담아 왔으며, 그 분야에서 개척자의 역할을 해 왔다. 필자도 대학원 시절에 고려대학교까지 김현구 교수의 강의를 청강하러 갔던 기억이 새롭다. 그 무렵에는 한일관계사를 본격적으로 전공한 연구자도 드물었기 때문에, 강의를 통해서 많은 것을 새롭게 배울 수 있었고, 이후 필자의 연구에 길잡이 역할을 하였다. 『백제가 일본의 기원인가』는 고대 한일관계사의 쟁점들에 대하여 일반 독자들을 위하여 평이하게 풀어 놓은 책이지만, 한편으로는 오랜 시간에 걸친 저자의 온축(蘊蓄)을 온전히 담고 있다. 학은(學恩)을 입은 입장에 있는 사람이 이 책을 평한다는 것이 외람된 일이기는 하나, 한편으로는 고대 한일관계사에 대한 좀 더 객관적인 이해를 정립하는 일이야말로 학은을 갚는 길이라고 생각할 수 있을 것 같아, 부족하나마 췌언(贅言)을 덧붙이고자 한다.

그런데 고대 한일관계사의 연구는 중요한 난점을 안고 있다. 무엇보다도 이 주제가, 현재의 국민국가라는 단위가 고대사의 인식에 그대로 투영된다는 점에서 어려움을 찾을 수 있다. 곧잘 백제나 신라, 가야와 왜(倭)의 관계를 마치 현재의 일본과 한국의 외교관계처럼 여긴다는 것이다. 그래서 현재에도 끊임없이 이 분야의 논의나 발굴 성과가 어느 한 국가의 문화적 혹은 무력적인 우위를 보여 주는 것으로 해석되곤 한다. 일반인들만이 아니라, 심지어 이 분야에 종사하는 연구자들 속에서도 종종 자국 중심적으로 이해하려는 경향을 발견할 수 있다.

이러한 기본적인 문제점을 염두에 두면, 이 책의 제목인 '백제는 일본의 기원인가'에서도 고대 한일관계사의 객관적인 이해를 지향하고자 하는 필자의 의도를 느낄 수 있다. 백제나 신라 혹은 가야가, 일본열도 사회의 시발점임을 명언하고 있는 책과의 차별성을 드러내고 있기 때문이다. 또한 머리말에서 "한일관계는 상호협력과 경쟁을 되풀이하면서 동아시아의 평화와 번영의 기본축으로서 역할을 해내게 될 것이다", "한일관계가 절정을 맞고 있는 지금이야말로 왜곡된 역사 인식을 청산하고 공통된 인식의 장을 마련할 절호의 기회라고 생각한다"고 밝히고 있는 것처럼, '일본에 대한 왜곡된 우월의식'을 조장하기 위하여 이 책을 쓴 것이 아니라, 바람직한 한일관계를 정립하기 위한 목적을 가지고 있다고 하겠다. 그래서 이 책은 가능한 근거자료를 댈 수 있는 문제들에 대해서 학문적인 연구성과를 바탕으로 가능한 한 객관적으로 기술하고자 하였다.

전체 내용 중에서 특히 주목해야 할 부분을 몇 가지만 들어 보고자 한다. 우선 백제의 왕녀들이 일본열도로 건너가 일본 황실에 백제 왕실의 피가 유입되었고, 그후에는 백제의 왕자들이 일본의 황녀들과 결혼하고 귀국하여 즉위함으로써 백제 왕실에도 일본 황실의 피가 들어오기 시작하였으며, 케이타이(繼體, 재위 : 507~531)는 동성왕이나 무령왕의 동생일 가능성을 배제하기 어렵다고 한 점을 들 수 있다. 현재까지 이어지는 천황가의 직접적인 조상이라고 할 수 있는 케이타이를 백제왕들과 혈연관계에 있다고 본 근거는, 스다 하치만 궁의 명문에 무령왕의 이름인 사마(斯麻)와 남동생이라는 뜻의 남제왕(男弟王, 오오토)이라는 명문을 근거로 하고 있다.

두 번째로는 한반도에서 일본열도로 건너간 사람들의 규모를 구체적으로 추정한 점을 들 수 있다. 하타씨(秦氏)의 경우 5세기 후반에는 92부(部) 18,670명이고, 6세기 전반에는 7,053호(戶)라고 하였으므로, 이 숫자는 8세기 전반에 파악된 일본 전체 인구의 대략 1/28이라고 하였다. 또 『신찬성씨록』과 같은 자료에서 등재된 씨족의 약 30%(1,059씨족 중 324씨족)가 대륙 및 한반도에서 건너간 씨족이며, 전체 역사서에 나타나는 2,385씨족 중에서도 710씨족이 그러한 씨족이라고 하고, 일본열도 주민 중에서 적지 않은 비중을 차지한 이들이 여러 단계에서 일본열도의 문화발전에 크게 기여하였다고 하였다.

또한 임나일본부설에 대해서도 가야를 정벌한 백제의 장수인 목라근자와 그 아들 목만치(木滿致) 문제를 거론하면서, 목만치가 일본열도로 건너가 소아만지(蘇我滿智)가 되면서, 백제인으로서 이들이 한 경험이 일본 측의 경험으로 전화되면서, 왜의 가야지역 지배라는 관념이 생긴 것으로 보았다. 또 백제조정에서 활동하고 있는 왜계(倭系) 백제관료(百濟官僚)의 문제에 대해서도, 출신지역과 그 신분에 관하여 흥미로운 주장을 제기하고 있다. 특히 시나노씨(科野氏)의 경우에는 왜의 중앙정부에서 활동하는 사람은 보이지 않고, 또 이들의 근거지가 원래 백제에서 건너온 사람들이 살았던 지역일 가능성이 크며, 백제조정에서 관인으로서 활동하는 데 무리가 없었던 점으로 미루어, 이들은 원래 백제에서 건너가 시나노 지역에서 거주하고 있던 사람들의 후예라고 보았다. 백제의 요청으로 건너간 사람들의 후예라고 보았다. 이들 지역이 백제와 밀접한 관련을 가졌던 사실을 문헌자료를 통해서 밝힌 것은 중요한 성과이다.

그밖에도 왜의 백제 구원전이라고 할 수 있는 백촌강전투, 일본 국가통합의 기념탑이라고 할 수 있는 토오다이지(東大寺), 백제계 도래씨족의 후손을 어머니로 두고 있는 칸무천황(桓武天皇)의 문제, 교토와 경주의 대비, 천황제의 문제 등 여러 가지 문제들을 다루고 있으며, 이러한 문제들을 한반도와 일본열도의 관계를 비교적 객관적인 자료를 가지고 논의할 수 있는 부분이라고 할 수 있다.

　다만 이러한 필자의 논의에는 문제점이 없지 않다. 먼저 남제왕(男弟王)의 경우 『일본서기』에서는 남대적(男大迹, 오오토)이라고 표기하고 있어서, 한자의 뜻에 의미가 있는 것이 아니라 그것이 나타내는 일본어 음에 의미가 있는 셈이다. 논리적으로는 남제왕을 ‘오오토’라고 읽어서 케이타이 천황으로 추정하는 논거로 삼고, 한편으로 같은 말을 ‘남동생인 왕’이라는 의미로 해석해서, 무령왕의 남동생이라고 하는 논거로 삼는 것은 받아들이기 어렵다.

　또한 하타씨의 호구 수가 전체 호구 수의 1/28이라는 논의도 이해하기 어렵다. 먼저 1향(鄕) 혹은 1리(里)가 50호(戶)라고 하는 제도가 성립된 것은 빨라도 645년 대화개신 이후라고 볼 수 있다. 그리고 이러한 편호(編戶)는 자연호(自然戶)를 기반으로 한 것이 아니라, 일정한 조세를 납부할 수 있도록 인위적으로 편제된 것이기 때문에, 6세기 전반대의 호와 7세기 중엽 이후에 보이는 호의 규모나 내용이 반드시 일치하는 것이라고 할 수 없다. 그러한 사실은 5세기 후반에 18,670명이었던 하타씨가 6세기 전반에는 7,053호라고 하였으므로, 자연적인 인구증가를 생각해도 이때의 호는 호당 인구 5명 정도의 자연호일 것이다. 이에 대해서 나라시대의 호는 적어도 평균 20명에 달하는 인위적 호이다. 그래서 나라시대 초기 50호 1향의 인구 수는 약 1,050명 정도로 추정하고 있다. 그래서 8~9세기 일본열도의 총인구는 적게는 400~500만 명, 많게는 500~600만 명 정도로 추산하고 있으므로, 하타씨가 6세기 전반에 3~4만 명이었다고 하더라도, 인구의 1/100에 미치지 못하는 숫자라고 해야 할 것이다.

또 시나노의 젠코오지(善光寺)의 아미타불이 백제를 도와준 대가로 받은 것이라고 하여, 시나노씨가 백제에서 관료로 활동하게 된 배경과 연결시키고 있으나, 백제 성왕이 전하였다는 부처는 '석가금동불' 즉 석가불이므로, 시나노의 아미타불과는 다르다. 또 6세기 전반에 백제에서 아미타불에 대한 신앙 혹은 아미타불의 조성이 이루어졌는지도 의문이다. 그러므로 현전하는 아미타불은 백제의 양식이라고 볼 수 있는 근거가 없는 것이다.

필자가 이 책을 읽으면서 느낀 것은, 저자의 많은 노력과 공정한 입장을 유지하려는 자세에도 불구하고, 고대 한일관계사의 객관적인 이해에 도달하는 것은 결코 용이하지 않다는 점이다. 사료들이 충분하지 않다는 근본적인 한계가 있기는 하지만, 무령왕과 케이타이를 형제간으로 보거나, 왜계 백제관료를 일본열도로 건너간 백제인들의 후예라고 파악하기 위해서는 이를 입증할 수 있는 자료들이 좀 더 필요한 것으로 생각된다. 즉 저자의 사료 읽기에서 여전히 민족주의적인 편향이 아닐까 생각되는 부분을 엿볼 수 있다. 물론 근대 역사학이 과거의 객관적인 이해라는 기치 아래 출발하기는 하였으나, 그 시발점부터 근대 국민국가의 당위성을 설명하고 미화하는 성격을 함께 가지고 있었다. 그래서 역사학에서 민족주의적인 편향을 완전히 제거하는 일은 불가능하거나 혹은 무의미할지도 모른다. 그러나 저자가 머리말에서 주장하였듯이, 한국과 일본의 바람직한 미래상을 구축하려고 한다면, 고대 한일관계사의 이해는 좀 더 객관적인 잣대를 필요로 할 것이다.

그리고 단 한 가지 이 책의 곳곳에 성근 구석들이 보이는 것이 아쉬움으로 남는다. 일본의 인명이나 지명 등을 일본음대로 표현하려고 한 시도는 의욕적이었으나, 그 표현방법에 있어서 좀 더 원칙이나 일관성이 있었으면 하는 바람이다. 예를 들어 か행의 경우, 쿠마모토(熊本), 쿠다라끼(百濟來), 아시끼따(葦北)에서 볼 수 있듯이, '카'와 '까' 양쪽으로 표기하고 있으나, 어느 한쪽으로 통일하는 것이 더 바람직하지 않을까. 한편 인명, 지명 표기에서 분명하지 않는 경우도 있는 것 같다. 예를 들어 헤이세이쿄오(平城京)는 '헤이제이쿄오', 아기(安藝, 103쪽)는 '아키', 쇼메이(舒明, 104쪽)는 '죠메이'로 읽어야 할 것이다. 백제의 경우에는 쿠다라(94쪽)라고 한 예가 있는가 하면, 쿠따라까라노까미와 같이 '쿠따라', 하따노까와까쯔(秦河勝, 45쪽), 하따노까와까즈(175쪽)로 한 예도 있다.

또 오사베황자(他戶皇子)를 타꼬황자(158쪽), 사에키세진(佐伯成人)을 사에사세진(159쪽), 사까노우에노타무라마로(坂上田村麻呂)를 사카노오에노따무라마로(153쪽), 우즈마사를 오아즈마(大秦)·우지마사(175쪽), 규해(糺解)를 윤해(胤解), 유인원(劉仁願)을 유인원(柳仁原, 126쪽), 사마달등(司馬達等)을 사마달(司馬達) 등(100쪽), 쿠다라노코니키시노현경(百濟王玄鏡)을 쿠다라노현경(百濟玄鏡), 스가노노아손(菅野朝臣)을 管野朝臣, 속일본기(續日本紀)가 속일본기(續日本記), 급찬(級湌)이 급창(級滄), 선인친왕(善仁親王)을 선인친왕(善人親王, 198쪽), 적남계(嫡男系)가 적남계(適男系, 202쪽)로 되어 있는 등 적지 않은 오자들이 눈에 띈다. 또 용어상으로도 채녀

(采女)를 여관(女官), 국수(國守)를 수호(守護) 등으로 바꾸어 놓은 경우가 있으나, 각각의 용어들은 그 시대와 맞물려 사용되는 것이라는 면에서 후대의 용어로 바꿀 필요가 있었을까 하는 생각이 든다. 지금까지 출간된 고대 한일관계사 분야의 문헌 중에서 가장 포괄적이고 다양한 논의들을 객관적인 자료를 통해서 접근하고자 한 이 책의 작은 흠으로 지적해 두고자 한다.

유럽 중심주의를 넘어 다시 동양으로

최갑수 서울대 서양사학과 교수

『리오리엔트』

안드레 군더 프랑크 지음 / 이희재 옮김 / 2003 / 이산

독자들 가운데는 먼저 지은이의 이름을 보고 의아해할 이들이 적지 않을 것이다. 대표적인 '종속이론가'로 이름 높았던 그 프랑크가 아닌가 하고 말이다. 그런데 벌써 30년도 훨씬 지난 1960년대 중반에 '저개발의 개발'이라는 기막힌 제목의 책과 독특한 관점으로 이름을 높였던 그가 맞는다면, 필시 노익장의 나이에 이 책을 썼을 터인데 대단한 순발력과 기합이 아닐 수 없다. 당시 그는 좌파진영 내에서 정통 마르크스주의에 반기를 들었는데, 지금은 학계 전반에 대해 우상 파괴를 감행하고 있는 것이다.

제목에서부터 이미 책의 문제의식이 드러난다. '리오리엔트

(ReORIENT)'란 두 가지 의미를 갖는다. 하나는 '다시 동양으로'라는 것이고, 다른 하나는 '새로운 방향설정'이란 뜻이다. 그러니까 이 책은 유럽 중심주의를 넘어 '횡으로 통합된 거시사'를 통해 세계(Global)경제에서의 아시아의 재부상을 진단하고 있는 것이다. 하지만 현대 세계경제에 관한 보고서는 아니며 유럽 중심주의 자체를 논박하기 위한 문화연구는 더욱 아니다. 이것은 전 지구적 관점에서 1400~1800년의 세계경제의 기본적인 운동양태를 구조화하고 그 흐름을 추적하기 위한 일종의 세계경제사이다. 그러기에 이 책의 부제가 '아시아 시대의 세계경제'라고 되어 있는 것이다.

여기에서 중요한 것은 연구대상의 시기이다. 1400년 당시만 해도 유럽은 지중해세계의 변방에 불과했다. 아랍세계는 물론이고 비잔틴 제국과 비교해서도 여러 면에서 뒤처져 있었다. 하지만 불과 400년이 지난 1800년이 되면서 유럽은 산업혁명과 시민혁명(프랑스혁명을 위시로 하는 일련의 민주혁명들)을 겪으면서 타 문명을 압도할 만한 역량을 갖추게 되었으며, 곧 19세기를 통해 일약 세계사의 중심으로 부상했다. 이 '서구의 대두'는 유럽의 초라한 출발에 비하면 너무도 극적이어서 지난 1천 년기의 최대의 사건이 되었으며, 그러기에 이 시기는 서구 역사학계에서 가장 많이 연구되어 왔고, 또 19세기에 탄생하게 되는 사회과학에게 최대의 화두를 제공했다. 여전히 구미 사회과학계의 양대 산맥을 이루고 있는 마르크스(Karl Marx)와 베버(Max Weber)는 이 '유럽의 기적'의 요체를 밝히기 위하여 일생을 바쳤으며, 근대역사학의 아버지라는 랑케(Leopold von Ranke) 역시 19

세기 유럽 근대국가 체제의 기원을 구명하고자 했다. 프랑크는 바로 이 '근대 초'를 분석대상으로 삼음으로써 최대 전략거점을 주 공격로로 택한 셈이다. 유럽 중심주의의 뇌관 자체를 폭파하겠다는 저자의 결연한 의지를 느끼게 해 주는 대목이다.

　이 책의 주 논지는 다음의 두 부분으로 요약할 수 있다. 하나는 1400~1800년의 세계경제에 대한 수정주의 해석이고, 다른 하나는 '유럽의 발흥'에 대한 탈유럽 중심적인 설명방식이다. 먼저 저자는 세계자본주의가 유럽의 창조물이라는 학계의 통설을 거부한다. 전지구적인 차원에서 시장경제를 추동하고 1750~1800년의 최근까지도 그것을 장악했던 것은 바로 동양이라는 것이다. 심지어 유럽은 '신대륙의 발견'—이런 표현 자체가 유럽 중심주의의 산물인데— 이후에도 세계경제의 중심이 아니었으며 더 앞서 있었던 것도 아니다. 저자는 주요한 이차적인 연구문헌을 동원하여—그는 역사학자는 아니다—인구성장, 생산성 향상, 기술혁신, 심지어 1인당 소득의 면에서 특히 중국과 인도가 18세기의 상당 기간까지도 유럽에 대해 앞서 있었음을 입증하고 있다. 1500년 이전에 유럽은 세계경제에서 거의 아무런 역할을 하지 못했으며, 그나바 아메리카로부디의 금괴 은의 수취가 있었기에 이에 참여할 수 있는 기회를 끝내 잡게 되었다. 오랫동안 중국은 유럽을 포함하는 전세계에 대해 무역흑자를 유지하여 당시 은 생산량(16~18세기 3세기간에 약 13만 톤)의 40%를 끌어들였으며, 유럽으로는 만성적인 무역적자를 귀금속으로 메울 수밖에 없었다는 것이다.

　그렇다면 당연히 다음과 같은 의문이 생긴다. 1750년 이후 유럽이 어떻게 해서 세계시장에서 주도적인 위치를 차지하게 되었는가? 이 것이 이 책의 두 번째 주 논지이다. 이에 대해 저자는 세계경제의 주기 변동에서 근본요인을 찾는다. 유럽이 대두했던 것은 아시아가 1800년 이후 '일시적으로' 겪은 주기적인 몰락의 기회를 이용할 수 있었기 때문이다. 유럽은 아메리카에 대한 착취를 통해 점차 아시아 시장에서 확고한 발판을 마련해 갔다. 이 귀금속이 없었다면 그들은 이 번영하는 시장에 결코 가담할 수 없었을 것이다. 그들은 국제교역과 식민지 및 노예무역을 통해 새로운 산업기술에 투자할 수 있는 막대한 자본을 비축하였다. 하지만 이것만으로는―그리고 이것이 젊은 시절의 그와는 다른 점인데―경비와 노동력을 절약하기 위한 기술투자를 남김없이 설명할 수 없으며, 유럽의 높은 임금 및 목탄(숯)과 같은 생산요소의 상대적으로 높은 가격이라는 또 다른 요인을 고려해야 한다. 바로 이것이 신기술에 대한 투자의 유인이 되었던 것이다. 영국인들은 고임금 비용을 줄이기 위해 투자했던 반면에, 보다 효율적인 농업체계로 말미암아 임금 수준이 낮았던 중국으로서는 그럴 필요가 없었다. 요컨대 유럽인들이 중국인들에 비해 더 '합리적'이었던 것은 아니며, 다만 생산요소의 변화하는 조건에 적응했던 것뿐이다. 차이가 있었다면 과학혁명의 유무나 합리적 능력의 다소가 아니라 경제기회의 내용에 있었다는 것이다.

　이상의 간단한 요지만으로도 우리는 이 책을 통해 프랑크가 노리는 것이 무엇인지 금방 알아챌 수 있다. 우선 그것은 유럽 중심주의

의 극복을 겨냥한다. 1400~1750년기의 유럽에서 다른 문명과 구분
되는 어떤 예외적인 요소를 찾아볼 수 없다는 것이다. 그러기에 그는
마르크스와 베버, 그들의 현대적 추종자들 모두를 논적으로 삼고 있
으며, 유럽 중심주의의 경향이 다소간 약하다고 할 수 있는 브로델
(Fernand Braudel)이나 월러스틴(Immanuel Wallerstein)과 같은 세계
체제론자들과도―그 역시 한때 이들과 유사했는데―명확한 차이
를 보여 준다. 다른 하나는―이 점은 그가 논증하고 있는 것이 아니
라 전제하고 있는 것인데―동아시아, 특히 중국이 21세기에 세계사
의 중심무대에 재등장할 것이며, 이것 역시 '서구의 대두'와 마찬가
지로 세계경제의 주기 변동에 따른 결과일 것이라는 점이다.

동아시아의 독자들로서는 이 책에서 큰 위안을 받을지도 모른다.
평자 역시 유럽 중심주의를 상대로 나비처럼 날아 벌처럼 쏘아 대는
저자의 흥미로운 논지 전개에 푹 빠져 책을 일거에 독파하였다. 하지
만 '동아시아의 부상'은 미래의 일인지라 그렇다고 치더라도 유럽
중심주의란 그렇게 만만한 것이 아니다. 왜냐하면 그것은 단순히 힘
의 역학관계를 반영하는 데 그치는 것이 아니라 그것에 입각하여 근
대분과학문 체제를 통해 '우리' 안에 내면화되어 있기 때문이다.

1800년을 전후하여 서구는 '근대성'을 달성했다는 자신감에서 오
직 자신만이 진정한 변화를 이룩해 냈다고 확신하게 되었다. 그들은
비유럽세계를 '타자화'하는 동시에 그것을 양분하여 아프리카에 대
해서는 '역사 없는 족속'이라는 규정을, 여러 동양에 대해서는 정체
사관을 적용하였다. 그리고 사고의 이 기본틀은 19세기에 유럽의 근

대 대학에 거소를 마련한 분과학문 체계 자체 내에 구조화되었으며, 유럽이 식민제국을 상실한 뒤에도 미국이라는 새로운 종류의 문화제국주의를 통해 계속 유지되고 있다. 그러기에 단편적인 사실과 자료의 축적만으로 유럽 중심주의가 무너지는 것은 아니다. 이 책이 주는 통쾌함에도 불구하고 여전히 뒤끝이 깔끔하지 않는 소이가 바로 여기에 있는 것이다. 지식 편제와 지식 생산방식에 어떤 획기적인 변화가 없는 한, 사고의 기본틀이 바뀌기란 참으로 어려운 것이다.

이렇게 볼 때, 이 책이 제시하고 있는 구체적인 통계자료는 물론이거니와 기본명제 역시 논란의 여지가 있음은 당연하다 할 것이다. 주류 학계의 견해에 역행하는 만큼 그럴 소지는 더욱 클 것이다. 대체로 위의 첫 번째 논지에 대해선 견해를 같이 하는 연구자들이 적지 않은 반면에 두 번째 명제에 대해선 그렇지 않다. 그렇다면 이 양립 내지 모순은 어떻게 설명할 것인가? 사실상 이 책은 기존의 통념을 깼다는 것만으로도 자신의 임무를 완수한 셈이며, 그것을 푸는 일은 결국 후학들—특히 제3세계 대학의—의 과제로 남는다. 독자들은 번역자의 경쾌한 문체를 통해 오랜만에 아시아를 주 무대로 하는 역사세계를 접할 수 있게 되었다. 감히 일독을 권한다.

이단적(異端的) 서술 자임(自任)한 한국 유교사

최영성 한국전통문화학교 문화재관리학과 교수

『선비의 나라 한국 유학 2천년』

강재언 지음 / 하우봉 옮김 / 2003 / 한길사

1980년대 이래 사상사를 전공하는 연구자가 크게 증가하였다. 특히 유교사상사를 연구하는 학자는 국사학계를 중심으로 폭넓은 활동을 펼치고 있다. 그러나 예나 이제나 할 것 없이 한 사람이 일관된 사관(史觀)에 입각하여 통사(通史)를 저술한다는 것은 결코 쉬운 일이 아니다. 철학사상사의 경우 철학적 본질과 역사적 응용에 두루 통하여 이를 종횡으로 엮을 수 있는 실력을 갖추지 않고서는 불가능하기 때문에, 통사적 형태를 갖춘 저술이 상당히 드문 편이다. 이런 가운데 새로운 한국 유교 통사가 빛을 보게 되었으니, 강재언(姜在彦) 선생의 『선비의 나라 한국 유학 2천년』이 바로 그 책이다.

저자 강재언 선생은 제주도 태생의 재일(在日) 역사학자이다. 한
국 근대사상사를 전공한 그는 1970년대 이래『한국 근대사 연구』,
『한국의 근대사상』,『한국의 개화사상』,『조선의 서학사』등 우뚝한
저술들을 육속(陸續)내어 국내 역사학자 이상으로 학계에 널리 알려
진 인물이다. 그의 저서들은 대부분 국내에서 번역, 출간됨으로써 학
술적으로 부동(不動)의 위치를 점하고 있다. 팔순을 바라보는 고령
에도 불구하고 한 권의 한국 유교 통사를 펴내는 것을 마지막 임무로
삼아 투혼(鬪魂)을 펼친 것을 볼 때, 저자의 학문에 대한 열정과 역
사학자로서의 소명감에 고개가 절로 숙여질 뿐이다.

평자는 역사학 전공자가 아니다. 그런 만큼 저자의 역사관이라든
지 역사학자로서의 발자취 등에 대하여 용훼(容喙)할 처지에 있지
않다. 더욱이『선비의 나라 한국 유학 2천년』에 대해서는 번역자 하
우봉(河宇鳳) 교수가 번역 후기에서 이모저모 자세하게 소개하고 평
가해 놓았기 때문에 평자는 그저 책을 읽고 느낀 소감 정도를 간단히
피력할까 한다. 후생 말학의 입장에서 노대가(老大家)의 저서를 평
한다는 것이 무척 외람스럽고 괴로운 일이지만, 한국 유학사를 전공
한 인연으로 이런 기회가 주어진 것을 소중하게 간직하겠다.

이 책은 주일(駐日) 한국문화원이 감수하는 월간《한국문화》라는
잡지에 '조선 유교의 에토스'란 제목으로 만 3년 동안 연재되었던
것을 다시 한 권의 책으로 묶어 새로운 이름으로 태어난 것이다. 교
양인을 대상으로 한 글인 만큼 논문 형식이 아닌 강의록 스타일로 서
술되었다. 그동안 '한국 유학사'라는 이름의 저술들이 몇 종 나왔지

만, 대부분 본격적인 학술서였기 때문에 대중이 쉽게 접할 수 없는
난점이 있었다. 그런데 이 책은 누구나 알기 쉽게 평이하고 간결한
문체로 되어 있다. 게다가 폭넓은 내용, 학술적 수준을 갖추는 데 소
홀하지 않은 장점을 지니고 있다. 이렇게 본다면 한국 유학사 서술의
한 모델을 제시한 것이라 해도 과언이 아니다.

이 책의 성격은 한마디로 '유교를 통해서 본 한국의 역사'라고 할
수 있을 것 같다. 유교사를 중심으로 한 2천여 년의 한국 역사가
제1장 '유교란 무엇인가'로부터 제20장 '닫힌 나라에서 열린 나라'
로까지 모두 20장에 걸쳐 호한한 필치로 유장하게 펼쳐져 있다. 한
국 유교의 전체상을 거시적으로 조망하는 관점에서 개관하면서, 동
아시아 유교문화권과 비교하여 무엇이 '한국적'인가를 밝혀내려는
것이 기본구도라 한다. '역사를 창조하는 것은 결국 사람이다'라고
한 머리말의 부제가 새삼 가까이 다가오는 것은 그 '한국적 특성'을
확인하고 싶은 기대감에서이리라.

일찍이 일제시기 관학자(官學者)로 조선 유학사의 서술을 평생사
업으로 여겼던 다카하시 도루(高橋亨, 1878~1967)는 바람직한 조선
유학사 서술의 요건 두 가지를 제시한 바 있다. 하나는 조선 유학을
학문적·역사적으로 기술하는 일이요, 다른 하나는 중국·일본의
유학과 관련한 조선 유학의 특수성을 탐색하는 것이다. 이 요건에 비
추어 볼 때, 이 책이 비록 교양적 성격을 지닌 것이기는 하지만 대체
로 위의 두 가지 요건에 근접하고 있음을 알게 한다. 전자보다도 오
히려 후자에 각별히 배려한 것이야말로 지금까지 나온 '한국 유학

사'와 다른 점이라고 할 수 있다.

저술동기에 대해서는 저자의 머리말과 마무리말에 언급되어 있다. 근대 한국사상사를 전공한 저자가, 한국의 정치문화 속에 깊숙이 뿌리를 내리고 있는 유교적 에토스의 맥락을 찾아내 근대사상사에 연결시키고자 하는 의도에서 집필하였음을 분명히 밝히고 있다. '조선 유교의 에토스'라는 원제(原題)에서의 '에토스(Ethos)'란 표현과 '선비의 나라 한국 유학 2천년'이라는 나중의 책 제목은 2천여 년 동안 지속적으로 생명력을 이어 온 한국 유교의 특성이 무엇인지에 대한 해답을 기대하도록 하고 있다. 한편으로, 위의 동기에 못지않게 저간 한국에서 이루어진 한국 유교사 연구에 대한 비판적 입장과 시각도 중요한 계기가 되었던 것 같다. 저자는 "솔직히 말해서 나는 오래전부터 주자일존(朱子一尊)을 무비판적으로 긍정하는 한국에서의 유교사 연구에 상당한 저항감을 가져왔다"라 하고, 또 "현실과 동떨어진 인의(仁義)·이기(理氣) 중심의 유교사 서술에 항거하는 이단적인 견해를 솔직하게 토로함으로써 돌 하나를 던진다는 생각으로써 내려갔다"고 하면서, 주자학 일존주의를 무비판적으로 긍정하고, 그 주자학 안에서도 성리학에 편중된 점을 두드러진 예로 들었다. 특히 도학적 성향의 사림파(士林派)에 대한 견강부회적인 평가에 대해 심한 부정적인 반응을 보이고 있다. 이쯤 되면 저자의 집필방향이 어떨지는 실로 자명하다고 하겠다.

대개 입장과 관점, 시각이 다르면 같은 사물, 같은 사건, 같은 사실을 놓고도 서로 다른 견해가 나오게 마련이다. 서로 다른 입장과 시각에서 서술된 논저가 전후로 이어지는 것은 학문의 다양성의 차원에서 볼 때 환영할 일이라 할 수도 있다. 이 책에는 종래의 통설에 대항(?)하여 새롭게 제기된 설이 도처에 무수하게 많다. 저자의 사안(史眼)이 번득이는 독특한 평가도 상당수에 달한다. 저자 스스로도 "아마 인물과 사상의 평가에서 사림파를 중심으로 한 기준에서 본다면 이단적인 견해가 많을 것이다"고 하여, 이단적 견해로 지목되는 것을 마다하지 않았다. 어느 면에서는 '거꾸로 보는 한국 유교사'라는 표현이 적절할 정도이다. 이러한 의도된 시도는 이 책이 갖는 중요한 특성이면서도 동시에 논란거리를 제공한다고 하겠다.

각설. 평자는 저자 강재언 선생과 입장과 시각을 달리 한다. 따라서 평자로서 적절한지는 모를 일이나 내 나름의 생각을 말하지 않을 수 없다. 이 책에 일관된 논지는 바로 한국의 유학은 주자학 일색이며, 주자학 중에서도 현실과 유리(遊離)된 성리학에 치중되었다는 것이다. 이러한 논지는 저자의 본의 여부와 관계없이 종래 일제 식민사학자들의 한국 유교관과 궤(軌)를 같이 한다. 이러한 논리에서 한국 유교의 당파성·종속성(무발전·무독창성) 등이 도출되었음은 주지의 사실이다. 저자의 반성리학적 시각만으로 본다면 이 책에 대헤 '새로운 시각에서 쓴 유교사'라고 한 평은 적절하지 않을지도 모른다. 저자의 시각이 식민사학자들의 사관에서 준도(濬導)된 깃으로 보이지는 않지만, 일본에서 오랫동안 활동하는 관계로 일본학계의 시각에 젖어든 측면도 전혀 없지는 않은 것 같다. 어찌되었든지 오해의 소지가 적지 않은 것은 사실이다.

조선시대 유학의 주류가 주자학이었고 그중에서도 성리학인 것은 엄연한 사실이다. 그렇지만 그에 대한 평가는 보는 이에 따라 다를 수 있다. 저자가 내세운 '주자학 일존주의'의 그늘에 묻힐 정도로 학문적 다양성이 봉쇄되거나 내재적 발전이 없었던 것은 아니라고 본다. 한 예로 양명학의 경우만 하더라도 지나치게 과소평가할 일은 아니다. 내면적으로 여러 방면에 얼마나 많은 영향을 끼쳤는지를 깊숙이 고찰할 필요가 있다. 저자는 성리학에 편향된 한국 학계의 연구경향에 심한 거부감을 보이고, 이에 대립각을 세우다시피 하였다. 돌이켜 볼 때 우리 학계의 연구경향이나 풍토에 반성할 만한 점이 없는 것은 아니다. 문제점과 한계성이 있음을 인정하지 않을 수 없다. 그러나 과연 저자의 말대로 '주자일존'을 무비판적으로 긍정하였는지도 의문이며, 설령 그렇다 치더라도 주자학에 대한 긍정적 시각에서의 평가는 지난날의 식민사관에 대한 극복 차원에서 비롯되었음을 상기할 필요가 있다. 이러한 시도 이전에 우리의 유학사는 저자의 시각과 마찬가지로 주자학은 전근대적이고 보수적이며, 반주자학이야말로 근대지향적이고 진보적이라는 이분법적인 구도로 이해되고 있었던 것이 사실이다.

이 책은 한국 유교를 학술사적으로 접근한 것이 아니고, 주로 사회적 기능과 변용에 초점을 맞추어 조망한 것이다. 학술적 발전과 사회적 기능 두 가지를 병행하여 서술해야 체용해비(體用該備)된 유교사라 할 수 있음에 비추어 보면, 그 특성과 한계성이 함께 자재(自在)한다고 할 것이다. 유교의 본질에 중점을 두어 유교사를 기술하는 것도 문제가 있지만, 그 응용에만 관심을 보이는 것도 바람직한 것은 아니라고 본다. 저자는 이 책에서 사림파의 도학사상, 성리학, 의리사상, 예학 등에 대해서는 비판적 시각을 고수하는 반면, 양명학이나 실학사상 더 나아가 개화사상 등에 대해서는 후한 평가를 내리고 있다. 한국 근대사상사를 전공한 저자 나름의 일관된 시각에 입각한 것이겠지만, 보는 이에 따라 '편향된 시각'을 문제 삼을 여지가 많다. 성리학에 대해 '현실과 동떨어진 사상'이라고 낙인을 지은 이상 그 말폐(末弊)만 부각되는 것도 하등 이상할 것 없다. 그러나 수백 년 동안 '수십 만 글자를 소비한' 끈질긴 논쟁으로 내려온 데에는 반드시 그럴 만한 원인이 있을 것이다. 이것을 그야말로 '에토스'의 차원에서 평가할 수는 없을까. 저자의 본래 의도와는 달리 한국 유교의 에토스라고 할 만한 끈질긴 생명력의 근원이 제대로 드러나지 않은 것은 한국 유교에 대한 학술적 접근에 소홀한 점과 무관하지 않을 것이다. 평자는 이 점을 아쉽게 생각한다.

짧은 지면에서 많은 말을 하기는 어렵다. 아무튼 이 책이 나온 것을 계기로 한국 유교사 연구에 대한 재검토의 기운이 다시 한 번 조성되고, 활발한 학술논쟁이 일어나게 되기를 기대한다. 이것이야말로 '식민사관의 극복'이 최대의 과제로 내려왔던 저간의 연구경향에 대한 재검토의 시발이 될 수 있지 않을까 한다.

저자 강재언 선생의 만년의 청복(淸福)을 기원한다.

탁월한 번역을 통해 비로소
읽을 수 있게 된 한국학의 명저

한경구 국민대 국제학부 교수

『한국 사회의 유교적 변환』
마르티나 도이힐러 지음 / 이훈상 옮김 / 2003 / 아카넷

글머리에

『한국 사회의 유교적 변환』은 우리가 흔히 우리의 전통사회의 모습이라 알고 있는 유교적, 가부장적 사회가 사실은 고려 말에서 조선 초에 걸쳐 엘리트집단의 노력에 의해 만들어지기 시작한 것이며, 유교의 원리에 따라 사회를 재구성하는 과정에서 우리 고유의 전통과 엄청난 갈등과 타협을 거쳤다는 점을 강조하면서 이러한 과정이 상속, 출계, 여성 등에 미치는 함의를 사회인류학의 이론에 비추어 고려와 조선시대의 자료들을 상세히 분석한 것이다. 도이힐러(Martina

Deuchler) 교수의 원저작(The Confucian Transformation of Korea: A Study of Society and Ideology)은 1992년에 하버드대학 출판부에서 발간되었는데, 이훈상 교수의 심혈을 기울인 노력으로 최근 한국어 번역본이 출간되었다.

도이힐러 교수의 책은 『역사학보』(1994)를 비롯하여 전문적인 서평의 대상이 되었고, 위암 장지연상(1993)과 용재 학술상(2001)을 수상하였으며, 또한 도이힐러 교수 자신도 『한국사 시민강좌』 제15집(1994)의 '나의 책을 말한다'라는 칼럼을 통하여 책의 저술과정과 내용을 직접 소개한 바 있다(번역본에 부록으로 재수록). 또한 최근 번역본이 출간되자 『교수신문』의 '금주의 비평'(2004년 2월 23일)난에 한국사학자인 권연웅(경북대)과 문화인류학자인 함한희(전북대)의 서평이 나란히 실리기도 한 한국학의 명저이다.

이렇게 출간된 지도 10년이 넘었고 이미 한국사 연구자들에게 잘 알려져 있는 책이기 때문에, 저자 및 내용소개, 내용의 특이성 및 독자가 유념해서 정독할 요점, 저술배경과 학계의 연구동향 요약, 기타 저자에 대한 요구 등 일반적인 서평원고의 작성요령에 따라 글을 쓰는 것은 의미가 별로 없을 것이다. 심지어 이 책의 가치와 중요성을 누구보다도 깊이 느꼈기에 시간과 노력을 들여 탁월한 번역본을 내놓은 이훈상 교수마저 지금까지 나온 논평들이 '한결같이 극찬으로 일관' 했다고 불만을 표시할 정도이므로 여기에서는 일부러 동 저작에 대한 아쉬움과 불만 그리고 번역의 문제점을 제시하는 등 '결점만 보는 사람(Devil's Advocate)'의 역할에 충실하고자 노력하기로 한다.

도이힐러 교수는 1935년 스위스에서 태어나 1959년 네덜란드의 라이덴대학 동아시아학과를 졸업, 1967년 미국 하버드대학 동아시아 언어 및 문명학과에서 박사학위를 받았다. 오랫동안 서울대 규장 각과 옥스퍼드대 인류학과 등에서 연구를 하였으며, 취리히대학을 거쳐 1988년부터 2000년까지 런던대학교 동양학 및 아프리카학 교 수로 재직하였고 동 대학 한국학연구소장을 역임하였다. 초기에는 개항기에 관심을 가지고 있었던 도이힐러 교수는 점차 조선사회의 근본적인 성격의 규명에 관심을 가지면서 유교와 예(禮)에 주목하기 시작하였다.

도이힐러 교수의 저작이 감탄을 자아내는 것은 이미 박사학위를 받은 뒤 조선사회의 성격을 이해하는 데 필요하다는 이유로 새삼스 럽게 사회인류학(Social Anthropology) 공부를 시작하여 방법론적 돌 파구를 열었다는 점 때문이다. 이 과정에서 도이힐러 교수는 옥스퍼 드대학에서 종족이론(Lineage Theory)의 권위자로서 『중국동남부의 종족조직』(김광억 역)의 저자이기도 한 모리스 프리드만(Maurice Freedman) 교수의 자극과 지도를 받았다. 인류학 중에서도 특히 친 족과 관련된 연구는 자료도 많고 논쟁도 많으며 개념과 이론도 복잡하여 일찍부터 '친족 대수학(Kinship Algebra)'이라는 표현이 사용될 정도로 난해한 분야이다. 일부 인류학자들은 터무니없이 어렵다는 사실에 변태적(?) 쾌감을 느끼기도 하지만 상당수는 골치 아프다고 아예 회피하는 분야이기도 하다. 그런데 도이힐러 교수는 상당수 현대 인류학자들도 기피하는 친족이론을 깊이 천착(穿鑿)하여 이에 비추어 고려와 조선시대의 사료들을 읽으면서 고려와 조선사회의 근본적 성격을 이해하고자 노력하였다.

한편 이 책을 번역한 이훈상 교수는 서강대학교에서 역사학자로서의 훈련을 받았으며 현재 동아대학교 교수로 재직하고 있는데, 조선 후기의 향리에 대한 연구로 일찍이 학계에 두각을 나타냈으며 많은 논문과 저서, 자료집을 출간한 바 있다. 이훈상 교수 역시 사회인류학의 연구성과에 매력을 느껴 사료 해석에 인류학이론을 적용하는 시도를 해 왔으며, 인류학자인 메리 더글러스(Mary Douglas)의 『순수와 오염(Purity and Danger)』을 번역하기도 하였다. 또한 이 책을 번역하기 전에는 팔레(James Palais) 교수의 『전통 한국의 정치와 정책(Politics and Policy in Traditional Korea)』을 번역한 바 있고, 지금은 사화(士禍)에 대한 고(故) 와그너(Edward Wagner) 교수의 역작(The Literati Purges: Political Conflict in Early Yi Korea)을 번역하고 있다고 한다.

서구학계의 연구서를 번역하는 작업은 매우 많은 시간과 노력이 소모되는 일이지만, 꼼꼼한 번역 작업이 있어야 이들의 저서가 국내에 널리 알려질 수 있고 커다란 자극을 줄 수도 있다. 현재 국내의 교수업적 평가방식으로는 논문 한 편 쓰는 것보다 점수가 낮은데, 이러한 풍토에서 이훈상 교수의 번역은 매우 소중한 기여라 할 수 있다.

저서의 특징과 아쉬운 점

첫째, 인류학자의 시각에서 보자면 이 책은 종족이론과 관련된 고전적인 논의에 바탕을 두고 있으며 특히 중국과의 비교를 통하여 한국의 특징을 밝히고 있는데, 출자에 대한 관심에 비하여 혼인이 상대적으로 소홀히 취급되었다는 점이 아쉽다고 할 수 있다. 종족이론은 출자에 초점을 맞추어 발전한 출자이론(出子理論, Descent Theory)의 대표로서, 사회인류학에서는 일찍이 아프리카에 대한 연구에서 발전하여 세계 다른 지역의 친족체계 이해에 널리 적용되었다면, 혼인에 초점을 맞추어 친족체계를 이해하려는 결연이론(結緣理論, Alliance Theory)은 태평양과 동남아 등의 지역을 중심으로 다소 뒤늦게 발전하였다.

현대의 많은 인류학자들은 친족과 혼인이 서로 별개의 영역이 아니며 보다 넓은 시각에서 함께 보아야 제대로 이해할 수 있다고 본다. 왜냐하면 종족집단이란 혼인의 관점에서 파악하면 외혼(外婚, Exogamy)의 집단이며, 또한 매우 안정적인 것처럼 보이는 친족 명칭이나 규칙, 혼인에 관한 규칙들도 개인의 관점에서는 중요한 전략적 선택과 협상의 대상이기 때문이다.

　도이힐러 교수는 출자집단에 초점을 두고 있기 때문에 고려시대에서 조선시대로 이행하는 과정에서 공계적(共系的, Cognatic) 요소가 사라지면서 부계체계가 뚜렷하게 되었다고 보고 있는데, 이러한 견해는 친족체계 자체가 변화했다기보다는 부계체계 내에서 종족집단이 발전한 것이라고 이해해야 오해가 적을 것이다. 부계이건 모계이건 모든 단계 친족체계는 공계적 요소를 포함하고 있기 때문에 공계와 단계의 구별은 이론상으로는 가능하지만 현실적으로 순수하고 완벽한 단계가 존재하기란 쉽지 않다. 아이를 낳기 위해서는 부친과 모친 모두가 필요하므로 모든 부계 또는 모계체계에는 소위 공계적 요소가 포함될 수밖에 없기 때문이다. 유럽의 친족체계 역시 19세기에는 부계라고 생각되었으나 최근에는 공계적 요소에 주목하여 공계라 분류되기도 하는 것 또한 그 때문이다. 친족체계가 모계에서 부계로 진화했다는 진화론적 시각이 지배하던 시기에는 이러한 공계적 요소들이 과거 모계의 흔적이라 주장되는 혼란도 있었다.

　조선시대에 부계 종족집단이 강조된 것은 사실이지만 부계가 강화되었다고 하기는 어려우며 공계적 요소는 여전히 중요하였다. 당대의 일부 실학자들도 비판하였듯이 '같은 아버지의 아늘을 어머니에 따라 구별하는 것(서얼차별)은 부계의 원리에 어긋나며 모당(母黨)을 높이는 것'이지만 여전히 지속되고 있었기 때문이다. 출자이론에만 집착하다 보면, 서얼차별이 부계가 강화되면서 더욱 심화되었다는 논리적 모순에 봉착하게 되며, 이를 한국적 특수성으로 치부할 수밖에 없다.

특히 도이힐러 자신도 강조했듯이 혼인이 양반의 지위를 유지하는 데 매우 중요했다는 사실은 종족이론만을 중심으로 조선사회를 바라보는 것이 상당한 한계를 가질 수밖에 없다는 것을 시사한다. 최근에 필자가 구술사 방법을 적용하여 필자의 아버님을 비롯한 집안 어른들로부터 집안에 전해 오는 이야기를 수집, 정리하여 책을 만드는 작업을 하는 가운데 알게 된 사실이지만, 풍산 홍씨 어느 집안의 경우에는 할머니들이 3대가 내리 청주 한씨이며, 필자의 집안은 할머니들이 3대가 내리 한양 조씨였던 시기도 있었다. 청풍 김씨의 어느 집안은 여성들이 대부분 의령 남씨, 영월 엄씨, 풍천 임씨였기 때문에 김씨 집안이면서도 집안에 김씨보다 남씨, 엄씨, 임씨가 훨씬 더 많았다는 이야기가 있을 정도였다.

외사촌과의 혼인은 '여자를 주는 집단'과 '여자를 받는 집단'이라는 관점에서 본다면 반드시 외삼촌의 딸과의 혼인을 의미하는 것이 아니라 외오촌, 외칠촌의 딸과의 혼인까지도 포함하는 것이며, 그러한 의미에서라면 외사촌과의 혼인은 계속되고 있었다고도 할 수 있다.

부, 조, 증조, 외조로 구성되는 사조(四祖) 개념 또한 서얼차별과 마찬가지로 부계원리의 불완전성이 아니라 혼인의 중요성을 드러내는 것이다. 사회인류학자들이 아프리카에서 발전된 종족모델을 적용할 경우 동남아나 태평양의 친족체계 이해에서 한계를 경험했듯이, 중국식 종족모델을 적용하는 것은 당대 조선의 지식인들이 그랬듯이 조선시대의 친족체계의 이해에서 일정한 한계에 부딪칠 수도 있다. 족보의 작성은 종족집단의 결속의 강화뿐 아니라 혼인의 중요성을 나타내는 것이기도 하다.

둘째, 중국과의 비교를 통하여 한국의 특징을 밝히고 있는 점은 대단히 매력적이지만 일본과의 비교가 매우 아쉽다. 개신유교에 기반을 두지는 않았지만 부계 계승의 원리가 매우 강력하게 실천되었던 도쿠가와시대 일본의 무가(武家)의 이에(いえ, 家) 및 동북지방에서 전형적으로 발전한 도조쿠(同族)와의 비교가 있었더라면 논의가 더욱 풍성했을 것이라는 아쉬움이 남는다. 일본의 이에는 장자 단독상속을 원칙으로 했으며 조선에 비해 부계원리가 철저히 관철되었다고도 할 수 있기 때문이다.

셋째, 도이힐러의 책은 고려에서 조선으로의 사회변화에 초점을 맞추고 있기 때문에 조선의 건국 이후 소위 훈구파에 대한 사림의 도전 등 조선 전기에서 중기에 걸치는 역동적인 변화에는 주목하고 있지 않다. 조광조의 개혁 시도나 사화, 소학 보급운동 등은 유교화 과정에서 매우 중요하다고 생각되지만 도이힐러의 책에서는 큰 주목을 받지 못하고 있다. 또한 이훈상 교수도 지적했듯이 임진왜란과 병자호란 등 16세기에서 17세기 초반에 걸쳐 일어난 전란의 영향도 깊이 다루고 있지 않다. 조선시대 전체를 유교화의 일관된 진행으로 파악하고 있으며 결과적으로는 조선시대의 지속성을 강조하고 있으므로 17세기 이후에 나타나는 종족부락이나 종족조직의 발전 등을 설명을 요하는 새로운 현상으로 보고 있지 않으며, 전란이나 농업기술의 변화, 인구의 증가, 상공업의 발전 등은 고려하고 있지 않다.

경제나 물리적 토대에 대한 비교적 약한 관심은 이 책의 부제(副

題)가 '사회와 이데올로기의 연구(A Study of Society and Ideology)'
라는 사실과도 관련이 있다. 도이힐러가 조선사회에 주목한 것은 신
유학자들이 정치적으로 큰 영향력을 갖지 못했던 중국과는 달리 조
선에서는 유학자들이 관료로서 또한 정치가로서 커다란 영향력을 발
휘하였으며 자신들의 이상에 따라 새로운 사회를 건설하기 위해 노
력하였다는 점이다. 사회변동의 원동력이 생산력이나 생산관계가 아
니라 신국가 건설에 정치가로서 또한 관료로서 깊이 참여한 지식인
들의 이념이었다는 점은 매우 흥미 있는 주장인데, 도이힐러 교수는
이러한 주장의 이론적 함의에 대해서는 더 이상 상세히 논하고 있지
않다. 그러나 이는 한국의 사회과학자들에게 커다란 과제를 던져 준
것으로 보인다.

번역상의 아쉬움

출간된 지 10년이 넘은 저작의 저자에게 저작과 관련하여 아쉬운
점을 이야기하거나 부탁을 한다는 것은 적당하지 않은 것 같다. 오히
려 최근에 출판된 번역 본에 대해 아쉬운 점이나 부탁을 한다는 것이
적절할 것이다. 번역 작업이 얼마나 중요한지, 또한 얼마나 어렵고도
뛰어난 것인지에 대해서는 충분히 찬사를 보냈으니 이번에는 약간의
문제점을 지적하기로 하겠다.

첫째, 일본어 표기법은 조금만 신경을 쓰면 되는 것인데 아쉽게도

영어 표기를 그대로 옮겨 놓아서 눈에 거슬린다. 또한 문장이 꼬인 곳도 있고(129쪽) 오자도 몇 개 발견된다(예 : 131, 306, 348, 363쪽에 두 곳).

둘째, 번역이 틀린 것은 아니지만 표현이 다소 어색한 곳들이 있다. 예를 들자면 "여성의 인척이 가족의 일부가 될수록"(307쪽)은 "여성이 남편 가족의 일부가 될수록"이라고 하는 것이 바람직하다. 또한 "왜냐하면 이것이 고유전통과 전래된 가치와의 호환성에 대한 논란의 일부분이기 때문이다"(344쪽)에서 '호환성'은 '양립성'으로, "한국인 특유의 기질로"(392쪽)는 "한국의 특수성 때문에"로 번역해야 더 자연스러울 것 같다.

셋째, 매우 드물지만 번역상의 실수가 발견되기도 한다. 예를 들어 "모변 6촌 사이의 결혼"(267쪽 각주)은 "모변교차 4촌과의 결혼"이라고 해야 한다. 또한 "부변 4촌끼리는 이미 조선 초기부터 결혼을 하지 않았지만, 사대부들은 모변 사촌들끼리는 계속 결혼을 하고 있었다"(329쪽)는 "부변 6촌과는 이미 조선 초기부터 결혼을 하지 않았지만, 사대부들은 모변 4촌과는 계속 결혼을 하고 있었다"라고 해야 할 것이다.

또한 "그러나 모변 4촌간에도 상복을 입어야만 했으므로 모변 4촌간의 결혼은 금지되었다……. 처음으로 모계 4촌간의 결혼을 금지하자고 주장하였다……"(329쪽)에서 "모변 4촌간의 결혼"은 "모변 4촌과의 결혼"이라 번역해야 할 것이다.

모변교차 4촌과의 혼인은 나의 입장에서 본다면 외사촌 누이

(MBD : Mother's Brother's Daughter)와의 결혼인데, 나의 외사촌 누이의 입장에서 본다면 나와의 결혼은 부변교차 4촌과의 혼인(즉, 고종사촌(FSS : Father's Sister's Son와의 혼인)이 되므로 모변 4촌간의 결혼이라고 번역하는 것은 정확하다고 하기 어렵다. 왜냐하면 모변 4촌간의 혼인이라고 번역을 하면 모변 평행사촌(이종사촌)간의 혼인만을 의미하게 되기 때문이다(내가 나의 이종사촌 누이와 혼인을 할 경우에는 나의 이종사촌 누이의 입장에서도 역시 이종사촌과 혼인하는 것이다).

또한 "부인이 만나서 이야기를 나눌 수 있는 남성의 범위는 자신의 친족과 남편 쪽 가족 중 가장 가까운 인척, 즉 시누이들의 남편의 숙부, 백부, 고모부, 이모부들로 제한되어 있었다"(360쪽)는 "부인이 만나서 이야기를 나눌 수 있는 남성의 범위는 자신의 친가 쪽은 10촌까지(tenth degree, that is, fourth cousins), 그리고 아주 가까운 시댁 식구들, 즉 시누이들의 남편과 남편의 숙부, 백부(husbands of her husband's aunts) 등으로 제한되어 있었다"라고 해야 할 것 같다. 이론상으로는 고무부와 이모부도 남편의 아주머니의 남편이기는 하지만 이들과는 '내외'를 하였던 것 아닌가 한다.

또한 "이같은 변환이 일어난 계기는 완전한 사회를 향한 신유학자들의 시각이었다. 그러나 궁극적으로 나타난 사회는 중국사회를 변형했다기보다는 오히려 유학을 그들 자신이 해석한 것이었다. 이 둘 사이에는 신유학자들이 자신들의 사회이론의 출발점으로 여긴 고대 중국의 원형과는 결정적인 차이가 있었으며, 한국인들도 이것을 잘 알고 있었다"(392쪽)는 "이같은 변환은 완전한 사회를 이룩하려는 신유학자들의 비전에 힘입어 일어난 것이었다. 그러나 궁극적으로 '한국에서' 등장한 사회는 중국사회를 재현(Represent)한 것이라기보다는 한국인들 나름대로 해석한 유교사회의 모습이었다. 조선사회는 당대의 중국사회에 못지않게 '유교적'이라 주장할 수 있었다. 이 두 사회는 모두 신유학파들이 자신들의 사회이론의 출발점으로 삼았던 고대 중국의 원형과는 결정적으로 달랐으며, 한국인들도 이것을 잘 알고 있었다"라고 표현하는 것이 보다 좋을 것 같다.

맺음말

　번역상의 문제를 몇 가지 지적하기는 했으나, 사실은 국내에서 출간된 번역서 중에서 이 책처럼 정확하고 꼼꼼하고 또 읽기에 부드럽게 번역된 책은 정말로 찾아보기 어렵다는 점을 재삼 강조해 두고자 한다. 약간의 사소한 실수에도 불구하고 이훈상 교수의 번역은 그야말로 탁월하며 신뢰할 수 있어 연구자나 학생들이 안심하고 사용할 수 있다. 아마 국내학자 중 그 누구도 이 책을 이보다 더 훌륭히 번역하기는 어렵다고 생각한다. 필자 역시 몇 권의 책을 번역해 보았는데, 정확하고 읽기 편한 번역을 하는 것은 너무나도 힘든 일이었다. 특히 서구인이 쓴 한국사 서적의 번역은 단순히 어법이 전혀 다른 영어를 한국어로 옮긴다는 문제만이 아니라, 참고 또는 인용한 한국·중국의 원전들의 본문을 일일이 확인해야 하기 때문에 터무니없이 힘들고 또한 많은 시간이 소요되는 작업을 포함하고 있다.

이 책의 경우에는 사회인류학의 친족연구와 관련된 학술용어들을 상세히 해설해 놓은 부록까지 덧붙이는 열성과 치밀함을 보여 주었다. 더구나 타 문화나 타 사회에 대해 쓴 책과는 달리 사소한 실수라도 얼마 안 가서 드러난다는 위험 부담(?)마저 있어서 참으로 '일만 많고 공은 적다' 고 하겠다. 그러한 작업을 꾸준히 계속하고 있는 이훈상 교수께 저절로 머리가 수그러진다.

학술 번역을 너무나 홀대하고 있는 국내의 교수평가제도나, 좋은 번역과 형편없는 번역을 구분하지 않고 있는 국내의 독자들이나 출판계 그리고 각종 번역지원 사업 등의 현황을 생각하면 이훈상 교수는 너무나 어리석은 일을 했다고도 할 수 있다. 그러나 이렇게 훌륭한 번역본을 출간하는 데 얼마나 많은 시간과 정성이 필요한지, 또한 왜 이러한 고달픈 일을 해야만 하는지, 이해하는 사람들은 이해할 것이다. 『한국 사회의 유교적 변환』의 출간이 한국사학계는 물론 한국의 학계 전반에 커다란 자극이 될 것을 기대하며 다시 한 번 역자에게 경의를 표한다.

러일전쟁에서 우리는 무엇을 배울 것인가

정재정 서울시립대 국사학과 교수

『국제관계로 본 러일전쟁과 일본의 한국병합』
최문형 지음 / 2004 / 지식산업사

이 책은 매우 시의적절(時宜適切)한 책이다. 러일전쟁 발발과 '한일의정서' 체결 100주년을 맞는 올해는 한반도와 '만주'의 운명을 바꾸어 놓은 이 사건들에 대한 재조명이 반드시 필요하기 때문이다. 저자는 3년 전에 『한국을 둘러싼 열강의 각축』(지식산업사, 2001)을 펴내어 청일전쟁을 둘러싼 열강관계를 구명한 적이 있었는데, 이번에 이 책을 출간함으로써 후속작업을 마무리 지음과 동시에 시대적 요청에도 부응하게 되었다. 또 그가 지난 20여 년 동안 열강의 동아시아 정책, 그중에서도 특히 한국을 둘러싼 제국주의 열강의 각축에 대해 많은 저술을 해 왔던 것을 감안하면, 이 책은 그의 학문 인생을 멋있게 결산하는 의미도 지니고 있다 하겠다.

국제관계사나 국제정치사를 다루는 많은 책들은 흔히 난해한 이론이나 개념들을 동원하기 때문에 일반인들이 쉽게 읽기 어려운 경우가 종종 있다. 그렇지만 이 책은 각국의 외교정책을 사실에 기초하여 담담하게 서술하고 있어서 별로 힘들이지 않고 100년 전에 한반도와 만주를 둘러싸고 열강이 치열하게 펼쳤던 포커게임을 흥미진진하게 감상할 수 있다. 더구나 이 책은 각 장 앞에 요약문과 정치가·외교관·전쟁 장면·주요문서 등의 사진자료를 게재하여 국제관계의 개요를 쉽고 생생하게 파악할 수 있도록 만들었다. 또 러시아와 일본뿐만 아니라 열강의 아시아정책에 관한 연표를 제시하여 사건의 흐름을 일목요연하게 이해할 수 있게 배려했다.

먼저 5개 장(章)으로 되어 있는 이 책의 주요내용을 간략히 소개하면 다음과 같다.

제1장에서는 열강의 동아시아 분할 경쟁을 다루었다. 이 시기에 1898년은 제국주의 열강의 '이권 획득을 위한 결전(Battle for Concession)'의 해이자 '조차(租借)를 위한 난전(Orgy of Lease)'의 해였다. 열강은 청의 유일한 재원(財源)이던 해관세(海關稅)를 담보로 차관을 제공했다. 그리고 이를 바탕으로 요지(要地)를 조차하고, 철도·광산 이권을 차례로 장악했다. 러시아·프랑스와 영국·독일은 각기 짝을 지어 금융 자본을 활용하여 경쟁적으로 중국 분할에 뛰어들었다. 우선 교두보로서 내륙으로 뻗어갈 수 있는 요지만을 골라 획득해 나갔다. 이들은 일본이 자기들보다 중국 분할에 앞장서지 못하

도록 견제했다. 각축의 중심축은 영국과 러시아였고, 그 절정기가 바로 1898년이었다. 따라서 중국대륙에서 영국·러시아가 아닌 러시아·일본의 대결이 본격화되는 것은 의화단의 난(1900) 이후의 일이다. 열강의 침략과 각축의 대상은 중국대륙만이 아니었다. 필리핀도 미국의 마닐라만 침공을 기화로 열강의 각축 대상이 되었고, 한반도도 청일전쟁 이후 러시아·일본의 대결장으로 변했다.

제2장에서는 러시아의 만주 점령과 열강의 대응을 다루었다. 의화단의 난이 만주로 파급하자 러시아는 동청철도를 보호하고 반란을 진압한다는 명목으로 만주의 요지를 신속하게 점령했다. 이에 대해 열강의 의혹이 짙어지자 러시아는 평화가 회복되고 철도의 안전이 보장되는 대로 즉각 철군하겠다고 선언했다. 한편, 러시아는 외교적 선수 조치로서 열강의 공동담보 아래 한국을 중립화하자고 제안했다. 즉, 일본이 한반도를 만주 침략을 위한 발판으로 이용하지 못하게 함으로써, 자국의 만주병합을 기정사실화하겠다는 계획이었다. 그러자 일본에서는 그때까지의 '만한교환론(滿韓交換論)'을 지양하고 '만한불가분일체론(滿韓不可分一體論)'이 대두되었다. 만주와 한국은 떼래야 뗄 수 없다는 현상인식을 토대로 만주에 대한 발언권을 행사함으로써 한국을 차지하겠다는 속셈이었다. 이제 만주·한국은 한 덩어리로 묶여져 러시아·일본의 이해가 교차하는 지역이 되었고, 만주에 관심을 가져온 열강도 한국 문제를 만주 문제에 결부시킴으로써 자기들의 잇속을 챙기려 했다. 러일전쟁에서 한국과 만주를 분리시켜 생각할 수 없는 까닭이 바로 이것이다.

러시아가 만주를 점령하고 한국을 넘보는 사태에 직면하여 일본은 단독으로라도 대응할 수밖에 없었다. 동아시아에서 영국·러시아의 대결은 이제 러시아·일본의 대결로 바뀌었다. 그 결과, 사태는 이른바 '1901년 3~4월의 전쟁위기'로 발전하였다. 일본은 영국과 동맹을 맺은 반면, 러시아는 독일·프랑스의 지원을 받을 수 없어 전쟁위기는 일단 넘기는 듯했다. 러시아는 만주에서 철병할 것을 선언했다.

제3장은 미국·영국의 대일본지원과 러일전쟁으로 가는 길을 분석했다. 러시아의 제1차 만주 철병은 혼미 속에서 이행되었지만, 그 후 6개월 만에 제2차 철병은 지켜지지 않았다. 그리고 한반도 서북 지역에 있는 용암포에 진출함으로써 군사점령을 통해 만주에 독점적 지배권을 구축하고자 하였다. 이에 일본과 미국·영국이 항의하였다. 그러나 만주의 방위는 일본 혼자서 전담할 수밖에 없었다. 영·일동맹에는 만주에 관한 규정이 없었고, 미국은 자국의 권익이 보장되는 한 러시아의 만주 진출을 허용하겠다는 자세였기 때문이다. 그러나 러시아가 만주뿐만 아니라 한국에 대해서도 야욕을 보인 이상, 일본은 단독 대응도 마다할 수 없었다. 러시아도 일본의 한국 독점이 자국의 만주 경영을 위협한다고 생각했다. 그리하여 일본과 러시아의 타협은 쉽게 이루어질 수 없었다.

배후세력의 지원 강도에서는 일본의 경우가 러시아보다 훨씬 유리했다. 영국·미국이 일본을 직접 지원하지는 않았지만, 두 나라는 러시아가 만주로부터 구축되기를 바라고 있었기 때문에 일본에게는 큰 버팀목이 되었다. 물론 러시아의 배후에도 프랑스와 독일이 있기는 했지만, 이들은 전쟁에 말려들게 될까 두려워 개전과 동시에 중립을 견지했다. 특히 독일·프랑스의 전쟁 개입을 막는 데는 미국의 역할이 컸다. 미국함대는 유럽순방을 통해 영·불협상의 성립을 측면에서 지원함으로써 독일의 전쟁 개입을 막았다. 일본의 대러시아 개전은 영국보다도 미국의 러시아 고립화정책에 힘입은 바 컸다.

제4장은 러일전쟁과 국제관계를 다루었다. 러일전쟁은 러시아의 남하정책과 일본의 대륙정책이 교차되는 만주·한국을 둘러싸고 일어난 충돌이다. 그럼에도 불구하고 이 전쟁은 시종일관 구미 열강의 규제 속에서 진행되었다. 일본이 미국·영국의 지원을 받은 데 반해 러시아는 프랑스·독일을 배후세력으로 삼고 있었다. 일본의 경우 미국·영국의 금융지원 없이는 단 6개월도 전쟁을 지속할 수 없는 처지였다. 미국이 일본을 지원한 목적은 러시아의 만주 독점을 저지하고, 만주에서 러시아·일본의 세력 균형을 이룸으로써 그 문호를 개방하는 데 있었다. 그러나 미국의 대일 지원이 일본에게 지나친 승리를 안겨 주게 됨으로써 결국 그 목적에 차질이 빚어졌다. 여기서 미국이 일본에 압력을 가하기 위해 사용한 무기가 바로 만주 문호개방 압력과 한국카드였다. 러시아도 국제관계의 변화에 따라 열강의 규제를 받은 것은 일본의 경우와 다를 것이 없었다.

전황의 추이에 따라 강화 문제가 대두되었다. 미국과 영국은 '포츠머스 강화조약'이 성립되기도 전에 '태프트-가쓰라 밀약'과 제2회 영·일동맹을 각각 체결하여 일본의 한국보호권을 인정했다. 일본은 개전과 동시에 한반도를 군사적으로 점령함으로써 한국의 국정을 사실상 틀어쥐었다. 사실 한국 문제만으로 국한시켜 볼 때, 일본은 열강과 마찰을 빚을 소지가 별로 없었다. 한국에서 일본의 속도위반에 대해 열강은 견제할 의지도 능력도 없었기 때문이었다. 그러나 만주 문제는 달랐다. 미국은 만주의 문호개방을 요구하며 집요하게 일본을 압박하였다. 일본은 한국병합을 위해서라도 만주 문제를 서둘러 해결할 수밖에 없었다. 러일전쟁은 '아시아의 전쟁'임이 분명하지만, 이 전쟁은 구미 열강과 분리해서는 생각할 수 없다. 구미 열강이 아시아, 특히 만주·한국에서 자기권익을 주장하고 있는 한 양자의 관계를 분리할 수 없기 때문이다.

제5장은 러일전쟁 이후의 정황과 일본의 한국병합을 취급했다. '을사보호조약' 체결 이후 일본의 한국병합은 그야말로 '기정사실' 또는 '시간문제'로 보일 수 있었다. 통감의 권능에 눌려 한국이 이미 주권을 상실한 이상 그런 해석은 충분히 가능하다. 그러나 일본이 '보호'에서 '병합'으로 가는 데는 뜻밖에도 5년이나 걸렸다. 종전 뒤 일본이 만주를 둘러싸고 러시아·미국과의 갈등을 해소하는 데 많은 시간을 소모했기 때문이었다. 종전 직후 일본은 러시아의 복수를 두려워했다. 동시에 만주의 문호를 개방하겠다는 약속을 위반함으로써 미국·영국의 거센 압력도 받았다.

따라서 일본은 우선 열강의 복수와 압력을 극복해야만 했다. 그 실마리는 러시아가 아시아에서 발칸으로 진출방향을 전환하면서 풀려 나갔다. 러시아는 발칸으로 나갈 경우 독일·오스트리아와의 적

대가 불가피하다고 판단하고, 동맹국 프랑스의 주선을 받아 우선 영국에 접근했다. 그리고 그 전제로 영국의 동맹국인 일본과 타협을 모색했다. 이것이 일본에게 만주 문제와 한국병합 문제를 동시에 해결할 수 있는 실마리를 제공한 것이다. 일본은 불일협약에 이어 제1회 러일협약을 성립시킴으로써 남만주의 지배권을 확보하고, 아울러 러시아로부터도 몽골에 대한 우위를 인정하는 대신 한국병합에 대한 묵인을 받아 냈다. 그리고 영국·프랑스·러시아와 함께 독일 포위를 위한 '4국동맹'을 이룸으로써 한국병합을 위한 외교적 입지를 구축했다.

열강이 '헤이그밀사 사건'에서 일본을 지원한 것은 새로 구축된 일본의 외교적 입지를 반영한 것이었다. 일본은 이것을 트집 잡아 한국에 정미7조약(제3차 한일협약)을 강압하여 한국의 내정권(內政權)마저 탈취했다. 그렇지만 캘리포니아의 동양계 학동차별 문제로 미국·일본 사이에 위기가 고조되고 있어 병합을 단행하기에는 여건이 좋지 않았다. 일본은 미국과 타협을 모색했다. 이른바 '루트-다카히라 협약'은 이런 소용돌이 속에서 이루어졌다.

그러나 일본은 여기서 또 다른 돌출사태에 직면하게 된다. 태프드 정부의 출범과 더불어 미국의 대일정책이 돌연 강경으로 바뀌었다. '만주 제철도 중립화안'의 제기가 바로 그것이었다. 이것은 만주의 모든 철도를 열강의 공동관리 아래 두자는 것으로서, 만주를 이미 남·북으로 분할 점거한 일본과 러시아의 권익을 크게 침해할 우려가 있었다. 그리하여 러시아·일본이 미국에 대항하여 제휴할 수 있는 토대가 마련되었다. 그러나 일본이 청을 강압하여 만주에서 이권을 더욱 확대하자, 러시아는 일본에 대해 미국보다 더 큰 의심을 품게 되었다. 이토 히로부미의 하얼빈행은 바로 이같은 미국·러시아의 제휴를 차단하기 위한 거동이었다. 이러한 협상과정에서 일본은 마침내 러시아로부터 '한국병합에 이의(異議)를 제기할 이유도 권리도 없다' 는 답을 받아 냈다. 결국 일본은 영국·프랑스의 지원을 받아 러시아와 제휴하고, 미국의 압력을 물리치고 만주 문제를 해결함으로써 한국병합을 단행할 수 있었다. 영국·프랑스·러시아 3국의 외교적 지원이 일본의 결행을 가능하게 한 셈이었다.

　이상의 요약에서 간취할 수 있는 이 책의 메시지는 다음과 같다. 첫째, 러일전쟁에는 시종 구미 열강이 개재되었다. 일본이 미국·영국의 지원을 받은 데 반해 러시아는 프랑스·독일을 배후세력으로 삼았다. 미국과 영국은 동아시아에서 일본을 지원, 러·일의 세력 균형을 이룸으로써 만주의 문호개방을 유지하려 했다. 반면에 독일은 러시아의 만주 진출을 지원, 유럽에서 프랑스를 고립시키려고 했고, 프랑스는 독일과는 정반대의 입장에서 러시아가 아시아 전쟁에 말려들어 동맹국으로서의 기능을 잃게 되는 사태를 막으려 했다. 둘째, 러일전쟁은 한반도뿐만 아니라 만주도 쟁탈 대상으로 삼았다. 만·한은 러시아의 남하정책과 일본의 대륙정책이 교차하는 지역으로 당연히 이 전쟁의 일부였다. 전쟁의 결과로 한국의 운명이 결정되는 과정에서도 한국 문제는 만주 문제와 줄곧 밀접하게 연계되었다. 셋째, 러일전쟁의 결과는 국제관계에도 큰 변화를 가져왔다. 이 변화가 결국 세계대전의 발발로 이어진 것이다. 일본은 '어제의 적국'이었던 러시아와 함께 협상진영에 가담함으로써 3국동맹과 대립하게 되었다. 결론적으로 말하면, 러일전쟁은 결코 두 나라만의 전쟁이 아니었다. 한·만이 포함된 아시아의 전쟁이요, 구미 열강의 제국주의적 이해가 복잡하게 얽히고설킨 그야말로 세계대전을 방불케 하는 전쟁이었다. 따라서 러일전쟁을 국지적·국내적인 견지에서 파악해 온 종래의 연구는 마땅히 타기(唾棄)되어야 한다.

평자는 저자의 위와 같은 주장에 전적으로 동의한다. 더구나 100년 전과 오늘의 국제상황이 비슷한 점을 고려하면, 동아시아뿐만 아니라 구미 열강까지도 시야에 넣어 러일전쟁을 거시적·종합적으로 연구하는 것은 오늘의 문제를 해결하는 데도 많은 도움을 받을 수 있다. 다만 이것은 아주 어려운 작업이다. 러·일뿐만 아니라 이 전쟁과 관련된 미·영·독·프·한·중 등 8개국의 자료를 수집하고 분석하고 정리해야만 하기 때문이다. 그래서 저자는 이 책이 기존의 연구를 국제관계라는 관점에서 비판적으로 재구성하는 데 그쳤다고 겸손해하지만, 그것조차도 얼마나 어려운 작업인가는 연구자들만이 알 수 있는 일이다.

끝으로 평자가 느끼는 아쉬운 점을 한두 가지 제기하면 다음과 같다. 첫째, 러일전쟁을 거시적 관점에서 파악하다 보니 열강이 구체적으로 어떤 이권을 둘러싸고 각축을 벌였는가에 대한 설명이 충분하지 못한 면이 있다. 당시 동아시아에서의 세력다툼은 철도를 둘러싸고 전개되는 경우가 많았다. 만주와 한반도가 모두 그러했다. 이 점을 좀 더 부각시켰더라면 열강의 움직임이 더욱 생동감 있게 다가왔을 것이다. 둘째, '한국병합'의 실행과정에서 한국 내의 움직임을 별로 언급하지 않았다. 일본이 한국을 '병합'하는 데 만주 문제 이상으로 신경을 쓴 것은 의병투쟁이 '내전'이나 '식민지전쟁'으로 확대되어 열강의 간섭을 초래하지 않을까 하는 점이었다. 이것을 차단하기 위해 일본은 남한대토벌작전을 감행하고 서둘러 '병합'을 단행했던 것이다.

성영곤 관동대 교양과 교수

중세 이슬람 과학에 대한 무난한 입문서

『이슬람의 과학과 문명』

하워드 R. 터너 지음 / 정규영 옮김 / 2004 / 르네상스

9·11 사태 이후 아프가니스탄과 이라크의 정황은 세계적 관심사이고, 그간의 무관심을 보상하려는 듯 국내에서도 아랍, 이슬람 등의 용어는 매일 매일의 뉴스거리이다. 석유 수급과 전후 복구 참여, 그리고 파병 여부 등 정치경제적 측면이 이같은 관심의 수뇐 이유이겠지만, 다른 한편으로 관련학회와 연구소들을 중심으로 이슬람 문명을 제대로 알아보려는 움직임도 활력을 얻고 있는 듯하다. 문명간의 충돌, 오리엔탈리즘 등 인문학적 담론들이 새삼 각광받는 배경으로 보아도 무방하리라 생각한다.

과학기술의 발전과 전래과정을 살피면서 문명간의 충돌을 논하기

는 힘들겠지만—군사기술의 발달이 그 충돌을 유례없는 잔혹한 것으로 만들고는 있지만—가령 "왜 중국의 전통과학은 독자적으로 근대과학으로 발전하지 못하였는가"—이것은 니덤의 『중국의 과학과 문명』에 일관된 문제의식이기도 하다—, 또 "이슬람 과학은 그리스 과학전통의 서자에 불과한가, 즉 그것의 세계사적 의미는 중세 유럽의 침체기 동안 그리스 과학을 보존하고 있다가 되돌려 줌으로써 중세 후반의 유럽 과학이 새로운 활기를 찾게 한 데서 찾을 수밖에 없는가" 하는 등의 질문은 오리엔탈리즘 담론과 무관치 않을 것이다.

이슬람 과학에 대한 새 책의 출간은 이런 맥락에서 시의 적절하며, 과학사를 전공하는 한 사람으로서 크게 반길 일이다. 하지만 낯선 저자와 일면식 없는 역자가 나름으로 공들인 『이슬람의 과학과 문명』을 읽고 난 뒤 평자는 일말의 실망감을 느끼지 않을 수 없다.

책에 수록된 소개에 의하면 저자인 하워드 R. 터너는 영상작가이자 시나리오작가이며 1982년부터 1983년 사이에 미국의 5대 박물관에서 '이슬람 유산전'을 기획한 과학 큐레이터이기도 하다. 전시회 기획의 연장에서 이 책을 집필하였고, 전시되었던 100여 개의 '도상들'을 함께 수록하였다.

내용은 비교적 충실하며 균형 잡혀 있다. 서론을 제외하고 16개의 장으로 나누어 4장부터 12장까지에서 여러 과학 분야들을 다룬다. 수학, 천문학, 지리학, 의학, 광학뿐만 아니라 점성술, 연금술 등 근대적 의미의 과학에는 포함되기 힘들지만 당시에는—이 책의 주제는 '중세 이슬람 과학'이다—분명히 과학에 포함되었던 분야들(소위 Pseudo-Sciences)도 함께 다루고 있다.

그밖에 1장부터 3장까지에 걸쳐 7세기부터의 이슬람의 정치적, 군사적 확장과 이슬람 신앙 그리고 아랍어의 특징 등 이슬람 문명의 성격을 설명하고, 638년 페르시아의 군데샤푸르의 점령 이후 가속화된 그리스 과학문헌의 아랍어 번역과정을 서술하고 있다. 중세 이슬람 과학은 고대 그리스 과학을 기본으로 하여, 여기에 오리엔트의 오랜 과학기술과 인도, 중국으로부터 전래된 것들이 더하여 이루어졌으며, 근대 초까지는 유럽을 훨씬 능가하는 수준이었다는 개론적 설명에서 크게 벗어나지 않는 내용들이다.

다소 특이한 것으로 저자는 다른 문명의 과학기술에 대한 적극적인 도입과 전례 없는 번역 활동의 동기를 무함마드의 언행록인 『하디스』에서 찾고 있다. 지적호기심에 대한 무함마드의 찬사는 신을 이해하기 위해 신이 창조한 자연세계의 지식 추구로 이어졌으며, 과학적 탐구의 동기로 이보다 더 의미 있는 것은 찾아보기 힘들다는 주장이다. 또한 저자는 이슬람 과학의 쇠퇴 국면을 다룬 13장 이하에서도 종교적 요인을 중시하고 있다. 이슬람 과학의 성립과 초기의 발전에 기여했던 '외래학문'에 대한 지적호기심은 '지식'의 위험을 간파하고 이슬람 율법의 해석에 엄격했던 성직자들의 '이슬람 학문'에 의해 견제 조정되었고, 『꾸란』을 교육과정의 중심으로 삼는 근본주의는 셀주크 투르크의 정복과 십자군전쟁 등 정치적 군사적 요인과 함께 이슬람 과학 쇠퇴의 주된 요인이었다는 것이다. 그밖에도 에스파냐에서 주로 이루어진 아랍어로부터 중세 라틴어로의 번역사업(12

세기의 르네상스), 본격적인 르네상스에 대한 이슬람 문명의 기여에 대한 저자의 강조도 특기할 만하다.

각 장들마다 상세한 설명을 덧붙여 수록한 '도상들'은 시각적, 공간적 측면에서 독자들의 이해를 돕고 있으며, 이슬람과 세계역사에 대한 '요약 연대표'와 '용어풀이'도 유용하다. 또한 사브라(A. I. Sabra) 같은 대가의 연구성과를 포함하고 있는 상세한 '참고문헌'은 비록 저자가 전문학자는 아니지만 성실히 자료를 수집하고 전문가들의 도움을 받았음을 짐작케 한다. 결론적으로 말해 이 책은 이 분야의 전공연구자가 전무한 국내상황에서, 중세 이슬람 과학에 대한 입문서 역할을 감당할 수 있을 것이다.

그러나 동시에 이 책은 대부분의 독자들에게 처음이자 마지막으로 접하는 중세 이슬람 과학사 책일 것이다. 이 점과 관련해서 몇 가지 비판적 논평을 덧붙이고자 한다. '텍스트' 자체에 대해서는 어느 정도 긍정적인 평가를 할 수 있지만, 이같은 텍스트가 번역, 유통되는 '컨텍스트'와 관련하여 평자는 상당한 아쉬움을 느끼고 있는 것이다.

우선 번역서 중 요령부득인 문장이 여러 곳 눈에 띈다. 특히 수학, 천문학 등 분야에서 그러한데, 예를 들어 80쪽을 보자. "기원전 3세기, 알렉산드로스시대의 가장 훌륭한 그리스 수학자인 유클리드는 『원소론(Elements)』을 출간했는데, 그의 『원소론』은 그때까지 습득한 13권의 모든 기하학 ─『기하학 원본(Stoicheia)』─에 총망라되었다." 흔히 우리가 『기하학 원론(Elements of Geometry)』이라고 알고 있는 에우클레이데스(유클리드의 그리스식 표기)가 쓴 책의 원제목이

'Stoicheia'라는 것을 안다면 이런 번역문은 없었을 것이다. '자연과학'으로 되어 있는 10장의 제목도 이상한데 실제내용은 자연사(Natural History)에 관한 것들이다. 원서를 대조치 않는 상황에서 역자의 잘못인지, 아니면 저자의 잘못인지 단언할 수 없지만, 번역서의 정확한 아랍식 표기법과 대조되면서 눈에 거슬리는 사항들이다.

그러나 '컨텍스트'에 대한 평자의 근본적인 불만은 이같은 차원을 넘어선다. 이집트에서 학위를 딴 역량 있는 전문가인 역자가 왜 아랍어가 아닌 영어책을, 그것도 전공학자가 아닌 저자의 책을—대학 출판부(텍사스대)에서 출간되긴 했지만 이 책은 대학교재로는 미흡하다고 생각한다—번역하였는가 하는 것이다. 이슬람권에서 출간된 마땅한 책이 없다고 판단할 수 있었겠지만, 번역 대상의 선정과 관련된 역자의 학자적 모색과 배려가 전혀 짐작되지 않는다. 또한 '옮긴이의 말'에는 어디에도 '과학'이란 용어가 등장하지 않는다. '중세 이슬람의 과학'이라고 번역되어야 할 원서 제목(Science in Medieval Islam)이 '이슬람의 과학과 문명'으로 번역된 이유와 함께, 평자로서는 도무지 납득하기 힘든 일이다. '중국의 과학과 문명'을 염두에 둔 제목으로 짐작되지만, 니덤의 책은 기획의도와 집필진의 구성 그리고 분량 등에서 이 책과는 분명 격이 다르다. 덧붙인다면 중국 과학사에 대한 연구와 소개는 국내학자를 포함한 동양권 학자들의 참여를 통해 니덤의 선구적 업적으로부터 상당히 진전되어 있다.

미국의 '메소포타미아 지역' 점령을 계기로 이슬람 문명을, 그중에서도 중세 이슬람 과학을 알아보려는 우리가 왜 '미국어'로 쓰인 텍스트를 읽어야만 하는가? 비록 아랍인들을 통해 서구에 전해졌지만, 원래 인도에서 사용되던 숫자 체계가 왜 오늘날까지도 ‘인도 숫자’가 아니라 ‘아라비아 숫자’로 불려야 하는가 하는 초보적인 질문과 함께 역자와 출판사가 한 번쯤은 점검해 보았어야 할 질문일 것이다.

서평자 약력

가나다순

■ 강세구

동국대 경영학과, 서강대 대학원 사학과 졸업. 문학 박사. **저서** :『동사강목 연구』『순암 안정복의 학문과 사상 연구』**논문** : 〈순암 안정복의 『동사강목』『지리고』에 관한 일고찰〉 외 다수.

■ 김경현

단국대 사학과 및 서울대 대학원 서양사학과 졸업. 고려대 사학과 박사. **저서** :『서양사강의』(공저)『서양고대사강의』(공저) **논문** : 〈서양고대 세계의 노예제〉〈공화정 후기에서 제정 전기 사이 로마 상류층에서 '여성해방'의 실제〉 등.

■ 김동욱

고려대 건축공학과 및 동 대학원 졸업. 일본 와세다대학 대학원 건축학과 졸업. 공학 박사. **저서** :『한국건축 공장사 연구』『18세기 건축사상과 실천―수원성』 외 다수.

■ 김문식

서울대 국사학과 및 동 대학원 졸업. 문학 박사. **논문** : 〈19세기 전반 경기학인의 경학사상과 경세론〉〈18세기 후반 서울학인의 청학인식과 청 문물 도입론〉 외 다수.

■ 김병모

서울대 고고인류학과 졸업. 로마문화재센터 수학. 영국 옥스퍼드대 문학 박사. 한국고고학회 회장 역임. **저서** :『Megalithic Cultures in Asia』『한국인의 발자취』『학술기행 몽골』(공저)『김수로왕비 허황옥』『금관의 비밀』 등.

■ 김병준

서울대 동양사학과 졸업. 동 대학원 문학 박사. **저서** :『중국고대 지역문화와 군현지배』『순간과 영원―중국 고대의 미술과 건축』(역서) **논문** : 〈고대중국의 서방 전래문물과 곤륜산 신화〉〈한대의 절일과 지방통치〉 등.

■ 김유혁

단국대 · 중앙대 대학원 · 퇴계학연구소장. **저서** : 『퇴계인간상』 『전통윤리와 현대사회』 『풍토와 인간생활』 등.

■ 김장권

서울대 정치학과 학사 및 석사. 일본 츠쿠바대학 박사. 세종연구소 연구위원. **저서** : 『近代日本地方自治の構造と性格』 『국민국가 형성과 지방자치』 『일본 · 일본학』 외 다수.

■ 김정숙

성신여대 사학과 졸업. 동 대학원 석사. 프랑스 파리국립사회과학고등연구원(Éole des Hautes Éudes en Science Sociale). 문학 박사(역사인류학 전공). **저서** : 『한국고대 금석문2』(공저) 『한국사상사대계2』(공저) 『리델문서』(공역) **논문** : 〈RELATION ENTRE LES CIVILISATION COREENNE ET JAPONAISE D'APRES LES MYTHES ECRITS〉 〈金周元 世界의 성립과 변천〉 등.

■ 김진식

서울대 사학과 졸업. 중앙대 문학박사. 영국 케임브리지대 객원교수. **저서** : 『印度에 대한 英國帝國主義 政策의 한 研究』 외. **논문** : 〈印度에 대한 英國의 植民敎育政策〉 등.

■ 김창수

동국대 사학과, 동 대학원 졸업. 문학 박사. **저서** : 『한국근대의 민족의식 연구』 『항일의열투쟁사』 등.

■ 김학준

서울대 정치학과 및 동 대학원, 미국 피츠버그대 대학원 정치학과 졸업. 정치학 박사. **저서** : 『남북한의 통일정책』(영문) 『북한 50년사』 『해방공간의 주역들』 외 다수.

■ 김현영

서울대 인문대학 국사학과, 동 대학원 졸업. 문학 박사. **논문** : 〈實學 研究의 反省과 展望〉 〈朝鮮後期 士族의 村落支配〉 〈南原地方 士族의 鄕村支配에 관한 研究〉 외.

■ 김호일

중앙대 사학과, 단국대 대학원 졸업. 문학 박사. **저서** : 『신채호의 애국계몽 운동』 『1930년대 항일학생운동 연구』 『한국개항 전후사』 외 다수.

■ 남석주

고려대 독어독문학과 졸업. 모스크바 국립대 대학원 역사학과 석 · 박사. **논문** : 〈솔로

비요프와 보편교회〉〈제정 러시아 시대의 민중종교〉〈농노해방 시기의 러시아 정교회
와 신교〉 등.

■ 노명호
서울대 국사학과 및 동 대학원 졸업. 문학 박사. **저서** : 『高麗時代 兩側的 親屬組織
研究』

■ 문명대
경북대 사학과 졸업. 문화재 전문위원. 한국정신문화연구원 교수. **저서** : 『한국조각사』
『한국 미술사 이론과 방법』

■ 민경현
고려대 사학과 졸업. 프랑스 파리1대학 역사학 박사(러시아사 전공). **논문** : 〈19세기
러시아제국의 동아시아 정책〉 외.

■ 박성수
서울대 역사과, 고려대 대학원 사학과 졸업. 성균관대 교수 역임. **저서** : 『독립운동사
연구』『한국독립운동사론』『역사학 개론』 등.

■ 박원길
중앙대 사학과 및 동 대학원 졸업. 문학 박사. **저서** : 『몽골古代史研究』『몽골의 문화
와 자연지리』『북방민족의 샤머니즘과 제사습속』『몽골 석인상의 연구』(역서) 외.

■ 박종진
서울대 국사학과 및 동 대학원 졸업. 문학 박사. 《역사와 현실》 편집위원. **논문** : 〈고려
시대 부세제도 연구〉〈충선왕대의 재정개혁책과 그 성격〉〈고려시기 수취단위의 의미
와 속현의 지위〉 등.

■ 배기동
서울대 고고인류학과 학사 및 석사. 버클리 캘리포니아대 박사. **저서** : 『문명의 여명』
『전곡리』『일본인의 기원』『고고학 연구 방법론』

■ 서정복
충남대 사학과 및 동 대학원 졸업. 프 릴3대학교 역사학 박사. **저서** : 『프랑스사 연구』
『부르봉 왕조시대의 프랑스사』(역서) **논문** : 〈Jean─Jacque Rousseaud의 정치사
상과 프랑스혁명〉 등.

■ 성영곤

서울대 천문학과, 서양사학과 졸업. 동 대학원 문학 박사. **저서**：『인문학으로 과학 읽기』 등 다수.

■ 손준식

중앙대 사학과 및 동 대학원 졸업. 대만 국립정치대학 문학 박사. **저서**：『戰前日本在華北的走私活動(1933~1937)』(中文) **논문**：〈淸末의 新式學堂에 대한 一考察〉 외 다수.

■ 신복룡

건국대 정치학과, 동 대학원 졸업. 정치학 박사. **저서**：『동학사상과 갑오농민혁명』『한말 개화사상 연구』『한국정치사』 등.

■ 심승구

국민대 국사학과 및 동 대학원 졸업. 문학 박사. **저서**：『조선전기 무과전시의 고증연구』(공저)『임진왜란과 권율』(공저) 외. **논문**：〈조선시대 무예사 연구〉〈조선시대 격방의 체육사적 고찰〉 외 다수.

■ 양기석

서울대 사범대학 역사과, 단국대 대학원 졸업. 문학 박사. **논문**：〈백제성왕대의 정치개혁과 그 성격〉〈5~6세기 전반 신라와 백제의 관계〉 외 다수.

■ 양태진

성균관대 졸업. 국방대학원 및 중앙대 대학원 수료. **저서**：『한국영토사 연구』『한국변경사 연구』『한국의 국경연구』 외.

■ 유장근

고려대 대학원 사학과 졸업. 문학 박사. **저서**：『근대 중국의 비밀결사』『19세기 중국사회』(공저) **논문**：〈청말 광동지방의 사회 복지 기관〉〈청말 민초 광동사회의 금란회〉〈아편전쟁 시기의 한간에 대하여〉 등 다수.

■ 이근우

서울대 동양사학과 졸업. 한국학대학원 사학과 문학 박사. **저서**：『일본 전통문화의 이해』『전근대한일관계사』『일본 사회의 역사(상)』(역서) 등.

■ 이기동

서울대 사학과 및 동 대학원 졸업. 문학 석사. **저서**：『신라골품제 사회와 화랑도』『신

라사회사 연구』 등. **논문** : 〈신라화랑도의 기원에 대한 고찰〉〈신라화랑도의 사회학적
고찰〉〈신라화랑도 연구의 현 단계〉 등 다수.

■ 이도형

건국대 국문과 졸업. 《조선일보》 주일 특파원. **저서** : 『일본을 다시 보고 생각한다』 외.

■ 이만열

서울대 사학과 및 동 대학원 졸업. 문학 박사. **저서** : 『한국사 대계 : 삼국편』『한말 기
독교와 민족운동』 외 다수. **논문** : 〈박은식의 사학사상〉〈단재 사학의 배경〉 외 다수.

■ 이연복

경희대 사학과, 동 대학원 졸업. 문학 박사. **저서** : 『민족한국사』『사료한국사』 외.

■ 이원명

성균관대 사학과, 고려대 대학원 졸업. 문학 박사. 서울여대 박물관장 역임. **저서** : 『고
려시대 성리학 수용연구』『서울육백년사』(공저) **논문** : 〈고려 후기 성리학 수용연구〉
〈여말선 사상계의 변화〉〈여말선초 성리학 이해과정 연구〉 등 다수.

■ 이은정

서울대 동양사학과 졸업. 미국 하버드대 역사학과 박사. **논문** : 〈오스만 제국 길드 내
의 '전통' 과 변화 ─ 17세기 초, 중엽 이스탄불의 사례를 중심으로〉 등.

■ 이존희

서울대 사대 역사과 및 동 대학원 졸업. 단국대 문학 박사. **저서** : 『조선시대 지방행정제
도 연구』 **논문** : 〈조선초기 對明 書冊 무역〉〈조선전기 정치사연구의 동향〉 외 다수.

■ 이주영

서울대 사학과 및 동 대학원 석사. 서강대 문학 박사. 미 프린스톤 및 콜럼비아대 교환
교수. 한국미국사학회 회장. **저서** : 『미국사』『미국 현대사』『서양 현대사』 외 다수. **논
문** : 〈미국 신좌파의 역사적 의미〉〈미국의 자유주의와 빈곤의 문제〉 외 다수.

■ 이찬

서울대 사범대학 지리과 졸업. 미 루이지아나대 석사 및 지리학 박사. **저서** : 『한국의
고지도』『한국지리학사』 등.

■ 이필영

연세대 사학과 졸업. 동 대학원 문학 박사. 한남대학교 박물관장. 문화관광부 문화재

전문위원. **저서** : 『샤머니즘 종교사상』『솟대』『마을신앙의 사회사』 **논문** : 〈남창 손진 태의 역사민속학의 성격〉〈조선 후기의 무당과 굿〉〈단군신화의 기본구조〉 등.

■ 이해준

공주사대 사학과 및 서울대 대학원 졸업. **저서** : 『조선시기 촌락사회사』『조선시기 사 회사 연구법』 등.

■ 이현희

고려대 사학과, 동국대 대학원 졸업. 문학 박사. **저서** : 『일제시대사의 연구』『한국근대 사의 재발견』『광복전후사의 재인식』 등.

■ 이형구

홍익대 졸업. 국립대만대학 고고학과 문학 석사. 동 역사학과 문학 박사. **저서** : 『한국 고대문화의 기원』『광개토대능비 신연구』『서울 풍납토성 '백제왕성' 실측조사연구』 『강화도』

■ 이훈종

경성사범, 대만중화학술원(中華學術院), 명예박사. **저서** : 『국학도감』『喝誰錄)』『中國 古代神話』 등.

■ 임계순

이화여대 사학과 졸업. 미국 일리노이대 문학 박사. 한국정신문화연구원 교수 역임. 중국 북경대 객원교수 역임. 현재 (재)동아시아 경제연구원 원장. **저서** : 『한국인의 짝 사랑, 중국』『중국의 여의주, 홍콩』『청사(淸史) : 만주족이 통치한 중국』

■ 임효재

서울대 고고인류학과 졸업. 미국 텍사스대 인류학과 및 일본 九州대 대학원 졸업. 문 학 박사. 문화재 위원. **저서** : 『몽촌도성上』『한국고대문화이 흐름上』『미사리4』『교양 으로서의 고고학』 외 다수.

■ 정만조

서울대 문리대 사학과 및 동 대학원 졸업. **논문** : 〈조선시대의 사림정치〉〈조선시대 붕 당론의 전개와 그 성격〉 외.

■ 정재정

서울대 사대 역사교육과. 일본 동경대 대학원 및 서울대 대학원 국사학과 졸업. 문학 박사. **저서** : 『일제의 한국철도침략과 한국인의 대응(1892~1945)』『新しい 韓國近現代

史』『일본 역사교육의 현황과 전망』 외 다수.

■ 정태헌
고려대 경영학과 졸업. 동 대학원 사학과 문학 박사. **저서** :『일제의 경제정책과 조선 사회』 등.

■ 조광
가톨릭대 신학부 및 고려대 대학원 한국사학과 졸업. 문학 박사. **논문** : 〈조선후기 천주교사 연구〉〈조선후기의 역사인식〉〈개화기의 역사인식〉〈조선후기 사상계의 전환기적 특성〉〈안중근의 애국계몽운동과 독립운동〉 외.

■ 조명철
일본 동경대 문학부 졸업. 문학 박사. **논문** : 〈러일전쟁기 군사전략과 국가의사의 결정 과정〉〈일본의 軍事戰略과 ‘國防方針’의 성립〉〈義和團事件과 일본의 외교전략〉〈戰後 일본의 역사학―역사의 대중화와 역사의식〉 등 다수.

■ 주명철
서강대 영어영문학과 졸업. 동 대학원 사학과 석사. 파리 제1대 역사학 박사. **저서** :『바스티유의 금서』『지옥에 간 작가들』『파리의 치마 밑』 **역서** :『프랑스인의 역사』『옛 프랑스인의 부부생활』『프랑스 혁명의 지적 기원』『계몽주의의 기원』 외. **논문** : 〈1789년과 새로운 사회계약〉(서양사론) 외.

■ 주채혁
연세대 사학과, 동 대학원 졸업. **저서** :『元朝官人層 研究』『몽고 구비 설화』(역서) 『몽고사회제도사』(역서) 등.

■ 지두환
서울대 국사학과 및 동 대학원 졸업. **저서** :『朝鮮前期 儀禮研究』『명문명답으로 읽는 조선과거실록』 **논문** : 〈朝鮮後期 實學研究의 問題點과 方向〉〈朝鮮前期 大學衍義 理解過程〉 외 다수.

■ 진성규
중앙대 사학과, 중앙대 대학원 졸업. 서울대 국사학과 석사. 문학 박사. **저서** :『고려후기 진감국사 혜심 연구』 **논문** : 〈고려후기 수선사의 결사운동〉〈고려후기 원찰에 대하여〉 외 다수.

■ 최갑수

서울대 사학과 졸업. 동 대학원 문학 박사. **저서** :『유라시아 천년을 가다』(공저)『굿모닝 밀레니엄』(공저)『1789년의 대공포』(역서)『프랑스의 역사』(역서) 등.

■ 최광식

고려대 사학과 및 동 대학원 졸업. 문학 박사. 고려대 박물관장. **저서** :『고대 한국의 국가와 제사』 등.

■ 최근영

고려대 사학과, 성균관대 대학원 졸업. 문학 박사. **저서** :『통일신라시대의 지방세력 연구』『후삼국 성립의 배경연구』 등.

■ 최래옥

서울대 사범대학, 동 대학원 졸업. **저서** :『한국구비전설의 연구』『전북 민담』 등.

■ 최병욱

서울대 동양사학과 졸업. 고려대 대학원 한국사학과 석사. 호주국립대 박사. **저서** :『짜오 아인 비엣남 : 안녕하세요 베트남』『베트남』(공저) **논문** :〈Southern Vietnam under the Reign of Minh Mang (1820~1841): Central Policies and Local Response〉〈19세기 전반 베트남의 동남아시아 관선무역(官船貿易)〉

■ 최영길

한국외국어대 아랍어과 졸업. 동 대학원 석사. 수단 움두르만 국립 이슬람대 문학 박사. 전세계 이슬람 총연맹 최고회의 위원. 명지대 인문대학장. **저서** :『성꾸란』(완역 및 해설)『꾸란의 이해』『이슬람문화』 등.

■ 최영보

성균관대 대학원 석사(서양사 전공). 미국 하버드대 사학과 방문교수. 미 윌리엄 매리대 사학과 풀브라이트 방문교수. **저서** :『세계문화사』(공저).『유럽사의 경계와 구분, 나폴레옹에서 스탈린까지』(역서) **논문** :〈랑케적 유럽사 개념의 재고찰〉 등 다수.

■ 최영성

성균관대 한국철학과 졸업. 동 대학원 동양철학과 철학 박사. **저서** :『韓國儒學思想史』(전5권)『최치원의 철학사상』『한국실학사상사』(공저)『한국의 학술연구 동양철학편』(공저) 등.

■ 한경구

서울대 인류학과 졸업. 미국 하버드대 인류학 박사. **저서** : 『세계의 한민족 : 아시아 ·
태평양』 『처음 만나는 문화인류학』(공저) 등.

■ 허동현

고려대 사학과 졸업. 동 대학원 문학 박사. **저서** : 『일본이 진실로 강하더냐』 『근대 한
일관계사 연구』 등. **논문** : 〈장면의 치적과 정치사상에 관한 연구〉 〈1881년 조선사찰
단의 명치일본 산업진흥 정책관 연구〉 등.

■ 허세욱

대만국립사범대 대학원 중문과 석사 및 박사. 한국중어중문학회장. 한국 · 중국현대문
학학회장 역임. **저서** : 『중국문학사』 『중국문화개설』 『중국현대사연구』 등.